A gift presented to
Bowman Library
From

Dr. Carlos Lopez

7 May 2004

LA GUERRA
DEL FIN DEL MUNDO

MARIO VARGAS LLOSA

LA GUERRA
DEL FIN DEL MUNDO

BIBLIOTECA BREVE
EDITORIAL SEIX BARRAL, S. A.
Barcelona - Caracas - México

Cubierta: Original de Antoni Tàpies

Edición al cuidado de
Luis A. Lagos y Alex Zisman

Primera edición: octubre de 1981

© 1981: Mario Vargas Llosa

Derechos exclusivos de la edición de lujo en castellano
reservados para todo el mundo
y también de la edición en rústica, excepto para España:
© 1981: Editorial Seix Barral, S. A.
Tambor del Bruc, 10 - Sant Joan Despí (Barcelona)

Derechos de la edición rústica en castellano
reservados para España:
© 1981: Plaza & Janés, S. A., Editores
Virgen de Guadalupe, 21-23, Esplugues de Llobregat (Barcelona)

ISBN: 84 322 0396 3 (lujo)
84 322 0395 5 (rústica)
84 013 8001 4 (rústica, España)
Depósito legal: B. 26.079 - 1981

Editorial Ariel Seix Barral Argentina S.A.
Av. de Mayo 852
Buenos Aires (República Argentina)

Queda hecho el depósito que previene la Ley 11723

Impreso en Argentina
Printed in Argentina

por Artes Gráficas Femago S. R. L.
Hipólito Irigoyen 3241
Lanús (Pcia. de Bs. As.)

*A Euclides da Cunha en el otro mundo;
y, en este mundo, a Nélida Piñon.*

O Fanatico Antonio Conselheiro

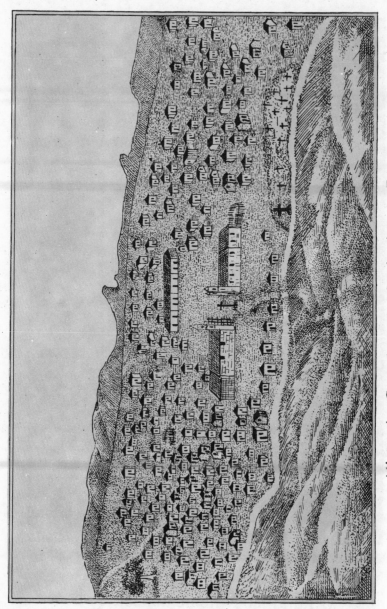

Vista de Canudos tirada do alto da Favella
pelo Academico Martins Horcades.

O Anti-Christo nasceu
Para o Brasil governar
Mas ahi está O Conselheiro
Para delle nos livrar

UNO

I

EL HOMBRE era alto y tan flaco que parecía siempre de perfil. Su piel era oscura, sus huesos prominentes y sus ojos ardían con fuego perpetuo. Calzaba sandalias de pastor y la túnica morada que le caía sobre el cuerpo recordaba el hábito de esos misioneros que, de cuando en cuando, visitaban los pueblos del sertón bautizando muchedumbres de niños y casando a las parejas amancebadas. Era imposible saber su edad, su procedencia, su historia, pero algo había en su facha tranquila, en sus costumbres frugales, en su imperturbable seriedad que, aun antes de que diera consejos, atraía a las gentes.

Aparecía de improviso, al principio solo, siempre a pie, cubierto por el polvo del camino, cada cierto número de semanas, de meses. Su larga silueta se recortaba en la luz crepuscular o naciente, mientras cruzaba la única calle del poblado, a grandes trancos, con una especie de urgencia. Avanzaba resueltamente entre cabras que campanilleaban, entre perros y niños que le abrían paso y lo miraban con curiosidad, sin responder a los saludos de las mujeres que ya lo conocían y le hacían venias y se apresuraban a traerle jarras de leche de cabra y platos de farinha y frejol. Pero él no comía ni bebía antes de llegar hasta la iglesia del pueblo y comprobar, una vez más, una y cien veces, que estaba rota, despintada, con sus torres truncas y sus paredes agujereadas y sus suelos levantados y sus altares roídos por los gusanos. Se le entristecía la cara con un dolor de retirante al que la sequía ha matado hijos y animales y privado de bienes y debe abandonar su casa, los huesos de sus muertos, para huir, huir, sin saber adónde. A veces lloraba y en el llanto el fuego negro de sus ojos recrudecía con destellos terribles. Inmediatamente se ponía a rezar. Pero no como rezan los demás hombres o las mujeres: él se tendía de bruces en la tierra o las piedras o las lozas desportilladas, frente a donde estaba o había estado o debería estar el altar, y allí oraba, a veces en silencio, a veces en voz alta, una, dos horas, observado con respeto y admiración por los vecinos. Rezaba el Credo, el Padre Nuestro y los Avemarías consabidos, y también otros rezos que nadie había escuchado antes pero que, a lo largo de los días, de los meses, de los años, las gentes irían memorizando. ¿Dónde está el párroco?, le oían preguntar, ¿por qué no hay aquí un pastor para el rebaño? Pues, que en las aldeas no hubiera un sacerdote, lo apenaba tanto como la ruina de las moradas del Señor.

Sólo después de pedir perdón al Buen Jesús por el estado en que tenían su casa, aceptaba comer y beber algo, apenas una muestra de lo que los vecinos se afanaban en ofrecerle aun en años de escasez. Consentía en dormir bajo techo, en alguna de las viviendas que los sertaneros ponían a su disposición, pero rara vez se le vio reposar en la hamaca, el camastro o colchón de quien le ofrecía posada. Se tumbaba en el suelo, sin manta alguna, y, apoyando en su brazo la cabeza de hirvientes cabellos color azabache, dormía unas horas. Siempre tan pocas que era el último en acostarse y cuando los vaqueros y los pastores más madrugadores salían al campo ya lo veían, trabajando en restañar los muros y los tejados de la iglesia.

Daba sus consejos al atardecer, cuando los hombres habían vuelto del campo y las mujeres habían acabado los quehaceres domésticos y las criaturas estaban ya durmiendo. Los daba en esos descampados desarbolados y pedregosos que hay en todos los pueblos del sertón, en el crucero de sus calles principales y que se hubieran podido llamar plazas si hubieran tenido bancas, glorietas, jardines o conservaran los que alguna vez tuvieron y fueron destruyendo las sequías, las plagas, la desidia. Los daba a esa hora en que el cielo del Norte del Brasil, antes de oscurecerse y estrellarse, llamea entre coposas nubes blancas, grises o azuladas y hay como un vasto fuego de artificio allá en lo alto, sobre la inmensidad del mundo. Los daba a esa hora en que se prenden las fogatas para espantar a los insectos y preparar la comida, cuando disminuye el vaho sofocante y se levanta una brisa que pone a las gentes de mejor ánimo para soportar la enfermedad, el hambre y los padecimientos de la vida.

Hablaba de cosas sencillas e importantes, sin mirar a nadie en especial de la gente que lo rodeaba, o, más bien, mirando, con sus ojos incandescentes, a través del corro de viejos, mujeres, hombres y niños, algo o alguien que sólo él podía ver. Cosas que se entendían porque eran oscuramente sabidas desde tiempos inmemoriales y que uno aprendía con la leche que mamaba. Cosas actuales, tangibles, cotidianas, inevitables, como el fin del mundo y el Juicio Final, que podían ocurrir tal vez antes de lo que tardase el poblado en poner derecha la capilla alicaída. ¿Qué ocurriría cuando el Buen Jesús contemplara el desamparo en que habían dejado su casa? ¿Qué diría del proceder de esos pastores que, en vez de ayudar al pobre, le vaciaban los bolsillos cobrándole por los servicios de la religión? ¿Se podían vender las palabras de Dios, no debían darse de gracia? ¿Qué excusa darían al Padre aquellos padres que, pese al voto de castidad, fornicaban? ¿Podían inventarle mentiras, acaso, a quien leía los pensamientos como lee el rastreador en la tierra el paso del jaguar? Cosas prácticas, cotidianas, familiares, como la muerte, que conduce a la felicidad si se entra en ella con el alma limpia, como a una fiesta. ¿Eran los hombres animales? Si no lo eran, debían cruzar esa puerta engalanados con su mejor traje, en señal de reverencia a Aquel a quien iban a encontrar. Les hablaba del cielo y también del infierno, la morada del Perro, empedrada de brasas y crótalos, y de cómo el Demonio podía manifestarse en innovaciones de semblante inofensivo.

Los vaqueros y los peones del interior lo escuchaban en silencio, intrigados, atemorizados, conmovidos, y así lo escuchaban los esclavos y los libertos de los ingenios del litoral y las mujeres y los padres y los hijos de unos y de otras. Alguna vez alguien —pero rara vez porque su seriedad, su voz cavernosa o su sabiduría los intimidaba— lo interrumpía para despejar una duda. ¿Terminaría el siglo? ¿Llegaría el mundo a 1900? Él contestaba sin mirar, con una seguridad tranquila y, a menudo, con enigmas. En 1900 se apagarían las luces y lloverían estrellas. Pero, antes, ocurrirían hechos extraordinarios. Un silencio seguía a su voz, en el que se oía crepitar las fogatas y el bordoneo de los insectos que las llamas devoraban, mientras los lugareños, conteniendo la respiración, esforzaban de antemano la memoria para recordar el futuro. En 1896 un millar de rebaños correrían de la playa hacia el sertón y el mar se volvería sertón y el sertón mar. En 1897 el desierto se cubriría de pasto, pastores y rebaños se mezclarían y a partir de entonces habría un solo rebaño y un solo pastor. En 1898 aumentarían los sombreros y disminuirían las cabezas y en 1899 los ríos se tornarían rojos y un planeta nuevo cruzaría el espacio.

Había, pues, que prepararse. Había que restaurar la iglesia y el cementerio, la más importante construcción después de la casa del Señor, pues era antesala del cielo o del infierno, y había que destinar el tiempo restante a lo esencial: el alma. ¿Acaso partirían el hombre o la mujer allá con sayas, vestidos, sombreros de fieltro, zapatos de cordón y todos esos lujos de lana y de seda que no vistió nunca el Buen Jesús?

Eran consejos prácticos, sencillos. Cuando el hombre partía, se hablaba de él: que era santo, que había hecho milagros, que había visto la zarza ardiente en el desierto, igual que Moisés, y que una voz le había revelado el nombre impronunciable de Dios. Y se comentaban sus consejos. Así, antes de que terminara el Imperio y después de comenzada la República, los lugareños de Tucano, Soure, Amparo y Pombal, fueron escuchándolos; y, mes a mes, año a año, fueron resucitando de sus ruinas las iglesias de Bom Conselho, de Geremoabo, de Massacará y de Inhambupe; y, según sus enseñanzas, surgieron tapias y hornacinas en los cementerios de Monte Santo, de Entre Ríos, de Abadía y de Barracão, y la muerte fue celebrada con dignos entierros en Itapicurú, Cumbe, Natuba, Mocambo. Mes a mes, año a año, se fueron poblando de consejos las noches de Alagoinhas, Uauá, Jacobina, Itabaiana, Campos, Itabaianinha, Gerú, Riachão, Lagarto, Simão Dias. A todos parecían buenos consejos y por eso, al principio en uno y luego en otro y al final en todos los pueblos del Norte, al hombre que los daba, aunque su nombre era Antonio Vicente y su apellido Mendes Maciel, comenzaron a llamarlo el Consejero.

UNA REJA de madera separa a los redactores y empleados del *Jornal de Notícias* —cuyo nombre destaca, en caracteres góticos, sobre la entrada— de la gente que se llega hasta allí para publicar un aviso o traer una información. Los periodistas no son más de cuatro o cinco. Uno de ellos revisa un archivo empotrado en la pared; dos conversan animadamente, sin chaquetas pero con cuellos duros y corbatines de lazo, junto a un almanaque en el que se lee la fecha —octubre, lunes 2, 1896— y otro, joven, desgarbado, con gruesos anteojos de miope, escribe sobre un pupitre con una pluma de ganso, indiferente a lo que ocurre en torno suyo. Al fondo, tras una puerta de cristales, está la Dirección. Un hombre con visera y puños postizos atiende a una fila de clientes en el mostrador de los Avisos Pagados. Una señora acaba de alcanzarle un cartón. El cajero, mojándose el índice, cuenta las palabras —Lavativas Giffoni// Curan las Gonorreas, las Hemorroides, las Flores Blancas y todas las molestias de las Vías Urinarias// Las prepara Madame A. de Carvalho// Rua Primero de Marzo N.8— y dice un precio. La señora paga, guarda el vuelto y, cuando se retira, quien esperaba detrás de ella se adelanta y estira un papel al cajero. Viste de oscuro, con una levita de dos puntas y un sombrero hongo que denotan uso. Una enrulada cabellera rojiza le cubre las orejas. Es más alto que bajo, de anchas espaldas, sólido, maduro. El cajero cuenta las palabras del aviso, dejando patinar el dedo sobre el papel. De pronto, arruga la frente, alza el dedo y acerca mucho el texto a los ojos, como si temiera haber leído mal. Por fin, mira perplejo al cliente, que permanece hecho una estatua. El cajero pestañea, incómodo, y, por fin, indica al hombre que espere. Arrastrando los pies, cruza el local, con el papel balanceándose en la mano, toca con los nudillos el cristal de la Dirección y entra. Unos segundos después reaparece y por señas indica al cliente que pase. Luego, retorna a su trabajo.

El hombre de oscuro atraviesa el *Jornal de Notícias* haciendo sonar los tacos como si calzara herraduras. Al entrar al pequeño despacho, atestado de papeles, periódicos y propaganda del Partido Republicano Progresista —Un Brasil Unido, Una Nación Fuerte—, está esperándolo un hombre que lo mira con una curiosidad risueña, como a un bicho raro. Ocupa el único escritorio, lleva botas, un traje gris, y es joven, moreno, de aires enérgicos.

—Soy Epaminondas Gonçalves, el Director del periódico —dice—. Adelante.

El hombre de oscuro hace una ligera venia y se lleva la mano al sombrero pero no se lo quita ni dice palabra.

—¿Usted pretende que publiquemos esto? —pregunta el Director, agitando el papelito.

El hombre de oscuro asiente. Tiene una barbita rojiza como sus cabellos, y sus ojos son penetrantes, muy claros; su boca ancha está fruncida con firmeza y las ventanillas de su nariz, muy abiertas, parecen aspirar más aire del que necesitan.

—Siempre que no cueste más de dos mil reis —murmura, en un portugués dificultoso—. Es todo mi capital.

Epaminondas Gonçalves queda como dudando entre reírse o enojarse. El hombre sigue de pie, muy serio, observándolo. El Director opta por llevarse el papel a los ojos:

—"Se convoca a los amantes de la justicia a un acto público de solidaridad con los idealistas de Canudos y con todos los rebeldes del mundo, en la Plaza de la Libertad, el 4 de octubre, a las seis de la tarde" —lee, despacio—. ¿Se puede saber quién convoca este mitin?

—Por ahora yo —contesta el hombre, en el acto—. Si el *Jornal de Notícias* quiere auspiciarlo, *wonderful*.

—¿Sabe usted lo que han hecho ésos, allá en Canudos? —murmura Epaminondas Gonçalves, golpeando el escritorio—. Ocupar una tierra ajena y vivir en promiscuidad, como los animales.

—Dos cosas dignas de admiración —asiente el hombre de oscuro—. Por eso he decidido gastar mi dinero en este aviso.

El Director queda un momento callado. Antes de volver a hablar, carraspea:

—¿Se puede saber quién es usted, señor?

Sin fanfarronería, sin arrogancia, con mínima solemnidad, el hombre se presenta así:

—Un combatiente de la libertad, señor. ¿El aviso va a ser publicado?

—Imposible, señor —responde Epaminondas Gonçalves, ya dueño de la situación—. Las autoridades de Bahía sólo esperan un pretexto para cerrarme el periódico. Aunque de boca para afuera han aceptado la República, siguen siendo monárquicas. Somos el único diario auténticamente republicano del Estado, supongo que se ha dado cuenta.

El hombre de oscuro hace un gesto desdeñoso y masculla, entre dientes, "Me lo esperaba".

—Le aconsejo que no lleve este aviso al *Diário de Bahia* —agrega el Director, alcanzándole el papelito—. Es del Barón de Cañabrava, el dueño de Canudos. Terminaría usted en la cárcel.

Sin decir una palabra de despedida, el hombre de oscuro da media vuelta y se aleja, guardándose el aviso en el bolsillo. Cruza la sala del diario sin mirar ni saludar a nadie, con su andar sonoro, observado de reojo —silueta fúnebre, ondeantes cabellos encendidos— por los periodistas y clientes de los Avisos Pagados. El periodista joven, de anteojos de miope, se levanta de su pupitre después de pasar él, con una hoja amarillenta en la mano, y va hacia la Dirección, donde Epaminondas Gonçalves está todavía espiando al desconocido.

—"Por disposición del Gobernador del Estado de Bahía, Excelentísimo Señor Luis Viana, hoy partió de Salvador una Compañía del Noveno Batallón de Infantería, al mando del Teniente Pires Ferreira, con la misión de arrojar de Canudos a los bandidos que ocuparon la hacienda y capturar a su cabecilla, el Sebastianista Antonio Consejero" —lee, desde el umbral—. ¿Primera páginas o interiores, señor?

—Que vaya debajo de los entierros y las misas —dice el Director. Señala hacia la calle, donde ha desaparecido el hombre de oscuro—. ¿Sabe quién es ese tipo?

—Galileo Gall —responde el periodista miope—. Un escocés que anda pidiendo permiso a la gente de Bahía para tocarles la cabeza.

HABÍA NACIDO en Pombal y era hijo de un zapatero y su querida, una inválida que, pese a serlo, parió a tres varones antes que a él y pariría después a una hembrita que sobrevivió a la sequía. Le pusieron Antonio y, si hubiera habido lógica en el mundo, no hubiera debido vivir, pues cuando todavía gateaba ocurrió la catástrofe que devastó la región, matando cultivos, hombres y animales. Por culpa de la sequía casi todo Pombal emigró hacia la costa, pero Tiburcio da Mota, que en su medio siglo de vida no se había alejado nunca más de una legua de ese poblado en el que no había pies que no hubieran sido calzados por sus manos, hizo saber que no abandonaría su casa. Y cumplió, quedándose en Pombal con un par de docenas de personas apenas, pues hasta la misión de los padres lazaristas se vació.

Cuando, un año más tarde, los retirantes de Pombal comenzaron a volver, animados por las nuevas de que los bajíos se habían anegado otra vez y ya se podía sembrar cereales, Tiburcio da Mota estaba enterrado, como su concubina inválida y los tres hijos mayores. Se habían comido todo lo comestible y cuando esto se acabó, todo lo que fuera verde y, por fin, todo lo que podían triturar los dientes. El vicario Don Casimiro, que los fue enterrando, aseguraba que no habían perecido de hambre sino de estupidez, por comerse los cueros de la zapatería y beberse las aguas de la Laguna del Buey, hervidero de mosquitos y de pestilencia que hasta los chivos evitaban. Don Casimiro recogió a Antonio y a su hermanita, los hizo sobrevivir con dietas de aire y plegarias y, cuando las casas del pueblo se llenaron otra vez de gente, les buscó un hogar.

A la niña se la llevó su madrina, que se fue a trabajar en una hacienda del Barón de Cañabrava. A Antonio, entonces de cinco años, lo adoptó el otro zapatero de Pombal, llamado el Tuerto —había perdido un ojo en una riña—, quien aprendió su oficio en el taller de Tiburcio da Mota y al regresar a Pombal heredó su clientela. Era un hombre hosco, que andaba borracho con frecuencia y solía amanecer tumbado en la calle, hediendo a cachaça. No tenía mujer y hacía trabajar a Antonio como una bestia de carga, barriendo, limpiando, alcanzándole clavos, tijeras, monturas, botas, o yendo a la curtiembre. Lo hacía dormir sobre un pellejo, junto a la mesita donde el Tuerto se pasaba todas las horas en que no estaba bebiendo con sus compadres.

El huérfano era menudo y dócil, puro hueso y unos ojos cohibidos que inspiraban compasión a las mujeres de Pombal, las que, vez que podían, le daban algo de comer o las ropas que ya no se ponían sus hijos. Ellas fueron un día —media docena de hembras que habían conocido a la tullida y comadreado a su vera en incontables bautizos, confirmaciones, velorios, matrimonios— al taller del Tuerto a exigirle que mandara a Antonio al catecismo, a fin de que lo prepararan para la primera comunión. Lo asustaron de tal modo diciéndole que Dios le tomaría cuentas si ese niño moría sin haberla hecho, que el zapatero, a regañadientes, consintió en que asistiera a la doctrina de la misión, todas las tardes, antes de las vísperas.

Algo notable ocurrió entonces en la vida del niño, al que, poco después, a consecuencia de los cambios que operó en él la doctrina de los lazaristas, comenzarían a llamar el Beatito. Salía de las prédicas con la mirada desasida del contorno y como purificado de escorias. El Tuerto contó que muchas veces lo encontraba de noche, arrodillado en la oscuridad, llorando por el sufrimiento de Cristo, tan absorto que sólo lo regresaba al mundo remeciéndolo. Otras noches lo sentía hablar en sueños, agitado, de la traición de Judas, del arrepentimiento de la Magdalena, de la corona de espinas y una noche lo oyó hacer voto de perpetua castidad, como San Francisco de Sales al cumplir los once años.

Antonio había encontrado una ocupación a la que consagrar su vida. Seguía haciendo sumisamente los mandados del Tuerto, pero los hacía entrecerrando los ojos y moviendo los labios de modo que todos comprendían que, aunque barría o corría donde el talabartero o sujetaba la suela que el Tuerto martillaba, estaba en realidad rezando. Al padre adoptivo las actitudes del niño lo turbaban y atemorizaban. En el rincón donde dormía, el Beatito fue construyendo un altar, con estampas que le regalaron en la misión y una cruz de xique-xique que él mismo talló y pintó. Allí prendía una vela para rezar, al levantarse y al acostarse, y allí, de rodillas, con las manos juntas y la expresión contrita, gastaba sus ratos libres en vez de corretear por los potreros, montar a pelo los animales chúcaros, cazar palomas o ir a ver castrar a los toros como los demás chicos de Pombal.

Desde que hizo la primera comunión fue monaguillo de Don Casimiro y cuando éste murió siguió ayudando a decir misa a los lazaristas de la misión, aunque para ello tenía que andar, entre idas y vueltas, una legua diaria. En las procesiones echaba el incienso y ayudaba a decorar las andas y los altares de las esquinas donde la Virgen y el Buen Jesús hacían un alto para descansar. La religiosidad del Beatito era tan grande como su bondad. Espectáculo familiar para los habitantes de Pombal era verlo servir de lazarillo al ciego Adelfo, al que acompañaba a veces a los potreros del coronel Ferreira, donde aquél había trabajado hasta contraer cataratas y de los que vivía melancólico. Lo llevaba del brazo, a campo traviesa, con un palo en la mano para escarbar en la tierra al acecho de las serpientes, escuchándole con paciencia sus historias. Y Antonio recogía también comida y ropa para el leproso Simeón, que vivía como una bestia montuna desde que los vecinos le prohibieron acercarse a Pombal. Una vez por semana, el Beatito le llevaba en un atado los pedazos de pan y de charqui y los cereales que había mendigado para él, y los vecinos lo divisaban, a lo lejos, guiando entre los roquedales de la loma donde estaba su cueva, hacia el pozo de agua, al viejo que andaba descalzo, con los pelos crecidos, cubierto sólo con un pellejo amarillo.

La primera vez que vio al Consejero, el Beatito tenía catorce años y había sufrido, pocas semanas antes, una terrible decepción. El Padre Moraes, de la misión lazarista, le echó un baño de agua helada al decirle que no podía ser sacerdote, pues era hijo natural. Lo consoló, explicándole que igual se podía servir a Dios sin recibir las órdenes, y le prometió hacer gestiones con un convento capuchino, donde tal vez lo recibirían como hermano lego. El Beatito lloró esa noche con sollozos tan sentidos, que el Tuerto, encolerizado, lo molió a golpes por primera vez después de muchos años. Veinte días más tarde, bajo la quemante resolana del mediodía, irrumpió por la calle medianera de Pombal una figurilla alargada, oscura, de cabellos negros y ojos fulminantes, envuelta en una túnica morada, que, seguida de media docena de gentes que parecían pordioseros y sin embargo tenían caras felices, atravesó en tromba el poblado en dirección a la vieja capilla de adobes y tejas que, desde la muerte de Don Casimiro, se hallaba tan arruinada que los pájaros habían hecho nidos entre las imágenes. El Beatito, como muchos vecinos de Pombal, vio orar al peregrino echado en el suelo, igual que sus acompañantes, y esa tarde lo oyó dar consejos para la salvación del alma, criticar a los impíos y pronosticar el porvenir.

Esa noche, el Beatito no durmió en la zapatería sino en la plaza de Pombal, junto a los peregrinos que se habían tendido en la tierra, alrededor del santo. Y la mañana y tarde siguientes, y todos los días que éste permaneció en Pombal, el Beatito trabajó junto con él y los suyos, reponiéndoles patas y espaldares a los bancos de la capilla, nivelando su suelo y erigiendo una cerca de piedras que diera independencia al cementerio, hasta entonces una lengua de tierra que se entreveraba con el pueblo. Y todas las noches estuvo acuclillado junto a él, absorto, escuchando las verdades que decía su boca.

Pero cuando, la penúltima noche del Consejero en Pombal, Antonio el Beatito le pidió permiso para acompañarlo por el mundo, los ojos —intensos a la vez que helados— del santo, primero, y su boca después, dijeron no. El Beatito lloró amargamente, arrodillado junto al Consejero. Era noche alta, Pombal dormía y también los andrajosos, anudados unos en otros. Las fogatas se habían apagado pero las estrellas refulgían sobre sus cabezas y se oían cantos de chicharras. El Consejero lo dejó llorar, permitió que le besara el ruedo de la túnica y no se inmutó cuando el Beatito le suplicó de nuevo que lo dejara seguirlo, pues su corazón le decía que así serviría mejor al Buen Jesús. El muchacho se abrazó a sus tobillos y estuvo besándole los pies encallecidos. Cuando lo notó exhausto, el Consejero le cogió la cabeza con las dos manos y lo obligó a mirarlo. Acercándole la cara le preguntó, solemne, si amaba tanto a Dios como para sacrificarle el dolor. El Beatito hizo con la cabeza que sí, varias veces. El Consejero se levantó la túnica y el muchacho pudo ver, en la luz incipiente, que se sacaba un alambre que tenía en la cintura lacerándole la carne. "Ahora llévalo tú", lo oyó decir. Él mismo ayudó al Beatito a abrirse las ropas, a apretar el cilicio contra su cuerpo, a anudarlo.

Cuando, siete meses después, el Consejero y sus seguidores —habían cambiado algunas caras, había aumentado el número, había entre ellos ahora un negro enorme y semidesnudo, pero su pobreza y la felicidad de sus ojos eran los de antes— volvieron a aparecer en Pombal, dentro de un remolino de polvo, el cilicio seguía en la cintura del Beatito, a la que había amoratado y luego abierto estrías y más tarde recubierto de costras parduzcas. No se lo había quitado un solo día y cada cierto tiempo volvía a ajustarse el alambre aflojado por el movimiento cotidiano del cuerpo. El padre Moraes había tratado de disuadirlo de que lo siguiera llevando, explicándole que una cierta dosis de dolor voluntario complacía a Dios, pero que, pasado cierto límite, aquel sacrificio podía volverse un morboso placer alentado por el Diablo y que él estaba en peligro de franquear en cualquier momento el límite.

Pero Antonio no le obedeció. El día del regreso del Consejero y su séquito a Pombal, el Beatito estaba en el almacén del caboclo Umberto Salustiano y su corazón se petrificó en su pecho, así como el aire que entraba a su nariz, cuando lo vio pasar a un metro de él, rodeado de sus apóstoles y de decenas de vecinos y vecinas, y dirigirse, como la vez anterior, derechamente a la capilla. Lo siguió, se sumó al bullicio y a la agitación del pueblo y confundido con la gente oró, a discreta distancia, sintiendo una revolución en su sangre. Y esa noche lo escuchó predicar, a la luz de las llamas, en la plaza atestada, sin atreverse todavía a acercarse. Todo Pombal estaba allí esta vez, oyéndolo.

Casi al amanecer, cuando los vecinos, que habían rezado y cantado y le habían llevado sus hijos enfermos para que pidiera a Dios su curación y que le habían contado sus aflicciones y preguntado por lo que les reservaba el futuro, se hubieron ido, y los discípulos ya se habían echado a dormir, como lo hacían siempre, sirviéndose recíprocamente de almohadas y abrigo, el Beatito, en la actitud de reverencia extrema en la que se acercaba a comulgar, se llegó, vadeando los cuerpos andrajosos, hasta la silueta oscura, morada, que apoyaba la hirsuta cabeza en uno de sus brazos. Las fogatas daban las últimas boqueadas. Los ojos del Consejero se abrieron al verlo venir y el Beatito repetiría siempre a los oyentes de su historia que vio en ellos, al instante, que aquel hombre lo había estado esperando. Sin decir una palabra —no hubiera podido— se abrió la camisa de jerga y le mostró el alambre que le ceñía la cintura.

Después de observarlo unos segundos, sin pestañear, el Consejero asintió y una sonrisa cruzó brevemente su cara que, diría cientos de veces el Beatito en los años venideros, fue su consagración. El Consejero señaló un pequeño espacio de tierra libre, a su lado, que parecía reservado para él entre el amontonamiento de cuerpos. El muchacho se acurrucó allí, entendiendo, sin que hicieran falta las palabras, que el Consejero lo consideraba digno de partir con él por los caminos del mundo, a combatir contra el Demonio. Los perros trasnochadores, los vecinos madrugadores de Pombal oyeron mucho rato todavía el llanto del Beatito sin sospechar que sus sollozos eran de felicidad.

Su verdadero nombre no era Galileo Gall, pero era, sí, un combatiente de la libertad, o, como él decía, revolucionario y frenólogo. Dos sentencias de muerte lo acompañaban por el mundo y había pasado en la cárcel cinco de sus cuarenta y seis años. Había nacido a mediados de siglo, en un poblado del sur de Escocia donde su padre ejercía la medicina y había tratado infructuosamente de fundar un cenáculo libertario para propagar las ideas de Proudhon y Bakunin. Como otros niños entre cuentos de hadas, él había crecido oyendo que la propiedad es el origen de todos los males sociales y que el pobre sólo romperá las cadenas de la explotación y el oscurantismo mediante la violencia.

Su padre fue discípulo de un hombre al que consideraba uno de los sabios augustos de su tiempo: Franz Joseph Gall, anatomista, físico y fundador de la ciencia frenológica. En tanto que para otros adeptos de Gall, esta ciencia consistía apenas en creer que el intelecto, el instinto y los sentimientos son órganos situados en la corteza cerebral, y que pueden ser medidos y tocados, para el padre de Galileo esta disciplina significaba la muerte de la religión, el fundamento empírico del materialismo, la prueba de que el espíritu no era lo que sostenía la hechicería filosófica, imponderable e impalpable, sino una dimensión del cuerpo, como los sentidos, e igual que éstos capaz de ser estudiado y tratado clínicamente. El escocés inculcó a su hijo, desde que tuvo uso de razón, este precepto simple: la revolución libertará a la sociedad de sus flagelos y la ciencia al individuo de los suyos. A luchar por ambas metas había dedicado Galileo su existencia.

Como sus ideas disolventes le hacían la vida difícil en Escocia, el padre se instaló en el sur de Francia, donde fue capturado en 1868 por ayudar a los obreros de las hilanderías de Burdeos durante una huelga, y enviado a Cayena. Allí murió. Al año siguiente Galileo fue a prisión, acusado de complicidad en el incendio de una iglesia —el cura era lo que más odiaba, después del militar y el banquero—, pero a los pocos meses escapó y estuvo trabajando con un facultativo parisino, antiguo amigo de su padre. En esa época adoptó el nombre de Galileo Gall, a cambio del suyo, demasiado conocido por la policía, y empezó a publicar pequeñas notas políticas y de divulgación científica en un periódico de Lyon: *l'Étincelle de la révolte*.

Uno de sus orgullos era haber combatido de marzo a mayo de 1871 con los comuneros de París por la libertad del género humano y haber sido testigo del genocidio de treinta mil hombres, mujeres y niños perpetrado por las fuerzas de Thiers. También fue condenado a muerte, pero logró escapar del cuartel antes de la ejecución, con el uniforme de un sargento-carcelero, a quien mató. Fue a Barcelona y allí estuvo algunos años estudiando medicina y practicando la frenología junto a Mariano Cubí, un sabio que se preciaba de detectar las inclinaciones y rasgos más secretos de cualquier hombre con sólo pasar sus yemas una vez por su cráneo. Parecía que se iba a recibir de médico cuando su amor a la libertad y el progreso o su vocación aventurera pusieron otra vez en movimiento su vida. Con un puñado de adictos a la Idea asaltó una noche el cuartel de Montjuich, para desencadenar la tempestad que, creían, conmovería los cimientos de España. Pero alguien los delató y los soldados los recibieron a balazos. Vio caer a sus compañeros peleando, uno a uno; cuando lo capturaron tenía varias heridas. Lo condenaron a muerte, pero, como según la ley española no se da garrote vil a un herido, decidieron curarlo antes de matarlo. Personas amigas e influyentes lo hicieron huir del hospital y lo embarcaron, con papeles falsos, en un barco de carga.

Había recorrido países, continentes, siempre fiel a las ideas de su infancia. Había palpado cráneos amarillos, negros, rojos y blancos y alternado, al azar de las circunstancias, la acción política y la práctica científica, borroneando a lo largo de esa vida de aventuras, cárceles, golpes de mano, reuniones clandestinas, fugas, reveses, cuadernos que corroboraban, enriqueciéndolas de ejemplos, las enseñanzas de sus maestros: su padre, Proudhon, Gall, Bakunin, Spurzheim, Cubí. Había estado preso en Turquía, en Egipto, en Estados Unidos, por atacar el orden social y las ideas religiosas, pero gracias a su buena estrella y a su desprecio del peligro nunca permaneció mucho tiempo entre rejas.

En 1894 era médico del barco alemán que naufragó en las costas de Bahía y cuyos restos quedarían varados para siempre frente al Fuerte de San Pedro. Hacía apenas seis años que el Brasil había abolido la esclavitud y cinco que había pasado de Imperio a República. Lo fascinó su mezcla de razas y culturas, su efervescencia social y política, el ser una sociedad en la que se codeaban Europa y África y algo más que hasta ahora no conocía. Decidió quedarse. No pudo abrir un consultorio, pues carecía de títulos, de manera que, como lo había hecho en otras partes, se ganó la vida dando clases de idiomas y en quehaceres efímeros. Aunque vagabundeaba por el país, volvía siempre a Salvador, donde solía encontrársele en la Librería Catilina, a la sombra de las palmeras del Mirador de los Afligidos o en las tabernas de marineros de la ciudad baja, explicando a interlocutores de paso que todas las virtudes son compatibles si la razón y no la fe es el eje de la vida, que no Dios sino Satán —el primer rebelde— es el verdadero príncipe de la libertad y que una vez destruido el viejo orden gracias a la acción revolucionaria, la nueva sociedad florecerá espontáneamente, libre y justa. Aunque había quienes lo escuchaban, las gentes no parecían hacerle mucho caso.

II

CUANDO la sequía de 1877, en los meses de hambruna y epidemias que mataron a la mitad de hombres y animales de la región, el Consejero ya no peregrinaba solo sino acompañado, o mejor dicho seguido (él parecía apenas darse cuenta de la estela humana que prolongaba sus huellas) por hombres y mujeres que, algunos tocados en el alma por sus consejos, otros por curiosidad o simple inercia, abandonaban lo que tenían para ir tras él. Unos lo escoltaban un trecho de camino, algunos pocos parecían estar a su lado para siempre. Pese a la sequía, él seguía andando, aunque los campos estuvieran ahora sembrados de osamentas de res que picoteaban los buitres y lo recibieran poblados semivacíos.

Que a lo largo de 1877 dejara de llover, se secaran los ríos y aparecieran en las caatingas innumerables caravanas de retirantes que, llevando en carromatos o sobre los hombros las miserables pertenencias, deambulaban en busca de agua y de sustento, no fue tal vez lo más terrible de ese año terrible. Si no, tal vez, los bandoleros y las cobras que erupcionaron los sertones del Norte. Siempre había habido gentes que entraban a las haciendas a robar ganado, se tiroteaban con los capangas de los terratenientes y saqueaban aldeas apartadas y a las que periódicamente venían a perseguir las volantes de la policía. Pero con el hambre las cuadrillas de bandoleros se multiplicaron como los panes y pescados bíblicos. Caían, voraces y homicidas, en los pueblos ya diezmados por la catástrofe para apoderarse de los últimos comestibles, de enseres y vestimentas y reventar a tiros a los moradores que se atrevían a enfrentárseles.

Pero al Consejero nunca lo ofendieron de palabra u obra. Se cruzaban con él, en las veredas del desierto, entre los cactos y las piedras, bajo un cielo de plomo, o en la intrincada caatinga donde se habían marchitado los matorrales y los troncos comenzaban a cuartearse. Los cangaceiros, diez, veinte hombres armados con todos los instrumentos capaces de cortar, punzar, perforar, arrancar, veían al hombre flaco de hábito morado, que paseaba por ellos un segundo, con su acostumbrada indiferencia, sus ojos helados y obsesivos, y proseguía haciendo las cosas que solía hacer: orar, meditar, andar, aconsejar. Los peregrinos palidecían al ver a los hombres del cangaço y se apiñaban alrededor del Consejero como pollos en torno a la gallina. Los bandoleros, comprobando su extrema pobreza, seguían de largo, pero, a veces, se detenían al reconocer al santo cuyas profecías habían llegado a sus oídos. No lo interrumpían si estaba orando; esperaban que se dignara verlos. Él les

27

hablaba al fin, con esa voz cavernosa que sabía encontrar los atajos del corazón. Les decía cosas que podían entender, verdades en las que podían creer. Que esta calamidad era sin duda el primero de los anuncios de la llegada del Anticristo y de los daños que precederían la resurrección de los muertos y el Juicio Final. Que si querían salvar el alma debían prepararse para las contiendas que se librarían cuando los demonios del Anticristo —que sería el Perro mismo venido a la tierra a reclutar prosélitos— invadieran como mancha de fuego los sertones. Igual que los vaqueros, los peones, los libertos y los esclavos, los cangaceiros reflexionaban. Y algunos de ellos —el cortado Pajeú, el enorme Pedrão y hasta el más sanguinario de todos: João Satán— se arrepentían de sus crímenes, se convertían al bien y lo seguían.

Y, como los bandoleros, lo respetaron las serpientes de cascabel que asombrosamente y por millares brotaron en los campos a raíz de la sequía. Largas, resbaladizas, triangulares, contorsionantes, abandonaban sus guaridas y ellas también se retiraban, como los hombres, y en su fuga mataban niños, terneros, cabras y no vacilaban en ingresar a pleno día a los poblados en pos de sustento. Eran tan numerosas que no había acuanes bastantes para acabar con ellas y no fue raro ver, en esa época trastornada, serpientes que se comían a esa ave de rapiña en vez de, como antaño, ver al acuán levantando el vuelo con su presa en el pico. Los sertaneros debieron andar día y noche con palos y machetes y hubo retirantes que llegaron a matar cien crótalos en un solo día. Pero el Consejero no dejó de dormir en el suelo, donde lo sorprendiera la noche. Una tarde, que oyó a sus acompañantes hablando de serpientes, les explicó que no era la primera vez que sucedía. Cuando los hijos de Israel regresaban de Egipto a su país, y se quejaban de las penalidades del desierto, el Padre les envió en castigo una plaga de ofidios. Intercedió Moisés y el Padre le ordenó fabricar una serpiente de bronce a la que bastaba mirar para curarse de la mordedura. ¿Debían hacer ellos lo mismo? No, pues los milagros no se repetían. Pero seguramente el Padre vería con buenos ojos que llevaran, como detente, la cara de Su Hijo. Una mujer de Monte Santo, María Quadrado, cargó desde entonces en una urna un pedazo de tela con la imagen del Buen Jesús pintada por un muchacho de Pombal que por piadoso se había ganado el nombre de Beatito. El gesto debió complacer al Padre pues ninguno de los peregrinos fue mordido.

Y también respetaron al Consejero las epidemias que, a consecuencia de la sequía y el hambre, se encarnizaron en los meses y años siguientes contra los que habían conseguido sobrevivir. Las mujeres abortaban a poco de ser embarazadas, los niños perdían los dientes y el pelo, y los adultos, de pronto, comenzaban a escupir y a defecar sangre, se hinchaban de tumores o llagaban con sarpullidos que los hacían revolcarse contra los cascajos como perros sarnosos. El hombre filiforme seguía peregrinando entre la pestilencia y mortandad, imperturbable, invulnerable, como un bajel de avezado piloto que navega hacia buen puerto sorteando tempestades.

¿A qué puerto se dirigía el Consejero tras ese peregrinar incesante? Nadie se lo preguntaba ni él lo decía ni probablemente lo sabía. Iba ahora rodeado por decenas de seguidores que lo habían abandonado todo para consagrarse al espíritu. Durante los meses de la sequía el Consejero y sus discípulos trabajaron sin tregua dando sepultura a los muertos de inanición, peste o angustia que encontraban a la vera de los caminos, cadáveres corruptos y comidos por las bestias y aun por humanos. Fabricaban cajones y cavaban fosas para esos hermanos y hermanas. Eran una variopinta colectividad donde se mezclaban razas, lugares, oficios. Había entre ellos encuerados que habían vivido arreando el ganado de los coroneles hacendados; caboclos de pieles rojizas cuyos tatarabuelos indios vivían semidesnudos, comiéndose los corazones de sus enemigos; mamelucos que fueron capataces, hojalateros, herreros, zapateros o carpinteros y mulatos y negros cimarrones huidos de los cañaverales del litoral y del potro, los cepos, los vergazos con salmuera y demás castigos inventados en los ingenios para los esclavos. Y había las mujeres, viejas y jóvenes, sanas o tullidas, que eran siempre las primeras en conmoverse cuando el Consejero, durante el alto nocturno, les hablaba del pecado, de las vilezas del Can o de la bondad de la Virgen. Eran ellas las que zurcían el hábito morado convirtiendo en agujas las espinas de los cardos y en hilo las fibras de las palmeras y las que se ingeniaban para hacerle uno nuevo cuando el viejo se desgarraba en los arbustos, y las que le renovaban las sandalias y se disputaban las viejas para conservar, como reliquias, esas prendas que habían tocado su cuerpo. Eran ellas las que, cada tarde, cuando los hombres habían prendido las fogatas, preparaban el angú de harina de arroz o de maíz o de mandioca dulce con agua y las buchadas de zapallo que sustentaban a los peregrinos. Éstos nunca tuvieron que preocuparse por el alimento, pues eran frugales y recibían dádivas por donde pasaban. De los humildes, que corrían a llevarle al Consejero una gallina o una talega de maíz o quesos recién hechos, y también de los propietarios que, cuando la corte harapienta pernoctaba en las alquerías y, por iniciativa propia y sin cobrar un centavo, limpiaba y barría las capillas de las haciendas, les mandaban con sus sirvientes leche fresca, víveres y, a veces, una cabrita o un chivo.

Había dado ya tantas vueltas, andado y desandado tantas veces por los sertones, subido y bajado tantas chapadas, que todo el mundo lo conocía. También los curas. No había muchos y los que había estaban como perdidos en la inmensidad del sertón y eran, en todo caso, insuficientes para mantener vivas a las abundantes iglesias que eran visitadas por pastores sólo el día del santo del pueblo. Los vicarios de algunos lugares, como Tucano y Cumbe, le permitían hablar a los fieles desde el púlpito y se llevaban bien con él; otros, como los de Entre Ríos e Itapicurú se lo prohibían y lo combatían. En los demás, para retribuirle lo que hacía por las iglesias y los cementerios, o porque su fuerza entre las almas sertaneras era tan grande que no querían indisponerse con sus parroquianos, los vicarios consentían a regañadientes a que, luego de la misa, rezara letanías y predicara en el atrio.

¿Cuándo se enteraron el Consejero y su corte de penitentes que, en 1888, allá lejos, en esas ciudades cuyos nombres incluso les sonaban extranjeros —Sao Paulo, Río de Janeiro, la propia Salvador, capital del Estado— la monarquía había abolido la esclavitud y que la medida provocaba agitación en los ingenios bahianos que, de pronto, se quedaron sin brazos? Sólo meses después de decretada subió a los sertones la noticia, como subían las noticias a esas extremidades del Imperio —demoradas, deformadas y a veces caducas— y las autoridades la hicieron pregonar en las plazas y clavar en la puerta de los municipios.

Y es probable que, al año siguiente, el Consejero y su estela se enteraran con el mismo retraso que la nación a la que sin saberlo pertenecían había dejado de ser Imperio y era ahora República. Nunca llegaron a saber que este acontecimiento no despertó el menor entusiasmo en las viejas autoridades, ni en los ex-propietarios de esclavos (seguían siéndolo de cañaverales y rebaños) ni en los profesionales y funcionarios de Bahía que veían en esta mudanza algo así como el tiro de gracia a la ya extinta hegemonía de la ex-capital, centro de la vida política y económica del Brasil por doscientos años y ahora nostálgica pariente pobre, que veía desplazarse hacia el Sur todo lo que antes era suyo —la prosperidad, el poder, el dinero, los brazos, la historia—, y aunque lo hubieran sabido no lo hubieran entendido ni les hubiera importado, pues las preocupaciones del Consejero y los suyos eran otras. Por lo demás ¿qué había cambiado para ellos aparte de algunos nombres? ¿No era este paisaje de tierra reseca y cielo plúmbeo el de siempre? Y a pesar de haber pasado varios años de la sequía ¿no continuaba la región curando sus heridas, llorando a sus muertos, tratando de resucitar los bienes perdidos? ¿Qué había cambiado ahora que había Presidente en vez de Emperador en la atormentada tierra del Norte? ¿No seguía luchando contra la esterilidad del suelo y la avaricia del agua el labrador para hacer brotar el maíz, el frejol, la papa y la mandioca y para mantener vivos a los cerdos, las gallinas y las cabras? ¿No seguían llenas de ociosos las aldeas y no eran todavía peligrosos los caminos por los bandidos? ¿No había por doquier ejércitos de pordioseros como reminiscencia de los estragos de 1877? ¿No eran los mismos los contadores de fábulas? ¿No seguían, pese a los esfuerzos del Consejero, cayéndose a pedazos las casas del Buen Jesús?

Pero sí, algo cambió con la República. Para mal y confusión del mundo: la Iglesia fue separada del Estado, se estableció la libertad de cultos y se secularizaron los cementerios, de los que ya no se ocuparían las parroquias sino los municipios. En tanto que los vicarios, desconcertados, no sabían qué decir ante esas novedades que la jerarquía se resignaba a aceptar, el Consejero sí lo supo, al instante: eran impiedades inadmisibles para el creyente. Y cuando supo que se había entronizado el matrimonio civil —como si un sacramento creado por Dios no fuera bastante— él sí tuvo la entereza de decir en voz alta, a la hora de los consejos, lo que los párrocos murmuraban: que ese escándalo era obra de protestantes y masones. Como, sin duda, esas otras disposiciones extrañas, sospechosas, de las que se iban enterando por los pueblos: el mapa estadístico, el censo, el sistema métrico decimal. A los aturdidos sertaneros que acudían a preguntarle qué significaba todo eso, el Consejero se lo explicaba, despacio: querían saber el color de la gente para restablecer la esclavitud y devolver a los morenos a sus amos, y su religión para identificar a los católicos cuando comenzaran las persecuciones. Sin alzar la voz, los exhortaba a no responder a semejantes cuestionarios ni a aceptar que el metro y el centímetro sustituyeran a la vara y el palmo.

Una mañana de 1893, al entrar a Natuba, el Consejero y los peregrinos oyeron un zumbido de avispas embravecidas que subía al cielo desde la Plaza Matriz, donde los hombres y mujeres se habían congregado para leer o escuchar leer unos edictos recién colados en las tablas. Les iban a cobrar impuestos, la República les quería cobrar impuestos. ¿Y qué eran los impuestos?, preguntaban muchos lugareños. Como los diezmos, les explicaban otros. Igual que, antes, si a un morador le nacían cincuenta gallinas debía dar cinco a la misión y una arroba de cada diez que cosechaba, los edictos establecían que se diera a la República una parte de todo lo que uno heredaba o producía. Los vecinos tenían que declarar en los municipios, ahora autónomos, lo que tenían y lo que ganaban para saber lo que les correspondería pagar. Los perceptores de impuestos incautarían para la República todo lo que hubiera sido ocultado o rebajado de valor.

El instinto animal, el sentido común y siglos de experiencia hicieron comprender a los vecinos que aquello sería tal vez peor que la sequía, que los perceptores de impuestos resultarían más voraces que los buitres y los bandidos. Perplejos, asustados, encolerizados, se codeaban y se comunicaban unos a otros su aprensión y su ira, en voces que, mezcladas, integradas, provocaban esa música beligerante que subía al cielo de Natuba cuando el Consejero y sus desastrados ingresaron al pueblo por la ruta de Cipó. Las gentes rodearon al hombre de morado y le obstruyeron el camino a la Iglesia de Nuestra Señora de la Concepción (recompuesta y pintada por él mismo varias veces en las décadas anteriores) donde se dirigía con sus trancadas de siempre, para contarle las nuevas que él, serio y mirando a través de ellos, apenas pareció escuchar.

Y, sin embargo, instantes después, al tiempo que una suerte de explosión interior ponía sus ojos ígneos, echó a andar, a correr, entre la muchedumbre que se abría a su paso, hacia las tablas con los edictos. Llegó hasta ellas y sin molestarse en leerlas las echó abajo, con la cara descompuesta por una indignación que parecía resumir la de todos. Luego pidió, con voz vibrante, que quemaran esas maldades escritas. Y cuando, ante los ojos sorprendidos de los concejales, el pueblo lo hizo y, además, empezó a celebrar, reventando cohetes como en día de feria, y el fuego disolvió en humo los edictos y el susto que provocaron, el Consejero, antes de ir a rezar a la Iglesia de la Concepción, dio a los seres de ese apartado rincón una grave primicia: el Anticristo estaba en el mundo y se llamaba República.

—PITOS, sí, Señor Comisionado —repite, sorprendiéndose una vez más de lo que ha vivido y, sin duda, recordado y contado muchas veces el Teniente Pires Ferreira—. Sonaban muy fuertes en la noche. Mejor dicho, en el amanecer.

El hospital de campaña es una barraca de tablas y techo de hojas de palma acondicionada de cualquier manera para albergar a los soldados heridos. Está en las afueras de Joazeiro, cuyas casas y calles paralelas al ancho río San Francisco —encaladas o pintadas de colores— se divisan entre los tabiques, bajo las copas polvorientas de esos árboles que han dado nombre a la ciudad.

—Echamos doce días de aquí a Uauá, que está ya a las puertas de Canudos, todo un éxito —dice el Teniente Pires Ferreira—. Mis hombres se caían de fatiga, así que decidí acampar allí. Y, a las pocas horas, nos despertaron los pitos.

Hay dieciséis heridos, tumbados en hamacas, en filas que se miran: toscos vendajes, cabezas, brazos y piernas manchados de sangre, cuerpos desnudos y semidesnudos, pantalones y guerreras en hilachas. Un médico de batín blanco, recién llegado, pasa revista a los heridos, seguido por un enfermero que carga un botiquín. La apariencia saludable, ciudadana, del médico contrasta con las caras derrotadas y los pelos apelmazados de sudor de los soldados. Al fondo de la barraca, una voz angustiada habla de confesión.

—¿No puso usted centinelas? ¿No se le ocurrió que podían sorprenderlos, Teniente?

—Había cuatro centinelas, Señor Comisionado —replica Pires Ferreira, mostrando cuatro dedos enérgicos—. No nos sorprendieron. Cuando escuchamos los pitos, la compañía entera se levantó y se preparó para el combate. —Baja la voz: —Pero no vimos llegar al enemigo sino a una procesión.

Por una esquina de la barraca-hospital, a la orilla del río surcado por barcas cargadas de sandías, se distingue el pequeño campamento, donde se halla el resto de la tropa: soldados tumbados a la sombra de unos árboles, fusiles alineados en grupos de a cuatro, tiendas de campaña. Pasa, ruidosa, una bandada de loros.

—¿Una procesión *religiosa*, Teniente? —pregunta la vocecita nasal, intrusa, sorpresiva.

El oficial echa un vistazo al que le ha hablado y asiente:

—Venían por el rumbo de Canudos —explica, dirigiéndose siempre al Comisionado—. Eran quinientos, seiscientos, quizás mil.

El Comisionado alza las manos y su adjunto mueve la cabeza, también incrédulo. Son, salta a la vista, gente de la ciudad. Han llegado a Joazeiro esa misma mañana en el tren de Salvador y están aún aturdidos y magullados por el traqueteo, incómodos en sus sacones de anchas mangas, en los bolsudos pantalones y botas que ya se han ensuciado, acalorados, seguramente disgustados de estar allí, rodeados de carne herida, de pestilencia, y de tener que investigar una derrota. Mientras hablan con el Teniente Pires Ferreira van de hamaca en hamaca y el Comisionado, hombre adusto, se inclina a veces a dar una palmada a los heridos. Él sólo escucha lo que dice el Teniente, pero su adjunto toma notas, igual que el otro recién llegado, el de la vocecita resfriada, el que estornuda con frecuencia.

—¿Quinientos, mil? —dice el Comisionado con sarcasmo—. La denuncia del Barón de Cañabrava llegó a mi despacho y la conozco, Teniente. Los invasores de Canudos, incluidas las mujeres y criaturas, fueron doscientos. El Barón debe saberlo, es el dueño de la hacienda.

—Eran mil, miles —murmura el herido de la hamaca más próxima, un mulato de piel clara y pelos crespos, con el hombro vendado—. Se lo juro, señor.

El Teniente Pires Ferreira lo hace callar con un movimiento tan brusco que roza la pierna del herido que tiene a su espalda y el hombre ruge de dolor. El Teniente es joven, más bien bajo, de bigotitos recortados como los usan los petimetres que, allá, en Salvador, se reúnen en las confiterías de la rua de Chile a la hora del té. Pero la fatiga, la frustración, los nervios han rodeado ahora ese bigotito francés de ojeras violáceas, piel lívida y una mueca. Está sin afeitar, con los cabellos revueltos, el uniforme desgarrado y el brazo derecho en cabestrillo. Al fondo, la voz incoherente sigue hablando de confesión y santos óleos.

Pires Ferreira se vuelve hacia el Comisionado:

—De niño viví en una hacienda, aprendí a contar a los rebaños de un vistazo —murmura—. No estoy exagerando. Había más de quinientos, y, quizás mil.

—Traían una cruz de madera, enorme, y una bandera del Divino Espíritu Santo —agrega alguien, desde una hamaca.

Y, antes que el Teniente pueda atajarlos, otros se atropellan, contando: traían también imágenes de santos, rosarios, todos soplaban esos pitos o cantaban Kyrie Eleisons y vitoreaban a San Juan Bautista, a la Virgen María, al Buen Jesús y al Consejero. Se han incorporado en las hamacas y se disputan la palabra hasta que el Teniente les ordena callar.

—Y, de pronto, se nos echaron encima —prosigue, en medio del silencio—. Parecían tan pacíficos, parecían una procesión de Semana Santa, ¿cómo iba a atacarlos? Y, de repente, empezaron a dar mueras y a disparar a quemarropa. Éramos uno contra ocho, contra diez.

—¿A dar mueras? —lo interrumpe la vocecita impertinente.

—Mueras a la República —dice el Teniente Pires Ferreira—. Mueras al Anticristo. —Se dirige de nuevo al Comisionado: —No tengo nada que reprocharme. Los hombres pelearon como bravos. Resistimos más de cuatro horas, Señor. Sólo ordené la retirada cuando nos quedamos sin munición. Ya sabe usted los problemas que tuvimos con los Männlichers. Gracias a la disciplina de los soldados pudimos llegar hasta aquí en sólo diez días.

—La venida fue más rápida que la ida —gruñe el Comisionado.

—Vengan, vengan, vean esto —los llama el médico del batín blanco, desde una esquina.

El grupo de civiles y el Teniente cruzan las hamacas para llegar hasta él. Bajo el batín, el médico lleva uniforme militar, color azul añil. Ha retirado el vendaje de un soldado aindiado, que se tuerce de dolor, y está mirando con interés el vientre del hombre. Se los señala como algo precioso: junto a la ingle, hay una boca purulenta del tamaño de un puño, con sangre coagulada en los bordes y carne que late.

—¡Una bala explosiva! —exclama el médico, con entusiasmo, espolvoreando la piel tumefacta con un polvillo blanco—. Al penetrar en el cuerpo, estalla como el *shrapnel*, destruye los tejidos y provoca este orificio. Sólo lo había visto en los Manuales del Ejército inglés. ¿Cómo es posible que esos pobres diablos dispongan de armas tan modernas? Ni el Ejército brasileño las tiene.

—¿Lo ve, Señor Comisionado? —dice el Teniente Pires Ferreira, con aire triunfante—. Estaban armados hasta los dientes. Tenían fusiles, carabinas, espingardas, machetes, puñales, porras. En cambio, nuestros Männlichers se atoraban y...

Pero el que delira sobre la confesión y los santos óleos ahora da gritos y habla de imágenes sagradas, de la bandera del Divino, de los pitos. No parece herido; está amarrado a una estaca, con el uniforme mejor conservado que el del Teniente. Cuando ve acercarse al médico y al grupo de civiles les implora, con ojos llorosos:

—¡Confesión, señores! ¡Se lo pido! ¡Se lo pido!

—¿Es el médico de su compañía, el doctor Antonio Alves de Santos? —pregunta el médico del batín—. ¿Por qué lo tiene usted amarrado?

—Ha intentado matarse, señor —balbucea Pires Ferreira—. Se disparó un tiro y de milagro alcancé a desviarle la mano. Está así desde el combate en Uauá, no sabía qué hacer con él. En vez de ser una ayuda, se convirtió en un problema más, sobre todo durante la retirada.

—Apártense, señores —dice el médico del batín—. Déjenme solo con él, yo lo calmaré.

Cuando el Teniente y los civiles le obedecen, vuelve a oírse la vocecita nasal, inquisitiva, perentoria, del hombre que ha interrumpido varias veces las explicaciones:

—¿Cuántos muertos y heridos en total, Teniente? En su compañía y entre los bandidos.

—Diez muertos y dieciséis heridos entre mis hombres —responde Pires Ferreira, con un gesto impaciente—. El enemigo tuvo un centenar de bajas, por lo menos. Todo eso está en el informe que les he entregado, señor.

—No soy de la Comisión, sino del *Jornal de Notícias*, de Bahía —dice el hombre.

Es distinto a los funcionarios y al médico del batín blanco con los que ha venido. Joven, miope, con anteojos espesos. No toma notas con un lápiz sino con una pluma de ganso. Viste un pantalón descosido, una casaca blancuzca, una gorrita con visera y toda su ropa resulta postiza, equivocada, en su figura sin garbo. Sostiene un tablero en el que hay varias hojas de papel y moja la pluma de ganso en un tintero, prendido en la manga de su casaca, cuya tapa es un corcho de botella. Su aspecto es, casi, el de un espantapájaros.

—He viajado seiscientos kilómetros sólo para hacerle estas preguntas, Teniente Pires Ferreira —dice. Y estornuda.

JOÃO GRANDE nació cerca del mar, en un ingenio del Reconcavo, cuyo dueño, el caballero Adalberto de Gumucio, era gran aficionado a los caballos. Se preciaba de tener los alazanes más briosos y las yeguas de tobillos más finos de Bahía y de haber logrado estos especímenes sin necesidad de sementales ingleses, mediante sabios apareamientos que él mismo vigilaba. Se preciaba menos (en público) de haber conseguido lo mismo con los esclavos de la senzala, para no remover las aguas turbias de las disputas que esto le había traído con la Iglesia y con el propio Barón de Cañabrava, pero lo cierto era que con los esclavos había procedido ni más ni menos que con los caballos. Su proceder era dictado por el ojo y la inspiración. Consistía en seleccionar a las negritas más ágiles y mejor formadas y en amancebarlas con los negros que por su armonía de rasgos y nitidez de color él llamaba más puros. Las mejores parejas recibían alimentación especial y privilegios de trabajo a fin de que estuvieran en condiciones de fecundar muchas veces. El capellán, los misioneros y la jerarquía de Salvador habían amonestado repetidas veces al caballero por barajar de este modo a los negros, "haciéndolos vivir en bestialidad", pero, en vez de poner fin a esas prácticas, las reprimendas sólo las hicieron más discretas.

João Grande fue el resultado de una de esas combinaciones que llevaba a cabo ese hacendado de gustos perfeccionistas. En su caso, sin duda, nació un magnífico producto. El niño tenía unos ojos muy vivos y unos dientes que, cuando reía, llenaban de luz su cara redonda, de color azulado parejo. Era rollizo, gracioso, juguetón, y su madre —una bella mujer que paría cada nueve meses— imaginó para él un futuro excepcional. No se equivocó. El caballero Gumucio se encariñó con él cuando aún gateaba y lo sacó de la senzala para llevarlo a la casagrande —construcción rectangular, de tejado de cuatro aguas, con columnas toscanas y barandales de madera desde los que se dominaban los cañaverales, la capilla neoclásica, la fábrica donde se molía la caña, el alambique y una avenida de palmeras imperiales— pensando que podía ser paje de sus hijas y, más tarde, mayordomo o conductor de carroza. No quería que se estropeara precozmente, como ocurría a menudo con los niños dedicados a la roza, el plante y la zafra.

Pero quien se apropió de João Grande fue la señorita Adelinha Isabel de Gumucio, hermana soltera del caballero, que vivía con él. Era delgadita, menuda, con una naricilla que parecía estar olisqueando los olores feos del mundo, y dedicaba el tiempo a tejer cofias, mantones, a bordar manteles, colchas y blusas o a preparar dulces, quehaceres para los que estaba dotada. Pero la mayoría de las veces, los bollos con crema, las tortas de almendra, los merengues con chocolate, los mazapanes esponjosos que hacían las delicias de sus sobrinos, de su cuñada y de su hermano ella ni los probaba. La señorita Adelinha quedó prendada de João Grande desde el día que lo vio trepándose al depósito del agua. Asustada al ver a dos metros del suelo a un niño que apenas podía tenerse de pie, le ordenó que bajara, pero João siguió subiendo la escalerilla. Cuando la señorita llamó a un criado, el niño ya había llegado al borde y caído al agua. Lo sacaron vomitando, con los ojos redondeados por el susto. Adelinha lo desnudó, lo arropó y lo tuvo en brazos hasta que se quedó dormido.

Poco después, la hermana del caballero Gumucio instaló a João en su cuarto, en una de las cunas que habían usado sus sobrinas, y lo hizo dormir a su lado, como otras damas a sus mucamas de confianza y a sus perritos falderos. João fue desde entonces un privilegiado. Adelinha lo tenía siempre enfundado en unos mamelucos azul marino, rojo sangre o amarillo oro que le cosía ella misma. La acompañaba cada tarde al promontorio desde el cual se veían las islas y el sol del crepúsculo, incendiándolas, y cuando hacía visitas y recorridos de beneficencia por los caseríos. Los domingos, iba con ella a la iglesia, llevándole el reclinatorio. La señorita le enseñó a sujetar las madejas para que ella escarmenara la lana, a cambiar los carretes del telar, a combinar los tintes y enhebrar las agujas, así como a servirle de amanuense en la cocina. Medían juntos el tiempo de las cocciones rezando en voz alta los credos y padrenuestros que las recetas prescribían. Ella en persona lo preparó para la primera comunión, comulgó con él y le hizo un chocolate opíparo para festejar el acontecimiento.

Pero, contrariamente a lo que hubiera debido ocurrir con un niño crecido entre paredes revestidas de papel pintado, mobiliario de jacarandá forrado de damasco y sedas y armarios repletos de cristales, a la sombra de una mujer delicada y consagrado a actividades femeninas, João Grande no se convirtió en un ser suave, doméstico, como les ocurría a los esclavos caseros. Fue desde niño descomunalmente fuerte, tanto que, pese a tener la edad de João Meninho, el hijo de la cocinera, parecía llevarle varios años. Era brutal en sus juegos y la señorita solía decir, con pena: "No está hecho para la vida civilizada. Extraña el bosque". Porque el muchacho vivía al acecho de cualquier ocasión para salir al campo a trotar. Una vez que cruzaban los cañaverales, al verlo mirar con codicia a los negros que medio desnudos y con machetes trabajaban entre las hojas verdes, la señorita le comentó: "Parece que los envidiaras". Él repuso: "Sí, ama, los envidio". Tiempo después, el caballero Gumucio le hizo poner un brazalete de luto y lo mandó a las cuadras del ingenio para asistir al entierro de su madre. João no sintió mayor emoción, pues la había visto muy poco. Estuvo vagamente incómodo a lo largo de la ceremonia, bajo una enramada de paja, y en el desfile al cementerio, rodeado de negras y negros que lo miraban sin disimular su envidia o su desprecio por sus bombachas, su blusa a listas y sus zapatones, que contrastaban tanto con sus camisolas de brin y sus pies descalzos. Nunca se mostró afectuoso con su ama, lo que había hecho pensar a la familia Gumucio que era, tal vez, uno de esos rústicos sin sentimientos, capaces de escupir en la mano que les daba de comer. Pero ni siquiera este antecedente les podía haber hecho sospechar que João Grande fuera capaz de hacer lo que hizo.

Ocurrió durante el viaje de la señorita Adelinha al Convento de la Encarnación, donde hacía retiro todos los años. João Meninho conducía el coche tirado por dos caballos y João Grande iba junto a él en el pescante. El viaje tomaba unas ocho horas; salían de la hacienda al amanecer para llegar al Convento a media tarde. Pero dos días después las monjas enviaron un propio a preguntar por qué la señorita Adelinha no había llegado en la fecha prevista. El caballero Gumucio dirigió las búsquedas de policías bahianos y de siervos de la hacienda, que, durante un mes, cruzaron la región en todas direcciones, interrogando a medio mundo. La ruta entre el Convento y la hacienda fue explorada minuciosamente sin encontrar el menor rastro del coche, sus ocupantes o los caballos. Parecía que, como en las historias fantásticas de los troveros, se hubieran elevado y desaparecido por los aires.

La verdad comenzó a saberse meses más tarde, cuando un Juez de Huérfanos de Salvador descubrió, en el coche de ocasión que había comprado a un mercader de la ciudad alta, disimulado con pintura, el anagrama de la familia Gumucio. El mercader confesó que había adquirido el coche en una aldea de cafusos, sabiendo que era robado, pero sin imaginar que los ladrones podían también ser asesinos. El propio Barón de Cañabrava ofreció un precio muy alto por las cabezas de João Meninho y João Grande y el caballero Gumucio imploró que fueran capturados vivos. Una partida de bandoleros, que operaba en los sertones, entregó a João Meninho a la policía, a cambio de la recompensa. El hijo de la cocinera estaba irreconocible de sucio y greñudo cuando le dieron tormento para hacerlo hablar.

Juró que no había sido algo planeado por él sino por el demonio posesionado de su compañero de infancia. Él conducía el coche, silbando entre dientes, pensando en los dulces del Convento de la Encarnación y, de pronto, João Grande le ordenó frenar. Cuando la señorita Adelinha preguntaba por qué paraban, João Meninho vio a su compañero golpearla en la cara con tanta fuerza que la desmayó, arrebatarle las riendas y espolear a los caballos hasta el promontorio donde el ama subía a ver las islas. Allí, con una decisión tal que João Meninho, pasmado, no se había atrevido a enfrentársele, João Grande sometió a la señorita Adelinha a mil maldades. La desnudó y se reía de ella, que, temblando, se cubría con una mano los pechos y con la otra el sexo, y la había hecho corretear de un lado a otro, tratando de esquivar sus pedradas, a la vez que la insultaba con los insultos más abominables que el Meninho había oído. Súbitamente, le clavó un puñal en el estómago y, ya muerta, se encarnizó con ella cortándole los pechos y la cabeza. Luego, acezando, empapado de sudor, se quedó dormido junto a la sangría. João Meninho sentía tanto terror que las piernas no le dieron para huir.

Cuando João Grande despertó, rato después, estaba tranquilo. Miró con indiferencia la carnicería que los rodeaba. Luego ordenó al Meninho que lo ayudara a cavar una tumba, donde enterraron los pedazos de la señorita. Habían esperado que oscureciera para huir, y así se fueron alejando del lugar del crimen; escondían el coche de día en alguna cueva, ramaje o quebrada y cabalgaban de noche, con la única idea clara de que debían avanzar en dirección opuesta al mar. Cuando consiguieron vender el coche y los caballos, compraron provisiones con las que se metieron tierra adentro, con la esperanza de sumarse a esos grupos de cimarrones que, según las leyendas, pululaban entre las caatingas. Vivían a salto de mata, evitando los pueblos y comiendo de la mendicidad o de pequeños latrocinios. Sólo una vez intentó João Meninho hacer hablar a João Grande de lo sucedido. Estaban tumbados bajo un árbol, fumando de un tabaco, y, en un arranque de audacia, le preguntó a boca de jarro: "¿Por qué mataste al ama?". "Porque tengo al Perro en el cuerpo", contestó en el acto João Grande, "No me hables más de eso". El Meninho pensó que su compañero le había dicho la verdad.

Su compañero de infancia le inspiraba un miedo creciente, pues, desde el asesinato del ama, lo desconocía cada vez más. Casi no dialogaba con él y, en cambio, continuamente lo sorprendía hablando solo, en voz baja, con los ojos inyectados de sangre. Una noche lo oyó llamar al Diablo "padre" y pedirle que viniera a ayudarlo. "¿Acaso no he hecho ya bastante, padre?", balbuceaba, retorciéndose, "¿Qué más quieres que haga?" Se convenció que João había hecho pacto con el Maligno y temió que, para seguir haciendo méritos, lo sacrificara a él como había hecho con la señorita. Decidió adelantársele. Lo planeó todo, pero la noche en que se le acercó reptando, con el cuchillo listo para hundírselo, temblaba tanto que João Grande abrió los ojos antes de que él hiciera nada. Lo vio inclinado sobre su cuerpo, con la hoja bailando, en actitud inequívoca. No se inmutó. "Mátame, Meninho", le oyó decir. Salió corriendo, sintiendo que lo perseguían los diablos.

El Meninho fue ahorcado en la prisión de Salvador y los despojos de la señorita Adelinha fueron trasladados a la capilla neoclásica de la hacienda, pero su victimario no fue hallado, pese a que, periódicamente, la familia Gumucio elevaba el precio por su captura. Y, sin embargo, desde la fuga del Meninho João Grande no se ocultaba. Gigantesco, semidesnudo, miserable, comiendo lo que caía en sus trampas o sus manos cogían de los árboles, andaba por los caminos como un alma en pena. Cruzaba las aldeas a plena luz, pidiendo comida, y el sufrimiento de su cara impresionaba a las gentes que solían echarle algunas sobras.

Un día encontró en una encrucijada de senderos, en las afueras de Pombal, a un puñado de gentes que escuchaban las palabras que les decía un hombre magro, envuelto en una túnica morada, cuyos cabellos le barrían los hombros y cuyos ojos parecían brasas. Hablaba del Diablo, precisamente, al que llamaba Lucifer, Perro, Can y Belcebú, de las catástrofes y crímenes que causaba en el mundo y de lo que debían hacer los hombres que querían salvarse. Su voz era persuasiva, llegaba al alma sin pasar por la cabeza, e incluso a un ser abrumado por la confusión, como él, le parecía un bálsamo que suturaba viejas y atroces heridas. Inmóvil, sin pestañear, João Grande lo estuvo escuchando, conmovido hasta los huesos por lo que oía y por la música con que venía dicho lo que oía. La figura del santo se le velaba a ratos por las lágrimas que acudían a sus ojos. Cuando el hombre reanudó su camino, se puso a seguirlo a distancia, como un animal tímido.

UN CONTRABANDISTA y un médico fueron las personas que llegaron a conocer más a Galileo Gall en la ciudad de San Salvador de Bahía de Todos los Santos (llamada, simplemente, Bahía o Salvador), y las primeras en explicarle el país, aunque ninguna de ellas hubiera compartido las opiniones sobre el Brasil que el revolucionario vertía en sus cartas a *l'Étincelle de la révolte* (frecuentes en esa época). La primera, escrita a la semana del naufragio, hablaba de Bahía: "calidoscopio donde un hombre con noción de la historia ve coexistir las lacras que han envilecido las distintas etapas de la humanidad". La carta se refería a la esclavitud, que, aunque abolida, existía *de facto*, pues, para no morirse de hambre, muchos negros libertos habían vuelto a implorar a sus amos que los recibieran. Éstos sólo contrataban —por salarios ruines— a los brazos útiles, de modo que las calles de Bahía, en palabras de Gall, "hierven de ancianos, enfermos y miserables que mendigan o roban y de prostitutas que recuerdan Alejandría y Argel, los puertos más degradados del planeta".

La segunda carta, de dos meses más tarde, sobre "el contubernio del oscurantismo y la explotación", describía el desfile dominical de las familias pudientes, dirigiéndose a oír misa a la Iglesia de Nuestra Señora de la Concepción de la Playa, con sirvientes que cargaban reclinatorios, velas, misales y sombrillas para que el sol no dañara las mejillas de las damas; "éstas", decía Gall, "como los funcionarios ingleses de las colonias, han hecho de la blancura un paradigma, la quintaesencia de la belleza". Pero el frenólogo explicó a sus camaradas de Lyon, en un artículo posterior, que, pese a los prejuicios, los descendientes de portugueses, indios y africanos se habían mezclado bastante en esta tierra y producido una abigarrada variedad de mestizos: mulatos, mamelucos, cafusos, caboclos, curibocas. Y añadía: "Vale decir, otros tantos desafíos para la ciencia". Estos tipos humanos y los europeos varados por una u otra razón en sus orillas, daban a Bahía una atmósfera cosmopolita y variopinta.

Fue entre esos extranjeros que Galileo Gall —entonces apenas chapurreaba portugués— tuvo su primer conocido. Vivió al principio en el *Hôtel des Étrangers*, en Campo Grande, pero luego que trabó relación con el viejo Jan van Rijsted, éste le cedió un desván con un catre y una mesa, en los altos de la Librería Catilina, donde vivía, y le consiguió clases particulares de francés e inglés para que se costeara la comida. Van Rijsted era de origen holandés, nacido en Olinda, y había traficado en cacao, sedas, especies, tabaco, alcohol y armas entre Europa, África y América desde los catorce años (sin haber ido a la cárcel ni una vez). No era rico por culpa de sus asociados —mercaderes, armadores, capitanes de barco— que le habían robado buena parte de sus tráficos. Gall estaba convencido que los bandidos, grandes criminales o simples raterillos, luchaban también contra el enemigo —el Estado— y, aunque a ciegas, roían los cimientos de la propiedad. Esto facilitó su amistad con el ex-bribón. Ex, pues estaba retirado de las fechorías. Era soltero, pero había vivido con una muchacha de ojos árabes, treinta años menor que él, de sangre egipcia o marroquí, de la que se había prendado en Marsella. Se la trajo a Bahía y le puso una quinta en la ciudad alta, que decoró gastando una fortuna para hacerla feliz. A la vuelta de uno de sus viajes, encontró que la bella había volado, después de rematar todo lo que la casa contenía, llevándose la pequeña caja fuerte en la que Van Rijsted escondía algo de oro y unas piedras preciosas. Refirió a Gall estos detalles mientras caminaban frente al muelle, viendo el mar y los veleros, pasando del inglés al francés y al portugués, en un tono negligente que el revolucionario apreció. Jan vivía ahora de una renta que, según él, le permitiría beber y comer hasta su muerte, a condición de que ésta no tardase.

El holandés, hombre inculto pero curioso, escuchaba con deferencia las teorías de Galileo sobre la libertad y las formas del cráneo como síntoma de la conducta, aunque se permitía disentir cuando el escocés le aseguraba que el amor de la pareja era una tara y germen de infelicidad. La quinta carta de Gall a *l'Étincelle de la révolte* fue sobre la superstición, es decir la Iglesia del Senhor de Bonfim, que los romeros tenían cuajada de exvotos, con piernas, manos, brazos, cabezas, pechos y ojos de madera y de cristal, que pedían o agradecían milagros. La sexta, sobre el advenimiento de la República, que en la aristocrática Bahía había significado sólo el cambio de algunos nombres. En la siguiente, homenajeaba a cuatro mulatos —los sastres Lucas Dantas, Luis Gonzaga de las Vírgenes, Juan de Dios y Manuel Faustino— que, un siglo atrás, inspirados por la Revolución Francesa, se conjuraron para destruir la monarquía y establecer una sociedad igualitaria de negros, pardos y blancos. Jan van Rijsted llevó a Galileo a la placita donde los artesanos fueron ahorcados y descuartizados y, sorprendido, lo vio depositar allí unas flores.

Entre los estantes de la Librería Catilina conoció Galileo Gall, un día, al Doctor José Bautista de Sá Oliveira, médico ya anciano, autor de un libro que le había interesado: *Craneometría comparada de las especies humanas de Bahía, desde el punto de vista evolucionista y médico-legal.* El anciano, que había estado en Italia y conocido a Cesare Lombroso, cuyas teorías lo sedujeron, quedó feliz de tener por lo menos un lector para ese libro que había publicado con su dinero y que sus colegas consideraban extravagante. Sorprendido por los conocimientos médicos de Gall —aunque, siempre, descorcertado y a menudo escandalizado con sus opiniones—, el Doctor Oliveira encontró un interlocutor en el escocés, con quien pasaba a veces horas discutiendo fogosamente sobre el psiquismo de la persona criminal, la herencia biológica o la Universidad, institución de la que Gall despotricaba, considerándola responsable de la división entre el trabajo físico y el intelectual y causante, por eso, de peores desigualdades sociales que la aristocracia y la plutocracia. El Doctor Oliveira recibía a Gall en su consultorio y alguna vez le encargaba una sangría o una purga.

Aunque lo frecuentaban y, quizá, estimaban, ni Van Rijsted ni el Doctor Oliveira tenían la impresión de conocer realmente a ese hombre de cabellos y barbita rojiza, malvestido de negro, que, pese a sus ideas, parecía llevar una vida sosegada: dormir hasta tarde, dar lecciones de idiomas por las casas, caminar incansablemente por la ciudad, o permanecer en su desván leyendo y escribiendo. A veces desaparecía por varias semanas sin dar aviso y, al reaparecer, se enteraban que había hecho largos viajes por el Brasil, en las condiciones más precarias. Nunca les hablaba de su pasado ni de sus planes y como, cuando lo interrogaban sobre estos asuntos, les respondía vaguedades, ambos se conformaron con aceptarlo tal como era o parecía ser: solitario, exótico, enigmático, original, de palabras e ideas incendiarias pero de conducta inofensiva.

A los dos años, Galileo Gall hablaba con soltura el portugués y había enviado varias cartas más a *l'Étincelle de la révolte*. La octava, sobre los castigos corporales que había visto impartir a los siervos en patios y calles de la ciudad, y la novena sobre los instrumentos de tortura usados en tiempos de la esclavitud: el potro, el cepo, el collar de cadenas o *gargalheira*, las bolas de metal y los *infantes*, anillos que trituraban los pulgares. La décima, sobre el Pelourinho, patíbulo de la ciudad, donde aún se azotaba a los infractores de la ley (Gall los llamaba "hermanos") con un chicote de cuero crudo que se ofrecía en los almacenes con un sobrenombre marino: el *bacalao*.

Recorría tanto, de día y de noche, los vericuetos de Salvador, que se lo hubiera podido tomar por un enamorado de la ciudad. Pero Galileo Gall no se interesaba en la belleza de Bahía sino en el espectáculo que nunca había dejado de sublevarlo: la injusta. Aquí, explicaba en sus cartas a Lyon, a diferencia de Europa, no había barrios residenciales: "Las casuchas de los miserables colindan con los palacios de azulejos de los propietarios de ingenios y las calles están atestadas, desde la sequía de hace tres lustros que empujó hasta aquí millares de refugiados de las tierras altas, con niños que parecen viejos y viejos que parecen niños y mujeres que son palos de escoba, y entre los cuales un científico puede identificar todas las variantes del mal físico, desde las benignas hasta las atroces: la fiebre biliosa, el beriberi, la anasarca, la disentería, la viruela". "Cualquier revolucionario que sienta vacilar sus convicciones sobre la gran revolución —decía una de sus cartas— debería echar un vistazo a lo que yo veo en Salvador: entonces, no dudaría".

III

Cuando, semanas después, se supo en Salvador que en una aldea remota llamada Natuba los edictos de la flamante República sobre los nuevos impuestos habían sido quemados, la Gobernación decidió enviar una fuerza de la Policía Bahiana a prender a los revoltosos. Treinta guardias, uniformados de azul y verde, con quepis en los que la República aún no había cambiado los emblemas monárquicos, emprendieron, primero en ferrocarril y luego a pie, la azarosa travesía hacia ese lugar que, para todos ellos, era un nombre en el mapa. El Consejero no estaba en Natuba. Los sudorosos policías interrogaron a concejales y vecinos antes de partir en busca de ese sedicioso cuyo nombre, apodo y leyenda llevarían hasta el litoral y propagarían por las calles de Bahía. Guiados por un rastreador de la región, azul verdosos en la radiante mañana, se perdieron tras los montes del camino de Cumbe.

Otra semana estuvieron subiendo y bajando por una tierra rojiza, arenosa, con caatingas de espinosos mandacarús y famélicos rebaños de ovejas que escarbaban en la hojarasca, tras la pista del Consejero. Todos lo habían visto pasar, el domingo había orado en esa iglesia, predicado en aquella plaza, dormido junto a esas rocas. Lo encontraron por fin a siete leguas de Tucano, en un poblado de cabañas de adobe y tejas que se llamaba Masseté, en las estribaciones de la Sierra de Ovó. Era el atardecer, vieron mujeres con cántaros en la cabeza, suspiraron al saber que llegaba a término la persecución. El Consejero pernoctaba donde Severino Vianna, un morador que tenía un sembrío de maíz a mil metros del pueblo. Los policías trotaron hacia allí, entre joazeiros de ramas filudas y matas de velame que les irritaba la piel. Cuando llegaron, medio a oscuras, vieron una vivienda de estacas y un enjambre de seres amorfos, arremolinados en torno a alguien que debía ser el que buscaban. Nadie huyó, nadie prorrumpió en gritos al divisar sus uniformes, sus fusiles.

¿Eran cien, ciento cincuenta, doscientos? Había tantos hombres como mujeres entre ellos y la mayoría parecía salir, por la ropa que vestían, de entre los más pobres de los pobres. Todos mostraban —así lo contarían a sus mujeres, a sus queridas, a las putas, a sus compañeros, los guardias que regresaron a Bahía— unas miradas de inquebrantable resolución. Pero, en verdad, no tuvieron tiempo de observarlos ni de identificar al cabecilla, pues apenas el Sargento jefe les ordenó entregar

44

al que le decían Consejero, la turba se les echó encima, en un acto de flagrante temeridad, considerando que los policías tenían fusiles y ellos sólo palos, hoces, piedras, cuchillos y una que otra escopeta. Pero todo ocurrió de manera tan súbita que los policías se vieron cercados, dispersados, acosados, golpeados y heridos, a la vez que se oían llamar "¡Republicanos!" como si la palabra fuera insulto. Alcanzaron a disparar sus fusiles, pero aun cuando caían andrajosos con el pecho roto o la cara destrozada, nada los desanimó y, de pronto, los policías bahianos se encontraron huyendo, aturdidos por la incomprensible derrota. Después dirían que entre sus atacantes no sólo había los locos y fanáticos que ellos creían sino, también, avezados delincuentes, como el cara cortada Pajeú y el bandido a quien por sus crueldades le habían llamado João Satán. Tres policías murieron y quedaron insepultos, para alimento de las aves de la Sierra de Ovó; desaparecieron ocho fusiles. Otro guardia se ahogó en el Masseté. Los peregrinos no los persiguieron. En vez de ello, se ocuparon de enterrar a sus cinco muertos y en curar a los varios heridos mientras los otros, arrodillados junto al Consejero, daban gracias a Dios. Hasta tarde en la noche, alrededor de las tumbas cavadas en el sembrío de Severino Vianna, se oyeron llantos y rezos de difuntos.

Cuando una segunda fuerza de la Policía Bahiana, de sesenta guardias, mejor armada que la primera, desembarcó del ferrocarril en Serrinha, algo había cambiado en la actitud de los lugareños para con los uniformados. Porque éstos, aunque conocían el desamor con que eran recibidos en los pueblos cuando subían a la caza de bandoleros, nunca, como esta vez, se hallaron tan ciertos de ser deliberadamente despistados. Las provisiones de los almacenes siempre se habían agotado, aun cuando ofrecieran pagarlas a buen precio y, pese a las altas primas, ningún rastreador de Serrinha los guió. Ni nadie supo esta vez darles el menor indicio sobre el paradero de la banda. Y los policías, mientras daban tumbos de Olhos d'Água a Pedra Alta, de Tracupá a Tiririca y de allí a Tucano y de allí a Caraiba y a Pontal y por fin de vuelta a Serrinha, y sólo encontraban, en los vaqueros, labriegos, artesanos y mujeres que sorprendían en el camino, miradas indolentes, negativas contritas, encogimiento de hombros, se sentían tratando de empuñar un espejismo. La banda no había pasado por allí, al moreno de hábito morado nadie lo había visto y ahora nadie recordaba que hubieran sido quemados unos edictos en Natuba ni sabido de un choque armado en Masseté. Al volver a la capital del Estado, indemnes, deprimidos, los guardias hicieron saber que la horda de fanáticos —al igual que tantas otras, fugazmente cristalizadas alrededor de una beata o de un predicador— se había seguramente disuelto y, a estas horas, asustados de sus propias fechorías, sus miembros estarían sin duda huyendo en direcciones distintas, acaso después de matar al jefecillo. ¿No había ocurrido así, tantas veces, en la región?

Pero se equivocaban. Esta vez, aunque las apariencias repitieran viejas formas de la historia, todo sería distinto. Los penitentes se hallaban ahora más unidos y, en vez de victimar al santo después de la victoria de Masseté, que interpretaban como una señal venida de la altura, lo reverenciaban más. A la mañana siguiente del choque, los había despertado el Consejero, quien rezó toda la noche sobre las tumbas de los yagunzos muertos. Lo notaron muy triste. Les dijo que lo ocurrido la víspera era sin duda preludio de mayores violencias y les pidió que regresaran a sus casas, pues si continuaban con él, podían ir a la cárcel o morir como esos cinco hermanos que ahora estaban en presencia del Padre. Ninguno se movió. Pasó sus ojos sobre los cien, ciento cincuenta, doscientos desarrapados, que lo escuchaban inmersos todavía en las emociones de la víspera, y además de mirarlos pareció verlos. "Agradézcanle al Buen Jesús, les dijo con suavidad, pues parece que los ha elegido a ustedes para dar el ejemplo."

Lo siguieron con las almas sobrecogidas de emoción, no tanto por lo que les había dicho, sino por la blandura de su voz, que era siempre severa e impersonal. A algunos les costaba trabajo no quedar rezagados por sus trancos de ave zancuda, en la inverosímil ruta por la que los llevaba esta vez, una ruta que no era trocha de acémilas ni sendero de cangaceiros, sino desierto salvaje, de cactos, favela y pedruscos. Pero él no vacilaba en cuanto al rumbo. En el reposo de la primera noche, después de la acción de gracias y el rosario, les habló de la guerra, de los países que se entremataban por un botín como hienas por la carroña, y acongojado comentó que el Brasil, siendo ahora República, actuaría también como las naciones herejes. Le oyeron decir que el Can debía estar de fiesta, le oyeron decir que había llegado el momento de echar raíces y de construir un Templo que fuera, en el fin del mundo, lo que había sido en el principio el Arca de Noé.

¿Y dónde echarían raíces y construirían ese Templo? Lo supieron después de atravesar quebradas, tablazos, sierras, caatingas —caminatas que nacían y morían con el sol—, escalar una ronda de montañas y cruzar un río que tenía poca agua y se llamaba Vassa Barris. Señalando, a lo lejos, el conjunto de cabañas que habían sido ranchos de peones y la mansión desvencijada que fue casa grande cuando aquello era una hacienda, el Consejero dijo: "Nos quedaremos allí". Algunos recordaron que, desde hacía años, en las pláticas nocturnas, solía profetizar que, antes del final, los elegidos del Buen Jesús encontrarían refugio en una tierra alta y privilegiada, donde no entraría un impuro. Quienes subieran hasta allí tendrían la seguridad del eterno descanso. ¿Habían, pues, llegado a la tierra de salvación?

Felices, fatigados, avanzaron detrás de su guía, hacia Canudos, donde habían salido a verlos venir las familias de los hermanos Vilanova, dos comerciantes que tenían allí un almacén, y todos los otros vecinos del lugar.

EL SOL calcina el sertón, brilla en las aguas negro verdosas del Itapicurú, se refleja en las casas de Queimadas, que se despliegan a la margen derecha del río, al pie de unas barrancas de greda rojiza. Ralos árboles sombrean la superficie pedregosa que se aleja ondulando hacia el suroeste, en la dirección de Riacho da Onça. El jinete —botas, sombrero de alas anchas, levita oscura— avanza sin prisa, escoltado por su sombra y la de su mula, hacia un bosquecillo de arbustos plomizos. Detrás de él, ya lejos, fulguran todavía los techos de Queimadas. A su izquierda, a unos centenares de metros, en lo alto de un promontorio se yergue una cabaña. La cabellera que desborda el sombrero, su barbita rojiza y sus ropas están llenas de polvo; transpira copiosamente y, de tanto en tanto, se seca la frente con la mano y se pasa la lengua por los labios resecos. En los primeros matorrales del bosquecillo, frena a la mula y sus ojos claros, ávidos, buscan en una y otra dirección. Por fin, distingue a unos pasos, acuclillado, explorando una trampa, a un hombre con sandalias y sombrero de cuero, machete a la cintura y pantalón y blusa de brin. Galileo Gall desmonta y va hacia él tirando a la mula de la rienda.

—¿Rufino? —pregunta—. ¿El guía Rufino, de Queimadas?

El hombre se vuelve a medias, despacio, como si hubiera advertido hace rato su presencia y con un dedo en los labios le pide silencio: shhht, shhht. Al mismo tiempo, le echa una ojeada y, un segundo, hay sorpresa en sus ojos oscuros, tal vez por el acento con que el recién llegado habla el portugués, tal vez por su atuendo funeral. Rufino —hombre joven, de cuerpo enteco y flexible, cara angulosa, lampiña, curtida por la intemperie— retira el machete de su cintura, vuelve a inclinarse sobre la trampa disimulada con hojas y jala de una red: del boquete sale una confusión de plumas negras, graznando. Es un pequeño buitre que no puede elevarse pues una de sus patas se halla atrapada en la red. Hay decepción en la cara del guía, que, con la punta del machete, desprende al pajarraco y lo mira perderse en el aire azul, aleteando con desesperación.

—Una vez me saltó un jaguar de este tamaño —murmura, señalando la trampa—. Estaba medio ciego, de tantas horas en el hueco.

Galileo Gall asiente. Rufino se endereza y da dos pasos hacia él. Ahora, llegado el momento de hablar, el forastero parece indeciso.

—Fui a buscarte a tu casa —dice, ganando tiempo—. Tu mujer me mandó aquí.

La mula está escarbando la tierra con los cascos traseros y Rufino le coge la cabeza y le abre la boca. Mientras, con mirada de conocedor, le examina los dientes, parece reflexionar en alta voz:

—El jefe de la estación de Jacobina sabe mis condiciones. Soy hombre de una sola palabra, cualquiera se lo dirá en Queimadas. Ese trabajo es bravo.

Como Galileo Gall no le responde, se vuelve a mirarlo.

—¿No es usted del Ferrocarril? —pregunta, hablando con lentitud, pues ha comprendido que el extraño tiene dificultad en entenderle.

Galileo Gall se echa para atrás el sombrero y con un movimiento del mentón hacia la tierra de colinas desiertas que los rodea, susurra:

—Quiero ir a Canudos. —Hace una pausa, pestañea como para esconder la excitación de sus pupilas, y añade: —Sé que has ido allí muchas veces.

Rufino está muy serio Sus ojos lo escudriñan ahora con una desconfianza que no se molesta en ocultar.

—Iba a Canudos cuando era hacienda de ganado —dice, lleno de cautela—. Desde que el Barón de Cañabrava la abandonó, no he vuelto.

—El camino sigue siendo el mismo —replica Galileo Gall.

Están muy cerca uno del otro, observándose, y la silenciosa tensión que ha surgido parece contagiarse a la mula que, de pronto, cabecea y empieza a retroceder.

—¿Lo manda el Barón de Cañabrava? —pregunta Rufino, a la vez que calma al animal palmeándole el pescuezo.

Galileo Gall niega con la cabeza y el guía no insiste. Pasa la mano por uno de los remos traseros de la mula, obligándola a alzarlo y se agacha para examinar el casco:

—En Canudos están pasando cosas —murmura—. Los que ocuparon la hacienda del Barón han atacado a unos soldados de la Guardia Nacional, en Uauá. Mataron a varios, dicen.

—¿Tienes miedo de que te maten también a ti? —gruñe Galileo Gall, sonriendo—. ¿Eres soldado, tú?

Rufino ha encontrado, por fin, lo que buscaba en el casco: una espina, tal vez, o un guijarro que se pierde en sus manos grandes y toscas. Lo arroja y suelta el animal.

—Miedo, ninguno —contesta, suavemente, con un amago de sonrisa—. Canudos está lejos.

—Te pagaré lo justo —Galileo Gall respira hondo, acalorado; se quita el sombrero y sacude la enrulada cabellera rojiza—. Partiremos dentro de una semana o, a lo más, diez días. Eso sí, hay que guardar la mayor reserva.

El guía Rufino lo mira sin inmutarse, sin preguntar nada.

—Por lo ocurrido en Uauá —añade Galileo Gall, pasándose la lengua por la boca—. Nadie debe saber que vamos a Canudos.

Rufino señala la cabaña solitaria, de barro y estacas, medio disuelta por la luz en lo alto del promontorio:

—Venga a mi casa y conversaremos sobre ese negocio —dice.

Echan a andar, seguidos por la mula que Galileo lleva de la rienda. Los dos son casi de la misma altura, pero el forastero es más corpulento y su andar es quebradizo y enérgico, en tanto que el guía parece ir flotando sobre la tierra. Es el mediodía y unas pocas nubes blanquecinas han aparecido en el cielo. La voz del pistero se pierde en el aire mientras se alejan:

—¿Quién le habló de mí? Y, si no es indiscreción, ¿para qué quiere ir tan lejos? ¿Qué se le ha perdido allá en Canudos?

Apareció una madrugada sin lluvia, en lo alto de una loma del camino de Quijingue, arrastrando una cruz de madera. Tenía veinte años pero había padecido tanto que parecía viejísima. Era una mujer de cara ancha, pies magullados y cuerpo sin formas, de piel color ratón.

Se llamaba María Quadrado y venía desde Salvador a Monte Santo, andando. Arrastraba ya la cruz tres meses y un día. En el camino de gargantas de piedra y caatingas erizadas de cactos, desiertos donde ululaba el viento en remolinos, caseríos que eran una sola calle lodosa y tres palmeras y pantanos pestilentes donde se sumergían las reses para librarse de los murciélagos, María Quadrado había dormido a la intemperie, salvo las raras veces en que algún tabaréu o pastor que la miraban como santa le ofrecían sus refugios. Se había alimentado de pedazos de rapadura que le daban almas caritativas y de frutos silvestres que arrancaba cuando, de tanto ayunar, le crujía el estómago. Al salir de Bahía, decidida a peregrinar hasta el milagroso Calvario de la Sierra de Piquaraçá, donde dos kilómetros excavados en los flancos de la montaña y rociados de capillas, en recuerdo de las Estaciones del Señor, conducían hacia la Iglesia de la Santa Cruz de Monte Santo, adonde había prometido llegar a pie en expiación de sus pecados, María Quadrado vestía dos polleras y tenía unas trenzas anudadas con una cinta, una blusa azul y zapatos de cordón. Pero en el camino había regalado sus ropas a los mendigos y los zapatos se los robaron en Palmeira dos Indios. De modo que al divisar Monte Santo, esa madrugada, iba descalza y su vestimenta era un costal de esparto con agujeros para los brazos. Su cabeza, de mechones mal tijereteados y cráneo pelado, recordaba las de los locos del hospital de Salvador. Se había rapado ella misma después de ser violada por cuarta vez.

Porque había sido violada cuatro veces desde que comenzó su recorrido: por un alguacil, por un vaquero, por dos cazadores de venados y por un pastor de cabras que la cobijó en su cueva. Las tres primeras veces, mientras la mancillaban, sólo había sentido repugnancia por esas bestias que temblaban encima suyo como atacados del mal de San Vito y había soportado la prueba rogándole a Dios que no la dejaran encinta. Pero la cuarta había sentido un arrebato de piedad por el muchacho encaramado sobre ella, que, después de haberla golpeado para someterla, le balbuceaba palabras tiernas. Para castigarse por esa compasión se había rapado y transformado en algo tan grotesco como los monstruos que exhibía el Circo del Gitano por los pueblos del sertón.

Al llegar a la cuesta desde la que vio, al fin, el premio de tanto esfuerzo —el graderío de piedras grises y blancas de la Vía Sacra, serpeando entre los techos cónicos de la capillas, que remataba allá arriba en el Calvario hacia el que cada Semana Santa confluían muchedumbres desde todos los confines de Bahía y, abajo, al pie de la montaña, las casitas de Monte Santo apiñadas en torno a una plaza con dos coposos tamarindos en la que había sombras que se movían— María Quadrado cayó de bruces al suelo y besó la tierra. Allí estaba, rodeado de una llanura de vegetación incipiente, donde pacían rebaños de cabras, el añorado lugar cuyo nombre le había servido de acicate para emprender la travesía y la había ayudado a soportar la fatiga, el hambre, el frío, el calor y los estupros. Besando los maderos que ella misma había clavado, la mujer agradeció a Dios con confusas palabras haberle permitido cumplir la promesa. Y, echándose una vez más la cruz al hombro, trotó hacia Monte Santo como un animal que olfatea, inminente, la presa o la querencia.

Entró al pueblo a la hora en que la gente despertaba y a su paso, de puerta a puerta, de ventana a ventana, se fue propagando la curiosidad. Caras divertidas y compadecidas se adelantaban a mirarla —sucia, fea, sufrida, cuadrada— y cuando cruzó la rua dos Santos Passos, erigida sobre el barranco donde se quemaban las basuras y donde hozaban los cerdos del lugar, que era el comienzo de la Vía Sacra, la seguía una multitud de procesión. Comenzó a escalar la montaña de rodillas, rodeada de arrieros que habían descuidado las faenas, de remendones y panaderos, de un enjambre de chiquillos y de beatas arrancadas de la novena del amanecer. Los lugareños, que, al comenzar la ascensión, la consideraban un simple bicho raro, la vieron avanzar penosamente y siempre de rodillas, arrastrando la cruz que debía pesar tanto como ella, negándose a que nadie la ayudara, y la vieron detenerse a rezar en cada una de las veinticuatro capillas y besar con ojos llenos de amor los pies de las imágenes de todas las hornacinas del roquerío, y la vieron resistir horas de horas sin probar bocado ni beber una gota, y, al atardecer, ya la respetaban como a una verdadera santa. María Quadrado llegó a la cumbre —un mundo aparte, donde siempre hacía frío y crecían orquídeas entre las piedras azuladas— y aún tuvo fuerzas para agradecer a Dios su ventura antes de desvanecerse.

Muchos vecinos de Monte Santo, cuya hospitalidad proverbial no se había visto mermada por la periódica invasión de peregrinos, ofrecieron posada a María Quadrado. Pero ella se instaló en una gruta, a media Vía Sacra, donde hasta entonces sólo habían dormido pájaros y roedores. Era una oquedad pequeña y de techo tan bajo que ninguna persona podía tenerse en ella de pie, húmeda por las filtraciones que habían cubierto de musgo sus paredes y con un suelo de arenisca que provocaba estornudos. Los vecinos pensaron que ese lugar acabaría en poco tiempo con su moradora. Pero la voluntad que había permitido a María Quadrado andar tres meses arrastrando una cruz le permitió también vivir en ese hueco inhóspito todos los años que estuvo en Monte Santo.

La gruta de María Quadrado se convirtió en lugar de devoción y, junto con el Calvario, en el sitio más visitado por los peregrinos. Ella la fue decorando, a lo largo de meses. Fabricó pinturas con esencia de plantas, polvo de minerales y sangre de cochinilla (que usaban los sastres para teñir la ropa). Sobre un fondo azul que sugería el firmamento pintó los elementos de la Pasión de Cristo: los clavos que trituraron sus palmas y empeines; la cruz que cargó y en la que expiró; la corona de espinas que punzó sus sienes; la túnica del martirio; la lanza del centurión que atravesó su carne; el martillo con el que fue clavado; el látigo que lo azotó; la esponja en que bebió la cicuta; los dados con que jugaron a sus pies los impíos y la bolsa en que Judas recibió las monedas de la traición. Pintó también la estrella que guió hasta Belén a los Reyes Magos y a los pastores y un corazón divino atravesado por una espada. E hizo un altar y una alacena donde los penitentes podían prender velas y colgar exvotos. Ella dormía al pie del altar, sobre un jergón.

Su devoción y su bondad la hicieron muy querida por los lugareños de Monte Santo, que la adoptaron como si hubiera vivido allí toda su vida. Pronto los niños comenzaron a llamarla madrina y los perros a dejarla entrar a las casas y corrales sin ladrarle. Su vida estaba consagrada a Dios y a servir a los demás. Pasaba horas a la cabecera de los enfermos, humedeciéndoles la frente y rezando por ellos. Ayudaba a las comadronas a atender a las parturientas y cuidaba a los hijos de las vecinas que debían ausentarse. Se comedía a los trajines más difíciles, como ayudar a hacer sus necesidades a los viejos que no podían valerse por sí mismos. Las muchachas casaderas le pedían consejo sobre sus pretendientes y éstos le suplicaban que intercediera ante los padres reacios a autorizar el matrimonio. Reconciliaba a las parejas, y las mujeres a quienes el marido quería golpear por ociosas o matar por adúlteras corrían a refugiarse a su gruta, pues sabían que teniéndola como defensora ningún hombre de Monte Santo se atrevería a hacerles daño. Comía de la caridad, tan poco que siempre le sobraba el alimento que dejaban en su gruta los fieles y cada tarde se la veía repartir algo entre los pobres.

Regalaba a éstos la ropa que le regalaban y nadie la vio nunca, en tiempo de seca o de temporal, otra cosa encima que el costal agujereado con el que llegó.

Su relación con los misioneros de la Misión de Massacará, que venían a Monte Santo a celebrar oficios en la Iglesia del Sagrado Corazón de Jesús, no era, sin embargo, efusiva. Ellos estaban siempre llamando la atención sobre la religiosidad mal entendida, la que discurría fuera del control de la Iglesia, y recordando las Piedras Encantadas, en la región de las Flores, en Pernambuco, donde el herético João Ferreira y un grupo de prosélitos habían regado dichas piedras con sangre de decenas de personas (entre ellas, la suya) creyendo que de este modo iban a desencantar al Rey Don Sebastián, quien resucitaría a los sacrificados y los conduciría al cielo. A los misioneros de Massacará María Quadrado les parecía un caso al filo de la desviación. Ella, por su parte, aunque se arrodillaba al paso de los misioneros y les besaba la mano y les pedía la bendición, guardaba cierta distancia hacia ellos; nadie la había visto mantener con esos padres de campanudos hábitos, de largas barbas y habla, a menudo, difícil de entender, las relaciones familiares y directas que la unían a los vecinos.

Los misioneros prevenían también, en sus sermones, a los fieles contra los lobos que se metían al corral disfrazados de corderos para comerse al rebaño. Es decir, esos falsos profetas a los que Monte Santo atraía como la miel a las moscas. Aparecían en sus callejuelas vestidos con pieles de cordero como el Bautista o túnicas que imitaban los hábitos, y subían al Calvario y desde allí lanzaban sermones llameantes e incomprensibles. Eran una gran fuente de distracción para el vecindario, ni más ni menos que los contadores de romances o el Gigantón Pedrín, la Mujer Barbuda o el Hombre sin Huesos del Circo del Gitano. Pero María Quadrado ni se acercaba a los racimos que se formaban en torno a los predicadores estrafalarios.

Por eso sorprendió a los vecinos ver a María Quadrado aproximarse al cementerio, que un grupo de voluntarios había comenzado a cercar, animados por las exhortaciones de un moreno de largos cabellos y vestimenta morada, que, llegado al pueblo ese día con un grupo entre los que había un ser medio hombre-medio animal, que galopaba, los había recriminado por no tomarse siquiera el trabajo de levantar un muro alrededor de la tierra donde descansaban sus muertos. ¿No debía la muerte, que permitía al hombre verle la cara a Dios, ser venerada? María Quadrado se llegó silenciosamente hasta las personas que recogían piedras y las apilaban en una línea sinuosa, alrededor de las crucecitas requemadas por el sol, y se puso a ayudar. Trabajó hombro a hombro con ellos hasta la caída del sol. Luego, permaneció en la Plaza Matriz, bajo los tamarindos, en el corro que se formó para escuchar al moreno. Aunque mentaba a Dios y decía que era importante, para salvar el alma, destruir la propia voluntad —veneno que inculcaba a cada quien la ilusión de ser un pequeño dios superior a los dioses que lo rodeaban— y sustituirla por la de la Tercera Persona, la que construía, la que obraba, la Hormiga Diligente, y cosas por el estilo, las decía en un lenguaje claro, del que entendían todas las palabras. Su plática, aunque religiosa y profunda, parecía una de esas amenas charlas de sobremesa que celebraban las familias en la calle, tomando la brisa del anochecer. María Quadrado estuvo escuchando al Consejero, hecha un ovillo, sin preguntarle nada, sin apartar los ojos de él. Cuando ya era tarde y los vecinos que quedaban ofrecieron al forastero techo para descansar, ella también —todos se volvieron a mirarla— le propuso con timidez su gruta. Sin dudar, el hombre flaco la siguió montaña arriba.

El tiempo que el Consejero permaneció en Monte Santo, dando consejos y trabajando —limpió y restauró todas las capillas de la montaña, construyó un doble muro de piedras para la Vía Sacra— durmió en la gruta de María Quadrado. Después se dijo que no durmió, ni ella tampoco, que pasaban las noches hablando de cosas del espíritu al pie del altarcillo multicolor, y se llegó a decir que él dormía en el jergón y que ella velaba su sueño. El hecho es que María Quadrado no se apartó de él un instante, cargando piedras a su lado en el día y escuchándolo con los ojos muy abiertos en las noches. Pese a ello, todo Monte Santo quedó asombrado cuando se supo, esa mañana, que el Consejero se había marchado del pueblo y que María Quadrado se había ido también entre sus seguidores.

En una plaza de la ciudad alta de Bahía hay un antiguo edificio de piedra, adornado con conchas blancas y negras y protegido, como las cárceles, por gruesos muros amarillos. Es, ya lo habrá sospechado algún lector, una fortaleza del oscurantismo: el Monasterio de Nuestra Señora de la Piedad. Un convento de capuchinos, una de esas órdenes célebre por el aherrojamiento del espíritu que practica y por su celo misionero. ¿Por qué os hablo de un lugar que, a ojos de cualquier libertario, simboliza lo odioso? Para contaros que hace dos días pasé allí toda una tarde.

No fui a explorar el terreno con miras a uno de esos mensajes de violencia pedagógica en cuarteles, conventos, prefecturas y, en general, todos los baluartes de la explotación y la superstición que, a juicio de muchos compañeros, son indispensables para combatir los tabúes con que se ha acostumbrado a los trabajadores a ver esas instituciones y demostrarles que ellas son vulnerables. (¿Os acordáis de los cenáculos barceloneses que propugnaban asaltar los conventos para devolver a las monjas, mediante la preñez, su condición de mujeres que les había arrebatado la reclusión?) Fui a ese Monasterio para conversar con un tal Fray João Evangelista de Monte Marciano, de quien el destino me había deparado leer un curioso Relatorio.

Un paciente del Doctor José Bautista de Sá Oliveira, de cuyo libro sobre Craneometría ya os he hablado y con quien a veces colaboro, es allegado del hombre más poderoso de estas latitudes: el Barón de Cañabrava. El hombre al que me refiero, Lelis Piedades, abogado, mientras el Doctor Oliveira le administraba una purga para la solitaria, contó que una hacienda del Barón se halla desde hace cerca de dos años ocupada por unos locos que han constituido allí una tierra de nadie. Él se ocupa de las demandas ante los tribunales para que su patrón recupere la hacienda, en nombre del derecho de propiedad que el mentado Barón, qué duda cabe, debe defender con fervor. Que un grupo de explotados se ha apropiado de los bienes de un aristócrata siempre suena grato a los oídos de un revolucionario, aun cuando esos pobres sean —como decía el abogado mientras pujaba en la solera tratando de expulsar la alimaña ya triturada por la química— fanáticos religiosos. Pero lo que me llamó la atención fue escuchar de pronto que ellos rechazan el matrimonio civil y practican algo que Lelis Piedades llama promiscuidad pero que, para cualquier hombre con cultura social, es la institución del amor libre. "Con semejante prueba de corrupción, la autoridad no tendrá más remedio que expulsar de allí a los fanáticos." La prueba del rábula era ese Relatorio, que se había procurado por sus contubernios con la Iglesia, a la que también presta servicios. Fray João Evangelista de Monte Marciano estuvo en la hacienda enviado por el Arzobispo de Bahía, a quien habían llegado denuncias de herejía. El monje fue a ver lo que ocurría en Canudos y volvió muy de prisa, asustado y enojado de lo que vio.

Así lo indica el Relatorio y no hay duda que para el capuchino la experiencia debió ser amarga. Para un ser libre lo que el Relatorio deja adivinar por entre sus legañas eclesiásticas es exaltante. El instinto de libertad que la sociedad clasista sofoca mediante esas máquinas trituradoras que son la familia, la escuela, la religión y el Estado, guía los pasos de estos hombres que, en efecto, parecen haberse rebelado, entre otras cosas, contra la institución que pretende embridar los sentimientos y los deseos. Con el pretexto de rechazar la ley del matrimonio civil, dada en Brasil luego de la caída del Imperio, la gente de Canudos ha aprendido a unirse y desunirse libremente, siempre que hombre y mujer estén de acuerdo en hacerlo, y a despreocuparse de la paternidad de los vientres preñados, pues su conductor o guía —a quien llaman el Consejero— les ha enseñado que todos los seres son legítimos por el simple hecho de nacer. ¿No hay algo en esto que os suene familiar? ¿No es como si se materializaran allí ciertas ideas centrales de la revolución? El amor libre, la libre paternidad, la desaparición de la infame frontera entre hijos legítimos e ilegítimos, la convicción de que el hombre no hereda la dignidad ni la indignidad. ¿Tenía o no razones para, venciendo una repugnancia natural, ir a visitar al capuchino?

El propio leguleyo del Barón de Cañabrava me consiguió la entrevista, creyendo que me intereso desde hace años en el tema de la superstición religiosa (lo que, por lo demás, es verdad). Ella tuvo lugar en el refectorio del Monasterio, un aposento cuajado de pinturas con santos y mártires, a orillas de un claustro pequeño, embaldosado, con una cisterna a la que se llegaban de tanto en tanto los encapuchados de hábitos marrones y cordones blancos a sacar baldes de agua. El monje absolvió todas mis preguntas y se mostró locuaz, al descubrir que podíamos conversar en su lengua materna, el italiano. Meridional todavía joven, bajito, rollizo, de barbas abundantes, su frente muy ancha delata en él a un fantaseador y la depresión de sus sienes y chatura de su nuca a un espíritu rencoroso, mezquino y susceptible. Y, en efecto, en el curso de la charla noté que está lleno de odio contra Canudos, por el fracaso de la misión que lo llevó allá y por el miedo que debió pasar entre los "heréticos". Pero aun descontando lo que haya de exageración y rencor en su testimonio, el resto de verdad que queda en él es, ya lo veréis, impresionante.

Lo que le oí daría materia para muchos números de l'*Étincelle de la révolte*. Lo esencial es que la entrevista confirmó mis sospechas de que, en Canudos, hombres humildes e inexperimentados están, a fuerza de instinto e imaginación, llevando a la práctica muchas de las cosas que los revolucionarios europeos sabemos necesarias para implantar la justicia en la tierra. Juzgad vosotros mismos. Fray João Evangelista estuvo en Canudos una semana, acompañado de dos religiosos: otro capuchino de Bahía y el párroco de un pueblo vecino de Canudos, un tal Don Joaquim, al que, dicho sea de paso, detesta (lo acusa de borrachín, de impuro y de alentar simpatías por los bandidos). Antes de la llegada —después de un penoso viaje de dieciocho días— advirtieron "indicios de insubordinación y anarquía", pues ningún guía se prestaba a llevarlos y a tres leguas de la hacienda se dieron con una avanzada de hombres con espingardas y machetes que los recibieron con hostilidad y sólo los dejaron pasar por intercesión de Don Joaquim, al que conocían. En Canudos encontraron una multitud de seres escuálidos, cadavéricos, hacinados en cabañas de barro y paja, y armados hasta los dientes "para proteger al Consejero, a quien ya las autoridades habían tratado antes de matar". Todavía retintinean en mis oídos las palabras alarmadas del capuchino al rememorar la impresión que le produjo ver tantas armas: "No las abandonan ni para comer ni para rezar, pues se lucen ufanos con sus trabucos, carabinas, pistolas, cuchillos, cartucheras al cinto, como si estuvieran a punto de librar una guerra." (Yo no podía abrirle los ojos, explicándole que esa guerra la estaban librando desde que tomaron por la fuerza las tierras del Barón.) Me aseguró que entre esos hombres había facinerosos célebres por sus tropelías y mencionó a uno de ellos, "famosísimo por su crueldad", João Satán, quien se ha instalado en Canudos con su partida y es uno de los lugartenientes del Consejero. Fray João Evangelista cuenta haberlo increpado así: "¿Por qué se admiten delincuentes en Canudos si es verdad que ustedes pretenden ser cristianos?". La respuesta: "Para hacer de ellos hombres buenos. Si han robado o matado fue por la pobreza en que vivían. Aquí, sienten que pertenecen a la familia humana, están agradecidos y harán cualquier cosa por redimirse. Si los rechazáramos, cometerían nuevos crímenes. Nosotros entendemos la caridad como la practicaba el Cristo". Estas frases, compañeros, coinciden con la filosofía de la libertad. Vosotros sabéis que el bandido es un rebelde en estado natural, un revolucionario que se ignora, y recordáis que en los días dramáticos de la *Commune*, muchos hermanos considerados delincuentes y salidos de las cárceles de la burguesía, estuvieron en la vanguardia de la lucha, hombro a hombro con los trabajadores, dando pruebas de heroísmo y generosidad.

Algo significativo: las gentes de Canudos se llaman a sí mismas *yagunzos*, palabra que quiere decir alzados. El monje, pese a sus correrías misioneras por el interior, no reconocía a esas mujeres descalzas ni a esos hombres antes tan discretos y respetuosos para con los enviados de la Iglesia y de Dios. "Están irreconocibles. Hay en ellos desasosiego, exaltación. Hablan a voces, se arrebatan la palabra para afirmar las peores sandeces que puede oír un cristiano, doctrinas subversivas del orden, de la moral y de la fe. Como que quien quiere salvarse debe ir a Canudos, pues el resto del mundo ha caído en manos del Anticristo." ¿Sabéis a quién llaman el Anticristo los yagunzos? ¡A la República! Sí, compañeros, a la República. La consideran responsable de todos los males, algunos abstractos sin duda, pero también de los concretos y reales como el hambre y los impuestos. Fray João Evangelista de Monte Marciano no podía dar crédito a lo que oía. Dudo que él, su orden o la Iglesia en general sean demasiado entusiastas con el nuevo régimen en el Brasil, pues, como os dije en una carta anterior, la República, en la que abundan los masones, ha significado un debilitamiento de la Iglesia. ¡Pero de ahí a considerarla el Anticristo! Creyendo asustarme o indignarme, el capuchino decía cosas que eran música para mis oídos: "Son una secta político-religiosa insubordinada contra el gobierno constitucional del país, constituyen un Estado dentro del Estado pues allí no se aceptan las leyes, ni son reconocidas las autoridades ni es admitido el dinero de la República". Su ceguera intelectual no le permitía comprender que estos hermanos, con instinto certero, han orientado su rebeldía hacia el enemigo nato de la libertad: el poder. ¿Y cuál es el poder que los oprime, que les niega el derecho a la tierra, a la cultura, a la igualdad? ¿No es acaso la República? Y que estén armados para combatirla muestra que han acertado también con el método, el único que tienen los explotados para romper sus cadenas: la fuerza.

Pero esto no es todo, preparaos para algo todavía más sorprendente. Fray João Evangelista asegura que, al igual que la promiscuidad de sexos, se ha establecido en Canudos la promiscuidad de bienes: todo es de todos. El Consejero habría convencido a los yagunzos que es pecado —escuchadlo bien— considerar como propio cualquier bien moviente o semoviente. Las casas, los sembríos, los animales pertenecen a la comunidad, son de todos y de nadie. El Consejero los ha convencido que mientras más cosas posea una persona menos posibilidades tiene de estar entre los favorecidos el día del Juicio Final. Es como si estuviera poniendo en práctica nuestras ideas, recubriéndolas de pretextos religiosos por una razón táctica, debido al nivel cultural de los humildes que lo siguen. ¿No es notable que en el fondo del Brasil un grupo de insurrectos forme una sociedad en la que se ha abolido el matrimonio, el dinero, y donde la propiedad colectiva ha reemplazado a la privada?

Esta idea me revoloteaba en la cabeza mientras Fray João Evangelista de Monte Marciano me decía que, después de predicar siete días en Canudos, en medio de una hostilidad sorda, se vio tratado de masón y protestante por urgir a los yagunzos a retornar a sus pueblos, y que al pedirles que se sometieran a la República se enardecieron tanto que tuvo que salir prácticamente huyendo de Canudos. "La Iglesia ha perdido su autoridad allí por culpa de un demente que se pasa el día haciendo trabajar a todo el gentío en la erección de un templo de piedra." Yo no podía sentir la consternación de él, sino alegría y simpatía por esos hombres gracias a los cuales, se diría, en el fondo del Brasil, renace de sus cenizas la Idea que la reacción cree haber enterrado allá en Europa en la sangre de las revoluciones derrotadas. Hasta la próxima o hasta siempre.

IV

CUANDO Lelis Piedades, el abogado del Barón de Cañabrava, ofició al Juzgado de Salvador que la hacienda de Canudos había sido invadida por maleantes, el Consejero llevaba allá tres meses. Por los sertones había corrido la noticia de que en ese sitio cercado de montes pedregosos, llamado Canudos por las cachimbas de canutos que fumaban antaño los lugareños, había echado raíces el santo que peregrinó a lo largo y a lo ancho del mundo por un cuarto de siglo. El lugar era conocido por los vaqueros, pues los ganados solían pernoctar a las orillas del Vassa Barris. En las semanas y meses siguientes se vio a grupos de curiosos, de pecadores, de enfermos, de vagos, de huidos que, por el Norte, el Sur, el Este y el Oeste se dirigían a Canudos con el presentimiento o la esperanza de que allí encontrarían perdón, refugio, salud, felicidad.

A la mañana siguiente de llegar, el Consejero empezó a construir un Templo que, dijo, sería todo de piedra, con dos torres muy altas, y consagrado al Buen Jesús. Decidió que se elevara frente a la vieja Iglesia de San Antonio, capilla de la hacienda. "Que levanten las manos los ricos", decía, predicando a la luz de una fogata, en la incipiente aldea. "Yo las levanto. Porque soy hijo de Dios, que me ha dado un alma inmortal, que puede merecer el cielo, la verdadera riqueza. Yo las levanto porque el Padre me ha hecho pobre en esta vida para ser rico en la otra. ¡Que levanten las manos los ricos!" En las sombras chisporroteantes emergía entonces, de entre los harapos y los cueros y las raídas blusas de algodón, un bosque de brazos. Rezaban antes y después de los consejos y hacían procesiones entre las viviendas a medio hacer y los refugios de trapos y tablas donde dormían, y en la noche sertanera se los oía vitorear a la Virgen y al Buen Jesús y dar mueras al Can y al Anticristo. Un hombre de Mirandela, que preparaba fuegos artificiales en las ferias —Antonio el Fogueteiro— fue uno de los primeros romeros y, desde entonces, en las procesiones de Canudos se quemaron castillos y reventaron cohetes.

El Consejero dirigía los trabajos del Templo, asesorado por un maestro albañil que lo había ayudado a restaurar muchas capillas y a construir desde sus cimientos la Iglesia del Buen Jesús, en Crisópolis, y designaba a los penitentes que irían a picar piedras, cernir arena o recoger maderas. Al atardecer, después de una cena frugal —si no estaba ayunando— que consistía en un mendrugo de pan, alguna fruta, un bocado de farinha y unos sorbos de agua, el Consejero daba la bienvenida a los recién llegados, exhortaba a los otros a ser hospitalarios, y luego del Credo, el Padrenuestro y los Avemarías, su voz elocuente les predicaba la austeridad, la mortificación, la abstinencia, y los hacía partícipes de visiones que se parecían a los cuentos de los troveros. El fin estaba cerca, se podía divisar como Canudos desde el Alto de Favela. La República seguiría mandando hordas con uniformes y fusiles para tratar de prenderlo, a fin de impedir que hablara a los necesitados, pero, por más sangre que hiciera correr, el Perro no mordería a Jesús. Habría un diluvio, luego un terremoto. Un eclipse sumiría al mundo en tinieblas tan absolutas que todo debería hacerse al tacto, como entre ciegos, mientras a lo lejos retumbaba la batalla. Millares morirían de pánico. Pero, al despejarse las brumas, un amanecer diáfano, las mujeres y los hombres verían a su alrededor, en las lomas y montes de Canudos, al Ejército de Don Sebastián. El gran Rey habría derrotado a las camadas del Can, limpiado el mundo para el Señor. Ellos verían a Don Sebastián, con su relampagueante armadura y su espada; verían su rostro bondadoso, adolescente, les sonreiría desde lo alto de su cabalgadura enjaezada de oro y diamantes, y lo verían alejarse, cumplida su misión redentora, para regresar con su Ejército al fondo del mar.

Los curtidores, los aparceros, los curanderos, los mercachifles, las lavanderas, las comadronas y las mendigas que habían llegado hasta Canudos después de muchos días y noches de viaje, con sus bienes en un carromato o en el lomo de un asno, y que estaban ahora allí, agazapados en la sombra, escuchando y queriendo creer, sentían humedecérseles los ojos. Rezaban y cantaban con la misma convicción que los antiguos peregrinos; los que no sabían aprendían de prisa los rezos, los cantos, las verdades. Antonio Vilanova, el comerciante de Canudos, era uno de los más ansiosos por saber; en las noches, daba largos paseos por las orillas del río o de los recientes sembríos con Antonio el Beatito, quien, pacientemente, le explicaba los mandamientos y las prohibiciones de la religión que él, luego, enseñaba a su hermano Honorio, su mujer Antonia, su cuñada Asunción y los hijos de las dos parejas.

No faltaba que comer. Había granos, legumbres, carnes, y, como el Vassa Barris tenía agua, se podía sembrar. Los que llegaban traían provisiones y de otros pueblos solían mandarles aves, conejos, cerdos, cereales, chivos. El Consejero pidió a Antonio Vilanova que almacenara los alimentos y vigilara su reparto entre los desvalidos. Sin directivas específicas, pero en función de las enseñanzas del Consejero, la vida se fue organizando, aunque no sin tropiezos. El Beatito se encargaba de instruir a los romeros que llegaban y de recibir sus donativos, siempre que no fueran en dinero. Los reis de la República que donaban tenían que ir a gastarlos a Cumbe o Joazeiro, escoltados por João Abade o Pajeú, que sabían pelear, en cosas para el Templo: palas, picas, plomadas, maderas de calidad, imágenes de santos y crucifijos. La Madre María

Quadrado ponía en una urna los anillos, aretes, prendedores, collares, peinetas, monedas antiguas o simples adornos de arcilla y de hueso que ofrecían los romeros y ese tesoro se exhibía en la Iglesia de San Antonio cada vez que el Padre Joaquim, de Cumbe, u otro párroco de la región, venía a decir misa, confesar, bautizar y casar a los vecinos. Esos días eran siempre de fiesta. Dos prófugos de la justicia, João Grande y Pedrão, los hombres más fuertes del lugar, dirigían las cuadrillas que arrastraban, de las canteras de los alrededores, piedras para el Templo. Catarina, la esposa de João Abade, y Alejandrinha Correa, una mujer de Cumbe que, se decía, había hecho milagros, preparaban la comida para los trabajadores de la construcción. La vida estaba lejos de ser perfecta y sin complicaciones. Pese a que el Consejero predicaba contra el juego, el tabaco y el alcohol, había quienes jugaban, fumaban y bebían cachaça y, cuando Canudos comenzó a crecer, hubo líos de faldas, robos, borracheras y hasta cuchilladas. Pero esas cosas ocurrían allí en menor escala que en otras partes y en la periferia de ese centro activo, fraterno, ferviente, ascético, que eran el Consejero y sus discípulos.

El Consejero no había prohibido que las mujeres se ataviaran, pero dijo incontables veces que quien cuidaba mucho de su cuerpo podía descuidar su alma y que, como Luzbel, una hermosa apariencia solía ocultar un espíritu sucio y nauseoso: los colores fueron desapareciendo de los vestidos de jóvenes y viejas, y éstos se fueron alargando hasta los tobillos, estirando hasta los cuellos y anchando hasta parecer túnicas de monjas. Con los escotes, se esfumaron los adornos y hasta las cintas que sujetaban los cabellos, los que iban ahora libres u ocultos bajo pañolones. Había a veces incidentes con "las magdalenas", esas perdidas que, pese a haber venido hasta aquí a costa de sacrificios y de haber besado los pies del Consejero implorando perdón, eran hostilizadas por mujeres intolerantes que las querían hacer llevar peines de espinos en prueba de arrepentimiento.

Pero, en general, la vida era pacífica y reinaba un espíritu de colaboración entre los vecinos. Una fuente de problemas era el inaceptable dinero de la República: al que se sorprendía utilizándolo en cualquier transacción los hombres del Consejero le quitaban lo que tenía y lo obligaban a marcharse de Canudos. Se comerciaba con las monedas que llevaban la efigie del Emperador Don Pedro o la de su hija, la Princesa Isabel, pero como eran escasas se generalizó el trueque de productos y de servicios. Se cambiaba rapadura por alpargatas, gallinas por curación de yerbas, farinha por herraduras, tejas por telas, hamacas por machetes y los trabajos, en sembríos, viviendas, corrales, se retribuían con trabajos. Nadie cobraba el tiempo y esfuerzo dados al Buen Jesús. Además del Templo, se construían las viviendas que se llamarían después Casas de Salud, donde se empezó a dar alojamiento, comida y cuidados a los enfermos, ancianos y niños huérfanos. María Quadrado dirigió al principio esta tarea, pero, luego que se erigió el Santuario —una casita de barro, dos cuartos, techo de paja— para que el Consejero pudiera descansar siquiera algunas horas de los romeros que lo acosaban sin descanso, y la Madre de los Hombres se dedicó sólo a él, las Casas de Salud quedaron a cargo de las Sardelinhas —Antonia y Asunción—, las mujeres de los Vilanova. Hubo pendencias por las tierras cultivables, vecinas al Vassa Barris, que fueron ocupando los romeros que arraigaron en Canudos y que otros les disputaban. Antonio Vilanova, el comerciante, dirimía estas rivalidades. Él, por encomienda del Consejero, distribuyó lotes para las viviendas de los recién venidos y separó las tierras para corral de los animales que los creyentes mandaban o traían de regalo, y hacía de juez cuando surgían pleitos de bienes y propiedades. No había muchos, en verdad, pues las gentes no venían a Canudos atraídas por la codicia o la idea de prosperidad material. La comunidad vivía entregada a ocupaciones espirituales: oraciones, entierros, ayunos, procesiones, la construcción del Templo del Buen Jesús y, sobre todo, los consejos del atardecer que podían prolongarse hasta tarde en la noche y durante los cuales todo se interrumpía en Canudos.

En el candente mediodía, la feria organizada por el Partido Republicano Progresista ha llenado las paredes de Queimadas con carteles de Un Brasil Unido, Una Nación Fuerte y con el nombre de Epaminondas Gonçalves. Pero en su cuarto de la Pensión Nuestra Señora de las Gracias, Galileo Gall no piensa en la fiesta política que repica allá fuera sino en las contradictorias aptitudes que ha descubierto en Rufino. "Es una conjunción poco común", piensa. Orientación y Concentración son afines, desde luego, y nada más normal que encontrarlas en alguien que se pasa la vida recorriendo esta inmensa región, guiando viajeros, cazadores, convoyes, sirviendo de correo o rastreando el ganado extraviado. Pero ¿y la Maravillosidad? ¿Cómo congeniar la propensión a la fantasía, al delirio, a la irrealidad, típica de artistas y gentes imprácticas, con un hombre en el que todo indica al materialista, al terráqueo, al pragmático? Sin embargo, eso es lo que dicen sus huesos: Orientatividad, Concentratividad, Maravillosidad. Galileo Gall lo descubrió apenas pudo palpar al guía. Piensa: "Es una conjunción absurda, incompatible. Como ser púdico y exhibicionista, avaro y pródigo".

Está mojándose la cara, inclinado sobre un balde, entre tabiques constelados de garabatos, recortes con imágenes de una función de ópera y un espejo roto. Cucarachas color café asoman y desaparecen por las hendiduras del suelo y hay una pequeña lagartija petrificada en el techo. El mobiliario es un camastro sin sábanas. La atmósfera festiva entra en la habitación por una ventana enrejada: voces que magnifica un altavoz, golpes de platillo, redobles de tambor y la algarabía de los chiquillos que vuelan cometas. Alguien mezcla ataques al Partido Autonomista de Bahía, al Gobernador Luis Viana, al Barón de Cañabrava, con alabanzas a Epaminondas Gonçalves y al Partido Republicano Progresista.

Galileo Gall sigue lavándose, indiferente al bullicio exterior. Una vez que ha terminado, se seca la cara con su propia camisa y se deja caer sobre el camastro, boca arriba, con un brazo bajo la cabeza como almohada. Mira las cucarachas, la lagartija. Piensa: "La ciencia contra la impaciencia". Lleva ocho días en Queimadas y, aunque es un hombre que sabe esperar, ha comenzado a sentir cierta angustia: eso lo ha inducido a pedirle a Rufino que se dejara palpar. No ha sido fácil convencerlo, pues el guía es desconfiado y Gall recuerda cómo, mientras lo palpaba, lo sentía tenso, listo a saltarle encima. Se han visto a diario, se entienden sin dificultad y, para matar el tiempo de espera, Galileo ha estudiado su comportamiento, tomado notas sobre él: "Lee en el cielo, en los árboles y en la tierra como en un libro; es hombre de ideas simples, inflexibles, con un código del honor estricto y una moral que ha brotado de su comercio con la naturaleza y con los hombres, no del estudio pues no sabe leer, ni de la religión, ya que no parece muy creyente". Todo esto coincide con lo que han sentido sus dedos, salvo la Maravillosidad. ¿En qué se manifiesta, cómo no ha advertido en Rufino ninguno de sus síntomas, en estos ocho días, mientras negociaba con él el viaje a Canudos, en su cabaña de las afueras, tomando un refresco en la estación del ferrocarril o caminando entre las curtiembres, a orillas del Itapicurú? En Jurema, en cambio, la mujer del guía, esa vocación perniciosa, anticientífica —salir del campo de la experiencia, sumirse en la fantasmagoría y la ensoñación— es evidente. Pues, pese a lo reservada que es en su presencia, Galileo ha oído a Jurema contar la historia del San Antonio de madera que está en el altar mayor de la Iglesia de Queimadas. "La encontraron en una gruta, hace años, y la llevaron a la Iglesia y al día siguiente desapareció y apareció de nuevo en la gruta. La amarraron en el altar para que no se escapara y, a pesar de ello, volvió a irse a la gruta. Y así estuvo, yendo y viniendo, hasta que llegó a Queimadas una Santa Misión, con cuatro padres capuchinos y el Obispo, que consagraron la Iglesia a San Antonio y rebautizaron al pueblo San Antonio das Queimadas en honor del santo. Sólo así se quedó quieta la imagen en el altar donde ahora se le prenden velas." Galileo Gall recuerda que, cuando preguntó a Rufino si él creía en la historia que contaba su mujer, el rastreador encogió los hombros y sonrió con escepticismo. Jurema, en cambio, creía. A Galileo le hubiera gustado palparla a ella también, pero no lo ha intentado; está seguro que la sola idea de que un extranjero toque la cabeza de su mujer debe ser inconcebible para Rufino. Sí, se trata de un hombre suspicaz. Le ha costado trabajo que acepte llevarlo a Canudos. Ha regateado el precio, puesto objeciones, dudado, y, aunque ha accedido, Galileo lo nota incómodo cuando le habla del Consejero y los yagunzos.

Sin darse cuenta, su atención se ha ido desviando de Rufino a la voz que viene de afuera: "La autonomía regional y la descentralización son pretextos que utilizan el Gobernador Viana, el Barón de Cañabrava y sus esbirros para conservar sus privilegios e impedir que Bahía se modernice igual que los otros Estados del Brasil. ¿Quiénes son los Autonomistas? ¡Monárquicos emboscados que, si no fuera por nosotros, resucitarían el Imperio corrupto y asesinarían a la República! Pero el Partido Republicano Progresista de Epaminondas Gonçalves se lo impedirá..." Es alguien distinto del que hablaba antes, más claro, Galileo comprende todo lo que dice, y hasta parece tener alguna idea, en tanto que su predecesor sólo tenía aullidos. ¿Irá a la ventana a espiar? No, no se mueve del camastro, está seguro que el espectáculo sigue siendo el mismo: grupos de curiosos que recorren los puestos de bebidas y comidas, escuchan a los troveros o rodean al hombre con zancos que dice la suerte, y, a veces, se dignan detenerse un momento a mirar, no a escuchar, ante el tabladillo desde el que hace su propaganda el Partido Republicano Progresista, y al que protegen capangas con escopetas. "Su indiferencia es sabia", piensa Galileo Gall. ¿De qué les sirve a las gentes de Queimadas saber que el Partido Autonomista del Barón de Cañabrava está en contra del sistema centralista del Partido Republicano y que éste combate el descentralismo y el federalismo que propone su adversario? ¿Tienen algo que ver con los intereses de los humildes las querellas retóricas de los partidos burgueses? Hacen bien en aprovechar la feria y desinteresarse de lo que dicen los del tabladillo. La víspera, Galileo ha detectado cierta excitación en Queimadas, pero no por la fiesta del Partido Republicano Progresista sino porque las gentes se preguntaban si el Partido Autonomista del Barón de Cañabrava mandaría capangas a desbaratarles el espectáculo a sus enemigos y habría tiros, como otras veces. Es media mañana, no ha ocurrido y, sin duda, no ocurrirá. ¿Para qué se molestarían en atacar un mitin tan huérfano de apoyo? Gall piensa que las ferias de los Autonomistas deben ser idénticas a la que tiene lugar allá afuera. No, aquí no está la política de Bahía, del Brasil. Piensa: "Está allá, entre esos que ni siquiera saben que son los genuinos políticos de ese país". ¿Tardará mucho la espera? Galileo Gall se sienta en la cama. Murmura: "La ciencia contra la impaciencia". Abre el maletín que está en el suelo y aparta ropas, un revólver, coge la libreta donde ha tomado apuntes sobre las curtiembres de Queimadas, en las que ha matado algunas horas estos días, y hojea lo que ha escrito: "Construcciones de ladrillos, techo de tejas, columnas rústicas. Por doquier, atados de corteza de angico, cortada y picada con martillo y cuchillo. Echan el angico a unas pozas llenas con agua del río. Sumergen los cueros luego de sacarles el pelo y los dejan remojando unos ocho días, tiempo que demoran en curtirse. De la corteza del árbol llamado angico sale el tanino, la sustancia que los curte. Cuelgan los cueros a la sombra hasta que se secan y los raspan con cuchillo para quitarles los residuos. Someten a este proceso a reses, carneros, cabras, conejos, venados, zorros y onzas. El angico es color sangre, de fuerte olor. Las curtiembres son empresas familiares, primitivas, en las que trabajan el padre, la madre, los hijos y parientes cercanos. El cuero crudo es la principal riqueza de Queimadas". Vuelve a colocar la libreta en la bolsa. Los curtidores se han mostrado amables, le han explicado su trabajo. ¿Por qué son tan reticentes a hablar de Canudos? ¿Desconfían de alguien cuyo portugués les cuesta entender? Él sabe que Canudos y el Consejero son el centro de conversación en Queimadas. Pero él, pese a sus intentos, no ha podido charlar con nadie, ni siquiera Rufino y Jurema, sobre ese tema. En las curtiembres, en la estación, en la Pensión Nuestra Señora de la Gracias, en la plaza de Queimadas, vez que lo ha mencionado ha visto la misma suspicacia en todos los ojos, se ha hecho el mismo silencio o ha escuchado las mismas evasivas. "Son prudentes. Desconfían", piensa. Piensa: "Saben lo que hacen. Son sabios".

Vuelve a escarbar entre las ropa y el revólver y saca el único libro que hay en la bolsa. Es un ejemplar viejo, manoseado, de pergamino oscuro, en el que se lee ya apenas el nombre de Pierre Joseph Proudhon, pero en el que está todavía claro el título, *Système des contradictions*, y la ciudad donde fue impreso: Lyon. No consigue concentrarse mucho rato en la lectura, distraído por el bullicio de la feria y, sobre todo, por la traicionera impaciencia. Apretando los dientes, se esfuerza entonces en reflexionar en cosas objetivas. Un hombre al que no le interesan los problemas generales, ni las ideas, vive enclaustrado en la Particularidad, y eso se puede conocer, detrás de sus orejas, por la curvatura de dos huesecillos sobresalientes, casi punzantes. ¿Los sintió así, en Rufino? ¿La Maravillosidad se manifiesta, tal vez, en el extraño sentido del honor que muestra, en eso que podría llamarse la imaginación ética del hombre que lo conducirá a Canudos?

SUS PRIMEROS recuerdos, que serían también los mejores y los que volverían con más puntualidad, no eran ni su madre, que lo abandonó para correr detrás de un sargento de la Guardia Nacional que pasó por Custodia a la cabeza de una volante que perseguía cangaceiros, ni el padre que nunca conoció, ni los tíos que lo recogieron y criaron —Zé Faustino y Doña Ángela—, ni la treintena de ranchos y las recocidas calles de Custodia, sino los cantores ambulantes. Venían cada cierto tiempo, para alegrar las bodas, o rumbo al rodeo de una hacienda o la feria con que un pueblo celebraba a su santo patrono, y por un trago de cachaça y un plato de charqui y farofa contaban las historias de Oliveros, de la Princesa Magalona, de Carlomagno y los Doce Pares de Francia. João las escuchaba con los ojos muy abiertos, sus labios moviéndose al compás de los del trovero. Luego tenía sueños suntuosos en los que resonaban las lanzas de los caballeros que salvaban a la Cristiandad de las hordas paganas.

Pero la historia que llegó a ser carne de su carne fue la de Roberto el Diablo, ese hijo del Duque de Normandía que, después de cometer todas las maldades, se arrepintió y anduvo a cuatro patas, ladrando en vez de hablar y durmiendo entre las bestias, hasta que, habiendo alcanzado la misericordia del Buen Jesús, salvó al Emperador del ataque de los moros y se casó con la Reina del Brasil. El niño se obstinaba en que los troveros la contaran sin omitir detalle: cómo, en su época malvada, Roberto el Diablo había hundido la faca en incontables gargantas de doncellas y ermitaños, por el placer de ver sufrir, y cómo, en su época de siervo de Dios, recorrió el mundo en busca de los parientes de sus víctimas, a quienes besaba los pies y pedía tormento. Los vecinos de Custodia pensaban que João sería cantor del sertón e iría de pueblo en pueblo, la guitarra al hombro, llevando mensajes y alegrando a las gentes con historias y música.

João ayudaba a Zé Faustino en su almacén, que proveía de telas, granos, bebidas, instrumentos de labranza, dulces y baratijas a todo el contorno. Zé Faustino viajaba mucho, llevando mercancías a las haciendas o yendo a comprarlas a la ciudad y, en su ausencia, Doña Ángela atendía el negocio, un rancho de barro amasado, que tenía un corral con gallinas. La señora había puesto en el sobrino el cariño que no pudo dar a los hijos que no tuvo. Había hecho prometer a João que alguna vez la llevaría a Salvador, para echarse a los pies de la milagrosa imagen del Senhor de Bonfim, de quien tenía una colección de estampas en su cabecera.

Los vecinos de Custodia temían, como a la sequía y a las pestes, a dos calamidades que cada cierto tiempo empobrecían al poblado: los cangaceiros y las volantes de la Guardia Nacional. Los primeros habían sido, al principio, bandas organizadas entre sus peones y allegados por los coroneles de las haciendas, para las peleas que estallaban entre ellos por asunto de linderos, aguas y pastos o por ambiciones políticas, pero luego, muchos de esos grupos armados de trabucos y machetes se habían emancipado y andaban sueltos, viviendo de la rapiña y el asalto. Para combatirlos habían nacido las volantes. Unos y otros se comían las provisiones de los vecinos de Custodia, se emborrachaban con su cachaça y querían abusar de sus mujeres. Antes de tener uso de razón, João aprendió, apenas se daba la voz de alarma, a meter botellas, alimentos y mercancías en los escondites que tenía preparados Zé Faustino. Corría el rumor de que éste era coitero, es decir que hacía negocios con los bandidos y les proporcionaba información y escondites. Él se enfurecía. ¿Acaso no habían visto cómo su almacén era desvalijado? ¿No se llevaban ropas y tabaco sin pagar un centavo? João oyó muchas veces a su tío quejarse de esas historias estúpidas que, por envidia, inventaban contra él las gentes de Custodia. "Acabarán por meterme en un lío", murmuraba. Y así ocurrió.

Una mañana llegó a Custodia una volante de treinta guardias, mandada por el Alférez Geraldo Macedo, un caboclo jovencito con fama de feroz, que perseguía a la banda de Antonio Silvino. Ésta no había pasado por Custodia pero el Alférez terqueaba que sí. Era alto y bien plantado, ligeramente bizco y estaba siempre lamiéndose un diente de oro. Se decía que perseguía bandidos con encarnizamiento porque le habían violado una novia. El Alférez, mientras sus hombres registraban los ranchos, interrogó personalmente al vecindario. Al anochecer, entró al almacén con cara exultante y ordenó a Zé Faustino que lo condujera al refugio de Silvino. Antes que el comerciante pudiera replicar, lo tumbó al suelo de un bofetón: "Lo sé todo, cristiano. Te han denunciado". De nada le valieron a Zé Faustino sus protestas de inocencia ni las súplicas de Doña Ángela. Macedo dijo que para escarmiento de coiteros fusilaría a Zé Faustino al amanecer si no delataba el paradero de Silvino. El comerciante, al fin, pareció consentir. Esa madrugada partieron de Custodia, con Zé Faustino al frente, los treinta cabras de Macedo, seguros de que caerían de sorpresa sobre los bandidos. Pero aquél los extravió a las pocas horas de marcha y volvió a Custodia para llevarse a Doña Ángela y a João temiendo que las represalias cayeran sobre ellos. El Alférez lo alcanzó cuando todavía estaba empaquetando algunas cosas. Lo hubiera matado sólo a él, pero también mató a Doña Ángela, que se le interpuso. A João, que se le había prendido de las piernas, lo desmayó de un golpe con el caño de su pistola. Cuando éste volvió en sí, vio que los vecinos de Custodia, con caras compungidas, velaban dos ataúdes. No aceptó sus cariños y con una voz que se había vuelto adulta —sólo tenía entonces doce años— les dijo, pasándose la mano por la cara sanguinolenta, que algún día volvería a vengar a sus tíos, pues eran ellos los verdaderos asesinos.

La idea de venganza lo ayudó a sobrevivir las semanas que pasó merodeando sin rumbo, por un desierto erizado de mandacarús. En el cielo veía los círculos que trazaban los urubús, esperando que se derrumbara para bajar a picotearlo. Era enero y no había caído gota de lluvia. João recogía frutas secas, chupaba el jugo de las palmeras y hasta se comió un armadillo muerto. Por fin, lo auxilió un cabrero que lo encontró junto al lecho seco de un río, delirando sobre lanzas, caballos y el Senhor de Bonfim. Lo reanimó con un tazón de leche y unos bocados de rapadura que el niño paladeó. Anduvieron juntos varios días, rumbo a la chapada de Angostura, donde el cabrero llevaba su rebaño. Pero antes de llegar, un atardecer, los sorprendió una partida de hombres inconfundibles, con sombreros de cuero, cartucheras de onza pintada, morrales bordados con abalorios, trabucos en bandolera y machetes hasta las rodillas. Eran seis y el jefe, un cafuso de pelos crespos y pañuelo rojo en el pescuezo, le preguntó riéndose a João, que arrodillado le rogaba que lo llevara consigo, por qué quería ser cangaciero. "Para matar guardias", repuso el niño.

Comenzó entonces, para João, una vida que lo hizo hombre en poco tiempo. "Un hombre malvado", precisaría la gente de las provincias que recorrió en los siguientes veinte años, primero como apéndice de partidas de hombres a quienes lavaba la ropa, preparaba la comida, cosía los botones o escarbaba los piojos, luego como compañero de fechorías, luego como el mejor tirador, pistero, cuchillero, andador y estratega del grupo y, finalmente, como lugarteniente y jefe de banda. No había cumplido veinticinco años y era la cabeza por la que más alto precio se ofrecía en los cuarteles de Bahía, Pernambuco, Piauí y Ceará. Su suerte prodigiosa, que lo salvó de emboscadas en las que sucumbían o eran capturados sus compañeros y que, pese a su temeridad en el combate, parecía inmunizarlo contra las balas, hizo que se dijera que tenía negocios con el Diablo. Lo cierto es que, a diferencia de otros hombres del cangaço, que iban cargados de medallas, se persignaban ante todas las cruces y calvarios y, por lo menos una vez al año, se deslizaban en una aldea para que el cura los pusiese en paz con Dios, João (que se había llamado al comienzo João Chico, después João Rápido, después João Cabra Tranquilo y se llamaba ahora João Satán) parecía desdeñoso de la religión y resignado a irse al infierno a pagar sus culpas inconmensurables.

La vida de bandido, hubiera podido decir el sobrino de Zé Faustino y Doña Ángela, consistía en andar, pelear, robar. Pero, sobre todo, en andar. ¿Cuántos cientos de leguas hicieron en esos años las piernas robustas, fibrosas, indóciles de ese hombre que podía hacer jornadas de veinte horas sin descansar? Habían recorrido los sertones en todas direcciones y nadie conocía mejor que ellas las arrugas de los cerros, los enredos de la caatinga, los meandros de los ríos y las cuevas de las sierras. Esas andanzas sin destino fijo, en fila india, a campo traviesa, tratando de interponer una distancia o una confusión con reales o imaginarios perseguidores de la Guardia Nacional eran, en la memoria de João, un único, interminable deambular por paisajes idénticos, esporádicamente aturdidos con el ruido de las balas y los gritos de los heridos, rumbo hacia algún lugar o hecho oscuro que parecía estarlo esperando.

Mucho tiempo creyó que eso que lo aguardaba era volver a Custodia, a ejecutar la venganza. Años después de la muerte de sus tíos, entró una noche de luna, sigilosamente, al frente de una docena de hombres, al caserío de su niñez. ¿Era éste el punto de llegada del cruento recorrido? La sequía había expulsado de Custodia a muchas familias, pero aún quedaban ranchos habitados y aunque, entre las caras legañosas de sueño de los vecinos que sus hombres arreaban a la calle, João vio algunas que no recordaba, no exoneró a nadie del castigo. Las mujeres, niñas o viejas, fueron obligadas a bailar con los cangaceiros que se habían bebido ya todo el alcohol de Custodia, mientras los vecinos cantaban y tocaban guitarras. De rato en rato, eran arrastradas al rancho más próximo para ser violadas. Por fin, uno de los lugareños se echó a llorar, de impotencia o terror. En el acto, João Satán le hundió la faca y lo abrió en canal, como matarife que beneficia una res. Este brote de sangre hizo las veces de una orden y, poco después, los cangaceiros, excitados, enloquecidos, empezaron a descargar sus trabucos hasta convertir la única calle de Custodia en cementerio. Más todavía que la matanza, contribuyó a forjar la leyenda de João Satán que a todos los varones los afrentara personalmente después de muertos, cortándoles los testículos y acuñándoselos en las bocas (era lo que hacía siempre con los informantes de la policía). Al retirarse de Custodia, pidió a un cabra de la banda que garabateara sobre una pared esta inscripción: "Los tíos míos han cobrado lo que se les debía".

¿Cuánto había de cierto en las iniquidades que se atribuían a João Satán? Tantos incendios, secuestros, saqueos, torturas hubieran necesitado, para ser cometidos, más vidas y secuaces que los treinta años de João y las partidas a su mando, que nunca llegaron a veinte personas. Lo que contribuyó a su fama fue que, a diferencia de otros, como Pajeú, que compensaban la sangre que vertían con arrebatos de prodigalidad —repartiendo un botín entre los miserables, obligando a un hacendado a abrir sus despensas a los aparceros, entregando a un párroco el íntegro de un rescate para la construcción de una capilla o costeando la fiesta del patrono del pueblo—, nunca se supo que João hubiera hecho estos gestos encaminados a ganar las simpatías de la gente o la benevolencia del cielo. Ninguna de las dos cosas le importaba.

Era un hombre fuerte, más alto que el promedio sertanero, de piel bruñida, pómulos salientes, ojos rasgados, frente ancha, lacónico, fatalista, que tenía compinches y subordinados, no amigos. Tuvo, eso sí, una mujer, una muchacha de Quixeramobin a la que conoció porque lavaba ropa en casa de un hacendado que servía de coitero a la partida. Se llamaba Leopoldina y era de cara redonda, ojos expresivos y formas apretadas. Convivió con João mientras permaneció en el refugio y luego partió con él. Pero lo acompañó poco porque João no toleraba mujeres en la banda. La instaló en Aracati, donde venía a verla cada cierto tiempo. No se casó con ella, de modo que cuando se supo que Leopoldina había huido de Aracati con un juez, a Geremoabo, la gente pensó que la ofensa no era tan grave como si hubiera sido su esposa. João se vengó igual que si lo hubiera sido. Fue a Quixeramobin, le cortó las orejas y marcó a los dos hermanos varones de Leopoldina y se llevó consigo a su otra hermana, Mariquinha, de trece años. La muchacha apareció una madrugada, en las calles de Geremoabo, con la cara marcada a fierro con las iniciales J y S. Estaba encinta y llevaba un cartel explicando que todos los hombres de la banda eran, juntos, el padre de la criatura.

Otros bandidos soñaban con reunir suficientes reis para comprarse unas tierras, en algún municipio remoto, donde pasar el resto de la vida con nombre cambiado. A João no se le vio guardar dinero ni hacer proyectos para el porvenir. Cuando la partida saqueaba un almacén o un caserío u obtenía un buen rescate por alguien que secuestraba, João, después de separar la parte que dedicaría a los coiteros encargados de comprarle armas, municiones y remedios, dividía el resto en partes iguales entre él y sus compañeros. Esta larqueza, su sabiduría en el arte de preparar emboscadas a las volantes o de escapar de las que le tendían, su coraje y su capacidad para imponer la disciplina, hicieron que sus hombres le tuvieran lealtad perruna. Con él se sentían seguros y tratados con equidad. Ahora bien, aunque no les exigía ningún riesgo que él no corriera, no tenía con ellos la menor contemplación. Por quedarse dormidos cuando hacían guardia, retrasarse en una marcha o robarle a un compañero, los hacía azotar. Al que retrocedía cuando él había dado orden de resistir, lo marcaba con sus iniciales o le cercenaba una oreja. Ejecutaba él mismo los castigos, con frialdad. Y él también castraba a los traidores.

Además de temerle, sus hombres parecían incluso quererlo. Quizá porque João jamás había dejado en el escenario del combate a un compañero. Los heridos eran llevados en una hamaca colgada de un tronco hasta algún escondrijo, aun cuando la operación pusiera en peligro a la partida. El propio João los curaba y, si era preciso, hacía traer de fuerza a un enfermero para atender a la víctima. Los muertos eran también arrastrados a fin de darles sepultura donde no pudieran ser profanados por la guardia ni por las aves de rapiña. Esto y la certera intuición con que dirigía a la gente en la lucha, dispersándola en grupos que corrían, mareando al adversario, mientras otros daban un rodeo y les caían por la retaguardia o los ardides que encontraba para romper los cercos, afirmaron su autoridad; nunca le fue difícil reclutar nuevos miembros para el cangaço.

A sus subordinados les intrigaba ese jefe silencioso, reconcentrado, distinto. Se vestía con el mismo sombrero y las mismas sandalias que ellos, pero no tenía su afición por la brillantina y los perfumes —lo primero sobre lo que caían en las tiendas— ni llevaba las manos llenas de anillos ni el pecho cubierto de medallas. Sus morrales tenían menos adornos que los del más novato cangaceiro. Su única debilidad eran los cantores ambulantes, a los que nunca permitió que sus hombres maltrataran. Los atendía con deferencia, les pedía contar algo y los escuchaba muy serio, sin interrumpirlos mientras duraba la historia. Cuando se topaba con el Circo del Gitano se hacía dar una función y lo despedía con regalos.

Alguien, alguna vez, le oyó decir a João Satán que había visto morir a más gente por el alcohol, que malograba la puntería y hacía acuchillarse a los hombres por adefesios, que por la enfermedad o la sequía. Como para darle la razón, el día que lo sorprendió el Capitán Geraldo Macedo con su volante, toda la partida estaba borracha. El Capitán, a quien apodaban Cazabandidos, venía persiguiendo a João desde que éste asaltó a una comitiva del Partido Autonomista Bahiano que venía de entrevistarse con el Barón de Cañabrava en su hacienda de Calumbí. João emboscó a la comitiva, dispersó a sus capangas y a los políticos los despojó de valijas, caballos, ropas y dinero. El propio Barón envió un mensaje al Capitán Macedo ofreciéndole una recompensa especial por la cabeza del cangaceiro.

Ocurrió en Rosario, medio centenar de viviendas entre las que los hombres de João Satán aparecieron un amanecer de febrero. Hacía poco habían tenido un choque sangriento con una banda rival, la de Pajeú, y sólo querían descansar. Los vecinos accedieron a darles de comer y João pagó lo que consumieron, así como los trabucos, escopetas, pólvora y balas de que se apoderó. La gente de Rosario invitó a los cangaceiros a quedarse a la boda que se celebraría, dos días después, entre un vaquero y la hija de un morador. La capilla había sido adornada con flores y los hombres y mujeres del lugar vestían sus mejores galas ese mediodía, cuando llegó de Cumbe el Padre Joaquim para oficiar la boda. El curita estaba tan asustado que los cangaceiros se reían viéndolo tartamudear y atorarse. Antes de decir misa, confesó a medio pueblo, incluidos varios bandidos. Luego asistió a la reventazón de cohetes y al almuerzo al aire libre, bajo una ramada, y brindó con los vecinos. Pero se empeñó después en regresar a Cumbe con tanta obstinación que João, bruscamente, tuvo sospechas. Prohibió que nadie se moviera de Rosario y él mismo exploró el contorno, desde el lado de la serranía hasta el opuesto, un tablazo pelado. No encontró indicio de peligro. Volvió a la fiesta, cejijunto. Sus hombres, borrachos, bailaban, cantaban, mezclados con la gente.

Media hora más tarde, incapaz de soportar la tensión nerviosa, el Padre Joaquim, temblando y lloriqueando le confesó que el Capitán Macedo y su volante estaban en lo alto de la sierra esperando refuerzos para atacar. Él había recibido la orden del Cazabandidos de entretenerlo valiéndose de cualquier treta. En eso, sonaron los primeros tiros, del lado del tablazo. Estaban rodeados. João gritó a los cangaceiros, en el desorden, que resistieran hasta el anochecer como fuera. Pero los bandidos habían bebido tanto que ni siquiera atinaban a darse cuenta de dónde venían los disparos. Se ofrecían como blancos fáciles a los Comblain de los guardias y caían rugiendo, en medio de un tiroteo punteado por los alaridos de las mujeres que corrían tratando de escapar al fuego entrecruzado. Cuando llegó la noche sólo cuatro cangaceiros estaban de pie y João, que peleaba con el hombro perforado, se desvaneció. Sus hombres lo envolvieron en una hamaca y comenzaron a escalar la sierra. Cruzaron el cerco, ayudados por una súbita lluvia torrentosa. Se refugiaron en una cueva y cuatro días después entraron a Tepidó, donde un curandero le bajó la fiebre a João y le restañó la herida. Allí estuvieron dos semanas, lo que demoró João Satán en poder andar. La noche que salieron de Tepidó supieron que el Capitán Macedo había decapitado los cadáveres de sus compañeros caídos en Rosario y que se había llevado las cabezas en un barril, espolvoreadas con sal, como carne de charqui.

Se lanzaron otra vez a la vida violenta, sin pensar demasiado en su buena estrella ni en la mala estrella de los otros. De nuevo anduvieron, robaron, pelearon, se escondieron y vivieron con la vida en·un hilo. João Satán tenía siempre en el pecho una sensación indefinible, la certeza de que, ahora sí, en cualquier momento, iba a ocurrir algo que había estado esperando desde que podía recordar.

La ermita, semiderruida, apareció en un desvío de la trocha que lleva a Cansançao. Ante medio centenar de harapos, un hombre oscuro y larguísimo, envuelto en una túnica morada, estaba hablando. No interrumpió su perorata ni echó una ojeada a los recién venidos. João sintió que algo vertiginoso bullía en su cerebro mientras escuchaba lo que el santo decía. Estaba contando la historia de un pecador que, después de haber hecho todo el daño del mundo, se arrepintió, vivió haciendo de perro, conquistó el perdón de Dios y subió al cielo. Cuando terminó su historia, miró a los forasteros. Sin vacilar, se dirigió a João, que tenía los ojos bajos. "¿Cómo te llamas?", le preguntó. "João Satán", murmuró el cangaceiro. "Es mejor que te llames João Abade, es decir, apóstol del Buen Jesús", dijo la ronca voz.

TRES DÍAS después de haber despachado a *l'Étincelle de la révolte* la carta refiriendo su visita a Fray João Evangelista de Monte Marciano, Galileo Gall sintió tocar la puerta del desván, en los altos de la Librería Catilina. Apenas los vio, supo que los individuos eran esbirros de la policía. Le pidieron sus documentos, examinaron lo que tenía, lo interrogaron sobre sus actividades en Salvador. Al día siguiente llegó la orden de expulsión, como extranjero indeseable. El viejo Jan van Rijsted hizo gestiones y el Doctor José Bautista de Sá Oliveira escribió al Gobernador Luis Viana ofreciéndose como garante, pero la autoridad, intransigente, notificó a Gall que abandonaría el Brasil en "La Marseillaise", rumbo a Europa, una semana más tarde. Se le daba, de gracia, un pasaje de tercera clase. A sus amigos Gall les dijo que ser desterrado —o encarcelado o muerto— es avatar de todo revolucionario y que él venía comiendo ese pan desde la infancia. Estaba seguro que, detrás de la orden de expulsión, se hallaba el cónsul inglés, o el francés o el español, pero, les aseguró, ninguna de las tres policías le pondría la mano encima, pues se haría humo en alguna de las escalas africanas de "La Marseillaise" o en el puerto de Lisboa. No parecía alarmado.

Tanto Jan van Rijsted como el Doctor Oliveira lo habían oído hablar con entusiasmo de su visita al Monasterio de Nuestra Señora de la Piedad, pero ambos se quedaron pasmados cuando les anunció que, en vista de que lo echaban del Brasil, haría, antes de irse, "un gesto por los hermanos de Canudos", convocando a un acto público de solidaridad con ellos. Citaría a los amantes de la libertad que hubiera en Bahía, para explicárselo: "En Canudos está germinando, de manera espontánea, una revolución y los hombres de progreso deben apoyarla". Jan van Rijsted y el Doctor Oliveira trataron de disuadirlo, le repitieron que era una insensatez, pero Gall intentó, de todos modos, publicar su convocatoria en el único diario de oposición. Su fracaso con el *Jornal de Notícias* no lo desalentó. Reflexionaba sobre la posibilidad de imprimir hojas volanderas que él mismo repartiría por las calles, cuando sucedió algo que lo hizo escribir: "¡Al fin! Vivía una vida demasiado apacible y mi espíritu comenzaba a embotarse".

Ocurrió la antevíspera de su viaje, al anochecer. Jan van Rijsted entró al desván, con su pipa crepuscular en la mano, a decirle que dos sujetos preguntaban por él. "Son capangas", le advirtió. Galileo sabía que llamaban así a los hombres que los poderosos y las autoridades empleaban para servicios turbios y, en efecto, los tipos tenían cataduras siniestras. Pero no estaban armados y se mostraron respetuosos: alguien quería verlo. ¿Se podía saber quién? No se podía. Los acompañó, intrigado. Lo llevaron desde la Plaza de la Basílica Catedral, a lo largo de la ciudad alta, y luego de la baja, y luego por las afueras. Cuando dejaron atrás, en la oscuridad, las calles adoquinadas —la rua Conselheiro Dantas, la rua de Portugal, la rua das Princesas—, los Mercados de Santa Bárbara y San Juan, y lo internaron por la trocha de carruajes que, bordeando el mar, iba a Barra, Galileo Gall se preguntó si la autoridad no habría decidido matarlo en vez de expulsarlo. Pero no se trataba de una trampa. En un albergue iluminado por una lamparilla de kerosene, lo esperaba el Director del *Jornal de Notícias*. Epaminondas Gonçalves le extendió la mano y lo invitó a sentarse. Fue al grano sin preámbulos:

—¿Quiere permanecer en el Brasil, pese a la orden de expulsión? Galileo Gall se quedó mirándolo, sin responder.

—¿Es cierto su entusiasmo por lo que pasa allá en Canudos? —preguntó Epaminondas Gonçalves. Estaban solos en la habitación y afuera se oía conversar a los capangas y el ruido sincrónico del mar. El dirigente del Partido Republicano Progresista lo observaba, muy serio, taconeando. Tenía el traje gris que Galileo le había visto en el despacho del *Jornal de Notícias*, pero en su cara no había la despreocupación y socarronería de entonces. Estaba tenso, una arruga en la frente envejecía su cara juvenil.

—No me gustan los misterios —dijo Gall—. Mejor me explica de qué se trata.

—De saber si quiere ir a Canudos a llevarles armas a los revoltosos. Galileo esperó un momento, sin decir nada, resistiendo la mirada de su interlocutor.

—Hace dos días, los revoltosos no le inspiraban simpatía —comentó, despacio—. Eso de ocupar tierras ajenas y vivir en promiscuidad le parecía cosa de animales.

—Ésa es la opinión del Partido Republicano Progresista —asintió Epaminondas Gonçalves—. Y la mía, por supuesto.

—Pero... —lo ayudó Gall, adelantando un poco la cabeza.

—Pero los enemigos de nuestros enemigos son nuestros amigos —afirmó Epaminondas Gonçalves, dejando de taconear—. Bahía es un baluarte de terratenientes retrógrados, de corazón monárquico, pese a que somos República hace ocho años. Si para acabar con la dictadura del Barón de Cañabrava sobre Bahía es preciso ayudar a los bandidos y a los Sebastianistas del interior, lo haré. Nos estamos quedando cada vez más rezagados y más pobres. Hay que sacar a esta gente del poder, cueste lo que cueste, antes de que sea tarde. Si lo de Canudos dura, el gobierno de Luis Viana entrará en crisis y, tarde o temprano, habrá una intervención federal. En el momento que Río de Janeiro intervenga, Bahía dejará de ser el feudo de los Autonomistas.

—Y comenzará el reinado de los Republicanos Progresistas —murmuró Gall.

—No creemos en reyes, somos republicanos hasta el tuétano de los huesos —lo rectificó Epaminondas Gonçalves—. Vaya, veo que me entiende.

—Eso sí lo entiendo —dijo Galileo—. Pero no lo otro. Si el Partido Republicano Progresista quiere armar a los yagunzos, ¿por qué a través mío?

—El Partido Republicano Progresista no quiere ayudar ni tener el menor contacto con gentes que se rebelan contra la ley —silabeó Epaminondas Gonçalves.

—El Honorable Diputado Epaminondas Gonçalves, entonces

—dijo Galileo Gall—. ¿Por qué a través mío?

—El Honorable Diputado Epaminondas Gonçalves no puede ayudar a revoltosos —silabeó el Director del *Jornal de Notícias*—. Ni nadie que esté vinculado, de cerca o de lejos, a él. El Honorable Diputado está dando una batalla desigual por los ideales republicanos y democráticos en este enclave autocrático, de enemigos poderosos, y no puede correr semejante riesgo. —Sonrió y Gall vio que tenía una dentadura blanca, voraz—. Usted vino a ofrecerse, No se me hubiera ocurrido nunca, si no hubiera sido por esa extraña visita suya, anteayer. Fue la que me dio la idea. La que me hizo pensar: "Si es tan loco para convocar un mitin público en favor de los revoltosos, lo será también para llevarles unos fusiles". —Dejó de sonreír y habló con severidad—: En estos casos, la franqueza es lo mejor. Usted es la única persona que, si es descubierta o capturada, en ningún caso podría comprometernos a mí y a mis amigos políticos.

—¿Me está advirtiendo que, si fuera capturado, no podría contar con ustedes?

—Ahora sí lo ha entendido —silabeó Epaminondas Gonçalves—. Si la respuesta es no, buenas noches y olvídese de que me ha visto. Si es sí, discutamos el precio.

El escocés se movió en el asiento, un banquito de madera que crujió.

—¿El precio? —murmuró, pestañeando.

—Para mí, se trata de un servicio —dijo Epaminondas Gonçalves—. Le pagaré bien y le aseguraré, luego, la salida del país. Pero si prefiere hacerlo *ad honorem*, por idealismo, es asunto suyo.

—Voy a dar una vuelta, afuera —dijo Galileo Gall, poniéndose de pie—. Pienso mejor cuando estoy solo. No tardaré.

Al salir del albergue le pareció que llovía, pero era el agua que salpicaban las olas. Los capangas le abrieron paso y él sintió el olor fuerte y picante de sus cachimbas. Había luna y el mar, que parecía burbujeando, despedía un aroma grato, salado, que penetraba hasta las entrañas. Galileo Gall caminó, entre la arenisca y las piedras desiertas, hasta un pequeño fuerte, en el que un cañón apuntaba al horizonte. Pensó: "La República tiene tan poca fuerza en Bahía como el Rey de Inglaterra más allá del Paso de Aberboyle, en los días de Rob Roy McGregor". Fiel a su costumbre, pese a que le bullía la sangre, trató de considerar el asunto de manera objetiva. ¿Era ético para un revolucionario conjurarse con un politicastro burgués? Sí, si la conjura ayudaba a los yagunzos. Y llevarles armas sería, siempre, la mejor manera de ayudarlos. ¿Podía él ser útil a los hombres de Canudos? Sin falsa modestia, alguien fogueado en las luchas políticas y que ha dedicado su vida a la revolución podría ayudarlos, en la toma de ciertas decisiones y a la hora de combatir. Finalmente, la experiencia sería valiosa, si la comunicaba a los revolucionarios del mundo. Tal vez dejaría sus huesos allí; pero ¿no era ese fin preferible a morir de enfermedad o de vejez? Regresó al albergue y, desde el umbral, dijo a Epaminondas Gonçalves: "Soy tan loco para hacerlo".

—*Wonderful* —lo imitó el político, con los ojos brillantes.

V

HABÍA PREDICHO tanto el Consejero, en sus sermones, que las fuerzas del Perro vendríán a prenderlo y a pasar a cuchillo a la ciudad, que nadie se sorprendió en Canudos cuando supieron, por peregrinos venidos a caballo de Joazeiro, que una compañía del Noveno Batallón de Infantería de Bahía había desembarcado en aquella localidad, con la misión de capturar al santo.

Las profecías empezaban a ser realidad, las palabras hechos. El anuncio tuvo un efecto efervescente, puso en acción a viejos, jóvenes, hombres, mujeres. Las escopetas y carabinas, los fusiles de chispa que debían ser cebados por el caño fueron inmediatamente empuñados y colocadas todas las balas.en las cartucheras, a la vez que en los cinturones aparecían como por ensalmo facas y cuchillos y en las manos hoces, machetes, lanzas, punzones, hondas y ballestas de cacería, palos, piedras.

Esa noche, la del comienzo del fin del mundo, todo Canudos se aglomeró en torno al Templo del Buen Jesús —un esqueleto de dos pisos, con torres que crecían y paredes que se iban rellenando— para escuchar al Consejero. El fervor de los elegidos saturaba el aire. Aquél parecía más retirado en sí mismo que nunca. Luego de que los peregrinos de Joazeiro le comunicaron la noticia, no hizo el menor comentario, y prosiguió vigilando la colocación de las piedras, el apisonamiento del suelo y las mezclas de arena y guijarros para el Templo con absoluta concentración, sin que nadie se atreviera a interrogarlo. Pero todos sentían, mientras se alistaban, que esa silueta ascética los aprobaba. Y todos sabían, mientras aceitaban las ballestas, limpiaban el alma de las espingardas y los trabucos y ponían a secar la pólvora, que esa noche el Padre, por boca del Consejero, los instruiría.

La voz del santo resonó bajo las estrellas, en la atmósfera sin brisa que parecía conservar más tiempo sus palabras, tan serena que disipaba cualquier temor. Antes de la guerra, habló de la paz, de la vida venidera, en la que desaparecerían el pecado y el dolor. Derrotado el Demonio, se establecería el Reino del Espíritu Santo, la última edad del mundo antes del Juicio Final. ¿Sería Canudos la capital de ese Reino? Si lo quería el Buen Jesús. Entonces, se derogarían las leyes impías de la República y los curas volverían, como en los primeros tiempos, a ser pastores abnegados de sus rebaños. Los sertones verdecerían con la lluvia, habría maíz y reses en abundancia, todos comerían y cada familia podría enterrar a sus muertos en cajones acolchados de terciopelo. Pero, antes, había que derrotar al Anticristo. Era preciso fabricar una cruz y una bandera con la imagen del Divino para que el enemigo supiera de qué lado estaba la verdadera religión. E ir a la lucha como habían ido los Cruzados a rescatar Jerusalén: cantando, rezando, vitoreando a la Virgen y a Nuestro Señor. Y como éstos vencieron, también vencerían a la República los cruzados del Buen Jesús.

Nadie durmió esa noche en Canudos. Unos rezando, otros aprestándose, todos permanecieron de pie, mientras manos diligentes clavaban la cruz y cosían la bandera. Estuvieron listas antes del amanecer. La cruz medía tres varas por dos de ancho y la bandera eran cuatro sábanas unidas en las que el Beatito pintó una paloma blanca, con las alas abiertas, y el León de Natuba escribió, con su preciosa caligrafía, una jaculatoria. Salvo un puñado de personas designadas por Antonio Vilanova para permanecer en Canudos, a fin de que no se interrumpiera la construcción del Templo (se trabajaba día y noche, salvo los domingos), todo el resto de la población partió, con las primeras luces, en dirección a Bendengó y Joazeiro, para probar a los adalides del mal que el bien todavía tenía defensores en la tierra. El Consejero no los vio partir, pues estaba rezando por ellos en la iglesita de San Antonio.

Debieron andar diez leguas para encontrar a los soldados. Las anduvieron cantando, rezando y vitoreando a Dios y al Consejero. Descansaron una sola vez, luego de pasar el monte Cambaio. Los que sentían una urgencia, salían de las torcidas filas a escabullirse detrás de un roquedal y luego alcanzaban a los demás a la carrera. Recorrer ese terreno llano y reseco les tomó un día y una noche sin que nadie pidiera otro alto para descansar. No tenían plan de batalla. Los raros viajeros se asombraban de saber que iban a la guerra. Parecían una multitud festiva; algunos se habían puesto sus trajes de feria. Tenían armas y lanzaban mueras al Diablo y a la República, pero aun en esos momentos el regocijo de sus caras amortiguaba el odio de sus gritos. La cruz y la bandera abrían la marcha, cargada la primera por el ex-bandido Pedrão y la segunda por el ex-esclavo João Grande, y detrás de ellos María Quadrado y Alejandrinha Correa llevaban la urna con la imagen del Buen Jesús pintada en tela por el Beatito, y, atrás, dentro de una polvareda, apelotonados, difusos, venían los elegidos. Muchos acompañaban las letanías soplando los canutos que antaño servían de cachimbas y que los pastores horadaban para silbar a los rebaños.

En el curso de la marcha, imperceptiblemente, obedeciendo a una convocatoria de la sangre, la columna se fue reordenando, se fueron agrupando las viejas pandillas, los habitantes de un mismo caserío, los de un barrio, los miembros de una familia, como si, a medida que se acercaba la hora, cada cual necesitara la presencia contigua de lo conocido y probado en otras horas decisivas. Los que habían matado se fueron adelantando y ahora, mientras se acercaban a ese pueblo llamado

Uauá por las luciérnagas que lo alumbran de noche, João Abade, Pajeú, Taramela, José Venancio, los Macambira y otros alzados y prófugos rodeaban la cruz y la bandera, a la cabeza de la procesión o ejército, sabiendo, sin que nadie se los hubiera dicho, que ellos por su veteranía y sus pecados eran los llamados a dar el ejemplo a la hora de la embestida.

Pasada la medianoche, un aparcero les salió al encuentro para advertirles que en Uauá acampaban los ciento cuatro soldados, llegados de Joazeiro la víspera. Un extraño grito de guerra —¡Viva el Consejero!, ¡Viva el Buen Jesús!— conmovió a los elegidos, que, azuzados por el júbilo, apresuraron el paso. Al amanecer avistaban Uauá, puñado de casitas que era el alto obligatorio de los troperos que iban de Monte Santo a Curaçá. Empezaron a entonar letanías a San Juan Bautista, patrono del pueblo. La columna se apareció de pronto a los soñolientos soldados que hacían de centinelas a orillas de una laguna, en las afueras. Luego de mirar unos segundos, incrédulos, echaron a correr. Rezando, cantando, soplando los canutos, los elegidos entraron a Uauá, sacando del sueño para arrojar a una realidad de pesadilla al centenar de soldados que habían tardado doce días en llegar hasta allá y no entendían esos rezos que los despertaban. Eran los únicos pobladores de Uauá, todos los vecinos habían huido durante la noche y estaban ahora, entre los cruzados, dando vueltas a los tamarindos de la Plaza, viendo asomar las caras de los soldados en las puertas y ventanas, midiendo su sorpresa, sus dudas entre disparar o correr o volver a sus hamacas y camastros a dormir.

Una voz de mando rugiente, que quebró el cocorocó de un gallo, desató el tiroteo. Los soldados disparaban apoyando los fusiles en los tabiques de los ranchos y comenzaron a caer, bañados en sangre, los elegidos. La columna se fue deshaciendo, grupos intrépidos se abalanzaban, detrás de João Abade, de José Venancio, de Pajeú, a asaltar las viviendas y otros corrían a escudarse en los ángulos muertos o a ovillarse entre los tamarindos mientras los demás seguían desfilando. También los elegidos disparaban. Es decir, los que tenían carabinas y trabucos y los que conseguían cargar de pólvora las espingardas y divisar un blanco en la polvareda. Ni la cruz ni la bandera, en las varias horas de lucha y confusión, dejaron de estar erecta la una y danzante la otra, en medio de una isla de cruzados que, aunque acribillada, subsistió, compacta, fiel, en torno a esos emblemas en los que, más tarde, todos verían el secreto de la victoria. Porque ni Pedrão, ni João Grande, ni la Madre de los Hombres, que llevaba la urna con la cara del Hijo, murieron en la refriega.

La victoria no fue rápida. Hubo muchos mártires en esas horas ruidosas. A las carreras y a los disparos sucedían paréntesis de inmovilidad y silencio que, un momento después, eran de nuevo violentados. Pero antes de media mañana los hombres del Consejero supieron que habían vencido, cuando vieron unas figurillas desaladas, a medio vestir, que, por orden de sus jefes o porque el miedo los había vencido antes que los yagunzos, escapaban a campo traviesa, abandonando armas, guerreras, polainas, botines, morrales. Les dispararon, sabiendo que no los alcanzarían, pero a nadie se le ocurrió perseguirlos. Poco después huían los otros soldados y, al escapar, algunos caían en los nidos de yagunzos que se habían formado en las esquinas, donde eran ultimados a palazos y cuchilladas en un santiamén. Morían oyéndose llamar canes, diablos, y pronosticar que sus almas se condenarían al mismo tiempo que sus cuerpos se pudrirían.

Permanecieron algunas horas en Uauá, luego de la victoria. La mayoría, adormecidos, apoyados unos en otros, reponiéndose de la fatiga de la marcha y de la tensión de la pelea. Algunos, por iniciativa de João Abade, registraban las casas en busca de los fusiles, municiones, bayonetas y cartucheras abandonados por los soldados. María Quadrado, Alejandrinha Correa y Gertrudis, una vendedora de Terehinha que había recibido una bala en el brazo y seguía igual de activa, iban envolviendo en hamacas los cadáveres de los yagunzos para llevárselos a enterrar a Canudos. Las curanderas, los yerbateros, las comadronas, los hueseros, los espíritus serviciales rodeaban a los heridos, limpiándoles la sangre, vendándolos o, simplemente, ofreciéndoles oraciones y conjuros contra el dolor.

Cargando sus muertos y heridos y siguiendo el cauce del Vassa Barris, esta vez menos de prisa, los elegidos desanduvieron las diez leguas. Ingresaron día y medio después en Canudos, dando vivas al Consejero, aplaudidos, abrazados y sonreídos por los que se quedaron trabajando en el Templo. El Consejero, que había permanecido sin comer ni beber desde su partida, dio los consejos esa tarde desde un andamio de las torres del Templo. Rezó por los muertos, agradeció al Buen Jesús y al Bautista la victoria, y habló de cómo el mal echó raíces en la tierra. Antes del tiempo, todo lo ocupaba Dios y el espacio no existía. Para crear el mundo, el Padre había debido retirarse en sí mismo a fin de hacer un vacío y la ausencia de Dios causó el espacio donde surgieron, en siete días, los astros, la luz, las aguas, las plantas, los animales y el hombre. Pero al crearse la tierra mediante la privación de la divina sustancia se habían creado, también, las condiciones propicias para que lo más opuesto al Padre, es decir el pecado, tuviera una patria. Así, el mundo nació maldito, como tierra del Diablo. Pero el Padre se apiadó de los hombres y envió a su Hijo a reconquistar para Dios ese espacio terrenal donde estaba entronizado el Demonio.

El Consejero dijo que una de las calles de Canudos se llamaría San Juan Bautista, como el patrono de Uauá.

—EL GOBERNADOR Viana está enviando a Canudos una nueva expedición —dice Epaminondas Gonçalves—. Al mando de alguien que conozco, el Mayor Febronio de Brito. Esta vez no se trata de unos cuantos soldados, como los que fueron atacados en Uauá, sino de un Batallón. Deben salir de Bahía en cualquier momento, a lo mejor lo han hecho ya. Queda poco tiempo.

—Puedo partir mañana mismo —responde Galileo Gall—. El guía está esperando. ¿Trajo las armas?

Epaminondas ofrece a Gall un tabaco, quien lo rechaza con un movimiento de cabeza. Están sentados en unos sillones de mimbre, en la destartalada terraza de una finca situada en algún lugar entre Queimadas y Jacobina, hasta donde ha guiado a Gall un jinete encuerado de nombre bíblico —Caifás— que lo hacía dar vueltas y revueltas por la caatinga, como si quisiera confundirlo. Es el atardecer; más allá de la balaustrada de madera, hay una fila de palmeras reales, un palomar, unos corrales. El sol, una bola rojiza, incendia el horizonte. Epaminondas Gonçalves chupa su tabaco con parsimonia.

—Dos decenas de fusiles franceses, de buena calidad —murmura, mirando a Gall a través del humo—. Y diez mil cartuchos. Caifás lo llevará en el carromato hasta las afueras de Queimadas. Si no está muy cansado, lo mejor es que regrese esta noche con las armas, para seguir a Canudos mañana mismo.

Galileo Gall asiente. Está cansado pero le bastarán unas horas de sueño para recuperarse. Hay tantas moscas en la terraza que tiene una mano ante la cara, espantándolas. Pese a la fatiga, se siente colmado; la espera comenzaba a exasperarlo y temía que el político republicano hubiera cambiado de planes. Esa mañana, cuando intempestivamente el encuerado lo sacó de la Pensión Nuestra Señora de las Gracias, con la contraseña convenida, se sintió tan animado que olvidó incluso desayunar. Ha hecho el viaje hasta aquí sin beber ni comer, bajo un sol de plomo.

—Siento haberlo hecho esperar tantos días, pero reunir y traer las armas hasta aquí resultó bastante complicado —dice Epaminondas Gonçalves—. ¿Vio la campaña para las elecciones municipales, en algunos pueblos?

—Vi que el Partido Autonomista Bahiano gasta más dinero en propaganda que ustedes —bosteza Gall.

—Tiene todo el que haga falta. No sólo el de Viana, también el de la Gobernación y el del Parlamento de Bahía. Y, sobre todo, el del Barón.

—¿Rico como un Creso el Barón, no es verdad? —se interesa Gall, de pronto—. Un personaje antediluviano, sin duda, una curiosidad arqueológica. He sabido algunas cosas de él, en Queimadas. Por Rufino, el guía que me recomendó usted. Su mujer pertenecía al Barón. Pertenecía, sí, como una cabra o una ternera. Se la regaló para que fuera su esposa. El propio Rufino habla de él como si también hubiera sido propiedad suya. Sin rencor, con gratitud perruna. Interesante, señor Gonçalves. La Edad Media está viva aquí.

—Contra eso luchamos, por eso queremos modernizar esta tierra —dice Epaminondas, soplando la ceniza de su tabaco—. Por eso ha caído el Imperio, para eso es la República.

"Contra eso luchan los yagunzos, más bien", lo corrige mentalmente Galileo Gall, sintiendo que se va a quedar dormido en cualquier momento. Epaminondas Gonçalves se pone de pie.

—¿Qué le ha dicho usted al guía? —pregunta, paseando por la terraza. Han comenzado a cantar los grillos y ya no hace calor.

—La verdad —dice Gall y el Director del *Jornal de Notícias* se para en seco—. No he mencionado su nombre para nada. Hablo de mí. Que quiero ir a Canudos por una razón de principio. Por solidaridad ideológica y moral.

Epaminondas Gonçalves lo mira en silencio y Galileo sabe que está preguntándose si él dice estas cosas en serio, si de veras es tan loco o tan estúpido para creerlas. Piensa: "Lo soy", mientras manotea, ahuyentando a las moscas.

—¿Le ha dicho también que les llevará armas?

—Desde luego que no. Lo sabrá cuando estemos en camino.

Epaminondas retoma su paseo por la terraza, con las manos a la espalda; deja una estela de humo. Lleva una blusa abierta, chaleco sin botones, pantalón y botas de montar y da la impresión de no haberse afeitado. Su apariencia es muy distinta de la que tenía en la redacción del diario o en el albergue de Barra, pero Gall reconoce la energía empozada en sus movimientos, la determinación ambiciosa en su expresión, y se dice que sin necesidad de tocarlos sabe cómo son sus huesos: "Un ávido de poder". ¿Es de él esta finca? ¿Se la prestan para sus conspiraciones?

—Una vez que haya entregado las armas, no regrese a Salvador por aquí —dice Epaminondas, apoyándose en la balaustrada y dándole la espalda—. Que el guía lo lleve a Joazeiro. Es más prudente. En Joazeiro hay un tren cada dos días, que lo pondrá en Bahía en doce horas. Yo me encargaré de que salga a Europa discretamente y con una buena gratificación.

—Una buena gratificación —repite Gall, con un largo bostezo que distorsiona cómicamente su cara y sus palabras—. Usted ha creído siempre que yo hago esto por dinero.

Epaminondas arroja una bocanada de humo que se expande en arabescos por la terraza. A lo lejos, el sol comienza a ocultarse y hay manchas de sombra en el campo.

—No, ya sé que lo hace por una razón de principio. En todo caso, me doy cuenta que no lo hace por cariño al Partido Republicano Progresista. Para nosotros esto es un servicio y acostumbramos retribuir los servicios, ya se lo dije.

—No puedo asegurarle que volveré a Bahía —lo interrumpe Gall, desperezándose—. Nuestro trato no incluye esa cláusula.

El Director del *Jornal de Notícias* se vuelve a mirarlo:

—No vamos a discutirlo otra vez —sonríe—. Usted puede hacer lo que quiera. Simplemente, ya sabe cuál es la mejor manera de regresar, y sabe también que yo puedo facilitarle la salida del país sin que intervengan las autoridades. Ahora, si prefiere quedarse con los revoltosos, allá usted. Aunque, estoy seguro, cambiará de idea cuando los conozca.

—Ya he conocido a uno de ellos —murmura Gall, ligeramente burlón—. Y, a propósito, ¿le importaría despacharme desde Bahía esta carta para Francia? Está abierta, si lee francés comprobará que no hay en ella nada comprometedor para usted.

NACIÓ, como sus padres, abuelos y su hermano Honorio, en el poblado cearense de Assaré, donde se dividían las reses que iban a Jaguaribe y las que enrumbaban hacia el Valle de Cariri. En el pueblo todos eran agricultores o vaqueros, pero Antonio mostró desde niño vocación de comerciante. Comenzó a hacer negocios en las clases de catecismo del Padre Matías (quien también le enseñó las letras y los números). Antonio vendía y compraba a los otros niños trompos, hondas, bolas de vidrio, cometas, tordos, canarios, ranas cantoras y hacía tan buenas ganancias que, aunque su familia no era próspera, él y su hermano eran voraces consumidores de los dulces del almacenero Zuquieta. A diferencia de otros hermanos, que andaban como perro y gato, los Vilanova eran uña y carne. Se trataban, muy en serio, de "compadres".

Una mañana, Adelinha Alencar, hija del carpintero de Assaré, despertó con fiebre alta. Las yerbas que quemó Doña Camuncha para exorcizar el daño no hicieron efecto y días más tarde Adelinha tenía el cuerpo erupcionado de granos que la convirtieron, de la más linda, en el ser más repelente del pueblo. Una semana después había media docena de vecinos delirando por la fiebre y con pústulas. El Padre Tobías alcanzó a decir una misa pidiendo a Dios que pusiera fin a la peste antes de caer, él también, contagiado. Casi en seguida empezaron a morir los enfermos, en tanto que la epidemia se extendía, incontenible. Cuando los lugareños, aterrados, se disponían a escapar, se encontraron con que el coronel Miguel Fernández Vieira, jefe político del municipio y propietario de las tierras que cultivaban y de los ganados que hacían pastar, se lo prohibía, para que no propagaran la viruela por la región. El coronel Vieira puso capangas en las salidas con orden de disparar al que desobedeciera el bando.

Entre los pocos que consiguieron irse estuvieron los Vilanova. La peste les mató a los padres, a su hermana Luz María, a un cuñado y a tres sobrinos. Después de enterrar a toda esa parentela, Antonio y Honorio, mozos fuertes, quinceañeros, de pelos ensortijados y ojos claros, decidieron la fuga. Pero, en vez de enfrentarse a los capangas a faca y bala, como otros, Antonio, fiel a su vocación, los convenció de que, a cambio de un novillo, una arroba de azúcar y otra de rapadura, hicieran la vista gorda. Partieron de noche, llevándose a dos primas suyas —Antonia y Asunción Sardelinha— y los bienes de la familia: dos vacas, una acémila, una maleta de ropa y una bolsita con diez mil reis. Antonia y Asunción eran primas de los Vilanova por partida doble y Antonio y Honorio se las llevaron apiadados de su desamparo, pues la viruela las dejó huérfanas. Eran casi niñas y su presencia dificultó la marcha; no sabían andar por la caatinga y aguantaban mal la sed. La pequeña expedición, sin embargo, atravesó la Sierra de Araripe, dejó atrás San Antonio, Ouricuri, Petrolina y cruzó el río San Francisco. Cuando entraron a Joazeiro y Antonio decidió que probarían suerte en ese pueblo bahiano, las dos hermanas estaban embarazadas: Antonia de Antonio y Asunción de Honorio.

Al día siguiente, Antonio comenzó a trabajar mientras Honorio, ayudado por las Sardelinhas, levantaba un rancho. Las vacas de Assaré las habían vendido en el camino, pero conservaban la acémila y en ella cargó Antonio un perol de aguardiente que fue vendiendo, a copitas, por la ciudad. En esa acémila y luego en otra y otras cargaría las mercancías que, en los meses y años siguientes, fue llevando, al principio de casa en casa, después por los caseríos del contorno y, finalmente, a lo ancho y a lo largo de los sertones, que llegó a conocer como su mano. Comerciaba bacalao, arroz, frejol, azúcar, pimienta, rapadura, paños, alcohol y lo que le encargaran. Se convirtió en proveedor de inmensas haciendas y de pobres aparceros y sus caravanas se hicieron tan familiares como el Circo del Gitano en los poblados, las misiones y los campamentos. El almacén de Joazeiro, en la Plaza de la Misericordia, lo atendían Honorio y las Sardelinhas. Antes de diez años, se decía que los Vilanova estaban en camino de ser ricos.

Entonces sobrevino la calamidad que, por segunda vez arruinaría a la familia. Los buenos años las lluvias comenzaban en diciembre; los malos, en febrero o marzo. Ese año, en mayo no había caído gota de lluvia. El San Francisco perdió dos tercios de su caudal y apenas alcanzaba a satisfacer las necesidades de Joazeiro, cuya población se cuadruplicó con los retirantes del interior.

Antonio Vilanova no cobró ese año una sola deuda y todos sus clientes, dueños de haciendas o pobres moradores, le cancelaron los pedidos. Hasta Calumbí, la mejor propiedad del Barón de Cañabrava, le hizo saber que no le compraría ni un puñado de sal. Pensando sacar provecho de la adversidad, Antonio había enterrado los granos en cajones envueltos con lona para venderlos cuando la escasez pusiera los precios por las nubes. Pero la calamidad fue demasiado grande, incluso para sus cálculos. Pronto comprendió que si no vendía de una vez se quedaría sin compradores, pues la gente se gastaba lo poco que conservaba en misas, procesiones y ofrendas (y todo el mundo quería incorporarse a la Hermandad de Penitentes, que se encapuchaban y flagelaban) para que Dios hiciera llover. Entonces, desenterró sus cajones: los granos, pese a la lona, estaban podridos. Pero Antonio nunca se sentía derrotado. Él, Honorio, las Sardelinhas y hasta los niños —uno de él y tres de su hermano— limpiaron los granos como pudieron y el pregonero anunció a la mañana siguiente, en la Plaza Matriz, que por fuerza mayor el almacén de los Vilanova remataba las existencias. Antonio y Honorio se armaron y pusieron a cuatro sirvientes con palos a la vista para evitar desmanes. La primera hora todo funcionó. Las Sardelinhas despachaban en el mostrador mientras los seis hombres contenían en la puerta a la gente, dejando entrar al almacén sólo grupos de diez personas. Pero pronto fue imposible contener a la multitud que terminó por rebalsar la barrera, echar abajo puertas y ventanas e invadir el almacén. En pocos minutos se apoderó de todo lo que había adentro, incluido el dinero de la caja. Lo que no pudieron llevarse lo pulverizaron.

La devastación no duró más de media hora y, aunque las pérdidas fueron grandes, nadie de la familia resultó maltratado. Honorio, Antonio, las Sardelinhas y los niños, sentados en la calle, contemplaron cómo los saqueadores se retiraban del que había sido el almacén mejor provisto de la ciudad. Las mujeres tenían los ojos llorosos y los niños miraban, esparcidos por la tierra, los restos de los camastros donde dormían, la ropa que se ponían y los objetos con que jugaban. Antonio estaba pálido. "Tenemos que empezar de nuevo, compadre", murmuró Honorio. "Pero no en este pueblo", le contestó su hermano.

Antonio no había cumplido aún treinta años. Pero, por el excesivo trabajo, los fatigosos viajes, la manera obsesiva con que llevaba su negocio, parecía mayor. Había perdido pelo y la ancha frente, la barbita y el bigote le daban un aire intelectual. Era fuerte, de hombros algo caídos, y andaba con las piernas arqueadas, como un vaquero. Nunca demostró otro interés que los negocios. En tanto que Honorio iba a fiestas, y no le disgustaba beber una copita de anisado escuchando a un trovero o platicar con amigos viendo pasar por el San Francisco las embarcaciones en las que comenzaban a aparecer mascarones de proa de colores vivos, él no hacía vida social. Cuando no estaba de viaje, permanecía detrás del mostrador, verificando cuentas o ideando nuevos renglones de actividad. Tenía muchos clientes pero pocos amigos y aunque se lo veía los domingos en la Iglesia de Nuestra Señora de las Grutas y asistía alguna vez a las procesiones en que los flagelantes de la Hermandad se martirizaban para ayudar a las almas del Purgatorio, tampoco destacaba por su fervor religioso. Era un hombre serio, sereno, tenaz, bien preparado para encarar la adversidad.

Esta vez, la peregrinación de la familia Vilanova, por un territorio agobiado de hambre y de sed, fue más larga que la que había hecho una década atrás, huyendo de la peste. Pronto se quedaron sin animales. Después de un primer choque con una partida de retirantes, a quienes los hermanos tuvieron que dispararles, Antonio decidió que esas cinco acémilas eran una tentación demasiado grande para la hambrienta humanidad que deambulaba por los sertones. De modo que en Barro Vermelho vendió cuatro de ellas por un puñado de piedras preciosas. Mataron la otra, se dieron un banquete y salaron la carne sobrante, con lo que pudieron sustentarse varios días. Uno de los hijos de Honorio murió de disentería y lo enterraron en Borracha, donde habían instalado un refugio en el que las Sardelinhas ofrecían sopas hechas de batata de imbuzeiro, moçó y xique-xique. Pero tampoco pudieron resistir mucho allí y emigraron hacia Patamuté y Mato Verde, donde Honorio fue picado por un alacrán. Cuando curó, siguieron hacia el sur, angustioso recorrido de semanas en el que sólo encontraban pueblos fantasmas, haciendas desiertas, caravanas de esqueletos que iban a la deriva, como alucinados.

En Pedra Grande, otro hijo de Honorio y Asunción murió de un simple catarro. Estaban enterrándolo, envuelto en una manta, cuando, en medio de una polvareda color lacre, entraron al caserío una veintena de hombres y mujeres —había entre ellos un ser con cara de hombre que andaba a cuatro patas y un negro semidesnudo—, la mayoría pellejos adheridos a los huesos, de túnicas raídas y sandalias que parecían haber pisado todos los caminos del mundo. Los conducía un hombre alto, moreno, con cabellos hasta los hombros y ojos de azogue. Fue directamente hacia la familia Vilanova y contuvo con un gesto a los hermanos que ya bajaban el cadáver a la tumba. "¿Hijo tuyo?", preguntó a Honorio, con voz grave. Éste asintió. "No lo puedes enterrar así", dijo el moreno, con seguridad. "Hay que prepararlo y despedirlo bien, a fin de que sea recibido en la eterna fiesta del cielo." Y antes que Honorio repusiera, se volvió a sus acompañantes: "Vamos a hacerle un entierro decente, para que el Padre lo reciba alborozado". Los Vilanova, entonces, vieron a los peregrinos animarse, correr hacia los árboles, cortarlos, clavarlos, fabricar un cajón y una cruz con una destreza que mostraba larga práctica. El moreno cogió en sus brazos al niño y lo metió en el cajón. Mientras los Vilanova rellenaban la tumba, el hombre rezó en voz alta y los otros cantaron benditos y letanías, arrodillados alrededor de la cruz. Más tarde, cuando, luego de haber descansado bajo los árboles, los peregrinos se disponían a partir, Antonio Vilanova sacó una moneda y se la alcanzó al santo. "Para mostrarte nuestro agradecimiento", insistió, al ver que el hombre no la cogía y lo miraba con burla. "No tienes nada que agradecerme", dijo, al fin. "Pero al Padre no podrías pagarle lo que le debes ni con mil monedas como ésa." Hizo una pausa y añadió, suavemente: "No has aprendido a sumar, hijo".

Los Vilanova permanecieron pensativos, mucho rato después de que los peregrinos hubieron partido, sentados junto a una fogata que espantaba a los insectos. "¿Era un loco, compadre?", dijo Honorio. "He visto muchos locos en mis viajes y éste parecía algo más que un loco", dijo Antonio.

Cuando volvió el agua, después de dos años de sequía y calamidades, los Vilanova estaban instalados en Caatinga do Moura, un caserío cerca del cual había una salina que Antonio comenzó a explotar. Todo el resto de la familia —las Sardelinhas y los dos niños— había sobrevivido, pero el hijo de Antonio y Antonia, luego de unas legañas que lo tuvieron frotándose los ojos muchos días, había ido perdiendo la vista y ahora diferenciaba el día y la noche, pero no las caras de las personas ni la naturaleza de las cosas. La salina resultó un buen negocio. Honorio, las Sardelinhas y los niños se pasaban el día secando la sal y preparando las bolsas que Antonio salía a vender. Se había fabricado una carreta e iba armado con una escopeta de dos cañones, en previsión de asaltos.

Permanecieron en Caatinga do Moura cerca de tres años. Con las lluvias, los moradores retornaron a trabajar la tierra y los vaqueros a cuidar las diezmadas ganaderías y todo esto significó, para Antonio, el retorno de la prosperidad. Además de la salina, pronto tuvo un almacén y comenzó a comerciar en caballerías, que compraba y vendía con buen margen de ganancia. Cuando las lluvias diluviales de ese diciembre —decisivo en su vida— convirtieron el arroyo que cruzaba el pueblo en un torrente que se llevó las cabañas y ahogó aves y chivos e inundó la salina y en una noche la enterró bajo un mar de lodo, Antonio se encontraba en la Feria de Nordestina, adonde había ido con un cargamento de sal y la intención de comprar mulas.

Volvió una semana más tarde. Las aguas habían comenzado a bajar. Honorio, las Sardelinhas y la media docena de peones que ahora trabajaban para ellos estaban desconsolados, pero Antonio tomó la nueva catástrofe con calma. Revisó lo que se había salvado, hizo cálculos en un cuadernillo y les levantó el ánimo diciéndoles que quedaban abundantes deudas por cobrar y que él, como los gatos, tenía muchas vidas para sentirse derrotado por una inundación.

Pero esa noche no pegó los ojos. Estaban alojados en casa de un morador amigo, en la loma donde se habían refugiado todos los vecinos. Su mujer lo sintió moverse en la hamaca y la luz de la luna le mostró la cara de su marido comida por la preocupación. A la mañana siguiente, Antonio les comunicó que debían alistarse pues abandonaban Caatinga do Moura. Fue tan categórico que ni su hermano ni las mujeres se atrevieron a preguntarle por qué. Luego de rematar lo que no podían llevarse, se lanzaron una vez más, con la carreta cubierta de bultos, a la incertidumbre de los caminos. Uno de esos días, le oyeron a Antonio algo que los confundió. "Ha sido el tercer aviso —murmuró, con una sombra en el fondo de las claras pupilas—. Esa inundación nos la han mandado para que hagamos algo que no sé qué es." Honorio, como avergonzado, preguntó: "¿Un aviso de Dios, compadre?" "Pudiera ser del Diablo", dijo Antonio.

Estuvieron dando tumbos, una semana aquí, un mes allá, y cada vez que la familia creía que arraigarían en un lugar, Antonio, impulsivamente, decidía partir. Esa búsqueda de algo o alguien tan incierto los desasosegaba pero ninguno de ellos protestó por las continuas mudanzas.

Por fin, después de casi ocho meses recorriendo los sertones, terminaron instalándose en una hacienda del Barón de Cañabrava, abandonada desde la sequía. El Barón se había llevado sus ganados y quedaban unas cuantas familias, diseminadas por los alrededores, cultivando pequeños lotes a orillas del Vassa Barris y llevando a pastar sus cabras a la Sierra de Cañabrava, siempre verde. Por su escasa población y por estar cercado de montes, Canudos parecía el lugar menos indicado para un comerciante. Sin embargo, apenas ocuparon la vieja casa del administrador, que estaba en ruinas, Antonio pareció librarse de un peso. De inmediato se puso a inventar negocios y a organizar la vida de la familia, con los antiguos bríos. Y un año después, gracias a su empeño, el almacén de los Vilanova compraba y vendía mercancías a diez leguas a la redonda. Antonio viajaba otra vez constantemente.

Pero el día en que los peregrinos aparecieron en las laderas del Cambaio y entraron por la única calle de Canudos cantando alabanzas al Buen Jesús con toda la fuerza de sus pulmones, se hallaba en casa. Desde la baranda de la antigua administración, convertida en vivienda-almacén, vio acercarse a esos seres fervientes. Su hermano, su mujer, su cuñada advirtieron que palidecía cuando el hombre de morado, que encabezaba la procesión, avanzó hacia él. Reconocieron los ojos incandescentes, la voz cavernosa, la flacura. "¿Ya aprendiste a sumar?", dijo el santo, con una sonrisa, estirando la mano al mercader. Antonio Vilanova cayó de rodillas para besar los dedos del recién venido.

EN MI CARTA anterior os hablé, compañeros, de una rebelión popular en el interior del Brasil, de la que tuve noticia a través de un testigo prejuiciado (un capuchino). Hoy puedo comunicaros un testimonio mejor sobre Canudos, el de un hombre venido de la revuelta, que recorre las regiones sin duda con la misión de reclutar prosélitos. Puedo, también, deciros algo emulsionante: hubo un choque armado y los yagunzos derrotaron a cien soldados que pretendían llegar a Canudos. ¿No se confirman los indicios revolucionarios? En cierto modo sí, pero de manera relativa, a juzgar por este hombre, que da una impresión contradictoria de estos hermanos: intuiciones certeras y acciones correctas se mezclan en ellos con supersticiones inverosímiles.

Escribo desde un pueblo cuyo nombre no debéis saber, una tierra donde las servidumbres morales y físicas de las mujeres son extremas, pues las oprimen el patrón, el padre, los hermanos y el marido. Aquí, el terrateniente escoge las esposas de sus allegados y las mujeres son golpeadas en plena calle por padres irascibles o maridos borrachos, ante la indiferencia general. Un motivo de reflexión, compañeros: asegurarse que la revolución no sólo suprima la explotación del hombre por el hombre, sino, también, la de la mujer por el hombre y establezca, a la vez que la igualdad de clases, la de sexos.

Supe que el emisario de Canudos había llegado a este lugar por un guía que es también tigrero, o cazador de suçuaranas (bellos oficios: explorar el mundo y acabar con los predadores del rebaño), gracias al cual conseguí, también, verlo. La entrevista tuvo lugar en una curtiembre, entre cueros que se secaban al·sol y unos niños que jugaban con largartijas. Mi corazón latió con fuerza al ver al hombre: bajo y macizo, con esa palidez entre amarilla y gris que viene a los mestizos de sus ancestros indios, y una cicatriz en la cara que me reveló, a simple vista, su pasado de capanga, de bandido o de criminal (en todo caso, de víctima, pues, como explicó Bakunin, la sociedad prepara los crímenes y los criminales son sólo los instrumentos para ejecutarlos). Vestía de cuero —así lo hacen los vaqueros para cabalgar por la espinosa campiña—, llevaba el sombrero puesto y una escopeta. Sus ojos eran hundidos y cazurros y sus maneras oblicuas, evasivas, lo que es aquí frecuente. No quiso que habláramos a solas. Tuvimos que hacerlo delante del dueño de la curtiembre y de su familia, que comían en el suelo, sin mirarnos. Le dije que era un revolucionario, que en el mundo había muchos compañeros que aplaudían lo que ellos habían hecho en Canudos, es decir tomar las tierras de un feudal, establecer el amor libre y derrotar a una tropa. No sé si me entendió. La gente del interior no es como la de Bahía, a la que la influencia africana ha dado locuacidad y exuberancia. Aquí las caras son inexpresivas, máscaras cuya función parece ser la de ocultar los sentimientos y los pensamientos.

Le pregunté si estaban preparados para nuevos ataques, pues la burguesía reacciona como fiera cuando se atenta contra la sacrosanta propiedad privada. Me dejó de una pieza murmurando que el dueño de todas las tierras es el Buen Jesús y que, en Canudos, el Consejero está erigiendo la Iglesia más grande del mundo. Traté de explicarle que no era porque construían iglesias que el poder había enviado soldados contra ellos, pero me dijo que sí, que era precisamente por eso, pues la República quiere exterminar la religión. Extraña diatriba la que oí entonces, compañeros, contra la República, proferida con tranquila seguridad, sin asomo de pasión. La República se propone oprimir a la Iglesia y a los fieles, acabar con todas las órdenes religiosas como lo ha hecho ya con la Compañía de Jesús y la prueba más flagrante de su designio es haber instituido el matrimonio civil, escandalosa impiedad cuando existe el sacramento del matrimonio creado por Dios.

Me imagino la decepción de muchos lectores y sus sospechas, al leer lo anterior, de que Canudos, como la Vendée cuando la Revolución, es un movimiento retrógrado, inspirado por los curas. No es tan simple, compañeros. Ya sabéis, por mi carta anterior, que la Iglesia condena al Consejero y a Canudos y que los yagunzos le han arrebatado las tierras a un Barón. Pregunté al de la cicatriz si los pobres del Brasil estaban mejor cuando la monarquía. Me repuso en el acto que sí, pues era la monarquía la que había abolido la esclavitud. Y me explicó que el diablo, a través de los masones y los protestantes, derrocó al Emperador Pedro II para restaurarla. Como lo oís: el Consejero ha inculcado a sus hombres que los republicanos son esclavistas. (Una manera sutil de enseñar la verdad, ¿no es cierto?, pues la explotación del hombre por los dueños del dinero, base del sistema republicano, no es menos esclavitud que la feudal.) El emisario fue categórico: "Los pobres han sufrido mucho pero se acabó: no contestaremos las preguntas del censo porque lo que ellas pretenden es reconocer a los libertos para ponerles otra vez cadenas y devolverlos a sus amos". "En Canudos nadie paga los tributos de la República porque no la reconocemos ni admitimos que se atribuya funciones que corresponden a Dios." ¿Qué funciones, por ejemplo? "Casar a las parejas o cobrar el diezmo." Pregunté qué ocurría con el dinero en Canudos y me confirmó que sólo aceptaban el que lleva la cara de la Princesa Isabel, es decir el del Imperio, pero, como éste ya casi no existe, en realidad el dinero está desapareciendo. "No se necesita, porque en Canudos los que tienen dan a los que no tienen y los que pueden trabajar trabajan por los que no pueden."

Le dije que abolir la propiedad y el dinero y establecer una comunidad de bienes, se haga en nombre de lo que sea, aún en el de abstracciones gaseosas, es algo atrevido y valioso para los desheredados del mundo, un comienzo de redención para todos. Y que esas medidas desencadenarán contra ellos, tarde o temprano, una dura represión, pues la clase dominante jamás permitirá que cunda semejante ejemplo: en este país hay pobres de sobra para tomar todas las haciendas. ¿Son conscientes el Consejero y los suyos de las fuerzas que están soliviantando? Mirándome a los ojos, sin pestañear, el hombre me recitó frases absurdas, de las que os doy una muestra: los soldados no son la fuerza sino la flaqueza del gobierno, cuando haga falta las aguas del río Vassa Barris se volverán leche y sus barrancas cuzcuz de maíz, y los yagunzos muertos resucitarán para estar vivos cuando aparezca el Ejército del Rey Don Sebastián (un rey portugués que murió en el África, en el siglo XVI).

¿Son estos diablos, emperadores y fetiches religiosos las piezas de una estrategia de que se vale el Consejero para lanzar a los humildes por la senda de una rebelión que, en los hechos —a diferencia de las palabras— es acertada, pues los ha impulsado a insurgir contra la base económica, social y militar de la sociedad clasista? ¿Son los símbolos religiosos, míticos, dinásticos, los únicos capaces de sacudir la inercia de masas sometidas hace siglos a la tiranía supersticiosa de la Iglesia y por eso los utiliza el Consejero? ¿O es todo esto obra del azar? Nosotros sabemos, compañeros, que no existe el azar en la historia, que, por arbitraria que parezca, hay siempre una racionalidad encubierta detrás de la más confusa apariencia. ¿Imagina el Consejero el transtorno histórico que está provocando? ¿Se trata de un intuitivo o de un astuto? Ninguna hipótesis es descartable, y, menos que otras, la de un movimiento popular espontáneo, impremeditado. La racionalidad está grabada en la cabeza de todo hombre, aún la del más inculto, y, dadas ciertas circunstancias, puede guiarlo, por entre las nubes dogmáticas que velen sus ojos o los prejuicios que empañen su vocabulario, a actuar en la dirección de la historia. Alguien que no era de los nuestros, Montesquieu, escribió que la dicha o la desdicha consisten en una cierta disposición de nuestros órganos. También la acción revolucionaria puede nacer de ese mandato de los órganos que nos gobiernan, aun antes de que la ciencia eduque la mente de los pobres. ¿Es lo que ocurre en el sertón bahiano? Esto sólo se puede verificar en la propia Canudos. Hasta la próxima o hasta siempre.

VI

La victoria de Uauá fue celebrada en Canudos con dos días de festejos. Hubo cohetes y fuegos artificiales preparados por Antonio el Fogueteiro y el Beatito organizó procesiones que recorrieron los meandros de casuchas que habían brotado en la hacienda. El Consejero predicaba cada atardecer desde un andamio del Templo. A Canudos le aguardaban pruebas más duras, no había que dejarse derrotar por el miedo, el Buen Jesús ayudaría a los que tuvieran fe. Un tema frecuente seguía siendo el fin del mundo. La tierra, cansada después de tantos siglos de producir plantas, animales y de dar abrigo al hombre, pediría al Padre poder descansar. Dios consentiría y comenzarían las destrucciones. Era eso lo que indicaban las palabras de la Biblia: "¡No vine a establecer la armonía! ¡Vine para atizar un incendio!"

Así, mientras, en Bahía, las autoridades, criticadas sin piedad por el *Jornal de Notícias* y el Partido Republicano Progresista por los sucesos de Uauá, organizaban una segunda expedición seis veces más numerosa que la primera y la pertrechaban de dos cañones Krupp, calibre 7,5 y de dos ametralladoras Nordenfelt y, al mando del Mayor Febronio de Brito, la despachaban por tren hacia Queimadas, para que luego siguiera a pie, a castigar a los yagunzos, éstos, en Canudos, se preparaban para el Juicio Final. Algunos impacientes, con el pretexto de apurarlo o de ganarle a la tierra el descanso, salieron a sembrar la desolación. Enfurecidos de amor prendían fuego a las construcciones de los tablazos y caatingas que separaban a Canudos del mundo. Para salvar sus tierras, muchos hacendados y campesinos les hacían regalos, pero, sin embargo, ardieron buen número de ranchos, corrales, casas abandonadas, refugios de pastores y guaridas de forajidos. Fue preciso que José Venancio, Pajeú, João Abade, João Grande, los Macambira salieran a contener a esos exaltados que querían dar reposo a la naturaleza carbonizándola y que el Beatito, la Madre de los Hombres, el León de Natuba, les explicaran que habían interpretado mal los consejos del santo.

Tampoco en estos días, pese a los nuevos peregrinos que llegaban, Canudos pasó hambre. María Quadrado se llevó a vivir con ella al Santuario a un grupo de mujeres —que el Beatito llamó: el Coro Sagrado— para que la ayudaran a sostener al Consejero cuando los ayunos le doblaban las piernas, y a darle de comer los escasos mendrugos que comía, y a servirle de coraza para que no lo aplastaran los romeros que querían tocarlo y lo acosaban pidiéndole que intercediera ante el Buen Jesús por la hija ciega, el hijo inválido o el marido desaparecido. Entre tanto, otros yagunzos se ocupaban de procurar sustento a la ciudad y de su defensa. Habían sido esclavos cimarrones, como João Grande, o cangaceiros con muchas muertes en su historial, como Pajeú o João Abade, y eran ahora hombres de Dios. Pero seguían siendo hombres prácticos, alertas a lo terrenal, sensibles al hambre y a la guerra, y fueron ellos quienes, como habían hecho en Uauá, tomaron la iniciativa. A la vez que contenían a las turbas de incendiarios, arreaban hacia Canudos cabezas de ganado, caballos, mulas, asnos, chivos que las haciendas se resignaban a donar al Buen Jesús, y despachaban a los almacenes de Antonio y Honorio Vilanova las harinas, los granos, las ropas y, sobre todo, las armas que reunían en sus incursiones. En pocos días, Canudos se llenó de recursos. Al mismo tiempo, solitarios enviados recorrían los sertones, como profetas bíblicos, y bajaban hasta el litoral incitando a las gentes a partir a Canudos para combatir junto a los elegidos contra esa invención del Perro: la República. Eran unos curiosos emisarios del cielo, que, en vez de vestir túnicas, llevaban pantalones y camisas de cuero y cuyas bocas escupían las palabrotas de la gente ruin y a quienes todos conocían porque habían compartido con ellos techo y miseria hasta que un día, rozados por el ángel, se fueron a Canudos. Eran los mismos, llevaban las mismas facas, carabinas, machetes y, sin embargo, eran otros, pues ahora sólo hablaban del Consejero, de Dios o del lugar de donde venían con una convicción y un orgullo contagiosos. La gente les daba hospitalidad, los escuchaba y muchos, sintiendo esperanza por primera vez, hacían un atado con sus cosas y partían.

Las fuerzas del Mayor Febronio de Brito estaban ya en Queimadas. Eran quinientos cuarenta y tres soldados, catorce oficiales y tres médicos seleccionados en los tres batallones de Infantería de Bahía —el 9, el 26 y el 33—, a los que la pequeña localidad recibió con discurso de Alcalde, misa en la Iglesia de San Antonio, sesión en el Concejo Municipal y día feriado para que los lugareños gozaran del desfile con redoble de tambor y cornetería alrededor de la Plaza Matriz. Antes de que empezara el desfile, ya habían partido hacia el Norte mensajeros espontáneos que llevaban a Canudos el número de soldados y armas de la Expedición y su plan de viaje. Las noticias no causaron sorpresa. ¿Cómo podía sorprenderlos que la realidad confirmara lo que Dios les había anunciado por boca del Consejero? La única novedad era que los soldados vendrían esta vez por el rumbo del Cariacá, la Sierra de Acarí y el Valle de Ipueiras. João Abade sugirió a los demás cavar trincheras, acarrear pólvora y proyectiles y apostar gente en las laderas del Cambaio, pues por allí tendrían que pasar forzosamente los protestantes.

El Consejero parecía por el momento más preocupado por apurar la construcción del Templo del Buen Jesús que por la guerra. Seguía dirigiendo los trabajos desde el amanecer, pero éstos se demoraban por culpa de las piedras: había que acarrearlas de canteras cada vez más apartadas y subirlas a las torres era tarea difícil en la que, a veces, se rompían las cuerdas y los pedrones se llevaban de encuentro andamios y operarios. Y, a veces, el santo ordenaba echar abajo un muro ya levantado y erigirlo más allá o rectificar unas ventanas porque una inspiración le decía que no estaban orientados en la dirección del amor. Se lo veía circular entre la gente, rodeado del León de Natuba, del Beatito, de María Quadrado y de las beatas del Coro que estaban batiendo constantemente las manos para espantar a las moscas que venían a perturbarlo. A diario llegaban a Canudos tres, cinco, diez familias o grupos de peregrinos, con sus minúsculos hatos de cabras y sus carretas, y Antonio Vilanova les designaba un hueco en el dédalo de viviendas para que levantaran la suya. Cada tarde, antes de los consejos, el santo recibía, dentro del Templo todavía sin techo, a los recién llegados. Eran encaminados hacia él por el Beatito, a través de la masa de fieles, y aunque el Consejero trataba de impedírselo diciéndoles "Dios es otro", se tumbaban a sus pies para besárselos o tocar su túnica mientras él los bendecía, mirándolos con esa mirada que daba la impresión de estar mirando siempre el más allá. En un momento dado, interrumpía la ceremonia de bienvenida, poniéndose de pie, y entonces le abrían camino hasta la escalerilla que subía a los andamios. Predicaba con rauca voz, sin moverse, sobre los temas de siempre: la superioridad del espíritu, las ventajas de ser pobre y frugal, el odio a los impíos y la necesidad de salvar a Canudos para que fuera refugio de justos.

Las gentes lo escuchaban anhelantes, convencidas. La religión colmaba ahora sus días. A medida que surgían, las tortuosas callecitas eran bautizadas con el nombre de un santo, en una procesión. Había, en todos los rincones, hornacinas e imágenes de la Virgen, del Niño, del Buen Jesús y del Espíritu Santo, y cada barrio y oficio levantaba altares a su santo protector. Muchos de los recién venidos se cambiaban de nombre, para simbolizar así la nueva vida que empezaban. Pero a las prácticas católicas se injertaban a veces, como plantas parásitas, costumbres dudosas. Así, algunos mulatos se ponían a danzar cuando rezaban y se decía que, zapateando con frenesí sobre la tierra, creían que expulsarían los pecados con el sudor. Los negros se fueron agrupando en el sector norte de Canudos, una manzana de chozas de barro y paja que sería conocida más tarde como el Mocambo. Los indios de Mirandela, que sorpresivamente vinieron a instalarse a Canudos, preparaban a la vista de todos cocimientos de yerbas que despedían un fuerte olor y que los ponían en éxtasis. Además de romeros vinieron, por supuesto, milagreros, mercachifles, buscavidas, curiosos. Por las cabañas que se enquistaban unas en otras, se veían mujeres que leían las manos, pícaros que se ufanaban de hablar con los muertos y troveros que, como los del

Circo del Gitano, se ganaban el sustento cantando romances o clavándose alfileres. Ciertos curanderos pretendían curar todos los males con bebedizos de jurema y manacá y algunos beatos, presas de delirio de contrición, declamaban a voz en cuello sus pecados y rogaban a quienes los oían que les impusieran penitencias. Un grupo de gentes de Joazeiro comenzó a practicar en Canudos los ritos de la Hermandad de Penitentes de esa ciudad: ayuno, abstinencia sexual, flagelaciones públicas. Aunque el Consejero alentaba la mortificación y el ascetismo —el sufrimiento, decía, robustece la fe— terminó por alarmarse y pidió al Beatito que pasara revista a los romeros a fin de evitar que con ellos entraran la superstición, el fetichismo o cualquier impiedad disfrazada de devoción.

La diversidad humana coexistía en Canudos sin violencia, en medio de una solidaridad fraterna y un clima de exaltación que los elegidos no habían conocido. Se sentían verdaderamente ricos de ser pobres, hijos de Dios, privilegiados, como se los decía cada tarde el hombre del manto lleno de agujeros. En el amor hacia él, por lo demás, cesaban las diferencias que podían separarlos: cuando se trataba del Consejero esas mujeres y hombres que habían sido cientos y comenzaban a ser miles se volvían un solo ser sumiso y reverente, dispuesto a darlo todo por quien había sido capaz de llegar hasta su postración, su hambre y sus piojos para infundirles esperanzas y enorgullecerlos de su destino. Pese a la multiplicación de habitantes la vida no era caótica. Los emisarios y romeros traían ganados y provisiones, los corrales estaban repletos igual que los depósitos y el Vassa Barris afortunadamente tenía agua para las chacras. En tanto que João Abade, Pajeú, José Venancio, João Grande, Pedrão y otros preparaban la guerra, Honorio y Antonio Vilanova administraban la ciudad: recibían las ofrendas de los romeros, distribuían lotes, alimentos y ropas y vigilaban las Casas de Salud para enfermos, ancianos y huérfanos. A ellos llegaban las denuncias cuando había reyertas en el vecindario por cosas de propiedad.

A diario llegaban noticias del Anticristo. La Expedición del Mayor Febronio de Brito había seguido de Queimadas a Monte Santo, lugar que profanó al atardecer del 29 de diciembre, mermada de un cabo de línea muerto a consecuencia de la picadura de un crótalo. El Consejero explicó, sin animadversión, lo que ocurría. ¿No era acaso una blasfemia, una execración, que hombres con armas de fuego y propósitos destructores acamparan en un santuario que atraía peregrinos de todo el mundo? Pero Canudos, a la que esa noche llamó Belo Monte, no debía ser hollada por los impíos. Exaltándose, los urgió a no rendirse a los enemigos de la religión, que querían mandar de nuevo a los esclavos a los cepos, esquilmar a los moradores con impuestos, impedirles que se casaran y se enterraran por la Iglesia, y confundirlos con trampas como el sistema métrico, el mapa estadístico y el censo, cuyo verdadero designio era engañarlos y hacerlos pecar. Todos velaron esa noche, con las armas que tenían al alcance de la mano. Los masones no llegaron. Estaban en Monte Santo, reparando los dos cañones Krupp, descentrados por lo abrupto de la tierra y aguardando un refuerzo. Cuando, dos semanas más tarde, partieron en columnas en dirección a Canudos, por el Valle del Cariacá, toda la ruta que seguirían estaba sembrada de espías, apostados en cuevas de chivos, en la urdimbre de la caatinga o en socavones disimulados con el cadáver de una res cuya calavera se había convertido en atalaya. Velocísimos mensajeros llevaban a Canudos noticia de los avances y tropiezos del enemigo.

Cuando supo que la tropa, después de enormes dificultades para arrastrar los cañones y ametralladoras, había llegado por fin a Mulungú y que, impelidos por la hambruna, se habían visto obligados a sacrificar la última res y dos mulas de arrastre, el Consejero comentó que el Padre no debía estar descontento con Canudos cuando comenzaba a derrotar a los soldados de la República antes de que se hubiera iniciado la pelea.

—¿SABES cómo se llama lo que ha hecho tu marido? —silabea Galileo Gall, con la voz rota por la contrariedad—. Una traición. No, dos traiciones. A mí, con quien tenía un compromiso. Y a sus hermanos de Canudos. Una traición de clase.

Jurema le sonríe, como si no entendiera o no lo escuchara. Está haciendo hervir algo, inclinada sobre el fogón. Es joven, de rostro terso y bruñido, lleva los cabellos sueltos, viste una túnica sin mangas, va descalza y sus ojos aún están cuajados del sueño del que la ha arrancado la llegada de Gall, hace un momento. Una débil luz de amanecer se insinúa en la cabaña por entre las estacas. Hay un mechero y, en un rincón, una hilera de gallinas durmiendo entre vasijas, trastos, altos de leña, cajones y una imagen de Nuestra Señora de Lapa. Un perrito lanudo merodea a los pies de Jurema y aunque ella lo aparta pateándolo él vuelve a la carga. Sentado en una hamaca, acezando por el esfuerzo que ha sido viajar toda la noche al ritmo del encuerado que lo trajo de vuelta a Queimadas con las armas, Galileo la observa, iracundo. Jurema va hacia él con una escudilla humeante. Se la alcanza.

—Dijo que no iba a ir con los del Ferrocarril de Jacobina —murmura Gall, con la escudilla entre las manos, buscando los ojos de la mujer—. ¿Por qué cambió de opinión?

—No iba a ir, porque no querían darle lo que les pidió —replica Jurema, con suavidad, soplando la escudilla que humea en sus manos—. Cambió porque vinieron a decirle que sí se lo darían. Él fue ayer a la Pensión Nuestra Señora de las Gracias a buscarlo y usted se había ido, sin dejar dicho adónde ni si iba a volver. Rufino no podía perder ese trabajo.

Galileo suspira, abrumado. Opta por beber un trago de su escudilla, se quema el paladar, su cara se tuerce en una mueca. Bebe otro sorbo, soplando. El cansancio y el disgusto han arrugado su frente y hay ojeras alrededor de sus ojos. De tanto en tanto, se muerde el labio inferior. Aceza, suda.

—¿Cuánto va a durar ese maldito viaje? —gruñe por fin, sorbiendo la escudilla.

—Tres o cuatro días —Jurema se ha sentado frente a él, al filo de un viejo baúl con correas—. Dijo que usted lo podía esperar y que, a su regreso, lo llevaría a Canudos.

—Tres o cuatro días —Gall revuelve los ojos, con exasperación—. Tres o cuatro siglos, querrás decir.

Se oye el tintineo de los cencerros, afuera, y el perrito lanudo ladra con fuerza y se lanza contra la puerta, queriendo salir. Galileo se incorpora, va hacia las estacas y ojea el exterior: el carromato está donde lo ha dejado, junto al corral contiguo a la cabaña, en el que hay unos cuantos carneros. Los animales tienen los ojos abiertos pero están ahora quietos y ha cesado el ruido de los cencerros. La vivienda corona un promontorio y cuando hay sol se ve Queimadas; pero en este amanecer gris, de cielo encapotado, no, sólo el desierto ondulante y pedregoso. Galileo vuelve a su asiento. Jurema le llena otra vez la escudilla. El perrito lanudo ladra y escarba la tierra, junto a la puerta.

"Tres o cuatro días", piensa Gall. Tres o cuatro siglos en los que pueden ocurrir mil percances. ¿Buscará otro guía? ¿Partirá solo a Monte Santo y contratará allí un pistero hacia Canudos? Cualquier cosa, salvo quedarse aquí con las armas: la impaciencia volvería la espera insoportable y, además, podía ocurrir, como temía Epaminondas Gonçalves, que llegara antes a Queimadas la Expedición del Mayor Brito.

—¿No has sido tú la culpable de que Rufino se fuera con los del Ferrocarril de Jacobina? —murmura Gall. Jurema está apagando el fuego, con un bastón—. Nunca te gustó la idea de que Rufino me llevara a Canudos.

—Nunca me gustó —reconoce ella, con tanta seguridad que Galileo siente, por un momento, que se eclipsa su cólera y ganas de reír. Pero ella está muy seria y lo mira sin pestañear. Su cara es alargada, bajo su piel tirante resaltan los huesos de los pómulos y del mentón. ¿Serán así, salientes, nítidos, locuaces, delatores, los que ocultan sus cabellos?—. Mataron a esos soldados en Uauá —añade Jurema—. Todos dicen que irán más soldados a Canudos. No quiero que lo maten, o que se lo lleven preso. Él no podría estar preso. Necesita moverse todo el tiempo. Su madre le dice: "Tienes el mal de San Vito".

—El mal de San Vito —dice Gall.

—Esos que no pueden estarse quietos —explica Jurema—. Esos que andan bailando.

El perro ladra otra vez con furia. Jurema va hasta la puerta de la cabaña, la abre y lo hace salir, empujándolo con el pie. Se escuchan los ladridos, afuera, y, de nuevo, el tintineo de los cencerros. Galileo, con expresión fúnebre, sigue el desplazamiento de Jurema, que vuelve junto al fogón y remueve las brazas con una rama. Un hilillo de humo se disuelve en espirales.

—Pero, además, Canudos es del Barón y el Barón siempre nos ha ayudado —dice Jurema—. Esta casa, esta tierra, estos carneros los tenemos gracias al Barón. Usted defiende a los yagunzos, quiere ayudarlos. Llevarlo a Canudos es como ayudarlos a ellos. ¿Cree usted que al Barón le gustaría que Rufino ayude a los ladrones de su hacienda?

—Claro que no le gustaría —gruñe Gall, con sorna.

El campanilleo de los carneros irrumpe de nuevo, más fuerte, y, so- bresaltado, Gall se levanta y va de dos trancos hasta las estacas. Mira afuera: comienzan a perfilarse los árboles en la extensión blancuzca, las matas de cactos, los manchones de rocas. Allí está el carromato, con sus bultos envueltos en una lona del color del desierto, y a su lado, atada a una estaca, la mula.

—¿Usted cree que al Consejero lo ha mandado el Buen Jesús? —dice Jurema—. ¿Cree las cosas que él anuncia? ¿Que el mar será ser- tón y el sertón mar? ¿Que las aguas del río Vassa Barris se volverán leche y las barrancas cuzcuz de maíz para que coman los pobres?

No hay ni pizca de burla en sus palabras y tampoco en sus ojos cuando Galileo Gall la mira, tratando de adivinar por su expresión cómo toma ella esas habladurías. No lo averigua: la cara bruñida, alar- gada, apacible, es, piensa, tan inescrutable como la de un indostano o un chino. O como la del emisario de Canudos con el que se entrevistó en la curtiembre del Itapicurú. También era imposible saber, obser- vando su cara, lo que sentía o pensaba aquel hombre lacónico.

—En los muertos de hambre el instinto suele ser más fuerte que las creencias —murmura, después de apurar hasta el final el líquido de la es- cudilla, escudriñando las reacciones de Jurema—. Pueden creer disparates, ingenuidades, tonterías. No importa. Importa lo que hacen. Han abolido la propiedad, el matrimonio, las jerarquías sociales, rechazado la autoridad de la Iglesia y del Estado, aniquilado a una tropa. Se han enfrentado a la autoridad, al dinero, al uniforme, a la sotana.

La cara de Jurema no dice nada, no se mueve en ella un músculo; sus ojos oscuros, levemente rasgados, lo miran sin curiosidad, sin simpa- tía, sin sorpresa. Tiene unos labios que se fruncen en las comisuras, húmedos.

—Han retomado la lucha donde la dejamos, aunque ellos no lo se-

97

pan. Están resucitando la Idea —dice todavía Gall, preguntándose qué puede estar pensando Jurema de lo que oye—. Es por eso que estoy aquí. Es por eso que quiero ayudarlos.

Jadea, como si hubiera hablado a gritos. Ahora, la fatiga de los dos últimos días, agravada por la decepción que ha sentido al descubrir que Rufino no está en Queimadas, vuelve a apoderarse de su cuerpo y el deseo de dormir, de estirarse, de cerrar los ojos, es tan grande que decide tumbarse unas horas bajo el carromato. ¿O podría hacerlo aquí, tal vez, en esta hamaca? ¿Parecerá escandaloso a Jurema que se lo pida?

—Ese hombre que vino de allá, el que mandó el santo, al que usted vio ¿sabe quién era? —la oye decir—. Era Pajeú. —Y, como Gall no se impresiona, añade, desconcertada: —¿No oyó hablar de Pajeú? El más malvado de todo el sertón. Vivía robando y matando. Cortaba las narices y las orejas de los que tenían la mala suerte de encontrárselo en los caminos.

El tintineo de los cencerros brota otra vez, simultáneamente con los ansiosos ladridos en la puerta de la cabaña y el relincho de la mula. Gall está recordando al emisario de Canudos, la cicatriz que le comía la cara, su extraño sosiego, su indiferencia. ¿Cometió un error, tal vez, no confiándole lo de las armas? No, pues no podía mostrárselas entonces: no le hubiera creído, habría aumentado su desconfianza, habría puesto en peligro todo el proyecto. El perro ladra afuera, frenético, y Gall ve que Jurema coge el bastón con que ha apagado el fuego y va de prisa hacia la puerta. Distraído, pensando siempre en el emisario de Canudos, diciéndose que si hubiera sabido que se trataba de un ex-bandido tal vez habría sido más fácil dialogar con él, mira a Jurema forcejear con la tranquera, levantarla, y en ese instante algo sutil, un ruido, una intuición, un sexto sentido, el azar, le dicen lo que va a ocurrir. Porque, cuando Jurema es súbitamente arrojada hacia atrás por la violencia con que se abre la puerta —empujada o pateada desde afuera— y la silueta del hombre armado de una carabina se dibuja en el umbral, Galileo ya ha sacado su revólver y está apuntando al intruso. El estruendo de la carabina despierta a las gallinas del rincón, que revolotean despavoridas mientras Jurema, que ha caído al suelo sin que la bala la tocara, chilla. El atacante, al ver a sus pies a una mujer, vacila, demora unos segundos en encontrar a Gall entre el revoleteo espantado de las gallinas y cuando dirige la carabina hacia él, Galileo ya le ha disparado, mirándolo con expresión estúpida. El intruso suelta la carabina y retrocede, bufando. Jurema grita de nuevo. Galileo reacciona por fin y corre hacia la carabina. Se inclina a cogerla y entonces divisa, por el hueco de la puerta, al herido que se retuerce en el suelo, quejándose, a otro hombre que se acerca corriendo con la carabina levantada y gritando algo al herido, y más atrás a un tercer hombre amarrando el carromato de las armas a un caballo. Casi sin apuntar, dispara. El que venía corriendo da un traspiés, rueda por tierra rugiendo y Galileo le vuelve a disparar. Piensa: "Quedan dos balas". Ve a Jurema a su lado, empujando la puerta, la ve cerrarla, bajar la tranquera y escabullirse al fondo de la vivienda. Se pone de pie preguntándose en qué momento ha caído al suelo. Está lleno de tierra, suda, le chocan los dientes y aprieta el revólver con tanta fuerza que le duelen los dedos. Espía por entre las estacas: la carreta de las armas se pierde a lo lejos, en una polvareda, y, frente a la cabaña, el perro ladra frenético a los dos hombres heridos que están reptando hacia el corral de los carneros. Apuntándoles, dispara las dos últimas balas de su revólver y le parece oír un rugido humano en medio de los ladridos y los cencerros. Sí, los ha alcanzado: están inmóviles, a medio camino entre la cabaña y el corral. Jurema sigue chillando y las gallinas cacarean enloquecidas, vuelan en todas direcciones, vuelcan objetos, se estrellan contra las estacas, contra su cuerpo. Las aparta a manotazos y vuelve a espiar, a derecha y a izquierda. A no ser por esos cuerpos semimontados uno encima del otro se diría que no ha ocurrido nada. Resollando, trastabillea entre las gallinas hasta la puerta. Divisa, por las ranuras, el paisaje solitario, los cuerpos que forman un garabato. Piensa: "Se llevaron los fusiles". Piensa: "Peor sería estar muerto". Jadea, con los ojos muy abiertos. Por fin, abre la tranquera y empuja la puerta. Nada, nadie.

Medio encogido, corre hacia donde estaba el carromato, oyendo el tintineo de los carneros que dan vueltas y se cruzan y descruzan entre los palos del corral. Siente la angustia en el estómago, en la nuca: un reguero de polvo se pierde en el horizonte, en la dirección de Riacho da Onça. Respira hondo, se pasa la mano por la barbita rojiza; sus dientes siguen entrechocando. La mula, atada en el tronco, remolonea beatíficamente. Retorna hacia la vivienda, despacio. Se detiene ante los cuerpos caídos: ya son cadáveres. Examina las caras desconocidas, tostadas, las muecas que las crispan. De pronto, su expresión se avinagra en un acceso de rabia y comienza a patear las formas inertes, con ferocidad, mascullando injurias. Su ira contagia al perro, que ladra, brinca y mordisquea las sandalias de los dos hombres. Por fin, Galileo se calma. Regresa a la cabaña arrastrando los pies. Lo recibe un revuelo de gallinas que lo hace alzar las manos y protegerse la cara. Jurema está en el centro de la habitación: una silueta trémula, la túnica rota, la boca entreabierta, los ojos llenos de lágrimas, los cabellos revueltos. Mira anonadada el desorden que reina en torno, como si no comprendiera lo que ocurre en su casa, y, al ver a Gall, corre hacia él y se abraza contra su pecho, balbuceando palabras que él no entiende. Queda rígido, con la mente en blanco. Siente a la mujer contra su pecho, mira con desconcierto, con miedo, ese cuerpo que se junta al suyo, ese cuello que palpita bajo sus ojos. Siente su olor y oscuramente atina a pensar: "Es el olor de una mujer". Sus sienes hierven. Haciendo un esfuerzo alza un brazo, rodea a Jurema por los hombros. Suelta el revólver que aún conservaba y sus dedos alisan con torpeza los cabellos alborotados: "Querían matarme a mí", susurra al oído de Jurema. "Ya no hay peligro, ya se llevaron lo que querían". La mujer se va serenando. Cesan sus sollozos, el temblor de su cuerpo, sus manos sueltan a Gall. Pero él la tiene siempre sujeta, le acaricia siempre los cabellos y, cuando Jurema intenta apartarse, la retiene. *"Don't be afraid"*, silabea, pestañeando de prisa, *"They are gone. They..."* Algo nuevo, equívoco, urgente, intenso, ha aparecido en su rostro, algo que crece por instantes y de lo que apenas parece consciente. Tiene los labios muy cerca del cuello de Jurema. Ella da un paso atrás, con fuerza, a la vez que se cubre el pecho. Ahora, hace esfuerzos por desprenderse de Gall, pero éste no la suelta y, mientras la sujeta, susurra varias veces la misma frase que ella no puede entender: *"Don't be afraid, don't be afraid"*. Jurema lo golpea con ambas manos, lo rasguña, consigue zafarse y escapa. Pero Galileo corre tras ella por la habitación, la alcanza, la apresa y, después de tropezar con el viejo baúl, cae con ella al suelo. Jurema patalea, lucha con todas sus fuerzas, pero sin gritar. Sólo se escucha el jadeo entrecortado de ambos, el rumor del forcejeo, el cacarear de las gallinas, el ladrido del perro, el tintineo de los cencerros. Entre nubes plomizas, está saliendo el sol.

NACIÓ con las piernas muy cortas y la cabeza enorme, de modo que los vecinos de Natuba pensaron que sería mejor para él y para sus padres que el Buen Jesús se lo llevara pronto ya que, de sobrevivir, sería tullido y tarado. Sólo lo primero resultó cierto. Porque, aunque el hijo menor del amansador de potros Celestino Pardinas nunca pudo andar a la manera de los otros hombres, tuvo una inteligencia penetrante, una mente ávida de saberlo todo y capaz, cuando un conocimiento había entrado a esa cabezota que hacía reír a las gentes, de conservarlo para siempre. Todo fue en él rareza: que naciera deforme en una familia tan normal como la de los Pardinas, que pese a ser un adefesio enclenque no muriera ni padeciera enfermedades, que en vez de andar en dos pies como los humanos lo hiciera a cuatro patas y que su cabeza creciera de tal manera que parecía milagro que su cuerpecillo menudo pudiera sostenerla. Pero lo que dio pie para que los vecinos de Natuba comenzaran a murmurar que no había sido engendrado por el amansador de potros sino por el Diablo, fue que aprendiera a leer y a escribir sin que nadie se lo enseñara.

Ni Celestino ni Doña Gaudencia se habían dado el trabajo —pensando, probablemente, que sería inútil— de llevarlo donde Don Asenio, que, además de fabricar ladrillos, enseñaba portugués, latines y algo de religión. Y el hecho es que un día llegó el Correo y clavó en las tablas de la Plaza Matriz un edicto que no se molestó en leer en voz alta alegando que tenía que clavarlo en otras diez localidades antes de ponerse el sol. Los vecinos trataban de descifrar los jeroglíficos cuando, desde el suelo, oyeron la vocecilla del León: "Dice que hay peligro de epidemia para los animales, que hay que desinfectar los establos con creso, quemar las basuras y hervir el agua y la leche antes de tomarlas". Don Asenio confirmó que eso decían. Acosado por los vecinos para que contara quién le había enseñado a leer, el León dio una explicación que muchos encontraron sospechosa: que había aprendido viendo a los que sabían, como Don Asenio, el capataz Felisbelo, el curandero Don Abelardo o el hojalatero Zósimo. Ninguno de ellos le había dado lecciones, pero los cuatro recordaron haber visto asomar muchas veces la gran cabeza hirsuta y los ojos inquisitivos del León junto al taburete donde leían o escribían las cartas que les dictaba un vecino. El hecho es que el León había aprendido y que desde esa época se le vio leyendo y releyendo, a todas horas, encogido a la sombra de los árboles de jazmín caiano de Natuba, los periódicos, devocionarios, misales, edictos y todo lo impreso a que podía echar mano. Se convirtió en la persona que, con una pluma de ave tajada por él mismo y una tintura de cochinilla y vegetales, redactaba, en letras grandes y armoniosas, las felicitaciones de cumpleaños, anuncios de decesos, bodas, nacimientos, enfermedades o simples chismes que los vecinos de Natuba comunicaban a los de otros pueblos y que una vez por semana venía a llevarse el jinete del Correo. El León les leía también a los lugareños las cartas que les mandaban. Hacía de escriba y de lector de los demás por entretenimiento, sin cobrarles un céntimo, pero a veces recibía regalos por esos servicios.

No se llamaba León sino Felicio, pero el sobrenombre, como ocurría a menudo en la región, una vez que prendió desplazó al nombre. Le pusieron León tal vez por burla, seguramente por la inmensa cabeza que, más tarde, como para dar razón a los bromistas, se cubriría en efecto de unas tupidas crenchas que le tapaban las orejas y zangoloteaban con sus movimientos. O, tal vez, por su manera de andar, animal sin duda alguna, apoyándose a la vez en los pies y en las manos (que protegía con unas suelas de cuero como pezuñas o cascos) aunque su figura, al andar, con sus piernas cortitas y sus brazos largos que se posaban en tierra de manera intermitente, era más la de un simio que la de un predador. No siempre estaba así, doblado; podía tenerse de pie por ratos y dar algunos pasos humanos sobre sus ridículas piernas, pero ambas cosas lo fatigaban muchísimo. Por su peculiar manera de moverse nunca vistió pantalones, sólo túnicas, como las mujeres, los misioneros o los penitentes del Buen Jesús.

Pese a que les redactaba la correspondencia, los vecinos no acabaron nunca de aceptar al León. Si sus propios padres podían apenas disi-

mular la vergüenza que les daba ser sus progenitores y trataron una vez
de regalarlo ¿cómo hubieran podido las mujeres y los hombres de Natuba considerar de la misma especie que ellos a esa hechura? La docena
de hermanos y hermanas Pardinas lo evitaban y era sabido que no comía con ellos sino en un cajoncito aparte. Así, no conoció el amor pater-
nal, ni el fraterno (aunque, al parecer, adivinó algo del otro amor) ni la
amistad, pues los chicos de su edad le tuvieron al principio miedo y,
luego, repugnancia. Lo acribillaban a pedradas, escupitajos e insultos si
se atrevía a acercarse a verlos jugar. Él, por lo demás, rara vez lo intentaba. Desde muy pequeño, su intuición o su inteligencia sin fallas le
enseñaron que, para él, los demás siempre serían seres reticentes o desa-
gradados, y a menudo verdugos, de modo que debía mantenerse alejado de todos. Así lo hizo, por lo menos hasta el episodio de la acequia,
y la gente lo vio siempre a prudente distancia, aun en las ferias y mercados. Cuando había en Natuba una Santa Misión, el León escuchaba los
sermones desde el tejado de la Iglesia de Nuestra Señora de la Concepción, como un gato. Pero ni siquiera esta estrategia del retraimiento lo
libró de sustos. Uno de los peores se lo dio el Circo del Gitano. Pasaba
por Natuba dos veces al año, con su caravana de monstruos: acróbatas,
adivinadores, troveros, payasos. El Gitano, en una de esas veces, pidió
al amansador de potros y a Doña Gaudencia que le permitieran llevarse
al León para hacer de él un cirquero. "Mi circo es el único sitio donde
no llamará la atención", les dijo, "y se hará útil". Ellos consintieron. Se
lo llevó, pero una semana después el León se había escapado y estaba
de nuevo en Natuba. Desde entonces, cada vez que aparecía el Circo
del Gitano, él se volatilizaba.

Lo que temía, por encima de todo, eran los borrachos, esas pandillas de vaqueros que luego de una jornada arreando, marcando, castrando o trasquilando, retornaban al pueblo, desmontaban y corrían a
la bodega de Doña Epifanía a quitarse la sed. Salían abrazados, cantu-
rreando, tambaleándose, a veces alegres, a veces furiosos, y lo buscaban
por las callejuelas para divertirse o desfogarse. Él había desarrollado un
oído extraordinariamente agudo y los detectaba a distancia, por sus risotadas o palabrotas, y entonces, brincando pegado a los muros y fachadas para pasar desapercibido, corría a su casa, o, si estaba lejos, a
ocultarse en unos matorrales o un techo, hasta que pasaba el peligro.
No siempre conseguía escapárseles. Alguna vez, valiéndose de un ardid
—por ejemplo, enviándole un mensajero a decirle que fulano lo llamaba
para redactar una solicitud al Juez del municipio— lo atrapaban. Entonces, jugueteaban horas con él, desnudándolo para comprobar si debajo
de la túnica ocultaba otras monstruosidades además de las que tenía a la
vista, subiéndolo sobre un caballo o pretendiendo cruzarlo con una cabra para averiguar qué producía la mezcla.

Por una cuestión de honor más que por cariño, Celestino Pardinas y los suyos intervenían si se enteraban y amenazaban a los graciosos, y una vez los hermanos mayores se lanzaron a cuchillazos y palazos a rescatar al escriba de una partida de vecinos que, excitados por la cachaça, lo habían bañado en melaza, revolcado en un basural y lo paseaban por las calles al cabo de una cuerda como animal de especie desconocida. Pero a los parientes estos incidentes en que se veían envueltos por este miembro de la familia los tenían hartos. El León lo sabía mejor que nadie y, por eso, nunca se supo que denunciara a los abusivos.

El destino del hijo menor de Celestino Pardinas sufrió un vuelco decisivo el día que la hijita del hojalatero Zósimo, Almudia, la única que había sobrevivido entre seis hermanos que nacieron muertos o murieron a los pocos días de nacer, cayó con fiebre y vómitos. Los remedios y conjuros de Don Abelardo fueron ineficaces, como lo habían sido las oraciones de sus padres. El curandero sentenció que la niña tenía "mal de ojo" y que cualquier antídoto sería vano mientras no se identificara a la persona que la había "ojeado". Desesperados por la suerte de esa hija que era el lucero de sus vidas, Zósimo y su mujer Eufrasia recorrieron los ranchos de Natuba, averiguando. Y así llegó a ellos, por tres bocas, la murmuración de que la niña había sido vista en extraño conciliábulo con el León, a la orilla de la acequia que corre hacia la hacienda Mirandola. Interrogada, la enferma confesó, medio delirando, que esa mañana, cuando iba donde su padrino Don Nautilo, al pasar junto a la acequia, el León le preguntó si podía decirle una canción que había compuesto para ella. Y se la había cantado, antes de que Almudia escapara corriendo. Era la única vez que le habló, pero ella había advertido ya, antes, que, como de casualidad, se encontraba muy a menudo con el León en sus recorridos por el pueblo y algo, en su manera de encogerse a su paso, le hizo adivinar que quería hablarle.

Zósimo cogió su escopeta y rodeado de sobrinos, cuñados y compadres, también armados, y seguido de una muchedumbre, fue a la casa de los Pardinas, atrapó al León, le puso el cañón del arma sobre los ojos y le exigió que repitiera la canción a fin de que Don Abelardo pudiera exorcizarla. El León permaneció mudo, con los ojos muy abiertos, azogado. Después de repetir varias veces que si no revelaba el hechizo le haría saltar la inmunda cabezota, el hojalatero rastrilló el arma. Un brillo de pánico enloqueció, un segundo, los grandes ojos inteligentes. "Si me matas, no sabrás el hechizo y Almudia se morirá", murmuró su vocecita, irreconocible por el terror. Había un silencio absoluto. Zósimo transpiraba. Sus parientes mantenían a raya, con sus escopetas, a Celestino Pardinas y a sus hijos. "¿Me dejas ir si te lo digo?", volvió a oírse la vocecita del monstruo. Zósimo asintió. Entonces, atorándose y con gallos de adolescente, el León comenzó a cantar. Cantó —comentarían, recordarían, chismearían los vecinos de Natuba presentes y los que, sin estarlo, jurarían que lo habían estado— una canción de amor, en la que aparecía el nombre de Almudia. Cuando terminó de cantar, el León estaba con los ojos llenos de vergüenza. "Suéltame ahora", rugió. "Te soltaré después que mi hija se cure", repuso el hojalatero, sordamente. "Y si no se cura, te quemaré junto a su tumba. Lo juro por su alma." Miró a los Pardinas —padre, madre, hermanos inmovilizados por las escopetas— y añadió en un tono que no admitía dudas: "Te quemaré vivo, aunque los míos y los tuyos tengan que entrematarse por siglos".

Almudia murió esa misma noche, después de un vómito en el que arrojó sangre. Los vecinos pensaban que Zósimo lloraría, se arrancaría los pelos, maldeciría a Dios o bebería cachaça hasta caer inerte. Pero no hizo nada de eso. El atolondramiento de los días anteriores fue reemplazado por una fría determinación con la que fue disponiendo, a la vez, el entierro de su hija y la muerte de su embrujador. Nunca había sido malvado, ni abusivo, ni violento, sino un vecino servicial y amiguero. Por eso todos lo compadecían, le perdonaban de antemano lo que iba a hacer y algunos, incluso, se lo aprobaban.

Zósimo hizo plantar un poste junto a la tumba y acarrear paja y ramas secas. Los Pardinas permanecían prisioneros en su casa. El León estaba en el corral del hojalatero, amarrado de pies y manos. Allí pasó la noche, oyendo los rezos del velorio, los pésames, las letanías, los llantos. A la mañana siguiente, lo subieron a una carreta tirada por burros y a distancia, como siempre, fue siguiendo el cortejo. Al llegar al cementerio, mientras bajaban el cajón y había nuevos rezos, a él, siguiendo las instrucciones del hojalatero, dos sobrinos lo amarraron al poste y lo rodearon de la paja y las ramas con las que iba a arder. Casi todo el pueblo estaba reunido allí para ver la inmolación.

En ese momento llegó el santo. Debía haber puesto los pies en Natuba la noche anterior, o esa madrugada, y alguien le informaría lo que estaba por suceder. Pero esa explicación era demasiado ordinaria para los vecinos, a quienes lo sobrenatural era más creíble que lo natural. Ellos dirían que su facultad de adivinación, o el Buen Jesús, lo llevaron a ese paraje del sertón bahiano en ese instante para corregir un error, evitar un crimen o, simplemente, dar una prueba de su poder. No venía solo, como la primera vez que predicó en Natuba, años atrás, ni acompañado sólo por dos o tres romeros, como la segunda, en la que, además de dar consejos, reconstruyó la capilla del abandonado convento de jesuitas de la Plaza Matriz. Esta vez lo acompañaban por lo menos una treintena de seres, flacos y pobres como él, pero con los ojos dichosos. Seguido de ellos, se abrió paso entre la muchedumbre hasta la tumba sobre la que echaban las últimas paladas.

El hombre de morado se dirigió a Zósimo, quien estaba cabizbajo, mirando la tierra. "¿La has enterrado con su mejor vestido, en un cajón bien hecho?", le preguntó con voz amable, aunque no precisamente

afectuosa. Zósimo asintió, moviendo apenas la cabeza. "Vamos a re-
zarle al Padre, para que la reciba alborozado en el cielo", dijo el Consejero. Y él y los penitentes salmodiaron y cantaron alrededor de la
tumba. Sólo después señaló el santo el poste donde estaba amarrado el
León. "¿Qué vas a hacer con este muchacho, hermano?", preguntó.
"Quemarlo", repuso Zósimo. Y le explicó por qué, en medio del silencio que parecía sonar. El santo asintió, sin inmutarse. Luego se dirigió
al León e hizo un ademán para que la gente se apartara un poco. Retrocedieron unos pasos. El santo se inclinó y habló al oído del amarrado y
luego acercó su oído a la boca del León para oír lo que éste le decía. Y
así, moviendo el Consejero la cabeza hacia el oído y hacia la boca del
otro, estuvieron secreteándose. Nadie se movía, esperando algo extraordinario.

Y, en efecto, fue tan asombroso como ver achicharrarse a un hombre en una pira. Porque cuando callaron, el santo, con la tranquilidad
que nunca lo abandonaba, sin moverse del sitio, dijo: "¡Ven y desátalo!" El hojalatero se volvió a mirarlo, pasmado. "Tienes que desa-
tarlo tú mismo", rugió el hombre de morado, con un acento que estremeció a la gente. "¿Quieres que tu hija se vaya al infierno? ¿No son las
llamas de allá más calientes, no duran más que las que tú quieres prender?", volvió a rugir, como espantado de tanta estultícia. "Supersticioso, impío, pecador —repitió—. Arrepiéntete de lo que querías hacer,
ven y desátalo y pídele perdón y ruega al Padre que no mande a tu hija
adonde el Perro por tu cobardía y tu maldad, por tu poca fe en Dios."
Y así estuvo, insultándolo, urgiéndolo, aterrorizándolo con la idea de
que, por su culpa, Almudia se iría al infierno. Hasta que los lugareños
vieron que Zósimo, en vez de dispararle, o hundirle la faca o quemarlo
con el monstruo, le obedecía y, sollozando, imploraba de rodillas al Padre, al Buen Jesús, al Divino, a la Virgen, que el almita de Almudia no
bajara al infierno.

Cuando el Consejero, después de permanecer dos semanas en el lugar, orando, predicando, consolando a los sufrientes y aconsejando a
los sanos, partió en la dirección de Mocambo, Natuba tenía un cementerio cercado de ladrillos y cruces nuevas en todas las tumbas. Su
séquito había aumentado con una figurilla entre animal y humana, que,
vista mientras la mancha de romeros se alejaba por la tierra cubierta de
mandacarús, parecía ir trotando entre los haraposos como trotan los caballos, las cabras, las acémilas...

¿PENSABA, soñaba? Estoy en las afueras de Queimadas, es de día, ésta
es la hamaca de Rufino. Lo demás era confuso. Sobre todo, la conjunción de circunstancias que, ese amanecer, habían transtornado una vez

más su vida. En la duermevela, persistía el asombro que se apoderó de él desde que, acabando de hacer el amor, cayó dormido.

Sí, para alguien que creía que el destino era en buena parte innato e iba escrito sobre la masa encefálica, donde unas manos diestras y unos ojos zahoríes podían auscultarlo, era duro comprobar la existencia de ese margen imprevisible, que otros seres podían manejar con horrible prescindencia de la voluntad propia, de la aptitud personal. ¿Cuánto tiempo llevaba descansando? La fatiga había desaparecido, en todo caso. ¿Habría desaparecido también la muchacha? ¿Habría ido a pedir auxilio, a buscar gente que viniera a prenderlo? Pensó o soñó: "Los planes se hicieron humo cuando debían materializarse". Pensó o soñó: "La adversidad es plural". Advirtió que se mentía; no era verdad que este desasosiego y este pasmo se debieran a no haber encontrado a Rufino, a haber estado a punto de morir, a haber matado a esos dos hombres, al robo de las armas que iba a llevar a Canudos. Era ese arrebato brusco, incomprensible, incontenible, que lo hizo violar a Jurema después de diez años de no tocar a una mujer, lo que roía la duermevela de Galileo Gall.

Había amado a algunas mujeres en su juventud, tenido compañeras —luchadoras por los mismos ideales— con las que compartió trechos cortos de camino; en su época de Barcelona había vivido con una obrera que estaba embarazada cuando el asalto al cuartel y de la que supo, luego de su fuga de España, que terminó casándose con un panadero. Pero la mujer nunca ocupó un lugar preponderante en la vida de Galileo Gall, como la ciencia o la revolución. El sexo había sido para él, igual que el alimento, algo que aplacaba una necesidad primaria y luego producía hastío. La más secreta decisión de su vida tuvo lugar diez años atrás. ¿O eran once? ¿O doce? Bailoteaban las fechas en su cabeza, no el lugar: Roma. Allí se refugió al huir de Barcelona, en la vivienda de un farmacéutico, colaborador de la prensa anarquista y que había conocido el ergástulo. Ahí estaban las imágenes, vívidas, en la memoria de Gall. Primero lo sospechó, después lo comprobó: este compañero recogía prostitutas en los alrededores del Coliseo, las traía a su casa cuando él estaba ausente y les pagaba para que se dejaran azotar. Ahí, las lágrimas del pobre diablo la noche que lo increpó y, ahí, su confesión de que sólo obtenía placer infligiendo castigo, de que sólo podía amar cuando veía un cuerpo magullado y miedoso. Pensó o soñó que lo escuchaba, otra vez, pedirle ayuda y en la duermevela, como aquella noche, lo palpó, sintió la rotundidad de la zona de los afectos inferiores, la temperatura de esa cima donde Spurzheim había localizado el órgano de la sexualidad, y la deformación, en la curva occipital inferior, ya casi en el nacimiento de su cuello, de las cavidades que representan los instintos destructivos. (Y en ese instante revivió la cálida atmósfera del gabinete de Mariano Cubí, y oyó el ejemplo que éste solía dar, el de Jobard le Joly, el incendiario de Ginebra, cuya cabeza había examinado después de la decapitación: "Tenía esta región de la crueldad tan magnificada que parecía un gran tumor, un cráneo encinta".) Entonces, volvió a darle el remedio: "No es el vicio lo que debes suprimir de tu vida, compañero, es el sexo", y a explicarle que, cuando lo hiciera, la potencia destructora de su naturaleza, cegada la vía sexual, se encaminaría hacia fines éticos y sociales, multiplicando su energía para el combate por la libertad y el aniquilamiento de la opresión. Y, sin qué le temblara la voz, escudriñándolo a los ojos, volvió fraternalmente a proponérselo: "Hagámoslo juntos. Te acompañaré en la decisión, para probarte que es posible. Juremos no volver a tocar a una mujer, hermano". ¿Habría cumplido el farmacéutico? Recordó su mirada consternada, su voz de aquella noche, y pensó o soñó: "Era un débil". El sol atravesaba sus párpados cerrados, hería sus pupilas.

Él no era un débil, él sí pudo, hasta esa madrugada, cumplir el juramento. Porque el raciocinio y el saber dieron fundamento y vigor a lo que fue, al principio, mero impulso, un gesto de compañerismo. ¿Acaso la búsqueda del placer, la servidumbre al instinto no eran un peligro para alguien empeñado en una guerra sin cuartel? ¿No podían las urgencias sexuales distraerlo del ideal? No fue abolir a la mujer de su vida lo que atormentó a Gall, en esos años, sino pensar que lo que él hacía lo hacían también los enemigos, los curas católicos, pese a decirse que, en su caso, las razones no eran oscurantistas, prejuiciosas, como en el de ellos, sino querer hallarse más ligero, más disponible, más fuerte para esa lucha por acercar y confundir lo que ellos habían contribuido más que nadie a mantener enemistados: el cielo y la tierra, la materia y el espíritu. Su decisión nunca se vio amenazada y Galileo Gall soñó o pensó: "Hasta hoy". Al contrario, creía con firmeza que esa ausencia se había traducido en mayor apetito intelectual, en una capacidad de acción creciente. No: se mentía otra vez. La razón había podido someter al sexo en la vigilia, no en los sueños. Muchas noches de estos años, cuando dormía, tentadoras formas femeninas se deslizaban en su cama, se pegaban contra su cuerpo y le arrancaban caricias. Soñó o pensó que le había costado más trabajo resistir a esos fantasmas que a las mujeres de carne y hueso y recordó que, como los adolescentes o los compañeros encerrados en las cárceles del mundo entero, muchas veces había hecho el amor con esas siluetas impalpables que fabricaba su deseo.

Angustiado, pensó o soñó: "¿Cómo he podido? ¿Por qué he podido?" ¿Por qué se había precipitado sobre la muchacha? Ella se resistía y él la había golpeado y, lleno de zozobra, se preguntó si le había pegado también cuando ya no se resistía y se dejaba desnudar. ¿Qué había ocurrido, compañero? Soñó o pensó: "No te conoces, Gall". No, su cabeza a él no le hablaba. Pero otros lo habían examinado y encontrado, en él, desarrolladas, las tendencias impulsivas y la curiosidad, ineptitud para lo contemplativo, para lo estético y en general para todo lo desligado de acción práctica y quehacer corporal, y nadie percibió nunca, en el receptáculo de su alma, la menor anomalía sexual. Soñó o pensó algo que ya había pensado: "La ciencia es todavía un candil que parpadea en una gran caverna en tinieblas".

¿En qué forma afectaría su vida este suceso? ¿Tenía aún razón de ser la decisión de Roma? ¿Debía renovarla después de este accidente o revisarla? ¿Era un accidente? ¿Cómo explicar científicamente lo de esta madrugada? En su alma —no, en su espíritu, la palabra alma estaba infectada de mugre religiosa—, a ocultas de su conciencia, se fueron almacenando en estos años los apetitos que creía desarraigados, las energías que suponía desviadas hacia fines mejores que el placer. Y esa acumulación secreta estalló esa mañana, inflamada por las circunstancias, es decir el nerviosismo, la tensión, el susto, la sorpresa del asalto, del robo, del tiroteo, de las muertes. ¿Era la explicación justa? Ah, si hubiera podido examinar todo esto como un problema ajeno, objetivamente, con alguien como el viejo Cubí. Y recordó esas conversaciones que el frenólogo llamaba socráticas, andando en el puerto de Barcelona y por el dédalo del barrio gótico y su corazón tuvo nostalgia. No, sería imprudente, torpe, estúpido, perseverar en la decisión romana, sería preparar en el futuro un suceso idéntico o más grave que el de este amanecer. Pensó o soñó, con amargo sarcasmo: "Tienes que resignarte a fornicar, Galileo".

Pensó en Jurema. ¿Era un ser pensante? Un animalito doméstico, más bien. Diligente, sumiso, capaz de creer que las imágenes de San Antonio escapan de las iglesias a las grutas donde fueron talladas, adiestrado como las otras siervas del Barón para cuidar gallinas y carneros, dar de comer al marido, lavarle la ropa y abrirle las piernas sólo a él. Pensó: "Ahora, tal vez, despertará de su letargo y descubrirá la injusticia". Pensó: "Yo soy tu injusticia". Pensó: "Tal vez le has hecho un bien".

Pensó en los hombres que lo asaltaron y se llevaron el carromato y en los dos que mató. ¿Eran gentes del Consejero? ¿Los capitaneaba el de la curtiembre de Queimadas, ese Pajeú? No dormía, no soñaba, pero seguía con los ojos cerrados e inmóvil. ¿No era natural que fuera él, Pajeú, quien, tomándolo por un espía del Ejército o un mercader ávido de trampear a su gente, lo hubiera hecho vigilar y, al descubrir armas en su poder, echara mano de ellas para abastecer a Canudos? Ojalá fuera así, ojalá en este momento esos fusiles cabalgaran a reforzar a los yagunzos para lo que se les avecinaba. ¿Por qué hubiera confiado en él, Pajeú? ¿Qué confianza podía inspirarle un forastero que pronunciaba mal su idioma y tenía ideas oscuras? "Has matado a dos compañeros, Gall", pensó. Estaba despierto: ese calor es el sol de la mañana, esos ruidos los cencerros de los carneros. ¿Y si estaban en manos de simples forajidos? Pudieron seguirlos a él y al encuerado la noche anterior, cuando las traían desde la hacienda donde Epaminondas se las entregó. ¿No decían que la región hervía de cangaceiros? ¿Había procedido con precipitación, sido imprudente? Pensó: "Debí descargar las armas, meterlas aquí". Pensó: "Entonces estarías muerto y se las hubieran llevado también". Se sintió comido por las dudas: ¿Regresaría a Bahía? ¿Iría siempre a Canudos? ¿Abriría los ojos? ¿Se levantaría de esta hamaca? ¿Enfrentaría por fin la realidad? Oía los cencerros, oía ladridos y ahora oyó, también, pisadas y una voz.

VII

Cuando las columnas de la Expedición del Mayor Febronio de Brito y el puñado de soldaderas que aún las seguían convergieron en la localidad de Mulungú, a dos leguas de Canudos, se quedaron sin cargadores ni guías. Los pisteros reclutados en Queimadas y Monte Santo para orientar a las patrullas de reconocimiento y que, desde que empezaron a cruzar caseríos humeantes, se habían mostrado hurаños, desaparecieron simultáneamente en el anochecer, mientras los soldados, tumbados hombro contra hombro, reflexionaban sobre las heridas y acaso la muerte que los aguardaban detrás de esas cumbres, retratadas contra un cielo azul añil que se volvía negro.

Unas seis horas después, los prófugos llegaban a Canudos, acezantes, a pedir perdón al Consejero por haber servido al Can. Los llevaron al almacén de los Vilanova y allí João Abade los interrogó, con lujo de detalles, sobre los soldados que venían y los dejó luego en manos del Beatito, que recibía siempre a los recién llegados. Los rastreadores debieron jurar ante él que no eran republicanos, que no aceptaban la separación de la Iglesia y el Estado, ni el derrocamiento del Emperador Pedro II, ni el matrimonio civil, ni los cementerios laicos, ni el sistema métrico decimal, que no responderían las preguntas del censo y que nunca más robarían ni se embriagarían ni apostarían dinero. Luego, se hicieron una pequeña incisión con sus facas en prueba de su voluntad de derramar su sangre luchando contra el Anticristo. Sólo entonces fueron encaminados, por hombres con armas, entre seres recién salidos del sueño por la nueva de su venida y que los palmeaban y les estrechaban la mano, hasta el Santuario. En la puerta, apareció el Consejero. Cayeron de rodillas, se persignaban, querían tocar su túnica, besarle los pies. Varios, desbordados por la emoción, sollozaban. El Consejero, en vez de sólo bendecirlos, mirando a través de ellos, como hacía con los nuevos elegidos, se inclinó y los fue levantando y los miró uno a uno con sus ojos negros y ardientes que ninguno de ellos olvidaría más. Después pidió a María Quadrado y a las ocho beatas del Coro Sagrado —vestían túnicas azules ceñidas con cordones de lino— que encendieran los mecheros del Templo del Buen Jesús, como hacían cada tarde, cuando él subía a la torre a dar consejos.

Minutos más tarde estaba en el andamio, rodeado del Beatito, del León de Natuba, de la Madre de los Hombres y de las beatas, y a sus pies, apiñados y anhelantes en el amanecer que despuntaba, estaban los hombres y mujeres de Canudos, conscientes de que ésta sería una ocasión más extraordinaria que otras. El Consejero fue, como siempre, a lo esencial. Habló de la transubstanciación, del Padre y del Hijo que eran dos y uno, y tres y uno con el Divino Espíritu Santo y, para que lo oscuro fuera claro, explicó que Belo Monte podía ser, también, Jerusalén. Con su dedo índice mostró, en la dirección de la Favela, el Huerto de los Olivos, donde el Hijo había pasado la noche atroz de la traición de Judas y, un poco más allá, en la Sierra de Cañabrava, el Monte Calvario, donde los impíos lo crucificaron entre dos ladrones. Añadió que el Santo Sepulcro se encontraba a un cuarto de legua, en Grajaú, entre roquedales cenicientos, donde fieles anónimos habían plantado una cruz. Pormenorizó luego, ante los elegidos silenciosos y maravillados, por qué callejuelas de Canudos pasaba el camino del Calvario, dónde había caído Cristo la primera vez, dónde había encontrado a su Madre, en qué lugar le había limpiado el rostro la pecadora redimida y de dónde a dónde lo había ayudado el Cireneo a arrastrar la cruz. Cuando explicaba que el Valle de Ipueira era el Valle de Josafat se escucharon disparos, al otro lado de las cumbres que apartaban a Canudos del mundo. Sin apresurarse, el Consejero pidió a la multitud —desgarrada entre el hechizo de su voz y los tiros— que cantara un Himno compuesto por el Beatito: "En loor del Querubín". Sólo después partieron con João Abade y Pajeú grupos de hombres a reforzar a los yagunzos que combatían ya con la vanguardia del Mayor Febronio de Brito en las faldas del monte Cambaio.

Cuando llegaron a la carrera a apostarse en las grietas, trincheras y lajas salientes de la montaña que soldados de uniformes rojiazules y verdiazules trataban de escalar, ya había muertos. Los yagunzos colocados por João Abade en ese paso obligatorio habían visto acercarse todavía a oscuras a las tropas, y, mientras el grueso de ellas descansaba en Rancho das Pedras —unas ocho cabañas desaparecidas por el fuego de los incendiarios— vieron que una compañía de infantes, mandada por un Teniente montado en un caballo pinto, se adelantaba hacia el Cambaio. La dejaron avanzar hasta tenerla muy cerca y, a una señal de José Venancio, la rociaron de tiros de carabina, de espingarda, de fusil, de pedradas, de dardos de ballesta y de insultos: "perros", "masones", "protestantes". Sólo entonces se percataron los soldados de su presencia. Dieron media vuelta y huyeron, menos tres heridos que fueron alcanzados y rematados por yagunzos saltarines y el caballo, que se encabritó y lanzó al suelo a su jinete y rodó entre los pedruscos, quebrándose las patas. El Teniente pudo refugiarse detrás de unas rocas y empezar a disparar en tanto que el animal seguía allí tendido, relinchando lúgubremente, después de varias horas de tiroteo.

Muchos yagunzos habían sido despedazados por los cañonazos de los Krupp, que, al poco rato de la primera escaramuza, comenzaron a bombardear la montaña provocando derrumbes y lluvia de esquirlas. João Grande, que estaba junto a José Venancio, comprendió que era suicida el amontonamiento y, brincando entre las lajas, sacudiendo los brazos como aspas, gritó que se dispersaran, que no ofrecieran ese blanco compacto. Le obedecieron, saltando de roca a roca o aplastándose contra el suelo, mientras, abajo, repartidos en secciones de combate al mando de tenientes, sargentos y cabos, los soldados, en medio de una polvareda y toques de corneta, trepaban el Cambaio. Cuando llegaron João Abade y Pajeú con los refuerzos, habían alcanzado la mitad de la montaña. Los yagunzos que trataban de rechazarlos, pese a estar diezmados, no habían retrocedido. Los que traían armas de fuego se pusieron a disparar en el acto, acompañando los disparos de vociferaciones. Los que sólo llevaban machetes y facas, o esas ballestas para lanzar dardos con las que los sertaneros cazaban patos y venados y que Antonio Vilanova había hecho fabricar por decenas a los carpinteros de Canudos, se conformaban con formar racimos en torno a aquéllos y alcanzarles la pólvora o baquetearles las carabinas, esperando que el Buen Jesús les hiciera heredar un arma o acercara al enemigo lo bastante para atacarlo con las manos.

Los Krupp seguían lanzando obuses contra las alturas y los desprendimientos de rocas causaban tantas víctimas como las balas. Al comienzo del atardecer, cuando figuras rojiazules y verdiazules comenzaron a perforar las líneas de los elegidos, João Abade convenció a los otros que debían replegarse o se verían cercados. Varias decenas de yagunzos habían muerto y muchos más se encontraban heridos. Los que estuvieron en condiciones de escuchar la orden y retrocedieron y se deslizaron por la llanura conocida como el Tabolerinho hacia Belo Monte, fueron apenas algo más de la mitad de los que la víspera y esa mañana habían recorrido en dirección contraria ese camino. José Venancio, que se retiraba entre los últimos, apoyado en un palo, con la pierna encogida y sangrante, recibió un tiro por la espalda que lo mató sin darle tiempo a persignarse.

El Consejero permanecía desde esa madrugada en el Templo sin terminar, orando, rodeado de las beatas, de María Quadrado, del Beatito, del León de Natuba y de una multitud de fieles, que rezaban también a la vez que tenían los oídos pendientes del fragor que traía hasta Canudos, por momentos muy nítido, el viento del Norte. Pedrão, los hermanos Vilanova, Joaquim Macambira y los otros que se habían quedado allí, preparando a la ciudad para el asalto, estaban desplegados a lo largo del Vassa Barris. Habían llevado a sus orillas todas las armas, la pólvora y los proyectiles que encontraron. Cuando el anciano Macambira vio aparecer a los yagunzos que regresaban del Cambaio, murmuró que, por lo visto, el Buen Jesús quería que los perros entraran a

Jerusalén. Ninguno de sus hijos advirtió que se había confundido de palabra.

Pero no entraron. El combate se decidió ese mismo día, antes de que fuera noche, en el Tabolerinho, donde en estos momentos se iban tirando al suelo, aturdidos de fatiga y de felicidad, los soldados de las tres columnas del Mayor Febronio de Brito, después de ver huir a los yagunzos de las últimas estribaciones del monte, y que presentían ahí, a menos de una legua, la promiscua geografía de techos de paja y las dos altísimas torres de piedra de lo que consideraban ya el botín de su victoria. Mientras los yagunzos sobrevivientes entraban a Canudos —su llegada provocaba desconcierto, conversaciones sobreexcitadas, llantos, gritos, rezos a voz en cuello—, los soldados se dejaban caer al suelo, se abrían las guerreras rojiazules, verdiazules, se sacaban las polainas, tan agotados que ni siquiera podían decirse unos a otros lo dichosos que estaban por la derrota del enemigo. Reunidos en Consejo de Guerra, el Mayor Febronio y sus catorce oficiales decidían acampar en ese tablazo pelado, junto a una inexistente laguna que los mapas llamaban de Cipó y que, a partir de ese día, llamarían de Sangre. A la mañana siguiente, con las primeras luces, darían el asalto al cubil de los fanáticos.

Pero, antes de una hora, cuando tenientes, sargentos y cabos todavía pasaban revista a las compañías entumecidas, establecían listas de muertos, heridos y desaparecidos y aún surgían entre las rocas soldados de la retarguardia, los asaltaron a ellos. Sanos o enfermos, hombres o mujeres, niños o viejos, todos los elegidos en condiciones de pelear les cayeron encima, como un alud. Los había convencido João Abade que debían atacar ahora mismo, ahí mismo, todos juntos, pues ya no habría después si no lo hacían. Habían salido tras él en tropel tumultuoso, cruzado como estampida de reses el tablazo. Venían armados de todas las imágenes del Buen Jesús, de la Virgen, del Divino que había en la ciudad, empuñaban todos los garrotes, varas, hoces, horquillas, facas y machetes de Canudos, además de los trabucos, las escopetas, las carabinas, las espingardas y los Mánnlichers conquistados en Uauá, y, a la vez que disparaban balas, trozos de metal, clavos, dardos, piedras, daban alaridos, poseídos de ese coraje temerario que era el aire que respiraban los sertaneros desde que nacían multiplicado ahora en ellos por el amor a Dios y el odio al Príncipe de las Tinieblas que el santo había sabido infundirles. No dieron tiempo a los soldados a salir del estupor de ver de pronto, en ese llano, la masa vociferante de hombres y mujeres que corrían hacia ellos como si no hubieran sido ya derrotados. Cuando el susto los despertó, los sacudió, los puso de pie y cogieron sus armas, ya era tarde. Ya los yagunzos estaban sobre ellos, entre ellos, detrás de ellos, delante de ellos, disparándoles, acuchillándolos, apedreándolos, clavándolos, mordiéndolos, arrancándoles los fusiles, las cartucheras, los pelos, los ojos, y, sobre todo, maldiciéndolos con las palabras más extrañas que habían oído jamás. Primero unos, después otros, atinaron a huir, confundidos, enloquecidos, espantados ante esa arremetida súbita, insensata, que no parecía humana. En las sombras que caían detrás de la bola de fuego que acababa de hundirse tras las cumbres, se dispersaban solos o en grupos por esas faldas del Cambaio que tan esforzadamente habían trepado a lo largo de toda la jornada, corriendo en todas direcciones, tropezando, incorporándose, desprendiéndose a jalones de sus uniformes con la esperanza de pasar desapercibidos y rogando que la noche llegara de una vez y fuera oscura.

Hubieran podido morir todos, no quedar un oficial o soldado de línea para contar al mundo la historia de esa batalla ya ganada y de pronto perdida; hubieran podido ser perseguidos, rastreados, acosados y ultimados, cada uno de ese medio millar de hombres vencidos que corrían sin rumbo, aventados por el miedo y la confusión, si los vencedores hubieran sabido que la lógica de la guerra es la destrucción total del adversario. Pero la lógica de los elegidos del Buen Jesús no era la de esta tierra. La guerra que ellos libraban era sólo en apariencia la del mundo exterior, la de uniformados contra andrajosos, la del litoral contra el interior, la del nuevo Brasil contra el Brasil tradicional. Todos los yagunzos eran conscientes de ser sólo fantoches de una guerra profunda, intemporal y eterna, la del bien y del mal, que se venía librando desde el principio del tiempo. Por eso los dejaron escapar, mientras ellos, a la luz de los mecheros, rescataban a los hermanos muertos y heridos que yacían en el tablazo o en el Cambaio con muecas de dolor o de amor a Dios fijadas en las caras (cuando la metralla les había preservado las caras). Toda la noche estuvieron transportando heridos a las Casas de Salud de Belo Monte, y cadáveres que, vestidos con los mejores trajes y embutidos en cajones fabricados a toda prisa, eran llevados al velatorio en el Templo del Buen Jesús y la Iglesia de San Antonio. El Consejero decidió que no serían enterrados hasta que el párroco de Cumbe viniera a decir una misa por sus almas, y una de las beatas del Coro Sagrado, Alejandrinha Correa, fue a buscarlo.

Mientras lo esperaban, Antonio el Fogueteiro preparó fuegos artificiales y hubo una procesión. Al día siguiente, muchos yagunzos retornaron al lugar del combate. Desnudaron a los soldados y abandonaron los cadáveres desnudos a la pudrición. En Canudos, quemaron esas guerreras y pantalones con todo lo que contenían, billetes de la República, tabacos, estampas, mechones de amantes o hijas, recuerdos que les parecían objetos de condenación. Pero preservaron los fusiles, las bayonetas, las balas, porque así se los habían pedido João Abade, Pajeú, los Vilanova y porque entendían que serían imprescindibles si eran atacados de nuevo. Como algunos se resistían, el propio Consejero tuvo que pedirles que pusieran esos Männlichers, Winchesters, revólveres, cajas de pólvora, sartas de municiones, latas de grasa, al cuidado de Antonio

Vilanova. Los dos cañones Krupp habían quedado al pie del Cambaio, en el sitio desde el cual bombardearon el monte. Fue quemado de ellos todo lo que podía quemarse —las ruedas y las cureñas— y los tubos de acero fueron arrastrados, con ayuda de mulas, a la ciudad, para que los herreros los fundieran.

En Rancho das Pedras, donde había estado el último campamento del Mayor Febronio de Brito, los hombres de Pedrão encontraron, hambrientas y desgreñadas, a seis mujeres que habían seguido a los soldados, cocinándoles, lavándoles la ropa y dándoles amor. Las llevaron a Canudos y el Beatito las expulsó, diciéndoles que no podían permanecer en Belo Monte quienes habían servido deliberadamente al Anticristo. Pero a una de ellas, que estaba embarazada, dos cafusos que habían pertenecido a la banda de José Venancio y que estaban desconsolados con su muerte, la atraparon en las afueras, le abrieron el vientre a tajos de machete, le arrancaron el feto y pusieron en su lugar un gallo vivo, convencidos de que así prestaban un servicio a su jefe en el otro mundo.

Oye dos o tres veces el nombre de Caifás, entre palabras que no entiende, y haciendo un esfuerzo abre los ojos y ahí está la mujer de Rufino, al lado de la hamaca, agitada, moviendo la boca, haciendo ruidos, y es día lleno ya y por la puerta y los resquicios de las estacas el sol entra a raudales en la vivienda. La luz lo hiere tan fuerte que debe pestañear y restregarse los párpados mientras se incorpora. Imágenes confusas, llegan a través de un agua lechosa, y a medida que su cerebro se despercude y el mundo se aclara, la mirada y la mente de Galileo Gall descubren una metamorfosis en la habitación: ha sido cuidadosamente ordenada; suelo, paredes, objetos, ofrecen un aspecto reluciente, como si todo hubiera sido refregado y lustrado. Ahora entiende lo que dice Jurema: viene Caifás, viene Caifás. Advierte que la mujer del rastreador ha cambiado la túnica que él le desgarró por una blusa y una falda oscuras, que está descalza y asustada, y mientras trata de recordar dónde cayó su revólver esa madrugada, se dice que no hay por qué alarmarse, que quien viene es el encuerado que lo llevó hasta Epaminondas Gonçalves y lo trajo de vuelta con las armas, justamente la persona que en este momento necesita más. Ahí está el revólver, junto a su maletín, al pie de la imagen de la Virgen de Lapa que cuelga de un clavo. Lo coge y cuando piensa que está sin balas ve, en la puerta de la vivienda, a Caifás.

—*They tried to kill me* —dice, precipitadamente, y, como advierte su error, habla en portugués—: Quisieron matarme, se llevaron las armas. Debo ver a Epaminondas Gonçalves ahora mismo.

—Buenos días —dice Caifás, llevándose dos dedos hacia el som-

115

brero con tirillas de cuero, sin quitárselo, dirigiéndose a Jurema de una manera que parece a Gall absurdamente solemne. Luego se vuelve hacia él y hace el mismo movimiento y repite: —Buenos días.

—Buenos días —responde Gall, sintiéndose, de pronto, ridículo con el revólver en la mano. Lo guarda en su cintura, entre su pantalón y su cuerpo, y da dos pasos hacia Caifás, advirtiendo la turbación, la vergüenza, el embarazo que se han adueñado de Jurema con su llegada: no se mueve, mira el suelo, no sabe qué hacer con sus manos. Galileo señala el exterior:

—¿Viste a esos dos hombres muertos, ahí afuera? Había otro más, el que se llevó las armas. Debo hablar con Epaminondas, debo advertirle. Llévame donde él.

—Los vi —dice escuetamente Caifás. Y se dirige a Jurema, que sigue cabizbaja, petrificada, moviendo los dedos como si tuviera un calambre—. Han llegado soldados a Queimadas. Más de quinientos. Buscan pisteros para ir a Canudos. Al que no quiere contratarse, lo llevan a la fuerza. Vine a avisarle a Rufino.

—No está —balbucea Jurema, sin levantar la cabeza—. Se ha ido a Jacobina.

—¿Soldados? —Gall da otro paso, hasta casi rozar al recién venido—. ¿La Expedición del Mayor Brito ya está aquí?

—Va a haber un desfile —asiente Caifás—. Están formados en la Plaza. Llegaron en el tren de esta mañana.

Gall se pregunta por qué el hombre no se sorprende de los muertos que ha visto allá afuera, al llegar a la cabaña, por qué no le hace preguntas sobre lo que ha ocurrido, sobre cómo ha ocurrido, por qué permanece así, tranquilo, inmutable, inexpresivo, esperando ¿qué cosa?, y se dice una vez más que la gente de aquí es extraña, impenetrable, inescrutable, como le parecía la china o la del Indostán. Es un hombre muy flaco Caifás, huesudo, bruñido, con los pómulos saltados y unos ojos vinosos que causan malestar pues nunca parpadean, al que apenas le conoce la voz, ya que apenas abrió la boca durante el doble viaje que hizo a su lado, y cuyo chaleco de cuero y pantalón reforzado en los fundillos y en las piernas también con tiras de cuero y hasta las alpargatas de cordón parecen parte de su cuerpo, una áspera piel complementaria, una costra. ¿Por qué su llegada ha sumido a Jurema en semejante confusión? ¿Es por lo sucedido hace unas horas entre ellos dos? El perrito lanudo aparece de algún lado y salta, brinca y juguetea entre los pies de Jurema y en ese momento Galileo Gall se da cuenta que han desaparecido las gallinas de la habitación.

—Sólo vi a tres, el que se escapó se llevó las armas —dice, alisándose la alborotada cabellera rojiza—. Hay que avisar cuanto antes a Epaminondas, esto puede ser peligroso para él. ¿Puedes llevarme a la hacienda?

—Ya no está allá —dice Caifás—. Usted lo oyó, ayer. Dijo que se iba a Bahía.

—Sí —dice Gall. No hay más remedio, tendrá que regresar a Bahía él también. Piensa: "Ya están aquí los soldados". Piensa: "Van a venir en busca de Rufino, van a encontrar los muertos, me van a encontrar". Tiene que irse, sacudir esa languidez, esa modorra que lo atenazan. Pero no se mueve.

—A lo mejor eran enemigos de Epaminondas, gente del Gobernador Luis Viana, del Barón —murmura, como si se dirigiera a Caifás, pero en realidad se habla a sí mismo—. ¿Por qué, entonces, no vino la Guardia Nacional? Esos tres no eran gendarmes. Tal vez bandoleros, tal vez querían las armas para sus fechorías o para venderlas.

Jurema sigue inmóvil, cabizbaja, y, a un metro suyo, siempre quieto, tranquilo, inexpresivo, Caifás. El perrito brinca, jadea.

—Además, hay algo raro —reflexiona Gall en voz alta, pensando "debo esconderme hasta que los soldados partan y regresar a Salvador", pensando, al mismo tiempo, que la Expedición del Mayor Brito ya está aquí, a menos de dos kilómetros, que irá a Canudos y que sin duda arrasará con ese brote de rebeldía ciega en el que él ha creído, o querido, ver la simiente de una revolución—. No sólo buscaban las armas. Querían matarme, eso es seguro. Y no se comprende. ¿Quién puede estar interesado en matarme a mí, aquí en Queimadas?

—Yo, señor —oye decir a Caifás, con la misma voz sin matices, a la vez que siente el filo de la faca en el cuello, pero sus reflejos son, han sido siempre rápidos y ha conseguido apartar la cabeza, retroceder unos milímetros en el instante que el encuerado saltaba sobre él y su faca, en vez de clavarse en su garganta, se desvía y hiere más abajo, a la derecha, en el borde mismo del cuello y el hombro, dejándole en el cuerpo una sensación más de frío y sorpresa que de dolor. Ha caído al suelo, está tocándose la herida, consciente de que entre sus dedos corre sangre, con los ojos muy abiertos, mirando hechizado al encuerado de nombre bíblico, cuya expresión ni siquiera ahora se ha alterado, salvo, quizás, por sus pupilas que eran opacas y ahora brillan. Tiene la faca ensangrentada en la mano izquierda y un revólver pequeño, con empuñadura de concha, en la derecha. Lo apunta a la cabeza, inclinado sobre él, a la vez que le da una especie de explicación: —Es una orden del coronel Epaminondas Gonçalves, señor. Yo me llevé las armas esta mañana, yo soy el jefe de esos que usted mató.

—¿Epaminondas Gonçalves? —ronca Galileo Gall y, ahora sí, el dolor de su garganta es vivísimo.

—Necesita un cadáver inglés —parece excusarse Caifás, a la vez que aprieta el gatillo y Gall, que ha ladeado automáticamente la cara, siente una quemazón en la mandíbula, en los pelos y como si le arrancaran la oreja.

—Soy escocés y odio a los ingleses —alcanza a murmurar, pensando que el segundo disparo hará blanco en su frente, su boca o su corazón y perderá el sentido y morirá, pues el encuerado está alargando de nuevo la mano, pero lo que ve más bien es un bólido, un revuelo, Jurema que cae sobre Caifás y se aferra a él y lo hace trastabillear, y entonces deja de pensar y descubriendo en sí fuerzas que ya no creía tener se levanta y salta también sobre Caifás, confusamente alerta de estar sangrando y ardiendo y antes de que vuelva a pensar, a tratar de comprender lo que ha sucedido, lo que lo ha salvado, está golpeando con la cacha de su revólver, con toda la energía que le queda, al encuerado del que Jurema sigue prendida. Antes de verlo perder el sentido, alcanza a darse cuenta de que no es a él a quien Caifás mira mientras se defiende y recibe sus golpes, sino a Jurema, y que no hay odio, cólera, sino una inconmensurable estupefacción en sus pupilas vinosas, como si no pudiera entender lo que ella ha hecho, como si el que ella se arrojara contra él, desviara su brazo, permitiera a su víctima levantarse y a atacarlo fueran cosas que no podía siquiera imaginar, soñar. Pero cuando Caifás, semiinerte, la cara hinchada por los golpes, sangrante también por su propia sangre o la de Gall, suelta la faca y su diminuto revólver y Gall se lo arrebata y va a dispararle, es la misma Jurema quien se lo impide, prendiéndose de su mano, como antes de la de Caifás, y chillando histéricamente.

—*Don't be afraid* —dice Gall, sin fuerzas ya para forcejear—. Tengo que irme de aquí, los soldados van a venir. Ayúdame a subir a la mula, mujer.

Abre y cierra la boca, varias veces, seguro de que en este mismo instante se va a desplomar junto a Caifás, que parece moverse. Con la cara torcida por el esfuerzo, notando que ha aumentado el ardor del cuello y que ahora le duelen también los huesos, las uñas, los pelos, va dando barquinazos contra los baúles y los trastos de la cabaña, hacia esa llamarada de luz blanca que es la puerta, pensando "Epaminondas Gonçalves", pensando: "Soy un cadáver inglés".

El nuevo párroco de Cumbe, Don Joaquim, llegó al pueblo sin cohetes ni campanas una tarde nublada que presagiaba tormenta. Apareció en un carro de bueyes, con una maleta ruinosa y una sombrilla para la lluvia y el sol. Había hecho un viaje largo, desde Bengalas, en Pernambuco, donde había sido párroco dos años. En los meses siguientes se diría que su obispo lo había alejado de allí por haberse propasado con una menor.

Los vecinos que encontró a la entrada de Cumbe lo llevaron hasta la Plaza de la Iglesia y le mostraron la desfondada vivienda donde había vivido el párroco del lugar, en ese tiempo en que Cumbe tenía párroco. La vivienda era ahora un hueco con paredes y sin techo, que servía de basural y de refugio a los animales sin dueño. Don Joaquim se metió a la pequeña Iglesia de Nuestra Señora de la Concepción y acomodando las bancas usables se preparó un camastro y se echó a dormir, tal como estaba.

Era joven, algo encorvado, bajo, levemente barrigón y con un aire festivo que de entrada cayó simpático a las gentes. A no ser por el hábito y la tonsura no se lo hubiera tomado por un hombre en activo comercio con el mundo del espíritu, pues bastaba alternar con él una vez para comprender que tanto, o acaso más, le importaban las cosas de este mundo (sobre todo las mujeres). El mismo día de su llegada demostró a Cumbe que era capaz de codearse con los vecinos como uno de ellos y que su presencia no estorbaría sustancialmente las costumbres de la población. Casi todas las familias estaban congregadas en la Plaza de la Iglesia para darle la bienvenida, cuando abrió los ojos, después de varias horas de sueño. Era noche cerrada, había llovido y cesado de llover y en la humedad cálida canturreaban los grillos y el cielo hervía de estrellas. Comenzaron las presentaciones, largo desfile de mujeres que le besaban la mano y hombres que se quitaban el sombrero al pasar junto a él, musitando su nombre. Al poco rato, el Padre Joaquim interrumpió el besamanos explicando que se moría de hambre y de sed. Comenzó entonces algo semejante al recorrido de las estaciones de Semana Santa, en que el párroco iba visitando casa por casa, para ser agasajado con las mejores viandas que los lugareños tenían. La luz de la mañana lo encontró despierto, en una de las dos tabernas de Cumbe, bebiendo guinda con aguardiente y haciendo un contrapunto de décimas con el caboclo Matías de Tavares.

Comenzó de inmediato sus funciones, decir misas, bautizar a los que nacían, confesar a los adultos, impartir los últimos sacramentos a los que morían y casar a las nuevas parejas o a las que, conviviendo ya, querían adecentarse ante Dios. Como atendía una vasta comarca, viajaba con mucha frecuencia. Era activo y hasta abnegado en el cumplimiento de su tarea parroquial. Cobraba con moderación por cualquier servicio, aceptaba que le debieran o que no le pagaran pues, entre los vicios capitales, del que estaba decididamente exento era la codicia. De los otros no, pero, al menos, los practicaba sin discriminación. Con el mismo regocijo agradecía el suculento chivo al horno de un hacendado que el bocado de rapadura que le convidaba un morador y para su garganta no había diferencias entre el aguardiente añejo o el ron de quemar aplacado con agua que se tomaba en tiempos de escasez. En cuanto a las mujeres, nada parecía repelerlo, ancianas legañosas, niñas impúberes, mujeres castigadas por la naturaleza con verrugas, labios leporinos o idiotez. A todas las estaba siempre piropeando e insistiéndoles para que vinieran a decorar el altar de la Iglesia. En los jolgorios, cuando se le habían subido los colores a la cara, les ponía la mano encima sin el menor embarazo. A los padres, maridos, hermanos, su condición religiosa les parecía desvirilizarlo y soportaban resignados esas audacias que en otro les hubieran hecho sacar la faca. De todos modos, respiraron aliviados cuando el Padre Joaquim estableció una relación permanente con Alejandrinha Correa, la muchacha que por rabdomante se había quedado para vestir santos.

La leyenda era que la milagrosa facultad de Alejandrinha se conoció cuando era una niñita, el año de la gran sequía, mientras los vecinos de Cumbe, desesperados por la falta de agua, abrían pozos por todas partes. Divididos en cuadrillas, excavaban desde al amanecer, en todos los lugares donde hubo alguna vez vegetación tupida, pensando que esto era síntoma de agua en el subsuelo. Las mujeres y los niños participaban en el extenuante trabajo. Pero la tierra extraída, en vez de humedad, sólo revelaba nuevas capas de arena negruzca o de rocas irrompibles. Hasta que un día, Alejandrinha, hablando con vehemencia, atolondrada, como si le dictaran palabras que apenas tenía tiempo de repetir, interrumpió a la cuadrilla de su padre, diciéndoles que en vez de cavar allí lo hicieran más arriba, al comienzo de la trocha que sube a Massacará. No le hicieron caso. Pero la niña siguió insistiendo, zapateando y moviendo las manos como inspirada. "Total, sólo abriremos un hueco más", dijo su padre. Fueron a hacer la prueba, en esa explanada de guijarros amarillentos, donde se bifurcan las trochas a Carnaiba y a Massacará. Al segundo día de estar sacando terrones y piedras, el subsuelo comenzó a oscurecerse, a humedecerse y, por fin, en medio del entusiasmo de los vecinos, transpiró agua. Tres pozos más se encontraron por los alrededores, que permitieron a Cumbe sortear mejor que otros lugares esos dos años de miseria y mortandad.

Alejandrinha Correa se convirtió, a partir de entonces, en objeto de reverencia y de curiosidad. Para sus padres, además, en un ser cuya intuición trataron de aprovechar, cobrando a los caseríos y a los moradores por adivinarles el lugar donde debían buscar agua. Sin embargo, las habilidades de Alejandrinha no se prestaban al negocio. La chiquilla se equivocaba más veces de las que acertaba y, en muchas ocasiones, después de husmear por el lugar con su naricita respingada, decía: "No sé, no se me ocurre". Pero ni esos vacíos ni los errores, que siempre desaparecían bajo el recuerdo de sus hallazgos, empañaron la fama con que creció. Su aptitud de rabdomante la hizo famosa, no feliz. Desde que se supo que tenía ese poder, se levantó a su alrededor un muro que la aisló de la gente. Los otros niños no se sentían cómodos con ella y los mayores no la trataban con naturalidad. La miraban con insistencia, le preguntaban cosas raras sobre el futuro o la vida que hay después de la muerte y hacían que se arrodillara a la cabecera de los enfermos y tratase de curarlos con el pensamiento. De nada valieron sus esfuerzos para ser una mujer igual a las demás. Los hombres siempre se mantuvieron a respetuosa distancia de ella. No la sacaban a bailar en las ferias, ni le dieron serenatas ni a ninguno de ellos se le pasó por la cabeza tomarla por mujer. Como si enamorarla hubiera sido una profanación. Hasta que llegó el nuevo párroco. El Padre Joaquim no era hombre que se dejase intimidar por aureolas de santidad o de brujería en lo tocante a mujeres. Alejandrinha había dejado atrás los veinte años. Era espigada, de nariz siempre curiosa y ojos inquietos, y aún vivía con sus padres a diferencia de sus cuatro hermanas menores, que ya tenían marido y casa propia. Llevaba una vida solitaria, por el respeto religioso que inspiraba y que ella no conseguía disipar pese a su sencillez. Como la hija de los Correa sólo iba a la Iglesia a la misa del domingo y como la invitaban a pocas celebraciones privadas (la gente temía que su presencia, contaminada de sobrenatural, impidiera la alegría) el nuevo párroco tardó en trabar relación con ella.

El romance debió empezar muy poco a poco, bajo las coposas cajaranas de la Plaza de la Iglesia, o en las callejuelas de Cumbe donde el curita y la rabdomante debieron cruzarse, descruzarse, y él mirarla como si estuviera tomándole un examen, con sus ojitos impertinentes, vivarachos, insinuantes, a la vez que su cara atemperaba la crudeza del reconocimiento con una sonrisa bonachona. Y él debió ser el primero en dirigirle la palabra, claro está, preguntándole tal vez sobre la fiesta del pueblo, el ocho de diciembre, o por qué no se la veía en los rosarios o cómo era eso del agua que le atribuían. Y ella debió contestarle con ese modo rápido, directo, desprejuiciado que era el suyo, mirándolo sin rubor. Y así debieron sucederse los encuentros casuales, otros menos casuales, conversaciones donde, además de los chismes de actualidad sobre los bandidos y las volantes y las rencillas y amoríos locales y las confidencias recíprocas, poco a poco irían apareciendo malicias y atrevimientos.

El hecho es que un buen día todo Cumbe comentaba con sorna el cambio de Alejandrinha, desganada parroquiana que se volvió de pronto la más diligente. Se la veía, temprano en las mañanas, sacudiendo las bancas de la Iglesia, arreglando el altar y barriendo la puerta. Y empezó a vérsela, también, en la casa del párroco que, con el concurso de los vecinos, había recobrado techos, puertas y ventanas. Que existía entre ambos algo más que debilidades de ocasión fue evidente el día que Alejandrinha entró con aire decidido a la taberna donde el Padre Joaquim, luego de una fiesta de bautizo, se había refugiado con un grupo de amigos y tocaba guitarra y bebía, lleno de felicidad. La entrada de Alejandrinha lo enmudeció. Ella avanzó hacia él y con firmeza le soltó esta frase: "Se viene usted ahora mismo conmigo, porque ya tomó bastante". Sin replicar, el curita la siguió.

La primera vez que el santo llegó a Cumbe, Alejandrinha Correa llevaba ya varios años viviendo en la casa del párroco. Se instaló allí para cuidarlo de una herida que recibió en el pueblo de Rosario, donde se vio envuelto en una balacera entre el cangaço de João Satán y los policías del Capitán Geraldo Macedo, el Cazabandidos, y allí se quedó. Habían tenido tres hijos que todos nombraban sólo como hijos de Alejandrinha y a ella le decían "guardiana" de Don Joaquim. Su presencia tuvo un efecto moderador en la vida del párroco, aunque no corrigió del todo sus costumbres. Los vecinos la llamaban cuando, más bebido de lo recomendable, el curita se volvía una complicación, y ante ella él era siempre dócil, aun en los extremos de la borrachera. Quizá eso contribuyó a que los vecinos toleraran sin demasiados remilgos esa unión. Cuando el santo vino a Cumbe por primera vez, ella era algo tan aceptado que incluso los padres y hermanos de Alejandrinha la visitaban en su casa y trataban de "nietos" y "sobrinos" a sus hijos sin la menor incomodidad.

Por eso cayó como una bomba que, en su primera prédica desde el púlpito de la Iglesia de Cumbe, donde el Padre Joaquim, con sonrisa complaciente, le había permitido subir, el hombre alto, escuálido, de ojos crepitantes y cabellos nazarenos, envuelto en una túnica morada, despotricara contra los malos pastores. Un silencio sepulcral se hizo en la nave repleta de gente. Nadie miraba al párroco, quien, sentado en la primera banca, había abierto los ojos con un pequeño respingo y permanecía inmóvil, la vista fija adelante, en el crucifijo o en su humillación. Y los vecinos tampoco miraban a Alejandrinha Correa, sentada en la tercera fila, que, ella sí, contemplaba al predicador, muy pálida. Parecía que el santo hubiese venido a Cumbe aleccionado por enemigos de la pareja. Grave, inflexible, con voz que rebotaba contra las frágiles paredes y el techo cóncavo, decía cosas terribles contra los elegidos del Señor que, pese a haber sido ordenados y vestir hábitos, se convertían en lacayos de Satán. Se ensañaba en vituperar todos los pecados del Padre Joaquim: la vergüenza de los pastores que en lugar de dar ejemplo de sobriedad bebían cachaça hasta el desvarío; la indecencia de los que en lugar de ayunar y ser frugales se atragantaban sin darse cuenta que vivían rodeados de gente que apenas tenía qué comer; el escándalo de los que olvidaban su voto de castidad y se refocilaban con mujeres a las que, en vez de orientar espiritualmente, perdían regalándoles sus pobres almas al Perro de los infiernos. Cuando los vecinos se animaban a espiarlo con el rabillo del ojo, descubrían al párroco en el mismo sitio, siempre mirando al frente, la cara color bermellón.

Eso que ocurrió, y que fue la comidilla de la gente muchos días, no impidió que el Consejero siguiera predicando en la Iglesia de Nuestra Señora de la Concepción mientras permaneció en Cumbe o que volviera a hacerlo cuando, meses después, regresó acompañado por un séquito de bienaventurados, o que lo hiciera de nuevo en años sucesivos. La diferencia fue que en los consejos de las otras veces el Padre Joaquim solía estar ausente. Alejandrinha, en cambio, no. Estaba siempre allí, en la tercera fila, con la nariz respingada, escuchando las amonestaciones del santo contra la riqueza y los excesos, su defensa de las costumbres austeras y sus exhortaciones a preparar el alma para la muerte mediante el sacrificio y la oración. La antigua rabdomante empezó a dar muestras de creciente religiosidad. Encendía velas en las hornacinas de las calles, permanecía mucho rato de rodillas ante el altar, en actitud de profunda concentración, organizaba acciones de gracias, rogativas, rosarios, novenas. Un día apareció tocada con un trapo negro y un detente en el pecho con la imagen del Buen Jesús. Se dijo que, aunque seguían bajo el mismo techo, ya no ocurría entre el párroco y ella nada que ofendiese a Dios. Cuando los vecinos se animaban a preguntarle al Padre Joaquim por Alejandrinha, él desviaba la conversación. Se lo notaba azorado. Aunque seguía viviendo alegremente, sus relaciones con la mujer que compartía su casa y era madre de sus hijos, cambiaron. Al menos en público, se trataban con la cortesía de dos personas que apenas se conocen. El Consejero despertaba en el párroco de Cumbe sentimientos indefinibles. ¿Le tenía miedo, respeto, envidia, conmiseración? El hecho es que cada vez que llegaba le abría la Iglesia, lo confesaba, lo hacía comulgar y mientras estaba en Cumbe era un modelo de templanza y devoción.

Cuando, en la última visita del santo, Alejandrinha Correa se fue tras él, entre sus peregrinos, abandonando todo lo que tenía, el Padre Joaquim fue la única persona del pueblo que no pareció sorprenderse.

PENSÓ QUE nunca había temido a la muerte y que tampoco le temía ahora. Pero le temblaban las manos, le corrían escalofríos y a cada momento se juntaba más a la fogata para calentar el hielo de sus entrañas. Y, sin embargo, sudaba. Pensó: "Estás muerto de miedo, Gall". Esos goterones de sudor, esos escalofríos, ese hielo y ese temblor eran el pánico del que presiente la muerte. Te conocías mal, compañero. ¿O había cambiado? Pues estaba seguro de no haber sentido nada semejante de muchacho, en el calabozo de París, cuando esperaba ser fusilado, ni en Barcelona, en la enfermería, mientras los estúpidos burgueses lo curaban para que subiera sano al patíbulo a ser estrangulado con un aro de hierro. Iba a morir: había llegado la hora, Galileo.

¿Se le endurecería el falo en el instante supremo, como decían que ocurría con los ahorcados y los decapitados? Alguna tortuosa verdad escondía esa creencia granguiñolesca, alguna misteriosa afinidad entre el sexo y la conciencia de la muerte. Si no fuera así, no le hubiera ocurrido lo de esta madrugada y lo de hacía un momento. ¿Un momento? Horas, más bien. Era noche cerrada y había miríadas de estrellas en el firmamento. Recordó que, mientras esperaba en la pensión de Queimadas, había planeado escribir una carta a *l'Étincelle de la révolte* explicando que el paisaje del cielo era infinitamente más variado que el de la tierra en esta región del mundo y que esto sin duda influía en la disposición religiosa de la gente. Sintió la respiración de Jurema, mezclada al crujido de la fogata declinante. Sí, había sido olfatear la muerte cerca lo que lo lanzó sobre esta mujer, con el falo tieso, dos veces en un mismo día. "Extraña relación hecha de susto y semen y de nada más", pensó. ¿Por qué lo había salvado, interponiéndose, cuando Caifás iba a darle el tiro de gracia? ¿Por qué lo había ayudado a subir a la mula, acompañado, curado, traído hasta aquí? ¿Por qué se conducía así con quien debía odiar?

Fascinado, recordó esa urgencia súbita, premiosa, irrefrenable, cuando el animal cayó en pleno trote, arrojándolos a ambos al suelo. "Su corazón debió reventar como una fruta", pensó. ¿A qué distancia estaban de Queimadas? ¿Era el río do Peixe el arroyuelo donde se había lavado y vendado? ¿Habían dejado atrás, contorneándolo, Riacho da Onça o aún no habían llegado a ese pueblo? Su cerebro era una turbamulta de preguntas; pero el miedo se había eclipsado. ¿Había sentido mucho miedo cuando la mula se desplomó y vio que caía, que rodaba? Sí. Ésa era la explicación: el miedo. La instantánea sospecha de que el animal había muerto, no de cansancio, sino de un disparo de los capangas que lo perseguían para convertirlo en un cadáver inglés. Y debió ser buscando instintivamente protección que saltó sobre la mujer que había rodado al suelo con él. ¿Pensaría Jurema que era un loco, tal vez el diablo? Tomarla en esas circunstancias, en ese momento, en ese estado. Ahí, el desconcierto de los ojos de la mujer, su turbación, cuando comprendió, por la forma como las manos de Gall escarbaban sus ropas, lo que pretendía de ella. No hizo resistencia esta vez, pero tampoco disimuló su disgusto, o, más bien, su indiferencia. Ahí, esa quieta resignación de su cuerpo que había quedado impresa en la mente de Gall mientras yacía en tierra, confuso, atolondrado, colmado de algo que podía ser deseo, miedo, angustia, incertidumbre o un ciego rechazo de la trampa en que se hallaba. A través de una neblina de sudor, con las heridas del hombro y del cuello doliéndole como si se hubieran reabierto y la vida se le escurriera por ellas, vio a Jurema, en la tarde que oscurecía, examinar a la mula, abriéndole los ojos y la boca. La vio luego, siempre desde el suelo, reunir ramas, hojas y encender una fogata. Y la vio, con el cuchillo que extrajo de su cinturón sin decirle palabra, rebanar unas lonjas rojizas de los ijares del animal, ensartarlos y ponerlos a asar. Daba la impresión de cumplir una rutina doméstica, como si nada anormal ocurriera, como si los acontecimientos de este día no hubieran revolucionado su existencia. Pensó: "Son las gentes más enigmáticas del planeta". Pensó: "Fatalistas, educadas para aceptar lo que la vida les traiga, sea bueno, malo o atroz". Pensó: "Para ella tú eres lo atroz".

Luego de un rato, había podido incorporarse, beber unos tragos de agua, y, con gran esfuerzo por el ardor de su garganta, masticar. Los trozos de carne le hicieron el efecto de un manjar. Mientras comían, imaginando que Jurema estaría perpleja con las ocurrencias, había tratado de explicárselas: quién era Epaminondas Gonçalves, su propuesta de las armas, cómo había sido él quien planeó el atentado en casa de Rufino para robar sus propios fusiles y matarlo, pues necesitaba un cadáver de piel clara y pelirrojo. Pero se dio cuenta que a ella no le interesaba lo que oía. Lo escuchaba mordisqueando con unos dientecillos pequeños y parejos, espantando las moscas, sin asentir ni preguntar nada, posando de rato en rato en los suyos unos ojos que la oscuridad se iba tragando y que lo hacían sentirse estúpido. Pensó: "Lo soy". Lo era, demostró serlo. Él tenía la obligación moral y política de desconfiar, de sospechar que un burgués ambicioso, capaz de maquinar una conspiración contra sus adversarios como la de las armas, podía maquinar otra contra él. ¡Un cadáver inglés! O sea que lo de los fusiles no había sido una equivocación, un *lapsus*: le había dicho que eran franceses sabiendo que eran ingleses. Galileo lo descubrió al llegar a la vivienda de Rufino, mientras acomodaba las cajas en el carromato. La marca de fábrica, en la culata, saltaba a la vista: Liverpool, 1891. Le había hecho una broma, mentalmente: "Francia no ha invadido aún Inglaterra, que yo sepa. Los fusiles son ingleses, no franceses". Fusiles ingleses, un cadáver inglés. ¿Qué se proponía? Podía imaginárselo: era una idea fría, cruel, audaz y a lo mejor hasta efectiva. Renació la angustia en su pecho y pensó: "Me matará". No conocía el territorio, estaba herido, era un forastero cuyo rastro podría señalar todo el mundo. ¿Dónde iba a esconderse? "En Canudos". Sí, sí. Allí se salvaría o, cuando menos, no moriría con la lastimosa sensación de ser estúpido. "Canudos te amnistiará, compañero", se le ocurrió.

Temblaba de frío y le dolían el hombro, el cuello, la cabeza. Para olvidarse de sus heridas trató de pensar en los soldados del Mayor Febronio de Brito: ¿habrían partido ya de Queimadas rumbo a Monte Santo? ¿Aniquilarían ese hipotético refugio antes de que pudiera llegar a él? Pensó: "El proyectil no ingresó, ni tocó la piel, apenas la desgarró con su roce candente. La bala, por lo demás, tenía que ser diminuta, como el revólver, para matar gorriones". No era el balazo sino la cuchillada lo grave: había entrado profundamente, cortado venas, nervios y de allí subían el ardor y las punzadas hasta la oreja, los ojos, la nuca. Los escalofríos lo estremecían de pies a cabeza. ¿Ibas a morir, Gall? Súbitamente recordó la nieve de Europa, su paisaje tan domesticado si lo comparaba con esta naturaleza indómita. Pensó: "¿Habrá hostilidad geográfica parecida en alguna región de Europa?" En el sur de España, en Turquía, sin duda, y en Rusia. Recordó la fuga de Bakunin, después de estar once meses encadenado al muro de una prisión. Se la contaba su padre, sentándolo en sus rodillas: la épica travesía de Siberia, el río Amur, California, de nuevo Europa y, al llegar a Londres, la formidable pregunta: "¿Hay ostras en este país?". Recordó los albergues que salpicaban los caminos europeos, donde siempre había una chimenea ardiendo, una sopa caliente y otros viajeros con quienes fumar una pipa y comentar la jornada. Pensó: "La nostalgia es una cobardía, Gall".

Se estaba dejando ganar por la autocompasión y la melancolía. ¡Qué vergüenza, Gall! ¿No habías aprendido siquiera a morir con dignidad? ¡Qué más daba Europa, el Brasil o cualquier pedazo de tierra! ¿No sería el mismo el resultado? Pensó: "La desagregación, la descomposición, la pudridera, la gusanera, y, si los animales hambrientos no intervienen, una frágil armazón de huesos amarillentos recubierta de un pellejo reseco". Pensó: "Estás ardiendo y muerto de frío y eso se llama fiebre". No era el miedo, ni la bala de matar pajaritos, ni la cuchillada: era una enfermedad. Porque el malestar había empezado antes del ataque del encuerado, cuando estaba en aquella hacienda con Epaminondas Gonçalves; había ido minando sigilosamente algún órgano y extendiéndose por el resto de su organismo. Estaba enfermo, no malherido. Otra novedad, compañero. Pensó: "El destino quiere completar tu educación antes de que mueras, infligiéndote experiencias desconocidas". ¡Primero estuprador y luego enfermo! Porque no recordaba haberlo estado ni en su más remota niñez. Herido sí, varias veces, y aquélla, en Barcelona, gravemente. Pero enfermo, jamás. Tenía la sensación de que en cualquier momento perdería el sentido. ¿Por qué este esfuerzo insensato por seguir pensando? ¿Por qué esa intuición de que mientras pensara seguiría vivo? Se le ocurrió que Jurema se había ido. Aterrado, escuchó: ahí estaba siempre su respiración, hacia la derecha. Ya no podía verla porque la fogata se había consumido del todo.

Trató de darse ánimos sabiendo que era inútil, murmurando que las circunstancias adversas estimulaban al verdadero revolucionario, diciéndose que escribiría una carta a l'*Étincelle de la révolte* asociando con lo que ocurría en Canudos la alocución de Bakunin a los relojeros y artesanos de la Chaux-de-Fonds y del valle de Saint-Imier en que sostuvo que los grandes alzamientos no se producirían en las sociedades más industrializadas, como profetizaba Marx, sino en los países atrasados, agrarios, cuyas miserables masas campesinas no tenían nada que perder, como España, Rusia, y ¿por qué no? el Brasil, y trató de increpar a Epaminondas Gonçalves: "Quedarás defraudado, burgués. Debiste matarme cuando estaba a tu merced, en la terraza de la hacienda. Sanaré, escaparé". Sanaría, escaparía, la muchacha lo guiaría, robaría una cabalgadura y, en Canudos, lucharía contra lo que tú representabas, burgués, el egoísmo, el cinismo, la avidez y...

DOS

I

EL CALOR no ha cedido con las sombras y, a diferencia de otras noches de verano, no corre gota de brisa. Salvador se abrasa en la oscuridad. Está ya a oscuras, pues a las doce, por ordenanza municipal, se apagan los faroles de las esquinas, y las lámparas de las casas de los noctámbulos se han apagado también hace rato. Sólo las ventanas del *Jornal de Notícias*, allá en lo alto de la ciudad vieja, continúan encendidas, y su resplandor enrevesa aún más la caligrafía gótica con que está escrito el nombre del diario en los cristales de la entrada.

Junto a la puerta hay una calesa y el cochero y el caballo dormitan al unísono. Pero los capangas de Epaminondas Gonçalves están despiertos, fumando, acodados en el muro del acantilado, junto al edificio del diario. Dialogan a media voz, señalando algo allá abajo, donde apenas se divisa la mole de la Iglesia de Nuestra Señora de la Concepción de la Playa y la orla de espuma de la rompiente. La ronda de a caballo pasó hace rato y no volverá hasta el amanecer.

Adentro, en la sala de la Redacción-Administración, está, solo, ese periodista joven, flaco, desgarbado, cuyos espesos anteojos de miope, sus frecuentes estornudos y su manía de escribir con una pluma de ganso en vez de hacerlo con una de metal son motivo de bromas entre la gente del oficio. Inclinado sobre su pupitre, la desagraciada cabeza inmersa en el halo de la lamparilla, en una postura que lo ajoroba y mantiene al sesgo del tablero, escribe de prisa, deteniéndose sólo para mojar la pluma en el tintero o consultar una libretita de apuntes, que acerca a los anteojos casi hasta tocarlos. El rasgueo de la pluma es el único ruido de la noche. Hoy no se oye al mar y la oficina de la Dirección, también iluminada, permanece en silencio, como si Epaminondas Gonçalves se hubiera dormido sobre su escritorio.

Pero cuando el periodista miope pone punto final a su crónica y, rápido, cruza la amplia sala y entra a su despacho, encuentra al jefe del Partido Republicano Progresista con los ojos abiertos, esperándolo. Tiene los codos sobre la mesa y las manos cruzadas. Al verlo, su cara morena, angulosa, en la que rasgos y huesos están subrayados por esa energía interior que le permite pasar las noches en blanco en reuniones políticas y luego trabajar todo el día sin dar muestras de cansancio, se distiende como si se dijera "por fin".

—¿Terminada? —murmura.

—Terminada. —El periodista miope le estira el fajo de papeles. Pero Epaminondas Gonçalves no los coge.

—Prefiero que la lea —dice—. Oyéndola, me daré cuenta mejor cómo ha salido. Siéntese ahí, cerca de la luz.

Cuando el periodista va a empezar a leer lo sobrecoge un estornudo, y luego otro, y finalmente una ráfaga que lo obliga a quitarse los anteojos, y a cubrirse la boca y la nariz con un enorme pañuelo que saca de su manga, como un prestidigitador.

—Es la humedad del verano —se excusa, limpiándose la cara congestionada.

—Sí —lo ataja Epaminondas Gonçalves—. Lea, por favor.

II

Un Brasil Unido, Una Nación Fuerte

JORNAL DE NOTICIAS

(Propietario: Epaminondas Gonçalves)

Bahía, 3 de Enero de 1897

*La Derrota de la Expedición del Mayor Febronio de Brito
en el Sertón de Canudos*

Nuevos Desarrollos

EL PARTIDO REPUBLICANO PROGRESISTA ACUSA AL GO-BERNADOR Y AL PARTIDO AUTONOMISTA DE BAHÍA DE CONSPIRAR CONTRA LA REPÚBLICA PARA RESTAURAR EL ORDEN IMPERIAL OBSOLETO

El cadáver del "agente inglés"
Comisión de Republicanos viaja a Río para pedir intervención del Ejército Federal contra fanáticos subversivos

TELEGRAMA DE PATRIOTAS BAHIANOS AL CORONEL MOREIRA CÉSAR:

"¡SALVE A LA REPÚBLICA!"

La derrota de la Expedición militar comandada por el Mayor Febronio de Brito y compuesta por efectivos de los Batallones de Infantería 9, 26 y 33 y los indicios crecientes de complicidad de la corona inglesa y de terratenientes bahianos de conocida afiliación autonomista y nostalgias monárquicas con los fanáticos de Canudos, provocaron en la noche del lunes una nueva tormenta en la Asamblea Legislativa del Estado de Bahía.

El Partido Republicano Progresista, a través de su Presidente, el Excmo. Sr. Diputado Don Epaminondas Gonçalves acusó formalmente al Gobernador del Estado de Bahía, Excmo. Sr. Don Luis Viana, y a los grupos tradicionalmente vinculados al Barón de Cañabrava —Ex-Ministro del Imperio y Ex-Embajador del Emperador Pedro II ante la corona británica— de haber atizado y armado la rebelión de Canudos, con ayuda de Inglaterra a fin de producir la caída de la República y la restauración de la monarquía.

131

Los Diputados del Partido Republicano Progresista exigieron la intervención inmediata del Gobierno Federal en el Estado de Bahía para sofocar lo que el Excmo. Sr. Diputado Don Epaminondas Gonçalves llamó "conjura sediciosa de la sangre azul nativa y la codicia albiónica contra la soberanía del Brasil". De otra parte, se anunció que una Comisión constituida por figuras prominentes de Bahía ha partido a Río de Janeiro a transmitir al Presidente Prudente de Morais el clamor bahiano de que envíe fuerzas del Ejército Federal a aniquilar el movimiento subversivo de Antonio Consejero.

Los Republicanos Progresistas recordaron que han pasado ya dos semanas desde la derrota de la Expedición Brito, por rebeldes muy superiores en número y en armas, y a pesar de ello, y del descubrimiento de un cargamento de fusiles ingleses destinados a Canudos y del cadáver del agente inglés Galileo Gall en la localidad de Ipupiará, las autoridades del Estado, empezando por el Excmo. Sr. Gobernador Don Luis Viana, han mostrado una pasividad y abulia sospechosas, al no haber solicitado en el acto, como lo reclaman los patriotas de Bahía, la intervención del Ejército Federal para aplastar esta conjura que amenaza la esencia misma de la nacionalidad brasileña.

El Vice-Presidente del Partido Republicano Progresista, Excmo. Sr. Diputado Don Elisio de Roque leyó un telegrama enviado al héroe del Ejército brasileño, aniquilador de la sublevación monárquica de Santa Catalina y colaborador eximio del Mariscal Floriano Peixoto, Coronel Moreira César, con este lacónico texto: "Venga y salve a la República". Pese a las protestas de los Diputados de la mayoría, el Excmo. Sr. Diputado leyó los nombres de los 325 cabezas de familia y votantes de Salvador que firman el telegrama.

Por su parte, los Excmos. Sres. Diputados del Partido Autonomista Bahiano negaron enérgicamente las acusaciones y trataron de minimizarlas con variados pretextos. La vehemencia de las réplicas y cambios de palabras, ironías, sarcasmos, amenazas de duelo, crearon a lo largo de la sesión, que duró más de cinco horas, momentos de suma tirantez en las que, varias veces, los Excmos. Sres. Diputados estuvieron a punto de pasar a las vías de hecho.

El Vice-Presidente del Partido Autonomista y Presidente de la Asamblea Legislativa, Excmo. Caballero Don Adalberto de Gumucio, dijo que era una infamia sugerir siquiera que alguien como el Barón de Cañabrava, prohombre bahiano gracias a quien este Estado tenía carreteras, ferrocarriles, puentes, hospitales de Beneficencia, escuelas y multitud de obras públicas, pudiera ser acusado, y para colmo *in absentia*, de conspirar contra la soberanía brasileña.

El Excmo. Sr. Diputado Don Floriano Mártir dijo que el Presidente de la Asamblea prefería bañar en incienso a su pariente y jefe de Partido, Barón de Cañabrava, en lugar de hablar de la sangre de los soldados derramada en Uauá y en el Cambaio por Sebastianistas degenerados, o de las armas inglesas incautadas en los sertones o del agente inglés Gall, cuyo cadáver encontró la Guardia Rural en Ipupiará. Y se preguntó: "¿Se debe este escamoteo, tal vez, a que dichos temas hacen sentir incómodo al Excmo. Sr. Presidente de la Asamblea?". El Diputado del Partido Autonomista, Excmo. Sr. Don Eduardo Glicério dijo que los Republicanos, en sus ansias de poder inventan guiñolescas conspiraciones de espías carbonizados y de cabelleras albinas que son el hazmerreír de la gente sensata de Bahía. Y preguntó: "¿Acaso el Barón de Cañabrava no es el primer perjudicado con la rebelión de los fanáticos desalmados? ¿Acaso no ocupan éstos ilegalmente tierras de su propiedad?". A lo cual el Excmo. Sr. Diputado Don Dantas Horcadas lo interrumpió para decir: "¿Y si esas tierras no fueran usurpadas sino prestadas?". El Excmo. Sr. Diputado Don Eduardo Glicério replicó preguntando al Excmo. Sr. Diputado Don Dantas Horcadas si en el Colegio Salesiano no le habían enseñado que no se interrumpe a un caballero mientras habla. El Excmo. Sr. Diputado Don Dantas Horcadas repuso que él no sabía que estuviera hablando ningún caballero. El Excmo. Sr. Diputado Don Eduardo Glicério exclamó que ese insulto tendría su respuesta en el campo del honor, a menos que se le presentaran excusas *ipso facto.* El Presidente de la Asamblea, Excmo. Caballero Adalberto de Gumucio exhortó al Excmo. Sr. Diputado Don Dantas Horcadas a presentar excusas a su colega, en aras de la armonía y majestad de la institución. El Excmo. Sr. Diputado Don Dantas Horcadas dijo que él se había limitado a decir que no estaba informado de que, en un sentido estricto, hubiera todavía en el Brasil caballeros, ni barones, ni vizcondes, porque, desde el glorioso gobierno republicano del Mariscal Floriano Peixoto, benemérito de la Patria, cuyo recuerdo vivirá siempre en el corazón de los brasileños, todos los títulos nobiliarios habían pasado a ser papeles inservibles. Pero que no estaba en su ánimo ofender a nadie, y menos al Excmo. Sr. Diputado Don Eduardo Glicério. Con lo cual éste se dio por satisfecho.

El Excmo. Sr. Diputado Don Rocha Seabrá dijo que no podía permitir que un hombre que es honra y prez del Estado, como el Barón de Cañabrava, fuera enlodado por resentidos cuyo historial no luce ni la centésima parte de bienes dispensados a Bahía por el fundador del Partido Autonomista. Y que no podía entender que se enviaran telegramas llamando a Bahía a un jacobino como el Coronel Moreira César, cuyo sueño, a juzgar por la crueldad con que reprimió el levantamiento de Santa Catalina, era colocar guillotinas en las plazas del Brasil y ser el Robespierre nacional. Lo que motivó una airada protesta de los Excmos. Sres. Diputados del Partido Republicano Progresista, quienes, puestos de pie, vitorearon al Ejército, al Mariscal Floriano Peixoto, al Coronel Moreira César y exigieron satisfacciones por el insulto inferido a un héroe de la República. Retomando la palabra el Excmo. Sr. Diputado Don Rocha Seabrá dijo que no había sido su intención injuriar al Coronel Moreira César, cuyas virtudes castrenses admiraba, ni ofender la memoria del extinto Mariscal Floriano Peixoto, cuyos servicios a la República reconocía, sino dejar en claro que era opuesto a la intervención de los militares en la política, pues no quería que el Brasil corriera la suerte de esos países sudamericanos cuya historia es una mera sucesión de pronunciamientos de cuartel. El Excmo. Sr. Diputado Don Eliseo de Roque lo interrumpió para recordarle que había sido el Ejército del Brasil quien había puesto fin a la añosa monarquía e instalado la República y, nuevamente de pie, los Excmos. Sres. Diputados de la oposición rindieron homenaje al Ejército y al Mariscal Floriano Peixoto y al Coronel Moreira César. Reanudando su interrumpida intervención, el Excmo. Sr. Diputado Don Rocha Seabrá dijo que era absurdo que se pidiera una intervención federal cuando su Excelencia el Gobernador Don Luis Viana había afirmado repetidamente que el Estado de Bahía estaba en condiciones de sofocar el caso de bandidismo y locura Sebastianista que representaba Canudos. El Excmo. Sr. Diputado Don Epaminondas Gonçalves recordó que los rebeldes habían diezmado ya dos expediciones militares en los sertones y preguntó al Excmo. Sr. Diputado Don Rocha Seabrá cuántas fuerzas expedicionarias más debían ser masacradas, a su juicio, para que se justificara una intervención federal. El Excmo. Sr. Diputado Don Dantas Horcadas dijo que el patriotismo lo autorizaba a él y a cualquiera a arrastrar por el lodo a quienquiera se dedicara a fabricar lodo, es decir a atizar rebeliones restauradoras contra la República y en complicidad con la Pérfida Albión. El Excmo. Sr. Diputado Don Lelis Piedades dijo que la prueba más rotunda de que el Barón de Cañabrava no tenía la más mínima intervención en los sucesos provocados por los desalmados de Canudos era el hallarse ya varios meses alejado del Brasil. El Excmo. Sr. Diputado Floriano Mártir dijo que la ausencia, en vez de exculparlo, podía delatarlo, y que a nadie engañaba semejante coartada pues todo Bahía era consciente de que en el Estado no se movía un dedo sin autorización u orden expresa del Barón de Cañabrava. El Excmo. Sr. Diputado Don Dantas Horcadas dijo que era sospechoso e ilustrativo que los Excmos. Sres. Diputados de la mayoría se negaran empecinadamente a debatir sobre el cargamento de armas inglesas y sobre el agente inglés Gall enviado por la corona británica para asesorar a los rebeldes en sus protervos intentos. El Excmo. Sr. Presidente de la Asamblea, Caballero Adalberto de Gumucio, dijo que las especulaciones y fantasías dictadas por el odio y la ignorancia se desbarataban con la simple mención de la verdad. Y anunció que el Barón de Cañabrava desembarcaría en tierra bahiana dentro de pocos días, donde no sólo los Autonomistas sino todo el pueblo le daría el recibimiento triunfal que merecía y que sería el mejor desagravio contra los infundios de quienes pretendían asociar su nombre y el de su Partido y el de las autoridades de Bahía con los lamentables sucesos de bandidismo y degeneración moral de Canudos. A lo cual, puestos de pie, los Excmos. Sres. Diputados de la mayoría corearon y aplaudieron el nombre de su Presidente, Barón de Cañabrava, en tanto que los Excmos. Sres. Diputados del Partido Republicano Progresista permanecían sentados y removían sus asientos en señal de reprobación.

La sesión fue interrumpida unos minutos para que los Excmos. Sres. Diputados tomaran un refrigerio y se atemperaran los ánimos. Pero, durante el intervalo, se escucharon en los pasillos de la Asamblea vivas discusiones y cambios de palabras y los Excmos. Sres. Diputados Don Floriano Mártir y Don Rocha Seabrá debieron ser separados por sus respectivos amigos pues estuvieron a punto de liarse a trompadas.

Al reanudarse la sesión, el Excmo. Sr. Presidente de la Asamblea, Caballero Adalberto de Gumucio, propuso que, en vista de lo recargado del Orden del Día, se procediera a discutir la nueva partida presupuestal solicitada por la Gobernación para el tendido de nuevas vías del ferrocarril de penetración al interior del Estado. Esta propuesta motivó la enojada reacción de los Excmos. Sres. Diputados del Partido Republicano Progresista, quienes, de pie, a los gritos de "¡Traición!" "¡Maniobra indigna!", exigieron que se reanudara el debate sobre el más candente de los problemas de Bahía y ahora del país entero. El Excmo. Sr. Diputado Don Epaminondas Gonçalves advirtió que si la mayoría pretendía escamotear el debate sobre la rebelión restauradora de Canudos y la intervención de la corona británica en los asuntos brasileños, él y sus compañeros abandonarían la Asamblea, pues no toleraban que se engañara al pueblo con farsas. El Excmo. Sr. Diputado Don Eliseo de Roque dijo que los esfuerzos del Excmo. Sr. Presidente de la Asamblea para impedir el debate eran una demostración palpable del embarazo que producía al Partido Autonomista que se tocara el tema del agente inglés Gall y de las armas inglesas, lo que no era extraño, pues de todos eran conocidas las nostalgias monárquicas y anglófilas del Barón de Cañabrava.

El Excmo. Sr. Presidente de la Asamblea, Caballero Adalberto de Gumucio, dijo que los Excmos. Sres. Diputados de la oposición no conseguirían su propósito de amedrentar a nadie con chantajes y que el Partido Autonomista Bahiano era el primer interesado, por patriotismo, en aplastar a los Sebastianistas fanáticos de Canudos y en restaurar la paz y el orden en los sertones. Y que, en vez de rehuir ninguna discusión, antes bien la deseaban.

El Excmo. Sr. Diputado Don João Seixas de Pondé dijo que sólo quienes carecían de sentido de ridículo podían seguir hablando del supuesto agente inglés Galileo Gall, cuyo cadáver carbonizado decía haber encontrado en Ipupiará la Guardia Rural Bahiana, milicia que por lo demás, según *vox populi*, era reclutada, financiada y controlada por el Partido de la oposición, expresiones que motivaron airadas protestas de los Excmos. Sres. Diputados del Partido Republicano Progresista. Añadió el Excmo. Sr. Diputado Don João Seixas de Pondé que el Consulado británico en Bahía había dado fe de que, teniendo conocimiento de que el sujeto apellidado Gall era de malos antecedentes, lo había hecho saber a las autoridades del Estado para que procedieran en consecuencia, hacía de esto dos meses, y que el Comisionado de Policía de Bahía lo había confirmado, así como dado a luz pública la orden de expulsión del país que fue comunicada a dicho sujeto para que partiera en el barco francés "La Marseillaise". Que el hecho de que el tal Galileo Gall hubiera desobedecido la orden de expulsión y apareciera un mes más tarde, muerto, junto a unos fusiles, en el interior del Estado no probaba ninguna conspiración política ni intervención de potencia extranjera alguna, sino, a lo más, que el susodicho truhán pretendía contrabandear armas con esos seguros compradores, llenos de dinero por sus múltiples latrocinios, que eran los fanáticos Sebastianistas de Antonio Consejero. Como la intervención del Excmo. Sr. Diputado Don João Seixas de Pondé provocó la hilaridad de los Excmos. Sres. Diputados de la oposición, quienes le hicieron gestos de tener alas angelicales y aureola de santidad, el Excmo. Sr. Presidente de la Asamblea, Caballero Adalberto de Gumucio, llamó a la sala al orden. El Excmo. Sr. Diputado Don João Seixas de Pondé dijo que era una hipocresía armar semejante alboroto por el hallazgo de unos fusiles en el sertón, cuando todo el mundo sabía que el tráfico y contrabando de armas era desgraciadamente algo generalizado en el interior y, si no, que dijeran los Excmos. Sres. Diputados de la oposición de dónde había armado el Partido Republicano Progresista a los capangas y cangaceiros con los que había formado ese Ejército privado que era la llamada Guardia Rural Bahiana, que pretendía funcionar al margen de las instituciones oficiales del Estado. Abucheado con indignación el Excmo. Sr. Diputado Don João Seixas de Pondé por los Excmos. Sres. Diputados del Partido Republicano Progresista, por sus agraviantes palabras, el Excmo. Sr. Presidente de la Asamblea debió imponer una vez más el orden.

El Excmo. Sr. Diputado Epaminondas Gonçalves dijo que los Excmos. Sres. Diputados de la mayoría se hundían cada vez más en sus contradicciones y embustes como ocurre fatalmente a quien camina sobre arenas movedizas. Y agradeció al cielo que hubiera sido la Guardia Rural la que capturó los fusiles ingleses y al agente inglés Gall, pues era un cuerpo independiente, sano y patriótico, genuinamente republicano, que alertó a las autoridades del Gobierno Federal sobre la gravedad de los sucesos e hizo lo necesario para impedir que fueran ocultadas las pruebas de la colaboración de los monárquicos nativos con la corona británica en la conjura contra la soberanía brasileña de la que Canudos era punta de lanza. Porque si no hubiera sido la Guardia Rural, dijo, la República no se hubiera enterado jamás de la presencia de agentes ingleses acarreando cargamentos de fusiles para los restauradores de Canudos por el sertón. El Excmo. Sr. Diputado Don Eduardo Glicério lo interrumpió para decirle que del famoso agente inglés lo único que se conocía era un puñado de pelos que podían pertenecer a una señora rubia o ser las crines de un caballo, salida que motivó risas tanto en los escaños de la mayoría como en los de la oposición. Retomando la palabra el Excmo. Sr. Diputado Don Epaminondas Gonçalves dijo que celebraba el buen humor del Excmo. Sr. Diputado que lo había interrumpido, pero que cuando los altos intereses de la Patria se hallaban amenazados, y estaba aún tibia la sangre de los patriotas caídos en defensa de la República en Uauá y en el Cambaio, el momento era quizás inapropiado para bromas, lo que arrancó una cerrada ovación de los Excmos. Sres. Diputados opositores.

El Excmo. Sr. Diputado Don Elisio de Roque recordó que había pruebas incontrovertibles de la identidad del cadáver encontrado en Ipupiará, junto con los fusiles ingleses, y dijo que negarlas era negar la luz del sol. Recordó que dos personas que habían conocido y tratado al espía inglés Galileo Gall mientras vivía en Bahía, el ciudadano Jan van Rijsted y el distinguido facultativo Dr. José Bautista de Sá Oliveira, habían reconocido como suyas las ropas del agente inglés, su levita, la correa de su pantalón, sus botas y sobre todo la llamativa cabellera rojiza que los hombres de la Guardia Rural que encontraron el cadáver habían tenido el buen tino de cortar. Recordó que ambos ciudadanos habían testimoniado igualmente sobre las ideas disolventes del inglés y sus claros propósitos conspiratorios en relación con Canudos y que a ninguno de los dos les había sorprendido que hubiera sido encontrado su cadáver en aquella región. Y, finalmente, recordó que muchos ciudadanos de los pueblos del interior habían testimoniado a la Guardia Rural que habían visto al extranjero de cabellera colorada y portugués raro tratando de conseguir guías para que lo llevaran a Canudos. El Excmo. Sr. Diputado Don João Seixas de Pondé dijo que nadie negaba que el sujeto llamado Galileo Gall hubiera sido encontrado muerto, y con fusiles, en Ipupiará, sino que fuera un espía inglés, pues su condición de extranjero no indicaba absolutamente nada por sí misma ¿Por qué no podía ser un espía danés, sueco, francés, alemán o de la Cochinchina?

El Excmo. Sr. Diputado Don Epaminondas Gonçalves dijo que, al escuchar las palabras de los Excmos. Sres. Diputados de la mayoría, quienes, en vez de vibrar de cólera cuando se tenía la evidencia de que una potencia extranjera quería inmiscuirse en los asuntos internos del Brasil, para socavar la República y restaurar el viejo orden aristocrático y feudal, intentaban desviar la atención pública hacia cuestiones subalternas y buscar excusas y atenuantes para los culpables, se tenía la prueba más rotunda de que el Gobierno del Estado de Bahía no levantaría un dedo para poner fin a la rebelión de Canudos, pues, por el contrario, se sentía íntimamente complacido con ella. Pero que las maquiavélicas maquinaciones del Barón de Cañabrava y de los Autonomistas no prosperarían porque para eso estaba el Ejército del Brasil, que, así como había aplastado hasta ahora todas las insurrecciones monárquicas contra la República en el Sur del país, aplastaría también la de Canudos. Dijo que cuando la soberanía de la Patria estaba en juego sobraban las palabras y que el Partido Republicano Progresista abriría mañana mismo una colecta para comprar armas que serían entregadas al Ejército Federal. Y propuso a los Excmos. Sres. Diputados del Partido Republicano Progresista abandonar el local de la Asamblea a los nostálgicos del viejo orden, y dirigirse en romería a Campo Grande, a reavivar el juramento de republicanismo ante la placa de mármol que rememora al Mariscal Floriano Peixoto. Lo cual procedieron a hacer de inmediato, ante el desconcierto de los Excmos. Sres. Diputados de la mayoría.

Minutos después, el Excmo. Sr. Presidente de la Asamblea, Caballero Adalberto de Gumucio, clausuró la sesión.

Mañana daremos cuenta de la ceremonia patriótica llevada a cabo, en Campo Grande, ante la placa de mármol del Mariscal de Hierro, por los Excmos. Sres. Diputados del Partido Republicano Progresista, en horas de la madrugada.

III

—No hay que añadir ni quitar una coma —dice Epaminondas Goncalves. Más que satisfacción, su cara revela alivio, como si hubiera temido lo peor de esa lectura que el periodista acaba de hacer, de corrido, sin que lo interrumpieran los estornudos—. Lo felicito.

—Cierta o falsa, es una historia extraordinaria —masculla el periodista, que no parece oírlo—. Que un charlatán de feria, que andaba diciendo por las calles de Salvador que los huesos son la escritura del alma y que predicaba la anarquía y el ateísmo en las tabernas, resulte un emisario de Inglaterra que complota con los Sebastianistas para restaurar la monarquía y que aparezca quemado vivo en el sertón ¿no es extraordinario?

—Lo es —asiente el jefe del Partido Republicano Progresista—. Y lo es más todavía que esos que parecían un grupo de fanáticos diezmen y pongan en desbandada a un batallón armado con cañones y ametralladoras. Extraordinario, sí. Pero, sobre todo, aterrador para el futuro de este país.

El calor se ha acrecentado y la cara del periodista miope está cubierta de sudor. Se la limpia con esa sábana que hace las veces de pañuelo y luego frota contra la ajada pechera de su camisa sus anteojos empañados.

—Yo mismo llevaré esto a los cajistas y me quedaré mientras arman la página —dice, recolectando las hojas esparcidas por el escritorio—. No habrá erratas, no se preocupe. Váyase a descansar tranquilo, señor.

—¿Está usted más contento trabajando conmigo que en el periódico del Barón? —le pregunta su jefe, a boca de jarro—. Ya sé que aquí gana más que en el *Diário de Bahia*. Me refiero al trabajo. ¿Lo prefiere?

—La verdad, sí. —El presidente se calza los anteojos y queda un momento petrificado, esperando el estornudo con los ojos entrecerrados, la boca semiabierta y la nariz palpitante. Pero es una falsa alarma. —La crónica política es más divertida que escribir sobre los estragos que causa la pesca con explosivos en la Ribeira de Itapagipe o el incendio de la Chocolatería Magalhães.

—Y, además, es hacer patria, contribuir a una buena causa nacional —dice Epaminondas Gonçalves—. Porque, usted es uno de los nuestros, ¿no es verdad?

—No sé qué soy, señor —responde el periodista, con esa voz que es tan desigual como su físico: a ratos atiplada y a ratos grave, con eco—. No tengo ideas políticas ni me interesa la política.

—Me gusta su franqueza —se ríe el dueño del diario, poniéndose de pie, empuñando un maletín—. Estoy contento con usted. Sus crónicas son impecables, dicen exactamente lo que hay que decir y de la manera debida. Me alegro haberle confiado la sección más delicada.

Levanta la lamparilla, apaga la llama soplando y sale del despacho, seguido por el periodista que, al cruzar el umbral de la Redacción-Administración, tropieza contra una escupidera.

—Entonces, voy a pedirle algo, señor —dice, de pronto—. Si el Coronel Moreira César viene a debelar la insurrección de Canudos, quisiera ir con él, como enviado del *Jornal de Notícias*.

Epaminondas Gonçalves se ha vuelto a mirarlo y lo examina, mientras se pone el sombrero.

—Supongo que es posible —dice—. Ya ve, es usted de los nuestros, aunque no le interese la política. Para admirar al Coronel Moreira César hay que ser un republicano a carta cabal.

—No sé si es admiración —precisa el periodista, abanicándose con los papeles—. Ver a un héroe de carne y hueso, estar cerca de alguien tan famoso resulta muy tentador. Como ver y tocar a un personaje de novela.

—Tendrá usted que cuidarse, al Coronel no le gustan los periodistas —dice Epaminondas Gonçalves. Se aleja ya hacia la salida—. Comenzó su vida pública matando a balazos en las calles de Río a un plumario que había insultado al Ejército.

—Buenas noches —murmura el periodista. Trota hacia el otro extremo del local, donde un pasillo lóbrego comunica con el taller. Los cajistas, que han quedado de guardia esperando su crónica, le convidarán seguramente una taza de café.

TRES

I

EL TREN entra pitando en la estación de Queimadas, engalanada con banderolas que dan la bienvenida al Coronel Moreira César. En el estrecho andén de tejas rojas se apiña una multitud, bajo una gran tela blanca que sobrevuela los rieles, ondeando: "Queimadas Saluda al Heroico Coronel Moreira César Y A Su Glorioso Regimiento. ¡Viva El Brasil!" Un grupo de niños descalzos agitan banderitas y hay media docena de señores endomingados, con las insignias del Concejo Municipal en el pecho y sombreros en las manos, rodeados por una masa de gente desarrapada y miserable, que mira con gran curiosidad y entre la cual se mueven mendigos pidiendo limosna y vendedores de rapadura y frituras.

Gritos y aplausos reciben la aparición, en la escalinata del tren —las ventanillas están atestadas de soldados con fusiles— del Coronel Moreira César. Vestido con uniforme de paño azul, botones y espuelas doradas, galones y ribetes encarnados y espada al cinto, el Coronel salta al andén. Es pequeño, casi raquítico, muy ágil. El calor abochorna todas las caras pero él no está sudando. Su endeblez física contrasta con la fuerza que parece generar en torno, debido a la energía que bulle en sus ojos o a la seguridad de sus movimientos. Mira como alguien que es dueño de sí mismo, sabe lo que quiere y acostumbra mandar.

Los aplausos y vítores corren por el andén y la calle, donde la gente se protege del sol con pedazos de cartón. Los niños arrojan al aire puñados de papel picado y los que llevan banderas las agitan. Las autoridades se adelantan, pero el Coronel Moreira César no se detiene a darles la mano. Ha sido rodeado por un grupo de oficiales. Les hace una venia cortés y luego grita, en dirección a la multitud: "¡Viva la República! ¡Viva el Mariscal Floriano!" Ante la sorpresa de los Concejales, quienes, no hay duda, esperaban decir discursos, conversar con él, acompañarlo, el Coronel ingresa a la estación, escoltado por sus oficiales. Tratan de seguirlo, pero los detienen los centinelas en la puerta que acaba de cerrarse. Se oye un relincho. Del tren están bajando un hermoso caballo blanco, entre el regocijo de la chiquillería. El animal despercude el cuerpo, agita las crines, relincha, feliz de sentir la vecindad del campo. Ahora, por puertas y ventanas del tren descienden filas de soldados, descargan bultos, valijas, cajas de municiones, ametralladoras. Un rumor recibe la aparición de los cañones, que destellan. Los soldados están acercando yuntas de bueyes para arrastrar los pesados artefactos. Las autoridades, con un gesto resignado, van a sumarse a los curiosos que, agolpados ante puertas y ventanas, espían el interior de la estación, tratando de divisar a Moreira César entre el grupo movedizo de oficiales, adjuntos, ordenanzas.

La estación es un solo recinto, grande, dividido por un tabique tras el cual está el telegrafista, trabajando. Del lado opuesto al andén da a una construcción de dos pisos, con un rótulo: Hotel Continental. Hay soldados por todas partes, en la desarbolada avenida Itapicurú, que sube hacia la Plaza Matriz. Detrás de las decenas de caras que se aplastan contra los cristales, observando el interior de la estación, prosigue el desembarco de la tropa, de manera febril. Al aparecer la bandera del Regimiento, que un soldado hace flamear ante la multitud, se escucha una nueva salva de aplausos. En la explanada, entre el Hotel Continental y la estación, un soldado cepilla el caballo blanco de vistosa crin. En una esquina del recinto hay una larga mesa con jarras, botellas y fuentes de comida protegidas de las miríadas de moscas por retazos de tul, a la que nadie hace caso. Banderitas y guirnaldas cuelgan del techo, entre carteles del Partido Republicano Progresista y del Partido Autonomista Bahiano con Vivas al Coronel Moreira César, a la República y al Séptimo Regimiento de Infantería del Brasil.

En medio de una hormigueante animación, el Coronel Moreira César se cambia el uniforme de paño por el traje de campaña. Dos soldados han levantado una manta delante del tabique del telégrafo y, desde ese improvisado refugio, el Coronel lanza sus prendas que un ayudante recibe y guarda en un baúl. Mientras se viste, Moreira César habla con tres oficiales que se hallan ante él en posición de firmes.

—Parte de efectivos, Cunha Matos.

El Mayor choca ligeramente los talones al empezar a hablar:

—Ochenta y tres hombres atacados de viruela y de otras enfermedades —dice, consultando un papel—. Mil doscientos treinta y cinco combatientes. Los quince millones de cartuchos y los setenta tiros de artillería están intactos, Excelencia.

—Que la var guardia parta dentro de dos horas hacia Monte Santo, a más tardar —La voz del Coronel es rectilínea, sin matices, impersonal—. Usted, Olimpio, discúlpeme con el Concejo Municipal. Los recibiré más tarde, un momento. Explíqueles que no podemos perder tiempo en ceremonias ni agasajos.

—Sí, Excelencia.

Cuando el Capitán Olimpio de Castro se retira, se adelanta el tercer oficial. Tiene galones de coronel y es un hombre envejecido, algo rechoncho y de mirada apacible:

—Están aquí el Teniente Pires Ferreira y el Mayor Febronio de Brito. Tienen órdenes de incorporarse al Regimiento, como asesores.

Moreira César queda un instante meditabundo.

—Qué suerte para el Regimiento —murmura, de manera casi inaudible—. Tráigalos, Tamarindo.

Un ordenanza, arrodillado, lo ayuda a calzarse unas botas de montar, sin espuelas. Un momento después, precedidos por el Coronel Tamarindo, Febronio de Brito y Pires Ferreira vienen a cuadrarse ante la manta. Hacen sonar los tacos, dicen sus nombres, sus grados y "A sus órdenes". La manta cae al suelo. Moreira César lleva pistola y espada al cinto, las mangas de la camisa remangadas y sus brazos son cortos, flacos y lampiños. Observa de pies a cabeza a los recién venidos, sin decir palabra, con mirada glacial.

—Es un honor para nosotros poner nuestra experiencia de esta región al servicio del jefe más prestigioso del Brasil, Excelencia.

El Coronel Moreira César mira a los ojos a Febronio de Brito, fijamente, hasta verlo desconcertarse.

—Experiencia que no les sirvió ni para enfrentarse a un puñado de bandidos. —No ha subido la voz, pero, en el acto, el recinto parece electrizarse, paralizarse. Escudriñando al Mayor como a un insecto, Moreira César apunta a Pires Ferreira con un dedo: —Este oficial mandaba una Compañía. Pero usted tenía medio millar de hombres y se hizo derrotar como un novato. Han desprestigiado al Ejército y, por lo tanto, a la República. Su presencia es ingrata al Séptimo Regimiento. Quedan prohibidos de entrar en acción. Permanecerán en la retaguardia, encargados de los enfermos y del ganado. Pueden retirarse.

Los dos oficiales están lívidos. Febronio de Brito suda copiosamente. Entreabre la boca, como si fuera a decir algo, pero opta por saludar e irse, tambaleándose. El Teniente sigue petrificado en su sitio, con los ojos enrojecidos de golpe. Moreira César pasa junto a él, sin mirarlo, y el enjambre de oficiales y ordenanzas reanudan sus quehaceres. Sobre una mesa hay dispuestos unos planos y un alto de papeles.

—Que pasen los corresponsales, Cunha Matos —ordena el Coronel.

El Mayor los hace entrar. Han venido en el mismo tren que el Séptimo Regimiento y se los nota fatigados por el traqueteo. Son cinco hombres, de distintas edades, vestidos con polainas, gorras, pantalones de montar, armados de lápices, cuadernos y, uno de ellos, de un aparato fotográfico con fuelle y trípode. El más notorio es el periodista jovencito y miope del *Jornal de Notícias*. La rala perilla de chivo que le ha crecido congenia con su aspecto deshilachado, su extravagante tablero portátil, el tintero amarrado a la manga y la pluma de ganso que mordisquea mientras el fotógrafo monta su cámara. Al dispararla, brota una nubecilla que enardece la vocinglería de los chiquillos agazapados detrás de los cristales. El Coronel Moreira César responde con una venia a los saludos de los periodistas.

—A muchos sorprendió que en Salvador no recibiera a los notables —dice, sin solemnidad y sin afecto, a manera de saludo—. No hay ningún misterio, señores. Es una cuestión de tiempo. Cada minuto es precioso para la misión que nos ha traído a Bahía. La vamos a cumplir. El Séptimo Regimiento va a castigar a los facciosos de Canudos, como lo hizo con los sublevados de la Fortaleza de Santa Cruz y la de Lage, y como castigó a los federalistas de Santa Catalina. No va a haber más levantamientos contra la República.

Los racimos humanos de los cristales, enmudecidos, se esfuerzan por oír lo que dice, oficiales y ordenanzas están inmóviles, escuchando, y los cinco periodistas lo miran, con una mezcla de hechizo e incredulidad. Sí, es él, ahí está por fin, en carne y hueso, como lo pintan las caricaturas: menudo, endeble, vibrante, con unos ojitos que echan chispas o perforan al interlocutor y un movimiento de la mano, al hablar, que parece de esgrima. Lo esperaban dos días atrás, en Salvador, con la misma curiosidad que cientos de bahianos y dejó frustrado a todo el mundo, pues no aceptó los banquetes ni el baile que le habían preparado, ni las recepciones oficiales ni los homenajes, y, salvo una breve visita al Club Militar y al Gobernador Luis Viana, no habló con nadie, ya que dedicó todo su tiempo a vigilar personalmente el desembarco de sus soldados en el puerto y el acarreo del equipo y el parque a la Estación de la Calzada, para tomar al día siguiente este tren que los ha traído hasta el sertón. Había pasado por la ciudad de Salvador como escapando, como temiendo contaminarse, y sólo ahora daba una explicación a su conducta: el tiempo. Pero los cinco periodistas, que están pendientes de sus menores gestos, no piensan en lo que está diciendo en este instante, sino recordando lo que se ha dicho y escrito sobre él, confrontando a ese personaje de mito, odiado y endiosado, con la figura pequeñita, severa, que les habla como si no estuvieran allí. Tratan de imaginárselo, enrolándose de voluntario, cuando era niño, en la guerra contra el Paraguay, donde recibió tantas heridas como medallas, y en sus primeros años de oficial, en Río de Janeiro, cuando su republicanismo militante estuvo a punto de hacerlo expulsar del Ejército y de mandarlo a la cárcel, o en las conspiraciones contra la monarquía que acaudilló. Pese a la energía que transmiten sus ojos, sus ademanes, su voz, les cuesta imaginárselo matando de cinco tiros de revólver, en la rua do Ouvidor de la capital, a aquel oscuro periodista, pero no es difícil, en cambio, oírlo declarar en el juicio que estaba orgulloso de haberlo hecho y que lo haría de nuevo si alguien volvía a insultar al Ejército. Pero, sobre todo, rememoran su carrera pública, al volver del Mato Grosso, donde estuvo exiliado hasta la caída del Imperio. Lo recuerdan convertido en el brazo derecho del Presidente Floriano Peixoto, aplastando con mano de hierro todas las sublevaciones que hubo en los primeros años de la República y defendiendo, en ese periódico incendiario, *O Jacobino*, sus tesis a favor de la República Dictatorial, sin parlamento, sin partidos políticos y en la que el Ejército sería, como la

Iglesia en el pasado, el centro nervioso de una sociedad laica volcada furiosamente hacia el progreso científico. Se preguntan si será cierto que a la muerte del Mariscal Floriano Peixoto, en el cementerio, sufrió un desvanecimiento nervioso mientras leía el elogio fúnebre del desaparecido. Se ha dicho que con la subida al poder de un Presidente civil, Prudente de Morais, el destino político del Coronel Moreira César y de los llamados "jacobinos" está condenado. Pero, se dicen, no debe ser cierto, pues si así fuera, no estaría aquí en Queimadas, al frente del cuerpo más célebre del Ejército del Brasil, mandado por el propio gobierno a desempeñar una misión de la que, quién puede dudarlo, regresará a Río con su prestigio acrecentado.

—No he venido a Bahía a intervenir en las luchas políticas locales —está diciendo, a la vez que señala, sin mirarlos, los carteles del Partido Republicano y del Partido Autonomista que cuelgan del techo—. El Ejército está por encima de las querellas de las facciones, al margen de la politiquería. El Séptimo Regimiento está aquí para debelar una conspiración monárquica. Porque detrás de los ladrones y locos fanáticos de Canudos hay una conjura contra la República. Esos pobres diablos son un instrumento de los aristócratas que no se resignan a la pérdida de sus privilegios, que no quieren que el Brasil sea un país moderno. De ciertos curas fanáticos que no se resignan a la separación de la Iglesia del Estado porque no quieren dar al César lo que corresponde al César. Y hasta de la propia Inglaterra, por lo visto, que quiere restaurar ese Imperio corrompido que le permitía apropiarse de todo el azúcar brasileño a precios irrisorios. Pero están engañados. Ni los aristócratas, ni los curas, ni Inglaterra, volverán a dictar la ley en el Brasil. El Ejército no lo permitirá.

Ha ido subiendo la voz y dicho las últimas frases en un tono encendido, con la mano derecha apoyada en la pistola de su cartuchera. Al callar hay una expectación reverente en el recinto y se escucha el zumbido de los insectos, que revolotean enloquecidos sobre las fuentes de comida. El más canoso de los periodistas, un hombre que, pese a la atmósfera ardiente, va abrigado con una chaqueta a cuadros, levanta tímidamente una mano, con la intención de comentar o preguntar algo. Pero el Coronel no le concede la palabra; ha hecho una seña y dos ordenanzas, aleccionados, levantan una caja del suelo, la colocan sobre la mesa, y la abren: son fusiles.

Moreira César comienza a pasear, despacio, con las manos cogidas a la espalda, delante de los cinco periodistas.

—Capturados en el sertón bahiano, señores —va diciendo, con ironía, como si se burlara de alguien—. Éstos, al menos, no llegaron a Canudos. ¿De dónde vienen? Ni se tomaron el trabajo de quitarles la marca de fábrica. ¡Liverpool, nada menos! Nunca se han visto fusiles así en el Brasil. Con un dispositivo especial para disparar balas explosivas, además. Así se explican esos orificios que sorprendieron a los cirujanos; orificios de diez, de doce centímetros de diámetro. No parecían de bala sino de granada. ¿Es posible que simples yagunzos, simples ladrones de ganado, conozcan esos refinamientos europeos, las balas explosivas? Y, de otra parte, qué significan esos personajes de procedencia misteriosa. El cadáver encontrado en Ipupiará. El sujeto que aparece en Capim Grosso con una bolsa repleta de libras esterlinas que confiesa haber guiado a una partida de jinetes que hablaban en inglés. Hasta en Belo Horizonte se descubren extranjeros que quieren llevar cargamentos de víveres y de pólvora a Canudos. Demasiadas coincidencias para no advertir, detrás, una conjura antirrepublicana. No se rinden. Pero es en vano. Fracasaron en Río, fracasaron en Río Grande do Sul y fracasarán también en Bahía, señores.

Ha dado dos, tres vueltas, a tranco corto y rápido, nervioso, delante de los cinco periodistas. Ahora está en el mismo sitio del principio, junto a la mesa de los mapas. Su tono, al dirigirse otra vez a ellos, se vuelve autoritario, amenazador:

—He consentido en que acompañen al Séptimo Regimiento, pero tendrán que someterse a ciertas disposiciones. Los despachos telegráficos que envíen desde aquí, serán previamente aprobados por el Mayor Cunha Matos o por el Coronel Tamarindo. Lo mismo, las crónicas que envíen mediante mensajeros durante la campaña. Debo advertirles que si alguno intentara enviar un artículo sin el visto bueno de mis adjuntos, cometería una grave infracción. Espero que lo comprendan: cualquier desliz, error, imprudencia, puede servir al enemigo. Estamos en guerra, no lo olviden. Hago votos porque su estada con el Regimiento sea grata. Eso es todo, señores.

Se vuelve hacia los oficiales de su Estado Mayor, que inmediatamente lo rodean, y al instante, como si se hubiese roto un encantamiento, se reanudan la actividad, el ruido, el movimiento, en la estación de Queimadas. Pero los cinco periodistas siguen allí, en el mismo sitio, mirándose, desconcertados, alelados, decepcionados, sin entender por qué el Coronel Moreira César los trata como si fueran sus enemigos potenciales, por qué no les ha permitido formularle pregunta alguna, por qué no les ha hecho la menor demostración de simpatía o al menos de urbanidad. El círculo que rodea al Coronel se desgrana a medida que, obedeciendo sus instrucciones, cada uno de los oficiales, luego de chocar los tacones, se aleja en direcciones distintas. Cuando se queda solo, el Coronel echa una mirada circular y, un segundo, los cinco periodistas creen que va a acercarse a ellos, pero se equivocan. Está mirando, como si acabara de descubrirlas, las caras famélicas, requemadas, miserables, que se aplastan contra las puertas y ventanas. Las observa con una expresión indefinible, la frente fruncida, el labio inferior adelantado. De pronto, resueltamente, se dirige a la puerta más cercana. La abre de par en par y hace un gesto de bienvenida al enjambre de hombres, mujeres, niños, viejos casi en harapos, muchos descalzos, que lo miran con respeto, miedo o admiración. Con ademanes imperiosos, los obliga a entrar, los jala, los arrastra, los anima, señalándoles la larga mesa donde, bajo aureolas de insectos codiciosos, languidecen las bebidas y las viandas que el Concejo Municipal de Queimadas ha preparado para homenajearlo.

—Entren, entren —les dice, guiándolos, empujándolos, apartando él mismo los retazos de tules—. El Séptimo Regimiento los invita. Adelante, sin miedo. Es para ustedes. Les hace más falta que a nosotros. Beban, coman, que les aproveche.

Ahora, ya no necesita azuzarlos, ya han caído, alborozados, ávidos, incrédulos, sobre los platos, vasos, fuentes, jarras, y se dan de codazos, se atropellan, se empujan, disputan la comida y las bebidas, ante la mirada entristecida del Coronel. Los periodistas siguen en el mismo sitio, boquiabiertos. Una viejecilla, con una presa mordisqueada en la mano, que ya se retira, se detiene junto a Moreira César, la cara llena de agradecimiento.

—Que la Santa Señora lo proteja, Coronel —murmura, haciendo la señal de la cruz en el aire.

—Ésta es la señora que me protege —oyen los periodistas que le responde Moreira César, tocándose la espada.

EN SU MEJOR ÉPOCA, el Circo del Gitano había tenido veinte personas, si podía llamarse personas a seres como la Mujer Barbuda, el Enano, el Hombre-araña, el Gigante Pedrín y Julião, tragador de sapos vivos. El Circo rodaba entonces en un carromato pintado de rojo, con figuras de trapecistas, tirado por los cuatro caballos en que Los Hermanos Franceses hacían acrobacias. Tenía también un pequeño zoológico, gemelo de la colección de curiosidades humanas que el Gitano había ido recolectando en sus correrías: un carnero de cinco patas, un monito de dos cabezas, una cobra (ésta normal) a la que había que alimentar con pajaritos y un chivo con tres hileras de dientes, que Pedrín mostraba al público abriéndole la jeta con sus manazas. Nunca tuvieron una carpa. Las funciones se daban en las plazas, los días de feria o en la fiesta del santo.

Había números de fuerza y de equilibrismo, de magia y adivinanza, el Negro Solimão tragaba sables, el Hombre-araña subía sedosamente por el palo encebado y ofrecía un fabuloso conto-de-reis a quien pudiera imitarlo, el Gigante Pedrín rompía las cadenas, la Barbuda hacía bailar a la cobra y la besaba en la boca y todos, pintarrajeados de payasos con corcho quemado y polvos de arroz, doblaban en dos, en cuatro, en seis al Idiota, que no parecía tener huesos. Pero la estrella era el Enano, que contaba romances con delicadeza, vehemencia, romanticismo e imaginación: el de la Princesa Magalona, hija del Rey de Nápoles, raptada por el Caballero Pierre y cuyas joyas encuentra un marinero en el vientre de un pez; el de la Bella Silvaninha, con la que quiso casarse nadie menos que su propio padre; el de Carlomagno y los Doce Pares de Francia; el de la Duquesa estéril fornicada por el Can y que parió a Roberto el Diablo; el de Oliveros y Fierabrás. Su número era el último porque estimulaba la largueza del público.

El Gitano debía tener cuentas pendientes con la policía en el litoral, pues ni siquiera en épocas de sequía bajaba a la costa. Era hombre violento, al que, por cualquier pretexto, se le iban las manos y golpeaba sin misericordia a quien lo irritaba, hombre, mujer o animal. Pero, a pesar de sus maltratos, ninguno de los cirqueros hubiera soñado con abandonarlo. Era el alma del Circo, él lo había creado, recolectando por la tierra a esos seres que, en sus pueblos y familias, eran objetos de irrisión, anomalías a las que los otros miraban como castigos de Dios y equivocaciones de la especie. Todos ellos, el Enano, la Barbuda, el Gigante, el Hombre-araña, hasta el Idiota (que podía sentir estas cosas aunque no las entendiera) habían encontrado en el Circo trashumante un hogar más hospitalario que aquel del que venían. En la caravana que subía, bajaba y revoloteaba por los sertones candentes, dejaron de vivir avergonzados y asustados y compartían una anormalidad que los hacía sentirse normales.

Por eso ninguno de ellos pudo entender al muchacho de largas crenchas enredadas, vivísimos ojos oscuros, casi sin piernas, que caminaba a cuatro patas, del pueblo de Natuba. Habían advertido, durante la función, que el Gitano lo observaba, interesado. Porque no había duda que al Gitano los monstruos —hombres o animales— lo atraían por alguna razón más profunda que el provecho que podía sacarles. Tal vez se sentía más sano, más completo, más perfecto, en esa sociedad de residuos y rarezas. El hecho es que al terminar el espectáculo preguntó por su casa, la encontró, se presentó a los padres y los convenció que se lo dieran, para volverlo artista. Lo incomprensible es que, una semana más tarde, el muchacho que trotaba se escapó, cuando el Gitano había empezado a enseñarle un número de domador.

La mala estrella comenzó con la gran sequía, por el empecinamiento del Gitano en no bajar hacia la costa, como le suplicaron los cirqueros. Encontraban pueblos desiertos y haciendas convertidas en osarios; comprendieron que podían morir de sed. Pero el Gitano no dio su brazo a torcer y una noche les dijo: "Les regalo la libertad. Váyanse. Pero si no se van, nunca más me diga nadie la ruta que ha de tomar el Circo". Ninguno se fue, sin duda porque temían más a los otros hombres que a la catástrofe. En Caatinga do Moura cayó enferma Dádiva, la mujer del Gitano, con fiebres delirantes, y hubo que enterrarla en Taquarandi. Tuvieron que empezar a comerse los animales. Al volver las lluvias, año y medio después, del zoológico sobrevivía la cobra, y, de los cirqueros, habían muerto Julião y su mujer Sabina, el Negro Solimão, el Gigante Pedrín, el Hombre-araña y la Estrellita. Habían perdido el carruaje con figuras estampadas y ahora cargaban sus pertenencias en dos carretas que fueron tirando ellos mismos hasta que, con el retorno de la gente, del agua, de la vida, el Gitano pudo comprar dos acémilas.

Volvieron a dar funciones y a ganar nuevamente lo suficiente para comer. Pero ya no fue como antes. El Gitano, enloquecido con la pérdida de sus hijos, se desinteresó del espectáculo. Había dejado a los tres hijos con una familia de Caldeirão Grande, para que los cuidara, y cuando volvió a buscarlos, después de la sequía, nadie en el poblado pudo darle razón de la familia Campinas ni de los niños. No se resignaba y años después seguía interrogando a los vecinos de las aldeas si los habían visto o tenido noticias. La desaparición de sus hijos —a quienes todos daban por muertos— hizo de él, que era la energía personificada, un ser apático y rencoroso, que se emborrachaba a menudo y se enfurecía de todo. Una tarde estaban actuando en el caserío de Santa Rosa y el Gitano hacía el número que había hecho antes el Gigante Pedrín: desafiar a cualquier espectador a que lo hiciera tocar el suelo con la espalda. Un hombre fuerte se presentó y lo tumbó al primer empujón. El Gitano se levantó, diciendo que se había resbalado y que el hombre debía probar otra vez. El forzudo volvió a enviarlo al suelo. Poniéndose de pie, el Gitano, con los ojos relampagueantes, le preguntó si repetiría la proeza con una faca en la mano. El otro se resistía a pelear, pero el Gitano, perdida la razón, lo provocó de tal modo que el forzudo no tuvo más remedio que aceptar el desafío. Con la misma facilidad con que lo había tumbado, dejó al Gitano en el suelo, con el pescuezo abierto y los ojos vidriosos. Después supieron que el jefe del Circo había tenido la temeridad de desafiar al bandido Pedrão.

Pese a todo, sobreviviéndose a sí mismo por simple inercia, como demostración de que no muere nada que no deba morir (la frase era de la Barbuda) el Circo no llegó a desaparecer. Era ahora, eso sí, como un detritus espectral del viejo Circo, aglutinado en torno a un carromato con un toldo parchado, que jalaba un burro y en el que había una carpa plegada, con remiendos, bajo la cual dormían los últimos artistas: la Barbuda, el Enano, el Idiota y la cobra. Aún daba funciones y los romances de amor y de aventuras del Enano tenían el éxito de antaño. Para no cansar al burro, hacían sus andanzas a pie y la única que disfrutaba del carromato era la cobra, que vivía en una cesta de mimbre. En su deambular por el mundo, los últimos cirqueros habían encontrado santos, bandidos, peregrinos, retirantes, las caras y atuendos más imprevisibles. Pero nunca, hasta esa mañana, se habían topado con una cabellera masculina de color rojo, como la del hombre tirado en la tierra, que vieron al doblar un recodo de la trocha que va rumbo a Riacho da Onça. Estaba inmóvil, vestido con una ropa negra que el polvo blanqueaba a manchones. Unos metros más allá, había el cadáver descompuesto de una mula que se comían los urubús y una fogata apagada. Y, junto a las cenizas, una mujer joven los miraba venir con una expresión que no parecía triste. El burro, como si hubiera recibido una orden, se detuvo. La Barbuda, el Enano, el Idiota examinaron al hombre y pudieron ver, entre los pelos flamígeros, la herida cárdena del hombro y la sangre reseca en la barba, la oreja y la pechera.

—¿Está muerto? —preguntó la Barbuda.

—Todavía —respondió Jurema.

"EL FUEGO va a quemar este lugar", dijo el Consejero, al tiempo que se incorporaba en el camastro. Sólo habían descansado cuatro horas, pues la procesión de la víspera terminó pasada la medianoche, pero el León de Natuba, que tenía un oído finísimo, sintió en el sueño la voz inconfundible y saltó del suelo a coger la pluma y el papel y a anotar la frase que no debía perderse. El Consejero, con los ojos cerrados, sumido en la visión, añadió: "Habrá cuatro incendios. Los tres primeros los apagaré yo y el cuarto lo pondré en manos del Buen Jesús". Esta vez, sus palabras despertaron también a las beatas del cuarto contiguo, pues, mientras escribía, el León de Natuba sintió abrirse la puerta y vio entrar, arrebujada en su túnica azul, a María Quadrado, la única persona, con el Beatito y él, que ingresaba al Santuario de día o de noche sin pedir permiso. "Alabado sea Nuestro Señor Jesucristo", dijo la Superiora del Coro Sagrado, persignándose. "Alabado sea", repuso el Consejero, abriendo los ojos. Y, con una leve inflexión de tristeza, todavía soñó: "Van a matarme, pero no traicionaré al Señor".

Mientras escribía, sin distraerse, consciente hasta la raíz de los cabellos de la trascendencia de la misión que el Beatito le había confiado y que le permitía compartir con el Consejero todos los instantes, el León de Natuba sentía, en el otro cuarto, a las beatas del Coro Sagrado, ansiosas, esperando el permiso de María Quadrado para entrar. Eran ocho y vestían, como ésta, túnicas azules con mangas y sin escote, sujetas con un cordón blanco. Iban descalzas y con la cabeza cubierta por un trapo también azul. Habían sido elegidas por la Madre de los Hombres por su espíritu de sacrificio y su devoción para que se dedicaran exclusivamente al Consejero y las ocho habían hecho promesa de vivir castas y de no retornar nunca a sus familias. Dormían en el suelo, al otro lado de la puerta, y acompañaban al Consejero, como una aureola, mientras vigilaba los trabajos del Templo del Buen Jesús, oraba en la Iglesia de San Antonio, presidía las procesiones, los rosarios, los entierros, o cuando visitaba las Casas de Salud. Debido a las costumbres frugales del santo, sus obligaciones eran pocas: lavar y zurcir la túnica morada, cuidar el carnerito blanco, limpiar el suelo y las paredes del Santuario y sacudir el camastro de varas. Estaban entrando; María Quadrado cerró tras ellas la puerta que les acababa de abrir. Alejandrinha Correa traía el carnerito. Las ocho hicieron la señal de la cruz a la vez que salmodiaban: "Alabado sea Nuestro Señor Jesucristo". "Alabado sea", contestó el Consejero, acariciando ligeramente al animal. El León de Natuba permanecía acuclillado, con la pluma en la mano y el papel en el banquito que le servía de escritorio, con los inteligentes ojos —brillantes entre la mugrienta melena que le circundaba la cara— fijos en la boca del Consejero. Éste se disponía a rezar. Se tumbó de bruces, en tanto que María Quadrado y las beatas se arrodillaban a su alrededor, para rezar con él. Pero el León de Natuba no se tumbó ni se arrodilló: su misión lo eximía incluso de los rezos. El Beatito le había indicado que permaneciera alerta, por si alguna de las oraciones que decía el santo fuese "revelación". Pero esa mañana el Consejero oró en silencio, en el amanecer que por segundos crecía y filtraba en el Santuario, por los intersticios del techo, los tabiques y la puerta, unas hebras de oro acribilladas por partículas de polvo. Belo Monte iba despertando: se oía a los gallos, a los perros y voces humanas. Afuera, sin duda, ya habrían comenzado a formarse los racimos de romeros y de vecinos que querían ver al Consejero o pedirle una merced.

Cuando el Consejero se incorporó, las beatas le ofrecieron una escudilla con leche de cabra, un atado de pan, un plato de harina de maíz cocida en agua y una canasta con mangabas. Pero él se contentó con unos sorbos de leche. Entonces, las beatas trajeron un cubo de agua para asearlo. Mientras ellas, silenciosas, diligentes, sin estorbarse unas a otras, como si hubieran ensayado sus movimientos, circulaban en torno al camastro y mojaban sus manos, le humedecían la cara y le restregaban los pies, el Consejero permaneció inmóvil, concentrado en sus pensamientos o rezos. Cuando le estaban poniendo las sandalias de pastor que se quitaba para dormir, entraron al Santuario el Beatito y João Abade.

Eran tan distintos que aquél parecía más frágil y absorbido y éste más corpulento cuando estaban juntos. "Alabado sea el Buen Jesús", dijo uno de ellos y el otro "Alabado sea Nuestro Señor Jesucristo". "Alabado sea." El Consejero estiró la mano y, mientras se la besaban, les preguntó con ansiedad:

—¿Hay noticias del Padre Joaquim?

El Beatito dijo que no. Aunque menudo, enclenque y envejecido, en su cara se notaba esa indomable energía con que organizaba todas las actividades del culto, el recibimiento de los peregrinos, el recorrido de las procesiones, el cuidado de los altares y se daba tiempo para inventar himnos y letanías. Su túnica marrón estaba llena de escapularios y también de agujeros por los que se divisaba el cilicio, que, se decía, no se había quitado desde que de niño se lo ciñó el Consejero. Él se adelantó a hablar mientras João Abade, a quien la gente había comenzado a llamar Jefe del Pueblo y Comandante de la Calle, retrocedía.

—João tiene una idea que es inspiración, padre —dijo el Beatito, con la voz tímida y reverente con que se dirigía siempre al Consejero—. Ha habido una guerra, aquí mismo, en Belo Monte. Y mientras todos peleaban tú estabas solo en la torre. Nadie te protegía.

—Me protege el Padre, Beatito —murmuró el Consejero—. Como a ti y a todos los que creen.

—Aunque nosotros muramos, tú debes vivir —insistió el Beatito—. Por caridad hacia los hombres, Consejero.

—Queremos organizar una guardia que te cuide, padre —susurró João Abade. Hablaba con los ojos bajos, buscando las palabras—. Vigilará para que nadie te haga daño. Los escogeremos como la Madre María Quadrado escogió al Coro Sagrado. Entrarán los más buenos y los más valientes, los de toda confianza. Se consagrarán a tu servicio.

—Como los arcángeles del cielo al Buen Jesús —dijo el Beatito. Señaló la puerta, el creciente bullicio—. Cada día, cada hora, hay más gente. Ya están cientos ahí, esperando. No podemos conocer a todo el mundo. ¿Y si se meten los canes para hacerte daño? Ellos serán tu escudo. Y si hay guerra, no quedarás nunca solo.

Las beatas permanecían acuclilladas, quietas y mudas. Sólo María Quadrado estaba de pie, junto a los recién llegados. El León de Natuba, mientras hablaban, se había ido arrastrando hasta el Consejero y, como lo habría hecho un perro preferido por su amo, apoyó la cara en la rodilla del santo.

—No pienses en ti sino en los demás —dijo María Quadrado—. Es una idea inspirada, padre. Acéptala.

—Será la Guardia Católica, la Compañía del Buen Jesús —dijo el Beatito—. Serán los cruzados, los soldados creyentes de la verdad.

El Consejero hizo un movimiento casi imperceptible pero todos entendieron que había dado su asentimiento.

—¿Quién la va a mandar? —preguntó.

—João Grande, si te parece a ti —repuso el ex-cangaceiro—. El Beatito también cree que podría ser él.

—Es un buen creyente. —El Consejero hizo una brevísima pausa y, cuando volvió a hablar, su voz se había despersonalizado y ya no parecía dirigirse a ninguno de ellos sino a un auditorio más vasto e imperecedero. —Ha sufrido del alma y del cuerpo. Y es el sufrimiento del alma, sobre todo, el que hace buenos a los buenos.

Antes de que el Beatito lo mirara, el León de Natuba había apartado su cabeza de la rodilla donde reposaba y, con rapidez felina, había cogido la pluma y el papel y escrito lo que habían oído. Cuando terminó y, siempre gateando, volvió a acercarse al Consejero y a colocar su enmarañada cabeza en sus rodillas, João Abade había comenzado a referir lo ocurrido en las últimas horas. Unos yagunzos habían partido a hacer averiguaciones, otros vuelto con víveres y noticias y, otros, incendiado haciendas de gente que no quería ayudar al Buen Jesús. ¿Lo escuchaba el Consejero? Tenía los ojos cerrados y permanecía inmóvil y mudo, igual que las beatas, como si su alma hubiera partido a celebrar uno de esos coloquios celestiales —así los llamaba el Beatito— de los que traería revelaciones y verdades a los vecinos de Belo Monte. A pesar de que no había indicios de la venida de nuevos soldados, João Abade había apostado gente en los caminos que salían de Canudos a Geremoabo, a Uauá, al Cambaio, a Rosario, a Chorrochó y a Curral dos Bois y estaba abriendo trincheras y levantando parapetos a orillas del Vassa Barris. El Consejero no le hizo preguntas. Tampoco las hizo cuando el Beatito dio cuenta de los combates que él libraba. Con la entonación de las letanías, explicó cuántos romeros habían llegado la víspera y este amanecer; procedían de Cabobó, de Jacobina, de Bom Conselho, de Pombal y estaban ahora en la Iglesia de San Antonio, esperando al Consejero. ¿Los vería en la mañana, antes de ir a visitar los trabajos del Templo del Buen Jesús, o en la tarde, durante los consejos? El Beatito continuó dándole cuenta de los trabajos. Se había acabado la madera para los arcos y no se podía empezar el techo. Dos carpinteros habían partido a Joazeiro a contratarla. Como, felizmente, no faltaban piedras, los albañiles seguían apuntalando los muros.

—El Templo del Buen Jesús tiene que acabarse pronto —murmuró el Consejero, abriendo los ojos—. Eso es lo más importante.

—Lo es, padre —dijo el Beatito—. Todos ayudan. No son brazos los que faltan, sino materiales. Todo se acaba. Pero conseguiremos la madera y, si hay que pagarla, la pagaremos. Todos están dispuestos a dar lo que tienen.

—Hace muchos días que no viene el Padre Joaquim —dijo el Consejero, con cierta zozobra—. Hace muchos días que no hay misa en Belo Monte.

—Debe ser por las mechas, padre —dijo João Abade—. Ya casi no nos quedan y él ofreció comprarlas en las minas de Caçabu. Las habrá encargado y estará esperando que se las traigan. ¿Quieres que mande a buscarlo?

—Vendrá, el Padre Joaquim no nos traicionará —repuso el Consejero. Y buscó con los ojos a Alejandrinha Correa, quien, desde que habían mencionado al párroco de Cumbe, estaba con la cabeza sumida entre los hombros, visiblemente confusa: —Ven aquí. No debes tener vergüenza, hija.

Alejandrinha Correa —los años la habían adelgazado y arrugado, pero conservaba siempre la nariz respingada y un aire díscolo que contrastaba con sus maneras humildes— se arrastró hasta el Consejero sin atreverse a mirarlo. Éste le puso una mano sobre la cabeza mientras le hablaba:

—De ese mal salió un bien, Alejandrinha. Era un mal pastor y, por haber pecado, sufrió, se arrepintió, arregló sus cuentas con el cielo y es ahora buen hijo del Padre. Le hiciste un bien, al final. Y a tus hermanos de Belo Monte, porque gracias a Don Joaquim todavía podemos oír misa de vez en cuando.

Dijo esto último con tristeza y tal vez ni se dio cuenta que la exrabdomante se inclinó a besarle la túnica antes de regresar a su rincón. En los primeros tiempos de Canudos varios párrocos venían a decir misa, a bautizar a los niños y a casar a las parejas. Pero desde aquella Santa Misión, con misioneros capuchinos de Salvador, que terminó tan mal, el Arzobispo de Bahía había prohibido a los párrocos prestar servicios espirituales a Canudos. Sólo el Padre Joaquim seguía viniendo. No sólo traía confort religioso; también, papel y tinta para el León de Natuba, cirios e incienso para el Beatito y encargos diversos a João Abade y los hermanos Vilanova. ¿Qué lo impulsaba a desafiar a la Iglesia y, ahora, a la autoridad civil? Tal vez Alejandrinha Correa, la madre de sus hijos, con la que, en cada visita, mantenía una austera conversación en el Santuario o en la capilla de San Antonio. O, tal vez, el Consejero, ante quien se lo notaba siempre turbado y como removido interiormente. O, tal vez, la sospecha de que, viniendo, pagaba una vieja deuda contraída con el cielo y con los sertaneros.

El Beatito se había puesto a hablar de nuevo, sobre el triduo de la Preciosa Sangre que se iba a iniciar esa tarde, cuando unos nudillos tocaron la puerta, entre una agitación del exterior. María Quadrado fue a abrir. Con el sol brillando a su espalda y una muchedumbre de cabezas que trataban de espiar, apareció en el umbral el párroco de Cumbe.

—Alabado sea Nuestro Señor Jesucristo —dijo el Consejero, poniéndose de pie tan de prisa que el León de Natuba tuvo que apartarse de un salto—. Nosotros pensando en usted y usted se aparece.

Fue al encuentro del Padre Joaquim, cuyo hábito venía enterrado, así como su cara. Se inclinó ante él, le cogió la mano y se la besó. La humildad y el respeto con que lo recibía el Consejero incomodaban siempre al párroco, pero hoy estaba tan inquieto que no pareció notarlo.

—Llegó un telegrama —dijo, mientras le besaban la mano el Beatito, João Abade, la Madre de los Hombres y las beatas—. Viene un Regimiento del Ejército Federal, desde Río. Su jefe es un famoso militar, un héroe que ha ganado todas las guerras.

—Todavía nadie le ha ganado una guerra al Padre —dijo el Consejero, con voz gozosa.

El León de Natuba, agazapado, escribía rápidamente.

AL TERMINAR su contrato con la gente del Ferrocarril de Jacobina, en Itiuba, Rufino guía a unos vaqueros por los vericuetos de la Sierra de Bendengó, aquella donde una vez cayó una piedra del cielo. Persiguen a unos ladrones de ganado que se han robado medio centenar de reses de la hacienda Pedra Vermelha, del coronel José Bernardo Murau, pero antes de encontrar a los animales se enteran de la derrota de la Expedición del Mayor Febronio de Brito, en el Cambaio, y deciden cesar la búsqueda para no toparse con los yagunzos o los soldados en retirada. Cuando acaba de separarse de los vaqueros, Rufino, en las estribaciones de la Sierra Grande, cae en manos de una patrulla de desertores, mandada por un sargento pernambucano. Le quitan su escopeta, su machete, sus provisiones y la talega con los reis que se ha ganado como pistero. Pero no le hacen daño e, incluso, le advierten que no pase por Monte Santo pues allí se están concentrando los soldados derrotados del Mayor Brito, que podrían enrolarlo.

La región está removida con la guerra. La noche siguiente, cerca del río Cariacá, el rastreador escucha un tiroteo y al amanecer descubre que gente venida de Canudos ha quemado y saqueado la hacienda Santa Rosa, que él conoce muy bien. La casa, que era amplia y fresca, con balaustrada de madera y una ronda de palmeras, está chamuscada y en pedazos. Ve los establos vacíos, la senzala y los ranchos de los peones también quemados y un viejo del contorno le dice que todos se han marchado a Belo Monte, llevándose los animales y lo que se libró del fuego.

Rufino da un rodeo, para evitar Monte Santo, y al día siguiente una familia de peregrinos que va rumbo a Canudos le avisa que tenga cuidado, pues hay grupos de la Guardia Rural recorriendo la tierra en busca de hombres jóvenes para el Ejército. Al mediodía llega a una capilla medio perdida entre las lomas amarillentas de la Sierra de Engorda, donde, tradicionalmente, hombres que tienen sangre en las manos vienen a arrepentirse de sus crímenes, y, otros, a hacer ofrendas. Es una construcción pequeña, solitaria, sin puertas, de muros blancos por los que corren lagartijas. Las paredes rebosan de exvotos: escudillas con comida petrificada, figurillas de madera, brazos, piernas, cabezas de cera, armas, ropas, toda clase de minúsculos objetos. Rufino examina cuchillos, machetes, escopetas y elige una faca filuda, dejada allí hace poco. Luego va a arrodillarse ante el altar, en el que sólo hay una cruz, y explica al Buen Jesús que se lleva esa faca prestada. Le cuenta que le han robado lo que tenía y que la necesita para poder llegar a su casa. Le asegura que no quiere quitarle lo que es suyo y le promete devolvérsela, junto con otra nueva, que será su obsequio. Le recuerda que él no es ladrón y que siempre ha cumplido sus promesas. Se persigna y dice: "Gracias, Buen Jesús".

Continúa su camino, a un ritmo parejo, sin fatigarse, suba pendientes o baje barrancas, cruce caatingas o pedregales. Esa tarde caza un armadillo, que cocina en una fogata. La carne le alcanza para dos días. Al tercero, está por las vecindades de Nordestina. Se dirige al rancho de un morador, donde acostumbra pernoctar. La familia lo recibe con más cordialidad que otras veces y la mujer le prepara de comer. Él les cuenta cómo los desertores le robaron y conversan sobre lo que irá a ocurrir después de esa batalla en el Cambaio, en la que, al parecer, ha habido tantos muertos. Mientras hablan, Rufino nota que la pareja cambia miradas, como si tuvieran algo que decirle y no se atrevieran. Se calla y espera. El morador entonces, tosiendo, le pregunta cuánto tiempo está sin noticias de su familia. Cerca de un mes. ¿Ha muerto su madre? No ¿Jurema, entonces? La pareja se queda mirándolo. Por fin, el hombre habla: se anda diciendo que ha habido un tiroteo y muertos en su casa y que su mujer se ha fugado con un forastero de pelos rojos. Rufino les agradece la hospitalidad y se despide de ellos inmediatamente.

A la madrugada siguiente la silueta del rastreador se dibuja en una loma desde la cual se avista su cabaña. Atraviesa el bosquecillo de rocas y arbustos donde tuvo la primera entrevista con Galileo Gall y se acerca al promontorio donde está su vivienda a la velocidad con la que siempre viaja, un trotecillo entre la caminata y la carrera. En su cara hay huellas del largo viaje, de las contrariedades y de la mala noticia de la víspera: sus facciones se han aguzado, hundido, crispado. Su único equipaje es la faca que le ha prestado el Buen Jesús. A pocos metros de su cabaña, su mirada se vuelve recelosa. El corral tiene la tranquera abierta y está vacío. Pero no es el corral lo que Rufino mira con ojos graves, inquisitivos, extrañados, sino la explanada donde antes no había esas dos cruces que hay ahora, sujetas con piedrecillas. Al entrar descubre el mechero, las vasijas, el camastro, la hamaca, el baúl, la imagen de la Virgen de Lapa, las ollas y las escudillas y el alto de leña. Todo parece estar allí e, incluso, haber sido ordenado. Rufino mira de nuevo, despacio, como tratando de arrancar a esos objetos lo ocurrido en su ausencia. Siente el silencio: la falta de ladridos, del cacareo de las gallinas, del tintineo de los carneros, de la voz de su mujer. Finalmente, da unos pasos por la habitación y empieza a revisarlo todo, con cuidado. Cuando termina, tiene los ojos sanguinolentos. Sale, cerrando la puerta sin brusquedad.

Se encamina hacia Queimadas, que destella a lo lejos bajo un sol ahora vertical. La silueta de Rufino se pierde en un recodo del promontorio; reaparece, trotando, entre piedras plomizas, cactos, matorrales amarillentos, la valla filuda de un corral. Media hora después entra al pueblo por la avenida Itapicurú y sube por ella hacia la Plaza Matriz. El sol azoga las casitas encaladas, de puertas azules o verdes. Los soldados en retirada, después de la derrota del Cambaio, han comenzado a llegar pues se los ve, rotosos, forasteros, formando grupos en las esquinas, durmiendo bajo los árboles o bañándose en el río. El rastreador pasa ante ellos sin mirarlos, acaso sin verlos, pensando sólo en los vecinos: vaqueros de pieles curtidas, mujeres que dan de mamar a sus hijos, jinetes que parten, viejos que se asolean, niños que corren. Le dan los buenos días o lo llaman por su nombre y él sabe que, cuando ha pasado, se vuelven a mirarlo, lo señalan y comienzan a cuchichear. Contesta sus saludos con una inclinación de cabeza, mirando al frente, sin sonreír, para desanimar a cualquiera que intentase dirigirle la palabra. Cruza la Plaza Matriz, densa de sol, de perros, de trajín, haciendo venias, consciente de las murmuraciones, de las miradas, de los gestos, de los pensamientos que suscita. No se detiene hasta llegar, frente a la capillita de Nuestra Señora del Rosario, a una pequeña tienda de velas e imágenes religiosas, que cuelgan en la fachada. Se quita el sombrero, respira como quien va a zambullirse, y entra. Al verlo, la viejecita, que está alcanzando un paquete a un cliente, abre mucho los ojos y se le ilumina la cara. Pero espera, para hablarle, que el comprador se haya ido.

El local es un cubo con agujeros por los que ingresan lenguas de sol. Cirios y velas penden de clavos y se alinean sobre el mostrador. Las paredes están cubiertas de exvotos, y de santos, cristos, vírgenes y estampas. Rufino se arrodilla para besar la mano de la anciana: "Buenos días, madre". Ella le hace la señal de la cruz en la frente con unos dedos nudosos, de uñas ennegrecidas. Es una anciana esquelética, fruncida, de mirada dura, abrigada con una manta pese a la atmósfera candente. Tiene un rosario de cuentas grandes en una mano.

—Caifás quiere verte, quiere explicarte —dice, con dificultad, porque el tema la agobia o por l falta de dientes—. Va a venir a la feria del sábado. Ha venido todos los sábados, a ver si habías vuelto. Es un largo viaje, pero venía. Es tu amigo, quiere explicarte.

—Explíqueme usted lo que sabe, mientras tanto, madre —susurra el rastreador.

—No venían a matarte a ti —replica la viejecita, al instante—. Ni a ella. Iban a matar al forastero solamente. Pero él se defendió y mató a dos. ¿Viste las cruces, allá arriba, frente a tu casa? —Rufino asiente—. Nadie reclamó los cuerpos y los enterraron ahí —Se persigna—. Que estén en tu santa gloria, Señor. ¿Encontraste tu casa limpia? He estado yendo, de tanto en tanto. Para que no la encontraras toda sucia.

—No debió ir —dice Rufino. Está cabizbajo, con el sombrero en la mano—. Usted apenas puede andar. Y, además, esa casa está sucia para siempre.

—Entonces, ya sabes —murmura la anciana, buscándole los ojos, que él le oculta, mirando fijamente el suelo. La mujer suspira. Luego de una pausa, agrega: —He vendido tus carneros para que no se los robaran, como a las gallinas. Tu dinero está en ese cajón. —Hace otra pausa, tratando de 'demorar lo inevitable, el único asunto que le interesa, el único que interesa a Rufino. —La gente es mala. Decían que no ibas a volver. Que te habían metido al Ejército, tal vez, que habías muerto en la guerra, tal vez. ¿Has visto cuántos soldados en Queimadas? Murieron muchos allá, parece. El Mayor Febronio de Brito está aquí, también.

Pero Rufino la interrumpe:

—¿Usted sabe quién los mandó? A esos que venían a matarlo.

—Caifás —dice la anciana—. Él los llevó. Va a explicarte. A mí me lo explicó. Es tu amigo. No te iban a matar a ti. Ni a ella. Sólo al de los pelos rojos, al forastero.

Calla y Rufino también calla y en el ardiente, sombreado reducto se escucha el zumbido de los moscardones, de los enjambres de moscas que revolotean entre las imágenes. Por fin, la anciana se decide a hablar:

—Muchos los vieron —exclama, con voz trémula y los ojos de pronto relampagueantes—. Caifás los vio. Cuando me contó, pensé: he pecado, es castigo de Dios. Yo desgracié a mi hijo. Sí, Rufino: Jurema, Jurema. Ella lo salvó, ella le cogió las manos a Caifás. Se fue con él, abrazándolo, apoyada en él. —Estira una mano y señala la calle: —Todos saben. Ya no podemos vivir aquí, hijo.

El rostro anguloso, lampiño, oscurecido por la penumbra del local no mueve un músculo, no pestañea. La viejecita agita un puño de dedos pequeñitos, sarmentosos, y escupe con desprecio hacia la calle:

—Venían a compadecerme, a hablarme de ti. Cada palabra era un puñal en el corazón. ¡Son víboras, hijo! —Se pasa la manta negra por los ojos, como si hubiera llorado, pero los tiene secos—. ¿Limpiarás la mugre que te ha echado encima, no es cierto? Es peor que si te hubiera sacado los ojos, peor que si me hubiera matado a mí. Habla con Caifás. Él sabe la ofensa, él sabe las cosas del honor. Él te explicará.

Vuelve a suspirar y ahora besa las cuentas de su rosario, con unción. Mira a Rufino, que no se ha movido ni alzado la cabeza.

—Muchos se han ido a Canudos —dice, con voz más suave—. Han venido apóstoles. También me hubiera ido. Me quedé porque sabía que ibas a volver. Se va a acabar el mundo, hijo. Por eso vemos lo que vemos. Por eso ha pasado eso que ha pasado. Ahora puedo irme. ¿Me darán las piernas para ese viaje tan largo? El Padre decidirá. Él decide todo.

Permanece callada y, luego de un momento, Rufino se inclina y le besa otra vez la mano:

—Es un viaje muy largo y no se lo aconsejo, madre —dice—. Hay guerra, incendios, falta que comer. Pero si quiere ir, vaya. Lo que usted haga siempre estará bien hecho. Y olvídese de lo que Caifás le contó. No sufra ni tenga vergüenza por eso.

CUANDO el Barón de Cañabrava y su esposa desembarcaron en el Arsenal de la Marina de Salvador, después de varios meses de ausencia, pudieron darse cuenta por el recibimiento hasta qué punto había decaído la fuerza del otrora todopoderoso Partido Autonomista Bahiano y de su jefe y fundador. Antaño, cuando era Ministro del Imperio, o Plenipotenciario en Londres, e incluso en los primeros años de la República, los regresos del Barón a Bahía eran motivo de grandes festejos. Todos los hombres prominentes de la ciudad y muchos hacendados acudían al puerto acarreando sirvientes y allegados con carteles de bienvenida. Las autoridades comparecían siempre y había banda de música y niños de las escuelas pías con ramilletes para la Baronesa Estela. El banquete de recepción se celebraba en el Palacio de la Victoria, presidido por el Gobernador, y decenas de comensales aplaudían los brindis, discursos y el infaltable soneto que un vate local recitaba en honor de los recién llegados.

Pero esta vez no se hallaban en el Arsenal de la Marina para aplaudir al Barón y a la Baronesa, cuando pisaron tierra, más de doscientas personas y, entre ellas, ninguna autoridad civil ni militar ni eclesiástica. Las caras con que el caballero Adalberto de Gumucio y los diputados Eduardo Glicério, Rocha Seabrá, Lelis Piedades y João Seixas de Pondé —la Comisión designada por el Partido Autonomista para recepcionar a su jefe— se acercaron a estrechar la mano del Barón y a besar la de la Baronesa, eran de entierro.

Ellos, sin embargo, no demostraron advertir la diferencia. Su conducta fue la de siempre. Mientras la Baronesa, sonriente, le mostraba los ramos de flores a su inseparable mucama Sebastiana, como maravillada de recibirlos, el Barón distribuía palmadas y abrazos entre sus correligionarios, parientes y amigos que hacían cola para llegar hasta él. Los saludaba por sus nombres, inquiría por sus esposas, les agradecía haberse molestado en venir a recibirlo. Y, cada cierto rato, como impelido por una íntima necesidad, repetía la dicha que era siempre volver a Bahía, reencontrar este sol, este aire limpio, estas gentes. Antes de subir al coche que los esperaba en el muelle, conducido por un cochero de librea que hizo muchas reverencias al verlos, el Barón saludó con los dos brazos en alto. Luego, tomó asiento frente a la Baronesa y Sebastiana, que tenían las faldas cubiertas de flores. Adalberto de Gumucio se sentó a su lado y el coche comenzó a subir la Ladeira de la Concepción de la Playa, que rebosaba de verdura. Pronto, los viajeros pudieron ver los veleros de la bahía, el fuerte de San Marcelo, el Mercado y a muchos negros y mulatos metidos en el agua pescando cangrejos.

—Europa es siempre una emulsión de juventud —los felicitó Gumucio—. Están diez años más jóvenes de lo que se fueron.

—Yo se lo debo al barco más que a Europa —dijo la Baronesa—. ¡Las tres semanas más descansadas de mi vida!

—En cambio, tú estás diez años más viejo. —El Barón miraba por la ventanilla el panorama majestuoso del mar y la isla que crecían a medida que el coche trepaba, ahora por la Ladeira de San Bento, hacia la ciudad alta—. ¿Es para tanto?

La cara del Presidente de la Asamblea Legislativa bahiana se llenó de arrugas:

—Peor de todo lo que te imaginas. —Señaló el puerto: —Queríamos hacer una demostración de fuerzas, un gran acto público. Todos prometieron traer gente, incluso del interior. Calculábamos millares de personas. Y ya has visto.

El Barón hizo adiós a unos vendedores de pescado que, al ver pasar el coche frente al Seminario, se habían quitado los sombreros de paja. Recriminó a su amigo con aire burlón:

—Es mala educación hablar de política ante las damas. ¿O ya no consideras a Estela una dama?

La Baronesa se rió, con una risa grácil y despreocupada, que la rejuvenecía. Era de cabellos castaños y piel muy blanca, con unas manos de largos dedos que se movían como pájaros. Ella y su mucama, una mujer morena, de formas abundantes, miraban arrobadas el mar azul oscuro, el verde fosforescente de las riberas y los tejados sangrientos.

—La ausencia del Gobernador es la única justificada —dijo Gumucio, como si no hubiera escuchado—. La decidimos nosotros. Quería venir, con el Concejo Municipal. Pero, tal como van las cosas, es preferible mantenerlo *au-dessus de la mêlée*. Luis Viana sigue siendo leal.

—Te he traído un álbum de grabados hípicos —lo animó el Barón—. Supongo que las contrariedades políticas no te han quitado la afición a los caballos, Adalberto.

Al entrar a la ciudad alta, rumbo al barrio de Nazareth, los recién llegados, luciendo sus mejores sonrisas, se dedicaron a devolver los adioses de los transeúntes. Varios coches y buen número de jinetes, algunos venidos desde el puerto y otros que lo esperaban en lo alto del acantilado, escoltaron al Barón por las adoquinadas callejuelas, entre curiosos que se apiñaban en las veredas o salían a los balcones o sacaban las cabezas de los tranvías tirados por asnos para verlos pasar. Los Cañabrava vivían en un palacio con azulejos traídos de Portugal, techo de tejas rojas, balcones de fierro forjado sostenidos por cariátides de pechos robustos y una fachada que remataba en cuatro figuras de cerámica amarilla brillante: dos leones melenudos y dos piñas. Los leones parecían vigilar a los barcos que llegaban a la bahía y las piñas anunciar a los navegantes la esplendidez de la ciudad. La huerta que rodeaba a la construcción hervía de flamboyanes, mangos, crotos y ficus donde rumoreaba el viento. El palacio había sido desinfectado con vinagre, perfumado con hierbas aromáticas y engalanado con jarrones de flores para recibir a los dueños. En la puerta, criados de mamelucos blancos y negritas con mandiles encarnados y pañuelos a la cabeza los aplaudieron. La Baronesa se puso a charlar con ellos mientras el Barón, empinándose en la entrada, se despedía de sus acompañantes. Sólo Gumucio y los Diputados Eduardo Glicério, Rocha Seabrá, Lelis Piedades y João Seixas de Pondé, entraron a la casa con él. En tanto que la Baronesa subía a la planta alta, seguida por su mucama, los hombres cruzaron el vestíbulo, un recibo con muebles de madera, y el Barón abrió las puertas de una habitación con estantes de libros, desde la que se veía la huerta. Una veintena de hombres se callaron al verlo. Los que estaban sentados se levantaron y todos aplaudieron. El primero en abrazarlo fue el Gobernador Luis Viana:

—No fue idea mía la de no ir al puerto —dijo—. En todo caso, ya ves, aquí están la Gobernación y el Concejo en pleno. A tus órdenes.

Era un hombre enérgico, con una calvicie pronunciada y un vientre pugnaz, que no disimulaba su preocupación. Mientras el Barón saludaba a los presentes, Gumucio cerró la puerta. El humo enrarecía la atmósfera. Había jarras con refrescos de frutas en una mesa y, como no alcanzaban los asientos, unos se iban sentando en los brazos de los sillones y otros permanecían apoyados contra los estantes. El Barón demoró en terminar la ronda de saludos. Cuando se hubo sentado, reinó un silencio glacial. Los hombres lo miraban y en sus miradas, además de inquietud, había una muda súplica, una confianza angustiada. La expresión del Barón, hasta entonces jovial, se fue agravando mientras pasaba revista a las caras fúnebres.

—Ya veo que las cosas no están para que les cuente si el Carnaval de Niza se parece al nuestro —dijo, muy serio, buscando a Luis Viana—. Empecemos por lo peor. ¿Qué es lo peor?

—Un telegrama que llegó al mismo tiempo que tú —murmuró el Gobernador, desde un sillón en el que parecía aplastado—. Río acordó intervenir militarmente en Bahía, con el voto unánime del Congreso. Manda un Regimiento del Ejército Federal contra Canudos.

—Es decir, el Gobierno y el Congreso oficializan la tesis de la conspiración —lo interrumpió Adalberto de Gumucio—. Es decir, los fanáticos Sebastianistas quieren restaurar el Imperio, con ayuda del Conde de Eu, de los monárquicos, de Inglaterra y, por supuesto, del Partido Au-

163

tonomista de Bahía. Todas las patrañas estúpidas de la ralea jacobina convertidas en verdad oficial de la República.

El Barón no demostró ninguna alarma.

—La venida del Ejército Federal no me sorprende —dijo—. A estas alturas, era inevitable. Lo que me sorprende es lo de Canudos. ¡Dos expediciones derrotadas! —Hizo un gesto de estupor, mirando a Viana—. No lo entiendo, Luis. A esos locos había que dejarlos en paz o acabar con ellos a la primera. Pero no hacer algo tan mal hecho, no dejar que se convirtieran en un problema nacional, no hacer un regalo así a nuestros enemigos.

—¿Quinientos soldados, dos cañones, dos ametralladoras, te parece poca cosa para enfrentar a una banda de pillos y de beatas? —repuso Luis Viana, vivamente—. Quién podía imaginar que con semejante fuerza Febronio de Brito se haría derrotar por unos pobres diablos.

—La conspiración existe, pero no es nuestra —volvió a interrumpirlo Adalberto de Gumucio. Tenía el ceño fruncido y las manos crispadas y el Barón pensó que jamás lo había visto tan afectado por una crisis política—. El Mayor Febronio no es tan inepto como quiere hacernos creer. Su derrota ha sido deliberada, negociada, decidida de antemano con los jacobinos de Río de Janeiro, a través de Epaminondas Gonçalves. Para tener ese escándalo nacional que buscan desde que Floriano Peixoto dejó el poder. ¿No han estado inventando conspiraciones monárquicas desde entonces para que el Ejército clausure el Congreso e instale la República Dictatorial?

—Las conjeturas después, Adalberto —dijo el Barón—. Primero, quiero saber exactamente lo que ocurre, los hechos.

—No hay hechos, sólo las fantasías y las intrigas más increíbles —intervino el Diputado Rocha Seabrá—. Nos acusan de azuzar a los Sebastianistas, de enviarles armas, de estar conspirando con Inglaterra para restaurar el Imperio.

—El *Jornal de Notícias* nos acusa de eso y de peores cosas desde la caída de Don Pedro II —sonrió el Barón, haciendo un gesto desdeñoso.

—La diferencia es que, ahora, no es sólo el *Jornal de Notícias* sino medio Brasil —dijo Luis Viana. El Barón lo vio revolverse en el asiento, nervioso, y pasarse la mano por la calva—. De pronto, en Río, en São Paulo, en Belo Horizonte, en todas partes empiezan a repetir las imbecilidades y las vilezas que inventa el Partido Republicano Progresista.

Varias personas hablaron a la vez y el Barón les pidió, con las manos, que no se atropellaran. Por entre las cabezas de sus amigos podía ver la huerta, y, aunque lo que oía le interesaba y lo alarmaba, desde que entró en el escritorio no había dejado de preguntarse si entre los árboles y arbustos estaría escondido el camaleón, un animal con el que se había encariñado como otros con perros o gatos.

—Ahora sabemos para qué formó Epaminondas la Guardia Rural —decía el Diputado Eduardo Glicério—. Para que proporcionara las pruebas, en el momento oportuno. Fusiles de contrabando para los yagunzos y hasta espías extranjeros.

—Ah, de eso no te has enterado —dijo Adalberto de Gumucio, al ver la expresión intrigada del Barón—. El summum de lo grotesco. ¡Un agente inglés en el sertón! Lo encontraron carbonizado, pero era inglés. ¿Cómo lo supieron? ¡Por sus pelos rojos! Los exhibieron en el Parlamento de Río, junto con fusiles supuestamente encontrados al lado de su cadáver, en Ipupiará. Nadie nos escucha, hasta nuestros mejores amigos, en Río, se tragan esos disparates. El país entero cree que la República está en peligro por Canudos.

—Supongo que yo soy el genio tenebroso de la conspiración —murmuró el Barón.

—Sobre usted se echa más lodo que nadie —dijo el Director del *Diário de Bahía*—. Usted entregó Canudos a los rebeldes y viajó a Europa para entrevistarse con los emigrados del Imperio y planear la rebelión. Se ha llegado a decir que hubo una "bolsa subversiva" y que usted puso la mitad del dinero y la otra mitad Inglaterra.

—Socio a partes iguales de la corona inglesa —murmuró el Barón—. Caramba, me sobreestiman.

—¿Sabe a quién mandan a debelar el alzamiento restaurador? —dijo el Diputado Lelis Piedades, que estaba sentado en el brazo del asiento del Gobernador—. Al Coronel Moreira César y al Séptimo Regimiento.

El Barón de Cañabrava adelantó un poco la cabeza y pestañeó.

—¿El Coronel Moreira César? —Quedó pensativo un buen rato, moviendo a veces los labios como si hablara en silencio. Después, se dirigió a Gumucio: —Tal vez tengas razón, Adalberto. Ésta pudiera ser una operación audaz de los jacobinos. Desde la muerte del Mariscal Floriano, el Coronel Moreira César es su gran carta, el héroe con el que cuentan para recuperar el poder.

Nuevamente oyó que se disputaban la palabra, pero esta vez no los contuvo. Mientras sus amigos opinaban y discutían, él, simulando escucharlos, se distrajo de ellos, algo que hacía con gran facilidad cuando un diálogo lo aburría o sus propios pensamientos le parecían más importantes que lo que oía. ¡El Coronel Moreira César! No era bueno que viniera. Era un fanático y, como todos los fanáticos, peligroso. Recordó la manera implacable como había reprimido la revolución federalista de Santa Catalina, hacía cuatro años, y cómo, cuando el Congreso Federal le pidió que viniera a dar cuenta de los fusilamientos que había ordenado, contestó con un telegrama que era un modelo de laconismo y de arrogancia: "No". Recordó que entre los fusilados por el Coronel, allá en el Sur, había un Mariscal, un Barón y un Almirante que él conocía y que, al instalarse la República, el Mariscal Floriano Peixoto le encargó depurar del Ejército a todos los oficiales conocidos por sus vinculaciones con la monarquía. ¡El Séptimo Regimiento de Infantería contra Canudos! "Adalberto tiene razón, pensó. Es el summum de lo grotesco." Haciendo un esfuerzo, volvió a escuchar.

—No viene a liquidar a los Sebastianistas del sertón sino a nosotros —decía Adalberto de Gumucio—. Viene a liquidarte a ti, a Luis Viana, al Partido Autonomista, y a entregarle Bahía a Epaminondas Gonçalves, que es el hombre de los jacobinos aquí.

—No hay razones para suicidarse, señores —lo interrumpió el Barón, alzando un poco la voz. No estaba risueño ya, sino muy serio, y hablaba con firmeza—. No hay razones para suicidarse —repitió. Pasó revista a la concurrencia, seguro de que su serenidad acabaría por contagiar a sus amigos—. Nadie nos va a arrebatar lo que es nuestro. ¿No están, en este cuarto, el poder político de Bahía, la administración de Bahía, la justicia de Bahía, el periodismo de Bahía? ¿No están aquí la mayoría de las tierras, de los bienes, de los rebaños de Bahía? Ni el Coronel Moreira César puede cambiar eso. Acabar con nosotros sería acabar con Bahía, señores. Epaminondas Gonçalves y quienes lo siguen son una curiosidad extravagante en esta tierra. No tienen ni los medios, ni la gente, ni la experiencia para tomar las riendas de Bahía aunque se las pongan en las manos. El caballo los echaría al suelo en el acto.

Hizo una pausa y alguien, solícitamente, le alcanzó un vaso de refresco. Bebió con fruición el líquido, en el que reconoció el gusto almibarado de la guayaba.

—Nos alegra mucho tu optimismo, por supuesto —oyó que decía Luis Viana—. De todos modos, reconocerás que hemos sufrido unos reveses y que hay que actuar cuanto antes.

—Sin ninguna duda —asintió el Barón—. Vamos a hacerlo. Por lo pronto, ahora mismo vamos a enviar un telegrama al Coronel Moreira César congratulándonos por su venida y ofreciéndole el apoyo de las autoridades de Bahía y del Partido Autonomista. ¿Acaso no estamos interesados en que venga a librarnos de los ladrones de tierras, de los fanáticos que saquean haciendas y no dejan trabajar en paz a los moradores? Y hoy mismo, también, iniciaremos una colecta que será entregada al Ejército Federal a fin de que se emplee en la lucha contra los bandidos.

Esperó que se apaciguaran los murmullos, bebiendo otro trago de refresco. Hacía calor y se le había mojado la frente.

—Te recuerdo que, desde hace años, toda nuestra política consiste en impedir que el gobierno central interfiera demasiado en los asuntos de Bahía —dijo Luis Viana, al fin.

—Pues, ahora, la única política que podemos tener, a menos de elegir el suicidio, es demostrar a todo el país que no somos enemigos de la República ni de la soberanía del Brasil —dijo el Barón, secamente—. Hay que desmontar esa intriga de inmediato y no hay otra manera. Daremos a Moreira César y al Séptimo Regimiento un gran recibimiento. Nosotros, no el Partido Republicano.

Se secó la frente con su pañuelo y volvió a esperar que el murmullo, más fuerte que antes, decreciera.

—Es un cambio demasiado brusco dijo Adalberto de Gumucio y el Barón vio que varias cabezas asentían, tras él.

—En la Asamblea, en los diarios, toda nuestra actuación ha sido tratar de evitar la intervención federal —dijo el Diputado Rocha Seabrá.

—Para defender los intereses de Bahía hay que seguir en el poder y para seguir en el poder hay que cambiar de política, al menos por el momento —replicó el Barón, con suavidad. Y, como si no tuvieran importancia las objeciones que le hacían, prosiguió dando directivas: —Los hacendados debemos colaborar con el Coronel. Alojar al Regimiento, facilitarle guías, provisiones. Somos nosotros, junto con Moreira César, quienes acabaremos con los conspiradores monárquicos financiados por la Reina Victoria —Hizo un simulacro de sonrisa, a la vez que se pasaba de nuevo el pañuelo por la frente—. Es una mojiganga ridícula, pero no tenemos alternativa. Y cuando el Coronel acabe con los pobres cangaceiros y santones de Canudos celebraremos con grandes fiestas la derrota del Imperio Británico y de los Braganza.

Nadie lo festejó, nadie se sonrió. Todos estaban callados e incómodos. Pero, observándolos, el Barón comprendió que, aunque a regañadientes, algunos admitían ya que no les quedaba otra cosa que hacer.

—Viajaré a Calumbí —dijo el Barón—. No estaba en mis planes hacerlo todavía. Pero es necesario. Yo mismo pondré a disposición del Séptimo Regimiento lo que les haga falta. Todos los hacendados de la región deberían hacer lo mismo. Que Moreira César vea a quién pertenece esa tierra, quién manda allí.

La atmósfera estaba muy tensa y todos querían hacer preguntas, responder. Pero el Barón pensó que no era conveniente discutir ahora. Luego de comer y de beber, a lo largo de la tarde y la noche, sería más fácil quitarles las dudas, los escrúpulos.

—Vamos a almorzar y a reunirnos con las damas —les propuso, levantándose—. Hablaremos después. No todo ha de ser política en la vida. Hay que hacer sitio, también, para las cosas agradables.

II

QUEIMADAS, convertido en campamento, es una hormigueante animación bajo la ventolera que lo cubre de polvo: se escuchan órdenes y se atropellan formaciones entre jinetes con sables que gritan y gesticulan. De pronto, cortan la madrugada unos toques de corneta y los curiosos corren por la orilla del Itapicurú a observar la caatinga reseca que se pierde en la dirección de Monte Santo: están partiendo los primeros cuerpos del Séptimo Regimiento y el aire se lleva el himno que los soldados cantan a voz en cuello.

En el interior de la estación, el Coronel Moreira César desde el alba estudia cartas topográficas, da instrucciones, firma despachos y recibe los partes de servicio de los distintos batallones. Los corresponsales, soñolientos, alistan sus mulas, caballos y el coche de equipajes en la puerta de la estación, salvo el esmirriado periodista del *Jornal de Notícias*, que, el tablero portátil bajo el brazo y su tintero prendido en la manga, merodea por el local tratando de acercarse al Coronel. Pese a ser tan temprano, los seis miembros del Concejo Municipal están allí, para despedir al jefe del Séptimo Regimiento. Esperan, sentados en una banca, y el enjambre de oficiales y ayudantes que va y viene a su alrededor les presta tan poca atención como a los cartelones del Partido Republicano Progresista y del Partido Autonomista Bahiano que todavía penden del techo. Pero ellos están entretenidos, observando al periodista espantapájaros que, aprovechando un momento de calma, consigue por fin acercarse a ·Moreira César. ·

—¿Puedo hacerle una pregunta, Coronel? —silabea su vocecita gangosa.

—La conferencia con los corresponsales fue ayer —le responde el oficial, examinándolo como lo haría con un ser caído de otro planeta. Pero la estrafalaria apariencia o la audacia del personaje lo ablandan: —Hágala. ¿De qué se trata?

—De los presos —susurran los dos ojos bizcos, posados sobre él—. Me ha llamado la atención que incorpore a ladrones y asesinos al Regimiento. Anoche fui a la cárcel, con los dos tenientes, y vi que enrolaron a siete.

—Sí —dice Moreira César, escudriñándolo con curiosidad—. ¿Cuál es la pregunta?

—La pregunta es: ¿por qué? ¿Cuál es la razón para que prometa la libertad a esos delincuentes?

—Saben pelear —dice el Coronel Moreira César. Y, luego de una pausa: —El delincuente es un caso de energía humana excesiva que se vierte en la mala dirección. La guerra puede encauzarla en la buena. Ellos saben por qué pelean y eso los hace bravos, a veces heroicos. Lo he comprobado. Y lo comprobará usted, si llega a Canudos. Porque —lo vuelve a mirar de pies a cabeza— a simple vista se diría que no aguantará ni una jornada en el sertón.

—Trataré de aguantar, Coronel —el periodista miope se retira y se adelantan el Coronel Tamarindo y el Mayor Cunha Matos, que esperaban detrás de él.

—La vanguardia acaba de ponerse en marcha —dice el Coronel Tamarindo.

El Mayor explica que las patrullas del Capitán Ferreira Rocha han reconocido la ruta hasta Tanquinho y que no hay rastro de yagunzos pero que está llena de desniveles y accidentes que van a dificultar el paso de la artillería. Los exploradores de Ferreira Rocha están viendo si hay manera de evitar esos obstáculos y, de todos modos, se ha adelantado una sección de zapadores a allanar el camino.

—¿Repartió bien a los presos? —le pregunta Moreira César.

—En compañías distintas y con prohibición expresa de verse o hablarse entre ellos —asiente el Mayor.

—Ha partido también el convoy del ganado —dice el Coronel Tamarindo. Y, después de vacilar un momento: —Febronio de Brito estaba muy ofuscado. Tuvo una crisis de llanto.

—Otro se hubiera suicidado —es todo el comentario de Moreira César. Se levanta y un ordenanza se apresura a recoger los papeles de la mesa que le ha servido de escritorio. El Coronel, seguido de sus oficiales, se dirige hacia la salida. Hay gente que corre, para verlo, pero él, antes de llegar a la puerta, recuerda algo, cambia de dirección y va hacia la banca donde esperan los Concejales de Queimadas. Éstos se ponen de pie. Son hombres rústicos, agricultores o modestos comerciantes, que han vestido sus mejores ropas y encerado sus zapatones en señal de respeto. Llevan los sombreros en las manos y se los nota cohibidos.

—Gracias por la hospitalidad y la colaboración, señores —El Coronel los confunde en una sola mirada convencional y casi ciega—. El Séptimo Regimiento no olvidará el afecto de Queimadas. Les recomiendo a la tropa que queda aquí.

No tienen tiempo de responderle pues, en vez de despedirse de cada uno, hace un saludo general, llevándose la mano derecha al quepis, y da media vuelta hacia la salida.

La aparición de Moreira César y de su comitiva, en la calle, donde está formado el Regimiento —las compañías se pierden a lo lejos, alineadas una detrás de otra, junto a los rieles del ferrocarril— provoca aplausos y vítores. Los centinelas atajan a los curiosos que quieren acercarse. El hermoso caballo blanco relincha, impaciente por partir. Suben a sus cabalgaduras Tamarindo, Cunha Matos, Olimpio de Castro y la escolta y los corresponsales, ya montados, rodean al Coronel. Éste relee el telegrama que ha dictado para el Supremo Gobierno: "El Séptimo Regimiento inicia hoy, 8 de febrero, su campaña en defensa de la soberanía brasileña. Ni un solo caso de indisciplina en la tropa. Nuestro único temor es que Antonio Consejero y los facciosos restauradores no nos esperen en Canudos. Viva la República". Le pone sus iniciales, para que el telegrafista lo despache de inmediato. Hace luego una señal al Capitán Olimpio de Castro, quien da una orden a los cornetas. Éstos ejecutan un toque penetrante y lúgubre que escarapela la madrugada.

—Es el toque del Regimiento —dice Cunha Matos al corresponsal canoso, que está a su lado.

—¿Tiene un nombre? —pregunta la vocecita fastidiosa del hombre del *Jornal de Notícias*. Ha adosado a su mula una gran bolsa, para el tablero de escribir, que da al animal una silueta marsupial.

—Toque de Carga y Degüello —dice Moreira César—. El Regimiento lo toca desde la guerra del Paraguay, cuando, por falta de munición, tenía que atacar a sable, bayoneta y faca.

Da la orden de partida con la mano derecha. Mulas, hombres, caballos, carromatos, armas, se ponen en movimiento, entre bocanadas de polvo que un ventarrón manda a su encuentro. Al salir de Queimadas los distintos cuerpos de la Columna van muy unidos y sólo los diferencian los colores de los pendones que llevan sus escoltas. Pronto, los uniformes de oficiales y soldados son igualados por el terral que obliga a todos a bajar las viseras de gorros y quepis y, a muchos, a amarrarse pañuelos en la boca. Poco a poco, batallones, compañías y secciones se van distanciando y lo que, al dejar la estación, parecía un organismo compacto, una larga serpiente ondulando por la tierra agrietada, entre troncos de favela resecos, estalla en miembros independientes, serpientes hijas que también se alejan unas de otras, perdiéndose de vista por momentos y volviéndose a avistar, según las anfractuosidades del terreno. Hay constantes jinetes que suben y bajan, tendiendo un sistema circulatorio de informaciones, órdenes, averiguaciones, entre las partes de ese todo diseminado cuya cabeza, a las pocas horas de marcha, presiente ya, a lo lejos, la primera población del trayecto: Pau Seco. La vanguardia, comprueba el Coronel Moreira César a través de sus prismáticos, ha dejado allí, entre las cabañitas, huellas de su paso: un banderín y dos soldados que lo esperan sin duda con mensajes.

Los escoltas se adelantan unos metros al Coronel y a su Estado Mayor; detrás de éstos, pegote exótico en esa sociedad uniformada, van los corresponsales que, al igual que muchos oficiales, han desmontado y caminan conversando. Exactamente al medio de la Columna se halla la batería de cañones arrastrados por yuntas de bueyes a los que azuzan una veintena de soldados, al mando de un oficial que lleva en las mangas los rombos rojos de la artillería: el Capitán José Agostinho Salomão da Rocha. Los gritos de los hombres, para estimular a las bestias o enderezarlas cuando se apartan de la trocha, son los únicos ruidos que se escuchan. La tropa habla en voz baja, para ahorrar energía, o marcha en silencio, escudriñando ese paisaje llano y semipelado que ven por primera vez. Muchos sudan, por el sol, los densos uniformes y el peso de las mochilas y el fusil y, conforme a las instrucciones, procuran no llevarse muy seguido a la boca las cantimploras pues saben que ya ha comenzado el primero de los combates: contra la falta de agua. A media mañana alcanzan y dejan atrás al convoy de abastecimientos; arrean a las reses, cabras y chivos una compañía de soldados y de vaqueros levados la víspera a cuyo frente va, sombrío, moviendo los labios como si refutara o acotara algo en un diálogo imaginario, el Mayor Febronio de Brito. Cierra la marcha el escuadrón de caballería, que comanda un jinete movedizo y marcial: el Capitán Pedreira Franco. Moreira César lleva un buen rato sin hablar y sus acompañantes callan también, para no interrumpir las reflexiones de su jefe. Al entrar a la recta de Pau Seco, el Coronel consulta su reloj.

—A este ritmo, los señores de Canudos nos dejarán plantados —dice, ladeándose hacia Tamarindo y Cunha Matos—. Habrá que dejar en Monte Santo el equipo pesado y aligerar las mochilas. Lo cierto es que tenemos munición de sobra. Sería triste ir hasta allí para encontrar sólo buitres.

El Regimiento lleva quince millones de cartuchos y setenta tiros de artillería, en carros de mulas que son los que más retrasan el avance. El Coronel Tamarindo comenta que después de Monte Santo tal vez deban ir aún más despacio, ya que, según los ingenieros militares Domingo Alves Leite y Alfredo do Nascimento, el terreno a partir de allí es mucho más quebrado.

—Aparte de que, para entonces, ya habrá escaramuzas —añade. Está enrojecido y abotagado por el calor y se seca la cara con un pañuelo de colores. Ya pasó la edad de retiro y no tiene obligación de estar aquí, pero él se ha empeñado en acompañar al Regimiento.

—No debemos darles tiempo a escapar —murmura el Coronel Moreira César. Es algo que sus oficiales le han oído decir muchas veces, desde que embarcaron en Río. No transpira, pese al calor. Su cara pequeña, pálida, de ojos intensos y a veces obsesivos, sonríe rara vez; su voz apenas tiene inflexiones: es monocorde, delgada, como conducida con la rienda corta que se recomienda para el caballo nervioso—. Apenas sepan que nos acercamos será la estampida y la campaña sería un gran fracaso. No podemos permitirlo. —Vuelve a mirar a sus compañeros, que lo escuchan sin decir nada—. El Brasil del Sur ha entendido ya que la República es irreversible. Se lo hemos hecho entender. Pero aquí, en Bahía, queda mucho aristócrata que no se resigna. Sobre todo desde la muerte del Mariscal; con un civil sin ideales en el gobierno creen que se puede dar marcha atrás. No se resignarán hasta sufrir un buen escarmiento. Y ésta es la ocasión, señores.

—Andan asustados, Excelencia —dice Cunha Matos—. Que el Partido Autonomista organizara los festejos de recepción en Salvador y reuniera una colecta para defender la República ¿no prueba que están con el rabo entre las piernas?

—El detalle maestro fue el arco triunfal en la estación de la Calzada llamándonos salvadores —recuerda Tamarindo—. Unos días antes se oponían frenéticamente a que el Ejército Federal interviniera en Bahía y después nos echan flores por las calles y el Barón de Cañabrava nos manda decir que viaja a Calumbí para poner su hacienda a disposición del Regimiento.

Se ríe, de buena gana, pero su buen humor no contagia a Moreira César.

—Eso significa que el Barón es más inteligente que sus amigos —dice—. No podía impedir que Río interviniera en un caso flagrante de insurrección. Entonces, opta por el patriotismo, para que los republicanos no lo desplacen. Distraer y confundir por ahora para intentar después otro zarpazo. El Barón tiene buena escuela: la escuela inglesa, señores.

Encuentran a Pau Seco desierto de gente, de cosas, de animales. Dos soldados, junto al tronco sin ramas donde bailotea el banderín que dejó la vanguardia, saludan. Moreira César frena su caballo y pasa la vista por las viviendas de barro, cuyo interior se divisa por puertas abiertas o arrancadas. De una de ellas emerge una mujer sin dientes, descalza, con una túnica por entre cuyos agujeros se le ve el pellejo oscuro. Dos criaturas raquíticas, de ojos vidriosos, una de las cuales está desnuda y tiene el vientre hinchado, se prenden de su cuerpo. Miran con asombro a los soldados. Moreira César, desde lo alto del caballo, sigue observándolas: parecen la encarnación del desamparo. Su cara se contrae en una expresión en la que se mezclan la tristeza, la cólera, el rencor. Siempre mirándolas, ordena a uno de los escoltas:

—Que les den de comer. —Y se vuelve a sus lugartenientes: —¿Ven ustedes en qué estado tienen a la gente de su país?

Hay una vibración en su voz y sus ojos relampaguean. En un gesto intempestivo saca la espada del cinto y se la lleva a la cara, como si fuera a besarla. Los corresponsales ven entonces, alargando las cabezas, que el jefe del Séptimo Regimiento, antes de reanudar la marcha, hace con su espada ese saludo que se hace en los desfiles a la bandera y a la máxima autoridad, a los tres miserables pobladores de Pau Seco.

Las palabras incomprensibles habían estado brotando, por ráfagas, desde que lo encontraron junto a la mujer triste y el cadáver de la mula que picoteaban los urubús. Esporádicas, vehementes, tronantes, o apagadas, susurradas, secretas, brotaban de día y de noche asustando a veces al Idiota que se ponía a temblar. La Barbuda le dijo a Jurema después de olfatear al hombre de los pelos rojos: "Tiene fiebres delirantes, como las que mataron a Dádiva. Se morirá hoy, a más tardar". Pero no se había muerto, aunque a ratos blanqueaba los ojos y parecía venir el estertor final. Luego de permanecer inmóvil, volvía a retorcerse haciendo muecas y a pronunciar las palabras que para ellos eran sólo ruidos. A ratos, abría los ojos y los miraba con atolondramiento. El Enano se empeñó en que hablaba lengua de gitanos y la Barbuda en que se parecía al latín de las misas.

Cuando Jurema preguntó si podía ir con ellos la Barbuda consintió, tal vez por compasión, tal vez por simple inercia. Entre los cuatro treparon al forastero al carromato, junto a la cesta de la cobra, y reanudaron la marcha. Los nuevos acompañantes les trajeron suerte pues, al atardecer, en la alquería de Quererá, les convidaron de comer. Una viejecita echó humo sobre Galileo Gall, le puso hierbas en las heridas, le dio un cocimiento y dijo que se curaría. Esa noche la Barbuda entretuvo a los vaqueros con la cobra, el Idiota hizo payaserías y el Enano les contó los cuentos de los caballeros. Continuaron viaje y, en efecto, el forastero empezó a tragar los bocados que le daban. La Barbuda le preguntó a Jurema si era su mujer. No, no lo era: él la había desgraciado, en ausencia de su marido, y después de eso qué le quedaba sino seguirlo. "Ahora entiendo por qué eres triste", comentó el Enano con simpatía.

Fueron en dirección Norte, guiados por una buena estrella pues a diario encontraban que comer. Al tercer día, dieron función en la feria de un caserío. Lo que más le gustó a la gente fueron las barbas de la Barbuda: pagaban por comprobar que no eran postizas y tocarle de paso las tetas y verificar que era mujer. El Enano, mientras tanto, les contaba su vida desde que era una niñita normal, allá en el Ceará, y cómo se convirtió en vergüenza de su familia el día que comenzaron a salirle vellos en la espalda, los brazos, las piernas y la cara. Empezó a decirse que había pecado de por medio, que era hija de sacristán o del Can. La niña tragó vidrio picado de matar perros con rabia. Pero no murió y vivió como hazmerreír hasta que llegó el Rey del Circo, el Gitano, que la recogió y la hizo artista. Jurema creía que era una fantasía del Enano pero éste le aseguró que era la pura verdad. Se sentaban a conversar, a veces, y como el Enano era amable y le inspiraba confianza ella le habló de su infancia en la hacienda de Calumbí, al servicio de la esposa del Barón de Cañabrava, una mujer bellísima y buenísima.

173

Había sido triste que Rufino, su marido, en vez de quedarse con el Barón, se fuera a Queimadas y se dedicara a pistero, odioso oficio que lo tenía viajando. Y, más triste, no haberle podido dar un hijo. ¿Por qué la habría castigado Dios, impidiéndole engendrar? "Quién sabe", murmuró el Enano. Las decisiones de Dios eran, a veces, difíciles de comprender.

Días después, acamparon en Ipupiará, encrucijada de trochas. Acababa de ocurrir una desgracia. Un morador, atacado de locura, había matado a sus hijos y, luego, se mató él también, con su machete. Como era el entierro de los niños-mártires, los cirqueros no dieron función, aunque pregonaron una para la noche siguiente. El pueblo era pequeño pero con un almacén donde venían a aprovisionarse de toda la región.

En la mañana llegaron los capangas. Venían montados y su cabalgata, apresurada y piafante, despertó a la Barbuda que gateó bajo la carpa para ver quiénes eran. En todas las viviendas de Ipupiará había curiosos, sorprendidos como ella por esa aparición. Vio a seis jinetes armados; eran capangas y no cangaceiros ni guardias rurales por la manera como iban vestidos y porque, en las ancas de sus animales, se veía muy clara la misma marca de una hacienda. El que iba al frente —un encuerado— desmontó y la Barbuda vio que se dirigía hacia ella. Jurema acababa de incorporarse de la manta. La sintió temblar y la vio desencajada, con la boca entreabierta. "¿Es tu marido?", le preguntó. "Es Caifás", dijo la muchacha. "¿Va a matarte?", insistió la Barbuda. Pero, en vez de contestarle, Jurema salió a cuatro manos de la carpa, se irguió y fue al encuentro del capanga. Éste se detuvo a esperarla. El corazón de la Barbuda se agitó, pensando que el encuerado —era un hombre huesudo y tostado, de mirada fría— la golpearía, la patearía y tal vez le clavaría la faca antes de venir a clavársela al hombre de los pelos rojos al que sentía removerse en el carromato. Pero no, no la golpeó. Más bien, se quitó el sombrero y le hizo el saludo que se hace a alguien que se respeta. Desde sus caballos, los cinco hombres miraban ese diálogo que para ellos, como para la Barbuda, sólo era un movimiento de los labios. ¿Qué se decían? El Enano y el Idiota se habían despertado y también espiaban. Luego de un momento, Jurema se volvió y señaló el carromato donde dormía el forastero herido.

El encuerado, seguido por la muchacha, fue hacia el carromato, metió la cabeza bajo el toldo y la Barbuda vio que inspeccionaba con indiferencia al hombre que, dormido o despierto, seguía hablando con sus fantasmas. El jefe de los capangas tenía los ojos quietos de los que saben matar, los mismos que la Barbuda había visto en el bandido Pedrão aquella vez que venció y mató al Gitano. Jurema, muy pálida, esperaba que el capanga terminara la inspección. Por fin, éste se volvió hacia ella, le habló, Jurema asintió y el hombre entonces indicó a los jinetes que desmontaran. Jurema se acercó a la Barbuda y le pidió las ti-

174

jeras. Mientras las buscaba, la Barbuda susurró: "¿No te va a matar?"
Jurema dijo que no. Y, con las tijeras que habían sido de Dádiva en la
mano, se encaramó en el carromato. Los capangas, llevando a sus caballos de las riendas, se dirigían al almacén de Ipupiará. La Barbuda se
atrevió a acercarse a ver qué hacía Jurema, y tras ella vino el Enano y
tras éste el Idiota.

Arrodillada junto a él —ambos cabían apenas en el angosto espacio— la muchacha cortaba, a ras del cráneo, los pelos del forastero. Lo
hacía sujetando con una mano las matas rojizas y enruladas y las tijeras
chirriaban. Había manchas de sangre coagulada en la levita negra de
Galileo Gall, desgarraduras, polvo y excremento de pájaros. Estaba de
espaldas, entre trapos y cajas de colores, anillas, tiznes y sombreritos de
cartón con medialunas y estrellas. Tenía los ojos cerrados, la barba crecida y también con sangre reseca y, como le habían quitado las botas,
los dedos de sus pies asomaban por los agujeros de las medias, grandes,
blanquísimos y con las uñas sucias. La herida de su cuello desaparecía
bajo la venda y las hierbas de la curandera. El Idiota se echó a reír y,
aunque la Barbuda lo codeó, siguió riéndose. Lampiño, escuálido, de
ojos idos, con la boca abierta y un hilo de baba colgando de los labios,
se retorcía con las carcajadas. Jurema no le prestó atención, pero, en
cambio, el forastero abrió los ojos. Su cara se contrajo en una expresión
de sorpresa, de dolor o terror por lo que le hacían, pero la debilidad no
le permitió incorporarse, sólo moverse en el sitio y emitir uno de esos
ruidos incomprensibles para los cirqueros.

Terminar su tarea le tomó a Jurema bastante rato. Tanto que,
cuando terminó, los capangas habían tenido tiempo de entrar al almacén, enterarse de la historia de los niños asesinados por el loco e ir al cementerio a cometer ese sacrilegio que dejaría estupefactos a los vecinos
de Ipupiará: desenterrar el cadáver del filicida y subirlo con cajón y
todo a uno de sus caballos para llevárselo. Ahora estaban ahí, a unos
metros de los cirqueros, esperando. Cuando el cráneo de Gall quedó
trasquilado, cubierto por una irisación desigual, tornasolada, estalló de
nuevo la risa del Idiota. Jurema reunió en un haz las matas de pelos que
había ido colocando sobre su falda, las ató con el cordón que sujetaba
su propio pelo y la Barbuda la vio revisar los bolsillos del forastero y
sacar una bolsita donde les había dicho que había dinero, por si querían
usarlo. Con el penacho en una mano y en la otra la bolsita, bajó del carromato y pasó entre ellos.

El jefe de los capangas vino a su encuentro. La Barbuda lo vio recibir de manos de Jurema los pelos del forastero y, casi sin mirarlos, guar-
darlos en su alforja. Sus pupilas inmóviles eran amenazadoras, pese a
que se dirigía a Jurema de manera estudiadamente cortés, ceremoniosa,
mientras se escarbaba los dientes con su dedo índice. Ahora sí, la Barbuda podía oírlos.

175

—Tenía esto en su bolsillo —dijo Jurema, alcanzándole la bolsita. Pero Caifás no la cogió.

—No debo —dijo, como repelido por algo invisible—. También eso es de Rufino.

Jurema, sin hacer la menor objeción, escondió la bolsa entre sus ropas. La Barbuda creyó que se iba a alejar, pero la muchacha, mirando a Caifás a los ojos, le preguntó suavemente:

—¿Y si Rufino se ha muerto?

Caifás reflexionó un momento, sin cambiar de cara, sin pestañear.

—Si se ha muerto, siempre habrá alguien que lave su honor —lo oyó decir la Barbuda y le pareció estar oyendo al Enano y sus cuentos de príncipes y caballeros—. Un familiar, un amigo. Yo mismo puedo hacerlo, si hace falta.

—¿Y si le cuentan a tu patrón lo que has hecho? —le preguntó todavía Jurema.

—Es sólo mi patrón —repuso Caifás, con seguridad—. Rufino, más que eso. Él quiere al forastero muerto y el forastero va a morir. Quizá de sus heridas, quizá de Rufino. Pronto la mentira se volverá verdad y éstos serán los pelos de un muerto.

Dio la espalda a Jurema, para subir al caballo. Ella, ansiosa, puso una mano en la montura:

—¿Me matará a mí también?

La Barbuda advirtió que el encuerado la miraba sin compasión y acaso con algo de desprecio.

—Si yo fuera Rufino te mataría, porque en ti también hay culpa y quizá peor que la de él —dijo Caifás, desde lo alto de su cabalgadura—. Pero como no soy Rufino, no sé. Él sabrá.

Espoleó su caballo y los capangas partieron, con su extraño, pestilente botín, en la dirección por la que habían venido.

APENAS terminó la misa oficiada por el Padre Joaquim en la capilla de San Antonio, João Abade fue a recoger el cajón con los encargos, que había dejado en el Santuario. En su cabeza revoloteaba una pregunta: "¿Un Regimiento cuántos soldados son?". Se echó el cajón al hombro y empezó a dar trancos sobre la tierra desnivelada de Belo Monte, esquivando a los vecinos que le salían al paso a preguntarle si era verdad que venía otro Ejército. Les respondía que sí, sin detenerse, saltando para no pisar a las gallinas, las cabras, los perros y los niños que se le metían entre los pies. Llegó a la antigua casa-hacienda convertida en almacén con el hombro doliéndole por el peso del cajón.

La gente amontonada en la puerta le dio paso y, adentro, Antonio Vilanova interrumpió algo que decía a su mujer Antonia y a su cuñada

Asunción para venir a su encuentro. Desde un columpio, un lorito repetía, frenético: "Felicidad, Felicidad".

—Viene un Regimiento —dijo João Abade, colocando su carga en el suelo—. ¿Cuántos hombres son?

—¡Trajo las mechas! —exclamó Antonio Vilanova. Acuclillado, revisaba afanoso el contenido del cajón. Su cara fue redondeándose, satisfecha, mientras descubría, además de los paquetes de mechas, obleas para la diarrea, desinfectantes, vendas, calomelano, aceite y alcohol.

—No hay cómo pagar lo que hace por nosotros el Padre Joaquim —dijo, alzando el cajón sobre el mostrador. Los estantes desbordaban de latas y frascos, géneros y toda clase de ropa, desde sandalias hasta sombreros, y había sembradas por doquier bolsas y cajas entre las que se movían las Sardelinhas y otras personas. El mostrador, un tablón sobre barriles, tenía unos libros negros, semejantes a los de los cajeros de las haciendas.

—El Padre también trajo noticias —dijo João Abade—. ¿Un Regimiento serán mil?

—Sí, ya he oído, viene un Ejército —asintió Antonio Vilanova, disponiendo los encargos sobre el mostrador—. ¿Un Regimiento? Más de mil. Quizá dos mil.

João Abade se dio cuenta que no le interesaba cuántos eran los soldados que mandaba esta vez el Can contra Canudos. Ligeramente calvo, grueso, con la barba espesa, lo veía ordenar paquetes y frascos con su energía característica. No había la menor inquietud en su voz, ni siquiera interés. "Sus ocupaciones son demasiadas", pensó João Abade, a la vez que explicaba al comerciante que era preciso mandar alguien a Monte Santo, ahora mismo. "Tiene razón, es mejor que él no se ocupe de la guerra." Porque Antonio era tal vez la persona que, desde hacía años, dormía menos y trabajaba más en Canudos. Al principio, luego de la llegada del Consejero, había continuado sus quehaceres de comprador y vendedor de mercancías, pero, poco a poco, con el consentimiento tácito de todos, a su trabajo se había ido superponiendo, hasta desplazarlo, la organización de la sociedad que nacía. Sin él hubiera sido difícil comer, dormir, sobrevivir, cuando, de todos los confines, comenzaron a romper sobre Canudos las olas de romeros. Él había distribuido el terreno para que levantaran sus casas y sembraran, indicado qué era bueno sembrar y qué animales criar y él canjeaba en los pueblos lo que Canudos producía con lo que necesitaba y cuando empezaron a llegar donativos, él separó lo que sería tesoro del Templo del Buen Jesús con lo que se emplearía en armas y provisiones. Una vez que el Beatito autorizaba su permanencia, los nuevos vecinos venían donde Antonio Vilanova a que los ayudara a instalarse. Idea suya eran las Casas de Salud, para los ancianos, enfermos y desvalidos y cuando los combates de Uauá y el Cambaio él se encargó de almacenar las armas capturadas y de distribuirlas, de acuerdo con João Abade. Casi todos los días se reunía con el Consejero para darle cuentas y para escuchar sus deseos. No había vuelto a viajar y João Abade había oído decir a Antonia Sardelinha que ésa era la señal más extraordinaria del cambio experimentado por su marido, ese hombre antes poseído por el demonio del tránsito. Ahora hacía las expediciones Honorio y nadie hubiera podido decir si esa voluntad de arraigo en el mayor de los Vilanova se debía a la magnitud de sus obligaciones en Belo Monte o a que ellas le permitían estar casi a diario, aunque fuera unos minutos, con el Consejero. Volvía de esas entrevistas con bríos renovados y una paz profunda en el corazón.

—El Consejero ha aceptado la guardia para cuidarlo —dijo João Abade—. Y también que João Grande sea el jefe.

Esta vez Antonio Vilanova se interesó y lo miró con alivio. El lorito gritó de nuevo: "Felicidad".

—Que João Grande venga a verme. Yo puedo ayudarlo a escoger a la gente. Yo los conozco a todos. En fin, si le parece.

Antonia Sardelinha se había acercado:

—Esta mañana Catarina vino a preguntar por ti —le dijo a João Abade—. ¿Tienes tiempo de ir a verla ahora?

João negó con la cabeza: no, no tenía. A la noche, quizás. Se sintió avergonzado, aunque los Vilanova entendían que se pospusiera a la familia por Dios: ¿acaso ellos no lo hacían? Pero a él, en el fondo de su corazón, lo atormentaba que las circunstancias, o la voluntad del Buen Jesús, lo tuvieran cada vez más apartado de su mujer.

—Iré a ver a Catarina y se lo diré —le sonrió Antonia Sardelinha.

João Abade salió del almacén pensando en lo raras que resultaban las cosas de su vida y, acaso, las de todas las vidas. "Como en las historias de los troveros", pensó. Él, que al encontrar al Consejero creyó que la sangre desaparecería de su camino, estaba ahora envuelto en una guerra peor que todas las que había conocido. ¿Para eso hizo el Padre que se arrepintiera de sus pecados? ¿Para seguir matando y viendo morir? Sí, sin duda para eso. Mandó a dos muchachos de la calle a decir a Pedrão y al viejo Joaquim Macambira que se reunieran con él a la salida a Geremoabo y, antes de ir donde João Grande, fue a buscar a Pajeú que abría trincheras en el camino de Rosario. Lo encontró a unos centenares de metros de las últimas viviendas, disimulando con matas de espinos una zanja que cortaba la trocha. Un grupo de hombres, algunos con escopetas, acarreaban y plantaban ramas, en tanto que unas mujeres repartían platos de comida a otros hombres sentados en el suelo que parecían recién relevados de su turno de trabajo. Al verlo llegar, todos se acercaron. Se vio en el centro de un círculo de caras inquisitivas. Una mujer, sin decir palabra, le puso en las manos una escudilla con carne de chivo frita rociada de harina de maíz; otra, le alcanzó una jarra de agua. Estaba tan fatigado —había venido corriendo— que tuvo que respirar hondo y beber un largo trago antes de poder hablar. Lo hizo mientras comía, sin que se le pasara por la cabeza que la gente que lo escuchaba, pocos años atrás —cuando su banda y la de Pajeú se destrozaban una a otra— habrían dado cualquier cosa por tenerlo así, a su merced, para someterlo a las peores torturas antes de matarlo. Felizmente, aquellos tiempos de desorden habían quedado atrás.

Pajeú no se inmutó al saber lo del nuevo Ejército anunciado por el Padre Joaquim. No hizo ninguna pregunta. ¿Sabía Pajeú cuántos hombres tenía un Regimiento? No, no sabía; y tampoco los otros. João Abade le pidió entonces lo que había venido a pedirle: que partiese hacia el Sur, a espiar y hostilizar a esa tropa. Su cangaço había trajinado años en esa región, la conocía mejor que nadie: ¿no era él la persona más indicada para vigilar la ruta de los soldados, infiltrarles pisteros y cargadores y demorarlos con emboscadas para dar tiempo a Belo Monte a prepararse?

Pajeú asintió, todavía sin abrir la boca. Viendo su palidez amarillo-ceniza, la gran cicatriz que hendía su cara y su figura maciza, João Abade se preguntó qué edad tendría, si no era un hombre viejo al que no se le notaban los años.

—Está bien —le oyó decir—. Te mandaré mensajes cada día. ¿A cuántos de éstos voy a llevarme?

—A los que quieras —dijo João Abade—. Son tus hombres.

—Eran —gruñó Pajeú, echando un vistazo, con sus ojitos hundidos y cazurros en los que brillaba una luz cálida, a los que lo rodeaban—. Ahora son del Buen Jesús.

—Todos somos de Él —dijo João Abade. Y, con súbita urgencia:—Antes de partir, que Antonio Vilanova te dé munición y explosivos. Ya tenemos mechas. ¿Puede quedarse, aquí, Taramela?

El aludido dio un paso adelante: era un hombrecillo minúsculo, con unos ojos achinados, cicatrices, arrugas y anchas espaldas, que había sido lugarteniente de Pajeú.

—Quiero ir contigo a Monte Santo —dijo, con voz ácida—. Siempre te he cuidado. Soy tu suerte.

—Cuida ahora a Canudos, que vale más que yo —contestó Pajeú, con brusquedad.

—Sí, sé nuestra suerte —dijo João Abade—. Te mandaré más gente, para que no te sientas solo. Alabado sea el Buen Jesús.

—Alabado sea —respondieron varios.

João Abade les había dado la espalda y corría de nuevo, a campo traviesa, cortando camino hacia la mole del Cambaio donde estaba João Grande. Mientras corría, recordó a su mujer. No la veía desde que se decidió cavar escondrijos y trincheras en todas las trochas, lo que lo había tenido corriendo día y noche en una circunferencia de la que Canudos era también el centro, como lo era del mundo. João

Abade, había conocido a Catarina cuando era uno de ese puñado de hombres y mujeres —que crecía y disminuía como el agua del río— que entraba a los pueblos con el Consejero y se tendía a su alrededor en las noches, después de fatigantes jornadas, para rezar con él y escuchar sus consejos. Había, entre ellos, una figura tan delgada que parecía espíritu, embutida en una túnica blanca como un sudario. El ex-cangaceiro había encontrado muchas veces los ojos de la mujer, fijos en él, durante las marchas, los rezos, los descansos. Lo ponían incómodo y, por momentos, lo asustaban. Eran unos ojos devastados por el dolor, que parecían amenazarlo con castigos que no eran de este mundo.

Una noche, cuando los peregrinos dormían ya en torno a una fogata, João Abade se arrastró hacia la mujer cuyos ojos podía ver, al resplandor de las llamas, clavados en él. "Quiero saber por qué me mira siempre", susurró. Ella hizo un esfuerzo, como si su debilidad o su repugnancia fueran muy grandes. "Yo estaba en Custodia la noche que usted vino a vengarse", dijo, de manera casi inaudible. "El primer hombre que mató, el que dio el grito, era mi padre. Vi cómo le metió la faca en el estómago." João Abade permaneció callado, sintiendo el crujir de la hoguera, el bordoneo de los insectos, la respiración de la mujer, tratando de recordar los ojos aquellos en esa madrugada tan lejana. Al cabo de un rato, en voz también bajísima, preguntó: "¿No murieron todos en Custodia, esa vez?". "No morimos tres, susurró la mujer. Don Matías, que se escondió en la paja de su techo. La señora Rosa, que se curó de sus heridas, aunque quedó alunada. Y yo. También quisieron matarme, y también me curé." Hablaban como si se tratara de otras personas, de otros sucesos, de una vida distinta y más pobre. "¿Cuántos años tenía usted?", preguntó el cangaceiro. "Diez o doce, por ahí", dijo ella. João Abade la miró: debía ser muy joven, entonces, pero el hambre y el sufrimiento la habían envejecido. Siempre en voz muy baja, para no despertar a los peregrinos, el hombre y la muchacha evocaron gravemente los pormenores de aquella noche, que conservaban vívida en la memoria. Había sido violada por tres hombres y más tarde alguien la había hecho arrodillar delante de unos pantalones que olían a bosta, y unas manos callosas le habían incrustado un miembro duro que apenas cabía en su boca y que ella había tenido que sorber hasta recibir un escupitajo de semen que el hombre le ordenó tragar. Cuando uno de los bandidos le dio un tajo con su faca, Catarina sintió una gran serenidad. "¿Fui yo el que le dio el tajo?", susurró João Abade. "No sé, susurró ella. Ya entonces, aunque era de día, no distinguía las caras ni sabía dónde estaba."

Desde esa noche, el ex-cangaceiro y la sobreviviente de Custodia solían rezar y andar juntos, contándose episodios de esas vidas que ahora les parecían incomprensibles. Ella se había unido al santo en un pueblo de Sergipe, donde vivía de la caridad. Era la más escuálida de los peregrinos, después del Consejero, y un buen día, durante una marcha, cayó exánime. João Abade la tomó en sus brazos y prosiguió así la jornada, hasta el atardecer. Durante varios días la llevó cargada y se ocupó también de darle los pedacitos remojados de alimento que su estómago aceptaba. En las noches, después de oír al Consejero, también como hubiera hecho con un niño, le contaba las historias de los troveros de su infancia que ahora —tal vez porque su alma había recobrado la pureza de la niñez— volvían a su memoria con lujo de detalles. Ella lo escuchaba sin interrumpirlo y días después, con su voz casi perdida, le hacía preguntas sobre los sarracenos, Fierabrás y Roberto el Diablo, de modo que él descubría que esos fantasmas se habían incorporado a la vida de Catarina como antes a la de él.

Ella se había repuesto y andaba por sus propios pies cuando, una noche, João Abade, temblando de confusión, se acusó delante de todos los peregrinos de haber sentido muchas veces el deseo de poseerla. El Consejero llamó a Catarina y le preguntó si la ofendía lo que acababa de oír. Ella dijo que no con la cabeza. Ante la ronda silenciosa, el Consejero le preguntó si todavía sentía rencor por lo sucedido en Custodia. Ella volvió a decir que no. "Estás purificada", dijo el Consejero. Hizo que ambos se tomaran de las manos y pidió que todos rezaran al Padre por ellos. Una semana después los casó el párroco de Xique-Xique. ¿Cuánto hacía de eso? ¿Cuatro o cinco años? Sintiendo que su corazón le reventaba, João divisó por fin, en las faldas del Cambaio, las sombras de los yagunzos. Dejó de correr y continuó con ese tranco corto y rápido con el que había andado tanto por el mundo.

Una hora después estaba junto a João Grande, contándole las novedades, mientras bebía agua fresca y comía un plato de maíz. Estaban solos, porque, luego de anunciarles la venida de ese Regimiento —nadie supo decirle cuántos soldados eran—, pidió a los demás hombres que se apartaran. El ex-esclavo andaba, como siempre, descalzo, con un pantalón descolorido, sujeto con una cuerda de la que pendían una faca y un machete, y una camisa sin botones que dejaba descubierto su pecho velludo. Tenía una carabina a la espalda y dos sartas de balas como collares. Cuando lo escuchó decir que se formaría una Guardia Católica para cuidar al Consejero y que él sería el jefe, movió la cabeza con fuerza.

—¿Por qué no? —dijo João Abade.

—No soy digno —masculló el negro.

—El Consejero dice que eres —respondió João Abade—. Él sabe más.

—No sé mandar —protestó el negro—. No quiero aprender a mandar, tampoco. Que otro sea el jefe.

—Mandarás tú —dijo el Comandante de la Calle—. No hay tiempo para discutir, João Grande.

·El negro estuvo observando, pensativo, a los grupos de hombres repartidos en los roquedales y pedruscos del cerro, bajo el cielo que se había vuelto plomizo.

—Cuidar al Consejero es mucho para mí —masculló al fin.

—Escoge a los mejores, a los que están más tiempo aquí, a los que viste pelear bien en Uauá y aquí, en el Cambaio —dijo João Abade—. Cuando llegue ese Ejército, la Guardia Católica debe estar formada y ser el escudo de Canudos.

João Grande permaneció en silencio, masticando, pese a que tenía la boca vacía. Miraba las cumbres del contorno como si estuviera viendo en ellas a los guerreros resplandecientes del Rey Don Sebastián: atemorizado y deslumbrado por la sorpresa.

—Me has elegido tú, no el Beatito ni el Consejero —dijo, con voz sorda—. No me has hecho un favor.

—No te lo he hecho —reconoció João Abade—. No te he elegido para hacértelo, ni para hacerte un daño, sino porque eres el mejor. Anda a Belo Monte y comienza a trabajar.

—Alabado sea el Buen Jesús Consejero —dijo el negro. Se levantó de la piedra en la que estaba sentado y se alejó por la llanura de cascajo.

—Alabado sea —dijo João Abade. Unos segundos después vio que el ex-esclavo echaba a correr.

—O SEA que faltaste a tu deber dos veces —dice Rufino—. No lo mataste, como Epaminondas quería. Y le mentiste, haciéndole creer que estaba muerto. Dos veces.

—Sólo la primera es grave —dice Caifás—. Le entregué sus pelos y un cadáver. Era de otro, pero ni él ni nadie podía notarlo. Y el forastero será cadáver pronto, si no lo es ya. Esa falta es leve.

A la orilla rojiza del Itapicurú, en la margen opuesta a la de las curtiembres de Queimadas, este sábado, como todos los sábados, se extienden puestos y tenderetes donde los vendedores venidos de toda la comarca pregonan sus mercancías. Las discusiones entre mercaderes y clientes se elevan sobre el mar de cabezas descubiertas o ensombreradas que ennegrecen la feria y se mezclan con relinchos, ladridos, rebuznos, vocerío de chiquillos y brindis de borrachos. Los mendigos estimulan la generosidad de las gentes exagerando las contorsiones de sus miembros tullidos y hay cantores que tocan la guitarra, ante pequeños grupos, entonando historias de amor y las guerras entre los heréticos y los cruzados cristianos. Moviendo las polleras, aderezadas de brazaletes, gitanas jóvenes y viejas adivinan el porvenir.

—En todo caso, te lo agradezco —dice Rufino—. Eres un hombre de honor, Caifás. Por eso siempre te he respetado. Por eso te respetan todos.

—¿Cuál es el deber más grande? —dice Caifás—. ¿Con el patrón o con el amigo? Un ciego hubiera visto que mi obligación era hacer lo que hice.

Caminan muy serios uno al lado del otro, indiferentes a la atmósfera abigarrada, promiscua, multicolor. Se abren paso sin pedir permiso, apartando a la gente con la mirada o la presión de los hombros. A veces, alguien, desde un mostrador o un toldo, los saluda, y ambos responden de manera tan cortante que nadie se les acerca. Como previamente de acuerdo, se dirigen a un puesto de bebidas —bancas de madera, tablones y una enramada— donde hay menos gente que en los otros.

—Si yo lo hubiera rematado, allá en Ipupiará, te hubiera ofendido a ti —dice Caifás, como expresando algo que ha pensado y repensado—. Impidiéndote lavar la mancha.

—¿Por qué vinieron a matarlo aquí, la primera vez? —lo interrumpe Rufino—. ¿Por qué en mi casa?

—Epaminondas quería que muriera ahí —dice Caifás—. No ibas a morir tú ni Jurema. Por no hacerle daño a ella, murieron mis hombres. —Escupe al aire, por un colmillo, y queda reflexionando—. Quizá fue mi culpa que murieran. No pensé que se iba a defender, que sabía pelear. No parecía.

—No —dice Rufino—. No parecía.

Se sientan y juntan las sillas para hablar sin ser oídos. La mujer que atiende les alcanza dos vasos y pregunta si quieren aguardiente. Sí, quieren. Trae una botella que está a medias, el rastreador sirve y beben, sin brindar. Ahora es Caifás quien llena los vasos. Es mayor que el rastreador y sus ojos, siempre inmóviles, están apagados. Viste de cuero, como de costumbre, y está enterrado de pies a cabeza.

—¿Ella lo salvó? —dice Rufino, al fin, bajando los ojos—. ¿Ella te cogió el brazo?

—Así me di cuenta que se había vuelto su mujer —asiente Caifás. En su cara hay aún rastros de la sorpresa de aquella mañana—. Cuando saltó y me desvió el brazo, cuando me atacó junto con él. —Encoge los hombros y escupe—. Era su mujer ya, ¿qué podía hacer sino defenderlo?

—Sí —dice Rufino.

—No entiendo por qué no me mataron —dice Caifás—. Se lo pregunté a Jurema, en Ipupiará, y no supo explicármelo. Ese forastero es raro.

—Es —dice Rufino.

Entre la gente de la feria, hay también soldados. Son los residuos de la Expedición del Mayor Brito, que siguen aquí, esperando, dicen, la llegada de un Ejército. Tienen los uniformes rotos, vagabundean como almas en pena, duermen en la Plaza Matriz, en la estación, en las barrancas del río. Están también entre los tenderetes, de a dos, de a cuatro, mirando con envidia a las mujeres, a la comida y al alcohol que los rodean. Los vecinos se empeñan en no hablarles, en no oírlos, en no verlos.

—Las promesas atan las manos ¿no es verdad? —dice Rufino, con timidez. Una arruga profunda parte su frente.

—Las atan —asiente Caifás—. ¿Cómo podría desatarse una promesa hecha al Buen Jesús o a la Virgen?

—¿Y una hecha al Barón? —dice Rufino, adelantando la cabeza.

—Ésa puede desatarla el Barón —dice Caifás. Llena de nuevo los vasos y beben. Entre el rumor de la feria, estalla una discusión violenta, lejana, que termina en risas. El cielo se ha encapotado, como si fuera a llover.

—Sé lo que sientes —dice Caifás, de pronto—. Sé que no duermes y que todo en la vida ha muerto para ti. Que incluso cuando estás con los demás, como ahora conmigo, estás vengándote. Así es, Rufino, así es cuando se tiene honor.

Una fila de hormigas recorre alineadamente la mesa, contorneando la botella que ha quedado vacía. Rufino las observa avanzar, desaparecer. Tiene su vaso en la mano y lo aprieta con fuerza.

—Hay algo que debes tener presente —añade Caifás—. La muerte no basta, no lava la afrenta. La mano o el chicote en la cara, en cambio, sí. Porque la cara es tan sagrada como la madre o la mujer.

Rufino se pone de pie. Acude la dueña del puesto y Caifás se lleva la mano al bolsillo, pero el rastreador lo ataja y paga. Esperan el vuelto en silencio, apartados por sus pensamientos.

—¿Es cierto que tu madre se ha ido a Canudos? —pregunta Caifás. Y, como Rufino asiente: —Muchos se van. Epaminondas está contratando más hombres para la Guardia Rural. Viene un Ejército y quiere ayudarlo. También hay familia mía con el santo. Es difícil hacerle la guerra a la propia familia ¿no, Rufino?

—Yo tengo otra guerra —murmura Rufino, guardando las monedas que le alcanza la mujer.

—Espero que lo encuentres, que la enfermedad no lo haya matado —dice Caifás.

Sus siluetas se desvanecen en el tumulto de la feria de Queimadas.

—HAY ALGO que no entiendo, Barón —repitió el coronel José Bernardo Murau, desperezándose en la mecedora, en la que se balanceaba despacio, impulsándose con el pie—. El Coronel Moreira César nos odia y nosotros lo odiamos. Su venida es una gran victoria para

Epaminondas y una derrota para lo que defendemos, que Río no se meta en nuestros asuntos. Y, sin embargo, el Partido Autonomista lo recibe en Salvador como un héroe y ahora competimos con Epaminondas a ver quién da más ayuda al Cortapescuezos.

La estancia, fresca, encalada, vieja, con resquebrajaduras en la pared, lucía desarreglada; había un ramo de flores mustias en un jarrón de cobre y el suelo estaba desportillado. Por las ventanas se veían los cañaverales, encendidos por el sol, y, muy cerca de la casa, un grupo de servidores alistando unos caballos.

—Los tiempos se han vuelto confusos, mi querido José Bernardo —sonrió el Barón de Cañabrava—. Ya ni las personas inteligentes se orientan en la selva en que vivimos.

—Inteligente no lo fui nunca, ésa no es virtud de hacendados —refunfuñó el coronel Murau. Hizo un gesto vago hacia afuera—. Me he pasado medio siglo aquí sólo para llegar a la vejez y ver cómo todo se desmorona. Mi consuelo es que me moriré pronto y no veré la ruina total de esta tierra.

Era, efectivamente, un hombre viejísimo, huesudo, con la piel bruñida y unas manos nudosas con las que se rascaba a menudo la cara mal afeitada. Vestía como un peón, un pantalón descolorido, una camisa abierta y, sobre ella, un chaleco de cuero crudo que había perdido los botones.

—La mala racha pasará pronto —dijo Adalberto de Gumucio.

—Para mí, no —El hacendado hizo crujir los huesos de sus dedos—. ¿Saben cuántos se han marchado de estas tierras en los últimos años? Cientos de familias. La sequía del 77, el espejismo de los cafetales del Sur, del caucho del Amazonas, y, ahora, el maldito Canudos. ¿Saben la cantidad de gente que se va a Canudos? Abandonando casas, animales, trabajo, todo. A esperar allá el Apocalipsis y la llegada del Rey Don Sebastián —Los miró, abrumado por la imbecilidad humana—. Les diré lo que va a ocurrir, sin ser inteligente. Moreira César impondrá a Epaminondas de Gobernador de Bahía y él y su gente nos hostilizarán de tal modo que habrá que malvender las haciendas o regalarlas, e irse también.

Frente al Barón y a Gumucio había una mesita con refrescos y una canasta de bizcochos, que nadie había probado. El Barón abrió una cajita de rapé, la ofreció a sus amigos, y aspiró con delectación. Quedó un momento con los ojos cerrados.

—No les vamos a regalar el Brasil a los jacobinos, José Bernardo —dijo, abriéndolos—. Pese a que han preparado esta operación con mucha astucia, no les va a resultar.

—Brasil ya es de ellos —lo interrumpió Murau—. La prueba es que Moreira César viene aquí, mandado por el gobierno.

—Ha sido nombrado por presión del Club Militar de Río, un pequeño reducto jacobino, aprovechando la enfermedad del Presidente Morais —dijo el Barón—. En realidad, ésta es una conjura contra Morais. El plan es clarísimo. Canudos es el pretexto para que su hombre se infle de más gloria y prestigio. ¡Moreira César aplasta una conspiración monárquica! ¡Moreira César salva a la República! ¿No es ésa la mejor prueba de que sólo el Ejército puede garantizar la seguridad nacional? El Ejército al poder, entonces, la República Dictatorial. —Había estado sonriente, pero ahora se puso serio—. No lo vamos a permitir, José Bernardo. Porque no van a ser los jacobinos sino nosotros los que vamos a aplastar la conspiración monárquica. —Hizo una mueca de asco—. No se puede actuar como caballeros, querido. La política es un quehacer de rufianes.

La frase tocó algún resorte íntimo del viejo Murau, porque su expresión se animó y lo vieron echarse a reír.

—Está bien, me rindo, señores rufianes —exclamó—. Mandaré mulas, pisteros, provisiones y lo que haga falta al Cortapescuezos. ¿Debo alojar también, aquí, al Séptimo Regimiento?

—Es seguro que no pasará por tu tierra —le agradeció el Barón—. Ni siquiera tendrás que verle la cara.

—No podemos dejar que el Brasil nos crea alzados contra la República, y hasta complotando con Inglaterra para restaurar la monarquía —dijo Adalberto de Gumucio—. ¿No te das cuenta, José Bernardo? Hay que desmontar esa intriga, y muy pronto. Con el patriotismo no se juega.

—Epaminondas ha jugado y ha jugado bien —masculló Murau.

—Es cierto —admitió el Barón—. Yo, tú, Adalberto, Viana, todos creíamos que no había que darle importancia. Lo cierto es que Epaminondas ha demostrado ser un adversario peligroso.

—Toda la intriga contra nosotros es barata, grotesca, de una vulgaridad total —dijo Gumucio.

—Pero le ha dado buenos resultados, hasta ahora—. El Barón echó un vistazo hacia el exterior: sí, los caballos estaban listos. Anunció a sus amigos que mejor seguía viaje de una vez, ya que había logrado su objetivo: convencer al hacendado más terco de Bahía. Iría a ver si Estela y Sebastiana podían partir. José Bernardo Murau le recordó entonces que un hombre, venido de Queimadas, lo esperaba desde hacía dos horas. El Barón lo había olvidado por completo. "Es cierto, es cierto", murmuró. Y ordenó que lo hicieran pasar.

Un instante después se recortó en la puerta la silueta de Rufino. Lo vieron quitarse el sombrero de paja, hacer una venia al dueño de casa y a Gumucio, ir hacia el Barón, inclinarse y besarle la mano.

—Cuánto me alegro de verte, ahijado —le dijo éste, palmeándolo con afecto—. Que bueno que vinieras a vernos. ¿Cómo está Jurema? ¿Por qué no la trajiste? A Estela le hubiera gustado verla.

Advirtió que el guía permanecía cabizbajo, estrujando el sombrero y, de pronto, lo notó terriblemente avergonzado. Sospechó entonces cuál podía ser el motivo de la visita de su antiguo peón.

—¿Le ha pasado algo a tu mujer? —preguntó—. ¿Está enferma Jurema?

—Dame permiso para romper la promesa, padrino —dijo Rufino, de un tirón. Gumucio y Murau, que habían estado distraídos, se interesaron en el diálogo. En el silencio, que se había vuelto enigmático y tenso, el Barón demoró en darse cuenta qué podía decir eso que oía, en saber qué le pedían.

—¿Jurema? —dijo, pestañeando, retrocediendo, escarbando en la memoria—. ¿Te ha hecho algo? ¿No te habrá abandonado, no, Rufino? ¿Quieres decir que lo ha hecho, que se ha ido con otro hombre?

La mata de pelos lacios y sucios que tenía delante, asintió casi imperceptiblemente. Ahora comprendió el Barón por qué Rufino le ocultaba los ojos, y supo el esfuerzo que estaba haciendo y cuánto padecía. Sintió compasión por él.

—¿Para qué, Rufino? —dijo, con un ademán apenado—. ¿Qué ganarías? Desgraciarte dos veces en lugar de una. Si se ha ido, en cierta forma se murió, se mató ella sola. Olvídate de Jurema. Olvídate un tiempo de Queimadas, también. Ya conseguirás otra mujer que te sea fiel. Ven con nosotros a Calumbí, donde tienes tantos amigos.

Gumucio y José Bernardo Murau esperaban con curiosidad la respuesta de Rufino. El primero se había servido un vaso de refresco y lo tenía junto a los labios, sin beber.

—Dame permiso para romper la promesa, padrino —dijo, al fin, el rastreador, sin levantar los ojos.

Una sonrisa cordial, de aprobación, brotó en Adalberto de Gumucio, que seguía muy atento la conversación entre el Barón y su antiguo servidor. José Bernardo Murau, en cambio, se había puesto a bostezar. El Barón se dijo que cualquier razonamiento sería inútil, que tenía que aceptar lo inevitable y decir sí o no, pero no engañarse tratando de hacer cambiar de decisión a Rufino. Aun así, intentó ganar tiempo:

—¿Quién se la ha robado? —murmuró—. ¿Con quién se ha ido?

Rufino esperó un segundo antes de hablar.

—Un extranjero que vino a Queimadas —dijo. Hizo otra pausa y, con sabia lentitud, añadió: —Lo mandaron donde mí. Quería ir a Canudos, a llevarles armas a los yagunzos.

El vaso se desprendió de las manos de Adalberto de Gumucio y se hizo trizas a sus pies, pero ni el ruido ni las salpicaduras ni la lluvia de astillas distrajo a los tres hombres que, con los ojos muy abiertos, miraban asombrados al rastreador. Éste permanecía inmóvil, cabizbajo, callado, se hubiera dicho que ignorante del efecto que acababa de causar. El Barón fue el primero en reponerse.

—¿Un extranjero quería llevar armas a Canudos? —El esfuerzo que hacía por parecer natural estropeaba más su voz.

—Quería pero no fue —asintió la mata de pelos sucios. Rufino mantenía la postura respetuosa y miraba siempre al suelo. —El coronel Epaminondas lo mandó matar. Y lo cree muerto. Pero no lo está. Jurema lo salvó. Y ahora Jurema y él están juntos.

Gumucio y el Barón se miraron, maravillados, y José Bernardo Murau hacía esfuerzos por incorporarse de la mecedora, gruñendo algo. El Barón se levantó antes que él. Estaba pálido y las manos le temblaban. Ni siquiera ahora parecía advertir el rastreador la agitación que provocaba en los tres hombres.

—O sea que Galileo Gall está vivo —articuló, por fin, Gumucio, golpeándose una palma con el puño—. O sea que el cadáver quemado, la cabeza cortada y toda esa truculencia...

—No se la cortaron, señor —lo interrumpió Rufino y otra vez reinó un silencio eléctrico en la salita desarreglada—. Le cortaron los pelos largos que tenía. El que mataron era un alunado que asesinó a sus hijos. El extranjero está vivo.

Calló y aunque Adalberto de Gumucio y José Bernardo Murau le hicieron varias preguntas a la vez, y le pidieron detalles y le exigieron que hablara, Rufino guardó silencio. El Barón conocía bastante a la gente de su tierra para saber que el guía había dicho lo que tenía que decir y que nadie ni nada le sacaría una palabra más.

—¿Hay alguna otra cosa que puedas contarnos, ahijado? —Le había puesto una mano en el hombro y no disimulaba lo conmovido que estaba.

Rufino movió la cabeza.

—Te agradezco que vinieras —dijo el Barón—. Me has hecho un gran servicio, hijo. A todos nosotros. Al país también, aunque tú no lo sepas.

La voz de Rufino volvió a sonar, más insistente que antes:

—Quiero romper la promesa que te hice, padrino.

El Barón asintió, apesadumbrado. Pensó que iba a dictar una sentencia de muerte contra alguien que tal vez era inocente, o que tenía razones poderosas y respetables, y que iba a sentirse mal y repelido por lo que iba a decir, y, sin embargo, no podía hacer otra cosa.

—Haz lo que tu conciencia te pida —murmuró—. Que Dios te acompañe y te perdone.

Rufino alzó la cabeza, suspiró, y el Barón vio que sus ojitos estaban ensangrentados y húmedos y que su cara era la de un hombre que ha sobrevivido a una terrible prueba. Se arrodilló y el Barón le hizo la señal de la cruz en la frente y le dio otra vez a besar su mano. El rastreador se levantó y salió de la habitación sin siquiera mirar a las otras dos personas.

El primero en hablar fue Adalberto de Gumucio:

—Me inclino y rindo honores —dijo, escrutando los pedazos de vidrio diseminados a sus pies—. Epaminondas es un hombre de grandes recursos. Es verdad, estábamos equivocados con él.

—Lástima que no sea de los nuestros —agregó el Barón. Pero, a pesar de lo extraordinario del descubrimiento que había hecho, no pensaba en Epaminondas Gonçalves, sino en Jurema, la muchacha que Rufino iba a matar, y en la pena que su mujer sentiría si lo llegaba a saber.

III

—LA ORDENANZA está ahí desde ayer —dice Moreira César, apuntando con su fuete el cartel que manda a la población civil declarar al Séptimo Regimiento todas las armas de fuego—. Y esta mañana, al llegar la Columna, fue pregonada antes del registro. Sabían a lo que se arriesgaban, señores.

Los prisioneros están atados espalda contra espalda, y no hay huellas de castigo en sus caras ni en sus torsos. Descalzos, sin sombrero, podrían ser padre e hijo, tío y sobrino, o dos hermanos, pues los rasgos del joven repiten los del más viejo y ambos tienen una manera semejante de mirar la mesita de campaña del tribunal que acaba de juzgarlos. De los tres oficiales que hicieron de jueces, dos se están yendo, con la prisa que vinieron y los sentenciaron, hacia las compañías que siguen llegando a Cansançao y se suman a las que ya acampan en el poblado. Sólo Moreira César está allí, junto al cuerpo del delito: dos carabinas, una caja de balas, una bolsita de pólvora. Los prisioneros, además de ocultar las armas, han atacado y herido a uno de los soldados que los arrestó. Toda la población de Cansançao —unas pocas decenas de campesinos— está en el descampado, detrás de soldados con la bayoneta calada que les impiden acercarse.

—Por esta basura, no valía la pena —la bota del Coronel roza las carabinas. No hay la menor animosidad en su voz. Se vuelve a un Sargento, que está a su lado y, como si le preguntara la hora, le dice: —Déles un trago de aguardiente.

Muy cerca de los prisioneros, apiñados, silenciosos, con caras de estupefacción o de susto, se hallan los corresponsales. Los que no tienen sombreros se protegen de la resolana con sus pañuelos. Más allá del descampado, se oyen los ruidos de rutina: zapatones y botas contra la tierra, cascos y relinchos, voces de orden, crujidos y risotadas. Se diría que a los soldados que llegan o que ya descansan les importa un comino lo que va a pasar. El Sargento ha destapado una botella y la acerca a la boca de los prisioneros. Ambos beben un largo trago.

—Quiero morir de tiro, Coronel —suplica, de pronto, el más joven.

Moreira César mueve la cabeza.

—No gasto munición en traidores a la República —dice—. Coraje. Mueran como hombres.

Hace una seña y dos soldados desenvainan sus facas del cinto y avanzan. Actúan con precisión, con movimientos idénticos: cogen, cada cual con la mano izquierda, los pelos de un prisionero, de un tirón le echan la cabeza atrás y los degüellan al mismo tiempo de un tajo profundo, que corta en seco el quejido animal del joven y el alarido del viejo:

—¡Viva el Buen Jesús Consejero! ¡Viva Belo...!

Los soldados se arriman, como para cerrar el paso a los vecinos, que no se han movido. Algunos corresponsales han bajado la vista, otro mira anonadado y el periodista miope del *Jornal de Notícias* hace muecas. Moreira César observa los cuerpos caídos, teñidos de sangre.

—Que queden expuestos al pie de la Ordenanza —dice, con suavidad.

Y, en el acto, parece olvidar la ejecución. Con andar nervioso, rápido, se aleja por el descampado, hacia la cabaña donde le han preparado una hamaca. El grupo de periodistas se pone en movimiento, tras él, y le da alcance. Va en medio de ellos, serio, tranquilo, con la piel seca, a diferencia de los corresponsales, congestionados por el calor y la impresión. No se recuperan del impacto de esas gargantas seccionadas a pocos pasos de ellos: el significado de ciertas palabras, guerra, crueldad, sufrimiento, destino, ha desertado el abstracto dominio en que vivía y cobrado una carnalidad mensurable, tangible, que los enmudece. Llegan a la puerta de la cabaña. Un ordenanza presenta al Coronel un lavatorio, una toalla. El jefe del Séptimo Regimiento se enjuaga las manos y se refresca la cara. El corresponsal que anda siempre arropado balbucea:

—¿Se puede dar noticia de esta ejecución, Excelencia?

Moreira César no oye o no se digna contestarle.

—En el fondo, el hombre sólo teme a la muerte —dice, mientras se seca, sin grandilocuencia, con naturalidad, como en las charlas que en las noches le oyen dar a grupos de sus oficiales—. Por eso, es el único castigo eficaz. A condición de que se aplique con justicia. Alecciona a la población civil y desmoraliza al enemigo. Suena duro, lo sé. Pero así se ganan las guerras. Hoy han tenido su bautismo de fuego. Ya saben de qué se trata, señores.

Los despide con la venia rapidísima, glacial, que han aprendido a reconocer como irreversible fin de entrevista. Les da la espalda e ingresa a la cabaña, en la que alcanzan a divisar un ajetreo de uniformes, un mapa desplegado y un puñado de adjuntos que hacen sonar los talones. Confusos, atormentados, descentrados, descruzan el descampado hacia el puesto de intendencia, donde, en cada descanso, reciben su ración, idéntica a la de los oficiales. Pero es seguro que hoy no probarán bocado.

Los cinco están muy cansados, por el ritmo de la marcha de la Columna. Tienen los fundillos resentidos, las piernas agarrotadas, la piel quemada por el sol de ese desierto arenoso, erizado de cactos y favela, que separa a Queimadas de Monte Santo. Se preguntan cómo aguantan los que marchan a pie, la inmensa mayoría del Regimiento. Pero muchos no aguantan: los han visto derrumbarse como fardos y ser llevados en peso a las carretas de la Sanidad. Ahora saben que esos exhaustos, una vez reanimados, son reprendidos severísimamente. "¿Ésta es la guerra?", piensa el periodista miope. Porque, antes de esta ejecución, no han visto nada que se parezca a la guerra. Por eso, no entienden la vehemencia con que el jefe del Séptimo Regimiento hace apurar a sus hombres. ¿Es ésta una carrera hacia un espejismo? ¿No había tantos rumores sobre las violencias de los yagunzos en el interior? ¿Dónde están? No han encontrado sino aldeas semidesiertas, cuya pobre humanidad los mira pasar con indiferencia y que, a sus preguntas, responde siempre con evasivas. La Columna no ha sido atacada, no se han oído tiros. ¿Es cierto que las reses desaparecidas han sido robadas por el enemigo, como asegura Moreira César? Ese hombre pequeño e intenso no les merece simpatía, pero les impresiona su seguridad, y que apenas coma y duerma, y la energía que no lo abandona un instante. Cuando, en las noches, se envuelven en las mantas para maldormir, lo ven todavía en pie, con el uniforme sin desabrochar ni remangar, recorriendo las hileras de soldados, deteniéndose a cambiar unas palabras con los centinelas o discutiendo con su Estado Mayor. Y, en las madrugadas, cuando suena la corneta y ellos, borrachos de sueño, abren los ojos, ya está él ahí, lavado y rasurado, interrogando a los mensajeros de la vanguardia o examinando las piezas de artillería, como si no se hubiera acostado. Hasta la ejecución de hace un momento, la guerra, para ellos, era él. Era el único que hablaba permanentemente de ella, con una convicción tal que llegaba a convencerlos, a hacer que la vieran rodearlos, asediarlos. Él los ha persuadido que muchos de esos seres impávidos, hambrientos —idénticos a los ejecutados—, que salen a verlos pasar, son cómplices del enemigo, y que tras esas miradas apagadas hay unas inteligencias que cuentan, miden, calculan, registran, y que esas informaciones van siempre por delante de ellos, rumbo a Canudos. El periodista miope recuerda que el viejo vitoreó al Consejero antes de morir y piensa: "A lo mejor es verdad. A lo mejor, todos ellos son el enemigo".

Esta vez, a diferencia de otros descansos, ninguno de los corresponsales se echa a cabecear. Permanecen, solidarios en su confusión y zozobra, junto al toldo de los ranchos, fumando, meditando, y el periodista del *Jornal de Notícias* no aparta la vista de los cadáveres estirados al pie del tronco donde bailotea la Ordenanza que desobedecieron. Una hora después están de nuevo a la cabeza de la Columna, inmediatamente detrás de los estandartes y del Coronel Moreira César, rumbo a esa guerra que para ellos, ahora sí, ha comenzado.

Otra sorpresa les espera, antes de llegar a Monte Santo, en la encrucijada donde un cartelito borroso señala el desvío a la hacienda de

Calumbí; la Columna llega allí a las seis horas de reanudar la marcha. De los cinco corresponsales, sólo el esmirriado espantapájaros del *Jornal de Notícias* será testigo cercanísimo del hecho. Una curiosa relación se ha establecido entre él y el jefe del Séptimo Regimiento, que sería inexacto llamar amistad o aun simpatía. Se trata, más bien, de una curiosidad nacida de la mutua repelencia, de la atracción que ejercen entre sí las antípodas. Pero el hecho es que el hombre que parece una caricatura de sí mismo, no sólo cuando escribe en el disparatado tablero que coloca sobre sus piernas o montura y moja la pluma en ese tintero portátil que parece un recipiente de esos en que los caboclos llevan el veneno para los dardos de sus ballestas en las cacerías, sino también cuando camina o cabalga, dando siempre la impresión de estar a punto de desmoronarse, parece absorbido, hechizado, obsesionado por el menudo Coronel. No deja de observarlo, no pierde ocasión de acercársele y, en las charlas con sus colegas, Moreira César es el único tema que le importa, más aún, se diría, que Canudos y la guerra. ¿Y qué puede haber interesado al Coronel del joven periodista? Quizá su excentricidad indumentaria y física, esa ruindad de huesos, esa desproporción de miembros, esa proliferación de pelos y de vellos, esas uñas largas que ahora andan negras, esas maneras blandas, ese conjunto en el que no aparece nada que el Coronel llamaría viril, marcial. Pero lo cierto es que hay algo en esa figurilla contrahecha, de voz antipática, que seduce, acaso a pesar de sí mismo, al pequeño oficial de ideas fijas y ojos enérgicos. Es al único al que suele dirigirse, cuando departe con los corresponsales, y algunas veces dialoga con él a solas, luego del rancho de la tarde. Durante las jornadas, el periodista del *Jornal de Notícias*, como por iniciativa de su cabalgadura, se suele adelantar y unir al Coronel. Es lo que ha ocurrido esta vez, después de haber partido la Columna de Cansançao. El miope, balanceándose con los movimientos de un títere, está confundido con los oficiales y ordenanzas que rodean el caballo blanco de Moreira César, cuando éste, al llegar al desvío de Calumbí, alza la mano derecha: la señal de alto.

Los escoltas se alejan a la carrera, llevando órdenes, y el corneta da el toque que hará detenerse a todas las compañías del Regimiento. Moreira César, Olimpio de Castro, Cunha Matos y Tamarindo desmontan; el periodista resbala hasta el suelo. Atrás, los corresponsales y muchos soldados van a mojarse caras, brazos y pies en una poza de agua estancada. El Mayor y Tamarindo examinan un mapa y Moreira César observa el horizonte con sus prismáticos. El sol está desapareciendo detrás de una montaña lejana y solitaria —Monte Santo— a la que ha impuesto una forma espectral. Cuando guarda sus prismáticos, el Coronel ha empalidecido. Se lo nota tenso.

—¿Qué lo preocupa, Excelencia? —dice el Capitán Olimpio de Castro.

—El tiempo —Moreira César habla como si tuviera un cuerpo extraño en la boca—. Que huyan antes de que lleguemos.

—No huirán —replica el periodista miope—. Creen que Dios está de su parte. A la gente de esta tierra le gusta la pelea.

—Dicen que a enemigo que huye, puente de plata —bromea el Capitán.

—No en este caso —articula con dificultad el Coronel—. Hay que hacer un escarmiento que acabe con las ilusiones monárquicas. Y, también, vengar la afrenta hecha al Ejército.

Habla con misteriosas pausas entre sílaba y sílaba, desafinando. Abre la boca todavía, para añadir algo, pero no lo hace. Está lívido y con las pupilas irritadas. Se sienta en un tronco caído y se quita el quepis, a ritmo lento. El periodista del *Jornal de Notícias* va a sentarse también, cuando ve a Moreira César llevarse las manos a la cara. Su quepis cae al suelo y el Coronel se levanta de un brinco y comienza a dar traspiés, congestionado, mientras se arranca a manotazos los botones de la camisa, como si se ahogara. Gimiendo, echando espuma, presa de contorsiones, rueda a los pies del Capitán Olimpio de Castro y del periodista, que no atinan a nada. Cuando se inclinan, ya corren hacia allí Tamarindo, Cunha Matos y varios ordenanzas.

—No lo toquen —grita el Coronel, con gesto enérgico—. Rápido, una manta. Llamen al Doctor Souza Ferreiro. ¡Que nadie se acerque! Atrás, atrás.

El Mayor Cunha Matos obliga a retroceder a jalones al periodista y, con los ordenanzas, sale al encuentro de los corresponsales. Los apartan, sin miramientos. Entre tanto, echan una manta sobre Moreira César, y Olimpio de Castro y Tamarindo doblan sus guerreras para que le sirvan de almohada.

—Ábrale la boca y cójale la lengua —indica el viejo Coronel, perfectamente al tanto de lo que hay que hacer. Se vuelve a dos escoltas y les ordena armar una tienda.

El Capitán abre a la fuerza la boca de Moreira César. Las convulsiones continúan, un buen rato. El Doctor Souza Ferreiro llega, por fin, con un carromato de la Sanidad. Han levantado la tienda y Moreira César está tendido en un catre de campaña. Tamarindo y Olimpio de Castro permanecen a su lado, turnándose en mantenerle la boca abierta y abrigarlo. La cara mojada, los ojos cerrados, presa de desasosiego, emitiendo un quejido entrecortado, el Coronel, cada cierto rato, arroja una bocanada de espuma. El Doctor y el Coronel Tamarindo cambian una mirada y no cruzan palabra. El Capitán explica cómo fue el ataque, cuánto rato hace, y, mientras, Souza Ferreiro va quitándose la chaqueta e instruyendo con gestos a un ayudante para que arrime el botiquín al catre. Los oficiales salen de la tienda para que el Doctor examine con libertad al paciente.

Centinelas armados aíslan la tienda del resto de la Columna. Cerca, espiando entre los fusiles, se hallan los corresponsales. Han devorado a preguntas al periodista miope y éste les ha dicho ya lo que vio. Entre los centinelas y el campamento hay una tierra de nadie que ningún oficial ni soldado atraviesa a menos de ser llamado por el Mayor Cunha Matos. Éste se pasea de un lado al otro, con las manos a la espalda. El Coronel Tamarindo y el Capitán Olimpio de Castro se le acercan y los corresponsales los ven caminar alrededor de la tienda. Sus caras van oscureciéndose a medida que se apaga el gran fogueo crepuscular. A ratos, Tamarindo entra a la tienda, sale, y los tres reanudan el paseo. Pasan así muchos minutos, tal vez media hora, tal vez una hora, pues, cuando, súbitamente, el Capitán de Castro avanza hacia los corresponsales e indica al periodista del *Jornal de Notícias* que vaya con él, han encendido una fogata y, atrás, suena la corneta del rancho. Los centinelas dejan pasar al miope, a quien el Capitán conduce hasta el Coronel y el Mayor.

—Usted conoce la región, puede ayudarnos —murmura Tamarindo, sin el tono bonachón que es el suyo, como venciendo una repugnancia íntima a hablar de esto a un extraño—. El Doctor insiste en que el Coronel debe ser llevado a un lugar donde haya ciertas comodidades, donde pueda ser bien atendido. ¿No hay alguna hacienda cerca?

—Claro que la hay —dice la vocecita atiplada—. Usted lo sabe tan bien como yo.

—Quiero decir, aparte de Calumbí —corrige el Coronel Tamarindo, incómodo—. El Coronel rechazó terminantemente la invitación del Barón de hospedar al Regimiento. No es el sitio adecuado para llevarlo.

—No hay ninguna otra —dice, cortante, el periodista miope, que escudriña la semioscuridad en dirección a la tienda de campaña, de la que sale un resplandor verdoso—. Todo lo que abarca la vista entre Cansançao y Canudos pertenece al Barón de Cañabrava.

El Coronel lo mira compungido. En ese momento sale de la tienda el Doctor Souza Ferreiro, secándose las manos. Es un hombre con canas en las sienes y grandes entradas en la frente, que viste uniforme. Los oficiales lo rodean, olvidándose del periodista, quien, sin embargo, permanece allí, y aproxima irreverentemente los ojos que agrandan los cristales de sus gafas.

—Ha sido el desgaste físico y nervioso de los últimos días —se queja el Doctor, poniéndose un cigarrillo en los labios—. Después de dos años, repetirle justamente ahora. Mala suerte, zancadilla del diablo, qué sé yo. Le he hecho una sangría, para la congestión. Pero necesita los baños, las fricciones, todo el tratamiento. Ustedes deciden, señores.

Cunha Matos y Olimpio de Castro miran al Coronel Tamarindo. Éste carraspea, sin decir nada.

—¿Insiste en que lo llevemos a Calumbí sabiendo que el Barón está allí? —dice, al fin.

—Yo no he hablado de Calumbí —replica Souza Ferreiro—. Yo sólo hablo de lo que necesita el paciente. Y permítanme añadir algo. Es una temeridad tenerlo aquí, en estas condiciones.

—Usted conoce al Coronel —interviene Cunha Matos—. En casa de uno de los jefes de la subversión monárquica se sentirá ofendido, humillado.

El Doctor Souza Ferreiro se encoge de hombros:

—Yo acato su decisión. Soy un subordinado. Dejo salvada mi responsabilidad.

Una agitación a sus espaldas hace que los cuatro oficiales y el periodista miren la tienda de campaña. Allí está Moreira César, visible en la poca luz de la lámpara del interior, rugiendo algo que no se entiende. Semidesnudo, apoyado con las dos manos en la lona, tiene el pecho con unas formas oscuras e inmóviles que deben ser sanguijuelas. Sólo puede tenerse en pie unos segundos. Lo ven desplomarse, quejándose. El Doctor se arrodilla a abrirle la boca mientras los oficiales lo cogen de los pies, de los brazos, de la espalda, para subirlo de nuevo al catre plegable.

—Yo asumo la responsabilidad de llevarlo a Calumbí, Excelencia —dice el Capitán Olimpio de Castro.

—Está bien —asiente Tamarindo—. Acompañe usted a Souza Ferreiro con una escolta. Pero el Regimiento no irá donde el Barón. Acampará aquí.

—¿Puedo acompañarlo, Capitán? —dice, en la penumbra, la voz intrusa del periodista miope—. Conozco al Barón. Trabajé para su periódico, antes de entrar al *Jornal de Notícias*.

PERMANECIERON en Ipupiará diez días más, después de la visita de los capangas a caballo que se llevaron, por todo botín, una cabellera rojiza. El forastero empezó a recuperarse. Una noche, la Barbuda lo oyó conversar, en un portugués dificultoso, con Jurema, a la que preguntaba qué país era éste, qué mes y qué día. A la tarde siguiente se descolgaba del carromato y conseguía dar unos pasos tambaleantes. Y dos noches después estaba en el almacén de Ipupiará, sin fiebre, demacrado, animoso, acosando a preguntas al almacenero (que miraba divertido su cráneo) sobre Canudos y la guerra. Se hizo confirmar varias veces, con una especie de frenesí, que un ejército de medio millar de hombres venido de Bahía al mando del Mayor Febronio había sido derrotado en el Cambaio. La noticia lo excitó de tal modo que Jurema, la Barbuda y el Enano pensaron que de nuevo comenzaría a delirar en lengua extraña.

Pero Gall, luego de tomar con el almacenero una copita de cachaça, cayó en un sueño profundísimo que le duró diez horas.

Reemprendieron la marcha por iniciativa de Gall. Los cirqueros hubieran preferido quedarse todavía en Ipupiará, donde, mal que mal, podían comer, entreteniendo con historias y payaserías a los vecinos. Pero el forastero temía que los capangas volvieran a llevarse esta vez su cabeza. Se había recuperado: hablaba con tanta energía que la Barbuda, el Enano y hasta el Idiota lo escuchaban embobados. Debían adivinar parte de lo que decía y los intrigaba su manía de hablar de los yagunzos. La Barbuda preguntó a Jurema si era uno de esos apóstoles del Buen Jesús que recorrían el mundo. No, no lo era: no había estado en Canudos, no conocía al Consejero y ni siquiera creía en Dios. Jurema tampoco entendía esa manía. Cuando Gall les dijo que partía rumbo al Norte, el Enano y la Barbuda decidieron seguirlo. No hubieran podido explicar por qué. Quizá la razón fue la de la gravedad, los cuerpos débiles imantados por los fuertes, o, simplemente, no tener nada mejor que hacer, ninguna alternativa, ninguna voluntad que oponer a la de quien, a diferencia de ellos, parecía poseer un itinerario en la vida.

Partieron al amanecer y marcharon todo el día entre piedras y mandacarús filudos, sin cambiar palabra, adelante el carromato, a los lados la Barbuda, el Enano y el Idiota, Jurema pegada a las ruedas y, cerrando la caravana, Galileo Gall. Para protegerse del sol se había puesto un sombrero que usaba el Gigantón Pedrín. Había adelgazado tanto que el pantalón le quedaba bolsudo y la camisa se le escurría. El roce quemante de la bala le había dejado una mancha cárdena detrás de la oreja y el cuchillo de Caifás una cicatriz sinuosa entre el cuello y el hombro. La flacura y palidez habían como exacerbado la turbulencia de sus ojos. Al cuarto día de marcha, en un recodo del llamado Sitio de las Flores, se encontraron con una partida de hombres hambrientos que les quitaron el burro. Estaban en un bosquecillo de cardos y mandacarús, partido por un cauce seco. A lo lejos, divisaban las lomas de la Sierra de Engorda. Los bandidos eran ocho, vestidos algunos de cuero, con sombreros decorados con monedas y armados de facas, carabinas y sartas de balas. Al jefe, bajo y ventrudo, de perfil de ave de presa y ojos crueles, los otros lo llamaban Barbadura, pese a ser lampiño. Dio unas instrucciones lacónicas y sus hombres, en un dos por tres, mataron al burro, lo cortaron, despellejaron y lo asaron a trozos sobre los que, más tarde, se abalanzaron con avidez. Debían de estar sin comer varios días porque, de felicidad por el festín, algunos se pusieron a cantar.

Observándolos, Galileo se preguntaba cuánto tardarían las alimañas y la atmósfera en convertir ese cadáver en los montoncitos de huesos pulidos que se había acostumbrado a encontrar en el sertón, osaturas, rastros, memorias de hombre o de animal que instruían al viajero sobre su destino en caso de desmayo o muerte. Estaba sentado en el carromato, junto a la Barbuda, el Enano, el Idiota y Jurema. Barbadura se quitó el sombrero, en cuya ala delantera brillaba una esterlina, e hizo señas a los cirqueros de que comieran. El primero en animarse fue el Idiota, quien se arrodilló y estiró sus dedos hacia la humareda. Lo imitaron la Barbuda, el Enano, Jurema. Pronto comían con apetito, mezclados a los bandoleros. Gall se llegó a la fogata. La intemperie lo había tostado y curtido como a un sertanero. Desde que vio quitarse el sombrero a Barbadura, no apartaba la vista de su cabeza. Y la seguía mirando mientras se llevaba a la boca el primer bocado. Al intentar tragar, le sobrevino una arcada.

—Sólo puede tragar cosas blandas —explicó Jurema a los hombres—. Ha estado enfermo.

—Es extranjero —añadió el Enano—. Habla lenguas.

—Así sólo me miran mis enemigos —dijo el jefe, con rudeza—. Quítame los ojos que me molestan.

Porque, ni siquiera mientras vomitaba había dejado Gall de examinarlo. Todos se volvieron hacia él. Galileo, siempre observándolo, dio unos pasos hasta ponerse al alcance de Barbadura.

—Sólo me interesa tu cabeza —dijo, muy despacio—. Déjame tocártela.

El bandido se llevó la mano a la faca, como si fuera a atacarlo. Gall lo tranquilizó sonriéndole.

—Deja que te toque —gruñó la Barbuda—. Te dirá tus secretos.

El bandolero examinó a Gall con curiosidad. Tenía un pedazo en la boca, pero no masticaba.

—¿Eres sabio? —preguntó, la crueldad de sus ojos súbitamente evaporada.

Gall volvió a sonreírle y dio un paso más, hasta rozarlo. Era más alto que el cangaceiro, cuya cabeza hirsuta apenas le pasaba el hombro. Cirqueros y bandidos miraban, intrigados. Barbadura, siempre con la mano en la faca, parecía intranquilo y a la vez curioso. Galileo elevó las dos manos, las posó sobre la cabeza de Barbadura y comenzó a palparla.

—En una época quise ser sabio —deletreó, mientras sus dedos se movían, despacio, apartando las matas de pelo, explorando con arte el cuero cabelludo—. La policía no me dio tiempo.

—¿Las volantes? —entendió Barbadura.

—En eso nos parecemos —dijo Gall—. Tenemos el mismo enemigo.

Los ojitos de Barbadura se llenaron súbitamente de zozobra; parecía acosado, sin escapatoria.

—Quiero saber la forma de mi muerte —susurró, violentándose a sí mismo.

Los dedos de Gall escarbaban la pelambre del cangaceiro, deteniéndose, sobre todo, encima y detrás de las orejas. Estaba muy serio, con la mirada enfebrecida de sus momentos de euforia. La ciencia no se equivocaba: el órgano de la Acometividad, el de los propensos a atacar, el de los que gozan peleando, el de los indómitos y los arriesgados, salía al encuentro de sus dedos, rotundo, insolente, en ambos hemisferios. Pero era sobre todo el de la Destructividad, el de los vengativos y los intemperantes y los desalmados, el que crea a los grandes sanguinarios cuando no lo contrarrestan los poderes morales e intelectuales, el que sobresalía anormalmente: dos hinchazones duras, fogosas, encima de las orejas. "El hombre-predador", pensó.

—¿No has oído? —rugió Barbadura, apartándose con un movimiento brusco que lo hizo trastabillar—. ¿Cómo voy a morir?

Gall meneó la cabeza, disculpándose:

—No sé —dijo—. No está escrito en tus huesos.

Los hombres de la partida se dispersaron, volvieron a las brasas en busca de comida. Pero los cirqueros se quedaron junto a Gall y Barbadura, que estaba pensativo.

—No tengo miedo a nada —dijo, de manera grave—. Cuando estoy despierto. En las noches, es distinto. Veo a mi esqueleto, a veces. Como esperándome ¿te das cuenta?

Hizo un gesto de desagrado, se pasó la mano por la boca, escupió. Se lo notaba turbado y todos permanecieron un rato en silencio, escuchando zumbar a las moscas, las avispas y los moscardones sobre los restos del burro.

—No es un sueño reciente —añadió el bandolero—. Lo soñaba de niño, en el Cariri, mucho antes de venir a Bahía. Y, también, cuando andaba con Pajeú. A veces pasan años sin que sueñe. Y, de repente, otra vez, todas las noches.

—¿Pajeú? —dijo Gall, mirando a Barbadura con ansiedad—. ¿El de la cicatriz? ¿El que...?

—Pajeú —asintió el cangaceiro—. Estuve cinco años con él, sin que tuviéramos una discusión. Era el mejor peleando. Lo rozó el ángel y se convirtió. Ahora es elegido de Dios, allá en Canudos.

Se encogió de hombros, como si fuera difícil de entender o no le importara.

—¿Has estado en Canudos? —preguntó Gall—. Cuéntame. ¿Qué está pasando? ¿Cómo es?

—Se oyen muchas cosas —dijo Barbadura, escupiendo—. Que mataron a muchos soldados de un tal Febronio. Los colgaron de los árboles. Si no lo entierran, al cadáver se lo lleva el Can, parece.

—¿Están bien armados? —insistió Gall—. ¿Podrán resistir otro ataque?

—Podrán —gruñó Barbadura—. No sólo Pajeú está allá. También João Abade, Taramela, Joaquim Macambira y sus hijos, Pedrão. Los cabras más terribles de estas tierras. Se odiaban y se mataban unos a otros. Ahora son hermanos y luchan por el Consejero. Se van a ir al cielo, pese a las maldades que hicieron. El Consejero los perdonó.

La Barbuda, el Idiota, el Enano y Jurema se habían sentado en el suelo y escuchaban, embelesados.

—A los romeros, el Consejero les da un beso en la frente —añadió Barbadura—. El Beatito los hace arrodillar y el Consejero los levanta y los besa. Eso es el ósculo de los elegidos. La gente llora de felicidad. Ya eres elegido, sabes que vas a ir al cielo. ¿Qué importa la muerte, después de eso?

—Tú también deberías estar en Canudos —dijo Gall—. Son tus hermanos, también. Luchan porque el cielo baje a la tierra. Porque desaparezca ese infierno al que tienes tanto miedo.

—No tengo miedo al infierno sino a la muerte —lo corrigió Barbadura, sin enojo—. Mejor dicho, a la pesadilla, al sueño de la muerte. Es diferente ¿no te das cuenta?

Escupió de nuevo, con expresión atormentada. De pronto, se dirigió a Jurema, señalando a Gall:

—¿Nunca sueña con su esqueleto, tu marido?

—No es mi marido —replicó Jurema.

JOÃO GRANDE entró a Canudos corriendo, la cabeza aturdida por la responsabilidad que acababan de conferirle y que, cada segundo, le parecía más inmerecida para su pobre persona pecadora que él creyó alguna vez poseída por el Perro (era un temor que volvía, como las estaciones). Había aceptado, no podía dar marcha atrás. En las primeras casas se detuvo, sin saber qué hacer. Tenía la intención de ir donde Antonio Vilanova, para que él le dijera cómo organizar la Guardia Católica. Pero ahora, su corazón atolondrado le hizo saber que en este momento necesitaba, antes que ayuda práctica, socorro espiritual. Era el atardecer; pronto el Consejero subiría a la torre; si se daba prisa tal vez lo alcanzaría en el Santuario. Echó a correr, nuevamente, por tortuosas callecitas apretadas de hombres, mujeres y niños que abandonaban casas, chozas, cuevas, agujeros y fluían, igual que cada tarde, hacia el Templo del Buen Jesús, para escuchar los consejos. Al pasar frente al almacén de los Vilanova, vio que Pajeú y una veintena de hombres, pertrechados para un largo viaje, se despedían de grupos de familiares. Le costó trabajo abrirse paso entre la masa que desbordaba el descampado adyacente a las iglesias. Oscurecía y, aquí y allá, titilaban ya lamparines.

El Consejero no estaba en el Santuario. Había ido a despedir al Padre Joaquim hasta la salida a Cumbe y, después, el carnerito blanco sujeto en una mano y en la otra el cayado de pastor, visitaba las Casas de Salud, confortando a enfermos y ancianos. Debido a la muchedumbre que permanecía soldada a él, estos recorridos del Consejero por Belo Monte eran cada día más difíciles. Lo acompañaban esta vez el León de Natuba y las beatas del Coro Sagrado, pero el Beatito y María Quadrado estaban en el Santuario.

—No soy digno, Beatito —dijo el ex-esclavo, ahogándose, desde la puerta—. Alabado sea el Buen Jesús.

—He preparado un juramento para la Guardia Católica —repuso el Beatito, dulcemente—. Más profundo que el que hacen los que vienen a salvarse. El León lo ha escrito. —Le alcanzó un papel, que desapareció en las manazas oscuras—. Lo aprenderás de memoria y a cada uno que escojas se lo harás jurar. Cuando la Guardia Católica esté formada, jurarán todos en el Templo y haremos procesión.

María Quadrado, que había estado en un rincón del cuarto, vino hacia ellos con un trapo y un recipiente de agua.

—Siéntate, João —dijo, con ternura—. Bebe, primero. Déjame lavarte.

El negro le obedeció. Era tan alto que, sentado, resultaba de la misma altura que la Superiora del Coro Sagrado. Bebió con avidez. Estaba sudoroso, agitado, y cerró los ojos mientras María Quadrado le refrescaba la cara, el cuello, los crespos en los que había canas. De pronto, estiró un brazo y se prendió de la beata.

—Ayúdame, Madre María Quadrado —imploró, traspasado de miedo—. No soy digno de esto.

—Tú has sido esclavo de un hombre —dijo la beata, acariciándolo como a un niño—. ¿No vas a aceptar una esclavitud del Buen Jesús? Él te va a ayudar, João Grande.

—Juro que no he sido republicano, que no acepto la expulsión del Emperador ni su reemplazo por el Anticristo —recitó el Beatito, con intensa devoción—. Que no acepto el matrimonio civil ni la separación de la Iglesia del Estado ni el sistema métrico decimal. Que no responderé a las preguntas del censo. Que nunca más robaré ni fumaré ni me emborracharé ni apostaré ni fornicaré por vicio. Y que daré mi vida por mi religión y el Buen Jesús.

—Lo aprenderé, Beatito —balbuceó João Grande.

En eso llegó el Consejero, precedido por un gran rumor. Una vez que el alto personaje, oscuro y cadavérico, entró en el Santuario, seguido por el carnerito, el León de Natuba —un bulto a cuatro patas que parecía hacer cabriolas— y las beatas, el rumor continuó, impaciente, al otro lado de la puerta. El carnerito vino a lamer los tobillos de María Quadrado. Las beatas se acuclillaron, pegadas a la pared. El Consejero fue hacia João Grande, quien, arrodillado, miraba el suelo. Parecía temblar de pies a cabeza; hacía quince años que estaba con el Consejero y, sin embargo, seguía convirtiéndose, a su lado, en un ser nulo, casi en una cosa. El santo le tomó la cara con las dos manos y lo obligó a alzar la cabeza. Las pupilas incandescentes se clavaron en los ojos arrasados de llanto del ex-esclavo.

—Siempre estás sufriendo, João Grande —murmuró.

—No soy digno de cuidarte —sollozó el negro—. Mándame lo que sea. Si hace falta, mátame. No quiero que te pase nada por mi culpa. He tenido al Perro en el cuerpo, padre, acuérdate.

—Tú formarás la Guardia Católica —repuso el Consejero—. La mandarás. Has sufrido mucho, estás sufriendo ahora. Por eso eres digno. El Padre ha dicho que el justo se lavará las manos en la sangre del pecador. Ahora eres un justo, João Grande.

Lo dejó besar su mano y, con la mirada ausente, esperó que el negro se desahogara llorando. Un momento después, seguido por todos ellos, volvió a salir del Santuario para subir a la torre a aconsejar al pueblo de Belo Monte. Confundido con la multitud, João Grande lo oyó rezar y, luego, referir el milagro de la serpiente de bronce que, por orden del Padre, construyó Moisés para que aquel que la mirara quedase curado de las mordeduras de las cobras que atacaban a los judíos, y lo oyó profetizar una nueva invasión de víboras que vendrían a Belo Monte para exterminar a los creyentes en Dios. Pero, lo oyó decir, quienes conservaran la fe sobrevivirían a las mordeduras. Cuando la gente comenzó a retirarse, estaba sereno. Recordaba que, durante la sequía, hacía años, el Consejero contó por primera vez ese milagro y que eso había operado otro milagro en los sertones amenazados por las cobras. Este recuerdo le dio seguridad.

Era otra persona cuando fue a tocar la puerta de Antonio Vilanova. Le abrió Asunción Sardelinha, la mujer de Honorio, y João vio que el comerciante, su mujer y varios hijos y ayudantes de ambos hermanos comían sentados en el mostrador. Le hicieron sitio, le alcanzaron un plato que humeaba y João comió sin saber qué comía, con la sensación de perder tiempo. Apenas escuchó a Antonio contarle que Pajeú había preferido llevarse, en vez de pólvora, pitos de madera y ballestas y dardos envenenados, pues pensaba que así hostigaría mejor a los soldados que venían. El negro masticaba y tragaba, desinteresado de todo lo que no fuera su misión.

Terminada la comida, los demás se echaron a dormir, en los cuartos contiguos o en camastros, hamacas y mantas tendidas entre las cajas y estanterías, alrededor de ellos. Entonces, a la luz de un mechero, João y Antonio hablaron. Hablaron mucho, a ratos en voz baja, a ratos subiéndola, a ratos de acuerdo y a ratos con furia. Mientras, el almacén se fue llenando de luciérnagas que chispeaban por los rincones. Antonio, a veces, abría uno de los grandes libros de caja en que anotaba la llegada de los romeros, las defunciones y los nacimientos, y mencionaba algunos nombres. Pero todavía no dejó João que el comerciante descansara. Desarrugando un papel que había conservado entre sus dedos, se lo alcanzó y se lo hizo leer, varias veces, hasta memorizarlo. Cuando se hundía en el sueño, tan fatigado que ni siquiera se había quitado las botas, Antonio Vilanova escuchó al ex-esclavo, tumbado en un hueco libre bajo el mostrador, repitiendo el juramento concebido por el Beatito para la Guardia Católica.

A la mañana siguiente, los hijos y ayudantes de los Vilanova se desparramaron por Belo Monte pregonando, donde se topaban con un corro, que quienes no temieran dar la vida por el Consejero podían ser aspirantes a la Guardia Católica. Pronto, los candidatos se aglomeraban frente a la antigua casa-hacienda y obstruían Campo Grande, la única calle recta de Canudos. João Grande y Antonio Vilanova recibían a cada uno sentados en un cajón de mercancías y el comerciante verificaba quién era y cuánto tiempo llevaba en la ciudad. João le preguntaba si aceptaría hacer prenda de lo que tenía, abandonar a su familia como lo hicieron los apóstoles por Cristo y someterse a un bautismo de resistencia. Todos asentían, con fervor.

Fueron preferidos los que habían peleado en Uauá y en el Cambaio y, eliminados, los incapaces de limpiar el alma de un fusil, cargar una espingarda o enfriar una escopeta recalentada. También, los muy viejos y los muy jóvenes y los que tenían alguna incapacidad para pelear, como los alunados y las mujeres encinta. Nadie que hubiera sido pistero de volantes o recolector de impuestos o empleado del censo fue aceptado. Cada cierto tiempo, a los escogidos, João Grande los llevaba a un descampado y hacía que lo atacaran como a enemigo. Los que dudaban eran descartados. A los otros, los hacía agredirse y revolcarse para medir su bravura. Al anochecer, la Guardia Católica tenía dieciocho miembros, uno de los cuales era una mujer de la banda de Pedrão. João Grande les tomó el juramento en el almacén, antes de decirles que fueran a sus casas a despedirse pues a partir de mañana ya no tendrían otra obligación que proteger al Consejero.

El segundo día, la selección fue más rápida, pues los elegidos ayudaban a João a hacer pasar las pruebas a los aspirantes y ponían orden en el tumulto que todo esto concitaba. Las Sardelinhas, entre tanto, se las ingeniaron para conseguir trapos azules, que los elegidos llevarían como brazaletes o en la cabeza. El segundo día, João juramentó a treinta más, el tercero a cincuenta y al terminar la semana contaba con cerca de cuatrocientos miembros. Veinticinco eran mujeres que sabían disparar, preparar explosivos y manejar la faca y aun el machete.

Un domingo más tarde, la Guardia Católica recorrió en procesión las calles de Canudos, entre una doble valla de gentes que los aplaudían y los envidiaban. La procesión comenzó al mediodía y, como en las grandes celebraciones, se pasearon en ella las imágenes de la Iglesia de

San Antonio y del Templo en construcción, los vecinos sacaron las que tenían en sus casas, se reventaron cohetes y el aire se llenó de incienso y rezos. Al anochecer, en el Templo del Buen Jesús, todavía sin techar, bajo un cielo saturado de estrellas tempraneras que parecían haber salido para atisbar el regocijo, los miembros de la Guardia Católica repitieron en coro el juramento del Beatito.

Y a la madrugada siguiente llegaba hasta João Abade un mensajero de Pajeú a informarle que el Ejército del Can tenía mil doscientos hombres, varios cañones y que al Coronel que lo mandaba le decían Cortapescuezos.

CON GESTOS rápidos, precisos, Rufino termina los preparativos de un nuevo viaje, más incierto que los anteriores. Se ha cambiado el pantalón y la camisa con los que fue a ver al Barón, a la hacienda de Pedra Vermelha, por otros idénticos, y tiene consigo un machete, una carabina, dos facas y una alforja. Echa una ojeada a la cabaña, las escudillas, la hamaca, las bancas, la imagen de Nuestra Señora de Lapa. Tiene la cara desencajada y pestañea sin tregua. Pero su rostro anguloso recupera después de un momento la expresión inescrutable. Con movimientos exactos, hace unos preparativos. Cuando acaba, enciende con el mechero los objetos que ha dispuesto en distintos lugares. La cabaña empieza a llamear. Sin apresurarse, va hacia la puerta, llevándose únicamente las armas y la alforja. Afuera, se acuclilla junto al corral vacío y desde allí contempla cómo un viento suave atiza las llamas que devoran su hogar. La humareda llega hasta él y lo hace toser. Se pone de pie. Se coloca la carabina en bandolera, envaina el machete en la cintura, junto a las facas, y se cuelga la alforja del hombro. Da media vuelta y se aleja, sabiendo que nunca volverá a Queimadas. Al pasar por la estación ni siquiera advierte que están colgando banderolas y carteles de bienvenida al Séptimo Regimiento y al Coronel Moreira César.

Cinco días después, al atardecer, su silueta enjuta, flexible, polvorienta, entra a Ipupiará. Ha hecho un rodeo para devolver la faca que se prestó del Buen Jesús y andado un promedio de diez horas diarias, descansando en los momentos de máxima oscuridad y de mayor calor. Salvo un día, que comió pagando, se ha procurado el alimento con trampas o bala. Sentados en la puerta del almacén, hay un puñado de viejos idénticos, fumando de una misma pipa. El rastreador se dirige a ellos y, quitándose el sombrero, los saluda. Deben de conocerlo pues le preguntan sobre Queimadas y todos quieren saber si ha visto soldados y qué se dice de la guerra. Les responde lo que sabe, sentado entre ellos, y se interesa por las gentes de Ipupiará. Algunas han muerto, otras partido al Sur en busca de fortuna y dos familias acaban de marcharse a Canudos. Al oscurecer, Rufino y los viejos entran al almacén a tomar una copita de aguardiente. Una tibieza agradable ha reemplazado a la ardiente atmósfera. Rufino entonces, con los circunloquios debidos, lleva la charla hacia donde ellos supieron siempre que la llevaría. Usa las formas más impersonales para interrogarlos. Los viejos lo escuchan sin simular extrañeza. Todos asienten y hablan, en orden. Sí, ha estado aquí, más fantasma de circo que circo, tan empobrecido que costaba trabajo creer que había sido alguna vez esa suntuosa caravana que conducía el Gitano. Rufino, respetuosamente, los escucha rememorar los viejos espectáculos. Por fin, en una pausa, los regresa adonde los había llevado y, esta vez, los viejos, como si estimaran que las formas se han cumplido, le dicen lo que ha venido a saber o confirmar: el tiempo que acampó aquí, cómo la Barbuda, el Enano y el Idiota se ganaron el sustento echando la suerte, contando historias y haciendo payaserías, las preguntas locas del forastero sobre los yagunzos y cómo una partida de capangas vinieron a cortarle los pelos rojos y a robarse el cadáver del filicida. Ni él pregunta ni ellos mencionan a la otra persona que no era cirquera ni forastero. Pero ella, ausencia presentísima, ronda en la conversación, cada vez que alguno refiere cómo el extranjero era curado y alimentado. ¿Saben que esa sombra es la mujer de Rufino? Seguramente lo saben o lo adivinan, como saben o adivinan lo que se puede decir y lo que hay que callar. Casi casualmente, al concluir la charla, Rufino averigua en qué dirección partieron los cirqueros. Duerme en el almacén, en un camastro que le ofrece el dueño y parte al amanecer, con su trotecito metódico.

Sin acelerar ni disminuir el ritmo, la silueta de Rufino cruza un paisaje donde la única sombra es la de su cuerpo, primero siguiéndolo, luego precediéndolo. La cara apretada, los ojos entrecerrados, marcha sin vacilar, pese a que el viento ha borrado a trechos la huella. Está oscureciendo cuando llega a un rancho que domina un sembrío. El morador, su mujer y chiquillos semidesnudos lo reciben con familiaridad. Come y bebe con ellos, dándoles noticias de Queimadas, Ipupiará y otros lugares. Charlan de la guerra y los temores que provoca, de los peregrinos que pasan rumbo a Canudos y filosofan sobre la posibilidad del fin del mundo. Sólo después les pregunta Rufino por el circo y el forastero sin pelo. Sí, han pasado por aquí y seguido hacia la Sierra de Olhos d'Água para tomar el camino a Monte Santo. La mujer recuerda sobre todo al hombre flaco y lampiño, de ojos amarillentos, que se movía como un animal sin huesos y al que, sin razones, le brotaba la risa. La pareja cede una hamaca a Rufino y, a la mañana siguiente, le llenan las alforjas sin aceptar remuneración.

Buena parte del día, Rufino trota sin ver a nadie, en un paisaje refrescado por matorrales entre los que chacotean bandadas de loros. Esa tarde empieza a toparse con pastores de cabras, con los que a veces conversa. Poco después del Sitio de las Flores —nombre que parece burla pues allí hay sólo piedras y tierra recocida— se desvía hasta una cruz de troncos cercada de exvotos, que son figurillas talladas en madera. Una mujer sin piernas vela junto al calvario, tendida en el suelo como una cobra. Rufino se arrodilla y la mujer lo bendice. El rastreador le da algo de comer y charlan. Ella no sabe quiénes son, no los ha visto. Antes de partir, Rufino enciende una vela y hace una reverencia a la cruz.

Durante tres días pierde el rastro. Interroga a campesinos y vaqueros y concluye que, en vez de seguir a Monte Santo, el circo se ha desviado o retrocedido. ¿Tal vez en procura de una feria, para poder comer? Da vueltas en torno al Sitio de las Flores, ampliando el círculo, averiguando por cada uno de quienes lo componen. ¿Alguien ha visto a una mujer con pelos en la cara? ¿A un enano de cinco palmos? ¿A un idiota de cuerpo blando? ¿A un forastero de pelusa rojiza que habla un idioma difícil de entender? La respuesta es siempre no. Hace suposiciones, tumbado en refugios de ocasión. ¿Y si lo han matado ya o murió de sus heridas? Baja hasta Tanquinho y sube otra vez, sin recobrar la huella. Una tarde que se ha echado a dormir, rendido, unos hombres armados se llegan hasta él, sigilosos como aparecidos. Lo despierta una alpargata posada en su pecho. Ve que los hombres, además de carabinas, llevan machetes, pitos de madera, facas, sartas de municiones y que no son bandidos o, en todo caso, que ya no lo son. Le cuesta convencerlos que no es pistero del Ejército, que no ha visto un soldado desde Queimadas. Está tan desinteresado de la guerra que creen que miente, y, en un momento, uno le pone la faca en la garganta. Por fin, el interrogatorio se vuelve plática. Rufino pasa la noche entre ellos, escuchándolos hablar del Anticristo, del Buen Jesús, del Consejero y de Belo Monte. Entiende que han secuestrado, matado y robado y vivido a salto de mata pero que ahora son santos. Le explican que un Ejército avanza como una peste, incautando las armas de la gente, levando hombres y hundiendo cuchillos en el pescuezo del que se resista a escupir los crucifijos y maldecir a Cristo. Cuando le preguntan si quiere unirse a ellos, Rufino les responde que no. Les explica por qué y ellos comprenden.

A la mañana siguiente, llega a Cansançao casi al mismo tiempo que los soldados. Rufino visita al herrero, que conoce. El hombre, sudando junto a la fragua que chisporrotea, le aconseja que se vaya cuanto antes pues los diablos enrolan por la fuerza a todos los pisteros. Cuando Rufino le explica, también él comprende. Sí puede ayudarlo; no hace mucho pasó por aquí Barbadura, que se encontró con los que busca. Y le ha hablado del forastero que lee las cabezas. ¿Dónde se los encontró? El hombre se lo explica y el rastreador se queda en la herrería, charlando, hasta que anochece. Entonces, sale de la aldea sin que los centinelas lo descubran y un par de horas después se encuentra de nuevo con los apóstoles de Belo Monte. Les dice que, en efecto, la guerra ha llegado a Cansançao.

206

EL DOCTOR Souza Ferreiro iba impregnando los vasos con alcohol y se los alcanzaba a la Baronesa Estela, quien se había colocado un pañuelo como una toca. Ella encendía el vaso y lo aplicaba con destreza sobre la espalda del Coronel. Éste se mantenía tan quieto que las sábanas apenas lucían arrugas.

—Aquí en Calumbí he tenido que hacer de médico y de partera muchas veces —decía la voz cantarina, dirigiéndose tal vez al Doctor, tal vez al enfermo—. Pero, la verdad, años que no ponía ventosas. ¿Lo hago sufrir mucho, Coronel?

—En absoluto, señora —Moreira César hacía esfuerzos por disimular su incomodidad, pero no lo lograba—. Le ruego que acepte mis excusas y se las trasmita a su esposo, por esta invasión. No fue idea mía.

—Estamos encantados con su visita —la Baronesa había terminado de aplicar las ventosas y acomodaba las almohadas—. Tenía muchas ganas de conocer a un héroe de carne y hueso. Bueno, desde luego, hubiera preferido que no fuera una enfermedad lo que lo trajera a Calumbí...

Su voz era amable, encantadora, superficial. Junto a la cama, había una mesa con jarras y lavadores de porcelana con pinturas de pavos reales, vendas, algodones, bocal con sanguijuelas, vasos para las ventosas y muchos pomos. En la habitación fresca, limpia, de cortinas blancas, entraba el amanecer. Sebastiana, la mucama de la Baronesa, permanecía junto a la puerta, inmóvil. El Doctor Souza Ferreiro examinó la espalda del enfermo, erupcionada de vasos de cristal, con unos ojos que delataban la mala noche.

—Bueno, ahora esperar media hora para el baño y las fricciones No me negará que se siente mejor, Excelencia: le han vuelto los colores.

—El baño está preparado y yo estaré allí, para lo que necesiten —dijo Sebastiana.

—Yo también estoy a sus órdenes —encadenó la Baronesa—. Ahora los dejo. Ah, me olvidaba. Le he pedido permiso al Doctor para que tome el té con nosotros, Coronel. Mi esposo quiere saludarlo. Usted también está invitado, Doctor. Y el Capitán de Castro, y ese joven tan original, ¿cómo se llama?

El Coronel intentó sonreírle, pero apenas la esposa del Barón de Cañabrava hubo traspuesto el umbral, seguida por Sebastiana, fulminó al médico:

—Debería fusilarlo por meterme en esta trampa.

—Si le da un colerón, lo sangraré y tendrá que guardar cama un día más. —El Doctor Souza Ferreiro se dejó caer en una mecedora, borracho de fatiga—. Y ahora déjeme descansar a mí también, una media hora. No se mueva, por favor.

A la media hora exacta, abrió los ojos, se los restregó y comenzó a quitarle las ventosas. Los vasos se desprendían fácilmente y quedaba un círculo cárdeno donde habían estado apoyados. El Coronel permanecía boca abajo, con la cabeza hundida sobre los brazos cruzados y apenas despegó los labios cuando el Capitán Olimpio de Castro entró a darle noticias de la Columna. Souza Ferreiro acompañó a Moreira César al cuarto de baño, donde Sebastiana había preparado todo según sus instrucciones. El Coronel se desnudó —a diferencia de su tez y brazos bruñidos su cuerpecillo era muy blanco—, entró a la bañera sin hacer un gesto y permaneció en ella largo rato, apretando los dientes. Luego, el Doctor lo frotó vigorosamente con alcohol y emplasto de mostaza y le hizo inhalar humo de hierbas que hervían en un brasero. La curación transcurrió en silencio, pero, al terminar las inhalaciones, el Coronel, para relajar la atmósfera, murmuró que tenía la sensación de estar sometido a prácticas de brujería. Souza Ferreiro comentó que las fronteras entre ciencia y magia eran indiferenciables. Habían hecho las paces. En la habitación los esperaba una bandeja con frutas, leche fresca, panes, mermelada y café. Moreira César comió sin apetito y se quedó dormido. Cuando despertó, era mediodía y estaba a su lado el periodista del *Jornal de Notícias* con un juego de naipes, proponiéndole enseñarle el tresillo, que estaba de moda entre los bohemios de Bahía. Estuvieron jugando sin cambiar palabra hasta que Souza Ferreiro, lavado y rasurado, vino a decir al Coronel que podía levantarse. Al entrar éste a la sala, para tomar el té con los dueños de casa, estaban allí el Barón y su esposa, el Doctor, el Capitán de Castro y el periodista, el único que no se había aseado desde la víspera.

El Barón de Cañabrava vino a estrechar la mano al Coronel. En la amplia habitación de baldosas rojas y blancas, había muebles de jacarandá y las sillas de paja y madera llamadas "austriacas", mesitas con lámparas de kerosene, fotos, vitrinas con cristalería y porcelana y mariposas clavadas en cajas de terciopelo. En las paredes, acuarelas campestres. El Barón se interesó por la salud de su huésped y ambos cambiaron civilidades; pero el hacendado jugaba ese juego mejor que el oficial. Por las ventanas, abiertas sobre el crepúsculo, se veían las columnas de piedra de la entrada, un pozo de agua, y a los costados del terraplén del frente, con tamarindos y palmeras imperiales, lo que había sido la senzala de los esclavos y eran ahora las viviendas de los trabajadores. Sebastiana y una sirvienta de mandil a cuadros disponían las teteras, las tazas, pastas y galletas. La Baronesa explicaba al Doctor, al periodista y a Olimpio de Castro lo difícil que había sido, a lo largo de años, acarrear hasta Calumbí los materiales y objetos de esta casa y el Barón, mostrando a Moreira César un herbario, le decía que de joven soñaba con la ciencia y pasar su vida en laboratorios y anfiteatros. Pero el hombre propone y Dios dispone; al final, se había consagrado a la agricultura, la diplomacia y la política, cosas que no le interesaron jamás de muchacho. ¿Y el Coronel? ¿Siempre había querido ser militar? Sí, él ambicionó la carrera de las armas desde que tuvo uso de razón, y acaso antes, allá en el poblado paulista donde nació: Pindamonhangaba. El periodista se separó del otro grupo y estaba ahora junto a ellos, escuchándolos con impudicia.

—Fue una sorpresa ver llegar a este joven con usted —sonrió el Barón, señalando al miope—. ¿Le ha contado que trabajó para mí, antes? En ese tiempo admiraba a Victor Hugo y quería ser dramaturgo. Hablaba muy mal del periodismo, entonces.

—Todavía lo hago —dijo la vocecita antipática.

—¡Puras mentiras! —exclamó el Barón—. En realidad, su vocación es la chismografía, la infidencia, la calumnia, el ataque artero. Era mi protegido y cuando se pasó al periódico de mi adversario, se convirtió en el más vil de mis críticos. Cuídese, Coronel. Es peligroso.

El periodista miope estaba radiante, como si hubieran hecho su elogio.

—Todos los intelectuales son peligrosos —asintió Moreira César—. Débiles, sentimentales y capaces de usar las mejores ideas para justificar las peores bribonadas. El país los necesita, pero debe manejarlos como a animales que hacen extraños.

El periodista miope se echó a reír con tanta felicidad que la Baronesa, el Doctor y Olimpio de Castro lo miraron. Sebastiana servía el té. El Barón cogió del brazo a Moreira César y lo llevó hacia un armario:

—Tengo para usted un regalo. Es una costumbre del sertón: ofrecer un presente a quien se hospeda. —Sacó una polvorienta botella de Brandy y le mostró la etiqueta, con un guiño: —Ya sé que usted quiere extirpar toda influencia europea del Brasil, pero supongo que su odio no incluye también al Brandy.

Apenas se sentaron, la Baronesa alcanzó una taza de té al Coronel y le echó dos terrones de azúcar.

—Mis fusiles son franceses y mis cañones alemanes —dijo Moreira César, tan en serio que los otros interrumpieron su charla—. No odio a Europa y tampoco el Brandy. Pero como no bebo alcohol, no vale la pena que desperdicie un regalo así en alguien que no puede apreciarlo.

—Guárdelo de recuerdo, entonces —intervino la Baronesa.

—Odio a los terratenientes locales y a los mercaderes ingleses que han mantenido esta región en la prehistoria —prosiguió el Coronel, con acento helado—. Odio a quienes el azúcar les interesaba más que la gente del Brasil.

La Baronesa atendía a sus invitados, inmutable. El dueño de casa, en cambio, había dejado de sonreír. Pero su tono siguió siendo cordial:

—¿A los comerciantes norteamericanos que el Sur recibe con los brazos abiertos les interesa la gente, o sólo el café? —preguntó.

Moreira César tenía lista la respuesta:

—Con ellos llegan las máquinas, la técnica y el dinero que necesita el Brasil para su progreso. Porque progreso quiere decir industria, trabajo, capital, como lo han demostrado los Estados Unidos de Norteamérica. —Sus ojitos fríos parpadearon al añadir: —Es algo que no entenderán nunca los dueños de esclavos, Barón de Cañabrava.

En el silencio que siguió a sus palabras, se oyó a las cucharillas moviéndose en las tazas y los sorbos del periodista miope, que parecía hacer gárgaras.

—No fue la República sino la monarquía la que abolió la esclavitud —recordó la Baronesa, risueña como si hiciera una broma, a la vez que ofrecía galletas a su invitado—. A propósito, ¿sabía que en las haciendas de mi marido los esclavos fueron libertados cinco años antes de la ley?

—No lo sabía —repuso el Coronel—. Algo loable, sin duda.

Sonrió, forzado, y bebió un sorbo. La atmósfera era ahora tensa y no la distendían las sonrisas de la Baronesa, ni el súbito interés del Doctor Souza Ferreiro por las mariposas de la colección ni la anécdota del Capitán Olimpio de Castro sobre un abogado de Río asesinado por su esposa. La tensión todavía se agravó por un cumplido de Souza Ferreiro:

—Los hacendados de por aquí abandonan sus tierras, porque los yagunzos se las queman —dijo—. Usted, en cambio, da el ejemplo volviendo a Calumbí.

—He vuelto para poner la hacienda a disposición del Séptimo Regimiento —dijo el Barón—. Lástima que mi ayuda no haya sido aceptada.

—Nadie diría al ver esta paz que la guerra está cerca —murmuró el Coronel Moreira César—. Los yagunzos no lo han tocado. Es usted un hombre con suerte.

—Las apariencias engañan —repuso el Barón, sin perder la calma—. Muchas familias de Calumbí se han marchado y los sembríos se han reducido a la mitad. Por otra parte, Canudos es una tierra mía ¿no es cierto? He pagado mi cuota de sacrificio más que nadie en la región.

El Barón lograba disimular la cólera que podían causarle las palabras del Coronel; pero la Baronesa era otra persona cuando volvió a hablar:

—Supongo que usted no toma en serio esa calumnia de que mi esposo entregó Canudos a los yagunzos —dijo, con la cara afilada por la indignación.

El Coronel bebió otro sorbo, sin asentir ni negar.

—De modo que lo han convencido de esa infamia —murmuró el Barón—. ¿De veras cree que yo ayudo a herejes dementes, a incendiarios y ladrones de haciendas?

Moreira César puso su taza sobre la mesa. Miró al Barón con mirada glacial y se pasó rápidamente la lengua por los labios.

—Esos dementes matan soldados con balas explosivas —deletreó, como temiendo que alguien pudiera perder alguna sílaba—. Esos incendiarios tienen fusiles muy modernos. Esos ladrones reciben ayuda de agentes ingleses. ¿Quién sino los monárquicos pueden fomentar una insurrección contra la República?

Se había puesto pálido y la tacita comenzó a temblar en sus manos. Todos, salvo el periodista, miraban al suelo.

—Esta gente no roba ni mata ni incendia cuando sienten un orden, cuando ven que el mundo está organizado, porque nadie sabe mejor que ellos respetar las jerarquías —dijo el Barón, con voz firme—. Pero la República destruyó nuestro sistema con leyes impracticables, sustituyendo el principio de la obediencia por el de los entusiasmos infundados. Un error del Mariscal Floriano, Coronel, porque el ideal social radica en la tranquilidad, no en el entusiasmo.

—¿Se siente usted mal, Excelencia? —lo interrumpió el Doctor Souza Ferreiro, levantándose.

Pero una mirada de Moreira César le impidió llegar hasta él. Se había puesto lívido y tenía la frente húmeda y los labios cárdenos, como si los hubiera mordido. Se puso de pie y se dirigió a la Baronesa, con una voz que se le quedaba entre los dientes:

—Le ruego que me disculpe, señora. Sé que mis maneras dejan mucho que desear. Vengo de un medio humilde y no he tenido otra sociedad que el cuartel.

Se retiró de la sala haciendo equilibrio entre los muebles y vitrinas. A su espalda, la voz ineducada del periodista pidió otra taza de té. Olimpio de Castro y él permanecieron en la sala, pero el Doctor fue tras el jefe del Séptimo Regimiento, a quien encontró en la cama, respirando con ansiedad, en estado de gran fatiga. Lo ayudó a desnudarse, le dio un calmante y lo oyó decir que se reincorporaría al Regimiento al amanecer: no toleraba discusión al respecto. Dicho esto, se prestó a otra sesión de ventosas y se zambulló de nuevo en una bañera de agua fría, de la que salió temblando. Unas fricciones de trementina y de mostaza lo hicieron entrar en calor. Comió en su dormitorio, pero luego se levantó en bata y estuvo unos minutos en la sala, agradeciendo al Barón y a la Baronesa su hospitalidad. Se despertó a las cinco de la madrugada. Aseguró al Doctor Souza Ferreiro, mientras tomaban un café, que nunca se había sentido mejor y volvió a prevenir al periodista miope que, desgreñado y entre bostezos, despertaba a su lado, que si en algún periódico había la menor noticia sobre su enfermedad, lo consideraría responsable. Cuando iba a salir, un sirviente vino a decirle que el Barón le rogaba pasar por su despacho. Lo guió hasta una pieza pequeña, con un gran escritorio de madera en el que destacaba un artefacto para liar cigarros, y en cuyas paredes había, además de estantes con libros, facas, fuetes, guantes y sombreros de cuero y monturas. La pieza daba al exterior y en la luz naciente se veía a los hombres de la escolta charlando con el periodista bahiano. El Barón estaba en bata y zapatillas.

—Pese a nuestras discrepancias, lo creo un patriota que desea lo mejor para el Brasil, Coronel —dijo, a manera de saludo—. No, no quiero ganarme su simpatía con lisonjas. Ni hacerle perder tiempo. Necesito saber si el Ejército, o por lo menos usted, están al tanto de las maniobras fraguadas contra mí y contra mis amigos por nuestros adversarios.

—El Ejército no se mezcla en querellas políticas locales —lo interrumpió Moreira César—. He venido a Bahía a sofocar una insurrección que pone en peligro a la República. A nada más.

Estaban de pie, muy juntos, y se miraban fijamente.

—En eso consiste la maniobra —dijo el Barón—. En haber hecho creer a Río, al Gobierno, al Ejército, que Canudos significa ese peligro. Esos miserables no tienen armas modernas de ninguna clase. Las balas explosivas son proyectiles de limonita, o hematita parda si prefiere el nombre técnico, un mineral que abunda en la Sierra de Bendengó y que los sertaneros usan para sus escopetas desde siempre.

—¿Las derrotas sufridas por el Ejército en Uauá y en el Cambaio son también una maniobra? —preguntó el Coronel—. ¿Los fusiles traídos desde Liverpool y metidos de contrabando por agentes ingleses lo son?

El Barón examinó con minucia la menuda cara impávida del oficial, sus ojos hostiles, la mueca despectiva. ¿Era un cínico? No podía saberlo aún: lo único claro era que Moreira César lo odiaba.

—Los fusiles ingleses sí lo son —dijo—. Los trajo Epaminondas Gonçalves, su más ferviente partidario en Bahía, para acusarnos de complicidad con una potencia extranjera y con los yagunzos. Y en cuanto al espía inglés de Ipupiará también lo fabricó él, mandando asesinar a un pobre diablo que para su desgracia era rubio. ¿Sabía usted eso?

Moreira César no pestañeó, no movió un músculo; tampoco abrió la boca. Siguió devolviendo la mirada al Barón, haciéndole saber más locuazmente que con palabras lo que pensaba de él y de lo que decía.

—De modo que lo sabe, es usted cómplice y acaso eminencia gris de todo esto. —El Barón apartó la vista y estuvo un momento cabizbajo, como si reflexionara, pero, en realidad, tenía la mente en blanco, un aturdimiento del que al fin se repuso—. ¿Cree que vale la pena? Quiero decir, tanta mentira, intriga, incluso crímenes, para establecer la República Dictatorial. ¿Cree que algo nacido así será la panacea de todos los males del Brasil?

Pasaron unos segundos sin que Moreira César abriera la boca. Afuera, una resolana rojiza precedía al sol, se oía relinchar a los caballos y voces; en el piso alto, alguien arrastraba los pies.

—Hay una rebelión de gentes que rechazan la República y que han derrotado a dos expediciones militares —dijo el Coronel de pronto, sin que su voz firme, seca, impersonal, se hubiera alterado lo más mínimo—. Objetivamente, esas gentes son instrumentos de quienes, como usted, han aceptado la República sólo para traicionarla mejor, apoderarse de ella y, cambiando algunos nombres, mantener el sistema tradicional. Lo estaban consiguiendo, es verdad. Ahora hay un Presidente civil, un régimen de partidos que divide y paraliza al país, un Parlamento donde todo esfuerzo para cambiar las cosas puede ser demorado y desnaturalizado con las artimañas en las que ustedes son diestros. Cantaban victoria ya ¿no es cierto? Se habla incluso de reducir a la mitad los efectivos del Ejército ¿no? ¡Qué triunfo! Pues bien, se equivocan. Brasil no seguirá siendo el feudo que explotan hace siglos. Para eso está el Ejército. Para imponer la unidad nacional, para traer el progreso, para establecer la igualdad entre los brasileños y hacer al país moderno y fuerte. Vamos a remover los obstáculos, sí: Canudos, usted, los mercaderes ingleses, quienes se crucen en nuestro camino. No voy a explicarle la República tal como la entendemos los verdaderos republicanos. No lo entendería, porque usted es el pasado, alguien que mira atrás. ¿No comprende lo ridículo que es ser Barón faltando cuatro años para que comience el siglo veinte? Usted y yo somos enemigos mortales, nuestra guerra es sin cuartel y no tenemos nada que hablar.

Hizo una venia, dio media vuelta y caminó hacia la puerta.

—Le agradezco su franqueza —murmuró el Barón. Sin moverse del sitio, lo vio salir del despacho y, después, aparecer en el exterior. Lo vio montar en el caballo blanco que sujetaba su ordenanza y partir, seguido por la escolta, en una nube de polvo.

IV

El sonido de los pitos se parece al de ciertos pájaros, es un lamento desacompasado que atraviesa los oídos y va a incrustarse en los nervios de los soldados, despertándolos en la noche o sorprendiéndolos en una marcha. Preludia la muerte, viene seguido de balas o dardos que, con silbido rasante, brillan contra el cielo luminoso o estrellado antes de dar en el blanco. El sonido de los pitos cesa entonces y se oyen los bufidos dolientes de las reses, los caballos, las mulas, las cabras o los chivos. Alguna vez cae herido un soldado, pero es excepcional porque, así como los pitos están destinados a los oídos —las mentes, las almas— de los soldados, los proyectiles buscan obsesivamente a los animales. Han bastado las dos primeras reses alcanzadas para que descubran que esas víctimas no son ya comestibles, ni siquiera por quienes en todas las campañas que han vivido juntos aprendieron a comer piedras. Los que probaron esas reses comenzaron a vomitar de tal modo y a padecer tales diarreas que, antes que los médicos lo dictaminaran, supieron que los dardos de los yagunzos matan doblemente a los animales, quitándoles la vida y la posibilidad de ayudar a sobrevivir a quienes venían arreándolos. Desde entonces, apenas cae una res, el Mayor Febronio de Brito la rocía de kerosene y prende fuego. Enflaquecido, con las pupilas irritadas, en los pocos días desde la salida de Queimadas el Mayor se ha vuelto un ser amargo y huraño. Es probablemente la persona de la Columna sobre la que los pitos operan con más eficacia, desvelándolo y martirizándolo. Su mala suerte hace que sea suya la responsabilidad de esos cuadrúpedos que caen en medio de elegías sonoras, que sea él quien deba ordenar que los rematen y carbonicen sabiendo que esas muertes significan hambrunas futuras. Ha hecho lo que estaba a su alcance para amortiguar el efecto de los dardos, disponiendo círculos de patrullas en torno a los rebaños y protegiendo a las bestias con cueros y crudos, pero, con la altísima temperatura del verano, el abrigo los hace sudar, demorarse y a veces se desploman. Los soldados han visto al Mayor a la cabeza de las patrullas que, apenas comienza la sinfonía, salen a dar batidas. Son incursiones agotadoras, deprimentes, que sólo sirven para comprobar lo inubicables, traslaticios, fantasmales que son los atacantes. El poderoso ruido de los pitos sugiere que son muchos, pero es imposible que así sea, pues ¿cómo podrían invisibilizarse en este terreno plano, de escasa vegetación? El Coronel Moreira César lo ha explicado: se trata de partidas ínfimas, enquistadas en sitios claves, que permanecen horas y días al acecho en cuevas, grietas, cubiles, matorrales, y el ruido de los pitos está tramposamente magnificado por el silencio astral del paisaje que recorren. Estas triquiñuelas no deben distraerlos, son incapaces de afectar a la Columna. Y, al reordenar la marcha, luego de recibir el informe de los animales perdidos, ha comentado:

—Esto es bueno, nos aligera, llegaremos más pronto.

Su serenidad impresiona a los corresponsales, ante quienes, cada vez que recibe noticias de nuevas muertes, se permite alguna broma. Ellos están crecientemente nerviosos con esos adversarios que espían sus movimientos y a los que nadie ve. No tienen otro tema de conversación. Acosan al periodista miope del *Jornal de Notícias*, preguntándole qué piensa el Coronel realmente de ese hostigamiento continuo a los nervios y reservas de la Columna, y el periodista les responde, todas las veces, que Moreira César no habla de esos dardos ni oye esos pitos porque vive entregado en cuerpo y alma a una sola preocupación: llegar a Canudos antes que el Consejero y los insurrectos tengan tiempo de huir. Él sabe, está seguro, que esos dardos y pitos no tienen otro objeto que distraer al Séptimo Regimiento para dar tiempo a los bandidos a preparar la retirada. Pero el Coronel es un soldado diestro y no se deja engañar, ni pierde un día en batidas inútiles ni se desvía un milímetro de su trayectoria. A los oficiales que se inquietan por el aprovisionamiento futuro les ha dicho que también desde ese punto de vista lo que interesa es llegar cuanto antes a Canudos, donde el Séptimo Regimiento encontrará, en los almacenes, chacras y establos del enemigo, lo que le haga falta.

¿Cuántas veces han visto los corresponsales, desde que reanudaron la marcha, llegar a la cabeza de la Columna a un joven oficial con un puñado de dardos sanguinolentos a dar cuenta de nuevos atentados? Pero este mediodía, pocas horas antes de entrar a Monte Santo, el oficial enviado por el Mayor Febronio de Brito trae, además de dardos, un pito de madera y una ballesta. La Columna está detenida en una quebrada, bajo un sol que empapa las caras. Moreira César revisa cuidadosamente la ballesta. Es una versión muy primitiva, fabricada con maderas sin pulir y cuerdas bastas, de uso simple. El Coronel Tamarindo, Olimpio de Castro y los corresponsales lo rodean. El Coronel coge uno de los dardos, lo coloca en la ballesta, muestra a los periodistas cómo funciona. Luego, se lleva a la boca el pito hecho de caña, con incisiones, y todos escuchan el lúgubre lamento. Sólo entonces hace el mensajero la gran revelación:

—Tenemos dos prisioneros, Excelencia. Uno está herido, pero el otro puede hablar.

Hay un silencio, en el que Moreira César, Tamarindo y Olimpio de Castro se miran. El joven oficial explica ahora que tres patrullas se hallan siempre listas para salir apenas se escuchan los pitos y que hace dos horas, al sonar éstos, las tres salieron en distintas direcciones, antes de que cayeran los dardos, y que una de ellas divisó a los flecheros cuando se escurrían detrás de unas rocas. Los habían perseguido, alcanzado, procurado capturar vivos, pero uno atacó a los soldados y resultó herido. Moreira César parte al instante hacia la retaguardia, seguido por los corresponsales, sobreexcitados con la idea de ver por fin la cara del enemigo. No alcanzarán a verla de inmediato. Cuando llegan, una hora después, a la retaguardia, los prisioneros están encerrados en una barraca custodiada por soldados con bayonetas. No los dejan acercarse. Merodean por los alrededores, ven el ir y venir de oficiales, reciben evasivas de aquellos que los han visto. Dos o quizá tres horas más tarde Moreira César va a retomar su puesto a la cabeza de la Columna. Por fin se enteran de algo.

—Hay uno que está bastante grave —explica el Coronel—. Tal vez no llegue a Monte Santo. Una lástima. Deben ser ejecutados allí, para que su muerte sirva. Aquí, sería inútil.

Cuando el periodista veterano, que anda siempre como convaleciendo de un resfrío, pregunta si los prisioneros han proporcionado informaciones útiles, el Coronel hace un gesto escéptico:

—La coartada de Dios, del Anticristo, del fin del mundo. Sobre eso, lo dicen todo. Pero no sobre sus cómplices y azuzadores. Es posible que no sepan mucho, son pobres diablos. Pertenecen a la banda de Pajeú, un cangaceiro.

La Columna reanuda de inmediato la marcha, a un ritmo endiablado, y entra al anochecer a Monte Santo. Allí no ocurre lo que en otros poblados, en los que el Regimiento sólo hace un rápido registro en busca de armas. Aquí, los corresponsales, cuando todavía están desmontando en la plaza cuadrangular, bajo los tamarindos, al pie de la montaña de las capillas, rodeados de niños, viejos y mujeres de miradas que ya han aprendido a reconocer —indolentes, desconfiadas, distantes, que se empeñan en parecer estúpidas y desinformadas—, ven que los soldados se precipitan, de a dos y de a tres, hacia las casas de tierra, donde entran con los fusiles en alto como si fueran a encontrar resistencia. A sus lados, adelante, por doquier, al compás de órdenes y gritos, las patrullas hacen saltar puertas y ventanas a culatazos y patadas y pronto empiezan a ver filas de vecinos arrastrados hacia cuatro corrales enmarcados por centinelas. Allí son interrogados. Desde el lugar en el que están, oyen los insultos, las protestas, los rugidos, a los que se suman los llantos y forcejeos de las mujeres que tratan de acercarse. Bastan pocos minutos para que todo Monte Santo sea escenario de una extraña contienda, sin disparos ni cargas. Abandonados, sin que ningún oficial les explique lo que ocurre, los corresponsales deambulan de un lado a otro por la aldea de los calvarios y cruces. Van de uno a otro corral y ven siempre lo mismo: filas de hombres entre soldados con bayonetas y a veces un prisionero que se llevan a empellones o sacan de una casucha tan maltratado que apenas se tiene de pie. Van en grupo, atemorizados de caer en el engranaje de este mecanismo que cruje a su alrededor, sin entender qué ocurre, pero sospechando que es consecuencia de lo que han dicho los prisioneros de esa mañana.

Y así se los confirma el Coronel Moreira César, con quien pueden conversar esa misma noche, después que los prisioneros son ejecutados. Antes de la ejecución, que tiene lugar entre los tamarindos, un oficial lee una Orden del Día, puntualizando que la República está obligada a defenderse de quienes, por codicia, fanatismo, ignorancia o engaño atentan contra ella y sirven los apetitos de una casta retrógrada, interesada en mantener al Brasil en el atraso para explotarlo mejor. ¿Llega a los vecinos este mensaje? Los corresponsales intuyen que esas palabras, proferidas con voz tronante por el pregonero, pasan ante esos seres silenciosos de detrás de los centinelas como mero ruido. Terminada la ejecución, cuando los vecinos pueden acercarse a los degollados, los periodistas acompañan al jefe del Séptimo Regimiento hacia la vivienda donde pasará la noche. El miope del *Jornal de Notícias* se las arregla, como de costumbre, para estar a su lado.

—¿Era necesario convertir a todo Monte Santo en enemigo con esos interrogatorios? —le pregunta.

—Ya lo son, todo el pueblo es cómplice —responde Moreira César—. El cangaceiro Pajeú ha estado aquí en estos días, con una cincuentena de hombres. Los recibieron en fiesta y les dieron provisiones. ¿Ven ustedes? La subversión ha calado hondo en esta pobre gente, gracias a un terreno abonado por el fanatismo religioso.

No se lo nota alarmado. Por todas partes arden mecheros, velas, fogatas, y en las sombras circulan, espectrales, las patrullas del Regimiento.

—Para ejecutar a todos los cómplices, hubiera habido que pasar a cuchillo a Monte Santo entero —Moreira César ha llegado a una casita donde lo esperan el Coronel Tamarindo, el Mayor Cunha Matos y un grupo de oficiales. Despide a los corresponsales con un ademán y, sin transición, se dirige a un teniente: —¿Cuántas reses quedan?

—Entre quince y dieciocho, Excelencia.

—Antes de que las envenenen, daremos un banquete a la tropa. Dígale a Febronio que las sacrifique de una vez. —El oficial parte corriendo y Moreira César se vuelve a sus otros subordinados—. A partir de mañana, habrá que apretarse los cinturones.

Desaparece en la casucha y los corresponsales se dirigen a la barraca de los ranchos. Allí beben café, fuman, cambian impresiones y oyen las letanías que bajan de las capillas de la montaña donde el pueblo vela a los dos muertos. Más tarde, ven el reparto de carne y cómo los soldados disfrutan de esa comida suntuosa, y los oyen animarse, tocar guitarras, cantar. Aunque también comen carne y beben aguardiente, ellos no participan de la efervescencia que se ha apoderado de los soldados por algo que es para ellos la proximidad de la victoria. Poco después, el Capitán Olimpio de Castro viene a preguntarles si van a quedarse en Monte Santo o continuar hacia Canudos. A los que continúen les será difícil regresar, pues no habrá otro campamento intermedio. De los cinco, dos deciden permanecer en Monte Santo y otro volver a Queimadas, ya que se siente enfermo. A los que seguirán con el Regimiento —el viejo arropado y el miope— el Capitán les sugiere que, como a partir de ahora habrá marchas forzadas, se vayan a dormir.

Al día siguiente, cuando los dos periodistas despiertan —es el alba y hay quiquiriquís— les hacen saber que Moreira César ya ha partido, pues hubo un incidente en la vanguardia: tres soldados violaron a una muchacha. Parten en el acto, con una compañía en la que va el Coronel Tamarindo. Cuando alcanzan a la cabeza de la Expedición, los violadores están siendo azotados, uno al lado del otro, sujetos a troncos de árboles. Uno ruge con cada latigazo; otro parece rezar y el tercero mantiene un gesto arrogante mientras su espalda enrojece y revienta en sangre.

Están en un claro, rodeado de mandacarús, velame y calumbí. Entre los arbustos y matorrales se hallan las compañías de la vanguardia, observando el castigo. Reina silencio absoluto entre los hombres, que no apartan la vista de quienes reciben los azotes. Hay a veces vocerío de loros y unos sollozos de mujer. La que llora es una muchacha albina, algo contrahecha, descalza, por cuyas ropas desgarradas se divisan moretones. Nadie le presta atención y cuando el periodista miope pregunta a un oficial si es ella la que ha sido violada, éste asiente. Moreira César está junto al Mayor Cunha Matos. Su caballo blanco remolonea unos metros más allá, sin montura, fresco y limpio como si acabaran de cepillarlo.

Cuando terminan de azotarlos, dos de los castigados han perdido el sentido, pero el otro, el arrogante, hace todavía el alarde de ponerse en atención para escuchar al Coronel.

—Que esto les sirva de ejemplo, soldados —grita éste—. El Ejército es y debe ser la institución más pura de la República. Estamos obligados a actuar siempre, desde el más encumbrado hasta el más humilde, de manera que los ciudadanos respeten nuestro uniforme. Ustedes saben la tradición del Regimiento: las fechorías se castigan con el máximo rigor. Estamos aquí para proteger a la población civil, no para competir con los bandidos. El próximo caso de violación será castigado con pena de muerte.

Ningún murmullo, movimiento, hace eco a sus palabras. Los cuerpos de los desmayados cuelgan en posturas absurdas, cómicas. La muchacha albina ha dejado de llorar. Tiene una mirada extraviada y por momentos sonríe.

—Den algo de comer a esta infeliz —dice Moreira César, señalándola. Y, a los periodistas que se le han acercado: —Es una loquita. ¿Les parece un buen ejemplo, para una población ya prejuiciada contra nosotros? ¿No es ésta la mejor manera de dar razón a quienes nos llaman el Anticristo?

Un ordenanza ensilla su caballo y el claro se ha llenado de órdenes, desplazamientos. Las compañías parten, en direcciones distintas.

—Comienzan a aparecer los cómplices importantes —dice Moreira César, olvidado de pronto de la violación—. Sí, señores. ¿Saben quién es proveedor de Canudos? El párroco de Cumbe, un tal Padre Joaquim. El hábito, un salvoconducto ideal, un abrepuertas, una inmunidad. ¡Un sacerdote católico, señores!

Su expresión es más satisfecha que colérica.

Los cirqueros avanzaban entre macambiras y cascajo, turnándose para tirar del carromato. El paisaje se había secado y a veces realizaban largas jornadas sin nada que meterse a la boca. Desde el Sitio de las Flores, empezaron a encontrar peregrinos que iban a Canudos, gente más miserable que ellos mismos, con todas sus pertenencias a cuestas y que, a menudo, arrastraban inválidos. Donde podían, la Barbuda, el Idiota y el Enano leían la suerte, cantaban romances y hacían payaserías, pero la gente del camino tenía poco que darles a cambio. Como corrían rumores de que en Monte Santo la Guardia Rural bahiana impedía el paso hacia Canudos y enrolaba a todo hombre en edad de pelear, tomaron la ruta más larga de Cumbe. De vez en cuando percibían humaredas; según la gente, eran obra de los yagunzos que asolaban la tierra para que los ejércitos del Can murieran de hambre. También ellos podían ser víctimas de esa desolación. El Idiota, muy débil, había perdido la risa y la voz.

Tiraban de la carreta por parejas; el aspecto de los cinco era ruinoso, como si sobrellevaran grandes padecimientos. Siempre que hacía de bestia de carga, el Enano rezongaba contra la Barbuda:

—Sabes que es locura ir allá y estamos yendo. No hay qué comer, la gente muere de hambre en Canudos. —Señaló a Gall, con una mueca de furia: —¿Por qué le haces caso?

El Enano transpiraba y así, encogido y adelantado para hablar, parecía aún más pequeño. ¿Qué edad podía tener? Tampoco él lo sabía. Ya asomaban arrugas en su cara; las pequeñas jorobas de la espalda y el pecho se habían pronunciado con la flacura. La Barbuda miró a Gall:

—Porque es un hombre de verdad —exclamó—. Ya me cansé de andar con monstruos.

El Enano tuvo un ataque de risa.

—¿Y tú qué eres? —dijo, contorsionado por las carcajadas—. Sí, ya sé qué. Una esclava, Barbuda. Te gusta obedecerle, como antes al Gitano.

La Barbuda, que se había puesto a reír también, trató de abofetearlo, pero el Enano la esquivó.

—Te gusta ser esclava —gritaba—. Te compró el día que te tocó la cabeza y te dijo que hubieras sido una madre perfecta. Te lo creíste, se te llenaron los ojos de lágrimas.

Se reía a carcajadas y tuvo que echar a correr para que la Barbuda no lo alcanzara. Ésta le tiró piedras, un rato. Poco después, el Enano caminaba de nuevo junto a ella. Sus peleas eran así, más parecían un juego o un modo especial de comunicación.

Marchaban en silencio, sin un sistema de turnos para tirar de la carreta o descansar. Se detenían cuando alguno no podía más de fatiga, o cuando encontraban un riachuelo, un pozo o un lugar sombreado para las horas de más calor. Iban, mientras andaban, con los ojos alertas, explorando el contorno en busca de alimento, y así habían capturado alguna vez una presa comestible. Pero eso era raro y tenían que contentarse con masticar todo lo que fuera verde. Buscaban sobre todo el imbuzeiro, árbol que Galileo Gall había aprendido a apreciar: el gusto dulzón, acuoso, refrescante, de sus raíces le parecía un verdadero manjar.

Esa tarde, después de Algodones, encontraron a un grupo de peregrinos que habían hecho un alto. Dejaron el carromato y se unieron a ellos. La mayoría eran vecinos del poblado que habían decidido partir a Canudos. Los conducía un apóstol, hombre ya viejo que llevaba alpargatas y una túnica sobre los pantalones. Tenía un escapulario enorme y los seres que lo seguían lo miraban con veneración y timidez, como a alguien caído de otro mundo. Galileo Gall, acuclillándose a su lado, le hizo preguntas. Pero el apóstol lo miró de lejos, sin entender, y siguió conversando con su gente. Más tarde, sin embargo, el viejo habló de Canudos, de los Libros Santos y de lo anunciado por el Consejero, al que llamaba mensajero de Jesús. Resucitarían a los tres meses y un día, exactamente. Los del Can, en cambio, morirían para siempre. Ésa era la diferecia: la de la vida y la muerte, la del cielo y el infierno, la de la condena y la salvación. El Anticristo podía mandar soldados a Canudos: ¿de qué le serviría? Se pudrirían, desaparecerían. Los creyentes podían morir, pero, tres meses y un día después, estarían de vuelta, completos de cuerpo y purificados de alma por el roce con los ángeles y el tufo del Buen Jesús. Gall lo escudriñaba con los ojos encendidos, esforzándose por no perder una sílaba. En una pausa del viejo dijo que las guerras se ganaban no sólo con fe, sino con armas. ¿Estaba Canudos en condiciones de defenderse contra el Ejército de los ricos? Las miradas de los peregrinos oscilaron hacia el que hablaba y volvieron al apóstol. Éste había escuchado, sin mirar a Gall. Al final de la guerra ya no habría ricos, o, mejor dicho, no se notaría, pues todos serían ricos. Estas piedras se volverían ríos, esos cerros sembríos fértiles y el arenal que era Algodones un jardín de orquídeas como las que crecían en las alturas de Monte Santo. La cobra, la tarántula, la suçuarana serían amigas del hombre, como hubiera sido si éste no se hubiera hecho expulsar del Paraíso. Para recordar estas verdades estaba en el mundo el Consejero.

Alguien, en la penumbra, se puso a llorar. Sentidos, profundos, bajitos, los sollozos se sucedieron largo rato. El viejo volvió a hablar, con una especie de ternura. El espíritu era más fuerte que la materia. El espíritu era el Buen Jesús y la materia era el Perro. Ocurrirían los milagros tan esperados: desaparecerían la miseria, la enfermedad, la fealdad. Sus manos tocaron al Enano, acurrucado junto a Galileo. También él sería alto y hermoso, como los demás. Ahora se oía llorar a otras personas, contagiadas por el llanto de la primera. El apóstol apoyó la cabeza en el cuerpo más próximo y se echó a dormir. La gente se fue sosegando y, unos después de otros, los peregrinos lo imitaron. Los cirqueros retornaron al carromato. Pronto se oyó roncar al Enano, quien solía hablar en sueños.

Galileo y Jurema dormían separados, sobre la lona de la carpa que no se había vuelto a levantar desde Ipupiará. La luna, redonda y lúcida, presidía un séquito de incontables estrellas. La noche era fresca, clara, sin rumores, con sombras de mandacarús y mangabeiras. Jurema cerró los ojos y su respiración se hizo pausada, en tanto que Gall, a su lado, boca arriba, las manos debajo de la cabeza, miraba el cielo. Sería estúpido acabar en este páramo, sin haber visto Canudos. Podía ser algo primitivo, ingenuo, contaminado de superstición, pero no había duda: era también algo distinto. Una ciudadela libertaria, sin dinero, sin amos, sin policías, sin curas, sin banqueros, sin hacendados, un mundo construido con la fe y la sangre de los pobres más pobres. Si duraba, lo demás vendría solo: los prejuicios religiosos, el espejismo del más allá, se marchitarían por obsoletos e inservibles. Cundiría el ejemplo, habría otros Canudos y quién sabe... Se había puesto a sonreír. Se rascó la cabeza. Sus pelos estaban creciendo, podía cogerlos con las puntas de los dedos. Le producía ansiedad, ramalazos de miedo, estar rapado. ¿Por qué? Había sido aquella vez, en Barcelona, cuando lo curaban para darle garrote. El pabellón de la enfermería, los locos de la prisión. Estaban rapados y llevaban camisas de fuerza. Los cuidantes eran presos comunes; se comían las raciones de los enfermos, los golpeaban sin misericordia y gozaban dándoles baños de agua helada, con mangueras. Ése era el fantasma que resucitaba cada vez que un espejo, arroyo o pozo de agua le mostraba su cabeza: el de esos dementes a quienes carceleros y médicos supliciaban. Había escrito en esa época un artículo del que se enorgulleció: "Contra la opresión de la enfermedad". La revolución no sólo arrancaría al hombre del yugo del capital y de la religión, sino también de los prejuicios que rodeaban a las enfermedades en la sociedad clasista; el enfermo, sobre todo el alienado, era una víctima social no menos sufrida y despreciada que el obrero, el campesino, la prostituta y la sirvienta. ¿No había dicho el viejo santón, hacía un momento, creyendo hablar de Dios cuando en realidad hablaba de la libertad, que en Canudos desparecerían la miseria, la enfermedad, la fealdad? ¿No era ése acaso el ideal revolucionario? Jurema tenía los ojos abiertos y lo observaba. ¿Había estado pensando en alta voz?

—Hubiera dado cualquier cosa por estar con ellos cuando derrotaron a Febronio de Brito —susurró, como si dijera palabras de amor—. Me he pasado la vida luchando y sólo he visto traiciones, divisiones y derrotas en nuestro campo. Me hubiera gustado ver una victoria, aunque fuera una vez. Saber qué se siente, cómo es, cómo huele una victoria nuestra.

Vio que Jurema lo miraba, como otras veces, distante e intrigada. Estaban a milímetros uno del otro, pero no se tocaban. El Enano había comenzado a desvariar, suavemente.

—Tú no me entiendes, yo tampoco te entiendo —dijo Gall—. ¿Por qué no me mataste cuando estaba inconsciente? ¿Por qué no convenciste a los capangas que se llevaran mi cabeza en vez de mis pelos? ¿Por qué estás conmigo? Tú no crees en las cosas que yo creo.

—Al que le toca matarte es a Rufino —susurró Jurema, sin odio, como explicando algo muy simple—. Matándote le habría hecho más daño que el que tú le hiciste.

Eso es lo que no entiendo, pensó Gall. Habían hablado otras veces de lo mismo y siempre quedaba él en tinieblas. El honor, la venganza, esa religión tan rigurosa, esos códigos de conducta tan puntillosos ¿cómo explicárselos en este fin del mundo, entre gentes que no tenían más que los harapos y los piojos que llevaban encima? La honra, el juramento, la palabra, esos lujos y juegos de ricos, de ociosos y parásitos ¿cómo entenderlos aquí? Recordó que, en Queimadas, desde la ventana de su cuarto en la Pensión Nuestra Señora de las Gracias, había escuchado un día de feria a un cantor ambulante narrar una historia que, aunque distorsionada, era una leyenda medieval que había leído de niño y visto de joven transformada en vodevil romántico: Roberto el Diablo. ¿Cómo había llegado hasta aquí? El mundo era más impredecible de lo que parecía.

—Tampoco entiendo a los capangas que se llevaron mis pelos —murmuró—. A ese Caifás, quiero decir. ¿Dejarme vivo para no privar a su amigo del placer de una venganza? Eso no es de campesino sino de aristócrata.

Otras veces, Jurema había tratado de explicárselo, pero esta noche permaneció callada. Tal vez estaba ya convencida de que el forastero nunca entendería estas cosas.

A la mañana siguiente, reanudaron la marcha, adelantándose a los peregrinos de Algodones. Les tomó un día cruzar la Sierra de Francia, y ese anochecer estaban tan fatigados y hambrientos que se desmoronaron. El Idiota se desmayó un par de veces durante la marcha y la segunda permaneció tan pálido y quieto que lo creyeron muerto. El atardecer los recompensó de las penalidades de la jornada con un pozo de agua verdosa. Bebieron, apartando las yerbas, y la Barbuda acercó al Idiota el cuenco de sus manos y refrescó a la cobra, salpicándole gotas de agua. El animal no padecía privaciones, pues siempre había hojitas o algún gusano para alimentarla. Una vez que saciaron la sed, arrancaron raíces, tallos, hojas, y el Enano colocó trampas. La brisa que corría era un bálsamo después del terrible calor de todo el día. La Barbuda se sentó junto al Idiota y le hizo apoyar la cabeza en sus rodillas. El destino del Idiota, de la cobra y la carreta la preocupaban tanto como el suyo; parecía creer que su supervivencia dependía de su capacidad de proteger a esa persona, animal y cosa que eran su mundo.

Gall, Jurema y el Enano masticaban despacio, sin alegría, escupiendo las ramitas y raíces una vez que les extraían el jugo. A los pies del revolucionario había una forma dura, medio enterrada. Sí, era una calavera, amarillenta y rota. En el tiempo que llevaba en los sertones había visto huesos humanos a lo largo de los caminos. Alguien le contó que ciertos sertaneros desenterraban a sus enemigos y los dejaban a la intemperie, como pasto de los predadores, pues creían mandar así sus almas al infierno. Examinó la calavera, en un sentido y en otro.

—Para mi padre las cabezas eran libros, espejos —dijo, con nostalgia—. ¿Qué pensaría si supiera que estoy en este lugar, en este estado? La última vez que lo vi, yo tenía dieciséis años. Lo decepcioné diciéndole que la acción era más importante que la ciencia. Fue un rebelde, a su manera. Los médicos se burlaban de él, lo llamaban brujo.

El Enano lo miraba, tratando de comprender, igual que Jurema. Gall siguió masticando y escupiendo, pensativo.

—¿Por qué viniste? —murmuró el Enano—. ¿No te asusta morir fuera de tu patria? Aquí no tienes familia, amigos, nadie se acordará de ti.

—Ustedes son mi familia —dijo Gall—. Y también los yagunzos.

—No eres santo, no rezas, no hablas de Dios —dijo el Enano—. ¿Por qué esa terquedad con Canudos?

—Yo no podría vivir entre otras gentes —dijo Jurema—. No tener patria es ser huérfano.

—Un día desaparecerá la palabra patria —replicó al instante Galileo—. La gente mirará hacia atrás, hacia nosotros, encerrados en fronteras, entrematándonos por rayas en los mapas, y dirán: qué estúpidos fueron.

El Enano y Jurema se miraron y Gall sintió que pensaban que el estúpido era él. Masticaban y escupían, haciendo a veces ascos.

—¿Tú crees lo que dijo el apóstol de Algodones? —preguntó el Enano—. Que un día habrá un mundo sin maldad, sin enfermedades...

—Y sin fealdad —añadió Gall. Asintió, varias veces: —Creo en eso como otros en Dios. Hace tiempo que muchos se hacen matar para que sea posible. Por eso tengo la terquedad de Canudos. Allá, en el peor de los casos, moriré por algo que vale la pena.

—A ti te matará Rufino —balbuceó Jurema, mirando el suelo. Su voz se animó: —¿Crees que ha olvidado la ofensa? Nos está buscando y, tarde o temprano, se vengará.

Gall la cogió del brazo.

—Sigues conmigo para ver esa venganza ¿no es cierto? —le preguntó. Se encogió de hombros—. Tampoco Rufino podría entender. No quise ofenderlo. El deseo se lleva todo de encuentro: la voluntad, la amistad. No depende de uno mismo, está en los huesos, en lo que otros llaman el alma. —Volvió a acercar la cara a Jurema: —No me arrepiento, ha sido... instructivo. Era falso lo que yo creía. El goce no está reñido con el ideal. No hay que avergonzarse del cuerpo ¿entiendes? No, no entiendes.

—¿O sea que puede ser verdad? —lo interrumpió el Enano. Tenía la voz quebrada y los ojos implorantes: —Dicen que ha hecho ver a los ciegos, oír a los sordos, cerrado llagas de leprosos. Si le digo: "He venido porque sé que harás el milagro", ¿me tocará y creceré?

Gall lo miró, desconcertado, y no encontró ninguna verdad o mentira para responderle. En eso la Barbuda rompió a llorar, compadecida del Idiota. "Ya no puede más, decía. Ya ni sonríe, ni se queja, se muere a poquitos, cada segundo." La oyeron plañir así mucho rato más, antes de dormirse. Al amanecer, los despertó una familia de Carnaiba, que les dio malas noticias. Patrullas de la Guardia Rural y capangas de hacendados de la región cerraban las salidas de Cumbe, en espera del Ejército. La única manera de llegar a Canudos era desviándose hacia el Norte y dando un gran rodeo por Massacará, Angico y Rosario.

Día y medio después llegaron a San Antonio, minúscula estación de aguas termales a las orillas verdosas del Massacará. Los cirqueros habían estado en el poblado, años atrás, y recordaban la afluencia de gentes que acudían a curarse los males de la piel en las pozas burbujeantes y hediondas. San Antonio había sido también víctima pertinaz de los bandidos, que venían a desvalijar a los enfermos. Ahora parecía desierto. No encontraron lavanderas en el río y tampoco en las callejuelas empedradas, con cocoteros, ficus y cactus, se veía a ser viviente —humano, perro o pájaro. Pese a ello, el Enano se puso de buen humor. Cogió un cornetín, lo sopló arrancándole un sonido cómico y empezó a pregonar la función. La Barbuda se echó a reír y hasta el Idiota, pese a su debilidad, quería apurar al carromato, con los hombros, las manos, la cabeza; tenía la boca entreabierta e hilos de saliva. Por fin, divisaron un viejecillo informe, que sujetaba una armella a una puerta. Los miró como si no los viera pero cuando la Barbuda le mandó un beso, sonrió.

Los cirqueros instalaron la carreta en una placita con enredaderas; comenzaban a abrirse ventanas, puertas, a asomar caras atraídas por el cornetín. El Enano, la Barbuda y el Idiota revolvían trapos y artefactos y un momento después estaban pintarrajeándose, tiznándose, arropándose de colorines, y aparecían en sus manos los vestigios de una utilería extinta: la jaula de la cobra, aros, varillas mágicas, un acordeón de papel. El Enano soplaba con furia y rugía: "¡Ya comienza la función!" Poco a poco, se formó en torno un auditorio de pesadilla. Esqueletos humanos, de edad y sexo indefinibles, la mayoría con las caras, los brazos y las piernas comidos por gangrenas, llagas, sarpullidos, granos, salían de las casas y, venciendo una aprensión inicial, apoyándose uno en otro, gateando o arrastrándose, venían a engrosar el círculo. "No dan la impresión de agonizantes, pensó Gall, sino de haber muerto hace tiempo." Todos, principalmente los niños, parecían viejísimos. Algunos sonreían a la Barbuda, que se enrollaba la cobra, la besaba en la boca y la hacía retorcerse en sus brazos. El Enano cogió al Idiota y mimó con él el número de la Barbuda y el animal: lo hacía bailar, contorsionarse, anudarse. Los vecinos y enfermos de San Antonio miraban, graves o risueños, moviendo las cabezas en signo de aprobación y a veces aplaudiendo. Algunos se volvían a espiar a Gall y a Jurema, como preguntándose a qué hora actuarían. El revolucionario los observaba, fascinado, y Jurema tenía la cara desfigurada en una mueca de repulsión. Hacía esfuerzos por contenerse, pero, de pronto, susurró que no podía verlos, quería irse. Galileo no la tranquilizó. Sus ojos se habían ido encandilando y estaba íntimamente revuelto. La salud era egoísta, igual que el amor, igual que la riqueza y el poder: lo enclaustraba a uno en sí mismo, abolía a los otros. Sí, era preferible no tener nada, no amar, pero ¿cómo renunciar a la salud para ser solidario de los hermanos enfermos? Había tantos problemas, la hidra tenía tantas cabezas, la iniquidad asomaba por donde se volviera la vista. Advirtió el asco y el temor de Jurema y la cogió del brazo:

—Míralos, míralos —dijo con fiebre, con indignación—. Mira a las mujeres. Eran jóvenes, fuertes, bonitas. ¿Quién las volvió así? ¿Dios? Los canallas, los malvados, los ricos, los sanos, los egoístas, los poderosos.

Tenía una expresión exaltada, enfervorecida y, soltando a Jurema, avanzó hasta el centro del círculo, sin darse cuenta que el Enano había empezado a contar la singular historia de la Princesa Magalona, hija del Rey de Nápoles. Los espectadores vieron que el hombre de pelusa y barba rojiza, pantalones rotosos y cicatriz en el cuello, se ponía a accionar:

—No perdáis el valor, hermanos, no sucumbáis a la desesperación. No estáis pudriéndoos en vida porque lo haya decidido un fantasma escondido tras las nubes, sino porque la sociedad está mal hecha. Estáis así porque no coméis, porque no tenéis médicos ni medicinas, porque nadie se ocupa de vosotros, porque sois pobres. Vuestro mal se llama injusticia, abuso, explotación. No os resignéis, hermanos. Desde el fondo de vuestra desgracia, rebelaos, como vuestros hermanos de Canudos. Ocupad las tierras, las casas, apoderaos de los bienes de aquellos que se apoderaron de vuestra juventud, que os robaron vuestra salud, vuestra humanidad...

La Barbuda no lo dejó continuar. Congestionada de ira lo remeció, increpándolo:

—¡Estúpido! ¡Estúpido! ¡Nadie te entiende! ¡Los estás poniendo tristes, los estás aburriendo, no nos darán de comer! ¡Tócales las cabezas, diles el futuro, algo que los alegre!

EL BEATITO, los ojos todavía cerrados, oyó cantar el gallo y pensó: "Alabado sea el Buen Jesús". Sin moverse, rezó y pidió al Padre fuerzas para la jornada. Su cuerpo menudo soportaba mal la intensa actividad; en los últimos días, con el aumento de peregrinos, a ratos tenía vértigos. En las noches, cuando se echaba sobre el jergón, detrás del altar de la capilla de San Antonio, el dolor en los huesos y músculos le impedía descansar; permanecía a veces horas, con los dientes apretados, antes de que el sueño lo librara de ese suplicio secreto. Porque el Beatito, aunque débil, tenía un espíritu lo bastante fuerte para que nadie notara las flaquezas de su carne, en esa ciudad en la que ejercía las funciones espirituales más altas, después del Consejero.

Abrió los ojos. El gallo había vuelto a cantar y la madrugada apuntaba por el tragaluz. Dormía con la túnica que María Quadrado y las beatas del Coro habían zurcido innumerables veces. Se calzó las alpargatas, besó el escapulario y el detente que llevaba en el pecho y se acomodó en la cintura el oxidado cilicio que le había cedido el Consejero cuando era todavía un niño, allá en Pombal. Enrolló el jergón y fue a despertar al llavero y mayordomo, que dormía a la entrada de la Iglesia. Era un viejo de Chorrochó; al abrir los ojos, murmuró: "Alabado sea Nuestro Señor Jesucristo". "Alabado sea", repuso el Beatito. Le alcanzó el látigo con el que cada mañana ofrecía sacrificio de dolor al Padre. El anciano cogió el látigo —el Beatito se había arrodillado— y le dio diez azotes, en la espalda y las nalgas, con toda la fuerza de sus brazos. Los recibió sin un quejido. Luego, volvieron a persignarse. Así iniciaban las tareas del día.

Mientras el llavero iba a asear el altar, el Beatito fue a la puerta y, al acercarse, sintió a los romeros llegados a Belo Monte por la noche, que los hombres de la Guardia Católica tendrían vigilados esperando que él decidiera si podían permanecer o eran indignos. El miedo a equivocarse, rechazando a un buen cristiano o admitiendo a alguien cuya presencia ocasionara daño al Consejero, laceraba su corazón, era algo por lo que pedía ayuda con más angustia al Padre. Abrió la puerta y oyó un rumor y vio a las decenas de seres que acampaban frente al portón. Había entre ellos miembros de la Guardia Católica, con brazaletes o pañuelos azules y carabinas, que corearon: "Alabado sea el Buen Jesús". "Alabado sea", murmuró el Beatito. Los romeros se persignaban, los que no eran tullidos o enfermos se ponían de pie. En sus ojos había hambre y felicidad. El Beatito calculó lo menos cincuenta.

—Bienvenidos a Belo Monte, tierra del Padre y del Buen Jesús —salmodió—. Dos cosas pide el Consejero a los que vienen, escuchando el llamado: fe y verdad. Nadie que sea incrédulo o que mienta se aposentará en esta tierra del Señor.

Dijo a la Guardia Católica que comenzara a hacerlos pasar. Antes, conversaba con cada peregrino a solas; ahora tenía que hacerlo por grupos. El Consejero no quería que nadie lo ayudara; "Tú eres la puerta, Beatito", respondía, cada vez que él le rogaba compartir esta función.

Entraron un ciego, su hija y su marido y dos hijos de éstos. Venían de Querará y el viaje les había tomado un mes. En el trayecto murió la madre del marido y dos hijos mellizos de la pareja. ¿Los enterraron cristianamente? Sí, en cajones y con responso. Mientras el anciano de párpados pegados le refería el viaje, el Beatito los observó. Se dijo que eran una familia unida, donde se respetaba a los mayores, pues los cuatro escuchaban al ciego sin interrumpirlo, asintiendo en apoyo de lo que decía. Las cinco caras mostraban esa mezcla de fatiga que daban el hambre y el sufrimiento físico y de regocijo del alma que invadía a los peregrinos al pisar Belo Monte. Sintiendo el roce del ángel, el Beatito decidió que eran bienvenidos. Todavía preguntó si ninguno había servido al Anticristo. Luego de tomarles juramento de no ser republicanos, ni aceptar la expulsión del Emperador, ni la separación de la Iglesia y el Estado, ni el matrimonio civil, ni los nuevos pesos y medidas ni las preguntas del censo, los abrazó y envió con alguien de la Guardia Católica donde Antonio Vilanova. En la puerta, la mujer murmuró algo al oído del ciego. Éste, temeroso, preguntó cuándo verían al Buen Jesús Consejero. Había tanta ansiedad en la familia mientras esperaba su respuesta, que el Beatito pensó: "Son elegidos". Lo verían esta tarde, en el Templo; lo oirían dar consejos y decirles que el Padre estaba dichoso de recibirlos en el rebaño. Los vio partir, aturdidos de gozo. Era purificadora la presencia de la gracia en este mundo condenado a la perdición. Esos vecinos —el Beatito lo sabía— habían olvidado ya sus tres muertos y las penalidades y sentían que la vida valía la pena de ser vivida. Ahora Antonio Vilanova los apuntaría en sus libros, mandaría al ciego a una Casa de Salud, a la mujer a ayudar a las Sardelinhas y al marido y a los chiquillos a trabajar como aguateros.

Mientras escuchaba a otra pareja —la mujer tenía un bulto en las manos—, el Beatito pensó en Antonio Vilanova. Era un hombre de fe, un elegido, una oveja del Padre. Él y su hermano eran gente instruida, habían tenido negocios, ganado, dinero; hubieran podido dedicar su vida a atesorar y a tener casas, tierras, sirvientes. Pero habían preferido compartir con sus hermanos humildes la servidumbre de Dios. ¿No era merced del Padre tener aquí a alguien como Antonio Vilanova, cuya sabiduría solucionaba tantos problemas? Acababa, por ejemplo, de organizar el reparto del agua. Se recogía del Vassa Barris y de las aguadas de la Fazenda Velha y se distribuía gratuitamente. Los aguateros eran peregrinos recién llegados; de este modo, iban siendo conocidos, se sentían útiles al Consejero y al Buen Jesús y las gentes les daban de comer.

El Beatito comprendió, por la jerigonza del hombre, que el bulto era una niña recién nacida, muerta la víspera, cuando bajaban la Sierra de Cañabrava. Levantó el pedazo de tela y observó: el cadáver estaba rígido, color del pergamino. Explicó a la mujer que era favor del cielo que su hija hubiese muerto en el único pedazo de tierra que permanecía salvo del Demonio. No la habían bautizado y lo hizo, llamándola María Eufrasia y rogando al Padre que se llevara esa almita a Su gloria. Tomó juramento a la pareja y los mandó donde los Vilanova, para que su hija fuera enterrada. Por la escasez de madera, los entierros se habían convertido en un problema de Belo Monte. Lo recorrió un escalofrío. Era lo que más temía: su cuerpo sepultado en una fosa, sin nada que lo cubriera.

Mientras entrevistaba a nuevos romeros, entraron unas beatas del Coro Sagrado a arreglar la capilla y Alejandrinha Correa le trajo una ollita de barro con un recado de María Quadrado: "Para que lo comas tú solo". Porque la Madre de los Hombres sabía que regalaba sus raciones a los hambrientos. A la vez que escuchaba a los peregrinos, el Beatito agradeció a Dios haberle dado suficiente fortaleza de alma para no sufrir hambre ni sed. Unos sorbos, un bocado le bastaban; ni siquiera durante la peregrinación por el desierto había padecido como otros hermanos los tormentos de la falta de comida. Por eso, sólo el Consejero había ofrecido más ayunos que él al Buen Jesús. Alejandrinha Correa le dijo también que João Abade, João Grande y Antonio Vilanova lo esperaban en el Santuario.

Estuvo todavía cerca de dos horas recibiendo peregrinos y sólo prohibió quedarse a un comerciante en granos de Pedrinhas, que había sido recaudador de impuestos. A los ex-soldados, pisteros y proveedores del Ejército, el Beatito no los rechazaba. Pero los cobradores de impuestos debían marcharse y no volver, bajo amenaza de muerte. Habían esquilmado al pobre, le habían rematado sus cosechas, robado sus animales, eran implacables en su codicia: podían ser el gusanito que corrompe la fruta. El Beatito explicó al hombre de Pedrinhas que, para obtener la misericordia del cielo, debía luchar contra el Can, lejos, por su cuenta y riesgo. Luego de decir a los romeros del descampado que lo esperaran, se dirigió al Santuario. Era media mañana, el sol hacía reverberar las piedras. Muchas personas intentaron detenerlo, pero él les explicó con gestos que tenía prisa. Iba escoltado por gente de la Guardia Católica. Al principio, había rechazado la escolta, pero ahora comprendía que era indispensable. Sin esos hermanos, cruzar los pocos metros entre la capilla y el Santuario le tomaría horas, por la gente que lo acosaba con pedidos y consultas. Iba pensando que entre los peregrinos de esa mañana había algunos venidos de Alagoas y Ceará. ¿No era extraordinario? La muchedumbre aglomerada alrededor del Santuario era tan compacta —gentes de toda edad estirando las cabezas hacia la puertecita de madera donde, en algún momento del día, asomaría el Consejero— que él y los cuatro de la Guardia Católica quedaron atollados. Agitaron entonces sus trapos azules y sus compañeros que cuidaban el Santuario abrieron una valla para el Beatito. Mientras, inclinado, avanzaba por el callejón de cuerpos, éste se dijo que sin la Guardia Católica el caos habría hecho presa de Belo Monte: ésa hubiera sido la puerta para que el Perro entrara.

"Alabado sea Nuestro Señor Jesucristo", dijo, y oyó: "Alabado sea". Percibió la paz que instalaba a su alrededor el Consejero. Incluso el ruido de la calle era aquí música.

—Me avergüenzo de haberme hecho esperar, padre —musitó—. Llegan cada vez más peregrinos y no alcanzo a hablar con ellos ni a recordar sus caras.

—Todos tienen derecho a salvarse —dijo el Consejero—. Alégrate por ellos.

—Mi corazón goza viendo que cada día son más —dijo el Beatito—. Mi cólera es contra mí, porque no llego a conocerlos bien.

Se sentó en el suelo, entre João Abade y João Grande, que tenían sus carabinas sobre las rodillas. Estaba allí también, además de Antonio Vilanova, su hermano Honorio, que parecía recién llegado de viaje por el terral que lo cubría. María Quadrado le alcanzó un vaso de agua y él bebió, paladeando. El Consejero, sentado en su camastro, permanecía erecto, envuelto en su túnica morada, y a sus pies el León de Natuba, el lápiz y el cuaderno en las manos, con su gran cabeza apoyada en las rodillas del santo; una mano de éste se hundía en los pelos retintos e intrincados. Mudas e inmóviles, las beatas estaban acuclilladas contra la pared y el carnerito blanco dormía. "Es el Consejero, el Maestro, el

Pimpollo, el Amado", pensó el Beatito con unción. "Somos sus hijos. No éramos nada y él nos convirtió en apóstoles." Sintió una oleada de felicidad: otro roce del ángel.

Comprendió que había una diferencia de opiniones entre Jôão Abade y Antonio Vilanova. Éste decía que era opuesto a que se quemara Calumbí, como quería aquél, que Belo Monte y no el Maligno sería el perjudicado si la hacienda del Barón de Cañabrava desaparecía, pues era su mejor fuente de abastecimientos. Se expresaba como si temiera herir a alguien o decir algo gravísimo, en voz tan tenue que había que esforzar los oídos. Qué indiscutiblemente sobrenatural era el aura del Consejero para que un hombre como Antonio Vilanova se turbara así en su delante, pensó el Beatito. En la vida diaria, el comerciante era una fuerza de la naturaleza, cuya energía apabullaba y cuyas opiniones eran vertidas con una convicción contagiosa. Y ese vozarrón estentóreo, ese trabajador incansable, ese surtidor de ideas, ante el Consejero se volvía un párvulo. "Pero no está sufriendo, pensó, sino sintiendo el bálsamo." Se lo había dicho él mismo, muchas veces, antes, cuando daban paseos conversando, después de los consejos. Antonio quería saber todo sobre el Consejero, la historia de sus peregrinaciones, las enseñanzas ya sembradas, y el Beatito lo instruía. Pensó con nostalgia en esos primeros tiempos de Belo Monte, en la disponibilidad perdida. Se podía meditar, rezar, conversar. Él y el comerciante charlaban a diario, caminando de un extremo a otro del lugar, entonces pequeño y despoblado. Antonio Vilanova le abrió su corazón, revelándole cómo había cambiado su vida el Consejero. "Yo vivía agitado, con los nervios a punto de romperse y la sensación de que mi cabeza iba a estallar. Ahora, basta saber que está cerca para sentir una serenidad que nunca tuve. Es un bálsamo, Beatito." Ya no podían conversar, esclavizados cada uno por sus respectivas obligaciones. Que se hiciera la voluntad del Padre.

Había estado tan abstraído en sus recuerdos que no notó en qué momento calló Antonio Vilanova. Ahora, Jôão Abade le respondía. Las noticias eran terminantes y las había confirmado Pajeú: el Barón de Cañabrava servía al Anticristo, ordenaba a los hacendados que dieran capangas, víveres, pisteros, caballos y mulas al Ejército y Calumbí se estaba convirtiendo en campamento para uniformados. Esa hacienda era la más rica, la más grande, la de mejores depósitos y podía aprovisionar diez Ejércitos. Había que arrasarla, no dejar nada que sirviera a los perros o sería mucho más difícil defender Belo Monte cuando llegaran. Quedó con la vista fija en los labios del Consejero, como Antonio Vilanova. No había más que discutir: el santo sabría si Calumbí se salvaba o ardía. Pese a sus diferencias —el Beatito los había visto discrepar muchas veces— su hermandad no sufriría mella. Pero antes de que el Consejero abriera la boca, tocaron la puerta del Santuario. Eran hombres armados, venían de Cumbe. João Abade fue a averiguar qué noticias traían.

Cuando salió, tomó otra vez la palabra Antonio Vilanova, pero para hablar de las muertes. Aumentaban, con la invasión de peregrinos, y el cementerio viejo, de detrás de las iglesias, ya no tenía espacio para muchas tumbas. Por eso, había puesto gente a limpiar y cercar un terreno en el Tabolerinho, entre Canudos y el Cambaio, para levantar uno nuevo. ¿Aprobaba eso el Consejero? El santo hizo un brevísimo signo de asentimiento. Cuando João Grande, moviendo sus manazas, confuso, brillando de sudor su pelo crespo, contaba que la Guardia Católica abría desde ayer una trinchera con doble parapeto de piedras que, comenzando a orillas del Vassa Barris llegaría hasta la Fazenda Velha, volvió João Abade. Hasta el León de Natuba alzó su enorme cabeza de ojos inquisitivos.

—Los soldados llegaron a Cumbe esta madrugada. Entraron preguntando por el Padre Joaquim, buscándolo. Parece que le han cortado el pescuezo.

El Beatito oyó un sollozo, pero no miró: sabía que era Alejandrinha Correa. Tampoco los otros la miraron, pese a que los sollozos crecieron y ocuparon el Santuario. El Consejero no se había movido.

—Vamos a rezar por el Padre Joaquim —dijo, por fin, con voz afectuosa—. Ahora está junto al Padre. Allí nos seguirá ayudando, más que en este mundo. Alegrémonos por él y por nosotros. La muerte es fiesta para el justo.

El Beatito, arrodillándose, envidió con fuerza al párroco de Cumbe, ya a salvo del Can, allá arriba, en ese lugar privilegiado donde sólo suben los mártires del Buen Jesús.

RUFINO entra a Cumbe al mismo tiempo que dos patrullas de soldados que se conducen como si los vecinos fueran el enemigo. Registran las casas, golpean con las culatas a los que protestan, clavan una ordenanza prometiendo la muerte a quien oculte armas de fuego y la pregonan con redoble de tambor. Buscan al cura. A Rufino le cuentan que lo ubican por fin y que no tienen escrúpulos en entrar a la Iglesia y sacarlo a empellones. Después de recorrer Cumbe indagando por los cirqueros, Rufino se aloja en casa de un ladrillero. La familia comenta los registros, los maltratos. Los impresionan menos que el sacrilegio: ¡invadir la Iglesia y golpear a un ministro de Dios! Debe ser cierto, pues, lo que se dice: esas gentes impías sirven al Can.

Rufino sale del pueblo seguro de que el forastero no ha pasado por Cumbe. ¿Se encuentra tal vez en Canudos? ¿O en manos de los soldados? Está a punto de ser apresado en una barrera de guardias rurales que cierra la ruta a Canudos. Varios lo conocen e interceden por él ante los otros; después de un rato le permiten irse. Toma un atajo hacia el Norte y, al poco tiempo de marcha, oye un tiro. Comprende que le disparan, por el polvo alborotado a sus pies. Se tira al suelo, se arrastra, localiza a sus agresores: dos guardias agazapados en una elevación. Le gritan que arroje la carabina y la faca. Se lanza, veloz, corriendo en zigzag, hacia un ángulo muerto. Llega al refugio, ileso, y desde allí puede distanciarse por el roquerío. Pero pierde el rumbo y cuando está seguro de no ser seguido, se halla tan exhausto que se duerme como un tronco. El sol lo pone en la dirección de Canudos. Hay grupos de peregrinos que afluyen de distintos lados a la borrosa trocha que hace algunos años sólo recorrían convoyes de ganado y comerciantes paupérrimos. Al anochecer, acampando entre romeros, oye a un viejecillo con forúnculos que viene de San Antonio, recordar una función de circo. El corazón de Rufino late con fuerza. Deja hablar al viejo sin interrumpirlo y un momento después sabe que ha recobrado la pista.

Llega oscuro a San Antonio y se sienta junto a una de las pozas, a orillas del Massacará, a esperar la luz. La impaciencia no lo deja pensar. Con el primer rayo de sol, empieza a recorrer las casitas idénticas. La mayoría están vacías. El primer vecino que encuentra le señala dónde ir. Ingresa a un interior oscuro y pestilente y se detiene, hasta que sus ojos se acostumbren a la penumbra. Van apareciendo las paredes, con rayas, dibujos y un Corazón de Jesús. No hay muebles, cuadros, ni un mechero, pero queda como una reminiscencia de esas cosas que se llevaron los ocupantes.

La mujer está en el suelo y se reincorpora al verlo entrar. Hay a su alrededor trapos de colorines, una cesta de mimbre y un brasero. Tiene, en su falda, algo que le cuesta reconocer. Sí, es la cabeza de un ofidio. El rastreador advierte ahora la pelusa que sombrea la cara y los brazos de la mujer. Entre ella y la pared hay alguien tendido, del que ve medio cuerpo y los pies. Descubre la desolación que arrasa los ojos de la Barbuda. Se inclina y, en actitud respetuosa, le pregunta por el circo. Ella sigue mirándolo sin verlo y, por fin, con desaliento, le alcanza la cobra: puede comérsela. Rufino, acuclillado, le explica que no quiere quitarle la comida sino saber algo. La Barbuda habla del muerto. Ha estado agonizando a poquitos y la noche anterior expiró. Él la escucha, asintiendo. Ella se acusa, tiene cargos de conciencia, tal vez debió matar a Idílica antes para darle de comer. ¿Lo hubiera salvado, si lo hacía? Ella misma responde que no. La cobra y el muerto compartían con ella la vida desde los comienzos del circo. La memoria devuelve a Rufino imágenes del Gitano, del Gigante Pedrín y otros artistas que vio de niño, en Calumbí. La mujer ha oído que si no son enterrados en cajón, los muertos se van al infierno; eso la angustia. Rufino se ofrece a fabricar un ataúd y cavar una fosa para su amigo. Ella le pregunta a boca de jarro qué quiere. Rufino —su voz tiembla— se lo dice. ¿El forastero?, repite la Barbuda, ¿Galileo Gall? Sí, él. Se lo llevaron unos hombres a caballo, cuando salían del pueblo. Y habla otra vez del muerto, no podía arrastrarlo, le daba pena, prefirió quedarse cuidándolo. ¿Eran soldados? ¿Guardias rurales? ¿Bandidos? No lo sabe. ¿Los que le cortaron los pelos en Ipupiará? No, no eran ésos. ¿Lo buscaban a él? Sí, a los cirqueros los dejaron en paz. ¿Partieron hacia Canudos? Tampoco lo sabe.

Rufino amortaja al difunto con las tablas de la ventana, que amarra con los trapos de colorines. Se echa al hombro el dudoso ataúd y sale, seguido por la mujer. Algunos vecinos lo guían hasta el cementerio y le prestan una pala. Abre una fosa, vuelve a llenarla y permanece allí mientras la Barbuda reza. Al volver al caserío, ella se lo agradece, efusivamente. Rufino, que ha estado con la mirada perdida, le pregunta: ¿se llevaron también a la mujer? La Barbuda pestañea. Tú eres Rufino, dice. Él asiente. Ella le cuenta que Jurema sabía que aparecería. ¿También a ella se la llevaron? No, se ha ido con el Enano, rumbo a Canudos. Un grupo de enfermos y de gente sana los oyen hablar, entretenidos. La fatiga que Rufino siente de pronto lo hace tambalearse. Le ofrecen hospitalidad y él acepta dormir en la casa que ocupa la Barbuda. Duerme hasta la noche. Al despertar, la mujer y una pareja le acercan una escudilla con una sustancia espesa. Conversa con ellos sobre la guerra y los transtornos del mundo. Cuando la pareja se va, interroga a la Barbuda sobre Galileo y Jurema. Ella le dice lo que sabe y, también, que se va a Canudos. ¿No teme meterse a la boca del lobo? Más teme quedarse sola; allá, tal vez, encuentre al Enano y puedan seguir acompañándose.

A la mañana siguiente, se despiden. El rastreador parte hacia el Oeste, pues los vecinos aseguran que ese rumbo tomaron los capangas. Marcha entre arbustos, espinas y matorrales y a media mañana esquiva una patrulla de exploradores que rastrilla la caatinga. A menudo se detiene a estudiar las huellas. Ese día no captura ninguna presa y sólo mastica yerbas. Pasa la noche en el Riacho de Varginha. A poco de retomar la travesía, divisa el Ejército del Cortapescuezos, ese que está en todas las bocas. Ve brillar las bayonetas en el polvo, oye el crujido de las cureñas rodando por la trocha. Reanuda su trotecillo pero no entra a Zélia hasta oscurecer. Los vecinos le cuentan que, además de los soldados, han estado allí los yagunzos de Pajeú. Nadie recuerda a una partida de capangas con alguien como Gall. Rufino oye ulular a lo lejos los pitos de madera que, de manera intermitente, resonarán toda la noche.

Entre Zélia y Monte Santo, el terreno es llano, seco y puntiagudo, sin trochas. Rufino avanza temiendo ver en cualquier momento una patrulla. Encuentra agua y comida a media mañana. Poco después, tiene la sensación de no estar solo. Mira en torno, examina la caatinga, va y viene: nada. Sin embargo, un rato más tarde, ya no duda: lo espían, varios. Intenta perderlos, cambia el rumbo, se oculta, corre. Inútil: son pisteros que saben su oficio y están siempre ahí, invisibles y próximos. Resignado, marcha ya sin tomar precauciones, esperando que lo maten. Poco después oye a un hato de cabras. Por fin, avista un claro. Antes que a los hombres armados ve a la muchacha, albina, contrahecha, de mirada extraviada. Por sus ropas desgarradas, se ven moretones. Está distraída con un puñado de cencerros y un·pito de madera, de esos con que los pastores dirigen el rebaño. Los hombres, una veintena, lo dejan acercarse sin dirigirle la palabra. Su aspecto es más de campesinos que de cangaceiros, pero están armados de machetes, carabinas, sartas de municiones, facas, cuernos con pólvora. Al llegar Rufino, uno de ellos se acerca a la muchacha, sonriendo para no asustarla. Ella abre mucho los ojos y queda inmóvil. El hombre, siempre tranquilizándola con gestos, le quita las campanillas y el pito y retorna donde sus compañeros. Rufino ve que todos ellos llevan colgados cencerros y pitos.

Están sentados en círculo, comiendo, algo apartados. No parecen dar la menor importancia a su llegada, como si lo estuvieran esperando. El rastreador se lleva la mano al sombrero de paja: "Buenas tardes". Algunos siguen comiendo, otros mueven la cabeza, y uno murmura, con la boca llena: "Alabado sea el Buen Jesús". Es un caboclo fortachón, amarillento, con una cicatriz que lo ha privado casi de nariz "Es Pajeú", piensa Rufino. "Me va a matar." Siente tristeza, pues morirá sin haberle puesto la mano en la cara al que lo deshonró. Pajeú comienza a interrogarlo. Sin animosidad, sin siquiera pedirle sus armas: de dónde viene, para quién trabaja, adónde va, qué ha visto. Rufino responde sin vacilar, callándose sólo cuando lo interrumpe una nueva pregunta. Los demás siguen comiendo; sólo cuando Rufino explica qué es lo que busca y por qué, vuelven las caras y lo escudriñan, de pies a cabeza. Pajeú le hace repetir cuántas veces guió a las volantes que perseguían cangaceiros, a ver si se contradice. Pero como, desde un principio, Rufino ha optado por decir la verdad, no se equivoca. ¿Sabía que una de esas volantes perseguía a Pajeú? Sí, lo sabía. El ex-bandido dice entonces que recuerda a esa volante del Capitán Geraldo Macedo, el Cazabandidos, pues le costó mucho trabajo zafarse de ella. "Eres buen pistero", dice. "Soy", responde Rufino. "Pero tus pisteros son mejores. Yo no pude librarme de ellos." A ratos, de las enramadas, surge una figura sigilosa que viene a decir algo a Pajeú; parte, con la misma discreción fantasmal. Sin impacientarse, sin preguntar cuál será su suerte, Rufino los ve terminar de comer. Los yagunzos se ponen de pie, entierran los carbones de la fogata, borran las huellas de su presencia con ramas de icó. Pajeú lo mira. "¿No quieres salvarte?", le pregunta. "Primero tengo que salvar mi honor", dice Rufino. Nadie se ríe. Pajeú duda, unos segundos. "Al forastero que buscas se lo llevaron a Calumbí, donde el Barón de Cañabrava", murmura entre dientes. Parte de inmediato, con sus hombres. Rufino percibe a la muchacha albina, sentada en el suelo, y a dos urubús, en la copa de un imbuzeiro, carraspeando como viejos.

Se aleja inmediatamente del claro, pero no ha andado media hora cuando una parálisis se apodera de su cuerpo, una fatiga que lo tumba donde está. Despierta, con la cara, cuello y brazos llenos de picaduras. Por primera vez, desde Queimadas, siente una desazón amarga, el convencimiento de que todo es en vano. Reemprende la marcha, en dirección contraria. Pero ahora, pese a que atraviesa una zona que ha recorrido una y otra vez desde que supo andar, en la que sabe cuáles son los atajos y dónde buscar agua y el mejor sitio para tender trampas, la jornada se le hace interminable y todo el tiempo debe luchar contra el abatimiento. A menudo, vuelve a su cabeza algo que soñó esa tarde: la tierra es una delgada costra que, en cualquier momento, puede rajarse y tragarlo. Vadea Monte Santo, sigilosamente, y desde allí demora menos de diez horas en llegar a Calumbí. No se ha parado a descansar en toda la noche y a ratos ha corrido. No advierte, al atravesar la hacienda en que nació y pasó su infancia, el estado ruinoso de los sembríos, la escasez de hombres, el deterioro generalizado. Cruza a algunos peones que lo saludan, pero no les devuelve las buenas tardes ni responde sus preguntas. Ninguno le cierra el paso y algunos lo siguen, de lejos.

En el terraplén que rodea la casa grande, entre las palmeras imperiales y los tamarindos, hay hombres armados, además de peones que circulan por los establos, depósitos y cuadras de la servidumbre. Fuman, conversan. Las ventanas tienen las persianas bajas. Rufino avanza, despacio, atento a las actitudes de los capangas. Sin orden alguna, ni decirse palabra, éstos salen a su encuentro. No hay gritos, amenazas, ni siquiera diálogo entre ellos y Rufino. Cuando el rastreador llega a su altura, lo sujetan de los brazos. No lo golpean, no le quitan su carabina ni su machete ni su faca y evitan ser bruscos. Se limitan a impedirle avanzar. A la vez, lo palmean, lo saludan, le aconsejan que no sea terco y entienda razones. El rastreador tiene la cara empapada. Tampoco los golpea, pero trata de zafarse. Cuando se desprende de dos y da un paso ya hay otros dos, obligándolo a retroceder. El tira y afloja sigue así, un buen rato. Por fin, Rufino deja de forcejear y baja la cabeza. Los hombres lo sueltan. Mira la fachada de dos plantas, el techo de tejas, la ventana que es el despacho del Barón. Da un paso y en el acto se reconstituye la barrera de hombres. Se abre la puerta de la casa grande y sale alguien que conoce: Aristarco, el capataz, el que manda a los capangas.

—Si quieres verlo, el Barón te recibe ahora mismo —le dice, con amistad.

El pecho de Rufino crece y decrece:

—¿Me va a entregar al forastero?

Aristarco niega con la cabeza:

—Lo va a entregar al Ejército. El Ejército te vengará.

—Ese tipo es mío —murmurá Rufino—. El Barón sabe eso.

—No es para ti, no te lo va a entregar —repite Aristarco—. ¿Quieres que él te lo explique?

Rufino, lívido, dice que no. Se le han hinchado las venas de la frente y del cuello, está desorbitado y suda.

—Dile al Barón que ya no es mi padrino —articula su voz rajada—. Y a él dile que estoy yendo a matar a la que me robó.

Escupe, da media vuelta y se aleja, por donde vino.

POR LA VENTANA del despacho, el Barón de Cañabrava y Galileo Gall vieron partir a Rufino y retornar a los sitios que ocupaban a guardianes y peones. Galileo estaba aseado, le habían dado una blusa y un pantalón en mejor estado que los que tenía. El Barón regresó a su escritorio, bajo una panoplia de facas y fuetes. Había una taza de café, humeando, y él bebió un trago, con la mirada distraída. Después, volvió a examinar a Gall como un entomólogo fascinado por una especie rara. Así lo miraba desde que lo vio entrar, extenuado y hambriento, entre Aristarco y sus capangas, y, más todavía, desde que lo oyó hablar.

—¿Hubiera mandado matar a Rufino? —preguntó Galileo, en inglés—. ¿Si insistía en entrar, si se ponía insolente? Sí, estoy seguro, lo hubiera mandado matar.

—No se mata a los muertos, señor Gall —dijo el Barón—. Rufino está muerto. Lo mató usted, cuando le robó a Jurema. Mandándolo matar le hubiera hecho un favor, lo hubiera librado de la angustia de la deshonra. No existe peor suplicio para un sertanero.

Abrió una caja de tabacos y, mientras encendía uno, imaginó un titular del _Jornal de Notícias_: "Agente inglés guiado por esbirro del Barón". Estaba bien pensado que Rufino le sirviera de pistero: ¿qué mejor prueba de complicidad con él?

—Lo único que no entendía era de qué se había valido Epaminondas para atraer al sertón al supuesto agente —dijo, moviendo los dedos como si los tuviera acalambrados—. No se me pasó por la cabeza que el cielo lo favoreciera poniendo en sus manos a un idealista. Raza curiosa, la de los idealistas. No conocía a ninguno y ahora, con pocos días de diferencia, he tratado a dos. El otro es el Coronel Moreira César. Sí, es también un soñador. Aunque sus sueños no coincidan con los suyos...

Lo interrumpió una viva agitación en el exterior. Fue a la ventana y, a través de los cuadraditos de la rejilla metálica, vio que no era Rufino, de vuelta, sino cuatro hombres con carabinas, a los que rodeaban Aristarco y los capangas. "Es Pajeú, el de Canudos", oyó decir a Gall, ese hombre que ni él mismo sabía si era su prisionero o su huésped. Examinó a los recién llegados. Tres permanecían mudos, mientras el cuarto hablaba con Aristarco. Era caboclo, bajo, macizo, ya no joven, con la piel como cuero de vaca. Una cicatriz seccionaba su cara: sí, podía ser Pajeú. Aristarco asintió varias veces y el Barón lo vio venir hacia la casa.

—Éste es un día de acontecimientos —murmuró, chupando su tabaco.

Aristarco traía la cara impenetrable de siempre pero el Barón adivinó la alarma que lo habitaba.

—Pajeú —dijo, lacónicamente—. Quiere hablar con usted.

El Barón, en vez de responder, se volvió a Gall:

—Le ruego que se retire ahora. Lo veré a la hora de la cena. Comemos temprano, aquí en el campo. A las seis.

Cuando hubo salido, preguntó al capataz si sólo habían venido esos cuatro. No, en los alrededores había por lo menos medio centenar de yagunzos. ¿Seguro que el caboclo era Pajeú? Sí, lo era.

—¿Qué ocurre si atacan Calumbí? —dijo el Barón—. ¿Podemos resistir?

—Podemos hacernos matar —replicó el capanga, como si antes se hubiera dado a sí mismo esa respuesta—. De muchos de los hombres, ya no confío. También pueden irse a Canudos en cualquier momento.

El Barón suspiró.

—Tráelo —dijo—. Quiero que asistas a la entrevista.

Aristarco salió y un momento después estaba de vuelta, con el recién llegado. El hombre de Canudos se quitó el sombrero a la vez que se detenía, a un metro del dueño de casa. El Barón trató de identificar en esos ojitos pertinaces, en esas facciones curtidas, las fechorías y crímenes que se le atribuían. La feroz cicatriz, que podía ser de bala, faca o zarpa, rememoraba la violencia de su vida. Por lo demás, hubiera podido ser tomado por un morador. Pero éstos, cuando miraban al Barón, solían pestañear, bajar los ojos. Pajeú sostenía su mirada, sin humildad.

—¿Tú eres Pajeú? —preguntó, por fin.

—Soy —asintió el hombre. Aristarco permanecía tras él, como una estatua.

—Has hecho tantos estragos en esta tierra como la sequía —dijo el Barón—. Con tus robos, tus matanzas, tus pillajes.

—Fueron otros tiempos —repuso Pajeú, sin resentimiento, con una recóndita conmiseración—. En mi vida hay pecados de los que tendré que dar cuenta. Ahora ya no sirvo al Can sino al Padre.

El Barón reconoció ese tono: era el de los predicadores capuchinos de las Santas Misiones, el de los santones ambulantes que llegaban a Monte Santo, el de Moreira César, el de Galileo Gall. El tono de la seguridad absoluta, pensó, el de los que nunca dudan. Y, por primera vez, sintió curiosidad por oír al Consejero, ese sujeto capaz de convertir a un truhán en fanático.

—¿A qué has venido?

—A quemar Calumbí —dijo la voz sin inflexiones.

—¿A quemar Calumbí? —El estupor cambió la expresión, la voz, la postura del Barón.

—A purificarla —explicó el caboclo, despacio—. Después de tanto sudar, esta tierra merece descanso.

Aristarco no se había movido y el Barón, que había recobrado el aplomo, escudriñaba al ex-cangaceiro como, en épocas más tranquilas, solía hacerlo con las mariposas y las plantas de su herbario, ayudado por un lente de aumento. Sintió, de pronto, el deseo de penetrar en la intimidad del hombre, de conocer las secretas raíces de eso que decía. Y, a la vez, imaginaba a Sebastiana, escobillando los claros cabellos de Estela en medio de un círculo de llamas. Se puso pálido.

—¿No se da cuenta el infeliz del Consejero de lo que está haciendo? —Hacía esfuerzos por contener la indignación—. ¿No ve que las haciendas quemadas significan hambre y muerte para cientos de familias? ¿No se da cuenta que esas locuras han traído ya la guerra a Bahía?

—Está en la Biblia —explicó Pajeú, sin inmutarse—. Vendrá la República, el Cortapescuezos, habrá un cataclismo. Pero los pobres se salvarán, gracias a Belo Monte.

—¿Has leído tú la Biblia, siquiera? —murmuró el Barón.

—La ha leído él —dijo el caboclo—. Usted y su familia pueden irse. El Cortapescuezos ha estado aquí y se ha llevado pisteros, reses. Calumbí está maldita, se ha pasado al Can.

—No permitiré que arrases la hacienda —dijo el Barón—. No sólo por mí. Sino por los centenares de personas para las que esta tierra representa la supervivencia.

—El Buen Jesús se ocupará de ellas mejor que usted —dijo Pajeú. Era evidente que no quería ser ofensivo; hablaba esforzándose por mostrarse respetuoso; parecía desconcertado por la incapacidad del Barón para aceptar las verdades más obvias—. Cuando usted parta, todos se irán a Belo Monte.

—Para entonces, Moreira César lo habrá desaparecido —dijo el Barón—. ¿No comprendes que las escopetas y las facas no pueden resistir a un Ejército?

No, nunca comprendería. Era tan vano tratar de razonar con él, como con Moreira César o con Gall. El Barón tuvo un estremecimiento; era como si el mundo hubiera perdido la razón y sólo creencias ciegas, irracionales, gobernaran la vida.

—¿Para esto se les ha mandado comida, animales, cargamentos de granos? —dijo—. El compromiso de Antonio Vilanova era que ustedes no tocarían Calumbí ni molestarían a mi gente. ¿Así cumple su palabra el Consejero?

—Él tiene que obedecer al Padre —explicó Pajeú.

—O sea que es Dios quien ha ordenado que quemes mi casa —murmuró el Barón.

—El Padre —corrigió el caboclo, con viveza, como para evitar un gravísimo malentendido—. El Consejero no quiere que se le haga daño a usted ni a su familia. Pueden irse todos los que quieran.

—Muy amable de tu parte —replicó el Barón, con sarcasmo—. No dejaré que quemes esta casa. No me iré.

Una sombra veló los ojos del caboclo y la cicatriz de su cara se crispó.

—Si usted no se va, tendré que atacar y matar a gente que puede salvarse —explicó, con pesadumbre—. Matarlos a usted y a su familia. No quiero que esas muertes caigan sobre mi alma. Además, casi no habría pelea. —Señaló con la mano, atrás: —Pregúntele a Aristarco.

Esperó, implorando con la mirada una respuesta tranquilizadora.

—¿Puedes darme una semana? —murmuró al fin el Barón—. No puedo partir...

—Un día —lo interrumpió Pajeú—. Puede llevarse lo que quiera. No puedo esperar más. El Perro está yendo a Belo Monte y tengo que estar allá, yo también. —Se puso el sombrero, dio media vuelta y, de espaldas, a modo de despedida, añadió al cruzar el umbral seguido por Aristarco: —Alabado sea el Buen Jesús.

El Barón advirtió que se le había apagado el tabaco. Arrojó la ceniza, lo encendió y mientras daba una bocanada, calculó que no tenía posibilidad alguna de pedir ayuda a Moreira César antes de que se cumpliera el plazo. Entonces, con fatalismo —él también era, a fin de cuentas, un sertanero— se preguntó cómo tomaría Estela la destrucción de esta casa y esta tierra tan ligadas a sus vidas.

Media hora después estaba en el comedor, con Estela a su derecha y Galileo Gall a su izquierda, sentados los tres en las sillas "austriacas" de altos espaldares. Todavía no oscurecía, pero los criados habían encendido las lámparas. El Barón observó a Gall: se llevaba las cucharadas a la boca con desgano y tenía la expresión atormentada de costumbre. Le había dicho que, si quería estirar las piernas, podía salir al exterior, pero Gall, salvo los momentos que pasaba conversando con él, permanecía en su cuarto —el mismo que había ocupado Moreira César— escribiendo. El Barón le había pedido un testimonio de todo lo que le había ocurrido desde su entrevista con Epaminondas Gonçalves. "¿A cambio de eso recuperaré la libertad?", le había preguntado Gall. El Barón negó con la cabeza: "Usted es la mejor arma que tengo contra mis enemigos". El revolucionario había permanecido mudo y el Barón dudaba que estuviera escribiendo esa confesión. ¿Qué era entonces lo que podía garabatear, día y noche? Sintió curiosidad, en medio de su desazón.

—¿Un idealista? —lo sorprendió la voz de Gall—. ¿Un hombre del que se dicen tantas atrocidades?

Comprendió que el escocés, sin prevenirlo, retomaba la conversación de su despacho.

—¿Le parece raro que el Coronel sea un idealista? —repuso, en inglés—. Lo es, sin duda alguna. No le interesan el dinero, ni los honores y acaso ni siquiera el poder para él. Lo mueven cosas abstractas: un nacionalismo enfermizo, la idolatría del progreso técnico, la creencia de que sólo el Ejército puede poner orden y salvar a este país del caos y de la corrupción. Un idealista a la manera de Robespierre...

Calló, mientras un sirviente recogía los platos. Jugueteó con la servilleta, distraído, pensando que la noche próxima todo lo que lo rodeaba sería escombros y cenizas. Deseó un instante que ocurriera un milagro, que el Ejército de su enemigo Moreira César se presentara en Calumbí e impidiera ese crimen.

—Como ocurre con muchos idealistas, es implacable cuando quiere materializar sus sueños —añadió, sin que su cara trasluciera lo que sentía. Su esposa y Gall lo miraban—. ¿Sabe usted qué hizo en la Fortaleza de Anhato Miram, cuando la revuelta federalista contra al Mariscal Floriano? Ejecutar a ciento ochenta y cinco personas. Se habían rendido, pero no le importó. Quería un escarmiento.

—Las degolló —dijo la Baronesa. Hablaba el inglés sin la desenvoltura del Barón, despacio, pronunciando con temor cada sílaba—. ¿Sabe cómo le dicen los campesinos? Cortapescuezos.

El Barón soltó una risita; miraba, sin verlo, el plato que acababan de servirle.

—Imagine lo que va a ocurrir cuando ese idealista tenga a su merced a los insurrectos monárquicos y anglófilos de Canudos —dijo, en tono lúgubre—. Él sabe que no son ni lo uno ni lo otro, pero es útil para la causa jacobina que lo sean, así que da lo mismo. ¿Por qué hace eso? Por el bien del Brasil, naturalmente. Y cree con toda su alma que es así.

Tragó con dificultad y pensó en las llamas que arrasarían Calumbí. Las vio devorándolo todo, las sintió crepitando.

—A esos pobres diablos de Canudos los conozco bien —dijo, sintiendo las manos húmedas—. Son ignorantes, supersticiosos, y un charlatán puede hacerles creer que ha llegado el fin del mundo. Pero son también gente valerosa, sufrida, con un instinto certero de la dignidad. ¿No es absurdo? Van a ser sacrificados por monárquicos y anglófilos, ellos que confunden al Emperador Pedro II con uno de los apóstoles, que no tienen idea dónde está Inglaterra y que esperan que el Rey Don Sebastián salga del fondo del mar a defenderlos.

Volvió a llevarse el tenedor a la boca y tragó un bocado que le supo a hollín.

—Moreira César decía que hay que desconfiar de los intelectuales —añadió—. Más aún de los idealistas, señor Gall.

La voz de éste llegó a sus oídos como si le hablara desde muy lejos:

—Déjeme partir a Canudos. —Tenía la expresión encandilada, los ojos brillantes y parecía conmovido hasta el tuétano: —Quiero morir por lo mejor que hay en mí, por lo que creo, por lo que he luchado. No quiero acabar como un estúpido. Esos pobres diablos representan lo más digno de esta tierra, el sufrimiento que se rebela. A pesar del abismo que nos separa, usted puede entenderme.

La Baronesa, con un gesto, indicó al sirviente que recogiera los platos y saliera.

—No le sirvo de nada —añadió Gall—. Soy ingenuo, tal vez, pero no fanfarrón. Esto no es un chantaje sino un hecho. De nada le valdrá entregarme a las autoridades, al Ejército. No diré palabra. Y, si hace falta, mentiré, juraré que he sido pagado por usted para acusar a Epaminondas Gonçalves de algo que no hizo. Porque aunque él sea una rata y usted un caballero, preferiré siempre a un jacobino que a un monárquico. Somos enemigos, Barón, no lo olvide.

La Baronesa intentó ponerse de pie.

—No es necesario que te vayas —la contuvo el Barón. Escuchaba a Gall pero sólo podía pensar en el fuego que abrasaría Calumbí. ¿Cómo se lo diría a Estela?

—Déjeme partir a Canudos —repitió Gall.

—Pero ¿para qué? —exclamó la Baronesa—. Los yagunzos lo matarán, creyéndolo enemigo. ¿No dice usted que es ateo, anarquista? ¿Qué tiene que ver con Canudos?

—Los yagunzos y yo coincidimos en muchas cosas, señora, aunque ellos no lo sepan —dijo Gall. Hizo una pausa y preguntó: —¿Podré partir?

El Barón, casi sin darse cuenta, le habló a su esposa, en portugués:

—Tenemos que irnos, Estela. Van a quemar Calumbí. No hay otro remedio. No tengo hombres para resistir y no vale la pena suicidarse. —Vio que su esposa quedaba inmóvil, que palidecía mucho, que se mordía los labios. Pensó que se iba a desmayar. Se volvió a Gall: —Como ve, Estela y yo tenemos algo grave que tratar. Iré a su cuarto, más tarde.

Gall se retiró de inmediato. Los dueños de casa quedaron en silencio. La Baronesa esperaba, sin abrir la boca. El Barón le contó su conversación con Pajeú. Notó que ella hacía esfuerzos por parecerle serena, pero apenas lo conseguía: estaba demacrada, temblando. Siempre la había querido mucho, pero, en los momentos de crisis, además, la había admirado. Jamás la vio flaquear; tras esa apariencia delicada, grácil, de corativa, había un ser fuerte. Pensó que también esta vez ella sería su mejor defensa contra la adversidad. Le explicó que no podrían llevarse casi nada, que debían guardar en baúles lo más valioso y enterrarlos y que, lo demás, era mejor distribuirlo entre los criados y peones.

—¿No hay nada que hacer? —susurró la Baronesa, como si algún enemigo fuera a oírla.

El Barón movió la cabeza: nada.

—En realidad, no quieren hacernos daño a nosotros, sino matar al diablo y que la tierra descanse. No se puede razonar con ellos. —Encogió los hombros y, como sintió que empezaba a conmoverse, puso fin al diálogo: —Partiremos mañana, a mediodía. Es el plazo que me han dado.

La Baronesa asintió. Sus facciones se habían afilado, había pliegues en su frente y le chocaban los dientes.

—Entonces, habrá que trabajar toda la noche —dijo, levantándose.

El Barón la vio alejarse y supo que, antes que nada, había ido a contárselo a Sebastiana. Mandó llamar a Aristarco y discutió con él los preparativos del viaje. Luego, se encerró en su despacho y durante mucho rato rompió cuadernos, papeles, cartas. Lo que llevaría consigo cabía en dos maletines. Cuando iba al cuarto de Gall comprobó que Estela y Sebastiana se habían puesto en acción. La casa era presa de una actividad febril y criadas y sirvientes circulaban de un lado a otro, acarreando cosas, descolgando objetos, llenando canastas, cajas, baúles, y cuchicheando con caras de pánico. Entró sin llamar. Gall estaba escribiendo, en el velador, y al sentirlo, con la pluma todavía en la mano, lo interrogó con los ojos.

—Sé que es una locura dejarlo partir —dijo el Barón, con una media sonrisa que era en realidad una mueca—. Lo que tendría que hacer es pasearlo por Salvador, por Río, como se hizo con sus pelos, con el falso cadáver, con los falsos fusiles ingleses...

Dejó la frase sin terminar, ganado por el desánimo.

—No se equivoque —dijo Galileo. Estaba muy cerca del Barón y sus rodillas se tocaban—. No voy a ayudarlo a resolver sus problemas, no seré nunca su colaborador. Estamos en guerra y todas las armas valen.

Hablaba sin agresividad y el Barón lo veía lejos: pequeñito, pintoresco, inofensivo, absurdo.

—Todas las armas valen —murmuró—. Es la definición de esta época, del siglo veinte que se viene, señor Gall. No me extraña que esos locos piensen que el fin del mundo ha llegado.

Veía tanta angustia en la cara del escocés que, súbitamente, sintió compasión por él. Pensó: "Todo lo que anhela es ir a morir como un perro entre gentes que no lo entienden y a las que no entiende. Cree que va a morir como un héroe y en realidad va a morir como lo que teme:

242

como un idiota". El mundo entero le pareció víctima de un malentendido sin remedio.

—Puede usted partir —le dijo—. Le daré un guía. Aunque dudo que llegue a Canudos.

Vio que la cara de Gall se encendía y lo oyó balbucear un agradecimiento.

—No sé por qué lo dejo ir —añadió—. Tengo fascinación por los idealistas, aunque simpatía no, ninguna. Pero tal vez sí, algo, por usted, pues es un hombre perdido sin remedio y su fin será resultado de una equivocación.

Pero se dio cuenta que Gall no lo oía. Estaba recogiendo las páginas escritas del velador. Se las alcanzó:

—Es un resumen de lo que soy, de lo que pienso. —Su mirada, sus manos, su piel parecían en efervescencia—. Quizá no sea usted la persona más indicada para que le deje esto, pero no hay otra a mano. Léalo y, después, le agradecería que lo enviara a esa dirección, en Lyon. Es una revista, la publican unos amigos. No sé si sigue saliendo... —Calló, como avergonzado de algo—. ¿A qué hora puedo partir?

—Ahora mismo —dijo el Barón—. No necesito advertirle a lo que se arriesga, supongo. Lo más probable es que caiga en manos del Ejército. Y el Coronel lo matará de todos modos.

—No se mata a los muertos, señor, como usted dijo —repuso Gall—. Recuerde que ya me mataron en Ipupiará...

V

EL GRUPO de hombres avanza por la extensión arenosa, los ojos clavados en el matorral. En las caras hay esperanza, pero no en la del periodista miope, quien, desde que salieron del campamento, piensa: "Será inútil". No ha dicho palabra que delate ese derrotismo con el que lucha desde que se racionó el agua. La poca comida no es problema para él, eterno inapetente. En cambio, soporta mal la sed. A cada rato, se descubre contando el tiempo que falta para tomar el sorbo de agua, según el rígido horario que se ha puesto. Tal vez por eso acompaña a la patrulla del Capitán Olimpio de Castro. Lo sensato sería aprovechar estas horas en el campamento, descansando. Esta correría, a él, tan mal jinete, lo fatigará y, por supuesto, aumentará su sed. Pero no, allá en el campamento la angustia haría presa de él, lo llenaría de suposiciones lúgubres. Aquí, por lo menos, está obligado a concentrarse en el esfuerzo que significa para él no caerse de la montura. Sabe que sus anteojos, sus ropas, su cuerpo, su tablero, su tintero, son motivo de burla entre los soldados. Pero eso no le molesta.

El rastreador que guía a la patrulla señala el pozo. Al periodista le basta la expresión del hombre para saber que el pozo ha sido también cegado por los yagunzos. Los soldados se precipitan con recipientes, empujándose; oye el ruido de las latas al chocar contra las piedras y ve la decepción, la amargura de los hombres. ¿Qué hace aquí? ¿Por qué no está en su desordenada casita de Salvador, entre sus libros, fumándose una pipa de opio, sintiendo esa gran paz?

—Bueno, era de esperar —murmura el Capitán Olimpio de Castro—. ¿Cuántos pozos quedan por los alrededores?

—Sólo dos por ver. —El rastreador hace un gesto escéptico—: No creo que valga la pena.

—No importa, verifiquen —lo interrumpe el Capitán—. Tienen que estar de vuelta antes de que oscurezca, Sargento.

El oficial y el periodista hacen un trecho con el resto de la patrulla y cuando están ya lejos del matorral, otra vez en la extensión calcinada, oyen murmurar al rastreador que se está cumpliendo la profecía del Consejero: el Buen Jesús encerrará a Canudos en un círculo, fuera del cual desaparecería la vida vegetal, animal y, por último, humana.

—Si crees eso ¿qué haces con nosotros? —le pregunta Olimpio de Castro.

El rastreador se toca la garganta:

—Tengo más miedo al Cortapescuezos que al Can.

Algunos soldados ríen. El Capitán y el periodista miope se apartan de la patrulla. Cabalgan un rato hasta que el oficial, compadecido de su compañero, pone su caballo al paso. El periodista, aliviado, violentando su horario, bebe un sorbo de agua. Tres cuartos de hora después divisan las barracas del campamento.

Acaban de pasar al primer centinela, cuando los alcanza la polvareda de otra patrulla, que viene del Norte. El Teniente que la comanda, muy joven, cubierto de tierra, está contento.

—¿Y? —le dice Olimpio de Castro, a modo de saludo—. ¿Lo encontró?

El Teniente se lo muestra, con el mentón. El periodista miope descubre al prisionero. Tiene las manos amarradas, expresión de terror y ese camisón debe haber sido su sotana. Es bajito, robusto, barrigón, con mechones blancos en las sienes. Mueve los ojos, en una dirección y en otra. La patrulla prosigue su marcha, seguida por el Capitán y el periodista. Cuando llega ante la tienda del jefe del Séptimo Regimiento, dos soldados le sacuden la ropa al prisionero a palmazos. Su llegada produce revuelo, muchos se acercan a observarlo. Al hombrecillo le castañetean los dientes y mira con pánico, como temiendo que lo vayan a golpear. El Teniente lo arrastra al interior de la tienda y el periodista miope se desliza tras ellos.

—Misión cumplida, Excelencia —dice el joven oficial, chocando los talones.

Moreira César se levanta de una mesita plegable, donde está sentado entre el Coronel Tamarindo y el Mayor Cunha Matos. Se acerca y examina al prisionero, con sus ojitos fríos. Su cara no trasluce emoción, pero el periodista miope advierte que se muerde el labio inferior, como siempre que algo lo impresiona.

—Buen trabajo, Teniente —dice, estirándole la mano—. Vaya a descansar, ahora.

El periodista miope ve que los ojos del Coronel se posan un instante en los suyos y teme que le ordene salir. Pero no lo hace. Moreira César estudia al prisionero con detenimiento. Son casi de la misma altura, aunque el oficial es mucho más delgado.

—Está usted muerto de miedo.

—Sí, Excelencia, lo estoy —tartamudea el prisionero. Apenas puede hablar, por el temblor—. He sido maltratado. Mi condición de sacerdote...

—No le ha impedido ponerse al servicio de los enemigos de su patria —lo calla el Coronel. Da unos pasos, frente al párroco de Cumbe, que ha bajado la cabeza.

—Soy un hombre pacífico, Excelencia —gime.

—No, usted es un enemigo de la República, al servicio de la subversión restauradora y de una potencia extranjera.

—¿Una potencia extranjera? —balbucea el Padre Joaquim, con un estupor tan grande que ha interrumpido su miedo.

—A usted no le admito la coartada de la superstición —añade Moreira César, en voz suave, con las manos a la espalda—. Las pamplinas del fin del mundo, del Diablo y de Dios.

Las otras personas siguen, mudas, los desplazamientos del Coronel. El periodista miope siente en la nariz la comezón que precede al estornudo y eso, no sabe por qué, lo alarma.

—Su miedo me revela que está al tanto, señor cura —dice Moreira, con aspereza—. En efecto, tenemos los medios de hacer hablar al yagunzo más bravo. De manera que no nos haga perder tiempo.

—No tengo nada que ocultar —balbucea el párroco, temblando otra vez—. No sé si he hecho bien o mal, estoy confuso...

—Ante todo, las complicidades exteriores —lo interrumpe el Coronel y el periodista miope nota que el oficial mueve, nerviosos, los dedos enlazados a la espalda—. Terratenientes, políticos, asesores militares, nativos o ingleses.

—¿Ingleses? —exclama el cura, desorbitado—. Nunca vi un extranjero en Canudos, sólo la gente más humilde y más pobre. Qué hacendado ni político pondría los pies entre tanta miseria. Se lo aseguro, señor. Hay gente venida de lejos, desde luego. De Pernambuco, del Piauí. Es una de las cosas que me sorprenden. Cómo tanta gente ha podido...

—¿Cuánta? —lo interrumpe el Coronel y el curita respinga.

—Miles —murmura—. Cinco, ocho mil, no sé. Los más pobres, los más desamparados. Se lo dice alguien que ha visto mucha miseria. Aquí abunda, con la sequía, las epidemias. Pero allá parece que se hubieran dado cita, que Dios los hubiera congregado. Enfermos, inválidos, todas las gentes sin esperanza, viviendo unos encima de otros. ¿No era mi obligación de sacerdote estar con ellos?

—Siempre ha sido política de la Iglesia Católica estar donde cree que está su conveniencia —dice Moreira César—. ¿Fue su Obispo quien le ordenó ayudar a los revoltosos?

—Y, sin embargo, pese a la miseria, esa gente es feliz —balbucea el Padre Joaquim, como si no lo hubiera oído. Sus ojos revolotean entre Moreira César, Tamarindo y Cunha Matos—. La más feliz que he visto, señor. Es difícil admitirlo, también para mí. Pero es así, es así. Él les ha dado una tranquilidad de espíritu, una resignación a las privaciones, al sufrimiento, que es algo milagroso.

—Hablemos de las balas explosivas —dice Moreira César—. Entran en el cuerpo y revientan como una granada, abriendo cráteres. Los médicos no habían visto heridas así en el Brasil. ¿De dónde salen? ¿Algún milagro, también?

—No sé nada de armas —balbucea el Padre Joaquim—. Usted no lo cree, pero es cierto, Excelencia. Se lo juro por el hábito que visto. Ocurre algo extraordinario allá. Esa gente vive en gracia de Dios.

El Coronel lo mira con sorna. Pero, en su rincón, el periodista miope ha olvidado la sed y se halla pendiente de las palabras del párroco, como si lo que dice fuera para él de vida o muerte.

—¿Santos, justos, bíblicos, elegidos de Dios? ¿Eso es lo que debo tragarme? —dice el Coronel—. ¿Eso son los que queman haciendas, asesinan y llaman Anticristo a la República?

—No me hago entender, Excelencia —chilla el prisionero—. Han cometido actos terribles, desde luego. Pero, pero...

—Pero usted es su cómplice —murmura el Coronel—. ¿Qué otros curas los ayudan?

—Es difícil de explicar —baja la cabeza el párroco de Cumbe—. Al principio, iba a decirles misa y jamás vi fervor igual, una participación así. Extraordinaria la fe de esa gente, señor. ¿No era pecado volverles la espalda? Por eso seguí yendo, pese a la prohibición del Arzobispo. ¿No era pecado dejar sin sacramentos a quienes creen como no he visto creer a nadie? Para ellos la religión lo es todo en la vida. Le estoy abriendo mi conciencia. Yo sé que no soy un sacerdote digno, señor.

El periodista miope quisiera, de pronto, tener consigo su tablero, su pluma, su tintero, sus papeles.

—Tuve una conviviente, hice vida marital muchos años —balbucea el cura de Cumbe—. Tengo hijos, señor.

Queda cabizbajo, temblando, y es seguro, piensa el periodista miope, que no percibe la risita del Mayor Cunha Matos. Piensa que seguramente está rojo de rubor bajo la costra de tierra que le embadurna la cara.

—Que un cura tenga hijos no me quita el sueño —dice Moreira César—. Sí, en cambio, que la Iglesia Católica esté con los facciosos. ¿Qué otros sacerdotes ayudan a Canudos?

—Y él me dio una lección —dice el Padre Joaquim—. Ver cómo era capaz de vivir prescindiendo de todo, consagrado al espíritu, a lo más importante. ¿Acaso Dios, el alma, no deberían ser lo primero?

—¿El Consejero? —pregunta Moreira César, con sarcasmo—. ¿Un santo, sin duda?

—No lo sé, Excelencia —dice el prisionero—. Me lo pregunto todos los días, desde que lo vi entrar a Cumbe, hace ya muchos años. Un loco, pensaba al principio, como la jerarquía. Vinieron unos Padres capuchinos, mandados por el Arzobispo, a averiguar. No entendieron nada, se asustaron, también dijeron que era loco. ¿Pero cómo se explica entonces, señor? Esas conversiones, esa serenidad de espíritu, la felicidad de tantos miserables.

—¿Y cómo se explican los crímenes, la destrucción de propiedades, los ataques al Ejército? —lo interrumpe el Coronel.

—Cierto, cierto, no tienen excusa —asiente el Padre Joaquim—. Pero ellos no se dan cuenta de lo que hacen. Es decir, son crímenes que cometen de buena fe. Por amor de Dios, señor. Hay una gran confusión, sin duda.

Aterrado, mira en derredor, como si hubiera dicho algo que podría provocar una tragedia.

—¿Quiénes han inculcado a esos infelices que la República es el Anticristo? ¿Quién ha convertido esas locuras religiosas en un movimiento militar contra el régimen? Eso es lo que quiero saber, señor cura. —Moreira César sube la voz, que suena destemplada: —¿Quién ha puesto a esa pobre gente al servicio de los políticos que quieren restaurar la monarquía en el Brasil?

—Ellos no son políticos, no saben nada de política —chilla el Padre Joaquim—. Están contra el matrimonio civil, por eso lo del Anticristo. Son cristianos puros, señor. No pueden entender que haya matrimonio civil cuando existe un sacramento creado por Dios...

Pero enmudece, después de emitir un gruñido, porque Moreira César ha sacado la pistola de su cartuchera. La descerroja, calmado, y apunta al prisionero en la sien. El corazón del periodista miope parece un bombo y las sienes le duelen del esfuerzo que hace por contener el estornudo.

—¡No me mate! ¡No me mate, por lo que más quiera, Excelencia, señor! —Se ha dejado caer de rodillas.

—Pese a mi advertencia, nos hace perder tiempo, señor cura —dice el Coronel.

—Es verdad, les he llevado medicinas, provisiones, les he hecho encargos —gime el Padre Joaquim—. También explosivos, pólvora, cartuchos de dinamita. Los compraba para ellos en las minas de Caçabú. Fue un error, sin duda. No lo sé, señor, no pensé. Me causan tanto malestar, tanta envidia, por esa fe, esa serenidad de espíritu que nunca he tenido. ¡No me mate!

—¿Quiénes los ayudan? —pregunta el Coronel—. ¿Quienes les dan armas, provisiones, dinero?

—No sé quiénes, no sé —lloriquea el cura—. Es decir, sí, muchos hacendados. Es la costumbre, señor, como con los bandidos. Darles algo para que no ataquen, para que se vayan a otras tierras.

—¿También de la hacienda del Barón de Cañabrava reciben ayuda? —lo interrumpe Moreira César.

—Sí, supongo que también de Calumbí, señor. Es la costumbre. Pero eso ha cambiado, muchos se han ido. Jamás he visto a un terrateniente, a un político o a un extranjero en Canudos. Sólo a miserables, señor. Le digo todo lo que sé. Yo no soy como ellos, no quiero ser mártir, no me mate.

Se le corta la voz y rompe en llanto, encogiéndose.

—En esa mesa hay papel —dice Moreira César—. Quiero un mapa detallado de Canudos. Calles, entradas, cómo está defendido el lugar.

—Sí, sí —gatea hacia la mesita plegable el Padre Joaquim—. Todo lo que yo sepa, no tengo por qué mentirle.

Se encarama en el asiento y comienza a dibujar. Moreira César, Tamarindo y Cunha Matos lo rodean. En su rincón, el periodista del *Jornal de Notícias* siente alivio. No verá volar en pedazos la cabeza del curita. Divisa su perfil ansioso mientras dibuja el mapa que le han pedido. Lo oye responder atropelladamente a preguntas sobre trincheras, trampas, caminos cortados. El periodista miope se sienta en el suelo y estornuda dos, tres, diez veces. La cabeza le revolotea y vuelve a sentir, compulsiva, la sed. El Coronel y los otros oficiales hablan con el prisionero sobre "nidos de fusileros" y "puestos de avanzada" —éste no parece entender bien qué son— y él abre su cantimplora y bebe un largo trago, pensando que ha violentado una vez más su horario. Distraído, aturdido, desinteresado, oye discutir a los oficiales sobre los confusos datos que les da el párroco y al Coronel explicar dónde se instalarán las ametralladoras, los cañones, y en qué forma deben desplegarse las compañías para encerrar a los yagunzos en una tenaza. Lo oye decir:

—Debemos impedirles toda posibilidad de fuga.

Ha terminado el interrogatorio. Dos soldados entran a llevarse al prisionero. Antes de que salga, Moreira César le dice:

—Como conoce esta tierra, ayudará a los guías. Y nos ayudará a identificar a los jefecillos, cuando llegue la hora.

—Creí que lo iba usted a matar —dice, desde el suelo, el periodista miope, cuando se lo han llevado.

El Coronel lo mira como si sólo ahora lo descubriera.

—El señor cura nos será útil en Canudos —responde—. Y, además, conviene que se sepa que la adhesión de la Iglesia a la República no es tan sincera como algunos creen.

El periodista miope sale de la tienda. Ha anochecido y la luna, grande y amarilla, baña el campamento. Mientras avanza hacia la barraca que comparte con el periodista viejo y friolento, la corneta anuncia el rancho. El sonido se repite, a los lejos. Se han encendido, aquí y allá, fogatas, y él pasa entre grupos de soldados que van en busca de las magras raciones. En la barraca, encuentra a su colega. Como siempre, tiene su bufanda enrollada al cuello. Mientras hacen la cola de la comida, el periodista del *Jornal de Notícias* le cuenta todo lo que ha visto y oído en la tienda del Coronel. Comen, sentados en tierra, conversando. El rancho es una sustancia espesa, con un remoto sabor a mandioca, un poco de farinha y dos terrones de azúcar. Les dan también café que les sabe a maravilla.

—¿Qué lo ha impresionado tanto? —le pregunta su colega.

—No entendemos lo que pasa en Canudos —responde él—. Es más complicado, más confuso de lo que creía.

—Bueno, yo nunca creí que los emisarios de Su Majestad británica estuvieran en los sertones, si se refiere a eso —gruñe el periodista viejo—. Pero tampoco puedo creerme el cuento del curita de que sólo hay amor a Dios detrás de todo eso. Demasiados fusiles, demasiados estragos, una táctica muy bien concebida para que todo sea obra de Sebastianistas analfabetos.

El periodista miope no dice nada. Retornan a la barraca y, de inmediato, el viejo se abriga y se duerme. Pero él permanece despierto, escribiendo con su tablero portátil sobre las rodillas, a la luz de un candil. Se tumba en su manta cuando oye el toque de silencio. Imagina a los soldados que duermen a la intemperie, vestidos, al pie de sus fusiles, alineados de a cuatro, y a los caballos, en su corral, junto a las piezas de artillería. Está mucho rato desvelado, pensando en los centinelas que recorren el perímetro del campamento y que, a lo largo de la noche, se comunicarán mediante silbatos. Pero, a la vez, subyacente, aguijoneante, turbadora, hay en su conciencia otra preocupación: el cura prisionero, sus balbuceos, sus palabras. ¿Tienen razón su colega, el Coronel? ¿Puede explicarse Canudos de acuerdo a los conceptos familiares de conjura, rebeldía, subversión, intrigas de los políticos que quieren la restauración monárquica? Hoy, oyendo al empavorecido curita, ha tenido la certidumbre que no. Se trata de algo más difuso, inactual, desacostumbrado, algo que su escepticismo le impide llamar divino o diabólico o simplemente espiritual. ¿Qué, entonces? Pasa la lengua por su cantimplora vacía y poco después cae dormido.

Cuando la primera luz raya el horizonte, se escucha, en un extremo del campamento, el tintineo de unos cencerros y balidos. Un pequeño brote de arbustos comienza a agitarse. Algunas cabezas se yerguen, en la sección que custodia ese flanco del Regimiento. El centinela que se estaba alejando regresa ligero. Los que han sido despertados por el ruido esfuerzan los ojos, se llevan las manos a la oreja. Sí: balidos, campanillas. En sus caras soñolientas, sedientas, hambrientas, hay ansiedad, alegría. Se frotan los ojos, se hacen señas de guardar silencio, se incorporan con sigilo y corren hacia los arbustos. Ahí están siempre los balidos, el tintineo. Los primeros que llegan al matorral divisan a los carneros, blancuzcos en la sombra azulada: choccc, choccc... Han cogido a uno de los animales cuando estalla el tiroteo y se escuchan los ayes de dolor de los que ruedan por el suelo, alcanzados por balas de carabina o dardos de ballesta.

En el otro extremo del campamento, suena la diana, anunciando a la Columna que se reanuda la marcha.

El saldo de la emboscada no es muy grave —dos muertos, tres heridos— y las patrullas que salen en pos de los yagunzos, aunque no los capturan, traen una docena de carneros que refuerzan el rancho. Pero, tal vez por las crecientes dificultades con el alimento y el agua, tal vez por la cercanía de Canudos, la reacción de la tropa ante la emboscada revela un nerviosismo que hasta ahora no se había manifestado. Los soldados de la compañía a la que pertenecen las víctimas piden a Moreira César que el prisionero sea ejecutado, en represalia. El periodista miope comprueba el cambio de actitud de los hombres apiñados en torno al caballo blanco del jefe del Séptimo Regimiento: caras descompuestas, odio en las pupilas. El Coronel los deja hablar, los escucha, asiente, mientras ellos se quitan la palabra. Por fin, les explica que ese prisionero no es un yagunzo del montón, sino alguien cuyos conocimientos serán preciosos para el Regimiento allá en Canudos.

—Se vengarán —les dice—. Ya falta poco. Guarden esa rabia, no la desperdicien.

Ese mediodía, sin embargo, los soldados tienen la venganza que anhelan. El Regimiento está pasando junto a un promontorio pedregoso, en el que se divisa —el espectáculo es frecuente— el pellejo y la cabeza de una vaca a la que los urubús han arrancado todo lo comestible. Un pálpito hace murmurar a un soldado que esa res muerta es un escondrijo de vigía. Apenas lo ha dicho cuando varios rompen la formación, corren y, con aullidos de entusiasmo, ven asomar del hueco donde estaba apostado, debajo de la vaca, a un yagunzo esquelético. Caen sobre él, le hunden sus cuchillos, sus bayonetas. Inmediatamente lo decapitan y van a mostrarle su cabeza a Moreira César. Le dicen que la dispararán con un cañón a Canudos, para que los rebeldes sepan lo que les espera. El Coronel le comenta al periodista miope que la tropa se halla en excelente forma para el combate.

Aunque pasó la noche viajando, Galileo Gall no sentía sueño. Las cabalgaduras eran viejas y flacas, pero no dieron muestras de cansancio hasta entrada la mañana. No era fácil la comunicación con el guía Ulpino, hombre de rasgos fuertes y piel cobriza que mascaba tabaco. Casi no cambiaron palabra hasta el mediodía, en que hicieron un alto para comer. ¿Cuánto tardarían hasta Canudos? El guía, escupiendo la brizna que mordisqueaba, no le dio una respuesta precisa. Si los caballos respondían, dos o tres días. Pero eso era en tiempos normales, no en éstos... Ahora no seguirían el camino recto, irían pespunteando, para evitar a los yagunzos y a los soldados, pues, cualquiera de ellos, les quitarían los animales. Gall sintió, de pronto, gran cansancio y casi al instante se quedó dormido.

Unas horas después, reanudaron la marcha. A poco de partir pudieron refrescarse, en un ínfimo arroyo de agua salobre. Mientras avanzaban, entre colinas de cascajo y llanos crispados de cardos y palmatorias, la impaciencia angustiaba a Gall. Recordó aquel amanecer de Queimadas donde pudo morir y en el que el sexo volvió a su vida. Se perdía al fondo de su memoria. Descubrió, asombrado, que no tenía idea de la fecha: ni día ni mes. El año sólo podía seguir siendo 1897. Era como si en esta región que recorría incesantemente, rebotando de un lado a otro, el tiempo hubiera sido abolido, o fuera un tiempo distinto, con su propio ritmo. Trató de recordar qué ocurría, en las cabezas que había palpado aquí, con el sentido de la cronología. ¿Existía un órgano específico vinculado a la relación del hombre con el tiempo? Sí, por supuesto. ¿Era un huesecillo, una imperceptible depresión, una temperatura? No recordaba su asiento. Pero sí, en cambio, las aptitudes o ineptitudes que revelaba: puntualidad e impuntualidad, previsión del futuro o improvisación continua, capacidad para organizar con método la vida o existencias socavadas por el desorden, comidas por la confusión... "Como la mía", pensó. Sí, él era un caso típico de personalidad cuyo destino era el tumulto crónico, una vida que por todas partes se disolvía en caos... Lo había comprobado en Calumbí, cuando trataba febrilmente de resumir aquello en lo que creía y los hechos centrales de su biografía. Había sentido la desmoralizadora sensación de que era imposible ordenar, jerarquizar ese vértigo de viajes, paisajes, gentes, convicciones, peligros, exaltaciones, infortunios. Y, lo más probable, es que en esos papeles que habían quedado en manos del Barón de Cañabrava no se transparentara bastante lo que sí era constante en su vida, esa lealtad que nunca había incumplido, algo que podía dar un semblante de orden al desorden: su pasión revolucionaria, su gran odio a la infelicidad y la injusticia que padecían tantos hombres, su voluntad de contribuir de algún modo a que aquello cambiara. "Nada de lo que usted cree es cierto ni sus ideales tienen nada que ver con lo que pasa en Canudos." La frase del Barón vibró de nuevo en sus oídos y lo irritó. ¿Qué podía entender de sus ideales un terrateniente aristócrata que vivía como si la Revolución Francesa no hubiera tenido lugar? ¿Alguien que consideraba "idealismo" una mala palabra? ¿Qué podía entender de Canudos la persona a quien los yagunzos le arrebataron una hacienda y le estaban quemando otra? Calumbí era, sin duda, en este momento, pasto de las llamas. Él sí podía entender ese fuego, él sabía muy bien que no era obra del fanatismo o la locura. Los yagunzos estaban destruyendo el símbolo de la opresión. Oscura, sabiamente, intuían que siglos de régimen de propiedad privada llegaban a arraigar de tal modo en las mentes de los explotados, que ese sistema podía parecerles de derecho divino y, los terratenientes, seres de naturaleza superior, semidioses. ¿No era el fuego la mejor manera de probar la falsedad de esos mitos, de disipar los temores de las víctimas, de hacer ver a las masas de hambrientos que el poder de los propietarios era destruible, que los pobres tenían la fuerza necesaria para acabar con él? El Consejero y sus hombres, pese a las escorias religiosas que arrastraban, sabían dónde había que golpear. En los fundamentos mismos de la opresión: la propiedad, el Ejército, la moral oscurantista. ¿Había cometido un error escribiendo esas páginas autobiográficas que dejó en manos del Barón? No, ellas no harían daño a la causa. ¿Pero no era absurdo confiar algo tan personal a un enemigo? Porque el Barón era su enemigo. Sin embargo, no sentía por él animadversión. Tal vez porque, gracias a él, había podido sentir que entendía todo lo que oía y que le entendían todo lo que decía: era algo que no le pasaba desde que salió de Salvador. ¿Por qué había escrito esas páginas? ¿Porque sabía que iba a morir? ¿Las había escrito en un arranque de debilidad burguesa, porque no quería acabar sin dejar rastro de él en el mundo? De pronto se le ocurrió que a lo mejor había embarazado a Jurema. Sintió una especie de pánico. Siempre le había producido un rechazo visceral la idea de un hijo y tal vez ello había influido en su decisión de Roma, de abstención sexual. Se había dicho, siempre, que su horror a la paternidad era consecuencia de su convicción revolucionaria. ¿Cómo puede un hombre estar disponible para la acción si tiene la responsabilidad de un apéndice al que hay que alimentar, vestir, cuidar? También en eso había sido constante: ni mujer, ni hijos ni nada que pudiera coartar su libertad y debilitar su rebeldía.

Cuando ya chispeaban estrellas, desmontaron en un bosquecillo de velame y macambira. Comieron sin hablar y Galileo se durmió antes de tomar el café. Tuvo un sueño sobresaltado, con imágenes de muerte. Cuando Ulpino lo despertó, era aún noche cerrada y se oía un lamento que podía ser de zorro. El guía había calentado café y ensillado los caballos. Trató de entablar conversación con Ulpino. ¿Cuánto tiempo trabajaba con el Barón? ¿Qué pensaba de los yagunzos? El guía respondía con tantas evasivas que no insistió. ¿Era su acento extranjero lo que hacía brotar la desconfianza en esta gente? ¿O era una incomunicación más profunda, de manera de sentir y de pensar?

En ese momento, Ulpino dijo algo que no entendió. Le hizo repetir y esta vez sus palabras sonaron claras: ¿por qué iba a Canudos? "Porque allá pasan cosas por las que he luchado toda mi vida", le dijo. "Allá están creando un mundo sin opresores ni oprimidos, donde todos son libres e iguales." Le explicó, en los términos más sencillos de que era capaz, por qué Canudos era importante para el mundo, cómo ciertas cosas que hacían los yagunzos coincidían con un viejo ideal por el que muchos hombres habían dado la vida. Ulpino no lo interrumpió ni lo miró mientras hablaba, y Gall no podía evitar sentir que lo que decía resbalaba en el guía, como el viento en las rocas, sin mellarlo. Cuando calló, Ulpino, ladeando un poco la cabeza, y de una manera que a Gall le pareció extraña, murmuró que él creía que iba a Canudos a salvar a su mujer. Y, ante la sorpresa de Gall, insistió: ¿no dijo Rufino que iba a matarla? ¿No le importaba que la matara? ¿No era su mujer acaso? ¿Para qué se la había robado, entonces? "Yo no tengo mujer, yo no me he robado a nadie", replicó Gall, con fuerza. Rufino hablaba de otra persona, era víctima de un malentendido. El guía retornó a su mudez.

No volvieron a hablar hasta horas más tarde, en que encontraron a un grupo de peregrinos, con carretas y tinajas, que les dieron de beber. Cuando los dejaron atrás, Gall sintió abatimiento. Habían sido las preguntas de Ulpino, tan inesperadas, y su tono admonitivo. Para no recordar a Jurema ni a Rufino, pensó en la muerte. No la temía, por eso la había desafiado tantas veces. Si los soldados lo capturaban antes de llegar a Canudos, se les enfrentaría hasta obligarlos a matarlo, para no pasar por la humillación de la tortura y, quizá, del acobardamiento.

Notó que Ulpino parecía inquieto. Hacía media hora que cruzaban una caatinga cerrada, en medio de vaharadas de aire caliente, cuando el guía empezó a escudriñar el ramaje. "Estamos rodeados", susurró. "Mejor esperar que se acerquen." Bajaron de los caballos. Gall no alcanzaba a distinguir nada que indicara seres humanos en el contorno. Pero, poco después, unos hombres armados con escopetas, ballestas, machetes y facas surgieron de entre los árboles. Un negro, ya entrado en años, enorme, semidesnudo, hizo un saludo que Gall no entendió y preguntó de dónde venían. Ulpino repuso que de Calumbí, que iban a Canudos e indicó la ruta que habían seguido para, afirmó, no tropezar con los soldados. El diálogo era difícil pero no le parecía inamistoso. Vio en eso que el negro cogía las riendas del caballo del guía y se subía a él, a la vez que otro hacía lo mismo con el suyo. Dio un paso hacia el negro y en el acto todos los que tenían escopetas lo apuntaron. Hizo gestos de paz y pidió que lo escucharan. Explicó que tenía que llegar pronto a Canudos, hablar con el Consejero, decirle algo importante, que él iba a ayudarlos contra los soldados... pero, calló, derrotado por las caras distantes, apáticas, burlonas de los hombres. El negro esperó un momento, pero al ver que Gall permanecía callado dijo algo que éste tampoco entendió. Y al instante partieron, tan discretos como habían aparecido.

—¿Qué dijo? —murmuró Gall.

—Que a Belo Monte y al Consejero los defienden el Padre, el Buen Jesús y el Divino —le contestó Ulpino—. No necesitan más ayuda.

Y añadió que no estaban tan lejos, así que no se preocupara por los caballos. Se pusieron en camino de inmediato. La verdad era que, con lo enredado de la caatinga, avanzaban al mismo ritmo que montados. Pero la pérdida de los caballos había sido, también, la de las alforjas con provisiones y a partir de entonces mataron el hambre con frutas secas, tallos y raíces. Como Gall advirtió que, desde que salieron de Calumbí, recordar los incidentes de la última etapa de su vida, abría las puertas de su ánimo al pesimismo, trató —era un viejo recurso— de enfrascarse en reflexiones abstractas, impersonales. "La ciencia contra la mala conciencia". ¿No planteaba Canudos una interesante excepción a la ley histórica según la cual la religión había servido siempre para adormecer a los pueblos e impedirles rebelarse contra los amos? El Consejero había utilizado la superstición religiosa para soliviantar a los campesinos contra el orden burgués y la moral conservadora y enfrentarlos a aquellos que tradicionalmente se habían valido de las creencias religiosas para mantenerlos sometidos y esquilmados. La religión era, en el mejor de los casos, lo que había escrito David Hume —un sueño de hombres enfermos—, sin duda, pero en ciertos casos, como el de Canudos, podía servir para arrancar a las víctimas sociales de su pasividad y empujarlas a la acción revolucionaria, en el curso de la cual las verdades científicas, racionales, irían sustituyendo a los mitos y fetiches irracionales. ¿Tendría ocasión de enviar una carta sobre este tema a *l'Étincelle de la révolte?* Intentó de nuevo entablar conversación con el guía. ¿Qué pensaba Ulpino de Canudos? Éste permaneció masticando, un buen rato, sin contestar. Por fin, con tranquilo fatalismo, como si no le concerniera, dijo: "Les cortarán el pescuezo a todos". Gall pensó que no tenían nada más que decirse.

Al salir de la caatinga, entraron en un tablazo cargado de xique-xiques, que Ulpino partía con su faca; en el interior había una pulpa agridulce que quitaba la sed. Ese día encontraron nuevos grupos de peregrinos que iban a Canudos. Esas gentes, que dejaban atrás, en cuyos ojos fatigados podía distinguir un recóndito entusiasmo más fuerte que su miseria, hicieron bien a Gall. Le devolvieron el optimismo, la euforia. Habían dejado sus casas para ir a un lugar amenazado por la guerra. ¿No significaba eso que el instinto popular era certero? Iban allí porque intuían que Canudos encarnaba su hambre de justicia y emancipación. Preguntó a Ulpino cuándo llegarían. Al anochecer, si no había percances. ¿Qué percances? ¿Acaso tenían algo que robarles? "Pueden matarnos", dijo Ulpino. Pero Gall no se dejó desmoralizar. Pensó, sonriendo, que los caballos perdidos eran, después de todo, una contribución a la causa.

Descansaron en una alquería desierta, con rastros de incendio. No había vegetación ni agua. Gall se sobó las piernas, acalambradas por la caminata. Ulpino, de improviso, murmuró que habían cruzado el círculo. Señalaba en dirección a donde había habido establos, animales, vaqueros, y ahora había sólo desolación. ¿El círculo? El que separaba a Canudos del resto del mundo. Decían que, adentro, mandaba el Buen Jesús y, afuera, el Can. Gall no dijo nada. En última instancia, los nombres no importaban, eran envolturas, y si servían para que las gentes sin instrucción identificaran más fácilmente los contenidos, era indiferente que en vez de decir justicia e injusticia, libertad y opresión, sociedad emancipada y sociedad clasista, se hablara de Dios y del Diablo. Pensó que llegaría a Canudos y que vería algo que había visto de adolescente en París: un pueblo en efervescencia, defendiendo con uñas y dientes su dignidad. Si conseguía hacerse oír, entender, sí, podría ayudarlos, por lo menos compartiendo con ellos aquellas cosas que ignoraban y que él había aprendido en tantas correrías por el mundo.

—¿De veras no le importa que Rufino mate a su mujer? —oyó que le decía Ulpino—. ¿Para qué se la robó, entonces?

Sintió que la cólera lo ahogaba. Rugió, atropellándose, que no tenía mujer: ¿cómo se atrevía a preguntarle algo que ya le había contestado? Sentía odio contra él y ganas de insultarlo.

—Es algo que no se puede entender —oyó que mascullaba Ulpino.

Le dolían las piernas y tenía los pies tan hinchados que, a poco de reanudar la marcha, dijo que necesitaba descansar algo más. Pensó, tumbándose: "Ya no soy el de antes". Había enflaquecido mucho, también: miraba, como si fuera ajeno, ese antebrazo huesudo en el que apoyaba la cabeza.

—Voy a ver si encuentro algo de comer —dijo Ulpino—. Duérmase un rato.

Gall lo vio perderse detrás de unos árboles sin hojas. Cuando cerraba los ojos percibió, en un tronco, medio desclavada, una madera con una inscripción borrosa: Caracatá. El nombre quedó revoloteando en su mente mientras dormía.

Aguzando el oído, el León de Natuba pensó: "Me va a hablar". Su cuerpecillo se estremeció de felicidad. El Consejero permanecía mudo en su camastro, pero el escriba de Canudos sabía si estaba despierto o dormido por su respiración. Volvió a escuchar, en la oscuridad. Sí, velaba. Tendría cerrados sus ojos profundos y, debajo de los párpados, estaría viendo alguna de esas apariciones que bajaban a hablarle o que él subía a visitar sobre las altas nubes: los santos, la Virgen, el Buen Jesús, el Padre. O estaría pensando en las cosas sabias que diría mañana y que él anotaría en las hojas que le traía el Padre Joaquim y que los futuros creyentes leerían como los de hoy los Evangelios.

Pensó que, puesto que el Padre Joaquim ya no vendría a Canudos, pronto se le acabaría el papel y tendría que escribir en esos pliegos del almacén de los Vilanova en los que se corría la tinta. El Padre Joaquim rara vez le había dirigido la palabra y, desde que lo vio —la mañana en que entró trotando a Cumbe detrás del Consejero—, había advertido también en sus ojos, muchas veces, esa sorpresa, incomodidad, repugnancia, que su persona provocaba siempre y ese movimiento rápido, de apartar la vista y olvidarlo. Pero la captura del párroco por los soldados del Cortapescuezos y su muerte probable lo apenaban por el efecto que habían causado en el Consejero. "Alegrémonos, hijos", había dicho esa tarde, durante los consejos, en la torre del nuevo Templo: "Belo Monte tiene su primer santo." Pero luego, en el Santuario, el León de Natuba había comprobado la tristeza que lo embargaba. Rehusó los alimentos que le alcanzó María Quadrado y, mientras las beatas lo aseaban, no hizo los cariños que solía a la cabrita que Alejandrinha Correa (los ojos hinchados de tanto llorar) mantenía a su alcance. Al apoyar la cabeza en sus rodillas, el León no sintió la mano del Consejero y, más tarde, lo oyó suspirar: "No habrá más misas, nos ha dejado huérfanos". El León tuvo un presentimiento de catástrofe.

Por eso tampoco él conseguía dormir. ¿Qué ocurriría? Otra vez la guerra estaba próxima y, ahora, sería peor que cuando los elegidos y los canes se enfrentaron en el Tabolerinho. Se pelearía en las calles, habría más heridos y muertos y él sería uno de los primeros en morir. Nadie vendría a salvarlo, como lo había salvado el Consejero de morir quemado en Natuba. Por gratitud había partido con él y por gratitud había seguido pegado al santo, brincando por el mundo, pese al esfuerzo sobrehumano que para él, desplazándose a cuatro patas, significaban esas larguísimas travesías. El León entendía que muchos añoraran aquellas andanzas. Entonces eran pocos y tenían al Consejero exclusivamente para ellos. ¡Cómo habían cambiado las cosas! Pensó en los millares que lo envidiaban por estar día y noche junto al santo. Sin embargo, tampoco él tenía ocasión ya de hablar a solas con el único hombre que lo había tratado siempre como si fuera igual a los demás. Porque nunca había notado el León el más ligero indicio de que el Consejero viera en él a ese ser de espinazo curvo y cabeza gigante que parecía un extraño animal nacido por equivocación entre los hombres.

Recordó esa noche, en las afueras de Tepidó, hacía muchos años. ¿Cuántos peregrinos había alrededor del Consejero? Después de los rezos, habían comenzado a confesarse en voz alta. Cuando le tocó el turno, el León de Natuba, en un arrebato impensado, dijo de pronto algo que nadie le había oído antes: "Yo no creo en Dios ni en la religión. Sólo en ti, padre, porque tú me haces sentir humano". Hubo un gran silencio. Temblando de su temeridad, sintió sobre sí las miradas espantadas de los peregrinos. Volvió a escuchar las palabras del Consejero, esa noche: "Has sufrido tanto que hasta los diablos escapan de tanto dolor. El Padre sabe que tu alma es pura porque está todo el tiempo expiando. No tienes de qué arrepentirte, León: tu vida es penitencia".

Repitió, mentalmente: "Tu vida es penitencia". Pero también había en ella instantes de incomparable felicidad. Por ejemplo, hallar algo nuevo que leer, un pedazo de libro, una página de revista, un fragmento impreso cualquiera y aprender esas cosas fabulosas que decían las letras.

O imaginar que Almudia estaba viva, era aún la bella niña de Natuba y que él le cantaba y que, en vez de embrujarla y matarla, sus canciones la hacían sonreír. O apoyar la cabeza en las rodillas del Consejero y sentir sus dedos abriéndose camino entre sus crenchas, separándolas, sobándole el cuero cabelludo. Era adormecedor, una sensación cálida que lo atravesaba de pies a cabeza y él sentía que, gracias a esa mano en sus pelos y a esos huesos contra su mejilla, los malos ratos de la vida quedaban recompensados.

Era injusto, no sólo al Consejero debía agradecimiento. ¿No lo habían cargado los otros cuando ya no le daban las fuerzas? ¿No habían rezado tanto, sobre todo el Beatito, para que creyera? ¿No era buena, caritativa, generosa con él María Quadrado? Trató de pensar con cariño en la Madre de los Hombres. Ella había hecho lo imposible por ganárselo. En las peregrinaciones, cuando lo veía extenuado, le masajeaba largamente el cuerpo, como hacía con las extremidades del Beatito. Y cuando tuvo las fiebres lo hizo dormir en sus brazos, para darle calor. Ella le procuraba la ropa que vestía y había ideado los ingeniosos guantes-zapatos de madera y cuero con que andaba. ¿Por qué, entonces, no la quería? Sin duda porque también a la Superiora del Coro Sagrado la había oído, en los altos nocturnos del desierto, acusarse de haber sentido asco del León de Natuba y de haber pensado que su fealdad provenía del Maligno. María Quadrado lloraba al confesar estos pecados y, golpeándose el pecho, le pedía perdón por ser tan pérfida. Él decía que la perdonaba y la llamaba Madre. Pero, en el fondo, no era verdad. "Soy rencoroso", pensó. "Si hay un infierno, arderé por los siglos de los siglos." Otras veces, la idea del fuego le daba terror. Hoy lo dejó frío.

Se preguntó, recordando la última procesión, si debía asistir a alguna más. ¡Cuánto miedo había pasado! ¡Cuántas veces había estado a punto de ser sofocado, pisoteado, por la multitud que trataba de acercarse al Consejero! La Guardia Católica hacía esfuerzos inauditos para no ser rebalsada por los creyentes que, entre las antorchas y el incienso, estiraban las manos para tocar al santo. El León se vio zarandeado, empujado al suelo, tuvo que aullar para que la Guardia Católica lo izara cuando la marea humana iba a tragárselo. Últimamente, apenas se aventuraba fuera del Santuario, pues las calles se habían vuelto peligrosas. Las gentes se precipitaban a tocarle el lomo, creyendo que les traería suerte, y se lo arranchaban como un muñeco y lo tenían horas en sus casas haciéndole preguntas sobre el Consejero. ¿Tendría que pasar el resto de sus días encerrado entre estas paredes de barro? No había fondo en la infelicidad, las reservas de sufrimiento eran inextinguibles.

Sintió, por su respiración, que ahora el Consejero dormía. Escuchó en dirección del cubículo donde se amontonaban las beatas: también dormían, hasta Alejandrinha Correa. ¿Permanecía desvelado por la guerra? Era inminente, ni João Abade, ni Pajeú, ni Macambira, ni Pedrão, ni Taramela, ni los que cuidaban los caminos y las trincheras habían venido a los consejos y el León había visto a las gentes armadas detrás de los parapetos erigidos alrededor de las iglesias y los hombres yendo y viniendo con trabucos, escopetas, sartas de balas, ballestas, palos, trinches, como si esperaran el ataque en cualquier momento.

Oyó cantar el gallo; por entre los carrizos, amanecía. Cuando se escuchaban las bocinas de los aguateros anunciando el reparto del agua, el Consejero despertó y se tumbó a rezar. María Quadrado entró al momento. El León estaba ya incorporado, pese a la noche en blanco, dispuesto a registrar los pensamientos del santo. Éste oró largo rato y, mientras las beatas le humedecían los pies y le calzaban las sandalias, permaneció con los ojos cerrados. Sin embargo, bebió la escudilla de leche que le alcanzó María Quadrado y comió un panecillo de maíz. Pero no acarició al carnerito. "No sólo por el Padre Joaquim está tan triste", pensó el León de Natuba. "También por la guerra."

En eso entraron João Abade, João Grande y Taramela. Era la primera vez que el León veía a este último en el Santuario. Cuando el Comandante de la Calle y el jefe de la Guardia Católica, después de besar la mano del Consejero, se pusieron de pie, el lugarteniente de Pajeú continuó arrodillado.

—Taramela recibió anoche noticias, padre —dijo João Abade.

El León pensó que, probablemente, tampoco el Comandante de la Calle había pegado los ojos. Estaba sudoroso, sucio, preocupado. João Grande bebía con fruición la escudilla que acababa de darle María Quadrado. El León los imaginó, a ambos, corriendo toda la noche, de trinchera en trinchera, de entrada a entrada, acarreando pólvora, revisando armas, discutiendo. Pensó: "Será hoy". Taramela seguía de rodillas, el sombrero de cuero arrugado en su mano. Tenía dos escopetas y tantos collares de proyectiles que parecían adorno de carnaval. Se mordisqueaba los labios, incapaz de hablar. Al fin, balbuceó que habían llegado, a caballo, Cintio y Cruces. Uno de los caballos reventó. El otro tal vez había reventado ya, porque lo dejó sudando a chorros. Los cabras habían galopado dos días sin parar. Ellos también por poco reventaron. Se calló, confuso, y sus ojitos achinados pidieron socorro a João Abade.

—Cuéntale al Padre Consejero el mensaje de Pajeú que traían Cintio y Cruces —lo orientó al ex-cangaceiro. También a él había alcanzado María Quadrado un tazón de leche y un panecillo. Hablaba con la boca llena.

—La orden está cumplida, padre —recordó Taramela—. Calumbí ardió. El Barón de Cañabrava se fue a Queimadas, con su familia y unos capangas.

Luchando contra la timidez que le producía el santo, explicó que, luego de quemar la hacienda, Pajeú, en vez de adelantarse a los soldados, se había colocado detrás del Cortapescuezos, para caerle por la retaguardia cuando se lanzara contra Belo Monte. Y, sin transición, pasó a hablar nuevamente del caballo muerto. Había dado orden de que se lo comieran en su trinchera y de que, si el otro animal moría, lo entregaran a Antonio Vilanova, para que él dispusiera... pero, como en ese momento el Consejero abrió los ojos, enmudeció. La mirada profunda, oscurísima, aumentó el nerviosismo del lugarteniente de Pajeú; el León vio la fuerza con que estrujaba su sombrero.

—Está bien, hijo —murmuró el Consejero—. El Buen Jesús premiará su fe y su valentía a Pajeú y a los que están con él.

Estiró su mano y Taramela se la besó, reteniéndola un momento en las suyas y mirándola con unción. El Consejero lo bendijo y él se persignó. João Abade le indicó con un gesto que partiera. Taramela retrocedió, haciendo unos movimientos reverentes de cabeza, y, antes de que saliera, María Quadrado le dio de beber del mismo cazo en el que habían bebido João Abade y João Grande. El Consejero los interrogó con la mirada.

—Están muy cerca, padre —dijo el Comandante de la Calle, acuclillándose. Habló con acento tan grave que el León de Natuba se asustó y sintió que las beatas también se estremecían. João Abade sacó su faca, trazó un círculo y ahora le añadía rayas que eran los caminos por donde se acercaban los soldados.

—Por este lado no viene nadie —dijo, señalando la salida a Geremoabo—. Los Vilanova están llevando allí a muchos viejos y enfermos, para librarlos de los tiros.

Miró a João Grande, para que éste continuara. El negro apuntó con un dedo al círculo.

—Hemos construido un refugio para ti, entre los establos y el Mocambo —murmuró—. Hondo y con muchas piedras, para que resista la bala. Aquí no puedes quedarte, porque vienen por este lado.

—Traen cañones —dijo João Abade—. Los vi, anoche. Los pisteros me hicieron entrar al campamento del Cortapescuezos. Son grandes, lanzan fuego a gran distancia. El Santuario y las iglesias serán su primer blanco.

El León de Natuba sentía tanto sueño que la pluma se le resbaló de los dedos. Empujando, apartó los brazos del Consejero y consiguió apoyar la cabezota, que sentía zumbando, en sus rodillas. Oyó apenas las palabras del santo:

—¿Cuándo estarán aquí?

—Esta noche a más tardar —repuso João Abade.

—Voy a ir a las trincheras, entonces —dijo suavemente el Consejero—. Que el Beatito saque los santos y los Cristos, y la urna con el Buen Jesús, y que haga llevar todas las imágenes y las cruces a los caminos por donde viene el Anticristo. Van a morir muchos pero no hay que llorar, la muerte es dicha para el buen creyente.

Para el León de Natuba la dicha llegó en ese momento: la mano del Consejero acababa de posarse en su cabeza. Se hundió en el sueño, reconciliado con la vida.

CUANDO vuelve la espalda a la casa grande de Calumbí, Rufino se siente aligerado: haber roto el vínculo que lo ligaba al Barón le da, de pronto, la sensación de disponer de más recursos para lograr sus propósitos. A media legua, acepta la hospitalidad de una familia que conoce desde niño. Ellos, sin preguntarle por Jurema ni por la razón de su presencia en Calumbí, le hacen muchas demostraciones de afecto y, a la mañana siguiente, lo despiden con provisiones para el camino.

Viaja todo el día, encontrando, aquí y allá, peregrinos que van a Canudos y que, siempre, le piden algo de comer. De este modo, al anochecer, se le han terminado las provisiones. Duerme junto a unas cuevas donde solía venir con otros niños de Calumbí a quemar a los murciélagos con antorchas. Al otro día, un morador le advierte que ha pasado una patrulla de soldados y que rondan yagunzos por toda la comarca. Prosigue su marcha, con un presentimiento oscuro en el ánimo.

Al atardecer llega a las afueras de Caracatá, puñado de viviendas salpicadas entre arbustos y cactos, a lo lejos. Después del sofocante sol, la sombra de las mangabeiras y cipós resulta bienhechora. En ese momento siente que no está solo. Varias siluetas lo rodean, surgidas felinamente de la caatinga. Son hombres armados con carabinas, ballestas y machetes y que llevan campanillas y pitos de madera. Reconoce a algunos yagunzos que iban con Pajeú, pero el caboclo no está con ellos. El hombre aindiado y descalzo que los manda, se lleva un dedo a los labios y le indica con un gesto que los siga. Rufino duda, pero la mirada del yagunzo le hace saber que debe ir con ellos, que le está haciendo un favor. Piensa en Jurema al instante y su expresión lo delata, pues el yagunzo asiente. Entre los árboles y matorrales descubre a otros hombres emboscados. Varios llevan mantos de hierbas que los cubren enteramente. Inclinados, en cuclillas, tumbados, espían la trocha y el poblado. Indican a Rufino que se esconda. Un momento después el rastreador oye un rumor.

Es una patrulla de diez soldados de uniformes grises y rojos, encabezada por un Sargento joven y rubio. Los guía un pistero que, sin duda, piensa Rufino, es cómplice de los yagunzos. Como presintiendo algo, el Sargento comienza a tomar precauciones. Tiene el dedo en el gatillo del fusil y salta de un árbol a otro, seguido por sus hombres que progresan también, escudándose en los troncos. El pistero va por media trocha. En torno a Rufino, los yagunzos parecen haberse esfumado. No se mueve una hoja en la caatinga.

La patrulla llega a la primera vivienda. Dos soldados echan abajo la puerta y entran, mientras los demás los cubren. El pistero se acuclilla detrás de los soldados y Rufino nota que comienza a retroceder. Luego de un momento, los dos soldados reaparecen y con manos y cabezas indican al Sargento que no hay nadie. La patrulla avanza hacia la próxima vivienda y se repite la operación, con el mismo resultado. Pero, de pronto, en la puerta de una casa más grande que las otras, asoma una mujer greñuda y luego otra, que observan, asustadas. Cuando los soldados las divisan y apuntan sus fusiles hacia ellas, las mujeres hacen gestos de paz, dando gritos. Rufino siente un atolondramiento parecido al que tuvo cuando oyó a la Barbuda nombrar a Galileo Gall. El pistero, aprovechando la distración, desaparece en la maleza.

Los soldados rodean la casa y Rufino comprende que hablan con las mujeres. Por fin, dos uniformados entran tras ellas, mientras el resto aguarda afuera, con los fusiles listos. Poco después, retornan los que entraron, haciendo gestos obscenos y animando a los otros a imitarlos. Rufino escucha risas, voces y ve que todos los soldados, con caras exultantes, avanzan hacia la casa. Pero el Sargento hace que dos permanezcan en la puerta, de guardia.

La caatinga comienza a moverse, a su alrededor. Los emboscados se arrastran, gatean, se empinan y el rastreador advierte que son treinta, cuando menos. Va tras ellos, de prisa, hasta alcanzar al jefe: "¿Está ahí la que era mi mujer?", se oye decir. ¿La acompaña un enano, no es cierto? Sí. "Debe ser ella, entonces", asiente el yagunzo. En ese instante una salva de tiros acribilla a los dos soldados que hacen guardia, al mismo tiempo que en el interior rompen gritos, alaridos, carreras, un disparo. Mientras corre, entre los yagunzos, Rufino saca su cuchillo, única arma que le queda, y ve aparecer por la puerta y las ventanas de la casa, a soldados disparando o tratando de huir. Apenas consiguen alejarse unos pasos, antes de ser alcanzados por los dardos o las balas o arrollados por los yagunzos que los rematan con sus facas y machetes. En eso, Rufino resbala y cae al suelo. Cuando se levanta, escucha ulular a los pitos y ve que están arrojando desde una ventana el cadáver sanguinolento de un soldado al que han arrancado la ropa. El cuerpo se estrella en tierra con un golpe seco.

Cuando Rufino entra a la casa, la violencia del espectáculo lo aturde. Hay soldados agonizantes en el suelo, sobre los que se encarnizan racimos de hombres y mujeres que esgrimen cuchillos, palos, piedras; los golpean y hieren sin misericordia, ayudados por los que siguen invadiendo el lugar. Las mujeres, cuatro o cinco, son las que chillan y también ellas quitan los uniformes a jalones a sus víctimas para, muertos o moribundos, afrentarlos en su hombría. Hay sangre, pestilencia y, en el suelo, unos boquetes donde deben haber estado escondidos los yagunzos, esperando a la patrulla. Una mujer, torcida bajo una mesa, tiene una herida en la frente y se queja.

Mientras los yagunzos desnudan a los soldados y cogen sus fusiles y morrales, Rufino, seguro de que en la habitación no está lo que busca, se abre camino hacia los cuartos. Son tres, en hilera, uno abierto, en el que no ve a nadie. Por las rendijas del segundo divisa un catre de tablas y unas piernas de mujer, estiradas en el suelo. Empuja la puerta y ve a Jurema. Está viva y su cara, al encontrarse con él, se frunce y toda ella se encoge, golpeada por la sorpresa. Al lado de Jurema, desfigurado por el miedo, minúsculo, el rastreador ve al Enano, que le parece conocer desde siempre, y, sobre la cama, al Sargento rubio a quien, pese a estar exánime, dos yagunzos siguen acuchillando: ambos rugen con cada golpe y las salpicaduras de sangre llegan hasta Rufino. Jurema, inmóvil, lo mira con la boca entreabierta; está desencajada, se le ha afilado la nariz y en sus ojos hay pánico y resignación. El rastreador se da cuenta que el yagunzo aindiado y descalzo ha entrado y que ayuda a los otros a alzar al Sargento y echarlo a la calle por la ventana. Salen, llevándose el uniforme, el fusil y el morral del muerto. Al pasar junto a Rufino, el jefe, señalando a Jurema, murmura: "¿Ves? Era ella". El Enano se pone a proferir frases que Rufino oye pero no entiende. Sigue en la puerta, quieto y, ahora, de nuevo con el rostro inexpresivo. Su corazón se calma y al vértigo del principio sigue una total serenidad. Jurema continúa en el suelo, sin fuerzas para levantarse. Por la ventana se llega a ver a los yagunzos, hombres y mujeres, alejándose hacia la caatinga.

—Se están yendo —balbucea el Enano, sus ojos saltando de uno a otro—. Tenemos que irnos también, Jurema.

Rufino mueve la cabeza.

—Ella se queda —dice, con suavidad—. Vete tú.

Pero el Enano no se va. Confuso, indeciso, miedoso, corretea por la casa vacía, entre la pestilencia y la sangre, maldiciendo su suerte, llamando a la Barbuda, persignándose y rogándole algo a Dios. Mientras, Rufino revisa los cuartos, encuentra dos colchones de paja y los arrastra a la habitación de la entrada, desde la cual puede ver la única calle y las viviendas de Caracatá. Ha sacado los colchones maquinalmente, sin saber qué se propone, pero, ahora que están allí, lo sabe: dormir. Su cuerpo es como una esponja blanda que el agua estuviera llenando, hundiendo. Coge las amarras de un gancho, va donde Jurema y ordena: "Ven". Ella lo sigue, sin curiosidad, sin temor. La hace sentar junto a los colchones y le ata manos y pies. El Enano está ahí, desorbitado de terror. "¡No la mates, no la mates!", grita. El rastreador se echa de espaldas y, sin mirarlo, le ordena:

—Ponte ahí y si viene alguien me despiertas.

El Enano pestañea, desconcertado, pero un segundo después asiente y brinca hasta la puerta. Rufino cierra los ojos. Se pregunta, antes de desaparecer en el sueño, si no ha matado a Jurema todavía porque quiere verla sufrir o porque, ahora que la tiene, su odio ha amainado. Siente que ella, a un metro suyo, se tumba en el otro colchón. Con disimulo, por entre las pestañas, la espía: está mucho más flaca, con los ojos hundidos y resignados, la ropa deshecha y los cabellos revueltos. Tiene un rasguñón en el brazo.

Cuando Rufino despierta, se incorpora de un salto, como escapando de una pesadilla. Pero no recuerda haber soñado. Sin echar un vistazo a Jurema, pasa junto al Enano, quien sigue en la puerta y lo mira entre asustado y esperanzado. ¿Puede ir con él? Rufino asiente. No cambian palabra, mientras el rastreador busca, en las últimas luces, algo que pueda aplacar el hambre y la sed. Cuando están regresando, el Enano le pregunta: "¿Vas a matarla?". Él no le contesta. Saca de su alforja yerbas, raíces, hojas, tallos y los pone sobre el colchón. No mira a Jurema mientras la desata o la mira como si no estuviera allí. El Enano tiene un puñado de yerbas en la boca y mastica empeñosamente. Jurema también comienza a masticar y a tragar, de manera mecánica; a ratos se soba las muñecas y los tobillos. En silencio, comen, mientras afuera anochece del todo y aumentan los ruidos de los insectos. Rufino piensa que esta hediondez se parece a la que sintió la noche que pasó en una trampa, junto al cadáver de un tigre. De pronto, oye a Jurema:

—¿Por qué no me matas de una vez?

Él sigue mirando el vacío, como si no la oyera. Pero está pendiente de esa voz que va exasperándose, desgarrándose:

—¿Crees que tengo miedo de morir? No tengo. Al contrario, te he estado esperando para eso. ¿Crees que no estoy harta, que no estoy cansada? Ya me hubiera matado si no lo prohibiera Dios, si no fuera pecado. ¿Cuándo me vas a matar? ¿Por qué no lo haces ahora?

—No, no —balbucea el Enano, atorándose.

El rastreador sigue sin moverse ni responder. Están casi en la oscuridad. Un momento después, Rufino siente que ella se arrastra hasta tocarlo. Todo su cuerpo se crispa, en una sensación en la que se mezclan el asco, el deseo, el despecho, la rabia, la nostalgia. Pero no deja que nada de esto se note.

—Olvídate, olvídate de lo que pasó, por la Virgen, por el Buen Jesús —la oye implorar, la siente temblar—. Fue a la fuerza, yo no tuve la culpa, yo me defendí. Ya no sufras, Rufino.

Se abraza a él y, en el acto, el rastreador la aparta, sin violencia. Se pone de pie, busca a tientas las amarras y, sin proferir palabra, vuelve a atarla. Regresa a sentarse donde estaba.

—Tengo hambre, tengo sed, tengo cansancio, ya no quiero vivir —la oye sollozar—. Mátame de una vez.

—Voy a hacerlo —dice él—. Pero no aquí, sino en Calumbí. Para que te vean morir.

Pasa un largo rato, en el que los sollozos de Jurema van acortándose, hasta extinguirse.

—Ya no eres el Rufino que eras —la oye murmurar.

—Tú tampoco —dice él—. Ahora tienes adentro una leche que no es mía. Ahora ya sé por qué Dios te castigó desde antes, no permitiendo que te preñara.

La luz de la luna entra, de repente, oblicuamente por puertas y ventanas y revela el polvo suspendido en el aire. El Enano se hace un ovillo a los pies de Jurema y Rufino también se tiende. ¿Cuánto tiempo pasa, con los dientes apretados, cavilando, recordando? Cuando los oye es como si despertara pero no ha pegado los ojos.

—¿Por qué sigues aquí, si nadie te obliga? —dice Jurema—. ¿Cómo soportas este olor, este qué va a pasar? Vete a Canudos, más bien.

—Tengo miedo de irme, de quedarme —gime el Enano—. No sé estar solo, nunca he estado desde que me compró el Gitano. Tengo miedo a morir, como todo el mundo.

—Las mujeres que estaban esperando a los soldados no tenían miedo —dice Jurema.

—Porque estaban seguras de resucitar —chilla el Enano—. Si yo estuviera tan seguro, tampoco tendría.

—Yo no tengo miedo a morir y no sé si voy a resucitar —afirma Jurema y el rastreador entiende que le está hablando ahora a él, no al Enano.

Algo lo despierta, cuando el amanecer es apenas un fulgor azulado verdoso. ¿El chasquido del viento? No, algo más. Jurema y el Enano abren simultáneamente los ojos, y este último empieza a desperezarse pero Rufino lo calla: "Shhht, shhht". Agazapado tras la puerta, espía. Una silueta masculina, alargada, sin escopeta, viene por la única calle de Caracatá, metiendo la cabeza en las viviendas. Lo reconoce cuando está ya cerca: Ulpino, el de Calumbí. Lo ve llevarse ambas manos a la boca y llamar: "¡Rufino! ¡Rufino!". Se deja ver, asomando a la puerta. Ulpino, al reconocerlo, abre los ojos con alivio y lo llama. Va a su encuentro, cogiendo el mango de su faca. No dirige a Ulpino una palabra de saludo. Comprende, por su aspecto, que ha andado mucho.

—Te busco desde ayer en la tarde —exclama Ulpino, en tono amistoso—. Me dijeron que ibas a Canudos. Pero encontré a los yagunzos que mataron a los soldados. He pasado la noche caminando.

Rufino lo escucha con la boca cerrada, muy serio. Ulpino lo mira con simpatía, como recordándole que eran amigos.

—Te lo he traído —murmura, despacio—. El Barón me mandó llevarlo a Canudos. Pero con Aristarco decidimos que, si te encontraba, era para ti.

En la cara de Rufino hay asombro, incredulidad.

—¿Lo has traído? ¿Al forastero?

—Es un cabra sin honor —Ulpino, exagerando su asco, escupe al suelo—. No le importa que mates a su mujer, a la que te quitó. No quería hablar de eso. Mentía que no era suya.

—¿Dónde está? —Rufino pestañea y se pasa la lengua por los labios. Piensa que no es verdad, que no lo ha traído.

Pero Ulpino le explica con muchos detalles dónde lo encontrará.

—Aunque no es asunto mío, me gustaría saber algo —añade—. ¿Has matado a Jurema?

No hace ningún comentario cuando Rufino, moviendo la cabeza, le responde que no. Parece, un momento, avergonzado de su curiosidad. Señala la caatinga que tiene atrás.

—Una pesadilla —dice—. Han colgado en los árboles a esos que mataron aquí. Los urubús los picotean. Pone los pelos de punta.

—¿Cuándo lo dejaste? —lo corta Rufino, atropellándose.

—Ayer tarde —dice Ulpino—. No se habrá movido. Estaba muerto de cansancio. Tampoco tendría dónde ir. No sólo le falta honor, también resistencia, y no sabe orientarse por la tierra...

Rufino le coge el brazo. Se lo aprieta.

—Gracias —dice, mirándolo a los ojos.

Ulpino asiente y suelta su brazo. No se despiden. El rastreador vuelve a la vivienda a saltos, con los ojos brillando. El Enano y Jurema lo reciben de pie, atolondrados. Desata los pies de Jurema, pero no sus manos y, con movimientos rápidos, diestros, le pasa la misma cuerda por el cuello. El Enano chilla y se tapa la cara. Pero no está ahorcándola sino haciendo un lazo, para arrastrarla. La obliga a seguirlo al exterior. Ulpino se ha ido. El Enano va detrás, brincando. Rufino se vuelve y le ordena: "No hagas ruido". Jurema tropieza contra las piedras, se enreda en los matorrales, pero no abre la boca y mantiene el ritmo de Rufino. Tras ellos, el Enano a ratos desvaría sobre los soldados colgados que se están comiendo los urubús.

—HE VISTO muchas desgracias en mi vida —dijo la Baronesa Estela, mirando el suelo desportillado de la estancia—. Allá, en el campo. Cosas que aterrarían a los hombres de Salvador. —Miró al Barón, que se mecía en la mecedora, contagiado por el dueño de casa, el anciano coronel José Bernardo Murau, que estaba también hamacándose en la suya—. ¿Te acuerdas del toro que enloqueció y embistió a los niños que salían del catecismo? ¿Acaso me desmayé? No soy una mujer débil. En la gran sequía, por ejemplo, vimos cosas atroces ¿no es cierto?

El Barón asintió. José Bernardo Murau y Adalberto de Gumucio

—que había venido desde Salvador a dar el encuentro a los Cañabrava a la hacienda de Pedra Vermelha y que apenas llevaba con ellos un par de horas— la escuchaban esforzándose por mostrarse naturales, pero no podían disimular la incomodidad que les producía el desasosiego de la Baronesa. Esa mujer discreta, invisible detrás de sus maneras corteses, cuyas sonrisas levantaban una muralla impalpable entre ella y los demás, ahora divagaba, se quejaba, monologaba sin tregua, como si tuviera la enfermedad del habla. Ni siquiera Sebastiana, que venía de rato en rato a humedecerle la frente con agua de colonia, conseguía hacerla callar. Ni su marido, ni el dueño de casa ni Gumucio habían podido convencerla que se retirara a descansar.

—Estoy preparada para las desgracias —repitió, estirando hacia ellos las blancas manos, de manera implorante—. Ver arder Calumbí ha sido peor que la agonía de mi madre, que oírla aullar de dolor, que aplicarle yo misma el láudano que la iba matando. Esas llamas siguen ardiendo aquí adentro. —Se tocó el estómago y se encogió, temblando—. Era como si se carbonizaran ahí los hijos que perdí al nacer.

Su cara giró para mirar al Barón, al coronel Murau, a Gumucio, suplicándoles que le creyeran. Adalberto de Gumucio le sonrió. Había intentado desviar la conversación hacia otros temas, pero, cada vez, la Baronesa los regresaba al incendio de Calumbí. Intentó, de nuevo, apartarla de ese recuerdo:

—Y, sin embargo, Estela querida, uno se resigna a las peores tragedias. ¿Te he dicho alguna vez lo que fue para mí el asesinato de Adelinha Isabel, por dos esclavos? ¿Lo que sentí cuando hallamos el cadáver de mi hermana ya descompuesto, irreconocible por las puñaladas? —Carraspeó, moviéndose en el sillón—. Por eso prefiero los caballos a los negros. En las clases y razas inferiores hay unos fondos de barbarie y de ignominia que dan vértigo. Y, sin embargo, Estela querida, uno acaba por aceptar la voluntad de Dios, se resigna y descubre que, con todos sus viacrucis, la vida está llena de cosas hermosas.

La mano derecha de la Baronesa se posó sobre el brazo de Gumucio:

—Siento haberte hecho recordar a Adelinha Isabel —dijo, con cariño—. Perdóname.

—No me la has hecho recordar porque no la olvido nunca —sonrió Gumucio, cogiendo entre las suyas las manos de la Baronesa—. Han pasado veinte años y es como si hubiera sido esta mañana. Te hablo de Adelinha Isabel para que veas que la desaparición de Calumbí es una herida que va a cicatrizar.

La Baronesa trató de sonreír, pero su sonrisa se volvió puchero. En eso entró Sebastiana, con un frasco en las manos. A la vez que refrescaba la frente y las mejillas de la Baronesa, tocándole la piel con gran cuidado, con la otra mano le corregía el cabello alborotado.

"De Calumbí a aquí ha dejado de ser la mujer joven, bella, animosa que era", pensó el Barón. Tenía unas ojeras profundas, un pliegue sombrío en la frente, sus facciones se habían relajado y de sus ojos habían huido la vivacidad y la seguridad que siempre vio en ellos. ¿Le había exigido demasiado? ¿Había sacrificado a su mujer a los intereses políticos? Recordó que cuando decidió retornar a Calumbí, Luis Viana y Adalberto de Gumucio le aconsejaron que no llevara a Estela, por lo convulsionada que estaba la región con Canudos. Sintió un malestar intenso. Por inconsciencia y egoísmo había hecho quizá un daño irreparable a la mujer que amaba más que a nadie en el mundo. Y, sin embargo, cuando Aristarco, que galopaba a su lado, los alertó —"Miren, ya prendieron Calumbí"—, Estela había guardado una compostura extraordinaria. Estaban en lo alto de una chapada en la que, cuando iba de caza, el Barón se detenía a observar la tierra, el lugar adonde llevaba a los visitantes a mostrarles la hacienda, la atalaya adonde todos acudían para apreciar los daños de las inundaciones o las plagas. Ahora, en la noche sin viento y con estrellas, veían cimbrearse —rojas, azules, amarillas— las llamas, arrasando la casa grande a la que estaba ligada la vida de todos los presentes. El Barón oyó sollozar a Sebastiana en la oscuridad y vio los ojos de Aristarco arrasados por las lágrimas. Pero Estela no lloró, estaba seguro que no. Se mantenía muy derecha, cogida de su brazo, y en algún momento la oyó murmurar: "No sólo queman la casa. También los establos, las cuadras, el almacén". A la mañana siguiente había comenzado a recordar en voz alta el incendio y desde entonces no había manera de tranquilizarla. "No me lo perdonaré nunca", pensó.

—Si hubiera sido yo, estaría allá, muerto —dijo de pronto el coronel Murau—. Hubieran tenido que quemarme a mí también.

Sebastiana salió del cuarto, murmurando "Con permiso". El Barón pensó que las cóleras del viejo debían de haber sido terribles, peores que las de Adalberto, y que, en tiempos de la esclavitud, seguramente supliciaba a los díscolos y cimarrones.

—No porque Pedra Vermelha valga ya gran cosa —gruñó, mirando las descalabradas paredes de su sala—. Incluso he pensado quemarla, alguna vez, por las amarguras que me da. Uno puede destruir su propiedad si le da la gana. Pero que una partida de ladrones infames y dementes me digan que van a quemar mi tierra para que descanse, porque ha sudado mucho, eso no. Hubieran tenido que matarme.

—A ti no te hubieran dado a elegir —trató de bromear el Barón—. A ti te hubieran quemado antes que a tu hacienda.

Pensó: "Son como los escorpiones. Quemar las haciendas es clavarse la lanceta, ganarle la mano a la muerte. ¿Pero a quién ofrecen ese sacrificio de sí mismos, de todos nosotros?". Advirtió, feliz, que la Baronesa bostezaba. Ah, si pudiera dormir, ése sería el mejor remedio para sus nervios. En estos últimos días, Estela no había pegado los ojos. En la escala de Monte Santo, ni siquiera había querido echarse en el camastro de la parroquia y permaneció toda la noche sentada, llorando en brazos de Sebastiana. Allí comenzó a alarmarse el Barón, pues Estela no acostumbraba llorar.

—Es curioso —dijo Murau, cambiando miradas de alivio con el Barón y Gumucio, pues la Baronesa había cerrado los ojos—. Cuando pasaste por aquí, camino a Calumbí, mi odio principal era contra Moreira César. Ahora, siento hasta simpatía por él. Mi odio a los yagunzos es más fuerte que el que he tenido jamás por Epaminondas y los jacobinos.

—Cuando estaba muy agitado, hacía un movimiento circular con las manos y se rascaba el mentón: el Barón estaba esperando que lo hiciera. Pero el anciano tenía los brazos cruzados en actitud hierática—. Lo que han hecho con Calumbí, con Poço da Pedra, con Suçurana, con Jua y Curral Novo, con Penedo y Lagoa, es inicuo, inconcebible. ¡Destruir las haciendas que les dan de comer, los focos de civilización de este país! No tiene perdón de Dios. Es de diablos, de monstruos.

"Vaya, por fin", pensó el Barón: acababa de hacer el gesto. Una circunferencia veloz con la mano nudosa y el dedo índice estirado y, ahora, se rascaba con furia el pellejo de la barbilla.

—No alces tanto la voz, José Bernardo —lo interrumpió Gumucio, señalando a la Baronesa—. ¿La llevamos al dormitorio?

—Cuando su sueño sea más profundo —repuso el Barón. Se había puesto de pie y acomodaba la almohadilla a fin de que su esposa se recostara en ella. Luego, arrodillándose, le colocó los pies sobre un banquito.

—Creí que lo mejor sería llevarla cuanto antes a Salvador —susurró Adalberto de Gumucio—. Pero no sé si es imprudente someterla a otro viaje tan largo.

—Veremos cómo amanece mañana. —El Barón, de nuevo en la mecedora, se mecía sincrónicamente con el dueño de casa.

—¡Quemar Calumbí! ¡Gentes que te deben tanto! —Murau volvió a hacer uno, dos círculos y a rascarse—. Espero que Moreira César se los haga pagar caro. Me gustaría estar allí, cuando los pase a cuchillo.

—¿No hay noticias de él, aún? —volvió a interrumpirlo Gumucio—. Tendría que haber acabado con Canudos hace rato.

—Sí, he estado calculando —asintió el Barón—. Aun con pies de plomo tendría que haber llegado a Canudos hace días. A menos que... —Observó que sus amigos lo miraban intrigados—. Quiero decir, otro ataque, como el que lo obligó a refugiarse en Calumbí. Tal vez le ha repetido.

—Lo único que falta es que Moreira César se muera de enfermedad antes de poner fin a esa degeneración —refunfuñó José Bernardo Murau.

—También es posible que no quede una línea de telégrafos en la región —dijo Gumucio—. Si queman las tierras para que hagan siesta, sin duda destruyen los alambres y los postes para evitarles el dolor de cabeza. El Coronel puede estar incomunicado.

El Barón sonrió, con pesadumbre. La última vez que habían estado reunidos, aquí, la venida de Moreira César era como la partida de defunción para los Autonomistas de Bahía. Y ahora ardían de impaciencia por conocer los detalles de su victoria contra los que el Coronel quería hacer pasar por restauradores y agentes de Inglaterra. Reflexionaba sin dejar de observar el sueño de la Baronesa: estaba pálida, con la expresión tranquila.

—Los agentes de Inglaterra —exclamó de pronto—. Caballeros que queman haciendas para que la tierra repose. Lo he oído y no acabo de creerlo. Un cangaceiro como Pajeú, asesino, violador, ladrón, cortador de orejas, saqueador de pueblos, convertido en cruzado de la fe. Estos ojos lo vieron. Nadie diría que he nacido y pasado buena parte de mi vida aquí. Esta tierra se me ha vuelto extranjera. Estas gentes no son las que he·tratado siempre. Quizás el escocés anarquista las entienda mejor. O el Consejero. Es posible que sólo los locos entiendan a los locos...

Hizo un gesto de desesperanza y·dejó la frase sin terminar.

—A propósito del escocés anarquista —dijo Gumucio. El Barón sintió íntima desazón: sabía que la pregunta vendría, la esperaba desde hacía dos horas. —Te consta que nunca he puesto en duda tu sensatez política. Pero que dejaras partir así al escocés, no lo entiendo. Era un prisionero importante, la mejor arma contra nuestro enemigo número uno. —Miró al Barón, pestañeando—. ¿No lo era, acaso?

—Nuestro enemigo número uno ya no es Epaminondas, ni ningún jacobino —murmuró el Barón, con desánimo—. Son los yagunzos. La quiebra económica de Bahía. Es lo que va a ocurrir si no se pone fin a esta locura. Las tierras van a quedar inservibles y todo se está yendo al diablo. Se comen los animales, la ganadería desaparece. Y, lo peor, una región donde la falta de brazos fue siempre un problema, va a quedar despoblada. A la gente que se marcha ahora en masa, no la vamos a traer de·vuelta. Hay que atajar de cualquier modo la ruina que está provocando Canudos.

Vio las miradas, sorprendidas y admonitivas, de Gumucio y de José Bernardo y se sintió incómodo.

—Ya sé que no he contestado tu pregunta sobre Galileo Gall —murmuró—. Dicho sea de paso, ni siquiera se llama así. ¿Por qué lo dejé ir? Quizás es otro signo de la locura de los tiempos, mi cuota a la insensatez general. —Sin advertirlo, hizo un círculo con la mano, como los de Murau—. Dudo que nos hubiera servido, aun si nuestra guerra con Epaminondas continúa...

—¿Continúa? —respingó Gumucio—. No ha cesado un segundo, que yo sepa. En Salvador, los jacobinos están ensoberbecidos como nunca, con la llegada de Moreira César. El *Jornal de Notícias* pide que el Parlamento enjuicie a Viana y nombre un Tribunal Especial para juzgar nuestras conspiraciones y negociados.

—No he olvidado el daño que nos han hecho los Republicanos Progresistas —lo interrumpió el Barón—. Pero en este momento las cosas han tomado un rumbo distinto.

—Te equivocas —dijo Gumucio—. Sólo esperan que Moreira César y el Séptimo Regimiento entren a Bahía con la cabeza del Consejero, para deponer a Viana, cerrar el Parlamento y comenzar la cacería contra nosotros.

—¿Ha perdido algo Epaminondas Gonçalves a manos de los restauradores monárquicos? —sonrió el Barón—. Yo, además de Canudos, he perdido Calumbí, la hacienda más antigua y próspera del interior. Tengo más razones que él para recibir a Moreira César como nuestro salvador.

—De todos modos, nada de eso explica que soltaras tan alegremente al cadáver inglés —dijo José Bernardo. El Barón supo de inmediato el gran esfuerzo que hacía el anciano para pronunciar esas frases—. ¿No era una prueba viviente de la falta de escrúpulos de Epaminondas? ¿No era un testigo de oro para demostrar el desprecio de ese ambicioso por el Brasil?

—En teoría —asintió el Barón—. En el terreno de las hipótesis.

—Lo hubiéramos paseado por los mismos sitios donde ellos pasearon la famosa cabellera —murmuró Gumucio. También su voz era severa, herida.

—Pero en la práctica, no —continuó el Barón—. Gall no es un loco normal. Sí, no se rían, es un loco especial: un fanático. No hubiera declarado a favor sino en contra de nosotros. Hubiera confirmado las acusaciones de Epaminondas, nos hubiera cubierto de ridículo.

—Tengo que contradecirte otra vez, lo siento —dijo Gumucio—. Hay medios de sobra para hacer decir la verdad, a cuerdos y a locos.

—No a los fanáticos —repuso el Barón—. No a aquellos en los que las creencias son más fuertes que el miedo a morir. El tormento no le haría efecto a Gall, reforzaría sus convicciones. La historia de la religión ofrece muchos ejemplos...

—En ese caso, era preferible pegarle un tiro y traer su cadáver —murmuró Murau—. Pero soltarlo...

—Tengo curiosidad por saber qué fue de él —dijo el Barón—. Por saber quién lo mató. ¿El guía, para no llevarlo hasta Canudos? ¿Los yagunzos, para robarle? ¿O Moreira César?

—¿El guía? —Gumucio abrió mucho los ojos—. ¿Además, le diste un guía?

—Y un caballo —asintió el Barón—. Tuve una debilidad por él. Me inspiró compasión, simpatía.

—¿Simpatía? ¿Compasión? —repitió el coronel José Bernardo Murau, hamacándose de prisa—. ¿Por un anarquista que sueña con poner el mundo a sangre y fuego?

—Y con algunos cadáveres a la espalda, a juzgar por sus papeles —dijo el Barón—. A no ser que sean embrollos, lo que también es posible. El pobre diablo estaba convencido que Canudos es la fraternidad universal, el paraíso materialista, hablaba de los yagunzos como de correligionarios políticos. Era imposible no sentir ternura por él.

Notó que sus amigos lo miraban cada vez más extrañados.

—Tengo su testamento —les dijo—. Una lectura difícil, con muchos disparates, pero interesante. Incluye detalles de la intriga de Epaminondas: cómo lo contrató, intentó luego matarlo, etc.

—Hubiera sido mejor que se la contara al mundo de viva voz —dijo Adalberto de Gumucio, indignado.

—Nadie se la hubiera creído —replicó el Barón—. La fantasía inventada por Epaminondas Gonçalves, con sus agentes secretos y contrabandistas de armas, es más verosímil que la historia real. Les traduciré unos párrafos, después de la cena. Está en inglés, sí. —Calló unos segundos, mientras observaba a la Baronesa, que había suspirado en el sueño—. ¿Saben por qué me dio ese testamento? Para que lo envíe a un pasquín anarquista de Lyon. Imagínense, ya no conspiro con la monarquía inglesa sino con los terroristas franceses que luchan por la revolución universal.

Se rió, observando que el enojo de sus amigos aumentaba por segundos.

—Como ves, no podemos compartir tu buen humor —dijo Gumucio.

—Y eso que es a mí a quien han quemado Calumbí.

—Déjate de falsas bromas y explícanoslo de una vez —lo amonestó Murau.

—Ya no se trata de hacerle ningún daño a Epaminondas, campesino brutón —dijo el Barón de Cañabrava—. Se trata de llegar a un acomodo con los Republicanos. La guerra entre nosotros se acabó, acabaron con ella las circunstancias. No se puede librar dos guerras al mismo tiempo. El escocés no nos servía para nada y, a la larga, hubiera sido una complicación.

—¿Un acomodo con los Republicanos Progresistas has dicho? —lo miraba atónito Gumucio.

—He dicho acomodo, pero he pensado una alianza, un pacto —dijo el Barón—. Es difícil de entender y más todavía de hacer, pero no hay otro camino. Bueno, creo que ahora podemos llevar a Estela al dormitorio.

VI

Calado hasta los huesos, encogido sobre una manta que se confunde con el barro, el periodista miope del *Jornal de Notícias* siente tronar el cañón. En parte por la lluvia, en parte por la inminencia del combate, nadie duerme. Aguza los oídos: ¿siguen repicando en la oscuridad las campanas de Canudos? Sólo oye, espaciados, los cañonazos y las cornetas, entonando el Toque de Carga y Degüello. ¿También los yagunzos habrán puesto nombre a la sinfonía de pitos con que han martirizado al Séptimo Regimiento desde Monte Santo? Está desasosegado, sobresaltado, estremecido de frío. El agua le humedece los huesos. Piensa en su colega, el viejo friolento, que, al quedarse rezagado entre los soldados-niños semidesnudos, le dijo: "En la puerta del horno se quema el pan, joven amigo". ¿Habrá muerto? ¿Habrán corrido él y esos muchachos la misma suerte que el Sargento rubio y los soldados de su patrulla que encontraron esa tarde, en las estribaciones de esta sierra? En eso, allá abajo, las campanas responden a las cornetas del Regimiento, diálogo en las tinieblas lluviosas que preludia el que entablarán escopetas y fusiles apenas despunte el día.

La suerte del Sargento rubio y su patrulla ha podido ser la suya: había estado a punto de decir sí cuando Moreira César le sugirió acompañarlos. ¿Lo salvó la fatiga? ¿Un pálpito? ¿La casualidad? Ha ocurrido la víspera pero, en su memoria, parece lejanísimo, porque ayer todavía sentía Canudos como inalcanzable. La cabeza de la Columna se detiene y el periodista miope recuerda que le zumbaban los oídos, que las piernas le temblaban, que tenía llagados los labios. El Coronel lleva el caballo de la rienda y los oficiales se confunden con los soldados y los pisteros, pues la tierra los uniforma. Advierte la fatiga, la suciedad, la privación que lo rodean. Una docena de soldados se desgaja de las filas y a paso ligero vienen a cuadrarse ante el Coronel y el Mayor Cunha Matos. Quien los comanda es el joven oficial que trajo prisionero al cura de Cumbe. Lo oye chocar los tacos, repetir las instrucciones:

—Hacerme fuerte en Caracatá, cerrar la quebrada con fuego cruzado apenas comience el asalto. —Tiene el aire resuelto, saludable, optimista, que le ha visto en todos los momentos de la marcha—. No tema, Excelencia, ningún bandido escapará por Caracatá.

¿El pistero que se alineó junto al Sargento era el que guiaba a las patrullas a buscar agua? Él ha sido quien llevó a los soldados a la emboscada y el periodista miope piensa que está aquí, empapado, confuso y fantaseando, de puro milagro. El Coronel Moreira César lo ve sentado en tierra, rendido, acalambrado, con su tablero portátil sobre las rodillas:

—¿Quiere ir con la patrulla? En Caracatá estará más protegido que con nosotros.

¿Qué le hizo decir no, después de unos segundos de vacilación? Recuerda que el joven Sargento y él han conversado varias veces: le hacía preguntas sobre el *Jornal de Notícias* y su trabajo, Moreira César era la persona que más admiraba en el mundo —"Más aún que al Mariscal Floriano"— y, como él, creía que los políticos civiles eran una catástrofe para la República, fuente de corrupción y de división, y que sólo los hombres de espada y uniforme podían regenerar a la Patria envilecida por la monarquía.

¿Ha dejado de llover? El periodista miope se pone boca arriba, sin abrir los ojos. Sí, ya no gotea, esos alfilerazos de agua son obra del viento que barre la ladera. El cañoneo también ha cesado y la imagen del viejo periodista friolento sustituye en su mente a la del joven Sargento: sus cabellos entre blancos y amarillentos, su desencajada cara bondadosa, su bufanda, las uñas que se contemplaba como si estimularan la meditación. ¿Estará colgado de un árbol, también? No mucho después de la partida de la patrulla un mensajero viene a decir al Coronel que algo ocurre con los párvulos. ¡La compañía de los párvulos!, piensa. Está escrito, yace al fondo del bolsón sobre el que está echado para protegerlo de la lluvia, cuatro o cinco hojas relatan la historia de esos adolescentes, casi niños, que el Séptimo Regimiento recluta sin preguntarles la edad. ¿Por qué lo hace? Porque, según Moreira César, los niños tienen mejor puntería, nervios más firmes que los adultos. Él ha visto, ha hablado con esos soldados de catorce y quince años a los que llaman párvulos. Por eso, cuando escucha al mensajero decir que algo les ocurre, el periodista miope sigue al Coronel hacia la retaguardia. Media hora después los encuentran.

En las tinieblas mojadas, un escalofrío le corre de la cabeza a los pies. De nuevo suenan, muy fuertes, las cornetas y las campanas, pero él sigue viendo, en el sol del atardecer, a los ocho o diez niños-soldados, en cuclillas o tumbados sobre el cascajo. Las compañías de la retarguardia los van dejando atrás. Son los más jóvenes, parecen disfrazados, se los nota muertos de hambre y cansancio. Asombrado, el periodista miope descubre a su colega entre ellos. Un Capitán de bigotes, que parece víctima de sentimientos encontrados —piedad, cólera, indecisión— recibe al Coronel: se negaban a continuar, Excelencia, ¿qué debía hacer? El periodista trata afanosamente de persuadir a su colega: que se levante, que haga un esfuerzo. "No eran razones lo que necesitaba, piensa, si hubiera tenido un átomo de energía hubiera seguido." Recuerda sus piernas estiradas, la lividez de su cara, su respiración perruna. Uno de los niños lloriquea: prefieren que los haga matar, Excelencia, tienen los pies infectados, zumbidos en la cabeza, no darán un paso más. Solloza, con las manos como rezando, y, poco a poco, los que no lloraban también rompen a llorar, tapándose las caras y encogiéndose a los pies del Coronel. Recuerda la mirada de Moreira César, sus ojitos fríos pasando y volviendo a pasar sobre el grupo:

—Creí que se harían hombres más rápido en las filas. Se van a perder lo mejor de la fiesta. Me han defraudado, muchachos. Para no considerarlos desertores, les doy de baja. Entreguen sus armas y sus uniformes.

El periodista miope cede media ración de agua a su colega y ahí está la sonrisa con que éste se lo agradece, mientras los niños, apoyándose unos en otros, con manos flojas, se quitan las guerreras y los quepis y devuelven sus fusiles a los armeros.

—No se queden aquí, es demasiado descubierto —les dice Moreira César—. Traten de llegar al roquedal donde hicimos alto esta mañana. Escóndanse ahí hasta que pase alguna patrulla. La verdad, tienen pocas probabilidades.

Da media vuelta y regresa a la cabeza de la Columna. Su colega susurra a modo de despedida: "En la puerta del horno se quema el pan, joven amigo". Ahí está el viejo, con su bufanda absurda en el pescuezo, quedándose atrás, sentado como un monitor entre chiquillos semidesnudos que berrean. Piensa: "También ha llovido allá". Imagina la sorpresa, la felicidad, la resurrección que debió ser para el viejo y los chiquillos ese súbito chaparrón que envía el cielo segundos después de jorobarse y oscurecerse de nubarrones. Imagina la incredulidad, las sonrisas, las bocas abriéndose ávidas, gozosas, las manos formando cuencos para retener el agua, imagina a los muchachos abrazándose, poniéndose de pie, descansados, envalentonados, desmagullados. ¿Habrán reanudado la marcha, alcanzado tal vez a la retaguardia? Encogiéndose hasta tocar el mentón con las rodillas, el periodista miope se responde que no: su abatimiento y ruina física eran tales que ni siquiera la lluvia habrá sido capaz de levantarlos.

¿Cuántas horas dura ya esta lluvia? Ha comenzado al anochecer, cuando la vanguardia empieza a tomar posesión de las alturas de Canudos. Hay una explosión indescriptible en todo el Regimiento, soldados y oficiales saltan, se palmean, beben en sus quepis, se exponen con los brazos abiertos a las trombas del cielo, el caballo blanco del Coronel relincha, agita las crines, remueve los cascos en el fango que empieza a formarse. El periodista miope sólo atina a alzar la cabeza, a cerrar los ojos, a abrir la boca, las narices, incrédulo, extasiado por esas gotas que salpican sobre sus huesos y está así, tan absorto, tan dichoso, que no oye los disparos, ni los gritos del soldado que rueda por el suelo, a su costado, dando ayes de dolor y cogiéndose la cara. Cuando descubre el desbarajuste se agacha, levanta el tablero y el bolsón y se tapa la cabeza. Desde ese miserable refugio ve al Capitán Olimpio de Castro disparando su revólver y a soldados que corren en busca de abrigo o se arrojan al barro. Y entre las piernas enfangadas que se cruzan y descruzan ve —la imagen está detenida en su memoria como un daguerrotipo— al Coronel Moreira César cogiendo las riendas del caballo, saltando sobre la montura y, con el sable desenvainado, cargando, sin saber si es seguido, hacia la caatinga de donde han disparado. "Gritaba viva la República, piensa, viva el Brasil." En la plomiza luz, entre los chorros de agua y el viento que mece los árboles, oficiales y soldados echan a correr, coreando los gritos del Coronel, y —olvidando un instante el frío y la zozobra, el periodista del *Jornal de Notícias* se ríe, acordándose— se ve de pronto él también corriendo en medio de ellos, también hacia el bosque, también al encuentro del invisible enemigo. Recuerda haber pensado, mientras daba traspiés, que corría estúpidamente hacia un combate que no iba a librar. ¿Con qué lo hubiera librado? ¿Con su tablero portátil? ¿Con el bolsón de cuero donde lleva sus mudas y sus papeles? ¿Con su tintero vacío? Pero el enemigo, claro está, no aparece.

"Lo que apareció fue peor", piensa, y otro escalofrío lo atraviesa, como una lagartija por su espalda. En la cenicienta tarde que comienza a ser noche, vuelve a ver cómo el paisaje adquiere de pronto perfil fantasmagórico, con esos extraños frutos humanos colgados de las umburanas y la favela, y esas botas, vainas de sables, polacas, quepis, bailoteando de las ramas. Algunos cadáveres son ya esqueletos vaciados de ojos, vientres, nalgas, muslos, sexos, por los picotazos de los buitres o los mordiscos de los roedores y su desnudez resalta contra la grisura verdosa, espectral, de los árboles y el color pardo de la tierra. Detenido en seco por lo insólito del espectáculo, camina atontado entre esos restos de hombres y uniformes que adornan la caatinga. Moreira César ha desmontado y lo rodean los oficiales y soldados que cargaron tras él. Están petrificados. Un profundo silencio, una inmovilidad tirante han reemplazado el griterío y las carreras de hace un momento. Todos observan y, en las caras, al estupor, al miedo, van sucediendo la tristeza, la cólera. El joven Sargento rubio tiene la cabeza intacta —aunque sin ojos— y el cuerpo deshecho de cicatrices cárdenas, huesos salientes, bocas tumefactas que con el correr de la lluvia parecen sangrar. Se mece, suavemente. Desde ese momento, antes aún de espantarse y apiadarse, el periodista miope ha pensado lo que no puede dejar de pensar, lo que ahora mismo lo roe y le impide dormir: la casualidad, el milagro que lo salvaron de estar también ahí, desnudo, cortado, castrado por las facas de los yagunzos o los picos de los urubús, colgando entre los cactos. Alguien solloza. Es el Capitán Olimpio de Castro, que, con la pistola todavía en la mano, se lleva el brazo a la cara. En la penumbra, el periodista miope ve que otros oficiales y soldados también lloran por el Sargento rubio y sus soldados, a los que han comenzado a descolgar. Moreira César permanece allí, presenciando la operación que se hace a oscuras, con el rostro fruncido en una expresión de una dureza que no le ha visto hasta ahora. Envueltos en mantas, unos juntos a otros, los cadáveres son enterrados de inmediato, por soldados que presentan armas en la oscuridad y disparan una salva en su honor. Después del toque del corneta, Moreira César señala con la espada las laderas que tienen delante y pronuncia una arenga cortísima:

—Los asesinos no han huido, soldados. Están ahí, esperando el castigo. Ahora callo para que hablen las bayonetas y los fusiles.

Siente de nuevo el bramido del cañón, esta vez más cerca, y salta en el sitio, muy despierto. Recuerda que en los últimos días casi no ha estornudado, ni siquiera en esta humedad lluviosa, y se dice que por lo menos para eso le habrá servido la Expedición: la pesadilla de su vida, esos estornudos que enloquecían a sus compañeros de redacción y que lo tenían desvelado noches íntegras, han disminuido, tal vez desaparecido. Recuerda que comenzó a fumar opio no tanto para soñar como para dormir sin estornudos y se dice: "qué mediocridad". Se ladea y espía el cielo: es una mancha sin chispas. Está tan oscuro que no distingue las caras de los soldados tumbados junto a él, a derecha e izquierda. Pero oye su resuello, las palabras que se les escapan. Cada cierto tiempo, unos se levantan y otros vienen a descansar mientras los primeros suben a relevarlos en la cumbre. Piensa: será terrible. Algo que nunca podrá reproducir fielmente por escrito. Piensa: están llenos de odio, intoxicados por el deseo de venganza, por hacerles pagar la fatiga, el hambre, la sed, los caballos y las reses perdidos y, sobre todo, los cadáveres destrozados, vejados, de esos compañeros a los que vieron partir apenas unas horas antes a tomar Caracatá. Piensa: era lo que necesitaban para llegar al paroxismo. Ese odio es el que los ha hecho escalar las laderas rocallosas a un ritmo frenético, apretando los dientes, y el que debe tenerlos ahora insomnes, empuñando sus armas, mirando obsesivamente desde la cumbre las sombras de abajo donde están esas presas que, si al principio odiaban por deber, ahora odian personalmente, como enemigos a los que deben cobrar una deuda de honor.

Por el ritmo loco en que el Séptimo Regimiento ha escalado las colinas, no ha podido permanecer a la cabeza, junto al Coronel, el Estado Mayor y la escolta. Se lo han impedido la falta de luz, los tropezones, los pies hinchados, el corazón que parecía salírsele, las sienes que golpeaban. ¿Qué lo ha hecho resistir, incorporarse tantas veces, seguir trepando? Piensa: el miedo a quedarme solo, la curiosidad por lo que va a pasar. En una de esas caídas ha extraviado el tablero, pero un soldado con el cráneo rapado —rapan a los infectados de piojos— se lo alcanza poco después. Ya no tiene modo de usarlo, se le ha terminado la tinta y la última pluma de ganso se quebró la víspera. Ahora que ha cesado la lluvia, percibe ruidos diversos, un rumor de piedras, y se pregunta si, en la noche, las compañías siguen desplegándose a uno y otro lado, si están arrastrando los cañones y ametralladoras a un nuevo emplazamiento o si la vanguardia se ha lanzado ya cuesta abajo, sin esperar el día.

No lo han dejado rezagado, ha llegado antes que muchos soldados. Siente una alegría infantil, la sensación de haber ganado una apuesta. Esas siluetas sin facciones ya no avanzan, están afanosamente abriendo bultos, quitándose las mochilas. Desaparecen su fatiga, su angustia. Pregunta dónde está el comando, rebota en uno y otro grupo de soldados, va y viene hasta dar con la lona sostenida en estacas, iluminada por un candil débil. Es ya noche cerrada, sigue lloviendo a cántaros, y el periodista miope recuerda la seguridad, el alivio que ha sentido al acercarse gateando a la lona y ver a Moreira César. Está recibiendo partes, dando instrucciones, reina una actividad febril en torno a la mesita sobre la que chisporrotea la llama. El periodista miope se deja caer en el suelo, a la entrada, como otras veces, pensando que su postura, presencia, allí, son las de un perro y que es a un perro sin duda a lo que más debe asociarlo el Coronel Moreira César. Ve entrar y salir a oficiales salpicados de barro, oye discutir al Coronel Tamarindo con el Mayor Cunha Matos, dar órdenes a Moreira César. El Coronel está envuelto en una capa negra y, en la luz aceitosa, parece deforme. ¿Ha tenido una nueva crisis de su misteriosa enfermedad? Porque a su lado está el Doctor Souza Ferreiro.

—Que la artillería rompa el fuego —lo oye decir—. Que los Krupp les manden nuestras tarjetas de visita, para ablandarlos hasta el momento del asalto.

Cuando los oficiales comienzan a salir de la tienda, debe hacerse a un lado a fin de que no lo pisen.

—Que oigan el Toque del Regimiento —dice el Coronel al Capitán Olimpio de Castro.

Poco después el periodista miope oye el toque largo, lúgubre, funeral, que oyó al partir la Columna de Queimadas. Moreira César se ha puesto de pie y avanza, medio encogido en su capa, hasta la salida. Va dando la mano y deseando suerte a los oficiales que parten.

—Vaya, llegó usted hasta Canudos —le dice al verlo—. Le confieso que me asombra. Nunca creí que sería el único de los corresponsales en acompañarnos hasta aquí.

Y, de inmediato, desinteresado de él, se vuelve hacia el Coronel Tamarindo. El Toque de Carga y Degüello resuena en distintos puntos del contorno, por sobre la lluvia. En un silencio, el periodista miope escucha de pronto un rebato de campanas. Recuerda lo que pensó que todos pensaban: "La respuesta de los yagunzos". "Mañana almorzaremos en Canudos", oye decir al Coronel. Se le atolondra el corazón, pues mañana ya es hoy.

LO DESPIERTA un fuerte escozor: hileras de hormigas le recorrían ambos brazos, dejando un reguero de puntos rojos en su piel. Las aplastó a manazos mientras se sacudía la cabeza embotada. Observando el cielo gris, la luz que raleaba, Galileo Gall trató de calcular la hora. Siempre había envidiado en Rufino, en Jurema, en la Barbuda, en toda la gente de aquí, la seguridad con que, mediante un simple vistazo al sol o a las estrellas, podían saber a qué altura del día o de la noche se encontraban. ¿Cuánto había dormido? No mucho, pues Ulpino aún no volvía. Cuando vio las primeras estrellas se sobresaltó. ¿Le habría ocurrido algo? ¿Habría huido, temeroso de llevarlo hasta el mismo Canudos? Sintió frío, una sensación que le parecía no experimentar hacía siglos.

Horas después, en la clara noche, tuvo la certidumbre de que Ulpino no iba a volver. Se puso de pie y, sin saber qué pretendía, echó a andar por la dirección que señalaba el madero donde decía Caracatá. El caminito se disolvía en un laberinto de espinas que lo arañaron. Regresó al claro. Alcanzó a dormir, angustiado, con pesadillas que al amanecer recordaba confusamente. Tenía tanto hambre que estuvo un buen rato, olvidado del guía, masticando yerbas, hasta calmar el vacío de su vientre. Luego, exploró los alrededores, convencido de que no tenía más remedio que orientarse solo. Después de todo, no sería difícil; bastaba encontrar al primer grupo de peregrinos y seguirlos. ¿Pero, dónde estaban? Que Ulpino lo hubiera extraviado deliberadamente, le producía tanta angustia que, apenas aparecía en su cerebro esa sospecha, la expulsaba. Para abrirse paso en el bosque llevaba una gruesa rama y, prendida al hombro, su alforja. De pronto, rompió a llover. Ebrio de excitación, lamía las gotas que caían a su cara, cuando vio unas siluetas entre los árboles. Gritó, llamándolas, y corrió hacia ellas, chapoteando, diciéndose que por fin, cuando reconoció a Jurema. Y a Rufino. Se paró en seco. A través de una cortina de agua, advirtió la tranquilidad del rastreador y que llevaba a Jurema atada del pescuezo, como a un animal. Lo vio soltar la cuerda y divisó la cara asustada del Enano. Los tres lo miraban y se sintió desconcertado, irreal. Rufino tenía una faca en la mano; sus ojos parecían carbones.

—Por ti, no hubieras venido a defender a tu mujer —entendió que le decía, con más desprecio que rabia—. No tienes honor, Gall.

Sintió que se acentuaba la sensación de irrealidad. Alzó la mano que tenía libre e hizo un gesto pacificador, amistoso:

—No hay tiempo para esto, Rufino. Lo que pasó puedo explicártelo. Lo urgente ahora es otra cosa. Hay miles de hombres y mujeres que pueden ser sacrificados por un puñado de ambiciosos. Tu deber...

Pero se dio cuenta que hablaba en inglés. Rufino venía hacia él y Galileo comenzó a retroceder. El suelo era ya barro. Atrás, el Enano trataba de desanudar a Jurema. "No te voy a matar todavía", creyó entender, y que el rastreador iba a ponerle la mano en la cara para quitarle su honor. Tuvo ganas de reírse. La distancia entre ambos se iba acortando por segundos y pensó: "No entiende ni entenderá razones". El odio, como el deseo, anulaba la inteligencia y volvía al hombre puro instinto. ¿Iba a morir por esa estupidez, el hueco de una mujer? Seguía haciendo gestos apaciguadores y ponía una cara miedosa e implorante. A la vez, calculaba la distancia y, cuando lo tuvo próximo, súbitamente descargó contra Rufino el palo que empuñaba. El rastreador cayó al suelo. Escuchó gritar a Jurema, pero cuando ella llegó a su lado, había vuelto a golpear a Rufino un par de veces y éste, aturdido, había soltado la faca, que Gall recogió. Contuvo a Jurema, indicándole con un gesto que no iba a matarlo. Enfurecido, mostrando el puño al hombre caído, rugió:

—Ciego, egoísta, traidor a tu clase, mezquino, ¿no puedes salir de tu mundito vanidoso? El honor de los hombres no está en sus caras ni en el coño de las mujeres, insensato. Hay millares de inocentes en Canudos. Se está jugando la suerte de tus hermanos, compréndelo.

Rufino movía la cabeza, volviendo del desmayo.

—Trata tú de que entienda —gritó Gall a Jurema todavía, antes de marcharse. Ella lo miraba como si estuviera loco o no lo conociera. De nuevo tuvo una sensación de absurdo e irrealidad. ¿Por qué no había matado a Rufino? El imbécil lo perseguiría hasta el fin del mundo, era seguro. Corría, acezante, rasguñado por la caatinga, bajo trombas de agua, enlodándose, sin saber dónde iba. Conservaba el palo y la alforja, pero había perdido el sombrero y sentía las gotas rebotando en su cráneo. Un tiempo después, que podía ser unos minutos o una hora, se detuvo. Echó a andar, despacio. No había sendero alguno, ningún punto de referencia entre los matorrales y los cactos, y los pies se le hundían en el barro, frenándolo. Sentía que sudaba bajo el agua. Maldijo su suerte, en silencio. La luz se había ido apagando y le costaba creer que fuera ya el atardecer. Al fin, se dijo que estaba mirando a todos lados como si estuviera a punto de suplicar a esos árboles grises, estériles, de púas filudas en vez de hojas, que lo ayudaran. Hizo un gesto, entre compasivo y desesperado, y echó a correr de nuevo. Pero a los pocos metros dejó de hacerlo y permaneció en el sitio, crispado por la impotencia. Se le escapó un sollozo:

—¡Rufinoooo! ¡Rufinoooo! —gritó, llevándose las manos a la boca—. ¡Ven, ven, aquí estoy, te necesito! Ayúdame, llévame a Canudos, hagamos algo útil, no seamos estúpidos. Luego podrás vengarte, matarme, abofetearme. ¡Rufinoooo!

Escuchó el eco de sus gritos, entre el chasquido del agua. Estaba hecho una sopa, muerto de frío. Siguió andando, sin rumbo, moviendo la boca, golpeándose las piernas con el palo. Era el atardecer, pronto sería noche, todo esto era tal vez una simple pesadilla y el suelo cedió bajo sus pies. Antes de chocar contra el fondo, comprendió que había pisado una enramada que disimulaba un agujero. El golpe no lo hizo perder el sentido: la tierra estaba blanda por la lluvia. Se enderezó, se tocó brazos, piernas, la espalda adolorida. Buscó a tientas la faca de Rufino que se le había desprendido de la cintura y pensó que hubiera podido clavársela. Intentó escalar el hueco, pero sus pies resbalaban y volvía a caer. Se sentó en el suelo empapado, se apoyó en el muro y, con una especie de alivio, se durmió. Lo despertó un murmullo tenue, de ramas y hojas pisadas. Iba a gritar cuando sintió un soplo junto a su hombro y en la penumbra vio clavarse en la tierra un dardo de madera.

—¡No tiren! ¡No tiren! —gritó—. Soy un amigo, un amigo.

Hubo murmullos, voces, y siguió gritando hasta que un leño prendido se hundió en el pozo y tras la llama intuyó cabezas humanas. Eran hombres armados y cubiertos de mantones de yerbas. Se extendieron varias manos y lo izaron hasta la superficie. Había exaltación, felicidad, en la cara del Galileo Gall que los yagunzos examinaban, de pies a cabeza, a la luz de sus antorchas, chisporroteantes en la humedad de la lluvia reciente. Los hombres parecían disfrazados con sus caparazones de yerbas, los pitos de madera enroscados en el cuello, las carabinas, los machetes, las ballestas, las sartas de balas, los andrajos, los escapularios y detentes con el Corazón de Jesús. Mientras ellos lo miraban, olfateaban, con expresiones que decían la sorpresa que les producía ese ser que no lograban identificar dentro de las variedades de hombres conocidos, Galileo Gall les pedía con vehemencia que lo llevaran a Canudos: podía servirlos, ayudar al Consejero, explicarles las maquinaciones de que eran víctimas por obra de los políticos y militares corrompidos de la burguesía. Accionaba, para dar énfasis y elocuencia a sus palabras y llenar los vacíos de su media lengua, mirando a unos y otros con ojos desorbitados: tenía una vieja experiencia revolucionaria, camaradas, había combatido muchas veces al lado del pueblo, quería compartir su suerte.

—Alabado sea el Buen Jesús —le pareció entender que alguien decía.

¿Se burlaban de él? Balbuceó, se le trabó la lengua, luchó contra la sensación de impotencia que lo ganaba al darse cuenta que las cosas que decía no eran exactamente las que quería decir, las que ellos hubieran podido entender. Lo desmoralizaba, sobre todo, advertir en la indecisa luz de las antorchas que los yagunzos cambiaban miradas y gestos significativos y que le sonreían piadosamente, mostrándole sus bocas donde faltaban o sobraban dientes. Sí, parecían disparates, ¡pero tenían que creerle! Estaba aquí para ayudarlos, le había costado muchísimo llegar a Canudos. Gracias a ellos había renacido un fuego que el opresor creía haber extinguido en el mundo. Calló de nuevo, desconcertado, desesperado, por la actitud benévola de los hombres con mantones de yerbas en los que sólo adivinaba curiosidad y compasión. Quedó con las manos estiradas y sintió los ojos cargados de lágrimas. ¿Qué hacía aquí? ¿Cómo había llegado a meterse en esta trampa, de la que no iba a salir, creyendo que así ponía un granito de arena en la gran empresa de desbarbarizar el mundo? Alguien le aconsejaba que no tuviera miedo: eran sólo masones, protestantes, sirvientes del Anticristo, y el Consejero y el Buen Jesús valían más. El que le hablaba tenía una cara larga y unos ojos diminutos y deletreaba cada palabra: cuando hiciera falta, un rey llamado Sebastián saldría del mar y subiría a Belo Monte. No debía llorar, los inocentes habían sido tocados por el ángel y el Padre lo haría resucitar si los herejes lo mataban. Quería responderles que sí, que, por debajo del ropaje engañoso de las palabras que decían, era capaz de escuchar la contundente verdad de una lucha en marcha, entre el bien representado por los pobres y los sufridos y los expoliados y el mal que eran los ricos y sus ejércitos y que, al término de esa lucha, se abriría una era de fraternidad universal, pero no encontraba las palabras apropiadas y sentía que ahora lo palmeaban en el hombro, consolándolo, pues lo veían sollozar. Malentendía frases sueltas, el ósculo de los elegidos, alguna vez sería rico, y que debía rezar.

—Quiero ir a Canudos —pudo decir, cogiendo el brazo del que hablaba—. Llévenme con ustedes. ¿Puedo seguirlos?

—No puedes —le repuso uno, señalando hacia arriba—. Ahí están los perros. Te cortarían el pescuezo. Escóndete. Irás después, cuando estén muertos.

Le hicieron gestos de paz y se desvanecieron a su alrededor, dejándolo en medio de la noche, atontado, con una frase que resonaba en sus oídos como una burla: Alabado sea el Buen Jesús. Dio unos pasos, tratando de seguirlos, pero se le interpuso un bólido que lo derribó. Comprendió que era Rufino cuando ya estaba peleando con él y, mientras golpeaba y era golpeado, pensó que esos brillos azogados detrás de los yagunzos eran los ojos del rastreador. ¿Había esperado que aquéllos partieran para atacarlo? No cambiaban insultos mientras se herían, resollando en el lodo de la caatinga. De nuevo llovía y Gall oía el trueno, el chasquido del agua y, de algún modo, esta violencia animal lo libraba de la desesperación y daba un momentáneo sentido a su vida. Mientras mordía, pateaba, rasguñaba, cabeceaba, oía los gritos de una mujer que sin duda era Jurema llamando a Rufino y, mezclado, el alarido del Enano llamando a Jurema. Pero de pronto todos los ruidos quedaron sumergidos por un estallido de cornetas, multiplicado, que provenía de la altura y por un repique de campanas que le contestaba. Fue como si esas cornetas y campanas, cuyo sentido presentía, lo ayudaran; ahora luchaba con más bríos, sin experimentar fatiga ni dolor. Caía y se levantaba, sin saber si lo que sentía chorrear sobre su piel era sudor, lluvia o sangre de heridas. Bruscamente, Rufino se le fue de entre las manos, se hundió, y escuchó el ruido de su cuerpo al chocar en el fondo del pozo. Permaneció tendido, jadeando, tentando con la mano el borde que había decidido la lucha, pensando que era la primera cosa favorable que le sucedía en varios días.

—¡Prejuicioso! ¡Insensato! ¡Vanidoso! ¡Terco! —gritó, ahogándose—. No soy tu enemigo, tus enemigos son los que tocan esas cornetas. ¿No las oyes? Eso es más importante que mi semen, que el coño de tu mujer, donde has puesto tu honor, como un burgués imbécil.

Se dio cuenta que, de nuevo, había hablado en inglés. Con esfuerzo, se puso de pie. Llovía a cántaros y el agua que recibía con la boca abierta le hacía bien. Cojeando, porque, tal vez al caer al pozo, tal vez en la pelea, se había herido una pierna, avanzó por la caatinga, sintiendo las ramas y astillas de los árboles, tropezando. Trataba de orientarse por los toques elegíacos, mortuorios, de las cornetas, o por las solemnes campanas, pero los sonidos parecían itinerantes. Y en eso algo se prendió de sus pies y lo hizo rodar, sentir barro en los dientes. Pateó, tratando de zafarse, y oyó gemir al Enano. Aferrado a él, aterrado, chillaba:

—No me abandones, Gall, no me dejes solo. ¿No sientes esos roces? ¿No ves lo que son, Gall?

Volvió a sentir esa sensación de pesadilla, de fantasía, de absurdo. Recordó que el Enano perforaba la oscuridad y que a veces la Barbuda le decía gato y lechuza. Estaba tan cansado que seguía tumbado, sin apartar al Enano, oyéndolo lloriquear que no quería morir. Le puso una mano en la espalda y se la sobó, mientras se esforzaba por oír. No cabía duda: eran cañonazos. Los había venido oyendo, espaciados, pensando que eran redobles de tambor, pero ahora estaba seguro que eran explosivos. De cañones sin duda pequeños, acaso morteros, pero que, por supuesto, volatilizarían Canudos. La fatiga era demasiado grande y, por desmayo o sueño, perdió la conciencia.

Despertó temblando de frío en una debilísima claridad. Oyó el castañeteo de dientes del Enano y vio sus ojos girando espantados en las órbitas. El hombrecito debía haber dormido apoyándose sobre su pierna derecha, que sentía entumecida. Fue recobrando la conciencia, parpadeó, miró: vio, colgados de los árboles, restos de uniformes, quepis, zapatones, capotes, cantimploras, mochilas, vainas de sables y de bayonetas, y unas toscas cruces. Eran los colgajos de los árboles lo que el Enano miraba hechizado, como si no viera esas prendas sino los fantasmas de quienes los vistieron. "Por lo menos a ésos los derrotaron", pensó.

Escuchó. Sí, otro cañonazo. Había dejado de llover hacía horas, pues a su alrededor todo estaba seco, pero el frío le mordía los huesos. Débil, adolorido, consiguió ponerse de pie. Descubrió en su cintura la faca y pensó que ni siquiera se le había ocurrido usarla mientras luchaba contra el rastreador. ¿Por qué no había querido matarlo tampoco esta segunda vez? Oyó, ahora sí muy claro, otro cañonazo, y una algarabía de cornetas, ese sonido lúgubre que parecía toque de difuntos. Como en sueños, vio aparecer a Rufino y Jurema entre los arbustos. El rastreador estaba malherido, o exhausto, pues se apoyaba en ella, y Gall supo que Rufino había pasado la noche buscándolo, incansable, por la oscuridad del bosque. Sintió odio por esa tozudez, por esa decisión rectilínea e inconmovible de matarlo. Se miraban a los ojos y él estaba trémulo. Sacó la faca de su cintura y señaló hacia donde venía el toque de cornetas:

—¿Oyes? —silabeó—. Tus hermanos reciben metralla, mueren como moscas. Tú me impediste llegar allá y morir con ellos. Tú has hecho de mí un payaso estúpido...

Rufino tenía en la mano una suerte de puñal de madera. Lo vio soltar a Jurema, empujarla, agazaparse para embestir:

—Qué clase de bicho eres, Gall —lo oyó decir—. Hablas mucho de los pobres, pero traicionas al amigo y ofendes la casa donde te dan hospitalidad.

Lo calló, lanzándose contra él, ciego de furia. Habían comenzado a destrozarse y Jurema los miraba, estupidizada de angustia y fatiga. El Enano se dobló en dos.

—No moriré por las miserias que hay en mí, Rufino —rugía Gall—. Mi vida vale más que un poco de semen, infeliz.

Estaban revolcándose en el suelo cuando aparecieron dos soldados, corriendo. Se detuvieron en seco al verlos. Iban con el uniforme medio roto, uno de ellos sin zapatos, con los fusiles listos. El Enano se tapó la cabeza. Jurema corrió hacia ellos, se les interpuso, les rogó:

—No disparen, no son yagunzos...

Pero los soldados dispararon a quemarropa sobre los dos adversarios y se abalanzaron luego sobre ella, bufando, y la arrastraron hacia unos matorrales secos. Malheridos, el rastreador y el frenólogo seguían peleando.

"TENDRÍA que estar contenta, pues significa que el sufrimiento del cuerpo terminará, que veré al Padre y a la Santísima", pensó María Quadrado. Pero el miedo la traspasaba y hacía esfuerzos para que las beatas no lo advirtieran. Si ellas notaban su miedo, se contagiarían y la armazón dedicada al cuidado del Consejero se haría viento. Y en las próximas horas, estaba segura, el Coro Sagrado sería más necesario que nunca. Pidió perdón a Dios por su cobardía y trató de rezar, como lo hacía y había instruido a las beatas que lo hicieran, mientras el Consejero celebraba reunión con los apóstoles. Pero no pudo concentrarse en el Credo. Joáo Abade y Joáo Grande ya no insistían en llevarlo al refugio, pero el Comandante de la Calle trataba de disuadirlo de recorrer las trincheras: la guerra podía sorprenderlo al aire libre, sin protección alguna, padre.

El Consejero no discutía nunca y ahora tampoco lo hizo. Retiró la cabeza del León de Natuba de sus rodillas y la colocó en el suelo, donde el escriba siguió durmiendo. Se puso de pie y Joáo Abade y Joáo Grande también se incorporaron. Había enflaquecido aún más en los últimos días y parecía más alto. María Quadrado se estremeció al ver lo adolorido que estaba: tenía arrugados los ojos, entreabierta la boca y había en ese rictus como una adivinación terrible. Decidió instantáneamente acompañarlo. No siempre lo hacía, sobre todo en las últimas semanas, cuando, por la aglomeración en las estrechas calles, la Guardia Católica debía formar una muralla tal en torno al Consejero que a ella y a las beatas les resultaba difícil mantenerse cerca de él. Pero ahora sintió, de manera perentoria, que debía ir. Hizo una seña y las beatas se amontonaron a su alrededor. Salieron detrás de los hombres, dejando dormido en el Santuario al León de Natuba.

La aparición del Consejero en la puerta del Santuario tomó tan de sorpresa a las gentes allí apiñadas que no tuvieron tiempo de cerrarle el paso. A una señal de Joáo Grande, los hombres con brazaletes azules que se hallaban en la explanada, entre la iglesita de San Antonio y el Templo en construcción, poniendo orden en los peregrinos recién llegados, corrieron a rodear al santo, que avanzaba ya por la callejuela de los Mártires hacia la bajada de Umburanas. Mientras trotaba, rodeada de las beatas, detrás del Consejero, María Quadrado recordó su travesía de Salvador a Monte Santo, y aquel muchacho que la violó, por el que había sentido compasión. Era un mal síntoma: sólo recordaba el mayor pecado de su vida cuando se hallaba muy abatida. Se había arrepentido de ese pecado incontables veces y lo había confesado en público y a los oídos de los párrocos y hecho por él toda clase de penitencias. Pero la culpa estaba siempre en el fondo de su memoria, desde donde venía a torturarla periódicamente.

Se daba cuenta de que, entre los vítores al Consejero, había voces que la nombraban —¡Madre María Quadrado! ¡Madre de los Hombres!—, que preguntaban por ella y la señalaban. Esa popularidad le parecía trampa del diablo. Al principio, se dijo que esos que le pedían intercesiones eran romeros de Monte Santo, que la habían conocido allá. Pero al cabo comprendió que la veneración de que era objeto se debía a los años que llevaba sirviendo al Consejero, que la gente creía que éste la había impregnado con su santidad.

El movimiento febril, los preparativos que veía en los vericuetos y casuchas apiñadas de Belo Monte, fueron apartando a la Superiora del

Coro Sagrado de su preocupación. Esas palas y azadas, esos martillazos, eran preparativos de guerra. El pueblo estaba transformándose como si fuera a combatirse en cada casa. Vio que había hombres levantando sobre los techos esos tabladillos aéreos que había visto en las caatingas, entre los árboles, desde donde los tiradores acechaban a los tigres. Aun en el interior de las viviendas, hombres, mujeres y niños que interrumpían su tarea para persignarse, abrían fosos o llenaban sacos de tierra. Y todos tenían carabinas, trabucos, picas, palos, facas, collares de balas, o cargaban guijas, fierros, pedruscos.

La bajada de Umburanas, que se abría a ambas orillas de un riacho, estaba irreconocible. Los de la Guardia Católica tuvieron que guiar a las beatas por ese campo cribado, entre los fosos que proliferaban. Porque, además de la trinchera que había visto cuando la última procesión llegó hasta allí, había ahora, por doquier, huecos excavados en la tierra, de uno o dos ocupantes, con parapetos de piedra para resguardar las cabezas y apoyar el fusil.

La llegada del Consejero causó gran alborozo. Los que cavaban o cargaban corrieron a escucharlo. María Quadrado, al pie de la carreta donde trepó el santo, detrás de una doble valla de la Guardia Católica, podía ver en la trinchera decenas de hombres armados, algunos dormidos en posturas absurdas y que no despertaban pese al alboroto. Los imaginó toda la noche velando, vigilando, trabajando, preparando la defensa de Belo Monte contra el Gran Perro y sintió ternura por todos, deseo de limpiarles las frentes, de darles agua y panes recién horneados y decirles que por esa abnegación la Santísima Madre y el Padre les perdonarían todas sus culpas.

El Consejero se había puesto a hablar, acallando los ruidos. No hablaba de los perros ni de los elegidos, sino de las tempestades de dolor que se levantaron en el Corazón de María cuando, respetuosa de la ley de los judíos, llevó a su hijo al Templo, a los ocho días de nacido, para que sangrara en la ceremonia de la circuncisión. Describía el Consejero, con un acento que llegaba al alma de María Quadrado —y podía ver que todos estaban igual de conmovidos—, cómo el Niño Jesús, recién circuncidado, extendía hacia la Santísima sus brazos, reclamando consuelo, y cómo sus balidos de corderito penetraban en el alma de la Señora y la supliciaban, cuando rompió a llover. El murmullo, la gente que cayó de hinojos ante esa prueba de que también los elementos se enternecían con lo que evocaba el Consejero, dijeron a María Quadrado que los hermanos y hermanas comprendían que acababa de ocurrir un milagro. "¿Es una señal, Madre?", murmuró Alejandrinha Correa. Ella asintió. El Consejero decía que era preciso oír cómo gimió María al ver tan linda flor bautizada de sangre en el alborear de su preciosa vida, y que ese llanto era símbolo del que a diario lloraba la Señora por los pecados y cobardías de los hombres que, como el sacerdote del

Templo, hacen sangrar a Jesús. En eso llegó el Beatito, seguido por un cortejo que traía las imágenes de las iglesias y la urna con el rostro del Buen Jesús. Entre los recién venidos llegó, casi perdido, curvo como una hoz, empapado, el León de Natuba. El Beatito y el escriba fueron levantados en peso por la Guardia Católica al sitio que les correspondía.

Cuando se reanudó la procesión, hacia el Vassa Barris, la lluvia había convertido la tierra en lodazal. Los elegidos chapoteaban y se embarraban y en pocos momentos las imágenes, estandartes, palios y banderas fueron manchas y bultos plomizos. Encaramado en un altar de barriles, el Consejero, mientras la lluvia erupcionaba la superficie del río, habló, en voz que apenas alcanzaban a oír los más próximos, pero que éstos repetían a los de atrás y éstos a los de más atrás en una cadena de ondas concéntricas, de algo que era, tal vez, la guerra.

Refiriéndose a Dios y a su Iglesia dijo que el cuerpo debía estar unido en todo a su cabeza, o no sería cuerpo vivo ni viviría la vida de la cabeza, y María Quadrado, los pies hundidos en el fango cálido, sintiendo contra sus rodillas el carnerito que Alejandrinha Correa tenía de la cuerda, entendió que hablaba de la indisoluble unión que debía haber entre los elegidos y él y el Padre, el Hijo y el Divino en la batalla. Y bastaba ver las caras del contorno para saber que todos entendían, como ella misma, que estaba pensando en ellos cuando decía que el buen creyente tenía la prudencia de la serpiente y la sencillez de la paloma. María Quadrado tembló al escucharlo salmodiar: "Me derramo como agua y todos mis huesos se han descoyuntado. Mi corazón se ha vuelto de cera y se está derritiendo en mis entrañas". Lo había oído canturrear ese mismo Salmo hacia ¿cuatro, cinco años? en las alturas de Masseté, el día del enfrentamiento que puso fin a las peregrinaciones.

La muchedumbre continuó detrás del Consejero a lo largo del Vassa Barris, por esos campos que los elegidos habían labrado, llenado de maíz, de mandioca, de pasto, de cabras, de chivos, de ovejas, de vacas. ¿Iba a desaparecer todo eso, arrasado por la herejía? Vio fosos también en medio de los señoríos, con hombres armados. El Consejero, desde un montículo, hablaba explícitamente de la guerra. ¿Vomitarían agua en vez de balas los fusiles de los masones? Ella sabía que las palabras del Consejero no debían tomarse en sentido literal, porque a menudo eran comparaciones, símbolos difíciles de descifrar, que sólo podían identificarse claramente con los hechos cuando éstos ocurrían. Había cesado de llover y encendieron antorchas. Un olor fresco dominaba la atmósfera. El Consejero explicó que el caballo blanco del Cortapescuezos no era novedad para el creyente, pues ¿no estaba escrito en el Apocalipsis que vendría y que su jinete llevaría un arco y una corona para vencer y conquistar? Pero sus conquistas cesarían a las puertas de

Belo Monte por intercesión de la Señora.

Y así continuó, de la salida a Geremoabo a la de Uauá, del Cambaio a la entrada de Rosario, de la ruta de Chorrochó al Curral de Bois, llevando a hombres y mujeres el fuego de su presencia. En todas las trincheras se detuvo y en todas era recibido y despedido con vítores y aplausos. Fue la más larga de las procesiones que María Quadrado recordaba, entre chaparrones y períodos de calma, altibajos que correspondían a los de su espíritu, que, a lo largo del día, pasó, como el cielo, del pánico a la serenidad y del pesimismo al entusiasmo.

Era ya noche y en la salida de Cocorobó el Consejero diferenció a Eva, en la que predominaban la curiosidad y la desobediencia, de María, toda amor y servidumbre y quien nunca hubiera sucumbido a la tentación del fruto prohibido que desgració a la humanidad. En la rala luz, María Quadrado veía al Consejero, entre João Abade, João Grande, el Beatito, los Vilanova, y pensaba que, así como ella, habría visto María Magdalena, allá en Judea, al Buen Jesús y a sus discípulos, hombres tan humildes y buenos como éstos, y habría pensado, como ella en este instante, qué generoso era el Señor que eligió, para que la historia cambiara de rumbo, no a los ricos dueños de tierras y de capangas, sino a un puñado de humildísimos seres. Se dio cuenta que el León de Natuba no estaba entre los apóstoles. Su corazón dio un vuelco. ¿Habría caído, sido pisoteado, yacería en el suelo fangoso, con su cuerpecillo de niño y sus ojos de sabio? Se insultó por no haberlo cuidado y ordenó a las beatas que lo buscaran. Pero en esa masa apenas podían moverse.

Al regresar, María Quadrado pudo acercarse a João Grande y estaba diciéndole que había que encontrar al León de Natuba, cuando estalló el primer cañonazo. La muchedumbre se detuvo a escuchar y muchos exploraban el cielo, desconcertados. Pero tronó otro cañonazo y vieron saltar, en astillas y brasas, una vivienda del sector del cementerio. En la estampida que se produjo alrededor, María Quadrado sintió que algo informe buscaba refugio contra su cuerpo. Reconoció al León de Natuba por las crenchas y la mínima osatura. Lo abrazó, lo apretó, lo besó tiernamente, susurrándole: "Hijo mío, hijito, te creía perdido, tu madre está feliz, feliz". Desordenaba más la noche un toque de clarines, a' lo lejos, largo y lúgubre. El Consejero seguía avanzando, al mismo paso, hacia el corazón de Belo Monte. Tratando de escudar al León de Natuba de los empellones, María Quadrado quiso pegarse al anillo de hombres que, pasado el primer momento de confusión, se cerró de nuevo en torno al Consejero. Pero las caídas y remezones los rezagaron y llegaron a la explanada de las iglesias cuando estaba cubierta de gente. Sobresaliendo entre los gritos de los que se llamaban o pedían protección al cielo, el vozarrón de João Abade ordenó que se apagaran todos los mecheros de Canudos. Pronto, la ciudad fue un foso de tinieblas en el que María Quadrado no distinguía ni las facciones del escriba.

"Se me ha quitado el miedo", pensó. Había comenzado la guerra, en cualquier momento otro cañonazo podía caer aquí mismo y convertirlos a ella y al León en el amasijo de músculos y huesos que debían ser los habitantes de la casa destruida. Y sin embargo ya no tenía miedo. "Gracias, Padre, Señora", rezó. Abrazando al escriba, se dejó caer al suelo, igual que otra gente. Trató de percibir el tiroteo. Pero no había disparos. ¿Por qué esta oscuridad, entonces? Había hablado en voz alta, pues la voz viva del León de Natuba le repuso: "Para que no puedan apuntarnos, Madre".

Las campanas del Templo del Buen Jesús retumbaron y su palabra metálica apagó los clarines con que el Perro pretendía atemorizar a Belo Monte. Fue como un vendaval de fe, de alivio, ese revuelo de campanas que duraría el resto de la noche. "Él está arriba, en el campanario", dijo María Quadrado. Hubo un rugido de reconocimiento, de afirmación, en la multitud reunida en la plaza, al sentirse bañada por el tañido desafiante, revitalizador, de las campanas. Y María Quadrado pensó en la sabiduría del Consejero que supo, en medio del espanto, dar orden y esperanza a los creyentes.

Un nuevo cañonazo iluminó con luz amarilla el espacio de la plaza. La explosión levantó y volvió al suelo a María Quadrado, y resonó en su cerebro. En el segundo de luz alcanzó a ver las caras de las mujeres y los niños que miraban el cielo como si vieran el infierno. Se le ocurrió de pronto que los trozos y objetos que había visto por los aires eran la casa del zapatero Eufrasio, de Chorrochó, que vivía junto al cementerio con un enjambre de hijas, entenados y nietos. Un silencio siguió al cañonazo y esta vez no hubo carreras. Las campanas repicaban con la misma alegría. Le hacía bien sentir al León de Natuba apretándose como si quisiera esconderse dentro de su viejo cuerpo.

Hubo una agitación, sombras que se abrían paso gritando "¡Aguateros! ¡Aguateros!" Reconoció a Antonio y Honorio Vilanova y comprendió adonde iban. Hacía dos o tres días, el ex-comerciante había explicado al Consejero que, entre los preparativos, instruyó a los aguateros para que en caso de combate recogieran a los heridos y los llevaran a las Casas de Salud y arrastraran a los muertos a un establo, convertido en Morgue, para darles después un entierro cristiano. Convertidos en enfermeros y sepultureros, los repartidores de agua comenzaban a trabajar. María Quadrado rezó por ellos, pensando: "Todo pasa como estaba anunciado".

Alguien lloraba, no muy lejos. En la plaza, por lo visto, sólo había niños y mujeres. ¿Dónde estaban los hombres? Debían haber corrido a treparse a los palenques, a agazaparse en las trincheras y parapetos, y estarían ahora detrás de João Abade, de Macambira, de Pajeú, de João

Grande, de Pedrão, de Taramela y los otros jefes, con sus carabinas y fusiles, con sus picas, facas, machetes y garrotes, escudriñando las tinieblas en espera del Anticristo. Sintió gratitud, amor, por esos hombres que iban a recibir la mordedura del Perro y tal vez a morir. Rezó por ellos, arrullada por las campanas de la torre.

Y así transcurrió la noche, entre rápidos aguaceros cuyos truenos silenciaban al campanario y espaciados cañonazos que venían a pulverizar una o dos chozas y a provocar un incendio que el siguiente aguacero extinguía. Una nube de humo, que hacía arder la garganta y los ojos, se extendió por la ciudad y María Quadrado, en su adormecimiento, con el León de Natuba en brazos, sentía toser y escupir. De pronto, la removieron. Abrió los ojos y se vio rodeada por las beatas del Coro Sagrado, en una luz todavía débil, que luchaba con la sombra. El León de Natuba dormía, apoyado en sus rodillas. Las campanas seguían sonando. Las beatas la abrazaban, la habían estado buscando, llamándola en la oscuridad, y ella apenas podía oírlas por la fatiga y el entumecimiento. Despertó al León: sus grandes ojos la miraron, brillantes, desde detrás de la selva de crenchas. Trabajosamente, se pusieron de pie.

Parte de la plaza se había despejado y Alejandrinha Correa le explicó que Antonio Vilanova había ordenado que las mujeres que no cupieran en las iglesias fueran a sus casas, a meterse en los agujeros, porque ahora que viniera el día las explosiones barrerían la explanada. Rodeados de las beatas, el León de Natuba y María Quadrado avanzaron hasta el Templo del Buen Jesús. La Guardia Católica las hizo entrar. En el entramado de vigas y paredes a medio erigir, estaba aún oscuro. La Superiora del Coro Sagrado vio, además de mujeres y niños acurrucados, muchos hombres en armas, y a João Grande, corriendo con una carabina y sartas de balas en los hombros. Se sintió empujada, arrastrada, guiada hacia los andamios con racimos de gentes que espiaban el exterior. Subió, ayudada por brazos musculosos, oyendo que le decían Madre, sin soltar al León, que a ratos se le escurría. Antes de alcanzar el campanario, escuchó un nuevo cañonazo, muy lejano.

Por fin, en el rellano de las campanas, vio al Consejero. Estaba de rodillas, rezando, dentro de una barrera de hombres que no dejaban cruzar a nadie la escalerilla. Pero a ella y al León los hicieron pasar. Se echó en el suelo y besó los pies del Consejero que habían perdido las sandalias y eran una costra de barro seco. Cuando se incorporó notó que aclaraba rápidamente. Se acercó al alféizar de piedra y madera y, pestañeando, vio, en las colinas, una mancha gris, azulada, rojiza, con brillos, que bajaba hacia Canudos. No preguntó a los hombres ceñudos y silenciosos que se turnaban para tocar las campanas qué era esa mancha, porque su corazón le dijo que eran los perros. Ya estaban viniendo, ahítos de odio, a Belo Monte, para perpetrar una nueva matanza de inocentes.

"No me van a matar", piensa Jurema. Se deja arrastrar por los soldados que la cogen férreamente de las muñecas y la internan, a jalones, en el laberinto de ramas, espinas, troncos y barro. Resbala y se incorpora, echando una mirada de disculpas a los hombres de uniformes rotosos, en cuyos ojos y labios entreabiertos percibe aquello que aprendió a conocer esa mañana en que cambió su vida, en Queimadas, cuando, luego del tiroteo, Galileo Gall se abalanzó sobre ella. Piensa, con serenidad que la asombra: "Mientras tengan esa mirada, mientras quieran eso, no me matarán". Olvida a Rufino y a Gall y sólo piensa en salvarse, en demorarlos, complacerlos, rogarles, en hacer lo que haga falta para que no la maten. Vuelve a resbalar y esta vez uno la suelta y cae sobre ella, de rodillas, con las piernas abiertas. El otro también la suelta y se retira un paso para mirar, excitado. El que está sobre ella blande el fusil, advirtiéndole que le triturará la cara si grita, y ella, lúcida, obediente, instantáneamente se ablanda y permanece quieta y mueve la cabeza con suavidad para tranquilizarlo. Es la misma mirada, la misma expresión bestial, hambrienta, de esa vez. Con los ojos entrecerrados lo ve escarbar en el pantalón, abrírselo, mientras con la mano que acaba de soltar el fusil trata de levantarle la falda. Lo ayuda, encogiéndose, alargando una pierna, pero aún así el hombre se estorba y termina dando tirones. En su cabeza chisporrotean toda clase de ideas y oye también truenos, cornetas, campanas, detrás del jadeo del soldado. Está tendido sobre ella, golpeándola con uno de sus codos hasta que ella entiende y aparta la pierna que lo molesta y ahora siente, entre sus muslos, la verga dura, mojada, pugnando por entrar en ella. Se siente asfixiada por el peso y cada movimiento del hombre parece romperle un hueso. Hace un inmenso esfuerzo para no delatar la repugnancia que la invade cuando la cara con barba se refriega contra la suya, y una boca verdosa por las yerbas que todavía mastica se aplasta contra su boca y empuja, obligándola a separar los labios para hundirle ávidamente una lengua que se afana contra la suya. Está tan pendiente de no hacer nada que pueda irritarlo que no ve llegar a los hombres cubiertos con mantones de yerbas, ni se da cuenta que ponen una faca al soldado en el pescuezo y de un puntapié se lo sacan de encima. Sólo cuando respira de nuevo y se siente libre, los ve. Son veinte, treinta, quizá más y ocupan toda la caatinga del rededor. Se inclinan, le acomodan la falda, la cubren, la ayudan a sentarse, a ponerse de pie. Oye palabras afectuosas, ve caras que se esfuerzan por ser amables.

Le parece despertar, volver de un viaje larguísimo, y no han pasado sino pocos minutos desde que los soldados cayeron sobre ella. ¿Qué ha sido de Rufino, de Gall, del enano? En sueños los recuerda peleando, recuerda a los soldados disparándoles. Al soldado que le sacaron de encima lo está interrogando, a pocos pasos, un caboclo bajo y macizo, ya maduro, cuyos rasgos amarillo-cenizos corta brutalmente una cicatriz, entre la boca y los ojos. Piensa: Pajeú. Siente miedo, por primera vez en el día. El soldado ha puesto cara de terror, contesta a toda velocidad lo que le preguntan e implora, ruega, con ojos, boca, manos, pues mientras Pajeú lo interroga otros van desnudándolo. Le quitan la guerrera rotosa, el pantalón deshilachado, sin maltratarlo, y Jurema —sin alegrarse ni entristecerse, siempre como si estuviera soñando— ve que, una vez desnudo, a un simple gesto de ese caboclo del que se cuentan historias tan terribles, los yagunzos le hunden varias facas, en el vientre, en la espalda, en el cuello, y que el soldado se desploma sin tiempo siquiera de gritar. Ve que uno de los yagunzos se inclina, coge el sexo ahora chato y minúsculo del soldado, se lo corta de un tajo y con el mismo movimiento se lo embute en la boca. Limpia luego su cuchillo en el cadáver y se lo guarda en el cinto. No siente pena ni alegría ni asco. Se da cuenta que el caboclo sin nariz le habla:

—¿Vienes sola a Belo Monte o con otros peregrinos? —Pronuncia lentamente, como si no pudiera entenderle, oírlo—. ¿De dónde eres?

Le cuesta hablar. Balbucea, con voz que le parece de otra mujer, que viene de Queimadas.

—Largo viaje —dice el caboclo, examinándola de arriba a abajo, con curiosidad—. Y por el mismo camino que los soldados, además.

Jurema asiente. Tendría que agradecerle, decirle algo amable por haberla rescatado, pero Pajeú le inspira demasiado miedo. Todos los otros yagunzos la rodean y con sus mantones de yerbas, sus armas, sus pitos, le dan la impresión de no ser de carne y hueso sino de cuento o pesadilla.

—No puedes entrar a Belo Monte por aquí —le dice Pajeú, con una mueca que debe ser su sonrisa—. Hay protestantes en esos cerros. Da la vuelta, más bien, hasta el camino de Geremoabo. Por ahí no hay soldados.

—Mi marido —murmura Jurema, señalando el bosque.

La voz se le corta en un sollozo. Echa a andar, angustiada, devuelta a lo que ocurría cuando llegaron los soldados, y reconoce de pronto al otro, el que miraba esperando su turno: es el cuerpo desnudo, sanguinolento, colgado de un árbol, que bailotea junto a su uniforme también prendido de las ramas. Jurema sabe donde ir porque un rumor la guía y, en efecto, a los pocos momentos descubre, en ese sector de la caatinga decorado con uniformes, a Galileo Gall y a Rufino. Tienen el color de la tierra barrosa, deben estar moribundos pero siguen luchando. Son dos piltrafas anudadas, se golpean con las cabezas, con los pies, se muerden y se arañan, pero tan despacio como si estuvieran jugando. Jurema se detiene frente a ellos y el caboclo y los yagunzos forman un círculo y observan la pelea. Es un combate que termina, dos formas embarradas, irreconocibles, inseparables, que apenas se mueven y no dan señales de saber que están rodeados por docenas de recién venidos. Jadean, sangran, arrastran jirones de ropas.

—Tú eres Jurema, tú eres la mujer del pistero de Queimadas —dice a su lado Pajeú, con animación—. O sea que te encontró. O sea que encontró al pobre de espíritu que estaba en Calumbí.

—Es el alunado que cayó anoche en la trampa —dice alguien, desde el otro lado del círculo—. El que tenía tanto terror a los soldados.

Jurema siente una mano entre las suyas, pequeñita, regordeta, que aprieta con fuerza. Es el Enano. La mira con alegría y esperanza, como si ella fuera a salvarle la vida. Está embarrado y se le pega.

—Páralos, páralos, Pajeú —dice Jurema—. Salva a mi marido, salva a...

—¿Quieres que salve a los dos? —se burla Pajeú—. ¿Quieres quedarte con los dos?

Jurema oye que otros yagunzos ríen también por lo que ha dicho el caboclo sin nariz.

—Es cosa de hombres, Jurema —le explica Pajeú, con calma—. Tú los metiste en eso. Déjalos donde los pusiste, que resuelvan su negocio como dos hombres. Si tu marido se salva te matará y si muere su muerte caerá sobre ti y tendrás que dar cuenta al Padre. En Belo Monte el Consejero te aconsejará para que te redimas. Ahora márchate porque aquí se viene la guerra. ¡Alabado sea el Buen Jesús Consejero!

La caatinga se mueve y en segundos los yagunzos desaparecen entre la favela. El Enano sigue apretándole la mano y mirando, como ella. Jurema ve que Gall tiene un cuchillo medio hundido en el cuerpo, a la altura de las costillas. Oye, siempre, clarines, campanas, pitos. De pronto, el forcejeo cesa pues Gall, dando un rugido, rueda a unos metros de Rufino. Jurema lo ve coger la faca y arrancársela, con un nuevo rugido. Mira a Rufino quien lo mira también, desde el barro, con la boca abierta y una mirada sin vida.

—Todavía no me has puesto la mano en la cara —oye decir a Galileo, que llama a Rufino con la mano que tiene el cuchillo.

Jurema ve que Rufino asiente y piensa: "Se entienden". No sabe qué quiere decir lo que ha pensado pero lo siente muy cierto. Rufino se arrastra hacia Gall, muy despacio. ¿Va a llegar hasta él? Se empuja con los codos, con las rodillas, frota la cara contra el barro, como una lombriz, y Gall lo alienta, moviendo el cuchillo. "Cosas de hombres", piensa Jurema. Piensa: "La culpa caerá sobre mí". Rufino llega junto a Gall, quien trata de clavarle la faca, mientras el pistero lo golpea en la cara. Pero la bofetada pierde fuerza al tocarlo, porque Rufino carece ya de energía o por un abatimiento íntimo. La mano queda en la cara de Gall, en una especie de caricia. Gall lo golpea también, una, dos veces, y su mano se aquieta sobre la cabeza del rastreador. Agonizan abrazados, mirándose. Jurema tiene la impresión de que las dos caras, a milímetros una de la otra, se están sonriendo. Los toques de corneta y los pitos han sido desplazados por un tiroteo nutrido. El Enano dice algo que ella no entiende.

"Ya le pusiste la mano en la cara, Rufino", piensa Jurema. "¿Qué has ganado con eso, Rufino? ¿De qué te sirve la venganza si has muerto, si me has dejado sola en el mundo, Rufino?" No llora, no se mueve, no aparta los ojos de los hombres inmóviles. Esa mano sobre la cabeza de Rufino le recuerda que, en Queimadas, cuando para desgracia de todos Dios hizo que viniera a ofrecer trabajo a su marido, el forastero palpó una vez la cabeza de Rufino y le leyó sus secretos, como el brujo Porfirio los leía en las hojas de café y doña Casilda en una vasija llena de agua.

—¿LES CONTÉ quién se presentó en Calumbí, en el séquito de Moreira César? —dijo el Barón de Cañabrava—. Ese periodista que trabajó conmigo y que se llevó Epaminondas para el *Jornal de Notícias*. Esa calamidad con anteojos como escafandra de buzo, que caminaba haciendo garabatos y se vestía de payaso. ¿Te acuerdas de él, Adalberto? Escribía poesías, fumaba opio.

Pero ni el coronel José Bernardo Murau ni Adalberto de Gumucio lo escuchaban. Este último releía los papeles que el Barón acababa de traducirles, acercándolos al candelabro que iluminaba la mesa del comedor, de la que no habían recogido las tazas vacías de café. El viejo Murau, moviéndose en su silla de la cabecera como si continuara en la mecedora de la salita, parecía adormecido. Pero el Barón supo que reflexionaba en lo que les había leído.

—Voy a ver a Estela —dijo, poniéndose de pie.

Mientras recorría la destartalada casa grande, sumida en la penumbra, hacia el dormitorio donde habían acostado a la Baronesa poco antes de la cena, iba calculando la impresión que había hecho en sus amigos esa especie de testamento del aventurero escocés. Pensó, tropezando en una loseta rota en el corredor a cuyos lados se abrían los dormitorios: "Las preguntas continuarán, en Salvador. Y cada vez que explique por qué lo dejé partir, sentiré la misma sensación de estar mintiendo". ¿Por qué había dejado partir a Galileo Gall? ¿Por estupidez? ¿Por cansancio? ¿Por hartazgo de todo? ¿Por simpatía? Pensó, recordando a Gall y al periodista miope: "Tengo debilidad por los especímenes raros, por lo anormal".

Desde el umbral vio, en el débil resplandor rojizo de la mariposa de aceite que alumbraba el velador, el perfil de Sebastiana. Estaba sentada al pie de la cama, en un sillón con almohadillas, y aunque nunca había sido una mujer risueña su expresión era ahora tan grave que el Barón se alarmó. Se había puesto de pie al verlo entrar.

—¿Ha seguido durmiendo tranquila? —preguntó el Barón, levantando el mosquitero e inclinándose para observar. Su esposa tenía los ojos cerrados y en la media oscuridad su rostro, aunque muy pálido, parecía sereno. Las sábanas subían y bajaban suavemente, con su respiración.

—Durmiendo, sí, pero no tan tranquila —murmuró Sebastiana, acompañándolo de regreso hasta la puerta del dormitorio. Bajó más la voz y el Barón notó la inquietud empozada en los ojos negros, vivísimos, de la mucama—. Está soñando. Habla en sueños y siempre de lo mismo.

"No se atreve a decir incendio, fuego, llamas", pensó el Barón, con el pecho oprimido. ¿Se convertirían en tabú, debería ordenar que nunca más se pronunciaran en su hogar las palabras que Estela pudiera asociar con el holocausto de Calumbí? Había cogido del brazo a Sebastiana, tratando de tranquilizarla, pero no atinaba a decir nada. Sentía en sus dedos la piel lisa y tibia de la mucama.

—La señora no puede quedarse aquí —susurró ésta—. Llévela a Salvador. Tienen que verla los médicos, darle algo, sacarle esos recuerdos de la cabeza. No puede seguir con esa angustia, día y noche.

—Lo sé, Sebastiana —asintió el Barón—. Pero el viaje es tan largo, tan duro. Me parece arriesgado exponerla a otra expedición estando así. Aunque tal vez sea más peligroso tenerla sin cuidados. Ya veremos mañana. Ahora, debes ir a descansar. Tampoco tú has pegado los ojos desde hace días.

—Voy a pasar la noche aquí, con la señora —repuso Sebastiana, desafiante.

El Barón, viéndola instalarse de nuevo junto a Estela, pensó que seguía siendo una mujer de formas duras y bellas, admirablemente conservadas. "Igual que Estela", se dijo. Y, en una vaharada de nostalgia, recordó que en los primeros años de matrimonio había llegado a sentir unos celos intensos, desveladores, al ver la camaradería, la intimidad infranqueable que existía entre ambas mujeres. Iba de regreso al comedor y, por una ventana, vio que la noche estaba encapotada de nubes que ocultaban las estrellas. Recordó, sonriendo, que esos celos le habían hecho pedir a Estela que despidiera a Sebastiana y que por ese motivo habían tenido la disputa más seria de toda su vida conyugal. Entró al comedor con la imagen vívida, intacta, dolorosa, de la Baronesa, las mejillas arrebatas, defendiendo a su criada y repitiéndole que si Sebastiana partía, partiría ella también. Ese recuerdo, que había sido mucho tiempo una chispa que inflamaba su deseo, lo conmovió ahora hasta los huesos. Tenía ganas de llorar. Encontró a sus amigos enfrascados en conjeturas sobre lo que les había leído.

—Un fanfarrón, un imaginativo, un pillo con fantasía, un embaucador de lujo —decía el coronel Murau—. Ni en las novelas pasa un sujeto tantas peripecias. Lo único que creo es el acuerdo con Epaminondas para llevar armas a Canudos. Un contrabandista que inventó la historia del anarquismo como excusa y justificación.

—¿Excusa y justificación? —Adalberto de Gumucio rebotó en su asiento—. Eso es un agravante, más bien.

El Barón se sentó a su lado e hizo esfuerzos por interesarse.

—Querer acabar con la propiedad, con la religión, con el matrimonio, con la moral, ¿te parecen atenuantes? —insistía Gumucio—. Eso es más grave que traficar con armas.

"El matrimonio, la moral", pensó el Barón. Y se preguntó si Adalberto hubiera consentido en su hogar una complicidad tan estrecha como la de Estela y Sebastiana. El corazón volvió a oprimírsele pensando en su esposa. Decidió partir a la mañana siguiente. Se sirvió una copa de oporto y bebió un largo trago.

—Yo me inclino a creer que la historia es cierta —dijo Gumucio—. Por la naturalidad con que se refiere a esas cosas extraordinarias, las fugas, los asesinatos, los viajes piratescos, el ayuno sexual. No se da cuenta que son hechos fuera de lo común. Eso hace pensar que los vivió y que cree las barbaridades que dice contra Dios, la familia y la sociedad.

—Que las cree no cabe duda —dijo el Barón, saboreando el gusto ardiente dulzón del oporto—. Se las oí muchas veces, en Calumbí.

El viejo Murau llenó otra vez las copas. En la comida no habían bebido, pero luego del café el hacendado sacó esta garrafa de oporto que estaba ya casi vacía. ¿Embriagarse hasta perder la conciencia era el remedio que necesitaba para no pensar en la salud de Estela?

—Confunde la realidad y las ilusiones, no sabe dónde termina una y comienza la otra —dijo—. Puede ser que cuente esas cosas con sinceridad y las crea al pie de la letra. No importa. Porque él no las ve con los ojos sino con las ideas, con las creencias. ¿No recuerdan lo que dice de Canudos, de los yagunzos? Debe ser lo mismo con lo demás. Es posible que una reyerta de rufianes en Barcelona, o una redada de contrabandistas por la policía de Marsella, sean para él batallas entre oprimidos y opresores en la guerra por romper las cadenas de la humanidad.

—¿Y el sexo? —dijo José Bernardo Murau: estaba abotagado, con los ojitos chispeantes y la voz blanda—. Esos diez años de castidad ¿ustedes se los tragan? ¿Diez años de castidad para atesorar energías y descargarlas en la revolución?

Hablaba de tal modo que el Barón supuso que en cualquier momento empezaría a referir historias subidas de color.

—¿Y los sacerdotes? —preguntó—. ¿No viven castos por amor a Dios? Gall es una especie de sacerdote.

—José Bernardo juzga a los hombres por sí mismo —bromeó Gumucio, volviéndose hacia el dueño de casa—. Para ti hubiera sido imposible soportar diez años de castidad.

—Imposible —lanzó una risotada el hacendado—. ¿No es estúpido renunciar a una de las pocas compensaciones que tiene la vida?

Una de las velas del candelabro comenzaba a chisporrotear, soltando un hilillo de humo y Murau se incorporó a apagarla. Aprovechó para servir una nueva ronda de oporto que vació del todo la garrafa.

—En esos años de abstinencia acumularía tanta energía como para embarazar a una burra —dijo, con la mirada encandilada. Se rió con vulgaridad y fue con paso vacilante a sacar otra botella de oporto de un aparador. Las demás velas del candelabro estaban acabándose y el recinto se había oscurecido—. ¿Cómo es la mujer del pistero, la que lo sacó de su castidad?

—No la veo hace tiempo —dijo el Barón—. Era una chiquilla delgadita, dócil y tímida.

—¿Buenas ancas? —balbuceó el coronel Murau, levantando su copa con mano temblona—. Es lo mejor que tienen, en estas tierras. Son bajitas, enclenques, envejecen rápido. Pero las ancas, siempre de primera.

Adalberto de Gumucio se apresuró a cambiar de tema:

—Será difícil hacer las paces con los jacobinos, como sugieres —comentó al Barón—. Nuestros amigos no se conformarán a trabajar con quienes nos han estado atacando desde hace tantos años.

—Claro que será difícil —repuso el Barón, agradecido a Adalberto—. Sobre todo, convencer a Epaminondas, que se cree triunfador. Pero al final todos comprenderán que no hay otro camino. Es una cuestión de supervivencia...

Lo interrumpieron unos cascos y relinchos muy próximos y, un momento después, fuertes golpes a la puerta. José Bernardo Murau frunció la cara, disgustado. "¿Qué diablos pasa?", gruñó, levantándose con trabajo. Salió del comedor arrastrando los pies. El Barón volvió a llenar las copas.

—Tú, bebiendo, eso sí que es nuevo —dijo Gumucio—. ¿Es por la quema de Calumbí? No se ha acabado el mundo. Un revés, solamente.

—Es por Estela —dijo el Barón—. No me lo perdonaré nunca. Ha sido mi culpa, Adalberto. Le he exigido demasiado. No debí llevarla a Calumbí, como tú y Viana me dijeron. He sido un egoísta, un insensato.

Allá, en la puerta de entrada, se oyó correr una tranca y voces de hombres.

—Es una crisis pasajera, de la que se recuperará muy pronto —dijo Gumucio—. Es absurdo que te eches la culpa.

—He decidido seguir mañana a Salvador —dijo el Barón—. Hay

más peligro teniéndola aquí, sin atención médica.

José Bernardo Murau reapareció en el dintel. Parecía habérsele quitado la borrachera de golpe y traía una expresión tan insólita que el Barón y Gumucio fueron a su encuentro.

—¿Noticias de Moreira César? —lo cogió del brazo el Barón, tratando de hacerlo reaccionar.

—Increíble, increíble —murmuraba el viejo hacendado, entre dientes, como si viera fantasmas.

VII

Lo PRIMERO que el periodista miope advierte, en el día que despunta, mientras se sacude las costras de barro, es que el cuerpo le duele más que la víspera, como si durante la noche desvelada lo hubieran molido a palos. Lo segundo, la febril actividad, el movimiento de uniformes, que se lleva a cabo sin órdenes, en un silencio que contrasta con los cañonazos, campanas y clarines que han bombardeado sus oídos toda la noche. Se echa al hombro el bolsón de cuero, sujeta el tablero bajo el brazo y, sintiendo agujas que le hincan las piernas y la comezón de un inminente estornudo, comienza a trepar el monte hacia la tienda del Coronel Moreira César. "La humedad", piensa, sacudido por un ataque de estornudos que lo hace olvidar la guerra y todo lo que no sean esas explosiones internas que le mojan los ojos, le tapan los oídos, le aturden el cerebro y convierten en hormigueros sus narices. Lo rozan y empujan soldados que pasan sujetándose las mochilas, con los fusiles en las manos, y ahora sí oye voces de mando.

En la cima, descubre a Moreira César, rodeado de oficiales, encaramado en algo, observando ladera abajo con unos prismáticos. Reina gran desbarajuste en el contorno. El caballo blanco, con la montura puesta, corcovea entre soldados y cornetas que tropiezan con oficiales que llegan o parten, saltando, rugiendo frases que los oídos del periodista, zumbando por los estornudos, apenas entienden. Oye la voz del Coronel: "¿Qué pasa con la artillería, Cunha Matos?". La respuesta se pierde entre toques de clarín. El periodista, desembarazándose del bolsón y del tablero, se adelanta a mirar hacia Canudos.

La noche anterior no lo vio y piensa que dentro de minutos u horas ya nadie podrá ver ese lugar. Limpia de prisa el cristal empañado de sus gafas con una punta de la camiseta y observa lo que tiene a sus pies. La luz entre azulada y plomiza que baña las cumbres no alcanza aún la depresión en que se encuentra Canudos. Le cuesta trabajo diferenciar dónde terminan las laderas, los sembríos y campos de guijarros de las chozas y ranchos que se amontonan y entreveran en una vasta extensión. Pero divisa de inmediato dos iglesias, una pequeña y la otra muy alta, de torres imponentes, separadas por un descampado cuadrangular. Está esforzando los ojos para distinguir, en la medialuz, la zona limitada por un río que parece cargado de agua, cuando estalla un cañoneo que lo hace brincar y taparse los oídos. Pero no cierra los ojos que, fas-

cinados, ven una súbita llamarada y elevarse varias casuchas convertidas en chisporroteo de maderas, adobes, latas, esteras, objetos indiferenciables que estallan, se desintegran y desaparecen. El cañoneo aumenta y Canudos queda sepultado en una nube de humo que escala las
faldas de los cerros y que se abre, aquí y allá, en cráteres por los que salen despedidos pedazos de techos y paredes alcanzados por nuevas explosiones. Estúpidamente piensa que si la nube sigue subiendo llegará
hasta su nariz y lo hará estornudar de nuevo.

—¡Qué espera el séptimo! ¡Y el noveno! ¡Y el dieciséis! —dice
Moreira César tan cerca que se vuelve a mirar y, en efecto, el Coronel y
el grupo que lo rodea están prácticamente a su lado.

—Ahí carga el séptimo, Excelencia —responde a su costado el Capitán Olimpio de Castro.

—Y el nueve y el dieciséis —se atropella alguien, a su espalda.

—Es testigo de un espectáculo que lo hará famoso. —El Coronel
Moreira César le da una palmada al pasar junto a él. No alcanza a responderle porque el oficial y su séquito lo dejan atrás y van a instalarse,
algo más abajo, en un pequeño promontorio.

"El séptimo, el noveno, el dieciséis", piensa. "¿Batallones? ¿Pelotones? ¿Compañías?" Pero inmediatamente entiende. Por tres lados,
en los cerros del rededor, bajan cuerpos del Regimiento —las bayonetas
destellan— hacia el fondo humoso de Canudos. Los cañones han dejado de tronar y, en el silencio, el periodista miope oye de pronto campanas. Los soldados corren, resbalan, saltan por las faldas de los cerros,
disparando. También las laderas comienzan a llenarse de humo. El quepis rojiazul de Moreira César se mueve, en signo de aprobación. Recoge
su bolsón y su tablero y baja los metros que lo separan del jefe del Séptimo Regimiento; se acomoda en una hendidura, entre ellos y el caballo
blanco, que un ordenanza tiene de la brida. Se siente extraño, hipnoti-
zado, y le pasa por la cabeza la absurda idea de que no está viendo
aquello que ve.

Una brisa empieza a disipar las jorobas plomizas que ocultan la ciudad; las ve aligerarse, deshacerse, alejarse, empujadas por el viento en
dirección al terreno abierto donde debe estar la ruta de Geremoabo.
Ahora puede seguir el desplazamiento de los soldados. Los de su derecha han ganado la orilla del río y están cruzándolo; las figurillas rojas,
verdes, azules, se vuelven grises, desaparecen y reaparecen al otro lado
de las aguas, cuando, súbitamente, entre ellas y Canudos se levanta una
pared de polvo. Varias figurillas caen.

—Trincheras —dice alguien.

El periodista miope opta por acercarse al grupo que rodea al Coronel, quien ha dado unos pasos más cerro abajo y observa, cambiando de
los prismáticos al catalejo. La bola roja del sol ilumina el teatro de operaciones desde hace un momento. Casi sin darse cuenta, el periodista

del *Jornal de Notícias*, que no ha dejado de temblar, se encarama sobre una roca saliente para ver mejor. Adivina entonces lo que está ocurriendo. Las primeras filas de soldados en vadear el río han sido acribilladas desde una sucesión de defensas disimuladas y hay allí, ahora, un tiroteo nutrido. Otro de los cuerpos de asalto que, casi a sus pies, avanza desplegado, se ve detenido también por una ráfaga súbita, que se eleva desde el suelo. Los tiradores están atrincherados en escondrijos. Ve a los yagunzos. Son esas cabezas —¿ensombreradas, empañueladas?— que brotan de pronto de la tierra, echando humo, y aunque la polvareda difumina sus rasgos y siluetas, puede darse cuenta que hay hombres alcanzados por los tiros o que resbalan en los huecos donde sin duda se combate ya cuerpo a cuerpo.

Lo sacude una racha de estornudos tan prolongada que, un momento, cree desmayarse. Doblado en dos, los ojos cerrados, los anteojos en la mano, estornuda y abre la boca y trata desesperadamente de llevar aire a sus pulmones. Por fin puede enderezarse, respirar, y se da cuenta que le golpean la espalda. Se calza las gafas y ve al Coronel.

—Creímos que lo habían herido —dice Moreira César, que parece de excelente humor.

Está rodeado de oficiales y no sabe qué decir, pues la idea de que lo crean herido lo maravilla, como si no se le hubiera pasado por la cabeza que él también forma parte de esta guerra, que también se halla a merced de las balas.

—Qué pasa, qué pasa —tartamudea.

—El noveno entró a Canudos y ahora entra el séptimo —dice el Coronel, con los prismáticos en la cara.

Las sienes palpitantes, jadeando, el periodista miope tiene la sensación de que todo se ha acercado, de que puede tocar la guerra. En los bordes de Canudos hay casas en llamas y dos hileras de soldados entran a la ciudad, entre nubecillas que deben ser disparos. Desaparecen, tragados por un laberinto de techos de tejas, de paja, de latas, de estacas, en el que a ratos surgen llamas. "Están acribillándolos a todos los que se salvaron de los cañonazos", piensa. E imagina el furor con que oficiales y soldados estarán vengando a los cadáveres colgados en la caatinga, desquitándose de esas emboscadas y pitos que los desvelaron desde Monte Santo.

—En las iglesias hay focos de tiradores —oye decir al Coronel—. Qué espera Cunha Matos para tomarlas.

Las campanas han seguido repicando y él ha estado escuchándolas, entre los cañonazos y la fusilería, como una música de fondo. Entre los vericuetos de viviendas distingue figuras que corren, uniformes que se cruzan y descruzan. "Cunha Matos está en ese infierno", piensa. "Corriendo, tropezando, matando." ¿También Tamarindo y Olimpio de Castro? Los busca y no encuentra al viejo Coronel, pero el Capitán se halla entre los acompañantes de Moreira César. Siente alivio, no sabe por qué.

—Que la retaguardia y la policía bahiana ataquen por el otro flanco —oye ordenar al Coronel.

El Capitán Olimpio de Castro y tres o cuatro escoltas corren, cerro arriba, y varios cornetas comienzan a tocar hasta que, a lo lejos, les responden toques parecidos. Sólo ahora se da cuenta que las órdenes se transmiten con cornetas. Le gustaría anotar eso para no olvidarlo. Pero varios oficiales exclaman algo, al unísono, y vuelve a mirar. En el descampado entre las iglesias, diez, doce, quince uniformes rojiazules corren detrás de dos oficiales —divisa sus sables desenvainados, trata de reconocer a esos tenientes o capitanes a los que tiene que haber visto muchas veces— con el evidente propósito de capturar el templo de altísimas torres blancas rodeadas de andamios, cuando una cerrada descarga sale de todo el recinto y derriba a la mayoría; unos pocos dan media vuelta y desaparecen en el polvo.

—Debieron protegerse con cargas de fusilería —oye decir a Moreira César, en tono helado—. Hay un reducto ahí...

De las iglesias han salido muchas siluetas que corren hacia los caídos y se afanan sobre ellos. "Los están rematando, castrando, sacándoles los ojos", piensa, y en ese instante oye murmurar al Coronel: "Locos dementes, los están desnudando". "¿Desnudando?", repite, mentalmente. Y vuelve a ver los cuerpos colgados de los árboles del Sargento rubio y sus soldados. Está muerto de frío. El descampado queda borrado por el polvo. Los ojos del periodista se mueven en distintas direcciones, tratando de averiguar lo que ocurre allí abajo. Los soldados de los dos cuerpos que entraron a Canudos, uno a su izquierda y otro a sus pies, han desaparecido en esa telaraña crispada, en tanto que un tercer cuerpo, a su derecha, sigue penetrando en la ciudad, y puede seguir su progresión por los remolinos de polvo que lo preceden y que se propagan por esos pasajes, callejones, recovecos, meandros en los que adivina los choques, los golpes, las culatas que derriban puertas, echan abajo tablas, estacas, derrumban techos, episodios de esa guerra que al fragmentarse en mil casuchas se vuelve entrevero confuso, agresión de uno contra uno, de uno contra dos, de dos contra tres.

No ha tomado ni un trago de agua esa mañana, la noche anterior tampoco ha comido, y además del vacío en el estómago se le retuercen las tripas. El sol luce en el centro del cielo. ¿Es posible que sea mediodía, que hayan pasado tantas horas? Moreira César y sus acompañantes bajan todavía unos metros y el periodista miope, dando traspiés, va a unirse a ellos. Coge del brazo a Olimpio de Castro y le pregunta qué ocurre, cuántas horas lleva el combate.

—Ya están allá la retaguardia y la policía bahiana —dice Moreira César, los prismáticos en su cara—. Ya no podrán huir por ese lado.

El periodista miope distingue al otro extremo de las casitas semidisueltas por el polvo unas manchas azules, verdosas, doradas, que avanzan por ese sector hasta ahora incontaminado, sin humo, sin incendios, sin gente. Las operaciones han ido abarcando todo Canudos, hay casas en llamas por todas partes.

—Esto demora demasiado —dice el Coronel y el periodista miope advierte su brusca impaciencia, su indignación—. Que el escuadrón de caballería le eche una mano a Cunha Matos.

Detecta al instante —por las caras de sorpresa, de contrariedad, de los oficiales— que la orden del Coronel es inesperada, riesgosa. Nadie protesta, pero las miradas de unos y otros son más elocuentes que las palabras.

—¿Qué les pasa? —Moreira César pasea los ojos por los oficiales. Encara a Olimpio de Castro: —¿Cuál es la objeción?

—Ninguna, Excelencia —dice el Capitán—. Sólo que...

—Siga —lo increpa Moreira César—. Es una orden.

—El escuadrón de caballería es la única reserva, Excelencia —termina el Capitán.

—¿Y para qué la necesitamos aquí? —Moreira César apunta hacia abajo—. ¿No está allá la pelea? Cuando vean a los jinetes los que aún estén vivos saldrán despavoridos y podremos rematarlos. ¡Que carguen de inmediato!

—Le ruego que me deje cargar con el escuadrón —balbucea Olimpio de Castro.

—A usted lo necesito aquí —responde el Coronel, secamente.

Oye nuevos toques de corneta y minutos después asoman, por la cumbre donde se hallan, los jinetes, en pelotones de diez y quince, con un oficial al frente, que al pasar junto a Moreira César saludan levantando el sable.

—Despejen las iglesias, empújenlos hacia el Norte —les grita éste.

Está pensando que esas caras tensas, jóvenes, blancas, oscuras, negras, aindiadas, van a entrar en ese torbellino, cuando lo sacude otro ataque de estornudos, más fuerte que el anterior. Sus gafas salen disparadas y él piensa, con terror, mientras siente la asfixia, las explosiones en el pecho y las sienes, la comezón en la nariz, que se han roto, que alguien puede pisarlas, que sus días serán niebla perpetua. Cuando el ataque cesa, cae de rodillas, palpa con angustia en derredor hasta dar con ellas. Comprueba, feliz, que están intactas. Las limpia, se las calza, mira. El centenar de jinetes ha bajado el cerro. ¿Cómo han podido hacerlo tan rápido? Pero pasa algo con ellos, en el río. No acaban de cruzarlo. Las cabalgaduras entran al agua y parecen encabritarse, rebelarse, pese a la furia con que son urgidas, azotadas, por las manos, las botas, los sables. Es como si el río las espantara. Se revuelven en media corriente y algunas botan a sus jinetes.

—Deben haber puesto trampas —dice un oficial.

—Los tirotean desde ese ángulo muerto —murmura otro.

—¡Mi caballo! —grita Moreira César y el periodista miope le ve entregar sus prismáticos a un ordenanza. Mientras monta al animal, añade, con fastidio: —Los muchachos necesitan un estímulo. Quédese en el mando, Olimpio.

Su corazón se acelera al ver que el Coronel desenvaina su sable, espolea al animal y comienza a bajar la cuesta, de prisa. Pero no ha avanzado cincuenta metros cuando lo ve encogerse en la montura, apoyarse en el pescuezo del caballo, que se detiene en seco. Ve que el Coronel lo hace girar, ¿para regresar al puesto de mando?, pero, como si recibiera órdenes contradictorias del jinete, el animal gira en redondo, dos, tres veces. Ahora entiende por qué oficiales y escoltas profieren exclamaciones, gritos, y corren pendiente abajo, con los revólveres desenfundados. Moreira César rueda al suelo y casi al mismo tiempo se lo ocultan el Capitán y los otros que lo han cargado y lo están subiendo, hacia él, apresuradamente. Hay un vocerío ensordecedor, disparos, ruidos diversos.

Permanece alelado, sin iniciativa, viendo al grupo de hombres que trepan al trote la ladera, seguidos por el caballo blanco, que arrastra las bridas. Se ha quedado solo. El terror que se apodera de él lo impulsa cerro arriba, resbalándose, incorporándose, gateando. Cuando llega a la cumbre y brinca hacia la tienda de lona, vagamente advierte que el lugar está casi vacío de soldados. Salvo un grupo apiñado a la entrada de la tienda, apenas divisa uno que otro centinela, mirando asustado en esta dirección. "¿Puede ayudar al Doctor Souza Ferreiro?", oye, y aunque quien le habla es el Capitán no reconoce su voz y apenas su cara. Asiente y Olimpio de Castro lo empuja con tanta fuerza que se lleva de encuentro a un soldado. Adentro, ve la espalda del Doctor Souza Ferreiro, inclinada sobre la litera y los pies del Coronel.

—¿Enfermero? —Souza Ferreiro se vuelve y al darse con él su expresión se avinagra.

—Se lo he dicho, no hay enfermeros —le grita el Capitán de Castro, remeciendo al periodista miope—. Están con los batallones, allá abajo. Que él lo ayude.

El nerviosismo de uno y otro lo contagian y tiene ganas de gritar, de zapatear.

—Hay que extraer los proyectiles o la infección acabará con él en un dos por tres —gimotea el Doctor Souza Ferreiro, mirando a un lado y a otro como en espera de un milagro.

—Haga lo imposible —dice el Capitán, yéndose—. No puedo abandonar el Comando, tengo que informar al Coronel Tamarindo para que tome...

Sale, sin terminar la frase.

—Remánguese, fricciónese con ese desinfectante —ruge el Doctor.

Él obedece a toda la velocidad que su torpeza se lo permite y un momento después se descubre, dentro del aturdimiento que se ha adueñado de él, con las rodillas en tierra, empapando unos chisguetes de éter que le hacen pensar en las fiestas de Carnavales en el Politeama, unas vendas que aplica en la nariz y boca del Coronel Moreira César, para mantenerlo dormido, mientras el médico opera. "No tiemble, no sea imbécil, mantenga el éter sobre la nariz", le dice el Doctor un par de veces. Se concentra en su función —abrir el tubo, embeber el paño, colocarlo sobre esa nariz afilada, sobre esos labios que se tuercen en una mueca de interminable angustia— y piensa en el dolor que debe sentir ese hombrecillo sobre cuyo vientre abierto hunde la cara el Doctor Souza Ferreiro como oliendo o lamiendo. Cada cierto tiempo echa una ojeada, a pesar de sí mismo, a las manchas esparcidas por la camisa, las manos y el uniforme del médico, la manta de la litera y su propio pantalón. ¡Cuánta sangre almacena un cuerpo tan pequeño! El olor del éter lo marea y le provoca arcadas. Piensa: "No tengo qué vomitar". Piensa: "¿Cómo no tengo hambre, sed?". El herido permanece con los ojos cerrados, pero a ratos se mueve en el sitio y entonces el médico gruñe: "Más éter, más éter". Pero el último de los tubos está ya casi vacío y él se lo dice, con un sentimiento de culpa.

Entran ordenanzas trayendo unas palanganas humeantes y en ellas lava el Doctor bisturíes, agujas, hilos, tijeras, con una sola mano. Varias veces, mientras aplica las vendas al herido, escucha al Doctor Souza Ferreiro hablando solo, palabrotas, injurias, maldiciones, insultos contra su propia madre por haberlo parido. Lo va ganando una modorra y el Doctor lo recrimina: "No sea imbécil, no es momento para siestas". Balbucea una disculpa y la próxima vez que traen la palangana, les implora que le den de beber.

Nota que ya no están solos en la tienda; la sombra que le pone una cantimplora en la boca es el Capitán Olimpio de Castro. Allí están también, las espaldas pegadas a la lona, las caras amargadas, los uniformes en ruinas, el Coronel Tamarindo y el Mayor Cunha Matos. "¿Más éter?", pregunta, y se siente estúpido, porque el tubo está vacío hace rato. El Doctor Souza Ferreiro venda a Moreira César y está ahora abrigándolo. Asombrado, piensa: "Ya es de noche". Hay sombras y alguien coloca una lámpara en uno de los postes que sujetan la lona.

—¿Cómo está? —murmura el Coronel Tamarindo.

—Tiene el vientre destrozado —resopla el Doctor—. Mucho me temo que...

Mientras se baja las mangas de la camisa, el periodista miope piensa: "Si ahora mismo era el amanecer, el mediodía, cómo es posible que el tiempo vuele de ese modo".

—Dudo, incluso, que recobre el sentido —añade Souza Ferreiro.

Como respondiéndole, el Coronel Moreira César comienza a moverse. Todos se acercan. ¿Le incomodan las vendas? Pestañea. El periodista miope lo imagina viendo siluetas, oyendo ruidos, tratando de entender, de recordar, y a su vez recuerda, como algo de otra vida, ciertos despertares después de una noche serenada por el opio. Así debe ser de lento, de difícil, de impreciso, el retorno del Coronel a la realidad. Moreira César tiene los ojos abiertos y observa con ansia a Tamarindo, repasa su desecho uniforme, los arañones de su cuello, su desánimo.

—¿Tomamos Canudos? —articula, roncando.

El Coronel Tamarindo baja los ojos y niega. Moreira César recorre las caras abrumadas del Mayor, del Capitán, del Doctor Souza Ferreiro y el periodista miope ve que también lo examina, como autopsiándolo.

—Lo intentamos tres veces, Excelencia —balbucea el Coronel Tamarindo—. Los hombres han combatido hasta el límite de sus fuerzas.

El Coronel Moreira César se incorpora —ha palidecido aún más de lo que estaba— y agita una mano crispada, iracunda:

—Un nuevo asalto, Tamarindo. ¡De inmediato! ¡Lo ordeno!

—Las bajas son muy grandes, Excelencia —murmura el Coronel, avergonzado, como si todo fuera culpa suya—. Nuestra posición, insostenible. Debemos retirarnos a un lugar seguro y pedir refuerzos...

—Responderá ante un Tribunal de Guerra por esto —lo interrumpe Moreira César, alzando la voz—. ¿El Séptimo Regimiento retirarse ante unos malhechores? Entregue su espada a Cunha Matos.

"Cómo puede moverse, retorcerse así con la barriga abierta", piensa el periodista miope. En el silencio que se prolonga el Coronel Tamarindo mira, pidiendo ayuda, a los otros oficiales. Cunha Mato se adelanta hacia el catre de campaña:

—Hay muchas deserciones, Excelencia, la unidad está en pedazos. Si los yagunzos atacan, tomarán el campamento. Ordene la retirada.

El periodista miope ve, por entre el Doctor y el Capitán, que Moreira César se deja caer de espaldas sobre la litera.

—¿Usted también traiciona? —murmura, con desesperación—. Ustedes saben lo que significa esta campaña para nuestra causa. ¿Quiere decir que he comprometido mi honor en vano?

—Todos hemos comprometido nuestro honor, Excelencia —murmura el Coronel Tamarindo.

—Saben que he debido resignarme a conspirar con politicastros corrompidos —Moreira César habla con entonaciones bruscas, absurdas—. ¿Quiere decir que hemos mentido al país en vano?

—Oiga lo que pasa allí afuera, Excelencia —chilla el Mayor Cunha Matos, y él se dice que ha estado oyendo esa sinfonía, ese griterío, esas carreras, ese atolondramiento, pero que no ha querido tomar conciencia de lo que significa para no sentir más miedo—. Es la desbandada. Pueden acabar con el Regimiento si no nos retiramos en orden.

El periodista miope distingue los pitos de madera y las campanas entre las carreras y las voces. El Coronel Moreira César los mira, uno a uno, desencajado, boquiabierto. Dice algo que no se oye. El periodista miope se da cuenta que los ojos relampagueantes de esa cara lívida están fijos en él:

—Usted, usted —oye—. Papel y pluma, ¿no me entiende? Quiero levantar acta de esta infamia. Vamos, escriba, ¿está listo?

En ese momento recuerda el periodista miope su tablero, su bolsa, mientras, como picado por una víbora, busca a un lado y a otro. Con la sensación de haber perdido parte de su cuerpo, un amuleto que lo protegía, recuerda que no subió el cerro con ellos, han quedado tirados en la cuesta, pero no puede pensar más porque Olimpio de Castro —sus ojos están llenos de lágrimas— le pone en las manos unos pliegos de papel y un lápiz y el Mayor Souza Ferreiro lo alumbra con la lámpara.

—Estoy listo —dice, pensando que no podrá escribir, que las manos le temblarán.

—Yo, Comandante en jefe del Séptimo Regimiento, en uso de mis facultades, dejo constancia que la retirada del sitio de Canudos es decisión que se toma en contra de mi voluntad, por subalternos que no están a la altura de su responsabilidad histórica —Moreira César se yergue un segundo en el camastro y vuelve a caer de espaldas—. Las generaciones futuras son llamadas a juzgar. Confío en que haya republicanos que me defiendan. Toda mi conducta ha estado orientada a la defensa de la República, que debe hacer sentir su autoridad en todos los rincones si quiere que el país progrese.

Cuando la voz, que casi no oía por lo queda, cesa, tarda en descubrirlo, por lo atrasado que está en el dictado. Escribir, ese trabajo manual, como poner trapos llenos de éter en la nariz del herido, es bienhechor, lo libra de torturarse preguntándose cómo se explica que el Séptimo Regimiento no tomara Canudos, que deba retirarse. Cuando levanta los ojos, el Doctor tiene la oreja en el pecho del Coronel y está tomándole el pulso. Se pone de pie y hace un gesto expresivo. Un desorden cunde al instante y Cunha Matos y Tamarindo se ponen a discutir a gritos mientras Olimpio de Castro le dice a Souza Ferreiro que los restos del Coronel no pueden ser vejados.

—Una retirada ahora, en la oscuridad, es insensatez —grita Tamarindo—. ¿Adónde? ¿Por dónde? ¿Voy a mandar al sacrificio a hombres extenuados, que han combatido todo un día? Mañana...

—Mañana no quedarán aquí ni los muertos —gesticula Cunha Matos—. ¿No ve que el Regimiento se desintegra, que no hay mando, que si no se los reagrupa ahora los van a cazar como a conejos?

—Agrúpelos, haga lo que quiera, yo permaneceré aquí hasta el amanecer, para llevar a cabo una retirada en regla. —El Coronel Tamarindo se vuelve a Olimpio de Castro: —Trate de llegar hasta la artillería. Esos cuatro cañones no deben caer en manos del enemigo. Que Salomão da Rocha los destruya.

—Sí, Excelencia.

El Capitán y Cunha Matos salen juntos de la tienda y el periodista miope los sigue, como autómata. Los oye y no cree lo que oye:

—Esperar es una locura, Olimpio, hay que retirarse ahora o nadie llegará vivo a mañana.

—Yo voy a tratar de alcanzar a la artillería —lo corta Olimpio de Castro—. Es una locura, tal vez, pero mi obligación es obedecer al nuevo comandante.

El periodista miope lo sacude del brazo, le susurra: "Su cantimplora, estoy muriéndome de sed". Bebe con avidez, atorándose, mientras el Capitán lo aconseja:

—No se quede con nosotros, el Mayor tiene razón, esto va mal. Márchese.

¿Marcharse? ¿Él solo, por la caatinga, en la oscuridad? Olimpio de Castro y Cunha Matos desaparecen, dejándolo confuso, miedoso, petrificado. Hay a su alrededor gente que corre o camina de prisa. Da unos pasos en una dirección, en otra, regresa hacia la tienda de campaña pero alguien le da un empellón y lo hace cambiar de rumbo. "Déjenme ir con ustedes, no se vayan", grita, y un soldado lo anima, sin volverse: "Corre, corre, ya están subiendo, ¿no oyes los pitos?". Sí, los oye. Echa a correr detrás de ellos, pero tropieza, varias veces, y queda rezagado. Se apoya en una sombra que parece árbol, pero apenas lo toca siente que se mueve. "Desáteme, por amor de Dios", oye. Y reconoce la voz del cura de Cumbe que respondía al interrogatorio de Moreira César, chillando también ahora con el mismo pánico: "Desáteme, desáteme, me están comiendo las hormigas".

—Sí, sí —tartamudea el periodista miope, sintiéndose feliz, acompañado—. Lo desato, lo desato.

—VÁMONOS de una vez —le rogó el Enano—. Vámonos, Jurema, vámonos. Ahora que no hay cañonazos.

Jurema había permanecido allí, mirando a Rufino y a Gall, sin darse cuenta que el sol doraba la caatinga, secaba las gotas y evaporaba la humedad del aire y de los matorrales. El Enano la remecía.

—¿Adónde vamos a ir? —contestó, sintiendo gran cansancio y un peso en el estómago.

—A Cumbe, a Geremoabo, a cualquier parte —insistió el Enano, tirando de ella.

—¿Y por dónde se va a Cumbe, a Geremoabo? —murmuró Jurema— ¿Acaso sabemos? ¿Acaso tú sabes?

—¡No importa! ¡No importa! —chilló el Enano, jalándola—. ¿No oíste a los yagunzos? Van a pelear aquí, van a caer tiros aquí, nos van a matar.

Jurema se incorporó y dio unos pasos hacia la manta de yerbas trenzadas con la que los yagunzos la cubrieron al rescatarla de los soldados. La sintió mojada. La echó encima de los cadáveres del rastreador y del forastero, procurando cubrirles las partes más lastimadas: torsos y cabezas. Luego, con brusca decisión de vencer el sopor, tomó la dirección por la que recordaba haber visto irse a Pajeú. Inmediatamente sintió en su mano derecha la mano pequeñita y regordeta.

—¿Adónde vamos? —dijo el Enano—. ¿Y los soldados?

Ella encogió los hombros. Los soldados, los yagunzos, qué más daba. Se sentía harta de todo y de todos y con el único deseo de olvidar lo que había visto. Iba arrancando hojas y ramitas para chuparles el jugo.

—Tiros —dijo el Enano—. Tiros, tiros.

Eran descargas cerradas, que en unos segundos impregnaron la caatinga densa, serpenteante, que parecía multiplicar las ráfagas y salvas. Pero no se veía a ser viviente por los alrededores: sólo una tierra trepadora, cubierta de zarzas y hojas desprendidas de los árboles por la lluvia, charcas fangosas y una vegetación de macambiras con ramas como garras y mandacarús y xique-xiques de puntas aceradas. Había perdido las sandalias en algún momento de la noche y, aunque buena parte de su vida anduvo descalza, sentía los pies heridos. El cerro era cada vez más empinado. El sol le caía de lleno en la cara y parecía recomponer, resucitar, sus miembros. Supo que ocurría algo por las uñas del Enano, que se le incrustaron. A cuatro metros los apuntaba una escopeta de caño corto y boca ancha, sujeta por un hombre boscoso, de piel de corteza, extremidades ramosas y pelos que eran penachos de yerbas.

—Largo de aquí —dijo el yagunzo, sacando la cara del manto—. ¿No te dijo Pajeú que te fueras a la entrada de Geremoabo?

—No sé cómo ir —respondió Jurema.

"Shhht, shhht", oyó al momento, en varias partes, como si los matorrales y los cactos se pusieran a hablar. Vio que asomaban cabezas de hombres, entre la enramada.

—Escóndelos —escuchó ordenar a Pajeú, sin saber de dónde salía la voz, y se sintió empujada al suelo, aplastada por un cuerpo de hombre que, a la vez que la envolvía en su manto de yerbas, le soplaba: "Shhht, shhht". Permaneció inmóvil, con los ojos entrecerrados, espiando. Sentía en el oído el aliento del yagunzo y pensaba si el Enano estaría también así como ella. Vio a los soldados. Se le encabritó el corazón al verlos tan cerca. Venían en columna de a dos, con sus pantalones de tiras rojas y sus casacas azuladas, sus botines negros y el fusil con la bayoneta desnuda. Contuvo la respiración, cerró los ojos, esperando que reventaran los disparos, pero como no ocurría volvió a abrirlos y ahí estaban siempre los soldados, pasando. Podía verles los ojos encandilados por la ansiedad o devastados por la falta de sueño, las caras impávidas o sobrecogidas, y oír palabras sueltas de sus diálogos. ¿No era increíble que tantos soldados cruzaran sin descubrir que había yagunzos casi tocándolos, casi pisándolos?

Y en ese momento la caatinga se encendió en una reventazón de pólvora que, un segundo, le recordó la fiesta de San Antonio, en Queimadas, cuando venía el circo y se quemaban cohetes. Alcanzó a ver, entre la fusilería, una lluvia de siluetas enyerbadas, que caían o se alzaban contra los uniformados, y en medio del humo y del trueno de los tiros se sintió libre del que la sujetaba, izada, arrastrada, a la vez que le decían: "Agáchate, agáchate". Obedeció, encogiéndose, hundiendo la cabeza, y corrió a todo lo que daban sus fuerzas, esperando en cualquier momento el impacto de los balazos en su espalda, deseándolos casi. La carrera la empapó de sudor y era como si fuera a escupir el corazón. Y en eso vio al caboclo sin nariz ahí a su lado, mirándola con cierta sorna:

—¿Quién ganó la pelea? ¿Tu marido o el alunado?

—Se mataron los dos —acezó.

—Mejor para ti —comentó Pajeú, con una sonrisa—. Ahora podrás buscarte otro marido, en Belo Monte.

El Enano estaba a su lado, también jadeando. Ella divisó a Canudos. Se extendía al frente, a lo ancho y a lo largo, sacudido por explosiones, lenguas de fuego, humaredas diseminadas, bajo un cielo que contradecía ese desorden por lo limpio y azul, en el que el sol reverberaba. Los ojos se le llenaron de lágrimas y tuvo un ramalazo de odio contra esa ciudad y esos hombres, entrematándose en esas callecitas como madrigueras. Su desgracia comenzó por ese lugar; por Canudos fue el forastero a su casa y así arrancaron las desventuras que la habían dejado sin nada ni nadie en el mundo, perdida en una guerra. Deseó con toda su alma un milagro, que no hubiera ocurrido nada y que ella y Rufino estuvieran como antes, en Queimadas.

—No llores, muchacha —le dijo el caboclo—. ¿No sabes? Los muertos van a resucitar. ¿No has oído? Existe la resurrección de la carne.

Hablaba tranquilo, como si él y sus hombres no acabaran de tirotearse con los soldados. Se limpió las lágrimas con la mano y echó una ojeada, reconociendo el lugar. Era un atajo entre los cerros, una especie de túnel. A su izquierda había un techo de piedras y rocas sin vegetación que le ocultaban la montaña, y a su derecha la caatinga, algo raleada, descendía hasta desaparecer en una extensión pedregosa que, más allá de un río de ancho cauce, se volvía una confusión de casitas de tejas rojizas y fachadas contrahechas. Pajeú le puso algo en la mano y sin ver qué era se lo llevó a la boca. Devoró a poquitos la fruta de pulpa blanda y ácida. Los enyerbados se fueron esparciendo, pegándose a los matorrales, hundiéndose en escondites cavados en la tierra. Otra vez la mano regordeta buscó la suya. Sintió pena y cariño por esa presencia familiar. "Métanse ahí", ordenó Pajeú, apartando unas ramas. Cuando estuvieron acuclillados en el foso, les explicó, señalando las rocas: "Ahí están los perros". En el hueco había otro yagunzo, un hombre sin dientes que se arrimó para hacerles sitio. Tenía una ballesta y un carcaj repleto de dardos.

—¿Qué va a pasar? —susurró el Enano.

—Cállate —dijo el yagunzo—. ¿No has oído? Los heréticos están encima nuestro.

Jurema espió entre las ramas. Los tiros continuaban, dispersos, intermitentes, y allí seguían las nubecillas y llamas de los incendios, pero no alcanzaba a ver desde su escondrijo a las figuritas uniformadas que había visto cruzando el río y desapareciendo en el poblado. "Quietos", dijo el yagunzo y por segunda vez en el día los soldados surgieron de la nada. Esta vez eran jinetes, en filas de a dos, montados en animales pardos, negros, bayos, moteados, relinchantes, que, a una distancia increíblemente próxima, se descolgaban de la pared de rocas de su izquierda y se precipitaban a galope hacia el río. Parecían a punto de rodar en esa bajada casi vertical, pero mantenían el equilibrio, y ella los veía pasar, raudos, usando las patas traseras como freno. Estaba mareada por las caras sucesivas de los jinetes y los sables que los oficiales llevaban en alto, señalando, cuando hubo un encrespamiento de la caatinga. Los enyerbados salían de los huecos, de las ramas, y disparaban sus escopetas o, como el yagunzo que había estado con ellos y reptaba ahora pendiente abajo, los flechaban con sus dardos que hacían un ruido silbante de cobras. Oyó, clarísima, la voz de Pajeú: "A los caballos, a los que tienen machetes". Ya no podía ver a los jinetes, pero los imaginaba, chapoteando en el río —entre la fusilería y un remoto rebato de campanas distinguía relinchos— y recibiendo en las espaldas, sin saber de dónde, esos dardos y balas que veía y oía disparar a los yagunzos desparramados a su alrededor. Algunos, de pie, apoyaban la carabina o las ballestas en las ramas de los mandacarús. El caboclo sin nariz no disparaba. Con las manos iba moviendo hacia la derecha y hacia abajo a los enyerbados. En eso le apretaron el vientre. El Enano apenas le permitía respirar. Lo sentía temblando. Lo remeció con las dos manos: "Ya pasaron, ya se fueron, mira". Pero cuando ella también miró, había ahí otro jinete, en un caballo blanco, que descendía la roca con las crines alborotadas. El pequeño oficial sujetaba las riendas con una mano y con la otra blandía un sable. Estaba tan cerca que vio su cara fruncida, sus ojos incendiados, y un momento después lo vio encogerse. Su cara se apagó de golpe. Pajeú le estaba apuntando y pensó que era él quien le había disparado. Vio caracolear al caballo blanco, lo vio girar en una de esas piruetas con que se lucían los vaqueros en las ferias, y, con el jinete colgado del pescuezo, lo vio desandar el camino, subir la cuesta, y, cuando desaparecía, volvió a ver a Pajeú apuntándolo y, sin duda, disparándole.

—Vámonos, vámonos, estamos en medio de la guerra —lloriqueó el Enano, incrustándose de nuevo contra ella.

Jurema lo insultó: "Cállate, estúpido, cobarde". El Enano enmudeció, se apartó y la miró asustado, implorándole perdón con los ojos. El ruido de explosiones, de disparos, de clarines, de campanas continuaba y los enyerbados desaparecían, corriendo o arrastrándose, por esa lomada boscosa que iba a perderse en el río y en Canudos. Buscó a Pajeú y el caboclo tampoco estaba. Se habían quedado solos. ¿Qué debía hacer? ¿Permanecer allí? ¿Seguir a los yagunzos? ¿Buscar una trocha que la alejara de Canudos? Sintió fatiga, agarrotamiento de músculos y huesos, como si su organismo protestara contra la sola idea de moverse. Se apoyó contra la pared húmeda del foso y cerró los ojos. Flotó, se hundió en el sueño.

Cuando, removida por el Enano, oyó que éste le pedía disculpas por despertarla, le costó moverse. Los huesos le dolían y tuvo que frotarse el cuello. Era ya tarde, por las sombras en sesgo y lo amortiguada que caía la luz. Ese ruido atronador no era del sueño. "¿Qué pasa?", preguntó, sintiendo la lengua reseca e hinchada. "Se acercan, ¿no los oyes?", murmuró el Enano, señalando la pendiente. "Hay que ir a ver", dijo Jurema. El Enano se le prendió, tratando de atajarla, pero cuando ella salió del foso, la siguió gateando. Bajó hasta las rocas y zarzas donde había visto a Pajeú y se acuclilló. Pese a la polvareda, divisó en las faldas de los cerros del frente un hervidero de hormigas oscuras, y pensó que más soldados bajaban hacia el río, pero pronto comprendió que no bajaban sino subían, que huían de Canudos. Sí, no había duda, salían del río, corrían, trataban de ganar las cumbres y vio, en la otra margen, a grupos de hombres que disparaban y correteaban a soldados aislados que surgían de entre las casuchas, tratando de ganar la orilla. Sí, los soldados se estaban escapando y eran los yagunzos quienes ahora los perseguían. "Vienen para acá", gimoteó el Enano y a ella se le heló el cuerpo al advertir que, por observar los cerros del frente, no se había dado cuenta que la guerra tenía lugar también a sus pies, a ambas orillas del Vassa Barris. De ahí venía el bullicio con el que creyó soñar.

Medio borrados por el terral y el humo que deformaba cuerpos, rostros, vislumbró, en una confusión de vértigo, caballos tumbados y varados en las orillas del río, algunos agonizando, pues movían sus largos pescuezos como pidiendo ayuda para salir de esa agua fangosa donde iban a morir ahogados o desangrados. Un caballo sin jinete, de sólo tres patas, brincaba enloquecido queriendo morderse la cola, entre soldados que vadeaban el río con los fusiles sobre las cabezas, y otros aparecían corriendo, gritando, de entre las paredes de Canudos. Irrumpían de a dos y de a tres, a la carrera, a veces de espaldas como alacranes, y se tiraban al agua con la intención de ganar la pendiente donde estaban ella y el Enano. Les disparaban de alguna parte porque algunos caían rugiendo, aullando, y había uniformados que comenzaban a trepar las rocas.

—Nos van a matar, Jurema —lloriqueó el Enano.

Sí, pensó ella, nos van a matar. Se puso de pie, cogió al Enano, y gritó: "Corre, corre". Se lanzó cuesta arriba, por la parte más tupida de la caatinga. Muy pronto se fatigó pero encontró ánimos para seguir en el recuerdo del soldado que había caído sobre ella en la mañana. Cuando ya no pudo correr, siguió andando. Pensaba, compadecida, en lo extenuado que debía estar el Enano, con sus piernas cortitas, a quien, sin embargo, no había sentido quejarse y que había corrido prendido con firmeza de su mano. Cuando se detuvieron, oscurecía. Se hallaban en la otra vertiente, el terreno era plano a ratos y la vegetación se había enredado. El ruido de la guerra se oía lejos. Se dejó caer en el suelo y a ciegas cogió yerbas y se las llevó a la boca y las masticó, despacio, hasta sentir su juguito ácido en el paladar. Escupió, cogió otro puñado y así fue burlando la sed. El Enano, un bulto inmóvil, hacía lo mismo. "Hemos corrido horas", le dijo, pero no oyó su voz y pensó que seguramente él tampoco tenía fuerzas para hablarle. Lo tocó en el brazo y él le apretó la mano, con gratitud. Así estuvieron, respirando, masticando y escupiendo briznas, hasta que entre el ramaje raleado de la favela se encendieron las estrellas. Viéndolas, Jurema se acordó de Rufino, de Gall. A lo largo del día los habrían picoteado los urubús, las hormigas y las lagartijas y ya habrían comenzado a pudrirse. Nunca más vería esos restos que, a lo mejor, estaban ahí a pocos metros, abrazados. Las lágrimas le mojaron la cara. En eso oyó voces, muy cerca, y buscó y encontró la mano aterrada del Enano, contra el que una de las dos siluetas acababa de chocar. El Enano chilló como si lo hubieran acuchillado.

—No disparen, no nos maten —ululó una voz muy próxima—. Soy el Padre Joaquim, soy el párroco de Cumbe. ¡Somos gente de paz!

—Nosotros somos una mujer y un enano, Padre —dijo Jurema, sin moverse—. También somos gente de paz.

Esta vez sí le salió la voz.

AL ESTALLAR el primer cañonazo de esa noche, la reacción de Antonio Vilanova, pasado el atolondramiento, fue proteger al santo con su cuerpo. Igual cosa hicieron João Abade y João Grande, el Beatito y Joaquim Macambira y su hermano Honorio, de modo que se encontró cogido con ellos de los brazos, rodeando al Consejero, y calculando la trayectoria de la granada, que debía haber caído por San Cipriano, la callejuela de los curanderos, brujos, yerbateros y ahumadores de Belo Monte. ¿Cuál o cuáles de esas cabañas de viejas que curaban el mal de ojo con bebedizos de jurema y manacá, o de esos hueseros que componían el cuerpo a jalones, habían volado por los aires? El Consejero los sacó de la parálisis: "Vamos al Templo". Mientras, tomados de los brazos, se internaban por Campo Grande en dirección a las iglesias, João Abade comenzó a gritar que apagaran la lumbre de las casas, pues mecheros y fogatas era señuelos para el enemigo. Sus órdenes eran repetidas, extendidas y obedecidas: a medida que dejaban atrás los callejones y barracas del Espíritu Santo, de San Agustín, del Santo Cristo, de los Papas y de María Magdalena, que se ramificaban a las márgenes de Campo Grande, las viviendas desaparecían en las sombras. Frente a la pendiente de los Mártires, Antonio Vilanova oyó a João Grande decir al Comandante de la Calle: "Anda a dirigir la guerra, nosotros lo llevaremos sano y salvo". Pero el ex-cangaceiro estaba aún con ellos cuando estalló el segundo cañonazo que los hizo soltarse y ver tablas y cascotes, tejas y restos de animales o personas suspendidos en el aire, en medio de la llamarada que iluminó Canudos. Las granadas parecían haber estallado en Santa Inés, donde los campesinos que trabajaban las huertas de frutales, o en esa aglomeración contigua en la que coincidían tantos cafusos, mulatos y negros que llamaban el Mocambo.

El Consejero se separó del grupo en la puerta del Templo del Buen Jesús, al que entró seguido por una multitud. En las tinieblas, Antonio Vilanova sintió que el descampado se atestaba con la gente que había seguido la procesión y que ya no cabía en las iglesias. "¿Tengo miedo?", pensó, sorprendido de su inanición, ese deseo de acuclillarse allí con los hombres y mujeres que lo rodeaban. No, no era miedo. En sus años de comerciante, cruzando los sertones con mercaderías y dinero, había corrido muchos riesgos sin asustarse. Y aquí, en Canudos, como le recordaba el Consejero, había aprendido a sumar, a encontrar sentido a las cosas, una razón última para todo lo que hacía y eso lo había liberado de ese temor que, antes, en ciertas noches de desvelo, llenaba su espalda de sudor helado. No era miedo sino tristeza. Una mano recia lo sacudió:

—¿No oyes, Antonio Vilanova? —oyó que le decía João Abade—. ¿No ves que están aquí? ¿No hemos estado preparándonos para recibirlos? ¿Qué esperas?

—Perdóname —murmuró, pasándose la mano por el cráneo semipelado—. Estoy aturdido. Sí, sí, voy.

—Hay que sacar a la gente de aquí —dijo el ex-cangaceiro, remeciéndolo—. Si no, morirán despedazados.

—Voy, voy, no te preocupes, todo funcionará —dijo Antonio—. No fallaré.

Llamó a gritos a su hermano, tropezando entre la muchedumbre, y al poco rato lo sintió: "Aquí estoy, compadre". Pero, mientras él y Honorio se ponían en acción, exhortando a la gente a ir a los refugios cavados en las casas y llamaban a los aguateros para que recogieran las parihuelas y desandaban Campo Grande rumbo al almacén, Antonio seguía luchando contra una tristeza que le laceraba el alma. Había ya muchos aguateros, esperándolo. Les repartió las camillas de pitas y cortezas y envió a unos en dirección de las explosiones y ordenó a otros que aguardaran. Su mujer y su cuñada habían partido a las Casas de Salud y los hijos de Honorio se hallaban en la trinchera de Umburanas. Abrió el depósito que había sido antaño caballeriza y era ahora la armería de Canudos y sus ayudantes sacaron a la trastienda las cajas de explosivos y de proyectiles. Los instruyó para que sólo entregaran municiones a João Abade o a emisarios enviados por él. Dejó a Honorio encargado de la distribución de pólvora y con tres ayudantes corrió por los meandros de San Eloy y San Pedro hasta la forja del Niño Jesús, donde los herreros, por indicación suya, desde hacía una semana habían dejado de fabricar herraduras, azadas, hoces, facas, para día y noche convertir en proyectiles de trabucos y bacamartes los clavos, latas, fierros, ganchos y toda clase de objetos de metal que se pudo reunir. Encontró a los herreros confusos, sin saber si la orden de apagar los mecheros y hogueras también era para ellos. Les hizo encender la fragua y reanudar la tarea, después de ayudarlos a taponar las rendijas de los tabiques que miraban a los cerros. Cuando regresaba al almacén, con un cajón de municiones que olían a azufre, dos obuses cruzaron el cielo y fueron a estrellarse lejos, hacia los corrales. Pensó que varios chivos habrían quedado desventrados y despatarrados, y quizá algún pastor, y que muchas cabras habrían salido despavoridas y se estarían quebrando las patas y arañando en las breñas y los cactos. Entonces se dio cuenta por qué estaba triste. "Otra vez va a ser destruido todo, se va a perder todo", pensó. Sentía gusto a ceniza en la boca. Pensó: "Como cuando la peste en Assaré, como cuando la sequía en Joazeiro, como cuando la inundación en Caatinga do Moura". Pero quienes bombardeaban Belo Monte esta noche eran peores que los elementos adversos, más nocivos que las plagas y las catástrofes. "Gracias por hacerme sentir tan cierta la existencia del Perro, rezó. Gracias, porque así sé que tú existes, Padre". Oyó las campanas, muy fuertes, y su repiqueteo le hizo bien.

Encontró a João Abade y una veintena de hombres llevándose las municiones y la pólvora: eran seres sin caras, bultos que se movían silenciosamente mientras la lluvia caía de nuevo, removiendo el techo. "¿Te llevas todo?", le preguntó, extrañado, pues el propio João Abade había insistido para que el almacén fuera el centro distribuidor de armas y pertrechos. El Comandante de la Calle sacó al ex-comerciante al lodazal en que estaba convertido Campo Grande. "Están estirándose desde este extremo hasta ahí", le indicó, señalando las lomas de la

Favela y el Cambaio. "Van a atacar por estos dos lados. Si la gente de Joaquim Macambira no resiste, este sector será el primero en caer. Es mejor repartir las balas desde ahora." Antonio asintió. "¿Dónde vas a estar?", dijo. "Por todas partes", repuso el ex-cangaceiro. Los hombres esperaban con los cajones y las bolsas en los brazos.

—Buena suerte, João —dijo Antonio—. Voy a las Casas de Salud. ¿Algún encargo para Catarina?

El ex-cangaceiro vaciló. Luego dijo, despacio:

—Si me matan, debe saber que aunque ella perdonara lo de Custodia, yo no lo perdoné.

Desapareció en la noche húmeda, en la que acababa de estallar un cañonazo.

—¿Usted entendió el mensaje de João a Catarina, compadre? —dijo Honorio.

—Es una historia antigua, compadre —le repuso.

A la luz de una vela, sin hablarse, oyendo el diálogo de las campanas y los clarines y, a ratos, el bramido del cañón, estuvieron disponiendo víveres, vendas, remedios. Poco después llegó un chiquillo a decir, de parte de Antonia Sardelinha, que habían traído muchos heridos a la Casa de Salud de Santa Ana. Cogió una de las cajas con yodoformo, sustrato de bismuto y calomelano que había encargado al Padre Joaquim y fue a llevársela, después de decir a su hermano que descansara un rato pues lo bravo vendría con el amanecer.

La Casa de Salud de la pendiente de Santa Ana era un manicomio. Se escuchaban llantos y quejidos y Antonia Sardelinha, Catarina y las otras mujeres que iban allí a cocinar para los ancianos, inválidos y enfermos apenas podían moverse entre los parientes y amistades de los heridos que las tironeaban y exigían que atendieran a sus víctimas. Éstas yacían unas sobre otras, en el suelo, y eran a veces pisoteadas. Imitado por los aguateros, Antonio obligó a salir del local a los intrusos y puso a aquéllos a cuidar la puerta mientras ayudaba a curar y vendar a los heridos. Los bombardeos habían volado dedos y manos, abierto boquetes en los cuerpos y a una mujer la explosión le arrancó una pierna. ¿Cómo podía estar viva?, se preguntaba Antonio, mientras la hacía aspirar alcohol. Sus sufrimientos debían ser tan terribles que lo mejor que podía ocurrirle era morir cuanto antes. El boticario llegó cuando la mujer expiraba en sus brazos. Venía de la otra Casa de Salud, donde, dijo, había tantas víctimas como en ésta, y de inmediato ordenó que arrinconaran en el gallinero a los cadáveres, que reconocía de una simple ojeada. Era la única persona de Canudos con alguna instrucción médica y su presencia calmó al recinto. Antonio Vilanova encontró a Catarina mojándole la frente a un muchacho, con brazalete de la Guardia Católica, al que una esquirla había vaciado un ojo y abierto el pómulo. Estaba prendido con avidez infantil de ella, que le canturreaba entre dientes.

—João me dio un recado —le dijo Antonio. Y le repitió las palabras del cangaceiro. Catarina se limitó a hacer un ligero movimiento de cabeza. Esta mujer flaca, triste y callada resultaba un misterio para él. Era servicial, devota, y parecía ausente de todo y de todos. Ella y João Abade vivían en la calle del Niño Jesús, en una cabañita aplastada por dos casas de tablas, y preferían andar solos. Antonio los había visto, muchas veces, paseándose por los sembríos de detrás del Mocambo, enfrascados en una conversación interminable. "¿Lo vas a ver a João?", le preguntó. "Tal vez. ¿Qué quieres que le diga?". "Que si se condena, quiero condenarme", dijo suavemente Catarina.

El resto de la noche pasó, para el ex-comerciante, acondicionando enfermerías en dos viviendas de la trocha a Geremoabo, de las que tuvo que trasladar a sus moradores a casas de vecinos. Mientras con sus auxiliares despejaba el lugar y hacía traer tarimas, camastros, mantas, baldes de agua, remedios, vendas, volvió a sentirse invadido por la tristeza. Había costado tanto que esta tierra diera de nuevo, trazar y cavar canales, roturar y abonar ese pedregal para que se aclimataran el maíz y el frejol, las habas y la caña, los melones y las sandías, y había costado tanto traer, cuidar, hacer reproducirse a las cabras y a los chivos. Había sido preciso tanto trabajo, tanta fe, tanta dedicación de tanta gente para que estos sembríos y corrales fueran lo que eran. Y ahora los cañonazos estaban acabando con ellos e iban a entrar los soldados a acabar con unas gentes que se habían reunido allí para vivir en amor a Dios y ayudarse a sí mismas ya que nunca las habían ayudado. Se esforzó por quitarse esos pensamientos que le provocaban aquella rabia contra la que predicaba el Consejero. Un ayudante vino a decirle que los canes estaban bajando de los cerros.

Era el amanecer, había una algarabía de cornetas, las laderas se movían con formas rojiazules. Sacando el revólver de su funda, Antonio Vilanova echó a correr al almacén de la calle Campo Grande, donde llegó a tiempo para ver, cincuenta metros adelante, que las líneas de soldados habían cruzado el río y franqueaban la trinchera del viejo Joaquim Macambira, disparando a diestra y siniestra.

Honorio y media docena de ayudantes se habían atrincherado en el local, detrás de barriles, mostradores, camastros, cajones y sacos de tierra, por los que Antonio y sus auxiliares treparon a cuatro manos, jalados por los de adentro. Jadeante, se instaló de manera que pudiera tener un buen punto de mira hacia el exterior. La balacera era tan fuerte que no oía a su hermano, pese a estar codo con codo. Espió por la empalizada de trastos: unas nubes terrosas avanzaban, procedentes del río, por Campo Grande y las cuestas de San José y de Santa Ana. Vio humaredas, llamas. Estaban quemando las casas, querían achicharrarlos. Pensó que su mujer y su cuñada estaban allá abajo, en Santa Ana, tal vez asfixiándose y chamuscándose con los heridos de la Casa de Salud y sintió otra vez rabia. Varios soldados surgieron del humo y la tierra, mirando con locura a derecha y a izquierda. Las bayonetas de sus largos fusiles destellaban, vestían casacas azules y pantalones rojos. Uno lanzó una antorcha por encima de la empalizada. "Apágala", rugió Antonio al muchacho que tenía a su lado, mientras apuntaba al pecho al soldado más cercano. Disparó, casi sin ver, por la densa polvareda, con los tímpanos que le reventaban, hasta que su revólver se quedó sin balas. Mientras lo cargaba, de espaldas contra un tonel, vio que Pedrín, el muchacho al que había mandado apagar la antorcha, permanecía sobre el madero embreado, con la espalda sangrando. Pero no pudo ir hacia él pues, a su izquierda, la empalizada se desmoronó y dos soldados se metieron por allí, estorbándose uno al otro. "Cuidado, cuidado", gritó, disparándoles, hasta sentir de nuevo que el gatillo golpeaba en el percutor vacío. Los dos soldados habían caído y cuando llegó a ellos, con el cuchillo en la mano, tres ayudantes los remataban con sus facas, maldiciéndolos. Buscó y sintió alegría al ver a Honorio indemne, sonriéndole. "¿Todo bien, compadre?", le dijo y su hermano asintió. Fue a ver a Pedrín. No estaba muerto, pero además de la herida en la espalda se había quemado las manos. Lo cargó al cuarto de al lado y lo depositó sobre unas mantas. Tenía la cara mojada. Era un huérfano, que él y Antonia habían recogido a poco de instalarse en Canudos. Oyendo que se reanudaba el tiroteo, lo abrigó y se separó de él, diciéndole: "Ya vuelvo a curarte, Pedrín".

En la empalizada, su hermano disparaba con un fusil de los soldados y los auxiliares habían tapado la abertura. Volvió a cargar su revólver y se instaló junto a Honorio, quien le dijo: "Acaban de pasar unos treinta". El tiroteo, atronador, parecía cercarlos. Escudriñó lo que ocurría en la cuesta de Santa Ana y oyó que Honorio le decía: "¿Crees que Antonia y Asunción estarán vivas, compadre?". En eso vio, en el lodo, frente a la empalizada, a un soldado medio abrazado a su fusil y con un sable en la otra mano. "Necesitamos esas armas", dijo. Abrieron un boquete y se lanzó a la calle. Cuando se inclinaba a recoger el fusil, el soldado intentó levantar el sable. Sin vacilar, le hundió el puñal en el vientre, dejándose caer sobre él con todo su peso. Bajo el suyo, el cuerpo del soldado exhaló una especie de eructo, gruñó algo y se ablandó y quedó inmóvil. Mientras le arrancaba el puñal, el sable, el fusil y el morral, examinó la cara cenicienta, medio amarilla, una cara que había visto muchas veces entre los campesinos y vaqueros y sintió una sensación amarga. Honorio y los ayudantes estaban afuera, desarmando a otro soldado. Y en eso reconoció la voz de João Abade. El Comandante de la Calle llegó como segregado por el terral. Venía seguido de dos hombres y los tres tenían lamparones de sangre.

—¿Cuántos son ustedes? —preguntó, a la vez que les hacía señas de que se arrimaran a la fachada de la casa-hacienda.

—Nueve —dijo Antonio—. Y adentro está Pedrín, herido.

—Vengan —dijo João Abade, dando media vuelta—. Tengan cuidado, hay soldados metidos en muchas casas.

Pero el cangaceiro no tenía el menor cuidado, pues caminaba erecto, a paso rápido, por media calle, mientras iba explicando que atacaban las iglesias y el cementerio por el río y que había que impedir que los soldados se acercaran también por este lugar, pues el Consejero quedaría aislado. Quería cerrar Campo Grande con una barrera a la altura de los Mártires, ya casi en la esquina de la capilla de San Antonio.

Unos trescientos metros los separaban de allí y Antonio quedó sorprendido al ver los estragos. Había casas derruidas, desfondadas y agujereadas, escombros, altos de cascotes, tejas rotas, maderas carbonizadas entre las cuales aparecía a veces un cadáver, y nubes de polvo y humo que todo lo borraban, mezclaban, disolvían. Aquí y allá, como hitos del avance de los soldados, lengüetas de incendios. Colocándose al lado de João Abade, le repitió el mensaje de Catarina. El cangaceiro asintió, sin volverse. Intempestivamente, se dieron con una patrulla de soldados en la bocacalle de María Magdalena y Antonio vio que João saltaba, corría y lanzaba por el aire su faca como en las apuestas de puntería. Corrió también, disparando. Las balas silbaban a su alrededor y un instante después tropezó y cayó al suelo. Pero pudo pararse y esquivar la bayoneta que vio venir y arrastrar al soldado con él al fango. Golpeaba y recibía golpes sin saber si tenía en la mano la faca. De pronto sintió que el hombre con el que luchaba se encogía. João Abade lo ayudó a levantarse.

—Recojan las armas de los perros —ordenaba, al mismo tiempo—. Las bayonetas, los morrales, las balas.

Honorio y dos auxiliares estaban inclinados sobre Anastasio, otro ayudante, tratando de incorporarlo.

—Es inútil, está muerto —los contuvo João Abade—. Arrastren los cuerpos, para tapar la calle.

Y dio el ejemplo, cogiendo de un pie el cadáver más próximo y echando a andar en dirección a los Mártires. En la bocacalle, muchos yagunzos habían comenzado a levantar la barricada con todo lo que hallaban a mano. Antonio Vilanova se puso de inmediato a trabajar con ellos. Se escuchaban tiros, ráfagas, y al poco rato apareció un muchacho de la Guardia Católica a decir a João Abade, que cargaba con Antonio las ruedas de una carreta, que los heréticos venían de nuevo hacia el Templo del Buen Jesús. "Todos allá", gritó João Abade y los yagunzos corrieron detrás de él. Entraron a la plaza al mismo tiempo que, del cementerio, desembocaban varios soldados, dirigidos por un joven rubio que blandía un sable y disparaba un revólver. Una cerrada fusilería, desde la capilla y las torres y techos del Templo en construcción, los atajó. "Síganlos, síganlos", oyó rugir a João Abade. De las iglesias salieron decenas de hombres a sumarse a la persecución. Vio a João Grande, enorme, descalzo, alcanzar al Comandante de la Calle y hablarle mientras corría. Los soldados se habían hecho fuertes detrás del cementerio y al entrar a San Cipriano los yagunzos fueron recibidos con una granizada de balas. "Lo van a matar", pensó Antonio, tirado en el suelo, al ver a João Abade que, de pie en media calle, indicaba con gestos a quienes lo seguían que se refugiaran en las casas o se aplastaran contra la tierra. Luego, se acercó a Antonio, a quien le habló acuclillándose a su lado:

—Regresa a la barricada y asegúrala. Hay que desalojarlos de aquí y empujarlos hacia donde les caerá Pajeú. Anda y que no se cuelen por el otro lado.

Antonio asintió y, un momento después, corría de regreso, seguido de Honorio, los auxiliares y otros diez hombres, a la encrucijada de los Mártires y Campo Grande. Le pareció recobrar al fin la conciencia, salir del aturdimiento. "Tú sabes organizar, se dijo. Y ahora hace falta eso, eso." Indicó que los cadáveres y escombros del descampado fueran llevados a la barricada y él ayudó hasta que, en medio del trajín, oyó gritos en el interior de una vivienda. Fue el primero en entrar, abriendo el tabique de una patada y disparando al uniforme acuclillado. Estupefacto, comprendió que el soldado que habían matado estaba comiendo; tenía en la mano el pedazo de charqui que sin duda acababa de coger del fogón. A su lado, el dueño de casa, un viejo, agonizaba con la bayoneta clavada en el estómago y tres chiquillos chillaban desaforados. "Qué hambre tendría, pensó, para olvidarse de todo y dejarse matar con tal de tragar un bocado de charqui." Con cinco hombres fue revisando las viviendas, entre la bocacalle y el descampado. Todas parecían un campo de batalla: desorden, techos con boquetes, muros partidos, objetos pulverizados. Mujeres, ancianos, niños armados de palos y trinches ponían cara de alivio al verlos o prorrumpían en una cháchara frenética. En una casa encontró dos baldes de agua y después de beber y hacer beber a los otros, los arrastró a la barricada. Vio la felicidad con que Honorio y los demás bebían.

Encaramándose en la barricada, observó por entre los trastos y los muertos. La única calle recta de Canudos, Campo Grande, lucía desierta. A su derecha, el tiroteo arreciaba entre incendios. "La cosa está brava en el Mocambo, compadre", dijo Honorio. Tenía la cara encarnada y cubierta de sudor. Le sonreía. "No nos van a sacar de aquí, ¿no es cierto?", dijo. "Claro que no, compadre", respondió Honorio. Antonio se sentó en una carreta y mientras cargaba su revólver —ya casi no le quedaban balas en los cinturones que le ceñían el vientre— vio que los yagunzos estaban en su mayoría armados con los fusiles de los soldados. Les estaban ganando la guerra. Se acordó de las Sardelinhas, allá abajo, en la cuesta de Santa Ana.

—Quédate aquí y dile a João que he ido a la Casa de Salud a ver qué pasa —le dijo a su hermano.

Saltó al otro lado de la barricada, pisando los cadáveres acosados por miríadas de moscas. Cuatro yagunzos lo siguieron. "¿Quién les ordenó venir?", les gritó. "João Abade", dijo uno de ellos. No tuvo tiempo de replicar, pues en San Pedro se vieron atrapados en un tiroteo: se luchaba en las puertas, en los techos y en el interior de las casas de la calle. Volvieron a Campo Grande y por allí pudieron bajar hacia Santa Ana, sin encontrar soldados. Pero en Santa Ana había tiros. Se agazaparon detrás de una casa que humeaba y el comerciante observó. A la altura de la Casa de Salud había otra humareda; de allí disparaban. "Voy a acercarme, esperen aquí", dijo, pero cuando reptaba, vio que los yagunzos reptaban a su lado. Unos metros más allá descubrió por fin a media docena de soldados, disparando no contra ellos sino contra las casas. Se incorporó y corrió hacia ellos a toda la velocidad de sus piernas, con el dedo en el gatillo, pero sólo disparó cuando uno de los soldados volvió la cabeza. Le descargó los seis tiros y lanzó la faca a otro que se le vino encima. Cayó al suelo y allí se prendió de las piernas del mismo o de otro soldado y, sin saber cómo, se encontró apretándole el cuello, con todas sus fuerzas. "Mataste dos perros, Antonio", dijo un yagunzo. "Los fusiles, las balas, quítenselas", respondió él. Las casas se abrían y salían grupos, tosiendo, sonriendo, haciendo adiós. Ahí estaban Antonia, su mujer, y Asunción, y, detrás, Catarina, la mujer de João Abade.

—Míralos —dijo uno de los yagunzos, sacudiéndolo—. Mira cómo se tiran al río.

A derecha e izquierda, por sobre los techos encrespados de la cuesta de Santa Ana, había otras figuras uniformadas, aceleradas, trepando la pendiente, y otras se lanzaban al río, a veces arrojando sus fusiles. Pero le llamó más la atención advertir que muy pronto sería de noche. "Vamos a quitarles las armas", gritó con todas sus fuerzas. "Vamos, cabras, no se deja un trabajo sin terminar." Varios yagunzos corrieron con él hacia el río y uno se puso a dar mueras a la República y al Anticristo y vivas al Consejero y al Buen Jesús.

EN ESE SUEÑO que es y no es, duermevela que disuelve la frontera entre la vigilia y el dormir y que le recuerda ciertas noches de opio en su desordenada casita de Salvador, el periodista miope del *Jornal de Nóticias* tiene la sensación de no haber dormido sino hablado y escuchado, dicho a esas presencias sin rostro que comparten con él la caatinga, el hambre y la incertidumbre, que para él lo más terrible no es estar extraviado, ignorante de lo que ocurrirá cuando despunte el día, sino haber perdido su bolsón de cuero y los rollos de papeles garabateados que tenía envueltos en sus pocas mudas de ropa. Está seguro de haberles contado también cosas que lo avergüenzan: que hace dos días, cuando se le acabó la tinta y se le partió la última pluma de ganso tuvo un acceso de llanto, como si se le hubiera muerto un familiar. Y está seguro —seguro de la manera incierta, inconexa, blanda, en que todo pasa, se dice o se recibe en el mundo del opio— que toda la noche ha masticado, sin asco, los manojos de yerbas, de hojas, de ramitas, quizá los insectos, las indescifrables materias, secas o húmedas, viscosas o sólidas, que se han pasado de mano en mano él y sus compañeros. Y está seguro que ha escuchado tantas confesiones íntimas como las que cree haber hecho. "Menos ella, todos tenemos un miedo inconmensurable", piensa. Así lo ha reconocido el Padre Joaquim, a quien ha servido de almohada y quien lo ha sido suya: que ha descubierto el verdadero miedo sólo hoy día, allá, amarrado a ese árbol, esperando que un soldado viniera a cortarle el pescuezo, oyendo el tiroteo, viendo las idas y venidas, la llegada de los heridos, un miedo infinitamente mayor que el que nunca ha sentido por nada y por nadie, incluidos el Demonio y el infierno. ¿Ha dicho estas cosas el cura gimiendo y a ratos pidiendo perdón a Dios por decirlas? Pero quien tiene más miedo todavía es el que ella dijo que es enano. Porque, con una vocecita tan deforme como debe ser su cuerpo, no ha cesado de lloriquear y de desvariar sobre mujeres barbudas, gitanos, forzudos y un hombre sin huesos que podía doblarse en cuatro. ¿Cómo será el Enano? ¿Será ella su madre? ¿Qué hacen aquí ese par? ¿Cómo es posible que ella no tenga miedo? ¿Qué tiene que es peor que el miedo? Pues el periodista miope ha percibido algo todavía más corrosivo, ruinoso, desgarrador, en el murmullo suave, esporádico, en el que la mujer no ha hablado de lo único que tiene sentido, el miedo a morir, sino de la porfía de alguien que está muerto, sin enterrar, mojándose, helándose, mordido por toda clase de bichos. ¿Será una loca, alguien que ya no tiene miedo porque lo tuvo tanto que enloqueció?

Siente que lo remecen. Piensa: "Mis anteojos". Ve una claridad verdosa, sombras móviles. Y mientras palpa su cuerpo, su alrededor, oye al Padre Joaquim: "Despierte, ya amanece, tratemos de encontrar el camino de Cumbe". Los halla al fin, entre sus piernas, intactos. Los limpia, se incorpora, balbucea "vamos, vamos", y al ponerse los anteojos y definirse el mundo ve al Enano: en efecto, es pequeñísimo como un niño de diez años y con una cara constelada de pliegues. Está de la mano de ella, una mujer sin edad, con los pelos sueltos, tan delgada que la piel parece superpuesta a sus huesos. Ambos están cubiertos de barro, con las ropas destrozadas, y el periodista miope se pregunta si él dará también, como ellos y como el curita fortachón, que se ha puesto a caminar decidido rumbo al sol, esa impresión de desgreñamiento, de abandono, de indefensión. "Estamos al otro lado de la Favela", dice el Padre Joaquim. "Por aquí deberíamos salir a la trocha de Bendengó.

Dios quiera que no haya soldados..." "Pero habrá", piensa el periodista miope. O, en vez de ellos, yagunzos. Piensa: "No somos nada, no estamos en uno ni en otro bando. Nos matarán". Camina, sorprendido de no estar cansado, viendo delante la filiforme silueta de la mujer y el Enano que salta para no atrasarse. Andan mucho rato, sin cambiar palabra, en ese orden. En la madrugada soleada oyen cantos de pájaros, bordoneo de insectos y ruidos múltiples, confusos, disímiles, crecientes: tiros aislados, campanas, el ulular de una corneta, tal vez una explosión, tal vez voces humanas. El curita no se desvía, parece saber adonde va. La caatinga comienza a ralear y empequeñecerse de matorrales y cactos, hasta convertirse en tierra escarpada, al descubierto. Marchan paralelos a una línea rocosa que les oculta la visión de la derecha. Una media hora después alcanzan la cresta de ese horizonte rocoso y al mismo tiempo que la exclamación del cura, el periodista miope ve qué la motiva: casi junto a ellos están los soldados y detrás, delante, a los costados, los yagunzos. "Miles", murmura el periodista miope. Tiene ganas de sentarse, de cerrar los ojos, de olvidarse. El Enano chilla: "Jurema, mira, mira". El cura cae de rodillas, para ofrecer menos bulto a las miradas y sus compañeros también se acuclillan. "Justamente, teníamos que caer en medio de la guerra", susurra el Enano. "No es la guerra, piensa el periodista miope. Es la fuga." El espectáculo al pie de esas lomas cuya cumbre ocupan suspende su miedo. Así, no le hicieron caso al Mayor Cunha Matos, no se retiraron anoche y lo hacían sólo ahora, como quería el Coronel Tamarindo.

Las masas de soldados sin orden ni concierto, que se aglomeran allá abajo en una extensión amplia, en partes apiñados y en otras distanciados, en un estado calamitoso, arrastrando las carretas de la Enfermería y cargando camillas, con los fusiles colgados de cualquier manera o convertidos en bastones y muletas, no se parecen en nada al Séptimo Regimiento del Coronel Moreira César que él recuerda, ese cuerpo disciplinado, cuidadoso del atuendo y las formas. ¿Lo habrán enterrado allá arriba? ¿Traerán sus restos en una de esas camillas, de esas carretas?

—¿Habrán hecho las paces? —murmura el cura, a su lado—. ¿Un armisticio, tal vez?

La idea de una reconciliación le resulta extravagante, pero es verdad que algo extraño sucede allá abajo: no hay pelea. Y, sin embargo, soldados y yagunzos están cerca, cada momento más cerca. Los ojos miopes, ávidos, alucinados, saltan entre los grupos de yagunzos, esa indescriptible humanidad de atuendos estrafalarios, armada de escopetas, de carabinas, de palos, de machetes, de rastrillos, de ballestas, de piedras, con trapos en las cabezas, que parece encarnar el desorden, la confusión, como aquellos a quienes persiguen, o, más bien, escoltan, acompañan.

—¿Se habrán rendido los soldados? —dice el Padre Joaquim—. ¿Los llevarán prisioneros?

Los grandes grupos de yagunzos van por las faldas de los cerros, a uno y otro lado de la corriente ebria y dislocada de soldados, acercándoseles y constriñéndolos cada vez más. Pero no hay tiros. No, por lo menos, lo que había ayer en Canudos, esas ráfagas y explosiones, aunque a sus oídos llegan a veces tiros aislados. Y ecos de insultos e injurias: ¿qué otra cosa pueden ser esas hilachas de voces? A la retaguardia de la desastrada Columna el periodista miope reconoce de pronto al Capitán Salomão da Rocha. El grupito de soldados que va a la cola, distanciado de los demás, con cuatro cañones tirados por mulas a las que azotan sin misericordia, queda completamente aislado cuando un grupo de yagunzos de los flancos echa a correr y se interpone entre ellos y el resto de los soldados. Los cañones ya no se mueven y el periodista miope está seguro que ese oficial —tiene un sable y una pistola, va de uno a otro de los soldados aplastados contra los mulares y cañones, dándoles sin duda órdenes, aliento, a medida que los yagunzos se cierran sobre ellos— es Salomão da Rocha. Recuerda sus bigotitos recortados —sus compañeros le decían el Figurín— y su manía de hablar siempre de los adelantos anunciados en el catálogo de los Comblain, de la precisión de los Krupp y de esos cañones a los que puso nombre y apellido. Al ver pequeños brotes de humo comprende que se están disparando, a boca de jarro, sólo que él, ellos, no oyen los disparos porque el viento corre en otra dirección. "Todo este tiempo han estado disparándose, matándose, insultándose, sin que nosotros oyéramos", piensa y deja de pensar, pues el grupo de soldados y cañones es bruscamente sumergido por los yagunzos que lo cercaban. Parpadeando, pestañeando, abriendo la boca el periodista miope ve que el oficial del sable resiste unos segundos la andanada de palos, picas, azadas, hoces, machetes, bayonetas o lo que sean esos objetos oscuros, antes de desaparecer igual que los soldados, bajo la masa de asaltantes que ahora da saltos y sin duda gritos que no llega a oír. Oye, en cambio, relinchar a las mulas a las que tampoco ve.

Se da cuenta que se ha quedado solo en ese parapeto desde el que ha visto la captura de la artillería del Séptimo Regimiento y la segura muerte de los soldados y el oficial que la servían. El párroco de Cumbe trota pendiente abajo, a veinte o treinta metros, seguido por la mujer y el Enano, derecho hacia los yagunzos. Todo su ser duda. Pero el miedo a quedarse solo allí es peor y se pone de pie y echa a correr también, pendiente abajo. Tropieza, resbala, cae, se levanta, hace equilibrio. Muchos yagunzos los han visto, hay caras que se ladean, levantan, hacia la pendiente por donde él baja, con una sensación de ridículo por su torpeza para pisar y mantenerse derecho. El cura de Cumbe, ahora diez metros delante, dice algo, grita y hace señas, gestos a los yagunzos. ¿Lo está denunciando, delatando? ¿Para congraciarse con ellos les dirá que es soldado, hará que...? y vuelve a rodar, aparatosamente. Da volteretas, gira como un tonel, sin sentir dolor, vergüenza, únicamente pensando en sus anteojos que de milagro siguen firmes en sus orejas cuando por fin se detiene y trata de incorporarse. Pero está tan magullado, aturdido y aterrado que no consigue hacerlo hasta que unos brazos lo levantan en peso. "Gracias", murmura y ve al Padre Joaquim palmeado, abrazado, besado en la mano por yagunzos que sonríen y muestran sorpresa, excitación. "Lo conocen, piensa, si él se los pide no me matarán."

—Yo mismo, yo mismo, João, en cuerpo y alma —dice el Padre Joaquim a un hombre alto, fuerte, de piel curtida, embarrado, en medio de un corro de gente con sartas de balas en el cuello—, ningún espíritu, no me mataron, me escapé. Quiero volver a Cumbe, João Abade, salir de aquí, ayúdame...

—Imposible, Padre, es peligroso, ¿no ve que hay tiros por todas partes? —dice el hombre—. Vaya a Belo Monte, hasta que la guerra pase.

"¿João Abade?", piensa el periodista miope. "¿João Abade también en Canudos?" Oye descargas de fusilería, súbitas, fuertes, ubicuas, y se le hiela la sangre: "¿Quién es el cabra cuatro ojos?", oye decir a João Abade, señalándolo. "Ah, sí, un periodista, me ayudó a escapar, no es soldado. Y esa mujer y ese..." pero no puede concluir la frase por el tiroteo. "Regrese a Belo Monte, Padre, allá está despejado", dice João Abade a la vez que corre pendiente abajo, seguido por los yagunzos que lo rodeaban. Desde el suelo, el periodista miope divisa de pronto, a lo lejos, al Coronel Tamarindo cogiéndose la cabeza en medio de una estampida de soldados. Hay un desorden y confusión totales; la Columna parece diseminada, pulverizada. Los soldados corren, desalados, despavoridos, perseguidos y, desde el suelo, la boca llena de tierra, el periodista miope ve la mancha de gente que se va esparciendo, repartiendo, mezclando, figuras que caen, que forcejean, y sus ojos vuelven una y otra vez al lugar donde ha caído el viejo Tamarindo. Unos yagunzos están inclinados ¿rematándolo? Pero se demoran demasiado, acuclillados ahí, y los ojos del periodista miope, ardiendo de tanto forzarse, advierten al fin que lo están desnudando.

Siente un sabor acre, un comienzo de atoro y se da cuenta que, como autómata, está masticando la tierra que le entró a la boca al tirarse al suelo. Escupe, sin dejar de mirar, en el gigantesco terral que se ha levantado, la desbandada de los soldados. Corren en todas direcciones, algunos disparando, otros arrojando al suelo, al aire, armas, cajas, camillas, y aunque están ya lejos alcanza a ver que van también, en su carrera frenética, aturdida, arrojando los quepis, las polacas, los correajes, las cartucheras. ¿Por qué se desnudan ellos también, qué locura es esta que está viendo? Intuye que se despojan de todo lo que pueda identificarlos como soldados, que quieren hacerse pasar por yagunzos en el desbarajuste. El Padre Joaquim se pone de pie y, como hace un momento, vuelve a correr. Esta vez de manera extraña, moviendo la cabeza, las manos, hablando y gritando a fugitivos y perseguidores. "Está yendo a meterse en medio de las balas, donde se están acuchillando, destrozando", piensa. Sus ojos encuentran los de la mujer, que lo mira asustada, pidiéndole consejo. Y entonces él, siguiendo un impulso, también se pone de pie, gritándole: "Hay que estar con él, es el único que puede salvarnos". Ella se incorpora y echa a correr, arrastrando al Enano que, desorbitado, con la cara llena de tierra, chilla mientras corre. El periodista miope deja de verlos pronto, pues sus largas piernas o su miedo les sacan ventaja. Corre veloz, torcido, desancado, la cabeza sumida, pensando hipnóticamente que una de esas balas que queman y que silban le está destinada, que corre hacia ella, y que uno de esos cuchillos, hoces, machetes, bayonetas que entrevé lo aguarda para poner fin a su carrera. Pero sigue corriendo entre nubes de tierra, percibiendo y perdiendo y recobrando la figurita fortachona, como con aspas, del cura de Cumbe. De pronto, lo pierde del todo. Mientras lo maldice y odia, piensa: "Adónde va, por qué corre así, por qué quiere morir y que muramos". Aunque ya no tiene aliento —va con la lengua afuera, tragando polvo, casi sin ver pues los anteojos se han cubierto de tierra— sigue corriendo, derrengándose: las pocas fuerzas que le quedan le dicen que su vida depende del Padre Joaquim.

Cuando cae por tierra, porque tropieza o porque el cansancio le dobla las piernas, siente una curiosa sensación bienhechora. Apoya la cabeza en sus brazos, trata de que entre el aire a sus pulmones, escucha su corazón. Mejor morir que seguir corriendo. Poco a poco va reponiéndose, sintiendo que la palpitación de las sienes se calma. Está mareado y con arcadas pero no vomita. Se saca los anteojos y los limpia. Se los pone. Está rodeado de gente. No tiene miedo ya ni le importa. El cansancio lo ha librado de temores, incertidumbres, imaginación. Por lo demás, nadie parece fijarse en él. Están recogiendo los fusiles, las municiones, las bayonetas, pero sus ojos no se engañan y desde el primer momento saben que, además, esos grupos de yagunzos, aquí, allá, más allá, están también decapitando a los cadáveres con sus machetes, con la aplicación con que se decapita a los bueyes y a los chivos, y echando las cabezas en costales o ensartándolas en picas y en las mismas bayonetas que esos muertos trajeron para ensartarlos o llevándoselas cogidas de los pelos, en tanto que otros prenden fogatas donde comienzan a chisporrotear, a chasquear, a retorcerse, a estallar, a chamuscarse, los cadáveres descabezados. Una fogata está muy cerca y ve que, sobre dos cuerpos que se asan, unos hombres con trapos azules arrojan otros restos. "Ahora me toca, piensa, vendrán, me la cortarán, se la llevarán en un palo y echarán mi cuerpo a esa fogata." Sigue amodorrado, vacunado contra todo por la infinita fatiga. Aunque los yagunzos hablan, no los entiende.

En eso ve al Padre Joaquim. Sí, el Padre Joaquim. No va sino viene, no corre sino anda, con los pies muy abiertos, sale de ese terral que ha comenzado ya a producir en sus narices el cosquilleo que precede los estornudos, siempre haciendo gestos, muecas, señales, a nadie y a todos, incluso a esos muertos quemados. Viene embarrado, desgarrado, los pelos revueltos. El periodista miope se incorpora cuando pasa frente a él, diciendo: "No se vaya, lléveme, no deje que me arranquen la cabeza, no deje que me quemen..." ¿Lo oye el cura de Cumbe? Habla solo o con fantasmas, repite cosas incomprensibles, nombres desconocidos, acciona. Él camina a su lado, muy junto, sintiendo que esa vecindad lo resucita. Advierte que a su derecha caminan, con ellos, la mujer descalza y el Enano. Demacrados, enterrados, rotos, le parecen sonámbulos.

Nada de lo que ve y oye le sorprende o asusta o interesa. ¿Es esto el éxtasis? Piensa: "Ni siquiera el opio, en Salvador..." Ve a su paso que los yagunzos están colgando en los árboles de favela salpicados a ambos lados del sendero, quepis, guerreras, cantimploras, capotes, mantas, correajes, botas, como quien decora los árboles para la Nochebuena, pero no le importa. Y cuando, en la bajada hacia el mar de techos y escombros que es Canudos, ve a ambas orillas de la trocha, alineadas, mirándose, acribilladas por insectos, las cabezas de los soldados, tampoco su corazón se enloquece ni regresan su miedo, su fantasía. Ni siquiera cuando una figura absurda, uno de esos espantapájaros que se plantan en los sembríos, les obstruye el camino y reconoce, en la forma desnuda, adiposa, empalada en una rama seca, el cuerpo y la cara del Coronel Tamarindo, se inmuta. Pero un momento después se para en seco y, con la serenidad que ha alcanzado, se pone a escudriñar una de las cabezas aureoladas por enjambres de moscas. No hay duda alguna: es la cabeza de Moreira César.

El estornudo lo toma tan desprevenido que no tiene tiempo de llevarse las manos a la cara, de atajar sus anteojos: salen despedidos y él, doblado por la ráfaga de estornudos, está seguro de oír el impacto que hacen al chocar contra los guijarros. Apenas puede, se acuclilla y manotea. Los encuentra al instante. Ahora sí, al palparlos y sentir que los cristales se han hecho añicos, retorna la pesadilla de la noche, del amanecer, de hace un momento.

—Alto, alto —grita, poniéndose los anteojos, viendo un mundo trizado, resquebrajado, puntillado—. No veo nada, les suplico.

Siente en su mano derecha una mano que sólo puede ser —por su tamaño, por su presión— la de la mujer descalza. Tira de él, sin decir una palabra, orientándolo en ese mundo de pronto inaprensible, ciego.

Lo PRIMERO que sorprendió a Epaminondas Gonçalves, al entrar en el palacio del Barón de Cañabrava, en el que nunca había puesto los pies, fue el olor a vinagre y a yerbas aromáticas que impregnaba las habitaciones, por las que un criado negro lo conducía, alumbrándolo con un candil. Lo introdujo a un despacho con estanterías llenas de libros, iluminado por una lámpara de cristales verdosos que daba apariencia selvática al escritorio de extremidades ovaladas y a los confortables y mesitas con adornos. Curioseaba un mapa antiguo, en el que alcanzó a leer escrito en letras cardenalicias el nombre de Calumbí, cuando entró el Barón. Se dieron la mano sin calor, como personas que apenas se conocen.

—Le agradezco que viniera —dijo el Barón, ofreciéndole asiento—. Tal vez hubiera sido mejor celebrar esta entrevista en un lugar neutral, pero me permití proponerle mi casa porque mi esposa está delicada y prefiero no salir.

—Espero que se recobre pronto —dijo Epaminondas Gonçalves, rechazando la caja de cigarros que el Barón le alcanzó—. Todo Bahía espera verla otra vez tan sana y bella como siempre.

El Barón se había adelgazado y envejecido mucho y el dueño del *Jornal de Notícias* se preguntó si esas arrugas y ese abatimiento eran obra de la vejez o de los últimos acontecimientos.

—En realidad, Estela se halla físicamente bien, su organismo se ha recuperado —dijo el Barón, con viveza—. Es su espíritu el que sigue dolido, por la impresión que fue para ella el incendio de Calumbí.

—Una desgracia que nos concierne a todos los bahianos —murmuró Epaminondas. Alzó la vista para seguir al Barón, que se había puesto de pie y estaba sirviendo dos copas de cognac—. Lo he dicho en la Asamblea y en el *Jornal de Notícias*. La destrucción de propiedades es un crimen que nos afecta a aliados y adversarios por igual.

El Barón asintió. Alcanzó a Epaminondas su copa y brindaron en silencio, antes de beber. Epaminondas colocó su copa en la mesita y el Barón la retuvo, calentando y removiendo el líquido rojizo.

—He pensado que era bueno que habláramos —dijo, despacio—. El éxito de las negociaciones entre el Partido Republicano y el Partido Autonomista dependen de que usted y yo nos pongamos de acuerdo.

—Tengo que advertirle que no he sido autorizado por mis amigos políticos para negociar nada esta noche —lo interrumpió Epaminondas Gonçalves.

—No necesita su autorización —sonrió el Barón, con sorna—. Mi querido Epaminondas, no juguemos a las sombras chinas. No hay tiempo. La situación es gravísima y usted lo sabe. En Río, en Sao Paulo, asaltan los diarios monárquicos y linchan a sus dueños. Las señoras del Brasil rifan sus joyas y sus cabellos para ayudar al Ejército que viene a Bahía. Vamos a poner las cartas sobre la mesa. No podemos hacer otra cosa a menos que queramos suicidarnos.

Volvió a beber un sorbo de cognac.

—Ya que quiere franqueza, le confesaré que sin lo ocurrido a Moreira César en Canudos no estaría aquí ni habría conversaciones entre nuestros partidos —asintió Epaminondas Gonçalves.

—En eso estamos de acuerdo —dijo el Barón—. Supongo que también lo estamos en lo que significa políticamente para Bahía esa movilización militar en gran escala que organiza el gobierno federal en todo el país.

—No sé si la vemos de la misma manera —Epaminondas cogió su copa, bebió, paladeó y añadió, fríamente—: Para usted y sus amigos es, desde luego, el fin.

—Lo es sobre todo para ustedes, Epaminondas —repuso amablemente el Barón—. ¿No se ha dado cuenta? Con la muerte de Moreira César, los jacobinos han sufrido un golpe mortal. Han perdido la única figura de prestigio con que contaban. Sí, mi amigo, los yagunzos han hecho un favor al Presidente Prudente de Morais y al Parlamento, a ese gobierno de "bachilleres" y "cosmopolitas" que ustedes querían derribar para instalar la República Dictatorial. Morais y los Paulistas van a servirse de esta crisis para limpiar el Ejército y la administración de jacobinos. Siempre fueron pocos y ahora están acéfalos. Usted también será barrido en la limpieza. Por eso lo he llamado. Vamos a vernos en aprietos con el gigantesco Ejército que viene a Bahía. El gobierno federal pondrá un jefe militar y político en el estado, alguien de confianza de Prudente de Morais, y la Asamblea perderá toda fuerza si no se cierra por falta de uso. Toda forma de poder local desaparecerá de Bahía y seremos un simple apéndice de Río. Por más partidario del centralismo que sea, me imagino que no lo es tanto como para aceptar verse expulsado de la vida política.

—Es una manera de ver las cosas —murmuró Epaminondas, imperturbable—. ¿Puede decirme en qué forma contrarrestaría el peligro ese frente común que me propone?

—Nuestra unión obligará a Morais a negociar y pactar con nosotros y salvará a Bahía de caer atada de pies y manos bajo el control de un Virrey militar —dijo el Barón—. Y le dará a usted, además, la posibilidad de llegar al poder.

—Acompañado... —dijo Epaminondas Gonçalves.

—Solo —lo rectificó el Barón—. La Gobernación es suya. Luis Viana no volverá a presentarse y usted será nuestro candidato. Tendremos listas conjuntas para la Asamblea y para los Concejos Municipales. ¿No es por lo que lucha hace tanto tiempo?

Epaminondas Gonçalves enrojeció. ¿Le producían ese arrebato el cognac, el calor, lo que acababa de oír o lo que pensaba? Permaneció silencioso unos segundos, abstraído.

—¿Sus partidarios están de acuerdo? —preguntó al fin, en voz baja.

—Lo estarán cuando comprendan que es lo que deben hacer —dijo el Barón—. Yo me comprometo a convencerlos. ¿Está satisfecho?

—Necesito saber qué va a pedirme a cambio —dijo Epaminondas Gonçalves.

—Que no se toquen las propiedades agrarias ni los comercios urbanos —repuso el Barón de Cañabrava, en el acto—. Ustedes y nosotros lucharemos contra cualquier intento de confiscar, expropiar, intervenir o gravar inmoderadamente las tierras o los comercios. Es la única condición.

Epaminondas Gonçalves respiró hondo, como si le faltara el aire. Bebió el resto del cognac de un trago.

—¿Y usted, Barón?

—¿Yo? —murmuró el Barón, como si hablara de un espíritu—. Voy a retirarme de la vida política. No seré un estorbo de ninguna especie. Por lo demás, como sabe, viajo a Europa la próxima semana. Permaneceré allá por tiempo indefinido. ¿Lo tranquiliza eso?

Epaminondas Gonçalves, en vez de responder, se puso de pie y dio unos pasos por la habitación, con las manos a la espalda. El Barón había adoptado una actitud ausente. El dueño del *Jornal de Notícias* no trataba de ocultar el indefinible sentimiento que se había apoderado de él. Estaba serio, arrebatado, y en sus ojos, además de la bulliciosa energía de siempre, había también desasosiego, curiosidad.

—Ya no soy un niño, aunque no tenga su experiencia —dijo, mirando de manera desafiante al dueño de casa—. Sé que usted me está engañando, que hay una trampa en lo que me propone.

El Barón asintió, sin demostrar el menor enfado. Se levantó para servir un dedo de cognac en las copas vacías.

—Comprendo que desconfíe —dijo, con su copa en la mano, iniciando un recorrido por la habitación que terminó en la ventana de la huerta. La abrió: una bocanada de aire tibio entró al despacho junto con la algarabía de los grillos y una lejana guitarra—. Es natural. Pero no hay trampa alguna, le aseguro. La verdad es que, tal como están las cosas, he llegado al convencimiento que la persona con las dotes necesarias para dirigir la política de Bahía es usted.

—¿Debo tomar eso como un elogio? —preguntó Epaminondas Gonçalves, con aire sarcástico.

—Creo que se acabó un estilo, una manera de hacer política —precisó el Barón, como si no lo oyera—. Reconozco que me he quedado obsoleto. Yo funcionaba mejor en el viejo sistema, cuando se trataba de conseguir la obediencia de la gente hacia las instituciones, de negociar, de persuadir, de usar la diplomacia y las formas. Lo hacía bastante bien. Eso se acabó, desde luego. Hemos entrado en la hora de la acción, de la audacia, de la violencia, incluso de los crímenes. Ahora se trata de disociar totalmente la política de la moral. Estando así las cosas, la persona mejor preparada para mantener el orden en este Estado es usted.

—Ya me sospechaba que no me estaba usted haciendo un elogio —murmuró Epaminondas Gonçalves, tomando asiento.

El Barón se sentó a su lado. Con el parloteo de los grillos entraban a la habitación ruidos de coches, la cantilena de un sereno, una bocina, ladridos.

—En cierto sentido, lo admiro. —El Barón lo observó con un brillo fugaz en las pupilas—. He podido apreciar lo temerario que es, la complejidad y la frialdad de sus operaciones políticas. Sí, nadie tiene en Bahía las condiciones suyas para hacer frente a lo que se avecina.

—¿Me va a decir de una vez por todas lo que quiere de mí? —dijo el dirigente del Partido Republicano. En su voz había algo dramático.

—Que me reemplace —afirmó el Barón, con énfasis—. ¿Elimina su desconfianza que le diga que me siento derrotado por usted? No en los hechos, pues nosotros tenemos más posibilidades que los jacobinos de Bahía de entendernos con Morais y los Paulistas del Gobierno Federal. Pero psicológicamente sí lo estoy, Epaminondas.

Bebió un sorbo de cognac y sus ojos se alejaron.

—Han ocurrido cosas que nunca hubiera soñado —dijo, hablando solo—. El mejor Regimiento del Brasil derrotado por una banda de pordioseros fanáticos. ¿Quién lo entiende? Un gran estratega militar hecho pedazos en el primer encuentro...

—No hay manera de entenderlo, en efecto —asintió Epaminondas Gonçalves—. Estuve esta tarde con el Mayor Cunha Matos. Es mucho peor de lo que se ha dicho oficialmente. ¿Está enterado de las cifras? Son increíbles: entre trescientas y cuatrocientas bajas, la tercera parte de los hombres. Decenas de oficiales masacrados. Han perdido íntegramente el armamento, desde los cañones hasta las facas. Los sobrevivientes llegan a Monte Santo desnudos, en calzoncillos, desvariando. ¡El Séptimo Regimiento! Usted estuvo cerca, en Calumbí, usted los ha visto. ¿Qué está ocurriendo en Canudos, Barón?

—No lo sé ni lo entiendo —dijo el Barón, con pesadumbre—. Supera todo lo que imaginaba. Y, sin embargo, creía conocer esta tierra, a esta gente. Esa derrota ya no se puede explicar por el fanatismo de unos muertos de hambre. Tiene que haber algo más. —Lo miró otra vez, aturdido—. He llegado a pensar que ese fantástico embuste propagado por ustedes, de que en Canudos había oficiales ingleses y armamento monárquico, podía tener algo de cierto. No, no vamos a tocar ese asunto, es historia vieja. Se lo digo para que vea hasta qué punto me pasma lo ocurrido con Moreira César.

331

—A mí, más bien, me asusta —dijo Epaminondas—. Si esos hombres pueden pulverizar al mejor Regimiento del Brasil, también pueden extender la anarquía por todo el Estado, por los Estados vecinos, llegar hasta aquí...

Encogió los hombros e hizo un gesto vago, catastrófico.

—La única explicación es que a la banda de Sebastianistas se hayan sumado miles de campesinos, incluso de otras regiones —dijo el Barón—. Movidos por la ignorancia, por la superstición, por el hambre. Porque ya no existen los frenos que mitigaban la locura, como antes. Esto significa la guerra, el Ejército del Brasil instalándose aquí, la ruina de Bahía. —Cogió a Epaminondas Gonçalves del brazo—. Por eso debe reemplazarme. En esta situación, se necesita alguien de sus condiciones para unificar a los elementos valiosos y defender los intereses bahianos, en medio del cataclismo. En el resto del Brasil hay resentimiento contra Bahía, por lo de Moreira César. Dicen que las turbas que asaltaron los diarios monárquicos en Río gritaban "¡Muera Bahía!"

Hizo una larga pausa, removiendo su copa de cognac con apresuramiento.

—Muchos se han arruinado ya, allá en el interior —dijo—. Yo he perdido dos haciendas. Esta guerra civil va a hundir y matar a muchísima gente. Si nosotros seguimos destruyéndonos, ¿cuál será el resultado? Lo perderemos todo. Aumentará el éxodo hacia el Sur y hacia el Marañón. ¿En qué quedará convertida Bahía? Hay que hacer las paces, Epaminondas. Olvídese de las estridencias jacobinas, deje de atacar a los pobres portugueses, de pedir la nacionalización de los comercios y sea práctico. El jacobinismo murió con Moreira César. Asuma la Gobernación y defendamos juntos, en esta hecatombe, el orden civil. Evitemos que la República se convierta aquí, como en tantos países latino-americanos, en un grotesco aquelarre donde todo es caos, cuartelazo, corrupción, demagogia...

Permanecieron en silencio un buen rato, con las copas en las manos, pensando o escuchando. A veces, en el interior de la casa se oían pasos, voces. Un reloj dio nueve campanadas.

—Le agradezco que me invitara —dijo Epaminondas, levantándose—. Todo lo que ha dicho me lo llevo en la cabeza, para darle vueltas. No puedo contestarle ahora.

—Desde luego que no —dijo el Barón, poniéndose también de pie—. Reflexione y conversaremos. Me gustaría verlo antes de mi partida, claro está.

—Tendrá mi respuesta pasado mañana —dijo Epaminondas, caminando hacia la puerta. Cuando cruzaban los salones, apareció el criado negro con el candil. El Barón acompañó a Epaminondas hasta la calle. En la reja, le preguntó:

—¿Ha tenido noticias de su periodista, el que acompañaba a Moreira César?

—¿El excéntrico? —dijo Epaminondas—. No ha aparecido. Lo matarían, supongo. Como sabe, no era un hombre de acción.

Se despidieron con una venia.

CUATRO

I

CUANDO un sirviente le informó quién lo buscaba, el Barón de Caña-brava, en vez de mandarle decir, como a todos los que se acercaban al solar, que él no hacía ni aceptaba visitas, se echó escaleras abajo, cruzó las amplias estancias que el sol de la mañana iluminaba y fue hasta la puerta de calle a ver si no había oído mal: era el mismísimo él. Le dio la mano, sin decir palabra, y lo hizo entrar. La memoria le devolvió, a quemarropa, aquello que hacía meses trataba de olvidar: el incendio de Calumbí, Canudos, la crisis de Estela, su retiro de la vida pública.

Callado, sobreponiéndose a la sorpresa de la visita y a la resurrec-ción de ese pasado, guió al recién venido hasta el cuarto en el que cele-braba todas las entrevistas importantes: el escritorio. Pese a ser tem-prano, hacía calor. A lo lejos, por sobre los crotos y el ramaje de los mangos, los ficus, las guayabas y las pitangas de la huerta, el sol blan-queaba el mar como una lámina de acero. El Barón corrió la cortina y la habitación quedó en sombra.

—Sabía que lo sorprendería mi visita —dijo el visitante y el Barón reconoció la vocecita de cómico que habla en falsete—. Me enteré que había vuelto usted de Europa y tuve... este impulso. Se lo digo sin ro-deos. He venido a pedirle trabajo.

—Tome asiento —dijo el Barón.

Lo había oído como en sueños, sin prestar atención a sus palabras, ocupado en examinar su físico y en confrontarlo con el de la última vez, el espantapájaros que aquella mañana vio partir de Calumbí junto con el Coronel Moreira César y su pequeña escolta. "Es y no es él", pensó. Porque el periodista que había trabajado para el *Diário de Bahia* y luego para el *Jornal de Notícias* era un mozo y este hombre de gruesos anteojos, que al sentarse parecía dividirse en cuatro o seis partes, era un viejo. Su cara hervía de estrías, mechones grises salpicaban sus cabellos, su cuerpo daba una impresión quebradiza. Vestía una camisa desaboto-nada, un chaleco sin mangas, con lamparones de vejez o de grasa, un pantalón deshilachado en la basta y zapatones de vaquero.

—Ahora recuerdo —dijo el Barón—. Alguien me escribió que estaba usted vivo. Lo supe en Europa. "Apareció un fantasma". Me escribie-ron eso. Pese a ello, lo seguía creyendo desaparecido, muerto.

—No morí ni desaparecí —dijo, sin rastro de humor, la vocecita na-sal—. Luego de oír diez veces en el día lo que usted ha dicho, me di cuenta que la gente estaba defraudada de que siguiera en este mundo.

—Si quiere que le sea franco, me importa un bledo que esté vivo o

337

muerto —se oyó decir, sorprendiéndose de su crudeza—. Tal vez preferiría que esté muerto. Odio todo lo que me recuerda a Canudos.

—Supe lo de su esposa —dijo el periodista miope y el Barón adivinó la impertinencia inevitable—. Que perdió la razón, que es una gran desgracia en su vida.

Lo miró de tal manera que lo hizo callar, asustarse. Carraspeó, parpadeó y se sacó los anteojos para desempañarlos con el filo de su camisa. El Barón se alegró de haber reprimido el impulso de echarlo.

—Ahora vuelve todo —dijo, con amabilidad—. Fue una carta de Epaminondas Gonçalves, hará un par de meses. Por él me enteré que había vuelto a Salvador.

—¿Se cartea con ese miserable? —vibró la vocecita nasal—. Es cierto, ahora son aliados.

—¿Habla así del Gobernador de Bahía? —sonrió el Barón—. ¿No quiso reponerlo en el *Jornal de Notícias?*

—Me ofreció aumentarme el sueldo, más bien —replicó el periodista miope—. Pero a condición de que me olvidara de la historia de Canudos.

Se rió, con una risa de pájaro exótico, y el Barón vio que su risa se transformaba en una racha de estornudos que lo hacían rebotar en el asiento.

—O sea que Canudos hizo de usted un periodista íntegro —dijo, burlándose—. O sea que cambió. Porque mi aliado Epaminondas es como fue siempre, él no ha cambiado un ápice.

Esperó que el periodista se sonara la nariz con un trapo azul que sacó a jalones del bolsillo.

—En esa carta, Epaminondas decía que apareció usted junto con un personaje extraño. ¿Un enano o algo así?

—Es mi amigo —asintió el periodista miope—. Tengo una deuda con él. Me salvó la vida. ¿Quiere saber cómo? Hablando de Carlomagno, de los Doce Pares de Francia, de la Reina Magalona. Cantando la Terrible y Ejemplar Historia de Roberto el Diablo.

Hablaba con premura, frotándose las manos, torciéndose en el asiento. El Barón recordó al Profesor Thales de Azevedo, un académico amigo que lo visitó en Calumbí, años atrás: se quedaba horas fascinado oyendo a los troveros de las ferias, se hacía dictar las letras que oía cantar y contar y aseguraba que eran romances medievales, traídos por los primeros portugueses y conservados por la tradición sertanera. Advirtió la expresión de angustia de su visitante.

—Todavía se puede salvar —lo oyó decir, implorar con sus ojos ambiguos—. Está tuberculoso, pero la operación es posible. El Doctor Magalhães, el del Hospital Portugués, ha salvado a muchos. Quiero hacer eso por él. También para eso necesito trabajo. Pero, sobre todo... para comer.

El Barón vio que se avergonzaba, como si hubiera confesado algo ignominioso.

—No sé por qué tendría que ayudar yo a ese enano —murmuró—. Ni a usted.

—No hay ninguna razón, por supuesto —repuso al instante el miope, estirándose los dedos—. Simplemente, decidí jugarlo a la suerte. Pensé que podría conmoverlo. Usted tenía fama de generoso, antes.

—Una táctica banal de político —dijo el Barón—. Ya no la necesito, ya me retiré de la política.

Y en eso vio, por la ventana de la huerta, al camaleón. Rara vez lo veía, o, mejor dicho, lo reconocía, pues siempre se identificaba de tal modo con las piedras, la yerba o los arbustos y ramajes del jardín, que alguna vez había estado a punto de pisarlo. La víspera, en la tarde, había sacado a Estela con Sebastiana a tomar el fresco, bajo los mangos y ficus de la huerta, y el camaleón fue un entretenimiento maravilloso para la Baronesa, que, desde la mecedora de paja, se dedicó a señalar al animal, al que reconocía con la misma facilidad que antaño, entre los yerbajos y cortezas. El Barón y Sebastiana la vieron sonreír, al ver que el camaleón corría cuando ellos se acercaban a comprobar si era él. Ahora estaba ahí, al pie de uno de los mangos, entre verdoso y marrón, tornasolado, apenas distinguible de la yerba, con su papada palpitante. Mentalmente, le habló: "Camaleón querido, animalito escurridizo, buen amigo. Te agradezco con toda el alma que hicieras reír a mi mujer".

—Sólo tengo lo que llevo puesto —dijo el periodista miope—. Al volver de Canudos encontré que la dueña de la casa había rematado todas mis cosas para pagarse los alquileres. El *Jornal de Notícias* no quiso asumir los gastos. —Hizo una pausa y añadió: —Vendió también mis libros. A veces reconozco alguno, en el Mercado de Santa Bárbara.

El Barón pensó que la pérdida de sus libros debía haber herido mucho a ese hombre que hacía diez o doce años le había dicho que algún día sería el Oscar Wilde del Brasil.

—Está bien —dijo—. Puede volver al *Diário de Bahia*. Después de todo, usted no era un mal redactor.

El periodista miope se sacó los anteojos y movió varias veces la cabeza, muy pálido, incapaz de agradecer de otro modo. "Qué importa, pensó el Barón. ¿Acaso lo hago por él o por ese enano? Lo hago por el camaleón." Miró por la ventana, buscándolo, y se sintió defraudado: ya no estaba allí o, intuyendo que lo espiaban, se había disfrazado perfectamente con los colores del contorno.

—Es un hombre que tiene un gran terror a la muerte —murmuró el periodista miope, calzándose de nuevo los lentes—. No es amor a la vida, entiéndame. Su vida ha sido siempre abyecta. Fue vendido de niño a un gitano para que fuera curiosidad de circo, monstruo público.

Pero su miedo a la muerte es tan grande, tan fabuloso, que lo ha hecho sobrevivir. Y a mí, de paso.

El Barón se arrepintió de pronto de haberle dado trabajo, porque esto establecía de algún modo un vínculo entre él y ese sujeto. Y no quería tener vínculos con alguien que se asociara tanto al recuerdo de Canudos. Pero en vez de hacer saber al visitante que la entrevista había terminado, dijo, sin pensarlo:

—Debe haber visto usted cosas terribles. —Carraspeó, incómodo de haber cedido a esa curiosidad y, sin embargo, añadió: —Allá, mientras estuvo en Canudos.

—En realidad, no vi nada —contestó en el acto el esquelético personaje, doblándose y enderezándose—. Se me rompieron los anteojos el día que deshicieron al Séptimo Regimiento. Estuve allí cuatro meses viendo sombras, bultos, fantasmas.

Su voz era tan irónica que el Barón se preguntó si decía eso para irritarlo, o porque era su manera cruda, antipática, de hacerle saber que no quería hablar.

—No sé por qué no se ha reído —lo oyó decir, aguzando el tonito provocador—. Todos se ríen cuando les digo que no vi lo que pasó en Canudos porque se me rompieron los anteojos. No hay duda que es cómico.

—Sí, lo es —dijo el Barón, poniéndose de pie—. Pero el tema no me interesa. Así que...

—Pero aunque no las vi, sentí, oí, palpé, olí las cosas que pasaron —dijo el periodista, siguiéndolo desde detrás de sus gafas—. Y, el resto, lo adiviné.

El Barón lo vio reírse de nuevo, ahora con una especie de picardía, mirándolo impávidamente a los ojos. Se sentó de nuevo.

—¿De veras ha venido a pedirme trabajo y a hablarme de ese enano? —dijo—. ¿Existe ese enano tuberculoso?

—Está escupiendo sangre y yo quiero ayudarlo —dijo el visitante—. Pero he venido también por otra cosa.

Bajó la cabeza y el Barón, mientras miraba la mata de pelos alborotados y entrecanos, espolvoreados de caspa, imaginó los ojos acuosos clavados en el suelo. Tuvo la fantástica sospecha que el visitante le traía un recado de Galileo Gall.

—Se están olvidando de Canudos —dijo el periodista miope, con voz que parecía eco—. Los últimos recuerdos de lo sucedido se evaporarán con el éter y la música de los próximos Carnavales, en el Teatro Politeama.

—¿Canudos? —murmuró el Barón—. Epaminondas hace bien en querer que no se hable de esa historia. Olvidémosla, es lo mejor. Es un episodio desgraciado, turbio, confuso. No sirve. La historia debe ser instructiva, ejemplar. En esa guerra nadie se cubrió de gloria. Y nadie entiende lo que pasó. Las gentes han decidido bajar una cortina. Es sabio, es saludable.

—No permitiré que se olviden —dijo el periodista, mirándolo con la dudosa fijeza de su mirada—. Es una promesa que me he hecho.

El Barón sonrió. No por la súbita solemnidad del visitante, sino porque el camaleón acababa de materializarse, detrás del escritorio y las cortinas, en el verde brillante de las yerbas del jardín, bajo las nudosas ramas de la pitanga. Largo, inmóvil, verdoso, con su orografía de cumbres puntiagudas, casi transparente, relucía como una piedra preciosa. "Bienvenido, amigo", pensó.

—¿Cómo? —dijo, porque sí, para llenar el vacío.

—De la única manera que se conservan las cosas —oyó gruñir al visitante—. Escribiéndolas.

—También me acuerdo de eso —asintió el Barón—. Usted quería ser poeta, dramaturgo. ¿Va a escribir esa historia de Canudos que no vio?

"¿Qué culpa tiene el pobre diablo de que Estela no sea ya ese ser lúcido, la clara inteligencia que era?", pensó.

—Desde que pude sacarme de encima a los impertinentes y a los curiosos, he estado yendo al Gabinete de Lectura de la Academia Histórica —dijo el miope—. A revisar los periódicos, todas las noticias de Canudos. El *Jornal de Notícias*, el *Diário de Bahia*, el *Republicano*. He leído todo lo que se escribió, lo que escribí. Es algo... difícil de expresar. Demasiado irreal, ¿ve usted? Parece una conspiración de la que todo el mundo participara, un malentendido generalizado, total.

—No entiendo. —El Barón había olvidado al camaleón e incluso a Estela y observaba intrigado al personaje que, encogido, parecía pujar: su mentón rozaba su rodilla.

—Hordas de fanáticos, sanguinarios abyectos, caníbales del sertón, degenerados de la raza, monstruos despreciables, escoria humana, infames lunáticos, filicidas, tarados del alma —recitó el visitante, deteniéndose en cada sílaba—. Algunos de esos adjetivos eran míos. No sólo los escribí. Los creía, también.

—¿Va a hacer una apología de Canudos? —preguntó el Barón—. Siempre me pareció un poco chiflado. Pero me cuesta creer que lo sea tanto como para pedirme que lo ayude en eso. ¿Sabe lo que me costó Canudos, no es cierto? ¿Que perdí la mitad de mis bienes? Que por Canudos me ocurrió la peor desgracia, pues, Estela...

Sintió que su voz vacilaba y calló. Miró a la ventana, pidiendo ayuda. Y la encontró: seguía allí, quieto, hermoso, prehistórico, eterno, a medio camino entre los reinos animal y vegetal, sereno en la resplandeciente mañana.

—Pero esos adjetivos eran preferibles, al menos la gente pensaba en eso —dijo el periodista, como si no lo hubiera oído—. Ahora, ni una palabra. ¿Se habla de Canudos en los cafés de la rua de Chile, en los mercados, en las tabernas? Se habla de las huérfanas desvirginadas por el Director del Hospicio Santa Rita de Cassia, más bien. O de la píldora antisifilítica del Dr. Silva Lima o de la última remesa de jabones rusos y calzados ingleses que han recibido los Almacenes Clarks. —Miró al Barón a los ojos y éste vio que en las bolas miopes había furia y pánico—. La última noticia sobre Canudos apareció en los diarios hace doce días. ¿Sabe cuál era?

—Desde que dejé la política no leo periódicos —dijo el Barón—. Ni siquiera el mío.

—El retorno a Río de Janeiro de la Comisión que mandó el Centro Espiritista de la capital a fin de que, valiéndose de sus poderes meddiúmnicos, ayudaran a las fuerzas del orden a acabar con los yagunzos. Pues bien, ya volvieron a Río, en el barco "Rio Vermelho", con sus mesas de tres patas y sus bolas de vidrio y lo que sea. Desde entonces, ni una línea. Y no han pasado ni tres meses.

—No quiero seguir oyéndolo —dijo el Barón—. Ya le he dicho que Canudos es un tema doloroso para mí.

—Necesito saber lo que usted sabe —lo cortó el periodista en voz rápida, conspiratoria—. Usted sabe muchas cosas, usted les mandó varias cargas de farinha y también ganado. Tuvo contactos con ellos, habló con Pajeú.

¿Un chantaje? ¿Venía a amenazarlo, a sacarle dinero? El Barón se sintió decepcionado de que la explicación de tanto misterio y tanta palabrería fuera algo tan vulgar.

—¿DE VERDAD le dio a Antonio Vilanova ese recado para mí? —dice João Abade, despertando de la sensación cálida en que lo sumen los dedos delgadísimos de Catarina cuando se hunden en sus crenchas, a la caza de liendres.

—No sé qué recado le dio Antonio Vilanova —responde Catarina, sin dejar de explorar su cabeza.

"Está contenta", piensa João Abade. La conoce lo bastante para percibir, por furtivas inflexiones en su voz o chispas en sus ojos pardos, cuando lo está. Sabe que la gente habla de la tristeza mortal de Catarina, a la que nadie ha visto reír y muy pocos hablar. ¿Para qué sacarlos de su error? Él sí la ha visto sonreír y hablar, aunque siempre como en secreto.

—Que si yo me condeno, usted también quiere condenarse —murmura.

Los dedos de su mujer se inmovilizan, igual que cada vez que encuentran un piojo anidado entre sus crenchas y sus uñas van a triturarlo.

Luego de un momento, reanudan su labor y João vuelve a sumirse en la placidez bienhechora que es estar así, sin zapatos, con el torso desnudo, en el camastro de varas de la minúscula casita de tablas y barro de la calle del Niño Jesús, con su mujer arrodillada a su espalda, despiojándolo. Siente pena por la ceguera de la gente. Sin necesidad de hablarse, Catarina y él se dicen más cosas que las cotorras más deslenguadas de Canudos. Es media mañana y el sol alardea el único cuarto de la cabaña, por las ranuras de la puerta de tablas y los huequecillos del trapo azulado que cubre la única ventana. Afuera, se oyen voces, chiquillos correteando, ruido de seres atareados, como si éste fuera un mundo de paz, como si no acabara de morir tanta gente que Canudos ha tardado una semana en enterrar a sus muertos y en arrastrar a las afueras los cadáveres de los soldados para que se los coman los urubús.

—Es verdad —Catarina le habla al oído, su aliento lo cosquillea—. Si se va al infierno, quiero irme con usted.

João alarga el brazo, toma a Catarina de la cintura y la sienta en sus rodillas. Lo hace con la mayor delicadeza, como vez que la toca, pues por su extrema flacura o por los remordimientos, siempre tiene la angustiosa sensación de hacerle daño, y pensando que ahora mismo deberá soltarla pues encontrará esa resistencia que aparece siempre que intenta incluso cogerla del brazo. Él sabe que el contacto físico le es insoportable y ha aprendido a respetarla, violentándose a sí mismo, porque la ama. Pese a vivir ya tantos años juntos, han hecho el amor pocas veces, por lo menos el amor completo, piensa João Abade, sin esas interrupciones que lo dejan acezante, sudoroso, con el corazón alborotado. Pero esta mañana, ante su sorpresa, Catarina no lo rechaza. Por el contrario, se encoge en sus rodillas y él siente su cuerpo frágil, de costillas salientes, casi sin pechos, apretándose contra el suyo.

—En la Casa de Salud, tenía miedo por usted —dice Catarina—. Mientras cuidábamos a los heridos, mientras veíamos pasar a los soldados, disparando y tirando antorchas. Tenía miedo. Por usted.

No lo dice de manera febril, apasionada, sino impersonal, en todo caso fría, como si hablara de otros. Pero João Abade siente una emoción profunda y, de pronto, deseo. Su mano se introduce bajo el batín de Catarina y le acaricia la espalda, los costados, los pezones pequeñitos, mientras su boca sin dientes delanteros baja por su cuello, por su mejilla, buscándole los labios. Catarina deja que la bese, pero no abre su boca y cuando João intenta echarla en el camastro, se pone rígida. En el acto, la suelta, respirando hondo, cerrando los ojos. Catarina se pone de pie, se acomoda el batín, se coloca en la cabeza el pañuelo azul que ha caído al suelo. El techo de la cabaña es tan bajo que debe mantenerse inclinada, en el rincón donde se guardan (cuando las hay) las provisiones: el charqui, la farinha, el frejol, la rapadura. João la mira preparar la comida y calcula cuántos días —¿o semanas?— no tenía la fortuna de hallarse así, a solas con ella, olvidados ambos de la guerra y del Anticristo.

Al poco rato, Catarina viene a sentarse a su lado en el camastro, con un cazo de madera lleno de frejol rociado de farinha. Tiene en la mano una cuchara de palo. Comen pasándose la cuchara, dos o tres bocados él por cada bocado de ella.

—¿Es verdad que Belo Monte se salvó del Cortapescuezos gracias a los indios de Mirandela? —susurra Catarina—. Joaquim Macambira lo dijo.

—Y también gracias a los morenos del Mocambo y a los demás —dice João Abade—. Pero, es cierto, fueron bravos. Los indios de Mirandela no tenían carabinas ni fusiles.

No habían querido tenerlos, por capricho, superstición, desconfianza o lo que fuera. Él, los Vilanova, Pedrão, João Grande, los Macambira habían intentado varias veces darles armas de fuego, petardos, explosivos. El cacique movía la cabeza enérgicamente, estirando las manos con una especie de asco. Él mismo se había ofrecido, poco antes de la llegada del Cortapescuezos, a enseñarles cómo cargar, limpiar y disparar las escopetas, las espingardas, los fusiles. La respuesta había sido no. João Abade concluyó que los kariris tampoco pelearían esta vez. Ellos no habían ido a enfrentarse con los perros a Uauá y cuando la expedición que entró por el Cambaio ni siquiera abandonaron sus chozas, como si esa guerra no hubiera sido también suya. "Por ese lado Belo Monte no está defendido", había dicho João Abade. "Pidamos al Buen Jesús que no vengan por ahí." Pero habían venido también por ahí. "El único lado por el que no pudieron entrar", piensa João Abade. Habían sido esas criaturas hoscas, distantes, incomprensibles, luchando sólo con arcos y flechas, lanzas y cuchillos, quienes se lo habían impedido. ¿Un milagro, acaso? Buscando los ojos de su mujer, João pregunta:

—¿Se acuerda cuando entramos a Mirandela por primera vez, con el Consejero?

Ella asiente. Han terminado de comer y Catarina lleva la escudilla y la cuchara hasta la esquina del fogón. Luego João la ve venir hacia él —delgadita, seria, descalza, su cabeza rozando el techo lleno de tizne— y echarse a su lado en el camastro. Le pasa el brazo bajo la espalda y la acomoda, con precaución. Permanecen quietos, oyendo los ruidos de Canudos, próximos y lejanísimos. Así pueden permanecer horas y ésos son tal vez los momentos más profundos de la vida que comparten.

—En ese tiempo yo lo odiaba a usted tanto como usted había odiado a Custodia —susurra Catarina.

Mirandela, aldea de indios agrupados allí en el siglo XVIII por los misioneros capuchinos de la Misión de Massacará, era un extraño enclave del sertón de Canudos, separado de Pombal por cuatro leguas de terreno arenoso, caatinga espesa y espinosa, a ratos impenetrable, y de una atmósfera tan ardiente que cortaba los labios y apergaminaba la piel. El pueblo de indios kariris, erigido en lo alto de una montaña, en medio de un paisaje bravío, era desde tiempos inmemoriales escenario de sangrientas disputas, y a veces carnicerías, entre los indígenas y los blancos de la comarca por la posesión de las mejores tierras. Los indios vivían reconcentrados en el pueblo, en cabañas desperdigadas en torno a la Iglesia del Señor de la Ascensión, una construcción de piedra de dos siglos de antigüedad, con techo de paja y puerta y ventanas azules y al descampado terroso que era la Plaza, en la que sólo había un puñado de cocoteros y una cruz de madera. Los blancos permanecían en sus haciendas del rededor y esa cercanía no era coexistencia sino guerra sorda que periódicamente estallaba en recíprocas incursiones, incidentes, saqueos y asesinatos. Los pocos centenares de indios de Mirandela vivían semidesnudos, hablando una lengua vernácula aderezada de escupitajos y cazando con dardos y flechas envenenadas. Eran una humanidad hosca y miserable, que permanecía acuartelada dentro de su ronda de cabañas techadas con hojas de icó y sus sembríos de maíz, y tan pobre que ni los bandidos ni las volantes entraban a saquear Mirandela. Se habían vuelto otra vez herejes. Hacía años que los padres capuchinos y lazaristas no conseguían celebrar en el pueblo una Santa Misión, pues, apenas aparecían los misioneros por la vecindad, los indios, con sus mujeres y sus criaturas, se desvanecían en la caatinga hasta que aquéllos, resignados, daban la Misión sólo para los blancos. João Abade no recuerda cuándo decidió el Consejero ir a Mirandela. El tiempo de la peregrinación no es para él lineal, un antes y un después, sino circular, una repetición de días y hechos equivalentes. Recuerda, en cambio, cómo sucedió. Luego de haber restaurado la capilla de Pombal, una madrugada el Consejero enfiló hacia el Norte, por una sucesión de lomas filudas y compactas que conducían derechamente a ese reducto de indios donde acababa de ser masacrada una familia de blancos. Nadie le dijo una palabra, pues nunca, nadie, lo interrogaba acerca de sus decisiones. Pero muchos pensaron, como João Abade, durante la ardiente jornada en la que el sol parecía trepanarles el cráneo, que los recibiría una aldea desierta o una lluvia de flechas.

No ocurrió ni una ni otra cosa. El Consejero y los peregrinos subieron la montaña al atardecer y entraron en el pueblo en procesión, cantando Loores a María. Los indios los recibieron sin espantarse, sin hostilidad, en una actitud que simulaba la indiferencia. Los vieron instalarse en el descampado frente a sus cabañas y encender una fogata y arremolinarse alrededor. Luego los vieron entrar a la Iglesia del Señor de la Ascensión y rezar las estaciones del Calvario, y, más tarde, desde sus cabañas y corralitos y sembríos esos hombres con incisiones y rayas blancas y verdes en las caras, escucharon al Consejero dar los consejos de la tarde. Lo oyeron hablar del Espíritu Santo, que es la libertad, de las aflicciones de María, celebrar las virtudes de la frugalidad, de la pobreza y del sacrificio y explicar que cada sufrimiento ofrecido a Dios se convierte en premio en la otra vida. Luego oyeron a los peregrinos del Buen Jesús rezar un rosario a la Madre de Cristo. Y a la mañana siguiente, siempre sin acercarse a ellos, siempre sin dirigirles una sonrisa o un gesto amistoso, los vieron partir por la ruta del cementerio en el que se detuvieron a limpiar las tumbas y cortar la yerba.

—Fue inspiración del Padre que el Consejero fuera a Mirandela esa vez —dice João Abade—. Sembró una semilla y ésta acabó por florecer.

Catarina no dice nada pero João sabe que está recordando, como él, la sorprendente aparición en Belo Monte de más de un centenar de indios, arrastrando consigo sus pertenencias, sus viejos, algunos en parihuelas, sus mujeres y sus niños, por la ruta que venía de Bendengó. Habían pasado años, pero nadie puso en duda que la llegada de esas gentes semidesnudas y pintarrajeadas era la devolución de la visita del Consejero. Los kariris entraron a Canudos acompañados por un blanco de Mirandela —Antonio el Fogueteiro—, como si entraran a su casa, y se instalaron en el descampado vecino al Mocambo que les indicó Antonio Vilanova. Allí levantaron sus cabañas y abrieron entre ellas sus sembríos. Iban a oír los consejos y chapurreaban suficiente portugués para entenderse con los demás, pero constituían un mundo aparte. El Consejero solía ir a verlos —lo recibían zapateando en la tierra en su extraña manera de bailar— y también los hermanos Vilanova con quienes comerciaban sus productos. João Abade siempre había pensado en ellos como forasteros. Ahora ya no. Porque el día de la invasión del Cortapescuezos los vio resistir tres cargas de infantes, que, dos por el lado del Vassa Barris y la otra por la ruta de Geremoabo, cayeron directamente sobre su barrio. Cuando él, con una veintena de hombres de la Guardia Católica, fue a reforzar ese sector, se había quedado asombrado del número de atacantes que circulaban entre las chozas y de la reciedumbre con que los indios resistían, flechándolos desde las techumbres y abalanzándoseles con sus hachas de piedra, sus hondas y sus lanzas de madera. Los kariris peleaban prendidos de los invasores y también sus mujeres les saltaban encima y los mordían y rasguñaban tratando de arrancarles fusiles y bayonetas, a la vez que les rugían seguramente conjuros y maldiciones. Por lo menos un tercio de ellos habían quedado muertos o heridos al terminar el combate.

Unos golpes en la puerta sacan a João Abade de sus pensamientos. Catarina aparta la tabla, sujeta con un alambre, y asoma uno de los chiquillos de Honorio Vilanova, entre una bocanada de polvo, luz blanca y ruido.

—Mi tío Antonio quiere ver al Comandante de la Calle —dice.

—Dile que ya voy —responde João Abade.

Tanta felicidad no podía durar, piensa, y por la cara de su mujer comprende que ella piensa lo mismo. Se enfunda el pantalón de crudo con tiras de cuero, las alpargatas, la blusa y sale a la calle. La luz brillante del mediodía lo ciega. Como siempre, los chiquillos, las mujeres, los viejos sentados a las puertas de las viviendas, lo saludan y él les va haciendo adiós. Avanza entre mujeres que muelen el maíz en sus morteros formando corros, hombres que conversan a voz en cuello mientras arman andamios de cañas y los rellenan a manotazos de barro, para reponer las paredes caídas. Hasta oye una guitarra, en alguna parte. No necesita verlos, para saber que otros centenares de personas están en estos momentos, a las orillas del Vassa Barris y a la salida a Geremoabo, acuclillados, roturando la tierra, limpiando las huertas y los corrales. Casi no hay escombros en las calles, muchas cabañas incendiadas están de nuevo en pie. "Es Antonio Vilanova", piensa. No había terminado la procesión celebrando el triunfo de Belo Monte contra los apóstatas de la República, cuando ya estaba Antonio Vilanova a la cabeza de piquetes de voluntarios y gente de la Guardia Católica, organizando el entierro de los muertos, la remoción de escombros, la reconstrucción de las cabañas, de los talleres y el rescate de las ovejas, cabras y chivos espantados. "Son también ellos", piensa João Abade. "Son resignados. Son héroes." Ahí están, tranquilos, saludándolo, sonriéndole, y esta tarde correrán al Templo del Buen Jesús a oír al Consejero, como si nada hubiese ocurrido, como si todas estas familias no tuviesen alguien abaleado, ensartado o quemado en la guerra y algún herido entre esos seres gimientes que se apiñan en las Casas de Salud y en la Iglesia de San Antonio convertida en Enfermería.

En eso, algo lo hace detenerse de golpe. Cierra los ojos, para escuchar. No se ha equivocado, no es sueño. La voz, monótona, afinada, sigue recitando. Desde el fondo de su memoria, cascada que crece y se torna río, algo exaltante toma forma y coagula en un tropel de espadas y un relumbre de palacios y alcobas lujosísimas. "La batalla del Caballero Oliveros con Fierabrás", piensa. Es uno de los episodios que más lo seducen de las historias de los Doce Pares de Francia, un duelo que no ha vuelto a oír desde hace muchísimo tiempo. La voz del trovero viene de la encrucijada entre Campo Grande y el Callejón del Divino, donde hay mucha gente. Se acerca y, al reconocerlo, le abren paso. Quien canta la prisión de Oliveros y su duelo con Fierabrás es un niño. No, un enano. Minúsculo, delgadito, hace como que toca una guitarra y va también mimando el choque de las lanzas, el galope de los jinetes, las venias cortesanas al Gran Carlomagno. Sentada en el suelo, con una lata entre las piernas, hay una mujer de cabellos largos y a su lado un ser huesudo, torcido, embarrado, que mira como los ciegos. Los reconoce: son los tres que aparecieron con el Padre Joaquim, a los que Antonio Vilanova permite dormir en el almacén. Estira un brazo y toca al

347

hombrecito que en el acto se calla.

—¿Sabes la Terrible y Ejemplar Historia de Roberto el Diablo? —le pregunta.

El Enano, después de un instante de vacilación, asiente.

—Me gustaría oírtela alguna vez —lo tranquiliza el Comandante de la Calle. Y echa a correr, para recuperar el tiempo perdido. Aquí y allá, en Campo Grande, hay cráteres de obuses. La antigua casa grande tiene la fachada perforada de balas.

—Alabado sea el Buen Jesús —murmura João Abade, sentándose en un barril, junto a Pajeú. La expresión del caboclo es inescrutable, pero a Antonio y Honorio Vilanova, al viejo Macambira, a João Grande y a Pedrão los nota ceñudos. El Padre Joaquim está en medio de ellos, de pie, enterrado de pies a cabeza, con los cabellos alborotados y la barba crecida.

—¿Averiguó algo en Joazeiro, Padre? —le pregunta—. ¿Vienen más soldados?

—Tal como ofreció, el Padre Maximiliano vino desde Queimadas y me llevó la lista completa —carraspea el Padre Joaquim. Saca un papel de su bolsillo y lee, jadeando—: Primera Brigada: Batallones Séptimo, Decimocuarto y Tercero de Infantería, al mando del Coronel Joaquim Manuel de Medeiros. Segunda Brigada: Batallones Decimosexto, Vigesimoquinto y Vigesimoséptimo de Infantería, al mando del Coronel Ignacio María Gouveia. Tercera Brigada: Quinto Regimiento de Artillería y Batallones Quinto y Noveno de Infantería, al mando del Coronel Olimpio de Silveira. Jefe de la División: General Juan de Silva Barboza. Jefe de la Expedición: General Artur Oscar.

Deja de leer y mira a João Abade, exhausto y alelado.

—¿Que quiere decir eso en soldados, Padre? —pregunta el ex-cangaceiro.

—Unos cinco mil, parece —balbucea el curita—. Pero ésos son sólo los que están en Queimadas y Monte Santo. Vienen otros por el Norte, por Sergipe. —Lee de nuevo, con voz temblona: —Columna al mando del General Claudio de Amaral Savaget. Tres Brigadas: Cuarta, Quinta y Sexta. Integradas por los Batallones Decimosegundo, Trigesimoprimero y Trigesimotercero de Infantería, de una División de Artillería y de los Batallones Trigesimocuarto, Trigesimoquinto, Cuadragésimo, Vigesimosexto, Trigesimosegundo y de otra División de Artillería. Otros cuatro mil hombres, más o menos. Desembarcaron en Aracajú y vienen hacia Geremoabo. El Padre Maximiliano no consiguió los nombres de los que los mandan. Le dije que no importaba. No importa, ¿no, João?

—Claro que no, Padre Joaquim —dice João Abade—. Consiguió usted una buena información allá. Dios se lo pagará.

—El Padre Maximiliano es un buen creyente —murmura el curita—.

Me confesó que tenía mucho miedo de hacer esto. Yo le dije que tenía más que él. —Hace un simulacro de risa y de inmediato añade: —Tienen muchos problemas allá en Queimadas, me explicó. Demasiadas bocas para alimentar. No han resuelto lo del transporte. No tienen carros, mulares, para el enorme equipo. Dice que pueden tardar semanas en ponerse en marcha.

João Abade asiente. Nadie habla. Todos parecen concentrados en el bordoneo de las moscas y en las acrobacias de una avispa que termina por posarse en la rodilla de João Grande. El negro la aparta de un capirotazo. João Abade extraña de pronto el cotorreo del papagayo de los Vilanova.

—Estuve también con el Doctor Aguilar de Nascimento —añade el Padre Joaquim—. Dijo que les dijera que lo único que podían hacer era dispersar a la gente y regresar todos a los pueblos, antes de que ese cepo blindado llegara aquí. —Hace una pausa y echa una ojeada temerosa a los siete hombres que lo miran con respeto y atención. —Pero que si, pese a todo, van a enfrentarse a los soldados, sí, sí puede ofrecer algo.

Baja la cabeza, como si la fatiga o el miedo no le permitieran decir más.

—Cien fusiles Comblain y veinticinco cajas de municiones —dice Antonio Vilanova—. Sin estrenar, del Ejército, en sus cajas de fábrica. Se pueden traer por Uauá y Bendengó, la ruta está libre. —Suda copiosamente y se seca la frente mientras habla—. Pero no hay pieles ni bueyes ni cabras en Canudos para pagar lo que pide.

—Hay joyas de plata y oro —dice João Abade, leyendo en los ojos del comerciante lo que éste debe haber dicho o pensado ya, antes que él llegara.

—Son de la Virgen y de su Hijo —murmura el Padre Joaquim, en voz casi inaudible—. ¿No es sacrilegio, eso?

—El Consejero sabrá si es, Padre —dice João Abade—. Hay que preguntárselo.

"SIEMPRE se puede sentir más miedo", pensó el periodista miope. Era la gran enseñanza de estos días sin horas, de figuras sin caras, de luces recubiertas por nubes que sus ojos se esforzaban en perforar hasta infligirse un ardor tan grande que era preciso cerrarlos y permanecer un rato a oscuras, entregado a la desesperación: haber descubierto lo cobarde que era. ¿Qué dirían de eso sus colegas del *Jornal de Notícias*, del *Diário de Bahia*, de *O Republicano*? Tenía fama de temerario entre ellos, por andar siempre a la caza de experiencias nuevas: había sido de los primeros en asistir a los candomblés, no importa en qué secreto callejón o ranchería se celebraran, en una época en que las prácticas religiosas de los negros inspiraban repugnancia y temor a los blancos de Bahía, un tenaz frecuentador de brujos y hechiceras y uno de los primeros en fumar opio. ¿No había sido por espíritu de aventura que se ofreció a ir a Joazeiro a entrevistar a los sobrevivientes de la Expedición del Teniente Pires Ferreira, no propuso él mismo a Epaminondas Gonçalves acompañar a Moreira César? "Soy el hombre más cobarde del mundo", pensó. El Enano proseguía enumerando las aventuras, desventuras y galanterías de Oliveros y Fierabrás. Esos bultos, que él no conseguía saber si eran hombres o mujeres, permanecían quietos y era evidente que el relato los mantenía absortos, fuera del tiempo y de Canudos. ¿Cómo era posible que aquí, en el fin del mundo, estuviera oyendo, recitado por un enano que sin duda no sabía leer, un romance de los Caballeros de la Mesa Redonda llegado a estos lugares haría siglos, en las alforjas de algún navegante o de algún bachiller de Coimbra? ¿Qué sorpresas no le depararía esta tierra?

Tuvo un retortijón en el estómago y se preguntó si el auditorio les daría de comer. Era otro descubrimiento, en estos días instructivos: que la comida podía ser una preocupación absorbente, capaz de esclavizar su conciencia horas de horas, y, por momentos, una fuente mayor de angustia que la semiceguera en que la rotura de sus anteojos lo dejó, esta condición de hombre que se tropezaba contra todo y todos y tenía el cuerpo lleno de cardenales por los encontrones contra los filos de esas cosas imprecisables que se interponían y lo obligaban a ir pidiendo disculpas, diciendo no veo, lo siento mucho, para desarmar cualquier posible enojo.

El Enano hizo una pausa y dijo que, para continuar la historia —imaginó sus morisquetas implorantes—, su cuerpo reclamaba sustento. Todos los órganos del periodista entraron en actividad. Su mano derecha se movió hacia Jurema y la rozó. Hacía eso muchas veces al día, siempre que sucedía algo nuevo, pues era en los umbrales de lo novedoso y lo imprevisible, que su miedo —siempre empozado— recobraba su imperio. Era sólo un roce rápido, para apaciguar su espíritu, pues esa mujer era su última esperanza, ahora que el Padre Joaquim parecía definitivamente fuera de su alcance, la que veía por él y atenuaba su desamparo. Él y el Enano eran un estorbo para Jurema. ¿Por qué no se iba y los dejaba? ¿Por generosidad? No, sin duda por desidia, por esa terrible indolencia en que parecía sumida. Pero el Enano, al menos, con sus payaserías, conseguía esos puñados de farinha de maíz o de carne de chivo secado al sol que los mantenía vivos. Sólo él era el inútil total del que, tarde o temprano, se desprendería la mujer.

El Enano, luego de unos chistes que no provocaron risas, reanudó la historia de Oliveros. El periodista miope presintió la mano de Jurema y en el acto abrió los dedos. Inmediatamente se llevó a la boca esa forma que parecía un pedazo de pan duro. Masticó tenaz, ávidamente, todo su espíritu concentrado en la papilla que se iba formando en su boca y que tragaba con dificultad, con felicidad. Pensó: "Si sobrevivo, la odiaré, maldeciré hasta las flores que se llaman como ella". Porque Jurema sabía hasta dónde llegaba su cobardía, los extremos a que podía empujarlo. Mientras masticaba, lento, avaro, dichoso, asustado, recordó la primera noche de Canudos, el hombre exhausto, de piernas de aserrín y semiciego que era, tropezando, cayendo, los oídos aturdidos por los vítores al Consejero. De pronto se había sentido levantado en peso por una vivísima confusión de olores, de puntos chisporroteantes, oleaginosos, y el rumor creciente de las letanías. De la misma manera súbita todo enmudeció. "Es él, es el Consejero." Su mano apretó con tanta fuerza esa mano que no había soltado todo el día, que la mujer dijo "suélteme, suélteme". Más tarde, cuando la voz ronca cesó y la gente comenzó a dispersarse, él, Jurema y el Enano se tumbaron en el mismo descampado. Habían perdido al cura de Cumbe al entrar a Canudos, arrebatado por la gente. Durante la prédica, el Consejero agradeció al cielo que lo hubiera hecho volver, resucitar, y el periodista miope supuso que el Padre Joaquim estaba allá, al lado del santo, en la tribuna, andamio o torre desde donde hablaba. Después de todo, Moreira César tenía razón: el cura era yagunzo, era uno de ellos. Fue entonces que se puso a llorar. Había sollozado como ni siquiera imaginaba haberlo hecho de niño, implorando a la mujer que lo ayudara a salir de Canudos. Le ofreció ropas, casa, cualquier cosa para que no lo abandonara, medio ciego y medio muerto de hambre. Sí, ella sabía que el miedo lo tornaba una basura capaz de cualquier cosa para despertar la compasión.

El Enano había terminado. Oyó algunos aplausos y el auditorio comenzó a deshacerse. Tenso, trató de distinguir si estiraban una mano, si daban algo, pero tuvo la desoladora impresión de que nadie lo hacía.

—¿Nada? —susurró, cuando sintió que estaban solos.

—Nada —repuso la mujer, con su indiferencia de siempre, poniéndose de pie.

El periodista miope se incorporó también y, al notar que ella —figurilla alargada, cuyos cabellos sueltos y camisola en jirones recordaba— se ponía a andar, la imitó. El Enano iba a su lado, su cabeza a la altura de su codo.

—Están más hueso y pellejo que nosotros —lo oyó murmurar—. ¿Te recuerdas de Cipó, Jurema? Aquí se ven todavía más desechos. ¿Has visto nunca tantos mancos, ciegos, tullidos, tembladores, albinos, sin orejas, sin narices, sin pelos, con tantas costras y manchas? Ni te has dado cuenta, Jurema. Yo sí. Porque aquí me siento normal.

Se rió, de buen humor, y el periodista miope lo oyó silbar una tonada alegre un buen rato.

—¿Nos darán hoy también farinha de maíz? —dijo, de pronto, con ansiedad. Pero estaba pensando algo distinto y añadió, con amargura: —Si es verdad que el Padre Joaquim se ha ido de viaje, ya no tenemos quien nos ayude. ¿Por qué nos hizo eso, por qué nos abandonó?

—¿Y por qué no nos iba a abandonar? —dijo el Enano—. ¿Acaso somos algo de él? ¿Nos conocía? Agradece que, por él, tengamos techo para dormir.

Era cierto, ya los había ayudado, gracias a él tenían techo. ¿Quién si no el Padre Joaquim podía haber sido la razón de que, al día siguiente de dormir a la intemperie, con los huesos y músculos adoloridos, una voz poderosa, eficiente, que parecía corresponder a ese bulto sólido, a ese rostro barbado, les había dicho:

—Vengan, pueden dormir en el depósito. Pero no salgan de Belo Monte.

¿Estaban prisioneros? Ni él, ni Jurema ni el Enano le preguntaron nada a ese hombre que sabía mandar y que, con una simple frase, les organizó el mundo. Los llevó sin decir otra palabra a un sitio que el periodista miope adivinó grande, sombreado, caluroso y repleto y, antes de desaparecer —sin averiguar quiénes eran, ni qué hacían allí ni qué querían hacer— les repitió que no podían irse de Canudos y que tuvieran cuidado con las armas. El Enano y Jurema le explicaron que estaban rodeados de fusiles. de pólvora, de morteros, de cartuchos de dinamita. Comprendió que eran las armas arrebatadas al Séptimo Regimiento. ¿No era absurdo que durmieran ahí, en medio de ese botín de guerra? No, la vida había dejado de ser lógica y por eso nada podía ser absurdo. Era la vida: había que aceptarla así o matarse.

Pensaba eso, que, aquí, algo distinto a la razón ordenaba las cosas, los hombres, el tiempo, la muerte, algo que sería injusto llamar locura y demasiado general llamar fe, superstición, desde la tarde en que oyó por primera vez al Consejero, inmerso en esa multitud que al escuchar la voz profunda, alta, extrañamente impersonal, había adoptado una inmovilidad granítica, un silencio que podía tocarse. Antes que por las palabras y el tono majestuoso del hombre, el periodista se sintió golpeado, aturdido, anegado, por esa quietud y ese silencio con que lo escuchaban. Era como... era como... Buscó con desesperación esa semejanza con algo que sabía depositado al fondo de la memoria porque, está seguro, una vez que asomara a su conciencia le aclararía lo que estaba sintiendo. Sí: los candomblés. Alguna vez, en esos humildes ranchos de los morenos de Salvador, o en los callejones de detrás de la Estación de la Calzada, asistiendo a los ritos frenéticos de esas sectas que cantaban en perdidas lenguas africanas, había percibido una organización de la vida, un contubernio de las cosas y de los hombres, del tiempo, el espacio y la experiencia humana tan totalmente prescindente de la lógica, del sentido común, de la razón, como la que, en esta noche rápida que comenzaba a deshacer las siluetas, percibía en esos seres a los que aliviaba, daba fuerzas y asiento esa voz profunda, cavernosa, dilacerada, tan despectiva de las necesidades materiales, tan orgullosamente concentrada en el espíritu, en todo lo que no se comía ni vestía ni usaba, los pensamientos, las emociones, los sentimientos, las virtudes. Mientras la oía, el periodista miope creyó intuir el porqué de Canudos, el porqué duraba esa aberración que era Canudos. Pero cuando la voz cesó y terminó el éxtasis de la gente, su confusión volvió a ser la de antes.

—Ahí tienen un poco de farinha —oyó que decía la esposa de Antonio Vilanova o la de Honorio: sus voces eran idénticas—. Y leche.

Dejó de pensar, de divagar, y fue sólo un ser ávido que se llevaba con las puntas de los dedos bocaditos de harina de maíz a la boca y los ensalivaba y retenía mucho rato entre el paladar y la lengua antes de tragarlos, un organismo que sentía gratitud cada vez que el sorbo de leche de cabra llevaba a la intimidad de su cuerpo esa sensación bienhechora.

Cuando terminaron, el Enano eructó y el periodista miope lo sintió reír, con alegría. "Si come está contento, si no, triste", pensó. Él también: su felicidad o infelicidad dependían ahora en buena parte de sus tripas. Esa verdad elemental era la que reinaba en Canudos, y, sin embargo, ¿podían ser llamadas materialistas estas gentes? Porque otra idea persistente de estos días era que esta sociedad había llegado, por oscuros caminos y acaso equivocaciones y accidentes, a desembarazarse de las preocupaciones del cuerpo, de la economía, de la vida inmediata, de todo aquello que era primordial en el mundo de donde venía. ¿Sería su tumba este sórdido paraíso de espiritualidad y miseria? Los primeros días en Canudos tenía ilusiones, imaginaba que el curita de Cumbe se acordaría de él, le contrataría unos guías, un caballo, y podría volver a Salvador. Pero el Padre Joaquim no había vuelto a verlos y ahora decían que estaba de viaje. Ya no aparecía en las tardes en los andamios del Templo en construcción, en las mañanas ya no celebraba misa. Nunca había podido acercarse a él, cruzar esa masa compacta y armada de hombres y mujeres con trapos azules que rodeaba al Consejero y a su séquito y ahora nadie sabía si el Padre Joaquim volvería. ¿Sería distinta su suerte si le hubiera hablado? ¿Qué le habría dicho? "¿Padre Joaquim, tengo miedo de estar entre yagunzos, sáqueme de aquí, lléveme donde haya militares y policías que me ofrezcan alguna seguridad?" Le pareció oír la respuesta del curita: "¿Y a mí qué seguridad me ofrecen ellos, señor periodista? ¿Se olvida que me salvé de puro milagro de que el Cortapescuezos me matara? ¿Se imagina que yo podría volver donde haya militares y policías?" Se echó a reír, de manera incontenible, histérica. Se escuchó riendo, asustado, pensando que esa risa podía ofender a los borrosos seres de esta tierra. El Enano, contagiado, se reía también, a carcajadas. Lo imaginó pequeñito, contrahecho, retorciéndose. Lo irritó que Jurema permaneciese seria.

—Vaya, el mundo es chico, volvimos a encontrarnos —dijo una voz áspera, viril, y el periodista miope advirtió que unas siluetas se acercaban. Una de ellas, la más baja, con una mancha roja que debía ser un pañuelo, se plantó frente a Jurema—. Yo pensaba que los perros la habían matado allá arriba, en el monte.

—No me mataron —respondió Jurema.

—Me alegro —dijo el hombre—. Hubiera sido una lástima.

"La quiere para él, se la va a llevar", pensó el periodista miope, rápido. Se le humedecieron las manos. Se la llevaría y el Enano los seguiría. Se puso a temblar: se imaginaba solo, librado a su semiceguera, agonizando de inanición, de encontronazos, de terror.

—Además del enanito, se trajo otro acompañante —oyó decir al hombre, entre adulador y burlón—. Bueno, ya nos veremos. Alabado sea el Buen Jesús.

Jurema no contestó y el periodista miope permaneció encogido, atento, esperando —no sabía por qué— recibir una patada, un bofetón, un escupitajo.

—Éstos no son todos —dijo una voz distinta a la que había hablado y él, después de un segundo, reconoció a João Abade—. Hay más en el depósito de cueros.

—Son bastantes —dijo la voz del primer hombre, ahora neutra.

—No lo son —dijo João Abade—. No lo son si es verdad que vienen ocho o nueve mil. Ni el doble ni el triple serían bastantes.

—Cierto —dijo el primero.

Los sintió moverse, circular por delante y por detrás de ellos, y adivinó que estaban palpando los fusiles, levantándolos, manoseándolos, que se los llevaban a la cara para ver si tenían alineadas las miras y limpias las almas. ¿Ocho, nueve mil? ¿Venían ocho, nueve mil soldados?

—Y ni siquiera todos sirven, Pajeú —dijo João Abade—. ¿Ves? El cañón torcido, el gatillo roto, la culata partida.

¿Pajeú? El que estaba ahí, moviéndose, conversando, el que le había hablado a Jurema, era Pajeú. Decían algo de las joyas de la Virgen, mencionaban a un Doctor llamado Aguilar de Nascimento, sus voces se alejaban y se acercaban con sus pasos. Todos los bandidos del sertón estaban acá, todos se habían vuelto beatos. ¿Quién lo podía entender? Pasaban frente a él y el periodista miope podía ver esos dos pares de piernas al alcance de su mano.

—¿Quiere oír ahora la Terrible y Ejemplar Historia de Roberto el Diablo? —oyó preguntar al Enano—. La sé, la he contado mil veces. ¿Se la recito, señor?

—Ahora no —dijo João Abade—. Pero otro día sí. ¿Por qué me dices señor? ¿No sabés mi nombre acaso?

—Sí lo sé —murmuró el Enano—. Discúlpeme...

Los pasos de los hombres se apagaron. El periodista miope se había puesto a pensar: "El que cortaba orejas, narices, el que castraba a sus enemigos y les tatuaba sus iniciales. El que asesinó a todo un pueblo para probar que era Satán. Y Pajeú, el carnicero, el ladrón de ganado, el asesino, el bribón". Ahí habían estado, junto a él. Se hallaba aturdido y con ganas de escribir.

—¿Viste cómo te habló, te miró? —oyó decir al Enano—. Qué suerte Jurema. Te llevará a vivir con él y tendrás casa y comida. Porque Pajeú es uno de los que mandan aquí.

¿Qué iba a ser de él?

"No son diez moscas por habitante sino mil —piensa el Teniente Pires Ferreira—. Saben que son indestructibles." Por eso no se inmutan cuando el ingenuo trata de espantarlas. Eran las únicas moscas del mundo que no se movían cuando la mano revoloteaba a milímetros de ellas, queriendo ahuyentarlas. Sus varios ojos observaban al infeliz, desafiándolo. Éste podía aplastarlas, sí, sin ningún trabajo. ¿Qué ganaba con esa asquerosidad? Diez, veinte se materializaban al instante en el sitio de la apachurrada. Mejor resignarse a su vecindad, como los sertaneros. Las dejaban pasearse por sus comidas y sus ropas, ennegrecer sus casas y sus alimentos, anidar en los cuerpos de los recién nacidos, limitándose a apartarlas de la rapadura que iban a morder o a escupirlas si se les metían a la boca. Eran más grandes que las de Salvador, los únicos seres gordos de esta tierra donde hombres y animales parecían reducidos a su mínima expresión.

Está tumbado, desnudo, en su cama del Hotel Continental. Por la ventana ve la estación y la enseña: Vila Bela de Santo Antonio das Queimadas. ¿Odia más a las moscas o a Queimadas, donde tiene la sensación de que va a pasar el resto de sus días, enfermo de tedio, decepcionado, ocupado en filosofar sobre las moscas? Éste es uno de esos momentos en que la amargura lo hace olvidar que es un privilegiado, pues tiene un cuartito para él solo, en este Hotel Continental que es la codicia de los millares de soldados y oficiales que se apiñan, de dos en dos, de cuatro en cuatro, en las viviendas intervenidas o alquiladas por el Ejército y de quienes —la gran mayoría— duermen en las barracas levantadas a orillas del Itapicurú. Tiene la fortuna de ocupar un cuarto en el Hotel Continental por derecho de veteranía. Está aquí desde que pasó por Queimadas el Séptimo Regimiento y el Coronel Moreira César lo confinó a la humillante función de ocuparse de los enfermos, en la retaguardia. Desde esta ventana ha visto los acontecimientos que han convulsionado al sertón, a Bahía, al Brasil, en los últimos tres meses: la partida de Moreira César en dirección a Monte Santo y el regreso precipitado de los sobrevivientes del desastre, los ojos encandilados todavía por el pánico y la estupefacción; ha visto después vomitar, semana tras semana, al tren de Salvador a militares profesionales, cuerpos de policía y regimientos de voluntarios que vienen desde todas las regiones del país a este pueblo enseñoreado por las moscas, a vengar a los patriotas muertos, a salvar a las instituciones humilladas y a restaurar la soberanía de la República. Y desde este Hotel Continental el Teniente Pires Ferreira ha visto cómo esas decenas y decenas de compañías, tan entusiastas, tan ávidas de acción, han sido aprisionadas por una telaraña que las mantiene inactivas, inmovilizadas, distraídas por preocupaciones que no tienen nada que ver con los ideales generosos que las trajeron: los incidentes, los robos, la falta de vivienda, de comida, de transporte, de enemigos, de mujer. La víspera, el Teniente Pires Ferreira ha asistido a una reunión de oficiales del Tercer Batallón de Infantería, convocada por un escándalo mayúsculo —la desaparición de cien fusiles Comblain y de veinticinco cajas de municiones— y el Coronel Joaquim Manuel de Medeiros, después de leer una Ordenanza advirtiendo que, a menos de devolución inmediata, los autores del robo serán sumariamente ejecutados, les ha dicho que el gran problema —transportar a Canudos el enorme equipo del cuerpo expedicionario— aún no se ha resuelto y que por lo tanto no hay nada fijo todavía sobre la partida.

Tocan la puerta y el Teniente Pires Ferreira dice "Adelante". Su ordenanza viene a recordarle el castigo al soldado Queluz. Mientras se viste, bostezando, trata de evocar la cara de éste al que, está seguro, hace una semana o un mes, ya azotó, acaso por la misma falta. ¿Cuál? Las conoce todas: raterías al Regimiento o a las familias que aún no se han marchado de Queimadas, peleas con soldados de otros cuerpos, intentos de deserción. El Capitán de la compañía le confía a menudo los azotes con que se trata de conservar la disciplina, cada vez más estropeada por el aburrimiento y las privaciones. No es algo que le guste al Teniente Pires Ferreira, eso de dar varazos. Pero ahora tampoco le disgusta, ha pasado a formar parte de la rutina de Queimadas, como dormir, vestirse, desvestirse, comer, enseñar a los soldados las piezas de un Mánnlicher o un Comblain, lo que es el cuadrado de defensa y el de ataque, o reflexionar sobre las moscas.

Al salir del Hotel Continental, el Teniente Pires Ferreira toma la avenida de Itapicurú, nombre de la pendiente pedregosa que sube hacia la Iglesia de San Antonio, observando, por sobre los techos de las casitas pintadas de verde, blanco o azul, las colinas con arbustos resecos que rodean a Queimadas. Pobres las compañías de infantes en plena instrucción, en aquellas colinas abrasadas. Ha llevado cien veces a los reclutas a enterrarse en ellas y los ha visto empaparse de sudor y a veces perder el conocimiento. Son sobre todo los voluntarios de tierras frías los que se desploman como pollitos a poco de marchar por el desierto con la mochila a la espalda y el fusil al hombro.

Las calles de Queimadas no son a estas horas el hormigueo de uniformes, el muestrario de acentos del Brasil, que se vuelven en las noches, cuando soldados y oficiales se vuelcan a las calles a conversar, tocar una guitarra, escuchar canciones de sus pueblos y saborear el trago de aguardiente que han conseguido procurarse a precios exorbitantes. Hay, aquí y allá, grupos de soldados con la camisa desabotonada, pero no divisa a un solo vecino en el trayecto hacia la Plaza Matriz, de airosas palmeras uricurís que siempre hierven de pájaros. Casi no quedan vecinos. Salvo alguno que otro vaquero demasiado viejo, enfermo o apático, que mira con odio indisimulado desde la puerta de la casa que debe compartir con los intrusos, todos han ido desapareciendo.

En la esquina de la pensión Nuestra Señora de las Gracias —en cuya fachada se lee: "No permitimos personas sin camisas"— el Teniente Pires Ferreira reconoce, en el joven oficial de cara borrada por el sol que viene a su encuentro, al Teniente Pinto Souza, de su Batallón. Está aquí hace sólo una semana, conserva la fogosidad de los recién venidos. Se han hecho amigos y en las noches suelen pasear juntos.

—He leído el informe que escribiste sobre Uauá —dice, poniéndose a caminar junto a Pires Ferreira, en dirección al campamento—. Es terrible.

El Teniente Pires Ferreira lo mira protegiéndose con una mano contra la resolana:

—Para quienes lo vivimos, sí, sin duda. Para el pobre Doctor Antonio Alves de Santos sobre todo —dice—. Pero lo de Uauá no es nada comparado con lo que les ocurrió al Mayor Febronio y al Coronel Moreira César.

—No hablo de los muertos sino de lo que dices sobre los uniformes y las armas —lo corrige el Teniente Pinto Souza.

—Ah, eso —murmura el Teniente Pires Ferreira.

—No lo comprendo —exclama su amigo, consternado—. La superioridad no ha hecho nada.

—A la segunda y a la tercera expedición les pasó lo que a nosotros —dice Pires Ferreira—. También las derrotaron el calor, las espinas y el polvo antes que los yagunzos.

Se encoge de hombros. Redactó ese informe recién llegado a Joazeiro, después de la derrota, con lágrimas en los ojos, deseoso de que su experiencia aprovechara a sus compañeros de armas. Con lujo de detalles explicó que los uniformes quedaron destrozados con el sol, la lluvia y la polvareda, que las casacas de franela y los pantalones de paño se convertían en cataplasmas y eran desgarrados por las ramas de la caatinga. Contó que los soldados perdieron gorras y zapatos y tuvieron que andar descalzos la mayor parte del tiempo. Pero sobre todo fue explícito, escrupuloso, insistente en lo de las armas: "Pese a su magnífica puntería, el Mánnlicher se malogra con gran facilidad; bastan unos granos de arena en la recámara para que el cerrojo deje de funcionar. De otro lado, si se dispara seguido, el calor dilata el cañón y entonces se estrecha la recámara y los cargadores de seis cartuchos ya no entran en ella. El extractor, por efecto del calor, se estropea y hay que sacar los cartuchos usados con la mano. Por último, la culata es tan frágil que al primer golpe se quiebra". No sólo lo ha escrito; lo ha dicho a todas las comisiones que lo han interrogado y lo ha repetido en decenas de conversaciones privadas. ¿De qué ha servido?

—Al principio, creí que no me creían —dice—. Que pensaban que escribí eso para excusar mi derrota. Ahora ya sé por qué la superioridad no hace nada.

—¿Por qué? —pregunta el Teniente Pinto Souza.

—¿Van a cambiar los uniformes de todos los cuerpos del Ejército del Brasil? ¿No son todos de franela y paño? ¿Van a tirar a la basura todos los zapatos? ¿Echar al mar todos los Mánnlichers que tenemos? Hay que seguir usándolos, sirvan o no sirvan.

Han llegado al campamento del Tercer Batallón de Infantería, en la margen derecha del Itapicurú. Está junto al pueblo, en tanto que los otros se alejan de Queimadas, aguas arriba. Las barracas se alinean frente a las laderas de tierra rojiza, de grandes pedruscos oscuros, a cuyos pies discurren las aguas negro-verdosas. Los soldados de la compañía están aguardándolo; los castigos son siempre muy concurridos pues es uno de los pocos entretenimientos del Batallón. El soldado Queluz, ya preparado, tiene la espalda desnuda, entre una ronda de soldados que le hacen bromas. Él les contesta riéndose. Al llegar los dos oficiales todos se ponen serios y Pires Ferreira ve, en los ojos del castigado, un súbito temor, que disimula tratando de conservar la expresión burlona e indócil.

—Treinta varas —lee, en el parte del día—. Son muchas. ¿Quién te castigó?

—El Coronel Joaquim Manuel de Medeiros, su señoría —murmura Queluz.

—¿Qué hiciste? —pregunta Pires Ferreira. Está calzándose el guante de cuero, para que la frotación de las varas no le reviente las ampollas. Queluz pestañea, incómodo, mirando con el rabillo del ojo a derecha y a izquierda. Brotan risitas, murmullos.

—Nada, su señoría —dice, atragantado.

Pires Ferreira interroga con los ojos al centenar de soldados que forman círculo.

—Quiso violar a un corneta del Quinto Regimiento —dice el Teniente Pinto Souza, con disgusto—. Un cabra que no ha cumplido quince años. Lo sorprendió el propio Coronel. Eres un degenerado, Queluz.

—No es cierto, su señoría, no es cierto —dice el soldado, negando con la cabeza—. El Coronel interpretó mal mis intenciones. Estábamos bañándonos en el río sanamente. Se lo juro.

—¿Y por eso se puso a pedir auxilio el corneta? —dice Pinto Souza—. No seas cínico.

—Es que el corneta también interpretó mal mis intenciones, su señoría —dice el soldado, muy serio. Pero como estalla una risotada general, él mismo acaba por reírse.

—Más pronto comenzamos, más pronto terminamos —dice Pires Ferreira, cogiendo la primera vara, de varias que tiene a su alcance el ordenanza. La prueba en el aire y con el movimiento cimbreante, que produce un silbido de enjambre, la ronda de soldados retrocede—. ¿Te amarramos o aguantas como bravo?

—Como bravo, su señoría —dice el soldado Queluz, palideciendo.

—Como bravo que se tira a los cornetas —aclara alguien y hay otra salva de risas.

—Media vuelta, entonces, y cógete las bolas —ordena el Teniente Pires Ferreira.

Le da los primeros azotes con fuerza, viéndolo trastabillar cuando la varilla enrojece su espalda; luego, a medida que el esfuerzo lo empapa de transpiración a él también, lo hace de modo más suave. El corro de soldados canta los varazos. No han llegado a veinte cuando los puntos cárdenos de la espalda de Queluz comienzan a sangrar. Con el último varazo, el soldado cae de rodillas, pero se incorpora ahí mismo y se vuelve hacia el Teniente, tambaleándose:

—Muchas gracias, su señoría —murmura, con la cara hecha agua y los ojos inyectados.

—Consuélate pensando que estoy tan agotado como tú —jadea Pires Ferreira—. Anda a la enfermería, que te echen desinfectante. Y deja en paz a los cornetas.

La ronda se disuelve. Algunos soldados se alejan con Queluz, al que alguien echa encima una toalla, en tanto que otros descienden la barranca arcillosa para refrescarse en el Itapicurú. Pires Ferreira se moja la cara en un cubo de agua que le acerca su ordenanza. Firma el parte indicando que ha ejecutado el castigo. Mientras, responde a las preguntas del Teniente Pinto Souza, quien sigue obsesionado con su informe sobre Uauá. ¿Esos fusiles eran antiguos o comprados recientemente?

—No eran nuevos —dice Pires Ferreira—. Habían sido usados en 1894, en la campaña de Sao Paulo y Paraná. Pero la vejez no explica sus desperfectos. El problema es la constitución del Mánnlicher. Fue concebido en Europa, para ambientes y climas muy distintos, para un Ejército con una capacidad de mantenimiento que el nuestro no tiene.

Lo interrumpe el toque simultáneo de muchas cornetas, en todos los campamentos.

—Reunión general —dice Pinto Souza—. No estaba prevista.

—Debe ser el robo de esos cien fusiles Comblain, tiene loco al Comando —dice Pires Ferreira—. A lo mejor han encontrado a los ladrones y van a fusilarlos.

—A lo mejor ha llegado el Ministro de Guerra —dice Pinto Souza—. Está anunciado.

Se dirigen al punto de reunión del Tercer Batallón, pero allí les informan que se reunirán también con los oficiales del Séptimo y del Decimocuarto, es decir, toda la Primera Brigada. Corren hacia el puesto de mando, instalado en una curtiembre, a un cuarto de legua aguas arriba del Itapicurú. En el trayecto, advierten un movimiento inusitado en todos los campamentos y la algarabía de las cornetas ha crecido tanto que es difícil desentrañar sus mensajes. En la curtiembre se hallan ya varias decenas de oficiales, algunos de los cuales deben haber sido sorprendidos en plena siesta, pues están todavía embutiéndose las camisas o abrochándose las guerreras. El jefe de la Primera Brigada, Coronel Joaquim Manuel de Medeiros, encaramado sobre una banca, habla, accionando, pero Pires Ferreira y Pinto Souza no oyen lo que dice pues hay a su alrededor aclamaciones, vítores al Brasil, hurras a la República y algunos oficiales arrojan al aire sus quepis para manifestar su contento.

—Qué pasa, qué pasa —dice el Teniente Pinto Souza.

—¡Partimos a Canudos dentro de dos horas! —le grita, eufórico, un capitán de Artillería.

II

—¿Locura, malentendidos? No basta, no explica todo —murmuró el Barón de Cañabrava—. Ha habido también estupidez y crueldad.

Se le había representado de pronto la cara mansa de Gentil de Castro, con sus pómulos sonrosados y sus patillas rubias, inclinándose a besar la mano de Estela en alguna fiesta de Palacio, cuando él formaba parte del gabinete del Emperador. Era delicado como una dama, ingenuo como un niño, bondadoso, servicial. ¿Qué otra cosa que la imbecilidad y la maldad podían explicar lo ocurrido con Gentil de Castro?

—Supongo que no sólo Canudos, que toda la historia está amasada con eso —repitió, haciendo una mueca de disgusto.

—A menos que uno crea en Dios —lo interrumpió el periodista miope, y su voz empedrada recordó al Barón su existencia—. Como ellos, allá. Todo era transparente. La hambruna, los bombardeos, los despanzurrados, los muertos de inanición. El Perro o el Padre, el Anticristo o el Buen Jesús. Sabían al instante qué hecho procedía de uno u otro, si era benéfico o maléfico. ¿No los envidia? Todo resulta fácil si uno es capaz de identificar el mal o el bien detrás de cada cosa que ocurre.

—Me acordé de repente de Gentil de Castro —murmuró el Barón de Cañabrava—. La estupefacción que debió sentir al saber por qué arrasaban sus periódicos, por qué destruían su casa.

El periodista miope alargó el pescuezo. Estaban sentados frente a frente, en los sillones de cuero, separados por una mesita con una jarra de refresco de papaya y plátano. La mañana transcurría de prisa, la luz que alanceaba la huerta era ya la del mediodía. Voces de pregoneros ofreciendo viandas, loros, rezos, servicios, sobrevolaban las tapias.

—Esta parte de la historia tiene explicación —retintineó el hombre que parecía plegadizo—. Lo que ocurrió en Río de Janeiro, en Sao Paulo, es lógico y racional.

—¿Lógico y racional que la multitud se vuelque a las calles a destruir periódicos, a asaltar casas, a asesinar a gentes incapaces de señalar en el mapa dónde está Canudos, porque unos fanáticos derrotan a una expedición a miles de kilómetros de distancia? ¿Lógico y racional eso?

—Estaban intoxicados por la propaganda —insistió el periodista miope—. Usted no ha leído los periódicos, Barón.

—Conozco lo que pasó en Río por una de las propias víctimas

361

—dijo éste—. Se salvó por un pelo de que lo mataran a él también.

El Barón se había encontrado con el Vizconde de Ouro Prêto en Lisboa. Había pasado toda una tarde con el anciano líder monárquico, refugiado en Portugal luego de huir precipitadamente del Brasil, después de las terribles jornadas que vivió Río de Janeiro al llegar allí la noticia de la derrota del Séptimo Regimiento y la muerte de Moreira César. Incrédulo, confuso, espantado, el viejo ex-dignatario había visto desfilar en la rua Marqués de Abrantes, bajo los balcones de la casa de la Baronesa de Guanabara, donde se hallaba de visita, una manifestación que, iniciada en el Club Militar, llevaba carteles pidiendo su cabeza como responsable de la derrota de la República en Canudos. Poco después venía un mensajero a avisarle que su hogar había sido saqueado, al igual que los de otros conocidos monárquicos, y que la *Gazeta de Notícias* y *A Liberdade* ardían.

—El espía inglés de Ipupiará —recitó el periodista miope, golpeando con los nudillos en la mesa—. Los fusiles encontrados en el sertón que iban rumbo a Canudos. Los proyectiles de Kropatchek de los yagunzos que sólo podían haber traído barcos británicos. Y las balas explosivas. Las mentiras machacadas día y noche se vuelven verdades.

—Usted sobrestima la audiencia del *Jornal de Notícias* —sonrió el Barón de Cañabrava.

—El Epaminondas Gonçalves de Río de Janeiro se llama Aleindo Guanabara y su diario *A República* —afirmó el periodista miope—. Desde la derrota del Mayor Febronio, *A República* no dejó un solo día de presentar pruebas concluyentes de la complicidad del Partido Monárquico con Canudos.

El Barón lo oía a medias, porque estaba oyendo lo que, arropado en una manta que apenas le dejaba la boca libre, le había dicho el Vizconde de Ouro Prêto: "Lo patético es que nunca tomamos en serio a Gentil de Castro. Nunca fue nadie durante el Imperio. Jamás recibió un título, una distinción, un cargo. Su monarquismo era sentimental, no tenía que ver con la realidad".

—Por ejemplo, la prueba concluyente de las reses y las armas de Sete Lagoas, en Minas Gerais —seguía diciendo el periodista miope—. ¿No iban acaso hacia Canudos? ¿No las conducía el conocido jefe de capangas de caudillos monárquicos, Manuel João Brandao? ¿No había trabajado éste para Joaquim Nabuco, para el Vizconde de Ouro Prêto? Aleindo da los nombres de los policías que prendieron a Brandao, reproduce sus declaraciones confesándolo todo. ¿Qué importa que Brandao no existiera y que nunca fuera descubierto tal cargamento? Estaba escrito, era verdad. La historia del espía de Ipupiará repetida, multiplicada. ¿Ve cómo es lógico, racional? A usted no lo lincharon porque en Salvador no hay jacobinos, Barón. Los bahianos sólo se exaltan con los Carnavales, la política les importa un bledo.

—En efecto, ahora puede trabajar en el *Diário de Bahia* —bromeó el Barón—. Ya conoce las infamias de nuestros adversarios.

—Ustedes no son mejores que ellos —susurró el periodista miope—. ¿Se olvida que Epaminondas es su aliado y sus antiguos amigos miembros del gobierno?

—Descubre un poco tarde que la política es algo sucio —dijo el Barón.

—No para el Consejero —dijo el periodista miope—. Para él era limpia.

—También para el pobre Gentil de Castro —suspiró el Barón.

Al volver de Europa se había encontrado en su escritorio una carta, despachada desde Río varios meses atrás, en la que el propio Gentil de Castro, con estudiada caligrafía, le preguntaba: "¿Qué es esto de Canudos, mi afectísimo Barón? ¿Qué está ocurriendo en sus queridas tierras nordestinas? Nos achacan toda clase de disparates conspiratorios y no podemos siquiera defendernos pues no entendemos el asunto. ¿Quién es Antonio Consejero? ¿Existe? ¿Quiénes son esos depredadores Sebastianistas con quien se empeñan en vincularnos los jacobinos? Mucho le agradecería me ilustrara al respecto..." Ahora, el anciano al que el nombre de Gentil correspondía tan bien estaba muerto por haber armado y financiado una rebelión que pretendía restaurar el Imperio y esclavizar el Brasil a Inglaterra. Años atrás, cuando comenzó a recibir ejemplares de *A Gazeta de Notícias* y *A Liberdade*, el Barón de Cañabrava le escribió al Vizconde de Ouro Prêto, preguntándole qué absurdidad era esa de sacar dos hojas nostálgicas de la monarquía, a estas alturas, cuando era obvio para todo el mundo que el Imperio estaba definitivamente enterrado. "Qué quiere usted, mi querido... No ha sido idea mía ni de João Alfredo ni de Joaquim Nabuco ni de ninguno de sus amigos de aquí, sino, exclusivamente, del Coronel Gentil de Castro. Ha decidido gastarse sus dineros sacando esas publicaciones con el propósito de defender el nombre de quienes servimos al Emperador, del vilipendio a que nos someten. A todos nos parece bastante extemporánea la reivindicación de la monarquía en estos momentos, pero ¿cómo cortarle este arranque al pobre Gentil de Castro? No sé si usted lo recuerda. Un buen hombre, nunca figuró demasiado..."

—No estaba en Río sino en Petrópolis, al llegar las noticias a la capital —dijo el Vizconde de Ouro Prêto—. Con mi hijo, Alfonso Celso, le mandé decir que no se le ocurriera volver, que sus diarios habían sido arrasados, su casa destruida y que una turbamulta en la rua do Ouvidor y en el Largo de San Francisco pedía su muerte. Bastó eso para que Gentil de Castro decidiera volver.

El Barón lo imaginó, sonrosado, haciendo su maletín y dirigiéndose a la estación, mientras en Río, en el Club Militar, una veintena de oficiales mezclaban sus sangres ante un compás y una escuadra y juraban vengar a Moreira César, elaborando una lista de traidores que debían ser ejecutados. El primer nombre: Gentil de Castro.

—En la estación de Merití, Alfonso Celso le compró los diarios —prosiguió el Vizconde de Ouro Prêto—. Gentil de Castro pudo leer todo lo ocurrido la víspera en la capital federal. Los mítines, el cierre de comercios y de teatros, las banderas a media asta y los crespones negros en los balcones, los ataques a diarios, los asaltos. Y, por supuesto, la noticia sensacional en *A República*: "Los fusiles descubiertos en *Gazeta de Notícias* y *A Liberdade* son de la misma marca y el mismo calibre que los de Canudos". ¿Cuál cree usted que fue su reacción?

—No tengo más alternativa que mandar mis padrinos a Aleindo Guanabara —musitó el Coronel Gentil de Castro, atusándose el blanco bigote—. Ha llevado la vileza demasiado lejos.

El Barón se echó a reír. "Quería batirse a duelo", pensó. "Lo único que se le ocurrió fue retar a duelo al Epaminondas Gonçalves de Río. Mientras la muchedumbre lo buscaba para lincharlo, él pensaba en padrinos vestidos de oscuro, en espadas, en desafíos a primera sangre o a muerte." La risa le humedecía los ojos y el periodista miope lo miraba sorprendido. Mientras ocurría eso, él viajaba hacia Salvador, estupefacto, sí, por la derrota de Moreira César, pero, en realidad, obsesionado por Estela, contando las horas que faltaban para que los médicos del Hospital Portugués y de la Facultad de Medicina lo tranquilizaran asegurándole que era una crisis pasajera, que la Baronesa volvería a ser una mujer alegre, lúcida, vital. Había estado tan aturdido por lo que ocurría a su mujer que recordaba como un sueño sus negociaciones con Epaminondas Gonçalves y sus sentimientos al enterarse de la gran movilización nacional para castigar a los yagunzos, el envío de batallones de todos los estados, la formación de cuerpos de voluntarios, las kermesses y rifas públicas donde las damas subastaban sus joyas y sus cabelleras para armar nuevas compañías que fueran a defender a la República. Volvió a sentir el vértigo que había sentido al darse cuenta de la magnitud de aquello, ese laberinto de equivocaciones, desvaríos y crueldades.

—Al llegar a Río, Gentil de Castro y Alfonso Celso se deslizaron hasta una casa amiga, cerca de la estación de San Francisco Xavier —añadió el Vizconde de Ouro Prêto—. Allí fui a reunirme con ellos, a escondidas. A mí me tenían de un lado a otro, oculto, para protegerme de las turbas que seguían en las calles. Todo el grupo de amigos tardamos un buen rato en convencer a Gentil de Castro que lo único que nos quedaba era huir cuanto antes de Río y del Brasil.

Se acordó trasladar al Vizconde y al Coronel a la estación, embozados, segundos antes de las seis y media de la tarde, hora de la partida del tren a Petrópolis. Allí permanecerían en una hacienda mientras se preparaba su fuga al extranjero.

—Pero el destino estaba con los asesinos —murmuró el Vizconde—. El tren se atrasó media hora. En ese tiempo, el grupo de hombres embozados que éramos acabó por llamar la atención. Comenzaron a llegar manifestaciones que recorrían el andén dando vivas al Mariscal Floriano y mueras a mí. Acabábamos de subir al vagón cuando nos rodeó una turba con revólveres y puñales. Sonaron varios pistoletazos en el instante en que el tren arrancaba. Todas las balas dieron en Gentil de Castro. No sé por qué estoy vivo.

El Barón se imaginó al anciano de mejillas sonrosadas con la cabeza y el pecho abiertos, tratando de persignarse. Tal vez esa muerte no le hubiera disgustado. ¿Era una muerte de caballero, no?

—Tal vez —dijo el Vizconde de Ouro Prêto—. Pero, su entierro, estoy seguro que le disgustó.

Había sido enterrado a escondidas, por consejo de las autoridades. El Ministro Amaro Cavalcanti advirtió a los deudos que, debido a la excitación callejera, el gobierno no podía garantizar la seguridad de los familiares y amigos si intentaban un sepelio aparatoso. Ningún monárquico asistió al entierro y Gentil de Castro fue llevado al cementerio en una carroza cualquiera, a la que seguía una berlina en la que se hallaban su jardinero y dos sobrinos. Éstos no permitieron que el sacerdote terminara el responso, temerosos de que aparecieran los jacobinos.

—Veo que la muerte de ese hombre, allá en Río, lo impresiona mucho —volvió a sacarlo de sus reflexiones el periodista miope—. En cambio, no lo impresionan las otras. Porque hubo otras muertes, allá en Canudos.

¿En qué momento se había puesto de pie su visitante? Estaba frente a los estantes de libros, inclinado, torcido, un rompecabezas humano, mirándolo ¿con furia? detrás de sus lentes espesos.

—Es más fácil imaginar la muerte de una persona que la de cien o mil —murmuró el Barón—. Multiplicado, el sufrimiento se vuelve abstracto. No es fácil conmoverse por cosas abstractas.

—A menos que uno lo haya visto pasar de uno a diez, a cien, a mil, a miles —dijo el periodista miope—. Si la muerte de Gentil de Castro fue absurda, en Canudos murieron muchos por razones no menos absurdas.

—¿Cuántos? —murmuró el Barón. Sabía que nunca se conocería, que, como lo demás de la historia, la cifra sería algo que historiadores y políticos reducirían y aumentarían al compás de sus doctrinas y del provecho que podían sacarle. Pero no pudo dejar de preguntárselo.

—He tratado de saberlo —dijo el periodista, acercándose con su andar dubitativo y desmoronándose en el sillón—. No hay cálculo exacto.

—¿Tres mil? ¿Cinco mil muertos? —susurró el Barón, buscándole los ojos.

—Entre veinticinco y treinta mil.

—¿Está usted considerando los heridos, los enfermos? —respingó el Barón.

—No hablo de los muertos del Ejército —dijo el periodista—. Sobre ellos sí hay estadísticas precisas. Ochocientos veintitrés, incluidas las víctimas de epidemias y accidentes.

Hubo un silencio. El Barón bajó la vista. Se sirvió un poco de refresco, pero apenas lo probó pues se había calentado y parecía un caldo.

—En Canudos no podía haber treinta mil almas —dijo—. Ningún pueblo del sertón puede albergar a esa cantidad de gente.

—El cálculo es relativamente simple —dijo el periodista—. El General Oscar hizo contar las viviendas. ¿No lo sabía? Está en los diarios: 5.783. ¿Cuánta gente vivía en cada casa? Mínimo, cinco o seis. O sea, entre veinticinco y treinta mil muertos.

Hubo otro silencio, largo, interrumpido por un zumbar de moscardones.

—En Canudos no hubo heridos —dijo el periodista—. Los llamados sobrevivientes, esas mujeres y niños que el Comité Patriótico de su amigo Lelis Piedades ha repartido por el Brasil, no estaban en Canudos, sino en localidades de la vecindad. Del cerco sólo escaparon siete personas.

—¿También sabe eso? —levantó la vista el Barón.

—Yo era uno de los siete —dijo el periodista miope. Y, como queriendo evitar una pregunta, añadió de prisa: —La estadística que les preocupaba a los yagunzos era otra. Cuántos morirían de bala y cuántos de cuchillo.

Se quedó callado un buen rato; con la cabeza espantó a un insecto.

—Es un cálculo que no hay manera de hacer, por supuesto —continuó, estrujándose las manos—. Pero alguien podría darnos pistas. Un sujeto interesante, Barón. Estuvo con el Regimiento de Moreira César y volvió con la cuarta expedición al mando de una Compañía de Río Grande do Sul. El Alférez Maranhão.

El Barón lo miraba, adivinando casi lo que iba a decir.

—¿Sabía que degollar es una especialidad gaucha? El Alférez Maranhão y sus hombres eran especialistas. En él, a la destreza se unía la afición. Con la mano izquierda cogía al yagunzo de la nariz, le levantaba la cabeza y pegaba el tajo. Uno de veinticinco centímetros, que abría la carótida: la cabeza caía como la de un monigote.

—¿Está tratando de conmoverme? —dijo el Barón.

—Si el Alférez Maranhão nos dijera cuántos degollaron él y sus hombres se podría saber cuántos yagunzos se fueron al cielo y cuántos al infierno —estornudó el miope—. El degüello tenía ese otro inconveniente. Despachaba el alma al infierno, al parecer.

LA NOCHE que sale de Canudos, al frente de trescientos hombres armados —muchos más de los que ha mandado nunca— Pajeú se ordena a sí mismo no pensar en la mujer. Sabe la importancia que tiene su misión, y también lo saben sus compañeros, escogidos entre los mejores caminantes de Canudos (porque habrá que andar mucho). Al pasar al pie de la Favela hacen un alto. Señalando los contrafuertes del cerro, apenas visible en la oscuridad conmovida por los grillos y las ranas, Pajeú les recuerda que es allí donde hay que traerlos, subirlos, encerrarlos, para que João Abade y João Grande y todos los que no han partido con Pedrão y los Vilanova hacia Geremoabo al encuentro de los soldados que vienen por ese rumbo, los acribillen desde los cerros y llanos vecinos, donde los yagunzos ya han tomado sus emplazamientos en trincheras cargadas de municiones. João Abade tiene razón, es la manera de dar un golpe mortal a las camadas malditas: empujarlas a ese cerro pelado. No tendrán dónde guarecerse y los tiradores harán puntería sobre ellas sin ser siquiera vistos. "O los soldados caen en la trampa y los deshacemos —ha dicho el Comandante de la Calle—. O caemos nosotros, pues, si rodean Belo Monte, no tenemos hombres ni armas para impedir que entren. De ustedes depende, cabras." Pajeú aconseja a los hombres que sean avaros con las municiones, que apunten siempre a los perros que llevan insignias en los brazos o tienen sable y van montados y que no se dejen ver: Los divide en cuatro cuerpos y los cita a la tarde siguiente, en la Laguna del Lage, no lejos de la Sierra de Aracaty, donde, calcula, estará llegando para entonces la avanzada de la tropa que partió ayer de Monte Santo. Ninguno de los grupos debe dar pelea si encuentran patrullas; deben ocultarse, dejarlas pasar y, a lo más, hacerlas seguir por un pistero. Nada ni nadie debe hacerles olvidar su obligación: traer a los perros a la Favela.

El grupo de ochenta hombres que se queda con él, es el último en continuar la marcha. Una vez más rumbo a la guerra... Ha salido así tantas veces, desde que tiene uso de razón, en las noches, escondiéndose, para dar un zarpazo o para evitar que se lo dieran, que no está más inquieto esta vez que las otras. Para Pajeú la vida es eso: huir o ir al encuentro de algún enemigo, sabiendo que atrás y adelante hay y habrá siempre, en el espacio y en el tiempo, balas, heridos y muertos.

La cara de la mujer se desliza una vez más —porfiada, intrusa— en su cabeza. El caboclo hace un esfuerzo para expulsar la tez pálida, los ojos resignados, los cabellos lacios que caen sueltos sobre la espalda, y ansiosamente busca algo distinto en qué pensar. A su lado va Taramela, pequeñito, enérgico, masticando, feliz porque lo acompaña, como en los tiempos del cangaço. Precipitadamente le pregunta si trae consigo ese emplasto de yema de huevo que es el mejor remedio contra la picadura de la cobra. Taramela le recuerda que, al separarse de los otros grupos, él mismo ha repartido a Joaquim Macambira, Mané Quadrado y Felicio un poco de emplasto. "Cierto", dice Pajeú. Y como Taramela calla y lo mira, Pajeú se interesa por saber si los otros grupos tendrán suficientes *tigelinhas*, esos lamparines de barro que les permitirán comunicarse a la distancia, en las noches, si hace falta. Taramela, riéndose, le recuerda que él mismo ha verificado la distribución de lamparines en el almacén de los Vilanova. Pajeú gruñe que tantos olvidos indican que se está volviendo viejo. "O que se está enamorando", bromea Taramela. Pajeú siente calor en las mejillas y la cara de la mujer, que ha conseguido expulsar, regresa. Con extraña vergüenza de sí mismo, piensa: "No sé su nombre, no sé de dónde es". Cuando vuelva a Belo Monte, se lo preguntará.

Los ochenta yagunzos caminan detrás de él y de Taramela en silencio, o hablando tan bajo que sus voces quedan apagadas por el rodar de piedrecillas y el acompasado sonido de sandalias y alpargatas. Hay entre ellos quienes estuvieron con él en el cangaço, mezclados con otros que fueron compañeros de correrías de João Abade o de Pedrão, cabras que sirvieron en las volantes de la policía e incluso ex-guardias rurales e infantes que desertaron. Que estén marchando juntos hombres que eran enemigos irreconciliables es obra del Padre, allá arriba, y aquí abajo del Consejero. Ellos han hecho este milagro, hermanar a los caínes, convertir en fraternidad el odio que reinaba en el sertón.

Pajeú apura la marcha y mantiene un paso vivo toda la noche. Cuando, al amanecer, llegan a la Sierra de Caxamango y protegidos por una empalizada de xique-xiques y mandacarús hacen alto para comer, todos están acalambrados.

Taramela despierta a Pajeú unas cuatro horas después. Han llegado dos pisteros, ambos muy jóvenes. Hablan ahogándose y uno de ellos se soba los pies hinchados, mientras explican a Pajeú que han seguido a las tropas desde Monte Santo. En efecto, son miles de soldados. Divididos en nueve cuerpos, avanzan muy despacio por la dificultad para arrastrar sus armas, carros y barracas, y el freno que les significa un cañón larguísimo, que se entierra a cada paso y los obliga a ensanchar la trocha. Lo halan nada menos que cuarenta bueyes. Hacen, a lo más, cinco leguas por día. Pajeú los interrumpe: no le interesa cuántos son sino su rumbo. El muchacho que se soba los pies cuenta que han hecho un alto en Rio Pequenho y pernoctado en Caldeirão Grande. Luego han tomado la dirección de Gitirana, donde se detuvieron, y, por fin, después de muchos tropiezos, arribaron a Jua, donde han pasado la noche.

La ruta de los perros sorprende a Pajeú. No es la de ninguna de las expediciones anteriores. ¿Tienen la intención de llegar por Rosario, en vez de por Bendengó, el Cambaio o la Sierra de Cañabrava? Si es así, todo será más fácil, pues con unas cuantas embestidas y mañas de los yagunzos, esa ruta los llevará a la Favela.

Manda a un pistero a Belo Monte, a repetir a João Abade lo que acaba de oír, y reanudan la marcha. Andan hasta el crepúsculo sin detenerse, por parajes alborotados de mangabeiras y cipós y matorrales de macambiras. En la Laguna de Lage están ya los grupos de Mané Quadrado, Macambira y Felicio. El primero ha cruzado una patrulla a caballo que exploraba la trocha de Aracaty a Jueté. Acuclillados detrás de vallas de cactos los han visto pasar y, un par de horas después, regresar. No hay duda, pues: si mandan patrullas por el rumbo de Jueté es que han elegido el camino de Rosario. El viejo Macambira se rasca la cabeza: ¿por qué escoger la trayectoria más larga? ¿Por qué dar esa vuelta que les representará catorce o quince leguas más?

—Porque es más plano —dice Taramela—. Por ahí casi no hay subidas ni bajadas. Les será más fácil hacer pasar sus cañones y carretas.

Convienen en que es lo más probable. Mientras los otros descansan, Pajeú, Taramela, Mané Quadrado, Macambira y Felicio cambian opiniones. Como es casi seguro que la tropa entre por Rosario, se decide que Mané Quadrado y Joaquim Macambira vayan a apostarse allí. Pajeú y Felicio le escoltarán desde la Sierra de Aracaty.

Al amanecer, Macambira y Mané Quadrado parten con la mitad de los hombres. Pajeú pide a Felicio adelantarse con sus setenta yagunzos hacia Aracaty, sembrando a éstos por la media legua de camino a fin de conocer en detalle los movimientos de los batallones. Él permanecerá aquí.

La Laguna de Lage no es una laguna —acaso lo fue, en tiempos remotísimos—, sino una oquedad húmeda, donde se sembraba maíz, yuca y frejol, como recuerda muy bien Pajeú, que pernoctó muchas veces en esas casitas ahora quemadas. Hay una sola con la fachada intacta y el techo completo. Un cabra aindiado dice, señalándola, que esas tejas podrían servir para el Templo del Buen Jesús. En Belo Monte ya no se fabrican tejas pues todos los hornos funden balas. Pajeú asiente y ordena destejar la casa. Distribuye a los hombres por el contorno. Está dando instrucciones al pistero que va a despachar a Canudos, cuando oye cascos y un relincho. Se arroja al suelo y se escabulle entre los pedruscos. Ya protegido, ve que los hombres han tenido tiempo de refugiarse también, antes de que aparezca la patrulla. Todos, menos los que destejan la casita. Ve a una docena de jinetes corretear a tres yagunzos que escapan en zigzag, en direcciones distintas. Desaparecen en los roquedales sin, aparentemente, ser heridos. Pero el cuarto no llega a saltar del techo. Pajeú trata de identificarlo: no, está muy lejos. Después de mirar un rato a los jinetes que le apuntan con los fusiles, se lleva las manos a la cabeza, en actitud de rendición. Pero de pronto se lanza sobre uno de los jinetes. ¿Quería apoderarse del caballo, escapar al galope? Le falla, pues el soldado lo arrastra con él al suelo. El yagunzo golpea a derecha y a izquierda hasta que el que dirige el pelotón le dispara a boca de jarro. Se nota que le fastidia matarlo, que hubiera querido llevar un prisionero a sus jefes. La patrulla se retira, observada por los emboscados. Pajeú se dice, satisfecho, que los hombres han resistido la tentación de matar a ese puñado de perros.

Deja a Taramela en la Laguna de Lage, para enterrar al muerto, y va a instalarse en las elevaciones que hay a medio camino de Aracaty. Ya no permite que sus hombres marchen juntos, sino fragmentados y a distancia de la trocha. A poco de llegar a los peñascos —un buen mirador— aparece la vanguardia. Pajeú siente la cicatriz en su cara, una tirantez, una herida que fuera a abrirse. Le ocurre en los momentos críticos, cuando vive alguna ocurrencia extraordinaria. Soldados armados de picos, palas, machetes y serruchos van despejando la trocha, aplanándola, tumbando árboles, apartando piedras. Deben haber tenido trabajo en la Sierra de Aracaty, filuda y escabrosa; vienen con los torsos desnudos y las camisas amarradas a la cintura, de tres en fondo, encabezados por oficiales a caballo. Los perros son muchos, sí, cuando los encargados de abrirles camino pasan de doscientos. Pajeú divisa también a un pistero de Felicio que sigue de cerca a los zapadores.

Es el principio de la tarde cuando cruza el primero de los nueve cuerpos. Cuando pasa el último el cielo está lleno de estrellas diseminadas en torno a una luna redonda que baña el sertón con suave resplandor amarillo. Han estado pasando, a veces juntos, a veces separados por kilómetros, con uniformes que cambian de color y de forma —verdosos, azules con listas rojas, grises, con botones dorados, con correajes, con quepis, con sombreros de vaquero, con botines, con zapatos, con alpargatas— a pie y a caballo. En medio de cada cuerpo, cañones tirados por bueyes. Pajeú —la cicatriz no deja un momento de estar presente en su cara— cuenta las municiones y los víveres: siete carretas de bueyes, cuarenta y tres carros de burros, unos doscientos cargadores doblados por los bultos en las espaldas (muchos son yagunzos). Sabe que esas cajas de madera traen proyectiles para fusil y en su cabeza se arma un laberinto de cifras cuando trata de adivinar cuántas balas tendrán por habitante de Belo Monte.

Sus hombres no se mueven; se diría que no respiran, que no pestañean, y nadie abre la boca. Mudos, inmóviles, consubstanciados con las piedras, los cactos y los arbustos que los ocultan, escuchan las cornetas que llevan órdenes de batallón a batallón, ven flamear las banderas de los escoltas, oyen gritar a los servidores de las piezas de artillería azuzando a bueyes, mulas y burros. Cada cuerpo avanza separado en tres partes, esperando la del centro que las de los costados se adelanten para luego avanzar. ¿Por qué hacen este movimiento que los demora y que parece un retroceso tanto como un avance? Pajeú comprende que es para evitar ser sorprendidos por los flancos, como les ocurría a los animales y soldados del Cortapescuezos, que podían ser atacados por los yagunzos desde la misma orilla de la trocha. Mientras contempla este espectáculo ruidoso, multicolor, que se desenvuelve calmosamente a sus pies, se repite las mismas preguntas: ¿Cuál es la ruta por la que piensan llegar? ¿Y si se abren en abanico para entrar a Canudos por diez sitios diferentes a la vez?

Luego de haber pasado la retaguardia, come un bocado de farinha y rapadura y reemprende el regreso, para esperar a los soldados en Jueté, a dos leguas de marcha. Durante el trayecto, que les toma un par de horas, Pajeú siente a los hombres comentando entre dientes el tamaño de ese cañón al que han bautizado la Matadeira. Los hace callar. Cierto, es enorme, capaz sin duda de volar varias casas de un disparo, tal vez de perforar las paredes de piedra del Templo en construcción. Habrá que prevenir a João Abade sobre la Matadeira.

Como ha calculado, los soldados acampan en la Laguna de Lage. Pajeú y sus hombres pasan tan cerca de las barracas que oyen a los centinelas comentando las incidencias de la jornada. Se reúnen con Taramela antes de la medianoche, en Jueté. Allí encuentran un mensajero de Mané Quadrado y Macambira; ambos están ya en Rosario. En el camino han visto patrullas a caballo. Mientras los hombres beben y se mojan las caras, a la luz de la luna, en la lagunita de Jueté donde antes llevaban sus rebaños los pastores de la comarca, Pajeú despacha un pistero a João Abade y se tiende a dormir, entre Taramela y un viejo que sigue hablando de la Matadeira. Sería bueno que los perros capturaran a un yagunzo y que éste les revelara que todas las entradas de Belo Monte están protegidas, salvo los cerros de la Favela. Pajeú da vueltas a la idea hasta que se duerme. En el sueño, lo visita la mujer.

Cuando comienza a clarear, llega el grupo de Felicio. Se ha visto sorprendido por una de las patrullas de soldados que flanquean al convoy de reses y cabras que siguen a la Columna. Ellos se dispersaron, sin sufrir bajas, pero el volver a agruparse los demoró y todavía hay tres perdidos. Cuando se enteran del encuentro en la Laguna de Lage, un curiboca que no debe tener más de trece años y que Pajeú usa como mensajero, se echa a llorar. Es el hijo del yagunzo que los perros encontraron destejiendo la casa y mataron.

Mientras marchan hacia Rosario, atomizados en grupos de pocos hombres, Pajeú se acerca al chiquillo. Éste hace esfuerzos por contener las lágrimas, pero, a veces, se le escapa un sollozo. Le pregunta sin preámbulos si quiere hacer algo por el Consejero, algo que ayudará a vengar a su padre. El chiquillo lo mira con tanta decisión que no necesita otra respuesta. Le explica lo que espera de él. Se forma una ronda de yagunzos, que escuchan mirándolos alternativamente a él y al chiquillo.

—No es cuestión sólo de hacerte pescar —dice Pajeú—. Tienen que

371

creerse que no querías que te pescaran. Y no es cuestión de que te pongas a hablar a la primera. Tienen que creerse que te han hecho hablar. O sea, dejar que te peguen y hasta que te corten. Tienen que creerse que estás asustado. Sólo así te creerán. ¿Podrás?

El chiquillo tiene los ojos secos y una expresión adulta, como si en cinco minutos hubiera crecido cinco años:

—Podré, Pajeú.

Se reúnen con Mané Quadrado y Macambira en las afueras de Rosario, donde la senzala y la casa grande de la hacienda están en ruinas. Pajeú despliega a los hombres en una quebrada, al filo derecho de la trocha, con órdenes de no pelear sino el tiempo justo para que los perros los vean huir en dirección a Bendengó. El chiquillo está a su lado, las manos en la escopeta de perdigones casi tan alta como él. Pasan los zapadores, sin verlos, y, algo después, el primer batallón. El tiroteo estalla y se eleva una polvoreda. Pajeú espera, para disparar, que ésta se disipe un poco. Lo hace tranquilo, apuntando, disparando con intervalos de varios segundos las seis balas del Mánnlicher que lo acompaña desde Uauá. Escucha la algarabía de silbatos, cornetas, gritos, ve el desorden de la tropa. Superada en algo la confusión, urgidos por sus jefes, los soldados comienzan a arrodillarse y a responder los disparos. Hay una cornetería frenética, no tardarán en llegar refuerzos. Puede oír a los oficiales ordenando a sus subordinados internarse en la caatinga en pos de los atacantes.

Entonces, carga su fusil, se incorpora y, seguido por otros yagunzos, avanza hasta el centro de la trocha. Encara a los soldados que se hallan a cincuenta metros, les apunta y les descarga su fusil. Los hombres hacen lo mismo, plantados a su alrededor. Nuevos yagunzos emergen de los matorrales. Los soldados, por fin, vienen a su encuentro. El chiquillo, siempre a su lado, se lleva la escopeta a una oreja y cerrando los ojos se dispara. El perdigón lo baña en sangre.

—Llévate mi escopeta, Pajeú —dice, alcanzándosela—. Cuídamela. Me escaparé, volveré a Belo Monte. ˜

Se tira al suelo y se pone a dar alaridos, cogiéndose la cara. Pajeú echa a correr —las balas zumban por todas partes— y seguido por los yagunzos se pierde en la caatinga. Una compañía se lanza tras ellos y se hacen perseguir un buen rato; la enredan en las matas de xique-xiques y altos mandacarús, hasta que los soldados se encuentran tiroteados por la espalda por los hombres de Macambira. Optan por retirarse. Pajeú también da media vuelta. Dividiendo a los hombres en los cuatro grupos de siempre, les ordena regresar, adelantarse a la tropa y esperarla en Baixas, a una legua de Rosario. En el camino, todos hablan de la bravura del chiquillo. ¿Se habrán creído los protestantes que ellos lo hirieron? ¿Lo estarán interrogando? ¿O, furiosos por la emboscada, lo despedazarían a sablazos?

Unas horas después, desde las matas densas de la planicie arcillosa de Baixas —han descansado, comido, contado a la gente, descubierto que faltan dos hombres y que hay once heridos— Pajeú y Taramela ven acercarse a la vanguardia. A la cabeza de la Columna, renqueando junto a un jinete que lo lleva atado a una cuerda, entre un grupo de soldados, está el chiquillo. Tiene la cabeza vendada y camina cabizbajo. "Le han creído, piensa Pajeú. Si está ahí delante, es que va de pistero." Siente un ramalazo de afecto por el curiboca.

Dándole un codazo, Taramela le susurra que los perros ya no están en el mismo orden que en Rosario. En efecto, las banderas de los escoltas de adelante son encarnadas y doradas en vez de azules y los cañones van a la vanguardia, incluso la Matadeira. Para protegerlos, hay compañías que peinan la caatinga; de continuar donde se hallan, alguna se dará de bruces con ellos. Pajeú indica a Macambira y a Felicio que se adelanten hasta Rancho do Vigario, adonde sin duda acampará la tropa. Gateando, sin ruido, sin que sus movimientos alteren la quietud del ramaje, los hombres del viejo y de Felicio se alejan y desaparecen. Poco después, estallan disparos. ¿Los han descubierto? Pajeú no se mueve: a cinco metros ve, por el entramado de matorrales, un cuerpo de masones a caballo, con largas lanzas rematadas en puntas de metal. Al oír los tiros, los soldados apuran el paso, hay galopes, toque de cornetas. La fusilería continúa, aumenta. Pajeú no mira a Tamarela, no mira a ninguno de los yagunzos aplastados contra la tierra, ovillados entre las ramas. Sabe que el centenar y medio de hombres están, como él, sin respirar, sin moverse, pensando que Macambira y Felicio pueden estar siendo exterminados... El estruendo lo remece de pies a cabeza. Pero más que el cañonazo lo asusta el gritito que el estampido arranca a un yagunzo, detrás de él. No se vuelve a recriminarlo; con los relinchos y exclamaciones es improbable que lo hayan oído. Después del cañonazo, los tiros cesan.

En las horas que siguen, la cicatriz parece incandescente, irradia ondas ardientes hacia su cerebro. Ha elegido mal el sitio, dos veces pasan, a su espalda, patrullas con macheteros de paisano haciendo volar los arbustos. ¿Es milagro que no vean a sus hombres, pese a pasar casi pisándolos? ¿O esos macheteros son elegidos del Buen Jesús? Si los descubren, escaparán pocos pues, con esos miles de soldados, les será fácil cercarlos. Es el temor de ver a sus hombres diezmados, sin haber cumplido la misión, lo que convierte en llaga viva su cara. Pero, ahora, sería insensato moverse.

Cuando empieza a oscurecer, ha contado veintidós carros de burros; aún falta la mitad de la Columna. Cinco horas ha visto soldados, cañones, animales. Nunca se le ocurrió que había tantos soldados en el mundo. La bola roja está cayendo rápido; en media hora estará oscuro. Le ordena a Taramela que se lleve la mitad de la gente a Rancho do Vigario y lo cita en las grutas donde hay armas escondidas. Apretándole el brazo, le susurra: "Ten cuidado". Los yagunzos parten, inclinados hasta tocar con el pecho las rodillas, de a tres, de a cuatro.

Pajeú continúa allí hasta que el cielo se estrella. Cuenta diez carros más y ya no duda: es evidente que ningún batallón tomó otro rumbo. Llevándose a la boca el pito de madera, sopla, corto. Ha estado tanto rato inmóvil que le duele todo el cuerpo. Se soba con fuerza las pantorrillas antes de echarse a andar. Cuando va a tocarse el sombrero, descubre que no lo tiene. Recuerda que lo perdió en Rosario: una bala se lo llevó, una bala que le dejó el calor de su paso.

La marcha hasta Rancho do Vigario, a dos leguas de Baixas, es lenta, fatigante; progresan cerca de la trocha, en fila india, deteniéndose a cada momento, arrastrándose como lombrices para cruzar los descampados. Llegan pasada la medianoche. En vez de acercarse a la vivienda misionera al que el sitio debe el nombre, Pajeú se desvía hacia el Oeste, en busca del desfiladero rocoso, al que siguen colinas con grutas. Es el punto de reunión. No sólo Joaquim Macambira y Felicio —han perdido sólo tres hombres en el choque con los soldados— los esperan. También João Abade.

Sentados por tierra, en una gruta, en torno a una lamparilla, mientras bebe un zurrón de agua algo salobre, que le sabe a gloria, y come bocados de frejol que tienen fresco el sabor del aceite, Pajeú le cuenta a João Abade lo que ha visto, hecho, temido y sospechado desde que salió de Canudos. Éste lo escucha, sin interrumpirlo, esperando que se ponga a beber o a masticar para hacerle preguntas. Alrededor están Taramela, Mané Quadrado y el viejo Macambira, que mete su cuchara para hablar alarmado de la Matadeira. Afuera, los yagunzos se han echado a dormir. La noche es clara, con grillos. João Abade cuenta que la Columna que viene subiendo desde Sergipe y Geremoabo, es la mitad de numerosa que ésta, no más de dos mil hombres. Pedrão y los Vilanova la esperan en Cocorobó. "Es el mejor lugar para caerle", dice. "Lo que viene después es chato. Desde hace tres días, todo Belo Monte está abriendo trincheras, allí donde había corrales, por si Pedrão y los Vilanova no consiguen parar a la República en Cocorobó". Y de inmediato vuelve al asunto que les importa. Está de acuerdo con ellos: si ha venido hasta Rancho do Vigario, la Columna atravesará mañana la Sierra de Angico. Porque, si no, tendría que hacer diez leguas más hacia el Oeste antes de hallar otra trocha para sus cañones.

—Después de Angico comienza el peligro —gruñe Pajeú.

Como otras veces, João Abade hace trazos en la tierra con la punta de su faca:

—Si se desvían hacia el Tabolerinho, todo nos falla. La gente está esperándolos ya alrededor de la Favela.

Pajeú imagina la horquilla en que se bifurca el declive, luego del pedrerío espinoso de Angico. Si no toman el rumbo de Pitombas, no llegarán a la Favela. ¿Por qué tendrían que tomar el rumbo de Pitombas? Muy bien podrían tomar el otro, el que desemboca en las faldas del Cambaio y el Tabolerinho.

—Salvo que se encuentren aquí con una pared de balas —explica João Abade, alumbrando con la lamparilla la tierra rayada—. Si no tienen pase por ese lado, no les queda más que tomar la dirección de Pitombas y el Umburanas.

—Los esperaremos a la salida de Angico, entonces —asiente Pajeú—. Les meteremos bala a lo largo de toda la ruta, por la derecha. Verán que el camino está cerrado.

—Eso no es todo —dice João Abade—. Después, tienen que darse tiempo para reforzar a João Grande, en el Riacho. Al otro lado hay bastante gente. Pero no en el Riacho.

La fatiga y la tensión caen de golpe sobre Pajeú, a quien João Abade ve de pronto escurrirse sobre el hombro de Taramela, dormido. Éste lo desliza hasta el suelo y aparta el fusil y la escopeta del muchacho curiboca, que Pajeú tenía sobre las piernas. João Abade se despide con un rápido "Alabado sea el Buen Jesús Consejero".

Cuando Pajeú despierta, el día despunta en la cima del desfiladero, pero a su alrededor es aún noche cerrada. Remece a Taramela, a Felicio, a Mané Quadrado y al viejo Macambira, que han dormido también en la gruta. Mientras un resplandor azulado se extiende por las lomas, se ocupan de reponer, con las municiones enterradas por la Guardia Católica, las que gastaron en Rosario. Cada yagunzo lleva trescientos proyectiles en su zurrón. Pajeú hace repetir a cada uno lo que va a hacer. Los cuatro grupos parten por separado.

Al trepar las lajas de la Sierra de Angico, el de Pajeú —será el primero que atacará, para hacerse perseguir desde esas lomas hasta Pitombas, donde estarán apostados los otros— escucha, lejanas, las cornetas. La Columna se ha puesto en marcha. Deja a dos yagunzos en la cumbre y va a emboscarse al pie de la vertiente, frente a la rampa que es paso obligatorio, el único sitio por donde pueden resbalar las ruedas de los carromatos. Esparce a la gente entre las matas, bloqueando la trocha que se bifurca al Oeste y les vuelve a repetir que esta vez no se trata de correr. Eso, más tarde. Primero hay que aguantar el tiroteo. Que el Anticristo crea que tiene al frente cientos de yagunzos. Después, hay que hacerse ver, corretear, seguir hasta Pitombas. Uno de los yagunzos que dejó en la cumbre llega a decir que viene una patrulla. Son seis soldados; los dejan pasar sin disparles. Uno rueda del caballo, pues la laja es resbaladiza, sobre todo en la mañana, por la humedad acumulada en la noche. Después de esa patrulla, pasan otras dos, antes de los zapadores con sus palas, picos y serruchos. La segunda patrulla enrumba hacia el Cambaio. Malo. ¿Significa que en este punto van a abrirse? Casi enseguida surge la vanguardia. Se ha arrimado mucho a los que limpian el camino. ¿Estarán así, tan juntos, los nueve cuerpos?

Tiene ya el fusil en el hombro y está midiendo al jinete viejo que debe ser el jefe, cuando estalla un disparo, otro y varias ráfagas. Mientras observa el desorden en la rampa, los protestantes que se atropellan, y, a su vez, dispara, Pajeú se dice que tendrá que averiguar quién desencadenó el tiroteo antes de que él diera el primer disparo. Vacía su cacerina, despacio, apuntando, pensando que por culpa del que disparó los perros han tenido tiempo de retroceder y refugiarse en la cumbre.

El fuego cesa una vez que la rampa queda vacía. En la cima se vislumbran gorras rojiazules, brillo de bayonetas. Los soldados, parapetados tras las rocas, tratan de localizarlos. Oye ruidos de armas, de hombres, de animales, a veces injurias. De repente, irrumpe por la rampa un pelotón, encabezado por un oficial que apunta con el sable a la caatinga. Pajeú ve cómo taconea con ferocidad en su bayo nervioso, piafante. Ninguno de los jinetes rueda en la rampa, todos llegan al pie de la vertiente pese a la lluvia de balas. Pero todos caen, acribillados, apenas invaden la caatinga. El oficial del sable, alcanzado por varios tiros, ruge: "¡Muestren las caras, cobardes!" "¿Mostrarles las caras para que nos maten?", piensa Pajeú. "¿Eso es lo que los ateos llaman hombría?" Extraña manera de pensar; el diablo no sólo es malvado, sino estúpido. Está cargando su fusil, recalentado por el fuego. La rampa se llena de soldados, otros se descuelgan por el roquerío. A la vez que apunta, siempre con calma, Pajeú calcula que son lo menos cien, acaso ciento cincuenta.

Ve, por el rabillo del ojo, que un yagunzo lucha cuerpo a cuerpo con un soldado y se pregunta cómo ha llegado éste hasta aquí. Se pone la faca entre los dientes; es su costumbre, desde los tiempos del cangaço. La cicatriz se hace presente y oye, muy cerca, muy nítidos, gritos de "¡Viva la república!" "¡Viva el Mariscal Floriano!" "¡Muera Inglaterra!" Los yagunzos responden: "¡Muera el Anticristo!" "¡Viva el Consejero!" "¡Viva Belo Monte!"

"No podemos quedarnos aquí, Pajeú", le dice Taramela. Por la rampa baja ahora una compacta masa de soldados, carros de bueyes, un cañón, jinetes, protegidos por dos compañías que cargan contra la caatinga. Se abalanzan disparando y hunden las bayonetas en los matorrales con la esperanza de ensartar al enemigo invisible. "O nos vamos ahora o no nos vamos más, Pajeú", repite Taramela, pero su voz no está asustada. Él quiere tener la seguridad de que los soldados toman realmente el rumbo de Pitombas. Sí, no hay duda, el flujo de uniformes enfila sin vacilar al Norte; nadie, fuera de los que rastrillan el matorral, tuerce hacia el Oeste. Todavía dispara las últimas balas antes de sacarse la faca de la boca y soplar el pito de madera con todas sus fuerzas. Instantáneamente aquí y allá surgen los yagunzos, agazapados, gateando, corriendo, alejándose de espaldas, saltando de refugio en refugio, desalados, algunos escabulléndose entre los pies de los soldados. "No hemos perdido a nadie", piensa, admirado. Vuelve a soplar el pito y, seguido por Taramela, inicia también la retirada. ¿Ha demorado mucho? No corre en línea recta sino trazando un garabato de curvas, idas, vueltas, para dificultar la puntería del enemigo; vislumbra, a derecha y a izquierda, soldados que se llevan sus armas a la cara o corren persiguiendo a los yagunzos con la bayoneta adelantada. Mientras se interna en la caatinga, a toda la velocidad de sus piernas, piensa de nuevo en la mujer, en los dos que se mataron por ella: ¿será una de esas que traen desgracias?

Se siente agotado, el corazón a punto de estallar. Taramela también jadea. Es bueno que esté ahí ese compañero leal, amigo de tantos años, con el que no ha tenido jamás un cambio de palabras. Y en eso le salen al frente cuatro uniformes, cuatro rifles. "Tírate, tírate", grita. Se arroja al suelo y rueda, sintiendo que por lo menos dos disparan. Cuando alcanza a agazaparse ya tiene su fusil apuntando a los soldados que vienen hacia él. El Mánnlicher se ha encasquillado: el gatillo golpea sin provocar explosión. Oye un tiro y uno de los protestantes cae, agarrándose el vientre. "Sí, Taramela, eres mi suerte", piensa, a la vez que, utilizando el fusil como garrote, se lanza sobre los tres soldados a quienes ver a su compañero herido desconcierta unos segundos. Golpea y hace trastabillar a uno de ellos pero los otros se le echan encima. Siente un ardor, una punzada. Súbitamente la cara de uno de los soldados revienta en sangre y lo oye rugir. Taramela está ahí, después de irrumpir como un bólido. El enemigo que le toca no es adversario para Pajeú: muy joven, transpira y el uniforme en que está embutido apenas lo deja moverse. Forcejea hasta que Pajeú le arrebata el fusil y, entonces, corre. Taramela y el otro están en el suelo, resollando. Pajeú se les acerca y de un impulso hunde la faca hasta el mango en el cuello del soldado, el que gargariza, tiembla y queda inmóvil. Taramela tiene unos cuantos moretones y Pajeú sangra del hombro. Taramela le frota emplasto de huevo y lo venda, con la camisa de uno de los muertos. "Eres mi suerte, Taramela", dice Pajeú. "Soy", asiente éste. No pueden correr ahora, pues, además de los suyos, cada uno lleva un fusil de los soldados y su morral.

Poco después oyen un tiroteo. Empieza ralo pero pronto cobra intensidad. La vanguardia ya está en Pitombas, recibiendo las balas de Felicio. Imagina la rabia que deben sentir al encontrarse, colgando de los árboles, los uniformes, las botas, las gorras, los correajes del Cortapescuezos, de darse con los restos comidos por los urubús. Durante casi toda su marcha hacia Pitombas, sigue el tiroteo y Taramela comenta: "Quién como ellos, les sobran balas, pueden disparar por disparar". Los tiros cesan de pronto. Felicio debe haber emprendido la retirada, sirviendo de señuelo a la Columna por el camino de las Umburanas, donde el viejo Macambira y Mané Quadrado la recibirán con otra lluvia de fuego.

Cuando Pajeú y Taramela —deben descansar un rato, pues el sobrepeso de los fusiles y morrales los fatiga el doble— llegan a la caatinga de Pitombas, todavía hay allí yagunzos diseminados. Disparan esporádicamente a la Columna, que, sin prestarles atención, continúa discurriendo, entre una polvareda amarilla, hacia esa profunda depresión, antaño cauce de río, que los sertaneros llaman camino de las Umburanas.

—No te debe doler mucho, cuando te ríes, Pajeú —dice Taramela.

Pajeú está soplando el pito de madera, para hacer saber a los yagunzos que ya está allí, y piensa que tiene derecho a sonreír. ¿No están los perros hundiéndose por la quebrada, batallón tras batallón, camino de las Umburanas? ¿No los lleva ese camino, indefectiblemente, hacia la Favela?

Él y Taramela están en una explanada boscosa que cuelga sobre las barrancas peladas; no necesitan ocultarse, pues, además del ángulo muerto, los protegen los rayos del sol que ciegan a los soldados si miran en esta dirección. Ven cómo la Columna, allí abajo, va azulando, enrojeciendo la tierra grisácea. Escuchan siempre tiros esporádicos. Los yagunzos llegan reptando, emergen de cuevas, se descuelgan de palenques disimulados en los árboles. Se apiñan en torno a Pajeú, al que alguien pasa un zurrón con leche, que él toma a sorbitos y que le deja un hilo blanco en las comisuras. Nadie le pregunta por su herida y, más bien, evitan mirársela, como si fuera algo impúdico. Pajeú va comiendo un puñado de frutas que ponen en sus manos: quixabas, trozos de umbú, mangabas. A la vez, escucha el informe entrecortado de dos hombres que Felicio dejó allí, mientras él iba a reforzar a Joaquim Macambira y a Mané Quadrado en las Umburanas. Los perros tardaron en reaccionar al ser tiroteados desde la explanada, porque les parecía arriesgado trepar el declive y ponerse en la mira de los tiradores o porque adivinaban que éstos eran grupos insignificantes. Sin embargo, cuando Felicio y sus hombres se adelantaron hasta la orilla del barranco y los ateos vieron que comenzaban a tener bajas, mandaron varias compañías a cazarlos. Así habían estado, ellos tratando de subir y los yagunzos aguantándolos, hasta que, por fin, los soldados se les colaron por uno y otro sitio y ellos los vieron desaparecer entre las matas. Felicio partió poco después.

—Hasta hace un rato —dice uno de los mensajeros—, todo esto hervía de soldados.

Taramela, que ha estado contando a la gente, le informa a Pajeú que hay treinta y cinco. ¿Esperarán a los otros?

—No hay tiempo —responde Pajeú—. Nos necesitan.

Deja un mensajero, para orientar a los demás, reparte los rifles y morrales que han traído y parte por el filo de las barrancas a encontrarse con Mané Quadrado, Felicio y Macambira. El reposo le ha hecho bien, y haber bebido y comido. Ya no le duelen los músculos; la herida le arde menos. Va de prisa, sin ocultarse, por la vereda quebradiza que los obliga a hacer eses. Sigue, a sus pies, la progresión de la Columna. La cabeza está ya lejos, tal vez subiendo la Favela, pues ni siquiera en las perspectivas sin obstáculos la divisa. El río de soldados, caballos, cañones, carromatos, no tiene fin. "Es un crótalo", piensa Pajeú. Cada batallón son los anillos, los uniformes las escamas, la pólvora de sus cañones el veneno con que emponzoña a sus víctimas. Le gustaría poder contarle a la mujer lo que se le ha ocurrido.

Entonces, oye disparos. Todo ha salido como João Abade planeó. Ahí están ya fusilando a la serpiente desde las rocas de las Umburanas, dándole el último empujón hacia la Favela. Al contornear una loma, ven subiendo a un pelotón de jinetes. Comienza a disparar, a los animales, para hacerlos rodar por el barranco. Qué buenos caballos, cómo escalan la pendiente tan parada. La salva de fusilería derriba a dos pero varios alcanzan la cumbre. Pajeú da orden de escapar, sabiendo, mientras corre, que los hombres deben sentirse resentidos pues los ha privado de una victoria fácil.

Cuando llegan por fin a las quebradas en las que se despliegan los yagunzos, Pajeú se da cuenta que sus compañeros están en una situación difícil. El viejo Macambira, a quien localiza después de un buen rato, le explica que los soldados bombardean las cumbres, provocando derrumbes, y que les envía compañías frescas cada cuerpo que pasa. "Hemos perdido bastantes", dice el viejo, mientras baquetea su fusil con energía y lo carga, cuidadosamente, con pólvora que extrae de un cuerno. "Lo menos veinte, gruñe. No sé si aguantaremos la próxima carga. ¿Qué hacemos?"

Desde donde está, Pajeú ve, próximo, el haz de lomas que componen la Favela y, más adelante, el Monte Mario. Esos cerros, grises y ocres, se han vuelto azulosos, rojizos, verdosos, y se mueven como infestados de larvas.

—Hace tres o cuatro horas que suben —dice el viejo Macambira—. Han subido hasta los cañones. Y también la Matadeira.

—Entonces, hicimos lo que teníamos que hacer —dice Pajeú—. Entonces, vámonos todos a reforzar el Riacho.

CUANDO las Sardelinhas le preguntaron si quería ir con ellas a cocinar a los hombres que esperaban a los soldados en Trabubú y Cocorobó, Jurema dijo que sí. Lo dijo mecánicamente, como decía y hacía las cosas. El Enano se lo reprochó y el miope lanzó ese ruido entre gemido y gárgara que emitía cada vez que algo lo asustaba. Llevaban ya más de dos meses en Canudos y no se separaban nunca.

Creyó que el Enano y el miope permanecerían en la ciudad, pero, cuando estuvo listo el convoy de cuatro acémilas, veinte cargadores y una docena de mujeres, ambos se pusieron junto a ella. Tomaron la ruta de Geremoabo. Nadie se incomodó con la presencia de esos dos intrusos que no tenían armas ni picos y palas para hacer trincheras. Al pasar por los corrales, reconstruidos y con cabras y chivos otra vez, todos se pusieron a cantar esos himnos que, decían, había compuesto el Beatito. Ella iba callada, sintiendo, a través de las sandalias, los pedruscos del camino. El Enano cantaba como los demás. El miope, concentrado en la operación de ver qué pisaba, tenía una mano en el ojo derecho sosteniendo la montura de carey a la que había colado varios pedacitos de sus anteojos rotos. Ese hombre que parecía con más huesos que los otros, de andar desbarajustado, con ese artefacto de añicos de vidrio, que se acercaba a las cosas y a las personas como si fuera a toparlas, hacía olvidarse a ratos a Jurema de su mala estrella. En esas semanas en que había sido, para él, ojos, bastón y consuelo, había pensado que era como su hijo. Pensar "es mi hijo" de ese grandulón era su juego secreto, un pensamiento que la hacía reír. Dios la había hecho conocer gentes extrañas, que ni sospechaba que existieran, como Galileo Gall, los circueros o este ser descalabrado que acababa de dar un traspiés.

Cada cierto trecho encontraban en los montes grupos armados de la Guardia Católica; se detenían a repartirles farinha, frutas, rapadura, charqui y municiones. A ratos aparecían mensajeros que frenaban su carrera para hablar con Antonio Vilanova. Su paso levantaba un cuchicheo. El tema era el mismo: la guerra, los perros que venían. Había acabado por comprender que eran dos Ejércitos, acercándose uno por Queimadas y Monte Santo y otro por Sergipe y Geremoabo. Centenares de yagunzos habían partido en esas dos direcciones en los días pasados y cada tarde, durante los consejos, a los que Jurema asistía puntualmente, el Consejero exhortaba a rezar por ellos. Había visto la zozobra que provocaba la cercanía de una nueva guerra. A ella se le ocurrió sólo que, gracias a esa guerra, había partido y tardaría en volver el caboclo maduro y fortachón de la cicatriz cuyos ojitos la asustaban.

El convoy llegó a Trabubú al anochecer. Dieron de comer a los yagunzos atrincherados en las rocas y tres mujeres se quedaron con ellos. Luego Antonio Vilanova ordenó continuar rumbo a Cocorobó. Hicieron el último tramo a oscuras. Jurema le dio la mano al miope. Pese a su ayuda, resbaló tantas veces que Antonio Vilanova lo hizo montar en una acémila, sobre las bolsas de maíz. Al entrar al desfiladero de Cocorobó vino a su encuentro Pedrão. Era un hombre agigantado, casi tanto como João Grande, mulato claro y ya viejo, con un clavinote antiguo que no se quitaba del hombro ni para dormir. Andaba descalzo, con un pantalón al tobillo y un chaleco que dejaba al aire sus brazos fornidos. Tenía un vientre esférico que se rascaba al hablar. Jurema sentía aprensión al verlo, por las historias que circulaban sobre su vida en Varzea de Ema, donde había hecho grandes fechorías con esos acompañantes de caras de forajidos que jamás se apartaban de él. Sentía que estar cerca de gentes como Pedrão, João Abade o Pajeú, por más que ahora fueran santos, era inseguro, como vivir con una onza, una cobra y una tarántula que, por un oscuro instinto, podían en cualquier momento dar el zarpazo, morder o picar.

Ahora, Pedrão parecía inofensivo, disuelto en las sombras en las que conversaba con Antonio y con Honorio Vilanova, quien había emergido fantasmalmente de detrás de las rocas. Numerosas siluetas llegaron con él, descolgándose de las breñas para desembarazar a los cargadores de los bultos que traían a las espaldas. Jurema ayudaba a encender los braseros. Los hombres abrían cajas de municiones, bolsas con pólvora, repartían mechas. Ella y las demás mujeres empezaron a cocinar. Los yagunzos estaban tan hambrientos que apenas podían esperar que hirvieran las marmitas. Se aglomeraban en torno a Asunción Sardelinha, que les iba llenando de agua los cazos y latas, en tanto que otras les repartían puñados de mandioca; como cundió cierto desorden, Pedrão les ordenó calmarse.

Trabajó toda la noche, reponiendo una y otra vez las ollas, friendo trozos de carne, recalentando el frejol. Los racimos de hombres parecían el mismo hombre multiplicado. Venían de diez en diez, de quince en quince, y cuando alguno reconocía entre las cocineras a su mujer, la cogía del brazo y se apartaban para conversar. ¿Por qué no se le había pasado nunca a Rufino por la cabeza, como a tantos sertaneros, venirse a Canudos? Si lo hubieran hecho, todavía estaría vivo.

Se escuchó un trueno. Pero el aire estaba seco, no podía ser anuncio de lluvia. Comprendió que era un cañón lo que retumbaba; Pedrão y los Vilanova hicieron apagar las fogatas y a los que estaban comiendo los mandaron regresar a las alturas. Sin embargo, una vez que se hubieron ido, ellos siguieron allí, conversando. Pedrão dijo que los soldados estaban en las afueras de Canche; tardarían en llegar. No viajaban de noche, los había seguido desde Simão Dias y conocía sus costumbres. Apenas oscurecía, instalaban barracas y centinelas, hasta el día siguiente. En la madrugada, antes de partir, disparaban al aire: eso debía ser el cañonazo, estarían dejando Canche.

—¿Son muchos? —lo interrumpió, desde el suelo, una voz que parecía ulular de pájaro—. ¿Cuántos son?

Jurema lo vio incorporarse, perfilarse entre ella y los hombres, larguirucho y quebradizo, tratando de mirar con el anteojo de añicos. Los Vilanova y Pedrão se echaron a reír, igual que las mujeres que estaban guardando los cacharros y las sobras de comida. Ella contuvo la risa.

Sintió pena por el miope. ¿Había alguien más desvalido y acobardado que su hijo? Todo lo asustaba; las personas que lo rozaban, los tullidos, locos y leprosos que pedían caridad, la rata que cruzaba el almacén: todo le provocaba el gritito, le desencajaba la cara, lo hacía buscar su mano.

—No los he contado —se carcajeó Pedrão—. ¿Para qué, si los vamos a matar a todos?

Hubo otra onda de risas. En lo alto, comenzaba a aclarar.

—Es mejor que las mujeres salgan de aquí —dijo Honorio Vilanova.

Como su hermano, además de fusil, llevaba pistola y botas. Los Vilanova, por su manera de vestirse, de hablar y hasta por su físico, le parecían a Jurema muy diferentes del resto de Canudos. Pero nadie los trataba como si fueran distintos.

Pedrão, olvidándose del miope, indicó a las mujeres que lo siguieran. La mitad de los cargadores se habían trepado al monte, pero el resto estaba allí, con los bultos a cuestas. Un arco rojo se levantaba detrás de los cerros de Cocorobó. El miope siguió en el sitio, moviendo la cabeza, cuando el convoy se puso en marcha para instalarse en las rocas, detrás de los combatientes. Jurema le cogió la mano: estaba empapada. Sus ojos vidriosos y oscilantes la miraron con gratitud. "Vamos, dijo ella, arrastrándolo. Nos están dejando atrás." Tuvieron que despertar al Enano, que dormía a pierna suelta.

Cuando llegaron a un altozano abrigado, cerca de las cumbres, las avanzadas del Ejército entraban al desfiladero y había comenzado la guerra. Los Vilanova y Pedrão desaparecieron y allí quedaron, entre rocas erosionadas, las mujeres, el miope y el Enano, escuchando los disparos. Eran lejanos, dispersos. Jurema los oía a izquierda y derecha y pensó que el viento debía llevarse el estruendo pues llegaban muy amortiguados. No veía nada; una pared de piedras mohosas les ocultaba a los tiradores. Esa guerra, a pesar de estar tan cerca, parecía lejanísima. "¿Son muchos?", balbuceó el miope. Seguía aferrado a su mano. Le respondió que no sabía y fue a ayudar a las Sardelinhas a descargar las acémilas y disponer las tinajas con agua, las ollas con comida, las tiras y trapos para hacer vendados y los emplastos y remedios que el boticario había metido en una caja. Vio que el Enano trepaba hacia la cumbre. El miope se sentó en el suelo y se tapó la cara, como llorando. Pero cuando una de las mujeres le gritó que recogiera ramas para hacer una techumbre, se incorporó de prisa y Jurema lo vio afanarse, palpando el lugar en busca de tallos, hojas, yerbas, que venía a alcanzarles tropezando. Era tan cómica esa figurilla que iba y venía, levantándose y cayendo y mirando la tierra con su anteojo estrambótico, que las mujeres acabaron por burlarse, señalándolo. El Enano desapareció en el pedrerío.

De pronto, los disparos se acrecentaron y acercaron. Las mujeres quedaron inmóviles, escuchando. Jurema vio que la crepitación, las ráfagas continuas, las ponían muy serias: habían olvidado al miope y se acordaban de sus maridos, padres, hijos, que, en la vertiente opuesta, eran blanco de ese fuego. Se le dibujó la cara de Rufino y se mordió los labios. El tiroteo la aturdía pero no le daba miedo. Sentía que aquella guerra no la concernía y que, por eso, las balas la respetarían. Sintió una modorra tan fuerte que se encogió contra las rocas, al lado de las Sardelinhas. Durmió sin dormir, con un sueño lúcido, consciente del tiroteo que sacudía los montes de Cocorobó, soñando una y otra vez con otros tiros, los de esa mañana de Queimadas, aquel amanecer en que estuvo a punto de ser muerta por los capangas y en que el forastero de hablar raro la violó. Soñaba que, como sabía lo que iba a pasar, le rogaba que no lo hiciera pues eso sería su ruina y la de Rufino y la del propio forastero, pero éste, que no entendía su idioma, no le hacía caso.

Cuando despertó, el miope, a sus pies, la miraba como el idiota del circo. Dos yagunzos bebían de una de las tinajas, rodeados por las mujeres. Se incorporó y fue a averiguar qué ocurría. El Enano no había vuelto y la fusilería era ensordecedora. Venían a llevarse municiones; apenas podían hablar, de la tensión y la fatiga: el desfiladero estaba sembrado de ateos, caían como moscas todas las veces que se lanzaban al asalto del monte. Una y otra vez les habían rechazado sus cargas, sin permitirles llegar ni a media ladera. El que hablaba, un hombrecito de barba rala, salpicada de puntos blancos, encogió los hombros: sólo que eran tantos que nada los hacía retroceder. A ellos, en cambio, comenzaba a agotárseles la munición.

—¿Y si toman las laderas? —oyó Jurema balbucear al miope.

—En Trabubú no podrán pararlos —carraspeó el otro yagunzo—. Allá ya casi no queda gente, todos se vinieron a ayudarnos.

Como si eso les hubiera recordado la necesidad de partir, los yagunzos murmuraron "Alabado sea el Buen Jesús" y Jurema los vio escalar las rocas y esfumarse. Las Sardelinhas dijeron que había que recalentar la comida, pues en cualquier momento aparecerían más yagunzos. Mientras las ayudaba, Jurema sentía al miope, pegado a sus faldas, temblando. Adivinó su terror, su pánico de que súbitamente hombres uniformados empezaran a descolgarse de las rocas, baleando y ensartando lo que se les ponía delante. Además de fusilería, estallaban cañonazos cuyos impactos eran seguidos por piedras que rodaban con ruido de terremoto. Jurema recordó la indecisión de su pobre hijo todas estas semanas, sin saber qué hacer con su vida, si quedarse o escaparse. Quería partir, era lo que ansiaba, y, en las noches, cuando, tumbados en el suelo del almacén, oían roncar a la familia Vilanova, se los decía, trémulo: quería salir, escaparse a Salvador, a Cumbe, a Monte Santo, a Geremoabo, donde pudiese pedir ayuda, hacer saber a la gente amiga que vivía. ¿Pero cómo irse si se lo habían prohibido? ¿Adónde podía llegar solo y medio ciego? Lo alcanzarían y matarían. Algunas veces intentaba convencerla a ella, en esos susurrantes diálogos nocturnos, que lo guiara hasta cualquier aldea donde pudiera contratar pisteros. Le ofrecía todas las recompensas del mundo si lo ayudaba, pero, un instante después, se rectificaba y decía que era locura querer escapar pues los encontrarían y matarían. Antes temblaba por los yagunzos, ahora temblaba por los soldados. "Pobre mi hijo", pensó. Se sentía triste y desanimada. ¿La matarían los soldados? No le importaba. ¿Sería cierto que al morir cada hombre o mujer de Belo Monte vendrían ángeles a llevarse sus almas? En todo caso, la muerte sería descanso, sueño sin sueños tristes, algo menos malo que la vida que llevaba desde lo de Queimadas.

Todas las mujeres se enderezaron. Siguió con la vista lo que miraban: de las cumbres venían saltando diez o doce yagunzos. El cañoneo era tan fuerte que a Jurema le parecía que reventaba dentro de su cabeza. Igual que las otras corrió hacia ellos y entendió que querían municiones: no había con qué pelear, los hombres estaban rabiosos. Cuando las Sardelinhas replicaron "qué municiones", pues la última caja se la habían llevado dos yagunzos hacía rato, se miraron entre ellos y uno escupió y pisoteó con cólera. Les ofrecieron de comer, pero ellos sólo bebieron, pasándose un cucharón de mano en mano: terminaban y corrían cerro arriba. Las mujeres los miraban beber, partir, sudorosos, el ceño fruncido, las venas salientes, los ojos inyectados, sin preguntarles nada. El último se dirigió a las Sardelinhas:

—Regresen a Belo Monte, mejor. No aguantaremos mucho. Son demasiados, no hay balas.

Luego de un instante de duda, las mujeres, en vez de ir hacia las acémilas, se precipitaron también cerro arriba. Jurema quedó confusa. No iban a la guerra por locas, allí estaban sus hombres, querían saber si aún vivían. Sin pensar más corrió tras ellas, gritando al miope —petrificado y boquiabierto— que la esperara.

Trepando el cerro se arañó las manos y dos veces resbaló. La subida era empinada; su corazón se resentía y le faltaba la respiración. Arriba, vio nubarrones ocres, plomizos, anaranjados, el viento los hacía, deshacía y rehacía, y sus oídos, además de tiros, espaciados, próximos, oían voces ininteligibles. Descendió por un declive sin piedras, gateando, tratando de ver. Encontró dos pedrones recostados uno en el otro y escudriñó los velos de polvo. Poco a poco fue viendo, intuyendo, adivinando. Los yagunzos no estaban lejos pero era difícil reconocerlos, pues se confundían con la ladera. Fue ubicándolos, ovillados detrás de lajas o matas de cactos, hundidos en huecos, con sólo la cabeza afuera. En los cerros opuestos, cuyas moles alcanzaba a distinguir en el terral, habría también muchos yagunzos, esparcidos, sumidos, disparando. Tuvo la impresión de que se iba a quedar sorda, que estos estampidos era lo último que oiría.

Y en eso se dio cuenta que esa tierra oscura, como boscaje, en que se convertía el barranco cincuenta metros más abajo, eran los soldados. Sí, ellos: una mancha que ascendía y se acercaba, en la que había brillos, destellos, reflejos, estrellitas rojas que debían ser disparos, bayonetas, espadas, y entrevió caras que aparecían y desaparecían. Miró a ambos lados y hacia la derecha la mancha estaba ya a su altura. Sintió algo en el estómago, tuvo una arcada y se vomitó encima del brazo. Estaba sola en medio del cerro y esa creciente de uniformes muy pronto la sumergiría. Irreflexivamente se dejó resbalar, sentada, hasta el nido de yagunzos más próximo: tres sombreros, dos de cuero y uno de paja, en una oquedad. "No disparen, no disparen", gritó, mientras rodaba. Pero ninguno se volvió a mirarla cuando saltó en el hueco protegido por un parapeto de piedras. Entonces vio que de los tres dos estaban muertos. Uno había recibido una explosión que convirtió su cara en una masa bermeja. Estaba abrazado por el otro que tenía los ojos y la boca llenos de moscas. Se sostenían, como los pedrones en que había estado oculta. El yagunzo vivo la miró de soslayo, después de un momento. Apuntaba con un ojo cerrado, calculando antes de disparar, y a cada disparo el fusil le golpeaba el hombro. Sin dejar de apuntar, movió los labios. Jurema no entendió lo que le estaba diciendo. Gateó hacia él, en vano. En sus oídos había un zumbido y era lo único que podía oír. El yagunzo señaló algo y por fin entendió que quería la bolsa que estaba junto al cadáver sin cara. Se la alcanzó y vio al yagunzo, sentado con las piernas cruzadas, limpiar su fusil y cargarlo, tranquilo, como si dispusiera de todo el tiempo.

—Los soldados ya están aquí —gritó Jurema—. Dios mío ¿qué va a pasar, qué va a pasar?

Él se encogió de hombros y se acomodó de nuevo en el parapeto. ¿Debía salir de esa trinchera, volver al otro lado, huir a Canudos? Su cuerpo no le obedecía, sus piernas se habían vuelto de trapo, si se ponía de pie se derrumbaría. ¿Por qué no aparecían con sus bayonetas, por qué tardaban si los había visto tan cerca? El yagunzo movía la boca pero ella escuchaba sólo ese zumbido confuso y ahora, también, ruidos metálicos: ¿cornetas?

—No oigo nada, no oigo nada —gritó, con todas sus fuerzas—. Estoy sorda.

El yagunzo asintió y le hizo una seña, como indicando que alguien se iba. Era joven, de cabellos largos y crespos que se chorreaban bajo las alas del sombrero, de piel algo verdosa. Tenía el brazalete de la Guardia Católica. "¿Qué?", rugió Jurema. El le hizo señas de que mirara por el parapeto. Empujando a los cadáveres, asomó la cara a una de las aberturas entre las piedras. Los soldados estaban ahora más abajo, eran ellos los que se iban. "¿Por qué se van si han ganado?", pensó, viendo cómo se los tragaban los remolinos de tierra. ¿Por qué se iban en vez de subir a rematar a los sobrevivientes?

CUANDO el Sargento Fructuoso Medrado —Primera Compañía, Decimosegundo Batallón— oye la corneta ordenando la retirada, cree loquearse. Su grupo de cazadores está a la cabeza de la Compañía y ésta a la cabeza del Batallón en la carga a la bayoneta, la quinta del día, a las laderas occidentales de Cocorobó. Que esta vez, cuando han ocupado las tres cuartas partes de la pendiente, sacando a bayoneta y sable a los ingleses de los escondrijos desde donde raleaban a los patriotas, les ordenen retroceder, es algo que, simplemente, no le cabe en la cabeza al Sargento Fructuoso, a pesar de que la tiene grande. Pero no hay duda: ahora son muchas las cornetas que ordenan marcha atrás. Sus once hombres están agazapados, mirándolo, y en el terral que los envuelve el Sargento Medrado los ve tan sorprendidos como él. ¿Ha perdido el juicio el Comando para privarlos de la victoria cuando sólo quedan las cumbres por limpiar? Los ingleses son pocos y casi no tienen municiones; el Sargento Fructuoso Medrado divisa allá en lo alto a los que han ido escapando de las olas de soldados que rompían sobre ellos y ve que no disparan: hacen gestos, muestran facas y machetes, tiran piedras. "Todavía no he matado mi inglés", piensa Fructuoso.

—¿Qué espera el primer grupo de cazadores para cumplir la orden? —grita el jefe de la Compañía, el Capitán Almeida, que se materializa a su lado.

—¡Primer grupo de cazadores! ¡Retirada! —ruge de inmediato el Sargento y sus once hombres se lanzan pendiente abajo.

Pero él no se apura; desciende al mismo paso que el Capitán Almeida.

—La orden me tomó de sorpresa, su señoría —murmura, colocándose a la izquierda del oficial—. ¿Quién entiende una retirada a estas alturas?

—Nuestra obligación no es entender sino obedecer —gruñe el Capitán Almeida, que se desliza sobre los talones, utilizando el sable como bastón. Pero, un momento después añade, sin disimular su cólera: —Tampoco lo entiendo. Sólo faltaba rematarlos, era ya un juego.

Fructuoso Medrado piensa que uno de los inconvenientes de esa vida militar que le gusta tanto, es lo misteriosas que pueden ser las decisiones de la autoridad. Ha participado en las cinco cargas contra los cerros de Cocorobó y, sin embargo, no está cansado. Lleva seis horas peleando, desde que, esta madrugada, su Batallón, que iba a la vanguardia de la Columna, se vio de pronto, a la entrada del desfiladero, entre un fuego cruzado de fusilería. En la primera carga, el Sargento iba detrás de la Tercera Compañía y vio cómo los grupos de cazadores del Alférez Sepúlveda eran segados por ráfagas que nadie localizó de dónde venían. En la segunda, la mortandad fue también tan grande que hubo que retroceder. La tercera carga la dieron dos Batallones de la Sexta Brigada, el Veintiséis y el Treinta y dos, pero a la Compañía del Capitán Almeida el Coronel Carlos María de Silva Telles le encargó una maniobra envolvente. No dio resultado, pues al escalar las estribaciones de la espalda descubrieron que se cortaban en cuchillo sobre una quebrada de espinas. Al regreso, el Sargento sintió un ardor en la mano izquierda: una bala acababa de llevarse la punta de su meñique. No le dolía y, en la retaguardia, mientras el médico del Batallón le ponía desinfectante, él hizo bromas para levantarles la moral a los heridos que traían los camilleros. En la cuarta carga fue de voluntario, argumentando que quería vengarse por ese pedazo de dedo y matar un inglés. Habían llegado hasta medio cerro, pero con tanta pérdida que, una vez más, tuvieron que retroceder. Pero en ésta los habían derrotado en toda la línea: ¿por qué retirarse? ¿Tal vez para que la Quinta Brigada los rematara y se llevara toda la gloria el Coronel Donaciano de Araujo Pantoja, subordinado preferido del General Savaget? "A lo mejor", murmura el Capitán Almeida.

Al pie del cerro, donde hay compañías que intentan reconstituirse, empujándose unas a otras, troperos que tratan de uncir los animales de arrastre a cañones, carros y ambulancias, toques de corneta contradictorios, heridos que chillan, el Sargento Fructuoso Medrado descubre el porqué de la súbita retirada: la Columna que viene de Queimadas y Monte Santo ha caído en una trampa y la Segunda Columna, en vez de invadir Canudos por el Norte, irá a marchas forzadas a sacarla del atolladero.

El Sargento, que entró al Ejército a los catorce años e hizo la guerra contra el Paraguay y peleó en las revoluciones que alborotaron el Sur desde la caída de la monarquía, no se inmuta con la idea de partir, por un terreno desconocido, después de haber pasado el día peleando. ¡Y qué pelea! Los bandidos son bravos, se lo reconoce. Aguantaron varias rociadas de cañonazos sin moverse, obligando a los soldados a ir a sacarlos al arma blanca, y enfrentándoseles con ferocidad en el cuerpo a cuerpo: los malparidos pelean como paraguayos. A diferencia de él, que, luego de unos tragos de agua y unas galletas, se siente fresco, sus hombres lucen exhaustos. Son novatos, reclutados en Bagé en los últimos seis meses; éste ha sido su bautismo. Se han portado bien, a ninguno lo ha visto asustarse. ¿Le tendrán más miedo que a los ingleses? Es un hombre enérgico con sus subordinados, a la primera se las ven con él. En lugar de los castigos reglamentarios —pérdida de salida, calabozo, varazos— el Sargento prefiere los coscorrones, jalones de orejas, puntapiés en el trasero o aventarlos a la charca lodosa de los cerdos. Están bien entrenados, lo han probado hoy. Todos se hallan salvos, con excepción del soldado Corintio, quien se golpeó contra unas piedras y cojea. Es flacuchento, camina aplastado por la mochila. Buen tipo, Corintio, tímido, servicial, madrugador, y Fructuoso Medrado tiene con él favoritismos por ser el marido de Florisa. El Sargento siente una comezón y se ríe para sus adentros. "Qué puta eres, Florisa, piensa. Qué puta para que, estando tan lejos y en una guerra, seas capaz de parármela." Tiene ganas de reírse a carcajadas con las burradas que se le ocurren. Mira a Corintio, cojeando, jorobado bajo la mochila, y recuerda el día que se presentó con el mayor desparpajo al rancho de la lavandera: "O te acuestas conmigo, Florisa, o Corintio se queda todas las semanas con castigo de rigor, sin derecho a visitas". Florisa resistió un mes; cedió para ver a Corintio, al principio, pero ahora, cree Fructuoso, se sigue acostando con él porque le gusta. Lo hacen en el mismo rancho o en el recodo del río donde ella va a lavar. Es una relación de la que Fructuoso se ufana cuando está borracho. ¿Sospechará algo Corintio? No, no sabe nada. ¿O se hace, pues, qué puede hacer contra un hombre como el Sargento que es, además, su superior?

Oye tiros sobre la derecha así que va en busca del Capitán Almeida. La orden es seguir, salvar a la Primera Columna, impedir que los fanáticos la aniquilen. Esos tiros son maniobras de distracción, los bandidos se han reagrupado en Trabubú y quieren inmovilizarlos. El General Savaget ha destacado a dos Batallones de la Quinta Brigada para responder al reto, en tanto que los otros continúan la marcha acelerada hacia donde se halla el General Oscar. El Capitán Almeida está tan lúgubre que Fructuoso le pregunta si algo va mal.

—Muchas bajas —murmura el Capitán—. Más de doscientos heridos, setenta muertos, entre ellos el Comandante Tristão Sucupira. Hasta el General Savaget está herido.

—¿El General Savaget? —dice el Sargento—. Pero si lo acabo de ver a caballo, su señoría.

—Porque es un bravo —responde el Capitán—. Tiene el vientre perforado por una bala.

Fructuoso regresa a su grupo de cazadores. Con tantos muertos y heridos han tenido suerte: están intactos, descontando la rodilla de Corintio y su dedo meñique. Se mira el dedo. No le duele pero sangra, la venda se ha teñido de oscuro. El médico que lo curó, el Mayor Nieri, se rió cuando el Sargento quiso saber si le darían de baja por invalidez. "¿Acaso no has visto tantos oficiales y soldados mochos?" Sí, ha visto. Se le erizan los pelos cuando piensa que podrían darle de baja. ¿Qué haría entonces? Para él, que no tiene mujer, ni hijos ni padres el Ejército es todas esas cosas.

A lo largo de la marcha, contorneando los montes que rodean Canudos, los infantes, artilleros y jinetes de la Segunda Columna oyen varias veces disparos, hechos desde las breñas. Alguna Compañía se retrasa para lanzar unas salvas, mientras el resto continúa. Al anochecer, el Decimosegundo Batallón hace alto, por fin. Los trescientos hombres se desembarazan de sus mochilas y fusiles. Están rendidos. Ésta no es como otras noches, como ha sido cada noche desde que salieron de Aracajú y avanzaron hacia aquí por São Cristóvão, Lagarto, Itaporanga, Simão Dias, Geremoabo y Canche. Entonces, al detenerse, los soldados carneaban y salían en procura de agua y leña y la noche se llenaba de guitarras, cantos y charlas. Ahora nadie habla. Hasta el Sargento está cansado.

El reposo no dura mucho para él. El Capitán Almeida convoca a los jefes de grupo para saber cuántos cartuchos conservan y reponer los usados, de modo que todos partan con doscientos cartuchos en la mochila. Les anuncia que la Cuarta Brigada, a la que pertenecen, pasará ahora a la vanguardia y su Batallón a la vanguardia de la vanguardia. La noticia reanima el entusiasmo de Fructuoso Medrado, pero saber que irán de punta de lanza no provoca la menor reacción entre sus hombres, que reanudan la marcha con bostezos y sin comentarios.

El Capitán Almeida ha dicho que harán contacto con la Primera Columna al amanecer, pero, a menos de dos horas, las avanzadas de la Cuarta Brigada divisan la mole oscura de la Favela, donde, según los mensajeros del General Oscar se halla éste cercado por los bandidos. La voz de las cornetas perfora la noche sin brisa, tibia, y poco después oyen, a lo lejos, la respuesta de otras cornetas. Una salva de vítores recorre el Batallón: los compañeros de la Primera Columna están allí. El Sargento Fructuoso ve que sus hombres, también conmovidos, agitan los quepis y gritan "Viva la República", "Viva el Mariscal Floriano".

El Coronel Silva Telles ordena proseguir hacia la Favela. "Va contra la Táctica de las Ordenanzas eso de lanzarse a la boca del lobo, en terreno desconocido", bufa el Capitán Almeida a los Alféreces y Sargentos mientras les da las últimas recomendaciones: "Avanzar como los alacranes, pasito aquí, allá, acá, guardar distancias y evitar sorpresas". Tampoco al Sargento Fructuoso le parece inteligente progresar de noche a sabiendas de que entre la Primera Columna y ellos se interpone el enemigo. Pronto, la cercanía del peligro lo ocupa por entero; a la cabeza de su grupo husmea a derecha y a izquierda la extensión pedregosa.

El tiroteo cae súbito, próximo, fulminante, y borra las cornetas de la Favela que los guían. "Al suelo, al suelo", ruge el Sargento, aplastándose contra los pedruscos. Aguza el oído: ¿los tirotean de la derecha? Sí, de la derecha. "Están a su derecha", ruge. "Quémenlos, muchachos." Y mientras dispara, apoyado en el codo izquierdo, piensa que gracias a estos bandidos ingleses está viendo cosas extrañas, como retirarse de una pelea ya ganada y fajarse a oscuras confiando que Dios orientará las balas contra los invasores. ¿No irán éstas a incrustarse en otros soldados, más bien? Se acuerda de algunas máximas de la instrucción: "La bala desperdiciada debilita al que la desperdicia, sólo se dispara cuando se ve contra qué". Sus hombres deben estarse riendo. A ratos, entre los disparos, hay maldiciones, gemidos. Por fin viene la orden de cesar el fuego; otra vez suenan las cornetas de la Favela, llamándolos. El Capitán Almeida mantiene un rato a la Compañía en el suelo, hasta estar seguro que los bandidos han sido repelidos. Los cazadores del Sargento Fructuoso Medrado abren la marcha.

"De Compañía a Compañía, ocho metros. De Batallón a Batallón, dieciséis. De Brigada a Brigada, cincuenta." ¿Quién puede guardar las distancias en la tiniebla? La Ordenanza también dice que el jefe de grupo debe ir a la retaguardia en la progresión, a la cabeza en la carga y hallarse al centro en el cuadrado. Sin embargo, el Sargento va a la cabeza porque piensa que si se pone atrás sus hombres pueden flaquear, nerviosos como andan por esta oscuridad en la que en cualquier momento brotan disparos. Cada media hora, cada hora, tal vez cada diez minutos —ya no lo sabe, pues esos ataques relámpago, que duran apenas, que dañan más sus nervios que sus cuerpos, le confunden el tiempo— una granizada de tiros los obliga a tumbarse y responder con otra, más por razones de honor que de eficacia. Sospecha que quienes atacan son pocos, acaso dos y tres hombres. Pero que la oscuridad sea una ventaja para los ingleses, pues los ven a ellos en tanto que los patriotas no los ven, enerva al Sargento y lo fatiga muchísimo. Cómo estarán sus hombres, si él, con toda su experiencia, se siente así.

A ratos, las cornetas de la Favela parecen alejarse. Los toques recíprocos pespuntean la marcha. Hay dos breves descansos, para que los soldados beban y para averiguar las bajas. La Compañía del Capitán Almeida está intacta, a diferencia de la del Capitán Noronha, en la que han herido a tres.

—Ya ven, suertudos, no están sufriendo nada —les levanta el ánimo el Sargento.

Comienza a amanecer y en la débil luz, la sensación de que ha terminado la pesadilla de los disparos a oscuras, de que ahora sí verán dónde pisan y quiénes los atacan, lo hace sonreír.

El último trecho es un juego en comparación con lo anterior. Las estribaciones de la Favela están vecinas y en el resplandor que se levanta el Sargento distingue a la Primera Columna, unas manchas azulosas, unos puntitos que poco a poco se convierten en siluetas, en animales, en carromatos. Se diría que hay mucho desorden, una gran confusión. Fructuoso Medrado se dice que ese amontonamiento tampoco parece muy de acuerdo con la Táctica y la Ordenanza. Y está comentándole al Capitán Almeida —los grupos se han unido y la Compañía marcha de cuatro en fondo, al frente del Batallón— que el enemigo se ha hecho humo, cuando emergen de la tierra, a unos pasos, entre las ramas y tallos del matorral, cabezas, brazos, caños de fusiles y carabinas que escupen fuego simultáneamente. El Capitán Almeida forcejea para sacar el revólver de su cartuchera y se dobla, abriendo la boca como si se quedara sin aire, y el Sargento Fructuoso Medrado, con su gran cabezota en efervescencia, rapidísimamente comprende que aplastarse contra el suelo sería suicida pues el enemigo está muy cerca; también, dar media vuelta, pues harían puntería con ellos. De manera que, el fusil en la mano, ordena con todos sus pulmones: "¡Carguen, carguen, carguen!", y les da el ejemplo, saltando hacia la trinchera de ingleses cuya bocaza se abre detrás de un bordillo de piedra. Cae dentro y tiene la impresión de que el gatillo no corre, pero está seguro que la hoja de la bayoneta se clava en un cuerpo. Queda incrustada y no consigue arrancarla. Suelta el fusil y se avienta contra la figura que está más cerca, buscándole el pescuezo. No deja de rugir: "¡Carguen, carguen, quémenlos!", mientras golpea, cabecea, aprieta, muerde y se disuelve en un remolino en el que alguien recita los elementos que, según la Táctica, componen el ataque correctamente efectuado: refuerzo, apoyo, reserva y cordón.

Cuando un minuto o un siglo después abre los ojos, sus labios repiten: refuerzo, apoyo, reserva, cordón. Eso es el ataque mixto, malparidos. ¿De qué convoy de provisiones hablan? Está lúcido. No en la trinchera, sino en una garganta reseca; ve al frente un barranco empinado, cactos, y arriba el cielo azul, una bola rojiza. ¿Qué hace aquí? ¿Cómo ha venido hasta aquí? ¿En qué momento salió de la trinchera? Lo del convoy repica en sus oídos con angustia y sollozos. Le cuesta un esfuerzo sobrehumano ladear la cabeza. Entonces ve al soldadito. Siente alivio; temía que fuera un inglés. El soldadito está boca abajo, a menos de un metro, delirando, y apenas le entiende pues habla contra la tierra. "¿Tienes agua?", le pregunta. El dolor llega hasta el cerebro del Sargento como una punzada ígnea. Cierra los ojos y se esfuerza por controlar el pánico. ¿Está herido de bala? ¿Dónde? Con otro esfuerzo enorme se mira: de su vientre sale una raíz filuda. Demora en darse cuenta que la lanza curva no sólo lo atraviesa de parte a parte sino que lo fija en el suelo. "Estoy ensartado, estoy clavado", piensa. Piensa: "Me darán una medalla". ¿Por qué no puede mover las manos, los pies? ¿Cómo han podido trincharlo así sin que lo viera ni sintiera? ¿Has perdido mucha sangre? No quiere mirar su vientre de nuevo. Se vuelve al soldadito:

—Ayúdame, ayúdame —ruega, sintiendo que se le abre la cabeza—. Sácame esto, desclávame. Tenemos que subir el barranco, ayudémonos.

De pronto, le resulta estúpido hablar de subir ese barranco cuando ni siquiera puede encoger un dedo.

—Se llevaron todo el transporte, todas las municiones también —lloriquea el soldadito—. No es mi culpa, Excelencia. Es la culpa del Coronel Campelo.

Lo oye sollozar como un niño y se le ocurre que está borracho. Siente odio y rabia por ese malparido que lloriquea en vez de reaccionar y de pedir ayuda. El soldadito levanta la cabeza y lo mira.

—¿Eres del Segundo de Infantería? —le dice el Sargento, sintiendo la lengua dura dentro de la boca—. ¿De la Brigada del Coronel Silva Telles?

—No, Excelencia —hace pucheros el soldadito—. Soy del Quinto de Infantería, de la Tercera Brigada. La del Coronel Olimpio de Silveira.

—No llores, no seas estúpido, acércate, ayúdame a sacarme esto de la barriga —dice el Sargento—. Ven, malparido.

Pero el soldadito hunde la cabeza en la tierra y llora.

—O sea que eres uno de esos que vinimos a salvar de los ingleses —dice el Sargento—. Ven y sálvame tú ahora, estúpido.

—¡Nos quitaron todo! ¡Se robaron todo! —llora el soldadito—. Le dije al Coronel Campelo que el convoy no podía retrasarse tanto, que podían cortarnos de la Columna. ¡Se lo dije, se lo dije! ¡Y eso nos pasó, Excelencia! ¡Se robaron hasta mi caballo!

—Olvídate del convoy que se robaron, sácame esto —grita Fructuoso—. ¿Quieres que muramos como perros? ¡No seas estúpido, recapacita!

—¡Nos traicionaron los cargadores! ¡Nos traicionaron los pisteros! —lloriquea el soldadito—. Eran espías, Excelencia, ellos también sacaron escopetas. Fíjese, saque la cuenta. Veinte carros con munición, siete con sal, farinha, azúcar, aguardiente, alfalfa, cuarenta sacos de maíz. ¡Se llevaron más de cien reses, Excelencia! ¿Comprende usted la locura del Coronel Campelo? Se lo advertí. Soy el Capitán Manuel Porto y nunca miento, Excelencia: fue culpa de él.

—¿Es usted Capitán? —balbucea Fructuoso Medrado—. Mil perdones, su señoría. No se veían sus galones.

La respuesta es un estertor. Su vecino queda mudo e inmóvil. "Ha muerto", piensa Fructuoso Medrado. Siente un escalofrío. Piensa: "¡Un capitán! Parecía un recién levado". También va a morir en cualquier momento. Te ganaron los ingleses, Fructuoso. Te mataron esos malparidos extranjeros. Y en eso ve perfilarse en el borde del barranco dos siluetas. El sudor no le permite distinguir si llevan uniformes, pero grita "¡Ayuda, ayuda!". Trata de moverse, de retorcerse, que vean que está vivo y vengan. Su cabezota es un brasero. Las siluetas bajan el declive a saltos y siente que va a llorar al darse cuenta que visten de azul claro, que llevan botines. Trata de gritar: "Sáquenme este palo de la barriga, muchachos".

—¿Me reconoce, Sargento? ¿Sabe quién soy? —dice el soldado que, estúpidamente, en vez de acuclillarse a desclavarlo, apoya la punta de la bayoneta en su cuello.

—Claro que te reconozco, Corintio —ruge—. Qué esperas, idiota. ¡Sácame esto de la barriga! ¿Qué haces, Corintio? ¡Corintio!

El marido de Florisa está hundiéndole la bayoneta en el pescuezo ante la mirada asqueada del otro, al que Fructuoso Medrado también identifica: Argimiro. Alcanza a decirse que, entonces, Corintio sabía.

—¿Cómo no se lo hubieran creído, allá, en Río de Janeiro, en Sao Paulo, esos que salieron a las calles a linchar monárquicos, si se lo creían los que estaban a las puertas de Canudos y podían ver la verdad con sus ojos? —dijo el periodista miope.

Se había deslizado del sillón de cuero al suelo y allí estaba, sentado en la madera, con las rodillas encogidas y el mentón sobre una de ellas, hablando como si el Barón no estuviera allí. Era el comienzo de la tarde y los envolvía una resolana caliente y embotante, que se filtraba por los visillos del jardín. El Barón se había acostumbrado a los bruscos cambios de su interlocutor, que pasaba de un asunto a otro sin aviso, de acuerdo a urgencias íntimas, y ya no le importaba la línea fracturada de la conversación, intensa y chisporroteante por momentos, luego empantanada en períodos de vacío en los que, a veces él, a veces el periodista, a veces ambos, se retraían para reflexionar o recordar.

—Los corresponsales —explicó el periodista miope, contorsionándose en uno de esos movimientos imprevisibles, que removían su magro esqueleto y parecían estremecer cada una de sus vértebras. Detrás de las gafas, sus ojos parpadearon, rápidos: —Podían ver pero sin embargo no veían. Sólo vieron lo que fueron a ver. Aunque no estuviese allí. No eran uno, dos. Todos encontraron pruebas flagrantes de la conspiración monárquico-británica. ¿Cuál es la explicación?

—La credulidad de la gente, su apetito de fantasía, de ilusión —dijo el Barón—. Había que explicar de alguna manera esa cosa inconcebible: que bandas de campesinos y de vagabundos derrotaran a tres expediciones del Ejército, que resistieran meses a las Fuerzas Armadas del país. La conspiración era una necesidad: por eso la inventaron y la creyeron.

—Tendría que leer usted las crónicas de mi sustituto en el *Jornal de Notícias* —dijo el periodista miope—. El que mandó Epaminondas Gonçalves cuando me creyó muerto. Un buen hombre. Honesto, sin imaginación, sin pasiones ni convicciones. El hombre ideal para dar una versión desapasionada y objetiva de lo que ocurría allá.

—Estaban muriendo y matando de ambos lados —murmuró el Barón, mirándolo con piedad—. ¿Es posible el desapasionamiento y la objetividad en una guerra?

—En su primera crónica, los oficiales de la Columna del General Oscar sorprenden en las alturas de Canudos a cuatro observadores rubios y bien trajeados mezclados con los yagunzos —dijo, despacio, el periodista—. En la segunda, la Columna del General Savaget encuentra entre los yagunzos muertos a un sujeto blanco, rubio, con correaje de oficial y un gorro de crochet tejido a mano. Nadie puede identificar su uniforme, que jamás ha sido usado por ninguno de los cuerpos militares del país.

—¿Un oficial de Su Graciosa Majestad, sin duda? —sonrió el Barón.

—Y en la tercera crónica, aparece una carta, rescatada del bolsillo de un yagunzo prisionero, sin firma pero de letra inequívocamente aristocrática —continuó el periodista, sin oírlo—. Dirigida al Consejero, explicándole por qué es preciso restablecer un gobierno conservador y monárquico, temeroso de Dios. Todo indica que el autor de la carta era usted.

—¿Era de veras tan ingenuo para creer que lo que se escribe en los periódicos es cierto? —le preguntó el Barón—. ¿Siendo periodista?

—Y hay, también, esa crónica sobre las señales luminosas —prosiguió el periodista miope, sin responderle—. Gracias a ellas, los yagunzos podían comunicarse en las noches a grandes distancias. Las misteriosas luces se apagaban y encendían, trasmitiendo claves tan sutiles que los técnicos del Ejército no consiguieron descifrar nunca los mensajes.

Sí, no había duda, pese a sus travesuras bohemias, al opio y al éter y a los candomblés, era alguien ingenuo y angelical. No era extraño, solía darse entre intelectuales y artistas. Canudos lo había cambiado, por supuesto. ¿Qué había hecho de él? ¿Un amargado? ¿Un escéptico? ¿Acaso un fanático? Los ojos miopes lo miraban fijamente desde detrás de los cristales.

—Lo importante en esas crónicas son los sobrentendidos —concluyó la vocecita metálica, atiplada, incisiva—. No lo que dicen, sino lo que sugieren, lo que queda librado a la imaginación. Fueron a ver oficiales ingleses. Y los vieron. He conversado con mi sustituto, toda una tarde. No mintió nunca, no se dio cuenta que mentía. Simplemente, no escribió lo que veía sino lo que creía y sentía, lo que creían y sentían quienes lo rodeaban. Así se fue armando esa maraña tan compacta de fábulas y de patrañas que no hay manera de desenredar. ¿Cómo se va a saber, entonces, la historia de Canudos?

—Ya lo ve, lo mejor es olvidarla —dijo el Barón—. No vale la pena perder el tiempo con ella.

—Tampoco el cinismo es una solución —dijo el periodista miope—. Por lo demás, tampoco creo que esa actitud suya, de desprecio soberbio por lo ocurrido, sea sincera.

—Es indiferencia, no desprecio —lo corrigió el Barón. Estela había estado lejos de su mente un buen rato, pero ahora estaba allí otra vez y con ella el dolor ácido, corrosivo, que lo convertía en un ser anonadado y sumiso—. Ya le he dicho que no me importa lo más mínimo lo que pasó en Canudos.

—Le importa, Barón —vibró la vocecita del miope—. Por lo mismo que a mí: porque Canudos cambió su vida. Por Canudos su esposa perdió el juicio, por Canudos perdió usted buena parte de su fortuna y de su poder. Claro que le importa. Por eso no me ha echado, por eso estamos hablando hace tantas horas...

Sí, tal vez tenía razón. El Barón de Cañabrava sintió un gusto amargo en la boca; aunque estaba harto de él y no había razón para prolongar la entrevista, tampoco ahora pudo despacharlo. ¿Qué lo retenía? Acabó por confesárselo: la idea de quedarse solo, solo con Estela, solo con esa terrible tragedia.

—Pero no sólo veían lo que no existía —añadió el periodista miope—. Además, nadie vio lo que de veras había allí.

—¿Frenólogos? —murmuró el Barón—. ¿Anarquistas escoceses?

—Curas —dijo el periodista miope—. Nadie los menciona. Y allí estaban, espiando para los yagunzos o peleando hombro a hombro con ellos. Mandando informaciones o trayendo medicinas, contrabandeando salitre y azufre para fabricar explosivos. ¿No es sorprendente? ¿No era importante?

—¿Está usted seguro? —se interesó el Barón.

—A uno de esos curas lo conocí, casi puedo decir que nos hicimos amigos —asintió el periodista miope—. El Padre Joaquim, párroco de Cumbe.

El Barón escrutó a su huésped:

—¿Ese curita cargado de hijos? ¿Ese borrachín y practicante de los siete pecados capitales estaba en Canudos?

—Es un buen indicio del poder de persuasión del Consejero —afirmó el periodista—. Además de volver santos a los ladrones y asesinos, catequizó a los curitas corrompidos y simoníacos del sertón. Hombre inquietante ¿no es cierto?

Aquella vieja anécdota pareció subir a la memoria del Barón desde el fondo del tiempo. Él y Estela, seguidos de un pequeño séquito de hombres armados, entraban a Cumbe y se dirigían sin pérdida de tiempo a la iglesia, obedeciendo las campanas que llamaban a la misa del domingo. El famoso Padre Joaquim, pese a sus esfuerzos, no conseguía disimular las huellas de lo que debió haber sido una noche en blanco de guitarra, aguardiente y faldas. Recordó el desagrado de la Baronesa por los atoros y equivocaciones del curita, las arcadas que le sobrevinieron en pleno oficio y su fuga precipitada para ir a vomitar. Volvió a ver, incluso, la cara de su concubina: ¿no era acaso la muchacha a la que llamaban "hacedora de lluvia" porque sabía detectar "cacimbas" subterráneas? Así que el curita calavera se volvió Consejerista, también.

—Sí, Consejerista y, en cierta forma, héroe. —El periodista lanzó una de esas carcajadas que hacían el efecto de un deslizamiento de piedrecillas por su garganta; como solía ocurrirle, también esta vez la risa terminó en estornudos.

—Era un curita pecador pero no estúpido —reflexionó el Barón—. Cuando estaba sobrio se podía conversar con él. Hombre despierto y hasta con lecturas. Me cuesta creer que cayera también bajo el hechizo de un charlatán, igual que los analfabetos del sertón...

—La cultura, la inteligencia, los libros no tienen nada que ver con la historia del Consejero —dijo el periodista miope—. Pero eso es lo de menos. Lo sorprendente no es que el Padre Joaquim se hiciera yagunzo. Es que el Consejero lo volviera valiente, a él que era cobarde. —Pestañeó, atolondrado—. Es la conversión más difícil, la más milagrosa. Se lo puedo decir yo. Yo sé lo que es el miedo. Y el curita de Cumbe era un hombre con bastante imaginación para saber sentir pánico, para vivir en el terror. Y sin embargo...

Su voz se ahuecó, vaciada de sustancia, y su cara se volvió mueca. ¿Qué le había ocurrido, de pronto? El Barón advirtió que su huésped porfiaba por serenarse, por romper algo que lo ataba. Trató de ayudarlo:

—¿Y, sin embargo...? —lo animó.

—Y sin embargo estuvo meses, acaso años, viajando por los pueblos, por las haciendas, por las minas, comprando pólvora, dinamita, espoletas. Urdiendo mentiras para justificar esas compras que debían llamar tanto la atención. Y cuando el sertón se llenó de soldados ¿sabe cómo se jugaba el pellejo? Escondiendo barricas de pólvora en el baúl de los objetos de culto, entre el sagrario, el copón de las hostias, el crucifijo, la casulla, los ropines. Pasaba eso en las barbas de la Guardia Nacional, del Ejército. ¿Adivina lo que significa hacer algo así siendo cobarde, temblando, sudando hielo? ¿Adivina la convicción que hay que tener?

—El catecismo está lleno de historias parecidas, mi amigo —murmuró el Barón—. Los flechados, los devorados por leones, los crucificados, los... Pero, es cierto, me cuesta imaginar al Padre Joaquim haciendo esas cosas por el Consejero.

—Tiene que haber un convencimiento profundo —repitió el periodista miope—. Una seguridad íntima, total, una fe que sin duda usted no ha sentido nunca. Yo tampoco...

Cabeceó otra vez como una gallina sin sosiego y se izó en sus largos brazos huesudos hasta el sillón de cuero. Jugó unos segundos con sus manos, caviloso, antes de seguir:

—La Iglesia había condenado al Consejero formalmente por herético, supersticioso, agitador y turbador de conciencias. El Arzobispo de Bahía había prohibido a los párrocos que le permitieran predicar en los púlpitos. Se necesita una fe absoluta, para, siendo cura, desobedecer a la propia Iglesia, al propio Arzobispo y correr el riesgo de condenarse por ayudar al Consejero.

—¿Qué lo angustia así? —dijo el Barón—. ¿La sospecha de que el Consejero fuese efectivamente un nuevo Cristo, venido por segunda vez a redimir a los hombres?

Lo dijo sin pensar y apenas lo hubo dicho se sintió incómodo. ¿Había querido hacer una broma? Pero ni él ni el periodista miope sonreían. Vio a éste hacer una negativa con la cabeza, que podía ser su respuesta o una manera de espantar una mosca.

—Hasta en eso he pensado —dijo el periodista miope—. Si era Dios, si lo envió Dios, si existía Dios... No sé. En todo caso, esta vez no quedaron discípulos para propagar el mito y llevar la buena nueva a los paganos. Quedó uno solo, que yo sepa; dudo que baste...

Lanzó otra carcajada y los estornudos lo ocuparon un buen rato. Cuando terminó tenía la nariz y los ojos irritados.

—Pero, más que en su posible divinidad, he pensado en ese espíritu solidario, fraterno, en el vínculo irrompible que consiguió forjar entre esa gente —dijo el periodista miope, en tono patético—. Asombroso, conmovedor. Después del 18 de julio, sólo quedaron abiertas las rutas de Chorrochó y de Riacho Seco. ¿Qué hubiera sido lo lógico? Que la gente intentara irse, escapar por esas trochas antes de que ellas también se cerraran ¿no es cierto? Pero fue al contrario. La gente trataba de entrar a Canudos, seguían viniendo de todos lados, desesperados, apurados, a meterse a la ratonera, al infierno, antes de que los soldados completaran el cerco. ¿Ve usted? Allá nada era normal.

—Usted habló de curas en plural —lo interrumpió el Barón. Ese tema, la solidaridad y la voluntad de inmolación colectiva de los yagunzos, lo turbaba. Varias veces había aparecido en el diálogo y siempre lo había apartado, igual que ahora.

—A los otros no los conocí —repuso el periodista, como aliviado también de que lo hubieran hecho cambiar de tema—. Pero existían, el Padre Joaquim recibía informes y ayuda de ellos. Y, al final, acaso estaban ahí, diseminados, perdidos en la masa de yagunzos. Alguien me habló de un tal Padre Martínez. ¿Sabe quién? Usted la conoció, hace años, muchos años. La filicida de Salvador, ¿le dice algo?

—¿La filicida de Salvador? —dijo el Barón.

—Yo asistí al juicio cuando era de pantalón corto. Mi padre era defensor de oficio, abogado de pobres, él la defendió. La reconocí pese a no verla, pese a haber pasado veinte o veinticinco años. ¿Usted leía periódicos entonces, no? Todo el Nordeste se apasionó por el caso de María Quadrado, la filicida de Salvador. El Emperador le conmutó la pena de muerte por la cadena perpetua. ¿No la recuerda? Ella estaba también en Canudos. ¿Ve cómo es una historia de nunca acabar?

—Eso ya lo sé —dijo el Barón—. Todos los que tenían cuentas con la justicia, con su conciencia, con Dios, encontraron gracias a Canudos un refugio. Era natural.

—Que se refugiaran allá, sí, pero no que se volvieran otros. —Como si no supiera qué hacer con su cuerpo, el periodista volvió a deslizarse al suelo con una flexión de sus largas piernas—. Era la santa, la Madre de los Hombres, la Superiora de las beatas que cuidaban al Consejero. Se le atribuían milagros, se decía que había peregrinado con él por todo el mundo.

La historia fue reconstruyéndose en la memoria del Barón. Un caso célebre, motivo de habladurías sin cuento. Era sirvienta de un notario y había ahogado a su hijo recién nacido, metiéndole un ovillo de lana en la boca, pues, como lloraba mucho, temía que por su culpa la echaran del trabajo. Tuvo el cadáver varios días debajo de la cama, hasta que lo descubrió la dueña de casa por el olor. La muchacha confesó todo de inmediato. Durante el juicio, mantuvo una actitud mansa y respondió con buena voluntad y franqueza a todas las preguntas. El Barón recordaba la polémica que había provocado la personalidad de la filicida entre quienes defendían la tesis de la "catatonia irresponsable" y los que la consideraban "un instinto perverso". ¿Se había fugado de la cárcel, entonces? El periodista había cambiado una vez más de tema:

—Antes del 18 de julio muchas cosas habían sido terribles, pero, en realidad, sólo ese día toqué y olí y tragué el horror hasta sentirlo en las tripas —El Barón vio que el miope se daba un golpe en el estómago—. Ese día me la encontré, hablé con ella y supe que era la filicida con la que soñé tanto de niño. Me ayudó, pues yo me había quedado solo.

—El 18 de julio yo estaba en Londres —dijo el Barón—. No estoy enterado de los pormenores de la guerra. ¿Qué pasó ese día?

—Van a atacar mañana —jadeó João Abade, que había venido corriendo. En ese momento recordó algo importante: —Alabado sea el Buen Jesús.

Hacía un mes que los soldados estaban en los montes de la Favela y la guerra se eternizaba: tiroteos salpicados y cañoneos, generalmente a las horas de las campanas. Al despuntar el día, al mediodía y en la tarde la gente circulaba sólo por ciertos sitios. El hombre se iba acostumbrando, creaba rutinas con todo ¿no? Moría gente y cada noche había entierros. Los bombardeos ciegos destruían manojos de casas, despanzurraban a los viejos y a las criaturas, es decir a quienes no iban a las trincheras. Parecía que todo iba a continuar así, indefinidamente. Pero no, iba a ser peor, lo acababa de decir el Comandante de la Calle. El periodista miope estaba solo, pues Jurema y el Enano habían ido a llevarle la comida a Pajeú, cuando se presentaron en el almacén los que dirigían la guerra: Honorio Vilanova, João Grande, Pedrão, el propio Pajeú. Estaban inquietos, bastaba olerlos, la atmósfera del local delataba algo tenso. Y sin embargo ninguno se sorprendió cuando João Abade anunció que iban a atacar mañana. Sabía todo. Cañonearían Canudos toda la noche, para ablandar las defensas, y a las cinco de la madrugada comenzaría el asalto de las tropas. Sabía por qué sitios. Hablaban tranquilos, se repartían los lugares, tú espéralos aquí, hay que cerrar la calle allá, levantaremos barreras acá, mejor yo me muevo de aquí por si mandan perros de este lado. ¿Podía el Barón imaginar lo que él sentía, escuchando eso? Entonces surgió el asunto del papel. ¿Qué papel? Uno que un "párvulo" de Pajeú trajo corriendo a toda carrera. Hubo conciliábulos, le preguntaron si podía leerlo y él trató, con su lente de añicos, ayudándose con una vela, de descifrar lo que decía. No lo consiguió. Entonces João Abade hizo llamar al León de Natuba.

—¿Ninguno de los lugartenientes del Consejero sabía leer? —preguntó el Barón.

—Antonio Vilanova sabía, pero no estaba en Canudos —dijo el periodista miope—. Y también sabía el que mandaron llamar. El León de Natuba. Otro íntimo, otro apóstol del Consejero. Leía, escribía, era el sabio de Canudos.

Calló, interrumpido por una racha de estornudos que lo tuvo doblado, cogiéndose el estómago.

—No podía verle los detalles, las partes —susurró después, jadeando—. Sólo el bulto, la forma, o, mejor dicho, la falta de forma. Bastaba para adivinar el resto. Caminaba a cuatro patas, tenía una enorme cabeza y una gran joroba. Lo mandaron llamar y vino con María Quadrado. Les leyó el papel. Eran las instrucciones del Comando para el asalto de la madrugada.

La voz honda, melódica, normal; enumeraba los dispositivos de batalla, la colocación de los regimientos, las distancias entre compañía y compañía, entre combatiente y combatiente, las señales, los toques, y, mientras, a él el miedo lo iba impregnando, y una ansiedad sin límites porque Jurema y el Enano regresaran. Antes de que León de Natuba terminara de leer, la primera parte del plan de los soldados entró en ejecución: el bombardeo de ablandamiento.

—Ahora sé que en ese momento sólo nueve cañones disparaban contra Canudos y que nunca dispararían más de dieciséis al mismo tiempo —dijo el periodista miope—. Pero esa noche parecían mil, parecía como si todas las estrellas del cielo se hubieran puesto a bombardearnos.

El estruendo hacía vibrar las calaminas, estremecerse las repisas y el mostrador, y se oían derrumbes, desmoronamientos, chillidos, carreras y, en las pausas, el inevitable griterío de los niños. "Comenzó", dijo uno de los yagunzos. Salieron a ver, regresaron, dijeron a María Quadrado y al León de Natuba que no podían volver al Santuario pues el trayecto estaba barrido por el fuego, y el periodista oyó que la mujer insistía en volver. João Grande la disuadió, jurándole que apenas amainara el cañoneo él mismo vendría a conducirlos al Santuario. Los yagunzos partieron y él comprendió que Jurema y el Enano —si aún vivían— tampoco podrían regresar desde Rancho do Vigario a donde él estaba. Comprendió, en su inconmensurable espanto, que tendría que soportar todo aquello sin otra compañía que la santa y el monstruo cuadrumano de Canudos.

—¿De qué se ríe ahora? —dijo el Barón de Cañabrava.

—Es demasiado ruin para poder contárselo —balbuceó el periodista miope. Permaneció ensimismado y, de pronto, alzó la cara y exclamó: —Canudos ha cambiado mis ideas sobre la historia, sobre el Brasil, sobre los hombres. Pero, principalmente, sobre mí.

—Por el tono en que lo dice, no ha sido para mejor —murmuró el Barón.

—Así es —susurró el periodista—. Gracias a Canudos tengo un concepto muy pobre de mí mismo.

¿No era también su caso, en cierto modo? ¿No había Canudos revuelto su vida, sus ideas, sus costumbres, como un beligerante torbellino? ¿No había deteriorado sus convicciones e ilusiones? La imagen de Estela, en sus habitaciones del segundo piso, con Sebastiana a los pies de su mecedora, acaso releyéndole párrafos de las novelas que le habían gustado, tal vez peinándola, o haciéndole escuchar las cajas de música austríacas, y la cara abstraída, retirada, inalcanzable, de la mujer que había sido el gran amor de su vida —esa mujer que simbolizó siempre para él la alegría de vivir, la belleza, el entusiasmo, la elegancia— volvió a llenar de hiel su corazón. Haciendo un esfuerzo, habló de lo primero que le pasó por la cabeza:

—Usted mencionó a Antonio Vilanova —dijo, con precipitación—. ¿El comerciante, verdad? Un ser metalizado y calculador como pocos. Los conocí mucho a él y al hermano. Fueron proveedores de Calumbí. ¿También se volvió santo?

—Para hacer negocios no estaba allí —recuperó su risa sarcástica el periodista miope—. Era difícil hacer negocios en Canudos. Allá no circulaba el dinero de la República. ¿No ve que era el dinero del Perro, del Diablo, de los ateos, protestantes y masones? ¿Por qué cree que los yagunzos les quitaban las armas a los soldados pero no las carteras?

"O sea que, después de todo, el frenólogo no estaba tan descaminado", pensó el Barón. "O sea que, gracias a su locura, Gall había llegado a presentir algo de la locura que fue Canudos."

—No estaba persignándose y dándose golpes de pecho —prosiguió el periodista miope—. Era un hombre práctico, realizador. Siempre moviéndose, organizando, hacía pensar en una máquina de energía perpetua. Durante esos cinco meses infinitos, se ocupó de que Canudos tuviera que comer. ¿Por qué hubiera hecho eso, entre las balas y la carroña? No hay otra explicación. El Consejero le había tocado alguna fibra secreta.

—Como a usted —dijo el Barón—. Faltó poco para que también lo volviera santo.

—Hasta el final estuvo saliendo a traer comida —dijo el periodista, sin hacerle caso—. Partía con pocos hombres, a escondidas. Cruzaban las líneas, asaltaban los convoyes. Sé cómo lo hacían. Con el ruido infernal de los trabucos provocaban una estampida. En el desorden, arreaban diez, quince bueyes a Canudos. Para que los que iban a morir por el Buen Jesús pudieran pelear un poco más.

—¿Sabe de dónde venían esas reses? —lo interrumpió el Barón.

—De los convoyes que mandaba el Ejército de Monte Santo a la Favela —dijo el periodista miope—. Como las armas y balas de los yagunzos. Una de las excentricidades de esta guerra: el Ejército nutría a sus fuerzas y al adversario.

—Los robos de los yagunzos eran robos de robos —suspiró el Barón—. Muchas de esas vacas y cabras eran mías. Rara vez compradas. Casi siempre arrebatadas a mis vaqueros por los lanceros gauchos. Tengo un amigo hacendado, el viejo Murau, que ha enjuiciado al Estado por las vacas y ovejas que se comieron los soldados. Reclama setenta contos de reis, nada menos.

EN EL ENTRESUEÑO, João Grande huele el mar. Una sensación cálida lo recorre, algo que le parece la felicidad. En estos años en que, gracias al Consejero, ha encontrado sosiego para el lacerante borbotar que era su alma cuando servía al Diablo, sólo una cosa añora, a veces. ¿Cuántos años que no ha visto, olido, sentido en el cuerpo el mar? No tiene idea pero sabe que ha transcurrido mucho tiempo desde la última vez que lo vio, en aquel alto promontorio rodeado de cañaverales donde la señorita Adelinha Isabel de Gumucio subía a ver los crepúsculos. Balas aisladas le recuerdan que la batalla no ha terminado, pero no se inquieta: su conciencia le dice que aun si estuviera despierto nada cambiaría, ya que ni a él ni a ninguno de los hombres de la Guardia Católica encogidos en esas trincheras les queda un cartucho de Mánnlicher ni proyectil de escopeta ni un grano de pólvora para hacer accionar las armas de explosión fabricadas por esos herreros de Canudos que la necesidad ha vuelto armeros.

¿Para qué siguen, entonces, en esas cuevas de los altozanos, en la quebrada al pie de la Favela donde están amontonados los perros? Cumplen órdenes de João Abade. Éste, después de asegurarse que todas las fuerzas de la Primera Columna se hallaban ya en la Favela, inmovilizadas por el tiroteo de los yagunzos que rodean los cerros y los acribillan desde parapetos, trincheras, escondrijos, ha ido a tratar de capturar el convoy de municiones, víveres, reses y cabras de los soldados, que, gracias a la topografía y al hostigamiento de Pajeú, viene muy retrasado. João Abade, que espera sorprender al convoy en las Umburanas y desviarlo a Canudos, ha pedido a João Grande que la Guardia Católica impida, cueste lo que cueste, que los regimientos de la Favela den marcha atrás. En el entresueño, el ex-esclavo se dice que los perros deben ser muy estúpidos o haber perdido mucha gente, pues, hasta ahora, ni siquiera una patrulla ha intentado desandar el camino de las Umburanas para averiguar qué ocurre con el convoy. Los hombres de la Guardia Católica saben que, al menor intento de los soldados de abandonar la Favela, deben abalanzarse sobre ellos y cerrarles el paso, con facas, machetes, bayonetas, uñas, dientes. El viejo Joaquim Macambira y su gente, emboscados al otro lado de la trocha abierta por los soldados y sus carricoches y cañones en su paso a la Favela, harán lo mismo. No lo intentarán, están demasiado concentrados en responder el fuego que les hacen desde el frente y los costados, demasiado ocupados en bombardear Canudos para adivinar lo que ocurre a sus espaldas. "João Abade es más inteligente que ellos", sueña. ¿No ha resultado buena su idea de traer a los perros a la Favela? ¿No se le ocurrió a él que Pedrão y los Vilanova fueran a esperar a los otros diablos en el desfiladero de Cocorobó? Allí también deben de haberlos destrozado. El olor del mar, que le entra por las narices y lo emborracha, lo aleja de la guerra y ve olas y siente sobre su piel la caricia del agua espumosa. Es la primera vez que duerme, después de cuarenta y ocho horas de estar peleando.

A las dos horas lo despierta un mensajero de Joaquim Macambira. Es uno de sus hijos, joven, esbelto, de largos cabellos, que, acuclillado en la trinchera, espera pacientemente que João Grande se desaturda. Su padre necesita municiones, casi no les quedan balas ni pólvora a sus hombres. Con la lengua entorpecida por el sueño, João Grande le explica que a ellos tampoco. ¿Han tenido algún mensaje de João Abade? Ninguno. ¿Y de Pedrão? El joven asiente: tuvo que retirarse de Cocorobó, se quedaron sin municiones y perdieron mucha gente. Tampoco pudieron parar a los perros en Trabubú.

João Grande se siente por fin despierto. ¿Significa eso que el Ejército de Geremoabo viene hacia aquí?

—Viene —dice el hijo de Joaquim Macambira—. Pedrão y los cabras que no murieron están ya en Belo Monte.

Tal vez es lo que debería hacer la Guardia Católica: regresar a Canudos para defender al Consejero del asalto que parece inevitable, si el otro Ejército se encamina hacia aquí. ¿Qué va a hacer Joaquim Macambira? El joven no lo sabe. João Grande decide ir a hablar con el viejo.

Es tarde en la noche y el cielo está tachonado de estrellas. Después de instruir a los hombres que no se muevan de allí, el ex-esclavo se descuelga silenciosamente por el cascajo de la ladera, junto al joven Macambira. Por desgracia, con tantas estrellas verá a los caballos despanzurrados y picoteados por los urubús, y el cadáver de la anciana. Todo el día anterior y parte de la víspera ha estado viendo a esos animales que montan los oficiales, las primeras víctimas de la fusilería. Está seguro de haber matado él también a varios de esos animales. Había que hacerlo, estaban de por medio el Padre y el Buen Jesús Consejero y Belo Monte, lo más precioso de esta vida. Lo hará cuantas veces sea preciso. Pero algo en su alma protesta y sufre al ver caer relinchando a esos animales, al verlos agonizar horas de horas, con las vísceras derramadas por el suelo y una pestilencia que envenena el aire. Él sabe de dónde viene ese sentimiento de culpa, de estar pecando, que lo embarga cuando dispara a los caballos de los oficiales. Es el recuerdo del cuidado que protegía a los caballos de la hacienda, donde el amo Adalberto de Gumucio había impuesto a familiares, empleados y esclavos la religión de los caballos. Al ver las sombras esparcidas de los cadáveres de los animales, mientras cruza la trocha agazapado junto al joven Macambira, se pregunta por qué el Padre le conserva tan fuerte en la cabeza ciertos hechos de su pasado pecador, como la nostalgia del mar, como el amor a los caballos.

En eso ve el cadáver de la anciana y siente un golpe de sangre en el pecho. La ha visto sólo un segundo, la cara bañada por la luna, los ojos abiertos y enloquecidos, dos únicos dientes sobresaliendo de los labios, los pelos revueltos, la frente y el ceño crispados. No sabe su nombre pero la conoce muy bien, hace mucho que vino a instalarse a Belo Monte con una numerosa familia de hijos, hijas, nietos, sobrinos y recogidos, en una casita de barro de la calle Corazón de Jesús. Fue la primera que pulverizaron los cañones del Cortapescuezos. La vieja estaba en la procesión y cuando regresó a su casa ésta era un montón de escombros bajo los cuales se hallaban tres de sus hijas y todos sus nietos, una docena de criaturas que dormían una sobre otra en un par de hamacas y en el suelo. La mujer había trepado a las trincheras de las Umburanas con la Guardia Católica, cuando ésta vino allí, hacía tres días, a esperar a los soldados. Con otras mujeres había cocinado, traído agua de la aguada vecina a los yagunzos, pero cuando comenzó el tiroteo João Grande y los hombres la vieron, de pronto, en medio de la polvareda, descolgarse a tropezones por el cascajo y llegar hasta la trocha, donde —despacio, sin tomar precaución alguna— se dedicó a deambular entre los soldados heridos, rematándolos con un pequeño puñal. La habían visto escarbar en los cadáveres uniformados y antes de que la derribaran las balas había llegado a desnudar a algunos y a cortarles su hombría e incrustárselas en la boca. Durante el combate, mientras veía pasar soldados y jinetes y los veía morir, disparar, atropellarse, pisotear a sus heridos y muertos, huir de la balacera y precipitarse por el único camino libre —los montes de la Favela—, João Grande volvía constantemente los ojos hacia el cadáver de esa anciana que acababa de dejar atrás.

Al acercarse a un lodazal erupcionado de árboles de favela, cactos y uno que otro imbuzeiro, el joven Macambira se lleva a la boca el pito de madera y sopla un sonido que parece de lorito. Le responde otro sonido idéntico. Cogiendo del brazo á João, el muchacho lo guía por el lodazal, donde se hunden hasta las rodillas, y poco después el ex-esclavo está bebiendo un zurrón de agua dulzona junto a Joaquim Macambira, ambos de cuclillas bajo una ramada en torno a la cual brillan muchas pupilas.

El viejo está angustiado, pero João Grande se sorprende al descubrir que su angustia se debe exclusivamente al cañón ancho, larguísimo, lustroso, tirado por cuarenta bueyes que ha visto en el camino de Jueté. "Si la Matadeira dispara, volarán las torres y las paredes del Templo del Buen Jesús y desaparecerá Belo Monte", masculla, lúgubre. João Grande lo escucha con atención. Joaquim Macambira le inspira reverencia, hay en él algo venerable y patriarcal. Es muy anciano, los cabellos blancos le caen en rizos hasta el hombro y una barbita blanquea su cara curtida, de nariz sarmentosa. En sus ojos arrugados bulle una incontenible energía. Había sido dueño de un gran sembrío de mandioca y maíz, entre Cocorobó y Trabubú, esa comarca que se llama justamente Macambira. Trabajaba esas tierras con sus once hijos y guerreaba con sus vecinos por litigios de linderos. Un día lo abandonó todo y se trasladó con su enorme familia a Canudos, donde ocupan media docena de viviendas frente al cementerio. Todos en Belo Monte tratan al viejo con algo de temor pues tiene fama de orgulloso.

Joaquim Macambira ha mandado mensajeros a preguntar a João Abade si, en vista de las circunstancias, sigue cuidando las Umburanas o se repliega a Canudos. Aún no hay respuesta. ¿Qué piensa él? João Grande mueve su cabeza con pesadumbre: no sabe qué hacer. Por un lado, lo más urgente es correr a Belo Monte a proteger al Consejero por si hay un asalto por el Norte. De otro ¿no ha dicho João Abade que es imprescindible que le cuiden las espaldas?

—Pero ¿con qué? —ruge Macambira—. ¿Con las manos?

—Sí —asiente humildemente João Grande—, si no hay otra cosa.

Acuerdan permanecer en las Umburanas hasta tener noticias del Comandante de la Calle. Se despiden con un simultáneo "Alabado sea el Buen Jesús Consejero". Al internarse de nuevo en el lodazal, esta vez solo, João Grande oye los pitos que parecen loritos indicando a los yagunzos que lo dejen pasar. Mientras chapotea en el barro y siente en su cara, brazos y pecho picotazos de mosquitos, trata de imaginar la Matadeira, ese artefacto que tanto alarma a Macambira. Debe ser enorme, mortífero, tronante, un dragón de acero que vomita fuego, para asustar a un bravo como el viejo. El Maligno, el Dragón, el Perro es realmente poderosísimo, de infinitos recursos, puede mandar contra Canudos enemigos cada vez más numerosos y mejor armados. ¿Hasta cuándo quería probar el Padre la fe de los católicos? ¿No habían sufrido bastante? ¿No habían pasado bastante hambre, muertes, sufrimientos? No, todavía no. Lo ha dicho el Consejero: la penitencia será del mismo tamaño de nuestras culpas. Como su culpa es más grave que la de los otros, él, sin duda, tendrá que pagar más. Pero es un gran consuelo estar del lado de la buena causa, saber que se pelea junto a San Jorge y no junto al Dragón.

Cuando llega a la trinchera ha comenzado a amanecer; salvo los centinelas trepados en las rocas, los hombres, desparramados por las laderas, siguen durmiendo. João Grande está encogiéndose, sintiendo que el sueño lo ablanda, cuando un galope lo incorpora de un salto. Envueltos en una polvareda, vienen hacia él ocho o diez jinetes. ¿Exploradores, la vanguardia de una tropa que irá a proteger el convoy? En la luz todavía muy débil una lluvia de flechas, dardos, piedras, lanzas, rompe sobre la patrulla desde las laderas y oye tiros en el lodazal donde está Macambira. Los jinetes vuelven grupas hacia la Favela. Ahora sí, está seguro que la tropa de refuerzos al convoy va a aparecer en cualquier momento, numerosa, indetenible para hombres a los que sólo les quedan ballestas, bayonetas y facas, y João Grande ruega al Padre que João Abade tenga tiempo de cumplir su plan.

Aparecen una hora después. Para entonces la Guardia Católica ha obstruido de tal modo la quebrada con los cadáveres de los caballos, mulas y soldados, y con lajas, arbustos y cactos que hacen rodar de las pendientes, que dos compañías de zapadores tienen que venir por delante a reabrir la trocha. No les resulta fácil, pues, además de la fusilería que hace sobre ellos Joaquim Macambira con sus últimas municiones y que los obliga a retroceder un par de veces, cuando los zapadores han empezado a dinamitar los obstáculos João Grande y un centenar de sus hombres llegan hasta ellos arrastrándose y los hacen trabarse en lucha cuerpo a cuerpo. Antes de que aparezcan más soldados, les hieren y matan a varios, además de arrebatarles algunos rifles y esas preciosas mochilas de proyectiles. Cuando João Grande da con el pito y luego a gritos orden de retirada, varios yagunzos quedan en la trocha, muertos o agonizantes. Ya arriba, protegido por las lajas de la granizada de balas, el ex-esclavo tiene tiempo de comprobar que está ileso. Manchado de sangre, sí, pero es sangre ajena; se la limpia con arenilla. ¿Es divino que en tres días de guerra no haya recibido ni un rasguño? De barriga en el suelo, jadeando, ve en la trocha por fin abierta que los soldados pasan de cuatro en fondo en dirección a donde se halla João Abade.

Por decenas, por centenas. Van a proteger el convoy, sin duda, pues, pese a todas las provocaciones de la Guardia Católica y de Macambira, no se molestan en trepar las laderas ni invadir el lodazal. Se limitan a rociar ambos flancos con fusilería de pequeños grupos de tiradores que ponen una rodilla en tierra para disparar. João Grande no duda más. Ya no puede ayudar en nada aquí al Comandante de la Calle. Se asegura que la orden de replegarse llegue a todos, saltando entre los riscos y alcores, yendo de trinchera en trinchera, bajando detrás de los cerros a ver si las mujeres que vinieron a cocinar han partido. Ya no están allí. Entonces, reemprende también el regreso a Belo Monte.

Lo hace siguiendo un ramal serpenteante del Vassa Barris, que sólo se aniega en las grandes crecientes. En el escuálido cauce empedrado de guijarros João siente aumentar el calor de la mañana. Va rezagado, averiguando por los muertos, intuyendo la tristeza del Consejero, del Beatito, de la Madre de los Hombres, cuando sepan que esos hermanos se pudrirán a la intemperie. Le da lástima recordar a esos muchachos, a muchos de los cuales enseñó a disparar, convertidos en alimento de buitres, sin un entierro con rezos. ¿Pero cómo hubieran podido rescatar sus restos?

A lo largo de todo el trayecto oyen tiros, de la dirección de la Favela. Un yagunzo dice que es raro que Pajeú, Mané Quadrado y Taramela, que fusilan a los perros desde ese frente, puedan hacer tantas descargas. João Grande le recuerda que la mayor parte de las municiones se repartieron a los hombres de esas trincheras, que se interponen entre Belo Monte y la Favela. Y que hasta los herreros se trasladaron allí con sus yunques y fuelles para seguir fundiendo plomo junto a los combatientes. Sin embargo, apenas avistan Canudos bajo unas nubecillas que deben ser explosión de granadas —el sol está alto y las torres del Templo y las viviendas encaladas reverberan—, João Grande presiente la buena nueva. Pestañea, mira, calcula, compara. Sí, disparan ráfagas continuas desde el Templo del Buen Jesús, desde la Iglesia de San Antonio, desde los parapetos del cementerio, al igual que desde las barrancas del Vassa Barris y la Fazenda Velha. ¿De dónde salen tantas municiones? Minutos después un "párvulo" le trae un mensaje de João Abade.

—O sea que volvió a Canudos —exclama el ex-esclavo.

—Con más de cien vacas y muchos fusiles —dice el niño, entusiasmado—. Y cajones de balas, de granadas y latas grandes de pólvora. Les robó eso a los perros y ahora todo Belo Monte está comiendo carne.

João Grande pone una de sus manazas sobre la cabeza del chiquillo y refrena su emoción. João Abade quiere que la Guardia Católica vaya a la Fazenda Velha, a reforzar a Pajeú, y que el ex-esclavo se reúna con él en casa de Vilanova. João Grande enrumba a sus hombres por los barracones del Vassa Barris, ángulo muerto que los protegerá contra los tiros de la Favela, hacia la Fazenda Velha, un kilómetro de vericuetos y escondrijos excavados aprovechando los desniveles y sinuosidades del terreno que son la primera línea de defensa de Belo Monte, apenas a medio centenar de metros de los soldados. Desde que regresó, el caboclo Pajeú se encarga de ese frente.

Al llegar a Belo Monte, João Grande apenas puede ver por la densidad del terral que lo deforma todo. La fusilería es muy fuerte y al estruendo de los disparos se suma el ruido de tejas que se quiebran, paredes que se derrumban y latas que retintinean. El chiquillo lo coge de la mano: él sabe por donde no caen balas. En estos dos días de bombardeo y tiroteo la gente ha establecido una geografía de seguridad y circula sólo por ciertas calles y por cierto ángulo de cada calle, a salvo de la metralla. Las reses que ha traído João Abade son carneadas en el callejón del Espíritu Santo, convertido en corral y matadero, y hay allí una larga cola de viejos, niños y mujeres, esperando sus raciones, en tanto que Campo Grande parece un campamento militar por la cantidad de cajas, barriles y cuñetes de fusiles entre los que se agita una muchedumbre de yagunzos. Las acémilas que han arrastrado el cargamento tienen visibles las marcas de los regimientos y algunas sangran de los azotes y relinchan, atemorizadas por el estruendo. João Grande ve un burro muerto al que devoran perros esqueléticos entre nubes de moscas. Reconoce a Antonio y Honorio Vilanova encaramados en una tarima; a gritos y ademanes, distribuyen esas cajas de municiones que se llevan de dos en dos, corriendo pegados al lado septentrional de las viviendas, yagunzos jóvenes, algunos tan niños como éste que no lo deja acercarse a los Vilanova y lo conmina a entrar a la antigua casa-hacienda, donde, le dice, lo espera el Comandante de la Calle. Que los chiquillos de Canudos sean mensajeros —los llaman "párvulos"— ha sido idea de Pajeú. Cuando lo propuso, en este mismo almacén, João Abade dijo que era riesgoso, no eran responsables y su memoria fallaba, pero Pajeú insistió, refutándolo: en su experiencia, los niños habían sido rápidos, eficientes y también abnegados. "Era Pajeú quien tenía razón", piensa el ex-esclavo viendo la mano pequeñita que no suelta la suya hasta que lo deja frente a João Abade, quien, apoyado en el mostrador, bebe y mastica, tranquilo, mientras escucha a Pedrão, al que rodean una docena de yagunzos. Al verlo, le hace señas de que se acerque y le aprieta la mano con fuerza. João Grande quiere decirle lo que siente, agradecerle, felicitarlo por haber conseguido esas armas, municiones y comida, pero, como siempre, algo lo retiene, intimida, avergüenza: sólo el Consejero es capaz de romper esa barrera que desde que tiene uso de razón le impide participar a la gente los sentimientos de su alma. Saluda a los otros con movimientos de cabeza o palmeándolos. Siente de pronto un enorme cansancio y se acuclilla en el suelo. Asunción Sardelinha le pone en las manos una escudilla repleta de carne asada con farinha y una jarra de agua. Durante un rato olvida la guerra y quién es y come y bebe con felicidad. Cuando termina, nota que João Abade, Pedrão y los otros están callados, esperándolo, y se siente confuso. Balbucea una disculpa.

Está explicándoles lo sucedido en las Umburanas cuando el indescriptible trueno lo levanta y remece en el sitio. Unos segundos todos permanecen inmóviles, encogidos, con las manos cubriéndose la cabeza, sintiendo vibrar las piedras, el techo, los objetos del almacén como si todo, por efecto de la interminable vibración, fuera a quebrarse en mil astillas.

—¿Ven, ven, se dan cuenta? —entra rugiendo el viejo Joaquim Macambira, irreconocible por el barro y el polvo—. ¿Ves lo que es la Matadeira, João Abade?

En vez de responderle, éste ordena al "párvulo" que guió a João Grande y al que la explosión ha lanzado contra los brazos de Pedrão, de los que sale con la cara descompuesta por el miedo, que vea si el cañonazo ha dañado el Templo del Buen Jesús o el Santuario. Luego, hace señas a Macambira de que se siente y coma algo. Pero el viejo está frenético y, mientras mordisquea el trozo de carne que le alcanza Antonia Sardelinha, sigue hablando con espanto y odio de la Matadeira. João Grande lo oye mascullar: "Si no hacemos algo nos enterrará".

Y de pronto João Grande está viendo, en un sueño plácido, a una tropilla de alazanes briosos que galopan por una playa arenosa y arremeten contra el mar blanco de espuma. Hay un olor a cañaverales, a miel recién hecha, a bagazo triturado que perfuma el aire. Sin embargo, la dicha que es ver a esos lustrosos animales, relinchantes de alegría entre las frescas olas, dura poco, pues súbitamente surge del fondo del mar el alargado y mortífero artefacto, escupiendo fuego como el Dragón al que Oxossi, en los candomblés del Mocambo, extermina con una espada luciente. Alguien retumba: "El Diablo ganará". El susto lo despierta.

Tras una cortina de legañas ve, a la luz vacilante de un mechero, a tres personas comiendo: la mujer, el ciego y el enano que vinieron a Belo Monte con el Padre Joaquim. Es de noche, no hay nadie más en el recinto, ha dormido muchas horas. Siente un remordimiento que lo despierta del todo. "¿Qué ha pasado?", grita, levantándose. Al ciego se le escapa el pedazo de carne y lo ve palpar la tierra, buscándolo.

"Yo les dije que te dejaran dormir", oye la voz de João Abade, y en las sombras se perfila su robusta silueta. "Alabado sea el Buen Jesús Consejero", murmura el ex-esclavo y comienza a disculparse, pero el Comandante de la Calle lo ataja: "Necesitabas dormir, João Grande, nadie vive sin dormir". Se sienta en un tonel, junto al mechero, y el ex-esclavo ve que está demacrado, con los ojos hundidos y la frente estriada. "Mientras yo soñaba con caballos, tú peleabas, corrías, ayudabas", piensa. Siente tanta culpa que apenas se da cuenta que el Enano se acerca a alcanzarles una latita de agua. Después de beber, João Abade se la pasa.

El Consejero está a salvo, en el Santuario, y los ateos no se han movido de la Favela; tirotean, de cuando en cuando. En la cara fatigada de João Abade hay inquietud. "¿Qué pasa, João? ¿Puedo hacer algo?" El Comandante de la Calle lo mira con afecto. Aunque no hablen mucho, el ex-esclavo sabe, desde las peregrinaciones, que el ex-cangaceiro lo aprecia; en multitud de ocasiones se lo ha hecho sentir.

—Joaquim Macambira y sus hijos van a subir a la Favela, a callar a la Matadeira —dice; las tres personas sentadas en el suelo dejan de comer y el ciego estira su cabeza con el ojo derecho pegado a ese anteojo que es un rompecabezas de vidriecitos—. Difícil que lleguen arriba. Pero, si llegan, pueden inutilizarlo. Es fácil. Quebrarle la espoleta o volarle el cargador.

—¿Puedo ir con ellos? —lo interrumpe João Grande—. Le meteré pólvora en el cañón, la volaré.

—Puedes ayudar a los Macambira a subir hasta allá —dice João Abade—. No ir con ellos, João Grande. Sólo ayudarlos a llegar arriba. Es su plan, su decisión. Ven, vamos.

Cuando están saliendo, el Enano se prende de João Abade y con voz azucarada lo adula: "Cuando quieras te contaré de nuevo la Terrible y Ejemplar Historia de Roberto el Diablo, João Abade". El ex-cangaceiro lo aparta, sin contestarle.

Afuera, es noche entrada y nubosa. No brilla una sola estrella. No se oyen disparos y no se ve gente en Campo Grande. Tampoco luces en las viviendas. Las reses fueron llevadas, apenas oscureció, detrás del Mocambo. El callejón del Espíritu Santo hiede a carroña y a sangre reseca y mientras escucha el plan de los Macambira, João Grande siente revolotear miríadas de moscas sobre los despojos que escarban los perros. Remontan Campo Grande hasta la explanada de las Iglesias, fortificada por los cuatro costados, con dobles y triples empalizadas de ladrillos, piedras, cajones de tierra, carros volcados, barriles, puertas, latas, estacas, detrás de los cuales se apiñan hombres armados. Descansan, tumbados en el suelo, conversan alrededor de pequeños braseros, y en una de las esquinas un grupo canta, animado por una guitarra. "¿Cómo se puede ser tan poca cosa que uno no resista estar sin dormir ni siquiera cuando se trata de salvar el alma o quemarse por la vida eterna?", piensa, atormentado.

En la puerta del Santuario, oculto tras un alto parapeto de sacos y cajones de tierra, conversan con los hombres de la Guardia Católica mientras esperan a los Macambira. El viejo, sus once hijos y las mujeres de éstos se hallan con el Consejero. João Grande selecciona mentalmente a los muchachos que lo acompañarán y piensa que le gustaría oír lo que el Consejero estará diciendo a esa familia que va a sacrificarse por el Buen Jesús. Cuando salen, el viejo tiene los ojos brillantes. El Beatito y la Madre María Quadrado los acompañan hasta el parapeto y los bendicen. Los Macambira abrazan a sus mujeres, que se ponen a llorar, prendidas de ellos. Pero Joaquim Macambira pone fin a la escena, indicando que es hora de partir. Las mujeres se van con el Beatito a rezar al Templo del Buen Jesús.

En el camino hacia las trincheras de la Fazenda Velha, recogen el equipo que João Abade ha ordenado: barras, palancas, petardos, hachas, martillos. El viejo y sus hijos se los reparten en silencio, mientras João Abade les explica que la Guardia Católica distraerá a los perros, con un amago de asalto, mientras ellos reptan hasta la Matadeira. "Vamos a ver si los 'párvulos' la han localizado", dice.

Sí, la han localizado. Se los confirma Pajeú, al recibirlos en la Fazenda Velha. La Matadeira está en la primera elevación, inmediatamente detrás del Monte Mario, junto con los otros cañones de la Primera Columna. Los han colocado en hilera, entre sacos y cuñetes rellenos de piedras. Dos "párvulos" se arrastraron hasta allí y contaron, luego de la tierra de nadie y la línea de tiradores muertos, tres puestos de vigilancia en las laderas casi verticales de la Favela.

João Grande deja a João Abade y los Macambira con Pajeú y se desliza por los laberintos excavados a lo largo de este terreno contiguo al Vassa Barris. Desde estos socavones y oquedades los yagunzos han infligido el castigo más duro a los soldados que, apenas llegaron a las cumbres y avistaron Canudos, se precipitaron por las laderas hacia la ciudad extendida a sus pies. La terrible fusilería los paró en seco, los hizo volverse, revolverse, atropellarse, pisotearse, embrollarse, descubrir que no podían retroceder ni avanzar ni escapar por los flancos y que su única opción era aplastarse contra el suelo y levantar defensas. João Grande camina entre yagunzos que duermen; cada cierto trecho, un centinela se descuelga de los parapetos para hablar con él. El ex-esclavo despierta a cuarenta hombres de la Guardia Católica y les explica lo que van a hacer. No le sorprende saber que esa trinchera casi no ha tenido bajas; João Abade había previsto que la topografía protegería allí a los yagunzos mejor que en ninguna otra parte.

Cuando regresa a Fazenda Velha, con los cuarenta muchachos, João Abade y Joaquim Macambira están discutiendo. El Comandante de la Calle quiere que los Macambira se pongan uniformes de soldados, dice que así tendrán más probabilidades de llegar hasta el cañón. Joaquim Macambira se niega, indignado.

—No quiero condenarme —gruñe.

—No te vas a condenar. Es para que tú y tus hijos regresen con vida.

—Mi vida y la de mis hijos es asunto nuestro —truena el viejo.

—Como quieras —se resigna João Abade—. Que el Padre los acompañe, entonces.

—Alabado sea el Buen Jesús Consejero —se despide el viejo.

Cuando están internándose en la tierra de nadie, sale la luna. João Grande maldice entre dientes y oye a sus hombres murmurar. Es una luna amarilla, redonda, enorme, que reemplaza las tinieblas por una tenue claridad en la que aparece la superficie terrosa, sin arbustos, que se pierde en las sombras densas de la Favela. Pajeú los acompaña hasta el pie de la ladera. João Grande no puede dejar de pensar en lo mismo: ¿cómo ha podido quedarse dormido cuando todos velaban? Espía la cara de Pajeú. ¿Ha estado tres, cuatro días sin dormir? Ha hostigado a los perros desde Monte Santo, los ha tiroteado en Angico y las Umburanas, ha regresado a Canudos a acosarlos desde aquí, lo sigue haciendo hace dos días y ahí está, fresco, tranquilo, hermético, guiándolos junto con los dos "párvulos" que lo sustituirán como guía en la pendiente. "Él no se hubiera dormido", piensa João Grande. Piensa: "El Diablo me durmió". Se sobresalta; a pesar de los años transcurridos y el sosiego que ha dado a su vida el Consejero, de tiempo en tiempo, lo atormenta la sospecha de que el Demonio que se metió en el cuerpo la lejana tarde en que mató a Adelinha de Gumucio, permanece agazapado en la sombra de su alma, esperando la ocasión propicia para perderlo de nuevo.

De pronto, el terreno se empina, vertical, frente a ellos. João se pregunta si el viejo Macambira podrá escalarlo. Pajeú les señala la línea de tiradores muertos, visibles a la luz de la luna. Son muchos soldados; eran la vanguardia y cayeron a la misma altura, segados por la fusilería yagunza. En la penumbra, João Grande ve brillar los botones de sus correajes, las enseñas doradas de sus gorros. Pajeú se despide con un signo de cabeza casi imperceptible y los dos chiquillos comienzan a trepar a gatas la ladera. João Grande y Joaquim Macambira van tras ellos, también gateando, y más atrás la Guardia Católica. Trepan tan sigilosos que ni João los siente. El rumor que producen, los guijarros que hacen rodar, parecen obra del viento. A sus espaldas, abajo, en Belo Monte, oye un murmullo constante. ¿Rezan el rosario en la Plaza? ¿Son los cánticos con que Canudos entierra a los muertos del día, cada noche? Ya percibe, adelante, siluetas, luces, oye voces y tiene todos los músculos alertas, por lo que pueda ocurrir.

Los "párvulos" los hacen detenerse. Están cerca de un puesto de centinelas: cuatro soldados, de pie, y tras ellos muchas figuras de soldados iluminados por el resplandor de una fogata. El viejo Macambira se arrastra hasta él y João Grande lo oye respirar, afanoso: "Cuando oigas el pito, quémalos". Asiente: "Que el Buen Jesús los ayude, Don Joaquim". Ve como las sombras disuelven a los doce Macambira, aplastados bajo los martillos, palancas y hachas, y al chiquillo que los guía. El otro "párvulo" se queda con ellos.

Espera, en medio de sus hombres, tenso, el silbato indicando que los Macambira han llegado frente a la Matadeira. Tarda mucho y al ex-esclavo le parece que nunca lo va a oír. Cuando —largo, ululante, súbito— borra todos los otros rumores, él y sus hombres disparan simultáneamente contra los centinelas. Estalla una fusilería estruendosa, en todo el contorno. Hay un gran desbarajuste y los soldados apagan la fogata. Tirotean de arriba, pero no los han localizado, pues los tiros no vienen en esta dirección.

João Grande ordena a su gente avanzar y un momento después están disparando y aventando petardos contra el campamento, a oscuras, donde hay carreras, voces, órdenes confusas. Una vez que ha vaciado su fusil, João se agazapa y escucha. Arriba, hacia el Monte Mario, parece haber también un tiroteo. ¿Están los Macambira peleando con los artilleros? En todo caso, no vale la pena seguir allí; sus compañeros también han agotado los cartuchos. Con el silbato, da orden de retirarse.

A media pendiente, una figurita menuda los alcanza, corriendo. João Grande le pone la mano en la cabeza enmarañada.

—¿Los llevaste hasta la Matadeira? —le pregunta.

—Los llevé —responde el chiquillo.

Hay una fusilería ruidosa detrás, como si toda la Favela hubiera entrado en guerra. El chiquillo no añade nada y João Grande piensa, una vez más, en la extraña manera del sertón, donde las gentes prefieren callar a hablar.

—¿Y qué pasó con los Macambira? —pregunta, al fin.

—Los mataron —dice suavemente el chiquillo.

—¿A todos?

—Creo que a todos.

Ya están en tierra de nadie, a medio camino de las trincheras.

El Enano encontró al miope llorando, encogido en un repliegue de Cocorobó, cuando los hombres de Pedrão se retiraban. De la mano lo guió entre yagunzos que volvían a toda prisa a Belo Monte, convencidos de que los soldados de la Segunda Columna, una vez franqueada la barrera de Trabubú, asaltarían la ciudad. Cuando, a la madrugada siguiente, cruzaban una trinchera delante de los corrales de cabras, en medio de la turbamulta se dieron con Jurema: iba entre las Sardelinhas, azuzando a un asno con canastas. Los tres se abrazaron, conmovidos, y el Enano sintió que, al estrecharlo, Jurema le ponía los labios en la mejilla. Esa noche, tumbados en el almacén, detrás de los toneles y cajas, oyendo el tiroteo que caía sin tregua sobre Canudos, el Enano les contó que, hasta donde podía recordar, ese beso era el primero que le habían dado nunca.

¿Cuántos días duró el tronar del cañón, las ráfagas de fusilería, el estruendo de las granadas que ennegrecían el aire y desportillaban las torres del Templo? ¿Tres, cuatro, cinco? Ellos merodeaban por el almacén, veían entrar de día o de noche a los Vilanova y los demás, los oían discutir y dar órdenes y no entendían nada. Una tarde el Enano tuvo que llenar con un cucharón las bolsitas y cuernos de pólvora para las escopetas y rifles de chispa, y oyó decir a un yagunzo, señalando los explosivos: "Ojalá resistan tus paredes, Antonio Vilanova. Una sola bala podría encender esto y desaparecer la manzana". No se lo contó a sus compañeros. ¿Para qué aterrorizar más al miope? Las cosas que habían vivido juntos, aquí, habían hecho que sintiera por ambos un afecto que no había sentido ni por las gentes del Circo con las que se llevaba mejor.

Durante el bombardeo salió en dos ocasiones, en busca de comida. Pegado a los muros, por donde se deslizaba la gente, mendigó en las viviendas, cegado por el terral, aturdido por el tiroteo. En la calle de La Madre Iglesia vio morir a un niño. La criatura apareció corriendo, detrás de una gallina que aleteaba, y a los pocos pasos abrió los ojos y brincó, como alzada de los pelos. La bala le dio en el vientre, matándola el instante. Llevó el cadáver a la casa de donde la vio salir y como no había nadie la dejó en la hamaca. No pudo capturar a la gallina. El ánimo de los tres, pese a la incertidumbre y a la mortandad, mejoró cuando pudieron comer, gracias a la reses que trajo João Abade a Belo Monte.

Era de noche, se había producido una tregua en el tiroteo, había cesado el rumor de los rezos en la Plaza Matriz, y ellos, en el suelo del almacén, despiertos, conversaban. De pronto, una sigilosa figura se plantó en la puerta, con una lamparilla de barro en las manos. El Enano reconoció la herida y los ojitos acerados de Pajeú. Tenía una escopeta en el hombro, machete y faca en la cintura, bandas de cartuchos cruzadas sobre la camisola.

—Con todo respeto —murmuró—. Quiero que sea mi mujer.

El Enano sintió gemir al miope. Le pareció extraordinario que ese hombre tan reservado, tan lúgubre, tan glacial, hubiera dicho semejante cosa. Adivinó, bajo esa cara crispada por la cicatriz, una gran ansiedad. No se oían disparos, ladridos ni letanías; sólo a un abejorro dándose encontrones contra la pared. El corazón del Enano latía con fuerza; no era miedo sino una sensación dulzona, compasiva, por esa cara rajada que, a la lumbre de la lamparilla, miraba fijo a Jurema, esperando. Sentía la respiración temerosa del miope. Jurema no decía nada. Pajeú se puso a hablar de nuevo, articulando cada palabra. No había estado casado antes, no como mandaban la Iglesia, el Padre, el Consejero. Sus ojos no se apartaban de Jurema, no parpadeaban, y el Enano pensó que era tonto sentir pena por alguien tan temido. Pero en ese instante Pajeú parecía terriblemente desamparado. Había tenido amores de paso, esos que no dejan huella, pero no familia, hijos. Su vida no lo permitía. Siempre andando, huyendo, peleando. Por eso entendió muy bien cuando el Consejero explicó que la tierra cansada, exhausta de que le exijan siempre lo mismo, un día pide reposo. Eso había sido para él Belo Monte, como el descanso de la tierra. Su vida había estado vacía de amor. Pero ahora... El Enano notó que tragaba saliva y se le ocurrió que las Sardelinhas se habían despertado y oían a Pajeú desde las sombras. Era una preocupación, algo que lo recordaba en las noches: ¿se había secado su corazón por falta de amor? Tartamudeó y el Enano pensó: "Ni yo ni el ciego existimos para él". No se había secado: vio a Jurema en la caatinga y lo supo. Algo raro ocurrió en la cicatriz: era la llamita de la lamparilla que, al vacilar, le averiaba aún más el rostro. "Su mano tiembla", se asombró el Enano. Ese día su corazón se puso a hablar, sus sentimientos, su alma. Gracias a Jurema descubrió que no estaba seco por dentro. Su cara, su cuerpo, su voz, se le aparecían aquí y aquí. Se tocó la cabeza y el pecho, en un gesto brusco, y la llamita subió y bajó. Otra vez quedó callado, esperando, y se hicieron presentes de nuevo el zumbido y los encontrones del abejorro contra la pared. Jurema seguía muda. El Enano la observó de soslayo: replegada sobre sí misma, en actitud defensiva, resistía la mirada del caboclo, muy seria.

—No podemos casarnos ahora, ahora hay otra obligación —añadió Pajeú, como pidiendo excusas—. Cuando los perros se vayan.

El Enano sintió gemir al miope. Tampoco esta vez los ojos del caboclo se apartaron de Jurema para mirar a su vecino. Pero había una cosa... Algo que había pensado mucho, estos días, mientras rastreaba a los ateos, mientras los tiroteaba. Algo que alegraría su corazón. Calló, se avergonzó, luchó para decirlo: ¿le llevaría Jurema la comida, el agua, a la Fazenda Velha? Era algo que les envidiaba a los demás, algo que también quisiera tener. ¿Lo haría?

—Sí, sí, lo hará, se la llevará —oyó el Enano que decía, atolondrado, el miope—. Lo hará, lo hará.

Pero ni siquiera esta vez los ojos del caboclo lo miraron.

—¿Qué cosa es él de usted? —lo oyó preguntar. Ahora su voz era cortante como una faca—. ¿No su marido, no es cierto?

—No —dijo Jurema, muy suave—. Es... como mi hijo.

La noche se llenó de tiros. Primero una andanada, luego otra, violentísima. Se oyeron gritos, carreras, una explosión.

—Me alegro de haber venido, de haberle hablado —dijo el caboclo—. Ahora tengo que irme. ¡Alabado sea el Buen Jesús!

Un momento después la oscuridad anegaba de nuevo el almacén y, en vez del abejorro, oían ráfagas intermitentes, lejanas, cercanas. Los

Vilanova estaban en las trincheras y sólo aparecían para las reuniones con João Abade; las Sardenlinhas pasaban la mayor parte del día en las Casas de Salud y llevando comida a los combatientes. El Enano, Jurema y el miope eran los únicos que permanecían allí. El almacén se había vuelto a llenar de armamentos y explosivos con el convoy que trajo João Abade y una empalizada de arena y piedras defendía su fachada.

—¿Por qué no le respondías? —oyó el Enano agitarse al ciego—. Él estaba en una tensión enorme, violentándose para decirte esas cosas. ¿Por qué no le contestabas? ¿No ves que en ese estado podía pasar del amor al odio, pegarte, matarte, y también a nosotros?

Calló para estornudar, una, dos, diez veces. Al terminar sus estornudos habían terminado también los disparos y el abejorro nocturno revoloteaba sobre sus cabezas.

—No quiero ser la mujer de Pajeú —dijo Jurema, como si no les hablara a ellos—. Si me obliga, me mataré. Como se mató una de Calumbí, con una espina de xique-xique. No seré nunca su mujer.

El miope tuvo otro ataque de estornudos y el Enano se sintió sobrecogido: si Jurema moría ¿qué sería de él?

—Debimos escaparnos cuando todavía se podía —oyó gemir al ciego—. Ya no saldremos nunca de aquí. Tendremos una muerte horrible.

—Pajeú dijo que los soldados se irían —susurró el Enano—. Lo dijo convencido. Él sabe, está peleando, se da cuenta de lo que pasa en la guerra.

Otras veces, el ciego lo refutaba: ¿había enloquecido como estos ilusos, se figuraba que podían ganarle una guerra al Ejército del Brasil? ¿Creía, como ellos, que aparecería el Rey Don Sebastián a luchar de su lado? Pero ahora permaneció callado. El Enano no estaba tan seguro como él que los soldados fueran invencibles. ¿Acaso habían entrado a Canudos? ¿No los había despojado João Abade de sus armas y reses? La gente decía que estaban muriendo como moscas en la Favela, tiroteados por todos lados, sin comida, y gastándose las últimas balas.

Sin embargo, el Enano, cuya pasada existencia itinerante le impedía permanecer encerrado y lo lanzaba a la calle, pese a las balas, fue viendo, en los días sucesivos, que Canudos no tenía el aspecto de una ciudad victoriosa. Con frecuencia, encontraba algún muerto o herido en las callejuelas; si la fusilería era intensa pasaban horas antes de que los llevaran a las Casas de Salud, que estaban ahora, todas, en la calle Santa Inés, cerca del Mocambo. Salvo cuando ayudaba a los enfermeros, a acarrearlos, el Enano evitaba ese sector. Porque en Santa Inés se amontonaban durante el día los cadáveres que sólo podían ser enterrados en las noches —el cementerio estaba en la línea de fuego— y la pestilencia era terrible, fuera de los llantos y quejas de los heridos de las Casas de Salud, y del triste espectáculo de los viejecitos añosos, inváli-

416

dos, inservibles, encargados de ahuyentar a los urubús y a los perros que querían comerse a los cadáveres mosqueados. Los entierros se celebraban después del rosario y los consejos, que tenían lugar puntualmente, cada anochecer, al llamado de la campana del Templo del Buen Jesús. Pero ahora se hacían a oscuras, sin las candelas chisporroteantes de antes de la guerra. A los consejos solían ir, con él, Jurema y el miope. Pero, a diferencia del Enano, que seguía luego los cortejos al cementerio, se regresaban al almacén una vez que terminaba la prédica del Consejero. Al Enano lo fascinaban los entierros, ese curioso afán de los deudos de que sus muertos se enterraran con algún pedazo de madera encima. Como ya no había quien hiciera ataúdes, pues todos estaban dedicados a la guerra, los cadáveres se sepultaban envueltos en hamacas, a veces dos o tres en una sola. Los parientes ponían dentro de la hamaca una tablita, una rama de arbusto, un objeto cualquiera de madera, para probarle al Padre su voluntad de dar al muerto un entierro digno, con cajón, que las adversas circunstancias impedían.

Al retorno de una de sus correrías, el Enano encontró en el almacén a Jurema y el ciego con el Padre Joaquim. Desde su llegada, hacía meses, no habían vuelto a estar a solas con él. Lo veían a menudo, a la diestra del Consejero, en la torre del Templo del Buen Jesús, diciendo misa, rezando el rosario que coreaba la multitud en la Plaza Matriz, en las procesiones, cercado por argollas de la Guardia Católica y en los entierros, salmodiando responsos en latín. Habían oído que sus desapariciones eran viajes que lo llevaban por los rincones del sertón, para hacer encargos y traer ayuda a los yagunzos. Desde que se reanudó la guerra, aparecía con frecuencia en las calles, sobre todo en Santa Inés, adonde iba a confesar e impartir la extremaunción a los moribundos de las Casas de Salud. Aunque se había cruzado con él varias veces nunca le había dirigido la palabra; pero, al entrar el Enano al almacén, el curita le estiró la mano y le dijo unas palabras amables. Estaba sentado en un banquito de ordeñadora y, frente a él, Jurema y el miope, en el suelo, con las piernas cruzadas.

—Nada es fácil, ni siquiera esto que parecía lo más fácil del mundo —dijo el Padre Joaquim a Jurema, desalentado, haciendo sonar los labios cuarteados—. Yo pensaba que te daría una gran felicidad. Que, esta vez, me recibirían como portador de alegría en una casa. —Hizo una pausa y se humedeció la boca con la lengua—. Sólo voy a las casas con los santos óleos, a cerrar los ojos a los muertos, a ver sufrir.

El Enano pensó que, en estos meses, se había vuelto un viejecillo. Casi no tenía cabellos y entre las motas de pelusa blanca, sobre las orejas, se veía su cráneo tostado y cubierto de pecas. Su flacura era extrema; la abertura de la raída sotana azulina delataba los huesos salientes de su pecho; su cara se había descolgado en pellejos amarillentos, en los que blanqueaban puntitos de barba crecida, lechosa. En su expresión, además de hambre y vejez, había inmensa fatiga.

—No me casaré con él, Padre —dijo Jurema—. Si quiere obligarme, me mataré.

Habló tranquila, con la quieta determinación con que les había hablado aquella noche, y el Enano comprendió que el cura de Cumbe debía ya haberla oído decir lo mismo, pues no se sorprendió:

—No quiere obligarte —musitó—. No se le pasa por la cabeza siquiera la idea de que lo rechazarías. Sabe, como todo el mundo, que cualquier mujer de Canudos se sentiría dichosa de haber sido elegida por Pajeú para formar un hogar. ¿Tú sabes quién es Pajeú, no es verdad, hija? Has oído, seguramente, las cosas que se cuentan de él.

Se quedó mirando el suelo terroso, con aire compungido. Un pequeño ciempiés se arrastraba entre sus sandalias, por las que asomaban sus dedos flacos y amarillentos, de uñas negras crecidas. No lo pisó, lo dejó alejarse, perderse entre la ristra de fusiles apoyados unos en otros.

—Todas son ciertas, incluso están por debajo de la verdad—añadió, de la misma manera abatida—. Esas violencias, muertes, robos, saqueos, venganzas, esas ferocidades gratuitas, como cortar orejas, narices. Toda esa vida de locura e infierno. Y, sin embargo, ahí está, también él, como João Abade, como Taramela, Pedrão y los demás... El Consejero hizo el milagro, volvió oveja al lobo, lo metió al redil. Y por volver ovejas a los lobos, por dar razones para cambiar de vida a gentes que sólo conocían el miedo y el odio, el hambre, el crimen y el pillaje, por espiritualizar la brutalidad de estas tierras, les mandan Ejército tras Ejército, para que los exterminen. ¿Qué confusión se ha apoderado del Brasil, del mundo, para que se cometa una iniquidad así? ¿No es como para darle también en eso la razón al Consejero y pensar que efectivamente Satanás se ha adueñado del Brasil, que la República es el Anticristo?

No hablaba de prisa, no alzaba la voz, no estaba enfurecido ni triste. Sólo abrumado.

—No es terquedad ni que le tenga odio —oyó el Enano que decía Jurema, con la misma firmeza—. Si fuera otro que Pajeú, tampoco lo aceptaría. No quiero volver a casarme, Padre.

—Está bien, lo he entendido —suspiró el cura de Cumbe—. Ya lo arreglaremos. Si no quieres, no te casarás con él. No tienes que matarte. Yo soy el que casa a la gente en Belo Monte, aquí no hay matrimonio civil. —Hizo una media sonrisa y asomó una lucecita pícara en sus pupilas—. Pero no podemos decírselo de golpe. No hay que herirlo. La susceptibilidad en gente como Pajeú es una enfermedad tremenda. Otra cosa que siempre me ha asombrado es ese sentido del honor tan puntilloso. Son una llaga viva. No tienen nada pero les sobra honor. Es su riqueza. Bueno, vamos a comenzar por decirle que tu viudez es demasiado reciente para contraer ahora un nuevo matrimonio. Lo haremos esperar. Pero hay una cosa. Es importante para él. Llévale la comida a

Fazenda Velha. Me ha hablado de eso. Necesita sentir que una mujer se ocupa de él. No es mucho. Dale gusto. De lo otro, lo iremos desanimando, a pocos.

La mañana había estado tranquila; ahora comenzaban a oírse tiros, espaciados y muy a lo lejos.

—Has despertado una pasión —añadió el Padre Joaquim—. Una gran pasión. Anoche vino al Santuario a pedirle permiso al Consejero para casarse contigo. Dijo que también recibiría a estos dos, ya que son tu familia, que se los llevaría a vivir con él...

Bruscamente, se incorporó. El miope estaba sacudido por los estornudos y el Enano se echó a reír, regocijado con la idea de volverse hijo adoptivo de Pajeú: nunca más le faltaría comida.

—Ni por eso ni por nada me casaría con él —repitió Jurema, inconmovible. Aunque añadió, bajando la vista: —Pero, si usted cree que debo hacerlo, le llevaré la comida.

El Padre Joaquim asintió y daba media vuelta cuando el miope se incorporó de un salto y lo cogió del brazo. El Enano, al ver su ansiedad, adivinó lo que iba a decir.

—Usted puede ayudarme —susurró, mirando a derecha y a izquierda—. Hágalo por sus creencias, Padre. Yo no tengo nada que ver con lo que pasa aquí. Estoy en Canudos por accidente, usted sabe que no soy soldado ni espía, que no soy nadie. Se lo ruego, ayúdeme.

El cura de Cumbe lo miraba con conmiseración.

—¿A irse de aquí? —murmuró.

—Sí, sí —tartamudeó el miope, moviendo la cabeza—. Me lo han prohibido. No es justo...

—Debió escaparse —susurró el Padre Joaquim—. Cuando era posible, cuando no había soldados por todas partes.

—¿No ve en qué estado estoy? —gimoteó el miope, señalándose los ojos enrojecidos, saltones, acuosos, huidizos—. ¿No ve que sin anteojos soy un ciego? ¿Podía irme solo, dando tumbos por el sertón? —Su voz se quebró en un chillido—. ¡No quiero morir como una rata!

El cura de Cumbe pestañeó varias veces y el Enano sintió frío en la espalda, como siempre que el miope predecía la muerte inminente para todos ellos.

—Yo tampoco quiero morir como una rata —silabeó el curita, haciendo una mueca—. Tampoco tengo que ver con esta guerra. Y, sin embargo... —Agitó la cabeza, como para ahuyentar una imagen—. Aunque quisiera ayudarlo, no podría. Sólo salen de Canudos bandas armadas, a pelear. ¿Podría ir con ellas, acaso? —Hizo un gesto amargo—. Si cree en Dios, encomiéndese a Él. Es el único que puede salvarnos, ahora. Y si no cree, me temo que no haya nadie que pueda ayudarlo, mi amigo.

Se alejó, arrastrando los pies, encorvado y triste. No tuvieron tiempo de comentar su visita pues en ese momento entraron en el almacén los hermanos Vilanova, seguidos de varios hombres. Por sus diálogos, el Enano entendió que los yagunzos estaban abriendo una nueva trinchera, al Oeste de Fazenda Velha, siguiendo la curva del Vassa Barris frente al Tabolerinho, pues parte de las tropas se habían desprendido de la Favela y venían dando un rodeo al Cambaio probablemente para emplazarse en ese sector. Cuando los Vilanova partieron, llevándose armas, el Enano y Jurema consolaron al miope, tan afligido por su diálogo con el Padre Joaquim que le corrían las lágrimas por las mejillas y le vibraban los dientes.

Aquella misma tarde acompañó el Enano a Jurema a llevar comida a Pajeú, a la Fazenda Velha. Ella pidió también al miope que la acompañara, pero el miedo que le inspiraba el caboclo y lo peligroso que era atravesar todo Canudos, lo hicieron negarse. La comida para los yagunzos se preparaba en el callejón de San Cipriano, donde beneficiaban las reses que aún subsistían de la correría de João Abade. Hicieron una larga cola hasta llegar a Catarina, la escuálida mujer de João Abade, que, con otras, distribuía trozos de carne y farinha, y zurrones que los "párvulos" iban a llenar a la aguada de San Pedro. La mujer del Comandante de la Calle les dio una canasta con viandas y ellos se unieron a la fila que iba a las trincheras. Había que recorrer el callejón de San Crispín e ir agachado o gateando por las barrancas del Vassa Barris, cuya anfractuosidades eran escudo contra las balas. Desde el río, las mujeres ya no podían continuar en grupo, sino de una en una, corriendo en zigzag o, las más prudentes, arrastrándose. Había unos trescientos metros entre las barrancas y las trincheras y mientras corría, pegado a Jurema, el Enano iba viendo a su derecha las torres del Templo del Buen Jesús, atiborradas de tiradores, y a su izquierda las lomas de la Favela de las que, estaba seguro, miles de fusiles los apuntaban. Llegó sudando a la orilla de la trinchera y dos brazos lo bajaron al foso. Vio la cara estropeada de Pajeú.

No parecía sorprendido de verlos allí. Ayudó a Jurema, alzándola como una pluma y la saludó con una inclinación de cabeza, sin sonreír, con naturalidad, como si ella hubiera estado viniendo ya muchos días. Cogió la canasta y les indicó que se apartaran, pues obstruían el trajín de las mujeres. El Enano avanzó entre yagunzos que comían en cuclillas, charlaban con las recién llegadas, o espiaban por boquetes de tubos y troncos horadados que les permitían disparar sin ser vistos. El conducto se amplió por fin en un espacio semicircular. La gente estaba allí menos apiñada y Pajeú se sentó en un rincón. Hizo señas a Jurema de que fuera a su lado. Al Enano, que no sabía si acercarse, le señaló la canasta. Él, entonces, se acomodó junto a ellos y compartió con Jurema y Pajeú el agua y las viandas.

Durante un buen rato, el caboclo no dijo palabra. Comía y bebía, sin siquiera mirar a sus acompañantes. Jurema tampoco lo miraba y el Enano se decía que era tonta de rechazar como marido a ese hombre que podía resolverle todos los problemas. ¿Qué le importaba que fuera feo? A ratos, observaba a Pajeú. Parecía mentira que este hombre que masticaba con empeño frío, de expresión indiferente —había apoyado el fusil contra el muro, pero conservaba la faca, el machete y las sartas de municiones en el cuerpo—, fuera el mismo que con voz temblorosa y desesperada dijo aquella cosas de amor a Jurema. No había tiroteo sino balas esporádicas, algo a lo que los oídos del Enano se habían acostumbrado. A lo que no se habituaba era a los cañonazos. Su estruendo venía seguido de terral, de derrumbes, de un boquerón en la tierra, del llanto aterrado de las criaturas y a menudo de cadáveres desmembrados. Cuando tronaba, era el primero en aplastarse contra la tierra y permanecía allí, con los ojos cerrados, sudando frío, prendido de Jurema y del miope si estaban cerca, tratando de rezar.

Para romper ese silencio, preguntó tímidamente si era verdad que Joaquim Macambira y sus hijos, antes de que los mataran, destruyeron a la Matadeira. Pajeú dijo que no. Pero la Matadeira les explotó a los masones pocos días después y, parecía, murieron tres o cuatro de los que la disparaban. Tal vez el Padre había hecho eso para premiarlos por su martirio. El caboclo evitaba mirar a Jurema y ésta parecía no oírlo. Dirigiéndose siempre a él, Pajeú añadió que los ateos de la Favela estaban de mal en peor, muriéndose de hambre y enfermedad, desesperados por las bajas que les hacían los católicos. En las noches, hasta aquí se los oía quejarse y llorar. ¿Quería decir, entonces, que se irían pronto?

Pajeú hizo un gesto de duda.

—El problema está atrás —murmuró, señalando con la barbilla hacia el Sur—. En Queimadas y Monte Santo. Llegan más masones, más fusiles, más cañones, más rebaños, más granos. Viene otro convoy con refuerzos y comida. Y a nosotros se nos acaba todo.

En su cara pálido amarillenta, la cicatriz se frunció ligeramente.

—Voy a ir yo, esta vez, a pararlo —dijo, volviéndose a Jurema. El Enano se sintió apartado de pronto a leguas de allí—. Una lástima que, justamente ahora, tenga que partir.

Jurema resistió la mirada del ex-cangaceiro con expresión dócil y ausente, sin decir nada.

—No sé cuánto estaré afuera. Vamos a caerles por Jueté. Tres o cuatro días, lo menos.

Jurema entreabrió la boca pero no dijo nada. No había hablado desde que llegó.

Hubo en eso una agitación en la trinchera y el Enano vio acercarse un tumulto, precedido por un rumor. Pajeú se levantó y cogió su fusil. En desorden, atropellando a los sentados y acuclillados, varios yagunzos llegaron hasta ellos. Rodearon a Pajeú y estuvieron un momento mirándolo, sin que nadie hablara. Lo hizo, al fin, un viejo, que tenía un lunar peludo en el cogote:

—Mataron a Taramela —dijo—. Le cayó una bala en la oreja, mientras comía. —Escupió y, mirando el suelo, gruñó: —Te has quedado sin tu suerte, Pajeú.

"SE PUDREN antes de morir", dice en voz alta el joven Teotónio Leal Cavalcanti, que cree estar pensando, no hablando. Pero no hay temor de que lo oigan los heridos. Aunque el Hospital de Sangre de la Primera Columna está bien resguardado del fuego, en una hendidura entre las cumbres de la Favela y el Monte Mario, el fragor de los disparos, sobre todo de la artillería, resuena aquí abajo repetido y aumentado por el eco de la semibóveda de los montes, y es un suplicio más para los heridos que tienen que gritar si quieren hacerse oír. No, nadie lo ha oído.

La idea de la pudrición atormenta a Teotónio Leal Cavalcanti. Estudiante del último año de Medicina de Sao Paulo cuando, por su ferviente convicción republicana, se enroló como voluntario con las tropas que partían a defender a la Patria allá en Canudos, ha visto antes de ahora, por supuesto, heridos, agonizantes, cadáveres. Pero aquellas clases de anatomía, las autopsias en el anfiteatro de la Facultad, los heridos de los hospitales donde hacía prácticas de cirugía ¿cómo se podrían comparar al infierno que es la ratonera de la Favela? Lo que lo maravilla es la velocidad con que se infectan las heridas, cómo en pocas horas se advierte en ellas un desasosiego, el hervor de los gusanos, y cómo inmediatamente empiezan a supurar pus fétida.

"Te servirá para tu carrera", le dijo su padre al despedirlo en la estación de Sao Paulo. "Tendrás una práctica intensiva de primeros auxilios." Ha sido una práctica de carpintero, más bien. Algo ha aprendido en estas tres semanas: los heridos mueren más en razón de la gangrena que de las heridas, los que tienen más posibilidades de salvarse son aquellos que reciben el balazo o el tajo en brazos y piernas —miembros separables— siempre que se les ampute y cauterice a tiempo. Sólo los tres primeros días alcanzó el cloroformo para hacer las amputaciones con humanidad; en esos días era Teotónio quien reventaba las ampolletas, embebía una mota de algodón con el líquido emborrachante y lo sujetaba contra la nariz del herido mientras el Capitán-cirujano, Doctor Alfredo Gama, serruchaba, resoplando. Cuando se terminó el cloroformo, el anestésico fue una copa de aguardiente y ahora que se terminó el aguardiente las operaciones se hacen en frío, esperando que la víctima se desmaye pronto, de modo que el cirujano pueda operar sin la distracción de los alaridos. Es Teotónio Leal Cavalcanti quien ahora serrucha y corta los pies, piernas, manos y brazos de los gangrenados, mientras dos enfermeros sujetan a la víctima hasta que pierde el sentido. Y es él quien, luego de haber amputado, cauteriza los muñones quemando en ellos un poco de pólvora, o con grasa ardiente, como le enseñó el Capitán Alfredo Gama antes del estúpido accidente.

Estúpido, sí. Pues el Capitán Gama sabía que sobran artilleros y que, en cambio, escasean los médicos. Sobre todo médicos como él, experimentados en esta medicina de urgencia, que aprendió en las selvas del Paraguay, adonde fue de voluntario siendo estudiante, como ha venido a Canudos el joven Teotónio. Pero en esa guerra con el Paraguay, el Doctor Alfredo Gama contrajo para su desgracia, según lo confesaba, el "vicio de la artillería". Ese vicio acabó con él hace siete días, echando sobre los hombros de su joven ayudante la abrumadora responsabilidad de doscientos heridos, enfermos y moribundos que se apiñan, semidesnudos, pestilentes, roídos por los gusanos, sobre la roca —sólo uno que otro tiene una manta o estera— en el Hospital de Sangre. El cuerpo de Sanidad de la Primera Columna se dividió en cinco equipos, y el Capitán Alfredo Gama y Teotónio constituían uno de ellos, el que tenía a su cargo la zona Norte del Hospital.

El "vicio de la artillería" impedía al Doctor Alfredo Gama concentrarse exclusivamente en los heridos. De pronto paraba una curación para trepar ansiosamente el Alto do Mario, adonde se ha arrastrado a pulso todos los cañones de la Primera Columna. Los artilleros le permitían disparar los Krupp, incluso la Matadeira. Teotónio lo recuerda, profetizando: "¡Un cirujano derribará las torres de Canudos!". El Capitán retornaba a la hendidura con bríos renovados. Era un hombre grueso, sanguíneo, abnegado y jovial, que se encariñó con Teotónio Leal Cavalcanti desde el día que lo vio entrar al cuartel. Su personalidad desbordante, su alegría, su vida aventurera, sus pintorescas anécdotas sedujeron de tal manera al estudiante que éste pensó seriamente, en el viaje a Canudos, permanecer en el Ejército una vez diplomado, igual que su ídolo. En la breve escala del Regimiento en Salvador, el Doctor Gama llevó a Teotónio a conocer la Facultad de Medicina de Bahía, en la Plaza de la Basílica Catedral y, frente a la fachada amarilla de grandes ventanales azules en forma de ojiva, bajo los flamboyanes, cocoteros y crotos, el médico y el estudiante bebieron aguardiente dulzón entre los quioscos levantados sobre las baldosas de piedras blancas y negras, rodeados de vendedores de baratijas y de cocineras. Siguieron bebiendo hasta el amanecer, que los sorprendió en un burdel de mulatas, locos de felicidad. Al subir al tren a Queimadas, el Doctor Gama hizo tragar a su discípulo una poción vomitiva, "para prevenir la sífilis africana", según le explicó.

Teotónio se seca el sudor, mientras da de beber quinina mezclada con agua a un varioloso que delira por la fiebre. A un lado, hay un soldado con los huesos del codo al aire y, al otro, un baleado en el vientre al que, como carece de esfínter, se le salen todas las heces. El olor a excremento se mezcla con la chamusquina de los cadáveres que queman, a lo lejos. Quinina y ácido fénico es lo único que queda en la ambulancia del Hospital de Sangre. El yodoformo se acabó al mismo tiempo que el cloroformo y, a falta de antisépticos, los médicos han estado usando subnitrato de bismuto y calomelanos. Ahora, ambas cosas también se han acabado. Teotónio Leal Cavalcanti lava las heridas con una solución de agua y ácido fénico. Lo hace acuclillado, sacando la solución fenicada de la bacía con las manos. A otros, les hace tragar un poco de quinina con medio vaso de agua. Se ha traído gran cantidad de quinina en previsión de fiebres palúdicas. "El síndrome de la guerra con el Paraguay", decía el Doctor Gama: Allá habían diezmado al Ejército. Pero el paludismo era inexistente en este clima sequísimo, donde sólo en torno a las escasas aguadas proliferaban mosquitos. Teotónio sabe que la quinina no les hará ningún bien, pero, al menos, les da la ilusión de estar siendo curados. Fue el día del accidente, precisamente, que el Capitán Gama empezó a repartir quinina, a falta de otra cosa.

Piensa en cómo ocurrió, en cómo debió ocurrir ese accidente. Él no estaba allí; se lo han contado y, desde entonces, ésa es, junto con la de los cuerpos que se pudren, una de las pesadillas que estorban su sueño las pocas horas que consigue dormir. La del jocundo y enérgico Capitán-cirujano encendiendo el cañón Krupp 34 cuya culata ha cerrado mal, por apresuramiento. Al detonar la espoleta, la explosión se propaga desde la culata entreabierta a un barril de cartuchos contiguo. Ha oído referir a los artilleros que vieron elevarse al Doctor Alfredo Gama varios metros, que cayó a veinte pasos convertido en un informe montón de carne. Con él han muerto el Teniente Odilón Coriolano de Azevedo, el Alférez José A. do Amaral y tres soldados (otros cinco tuvieron quemaduras). Cuando Teotónio llegó al Alto do Mario, los cadáveres estaban siendo incinerados, conforme a una disposición sugerida por la Sanidad, en vista de lo difícil que es enterrar a todos los que mueren: en este suelo que es roca viva abrir una tumba es un gran desgaste de energía, pues las lampas y picos se abollan contra la piedra sin arrancarla. La orden de quemar los cadáveres ha motivado una violenta discusión entre el General Oscar y el capellán de la Primera Columna, el Padre capuchino Lizzardo, quien llama a la incineración "perversidad masónica".

El joven Teotónio guarda un recuerdo del Doctor Alfredo Gama: una cinta milagrosa del Senhor de Bonfim, que les vendieron aquella tarde, en Bahía, los funámbulos de la Plaza de la Basílica Catedral. Se la llevará a la viuda de su jefe, si regresa a Sao Paulo. Pero Teotónio duda que vuelva a ver la ciudad donde nació, estudió y donde se alistó en el Ejército por este idealismo romántico: servir a la Patria y a la Civilización.

En estos meses, ciertas creencias que parecían sólidas, se han visto profundamente socavadas. Por ejemplo, su idea del patriotismo, sentimiento que, creía antes, corría por la sangre de todos estos hombres venidos de los cuatro rincones del Brasil a defender a la República contra el oscurantismo, la conspiración traidora y la barbarie. Tuvo la primera desilusión en Queimadas, en esa larga espera de dos meses, en el caos que era la aldea sertanera convertida en Cuartel General de la Primera Columna. En la Sanidad, donde trabajaba con el Capitán Alfredo Gama y otros facultativos, descubrió que muchos trataban de evitar la guerra mediante el pretexto de la mala salud. Los había visto inventar enfermedades, aprenderse los síntomas y recitarlos como consumados actores, para hacerse declarar inaptos. El médico-artillero le enseñó a desbaratar los insensatos recursos de que se valían para darse fiebres, vómitos, diarreas. Que entre ellos hubiera no sólo soldados de línea, es decir, gente inculta, sino oficiales, había sido para Teotónio un duro remezón.

El patriotismo no estaba tan extendido como suponía. Es un pensamiento que se ha confirmado en las tres semanas que lleva en esta ratonera. No es que los hombres no peleen; han peleado, están peleando. Él ha visto con qué bravura han resistido, desde Angico, los ataques de ese enemigo sinuoso, cobarde, que no da la cara, que no conoce las leyes y las maneras de la guerra, que se embosca, que ataca al sesgo, desde escondites, y se esfuma cuando los patriotas van a su encuentro. En estas tres semanas, pese a que una cuarta parte de las fuerzas expedicionarias han caído muertas o heridas, los hombres siguen combatiendo, pese a la falta de comida, pese a que todos empiezan a perder la esperanza de que llegue el convoy de refuerzos.

¿Pero, cómo conciliar el patriotismo con los negociados? ¿Qué amor al Brasil es éste que permite esos sórdidos tráficos entre hombres que defienden la más noble de las causas, la de la Patria y la Civilización? Es otra realidad que desmoraliza a Teotónio Leal Cavalcanti: la forma en que se negocia y especula, en razón de la escasez. Al principio, fue sólo el tabaco el que se vendía y revendía cada hora más caro. Esa misma mañana, ha visto pagar doce mil reis por un puñado a un Mayor de Caballería... ¡Doce mil reis! Diez veces más de lo que vale una caja de tabaco fino en la ciudad. Después, todo ha aumentado vertiginosamente, todo ha pasado a ser objeto de puja. Como los ranchos son ínfimos —los oficiales reciben mazorcas de maíz verde, sin sal, y los soldados el pienso de los caballos— se pagan precios fantásticos por los comestibles: treinta y cuarenta mil reis por un cuarto de chivo, cinco mil por una mazorca de maíz, veinte mil por una rapadura, cinco mil por una taza de farinha, mil y hasta dos mil por una raíz de imbuzeiro o por un cacto "cabeza de frade" del que se pueda extraer pulpa. Los cigarros llamados "fuzileiros" se venden a mil reis y una taza de café a cinco mil. Y, lo peor, es que él también ha sucumbido al tráfico. Él también, empujado por el hambre y la necesidad de fumar, ha estado gastándose lo que tiene, pagando cinco mil reis por una cuchara de sal, artículo que sólo ahora ha descubierto lo codiciado que podía ser. Lo que lo horripila es saber que buena parte de esos productos tienen un origen ilícito, son robados de las despensas de la Columna, o robos de robos...

¿No es sorprendente que, en estas circunstancias, cuando se están jugando la vida cada segundo, en esta hora de la verdad que debía purificarlos, dejando en ellos sólo lo elevado, muestren esa avidez por negociar y atesorar dinero? "No es lo sublime sino lo sórdido y abyecto, el espíritu de lucro, la codicia, lo que se exacerba ante la presencia de la muerte", piensa Teotónio. La idea que se hacía del hombre se ha visto brutalmente mancillada en estas semanas.

Lo aparta de sus pensamientos alguien que llora a su pies. A diferencia de otros, que sollozan, éste llora en silencio, como avergonzado. Se arrodilla junto a él. Es un soldado viejo que ya no aguanta más la comezón.

—Me he rascado, Señor Doctor —murmura—. No me importa que se infecte o lo que sea.

Es una de las víctimas de esa arma diabólica de los caníbales que ha destrozado la epidermis de buen número de patriotas: las hormigas *cacaremas*. Al principio parecía un fenómeno natural, una fatalidad, que esos bichos feroces, que perforan la piel, producen sarpullidos y un ardor atroz, salieran de sus escondrijos con el fresco de la noche para ensañarse en los dormidos. Pero se ha descubierto que los hormigueros, unas construcciones esféricas de barro, los suben hasta el campamento los yagunzos, y los revientan allí, para que los enjambres voraces hagan estragos entre los patriotas que descansan... ¡Y son niños de pocos años a quienes los caníbales mandan arrastrándose a depositar los hormigueros! Uno de ellos ha sido capturado; al joven Teotónio le han dicho que el "yagunzinho" se debatía en los brazos de sus captores como una fiera, insultándoles con las groserías del rufián más deslenguado...

Al levantar la camisa del viejo soldado para examinar su pecho, Teotónio encuentra que las placas amoratadas de ayer, son ahora una mancha rojiza con pústulas presas de continua agitación. Sí, ya están allí, reproduciéndose, royendo las entrañas del pobre hombre. Teotónio ha aprendido a disimular, a mentir, a sonreír. Las picaduras van mejor, afirma, el soldado debe tratar de no rascarse. Le da de beber media taza de agua con quinina, asegurándole que con esto la comezón disminuirá.

Prosigue su ronda, imaginando a esos niños a quienes los degenerados mandan en las noches con los hormigueros. Bárbaros, inciviles, salvajes: sólo gentes sin sentimientos pueden pervertir así a seres inocentes. Pero también sobre Canudos han cambiado las ideas del joven Teotónio. ¿Son, efectivamente, restauradores monárquicos? ¿Están coludidos, de veras, con la Casa de Braganza y los esclavistas? ¿Es cierto que los salvajes son apenas un instrumento de la Pérfida Albión? Aunque los oye gritar ¡Muera la República!, Teotónio Leal Cavalcanti ya no está tan seguro de eso, tampoco. Todo se le ha vuelto confuso. Él esperaba encontrar, aquí, oficiales ingleses, asesorando a los yagunzos, enseñándoles a manejar el armamento modernísimo metido de contrabando por las costas bahianas que se ha descubierto. ¡Pero entre los heridos que simula que cura hay víctimas de hormigas *cacaremas* y, también, de dardos y flechas emponzoñadas y de piedras puntiagudas lanzadas con hondas de trogloditas! De modo que eso del ejército monárquico, reforzado por oficiales ingleses, le parece ahora algo fantástico. "Tenemos al frente a simples caníbales", piensa. "Y, sin embargo, estamos perdiendo la guerra; la hubiéramos perdido si la Segunda Columna no llega a socorrernos cuando nos emboscaron en estos cerros." ¿Cómo entender semejante paradoja?

Una voz lo detiene: "¿Teotónio?". Es un Teniente en cuya guerrera en hilachas se lee todavía su grado y destino: Noveno Batallón de Infantería, Salvador. Se halla en el Hospital de Sangre desde el día que la Primera Columna llegó a la Favela; estaba entre los cuerpos de vanguardia de la Primera Brigada, a los que el Coronel Joaquim Manuel de Medeiros llevó insensatamente a intentar una carga, descendiendo la cuesta de la Favela hacia Canudos. La carnicería que les causaron los yagunzos, desde sus trincheras invisibles, fue espantosa; todavía se ve a la primera línea de soldados petrificada a media pendiente, donde fue detenida. El Teniente Pires Ferreira ha recibido una explosión en la cara; le arrancó las dos manos que había levantado y lo ha dejado ciego. Como era el primer día, el Doctor Alfredo Gama pudo anestesiarlo con morfina mientras le suturaba los muñones y desinfectaba su cara llagada. El Teniente Pires Ferreira tiene la fortuna de que sus heridas estén protegidas por vendas del polvo y los insectos. Es un herido ejemplar, al que Teotónio nunca ha oído llorar ni quejarse. Cada día, al preguntarle cómo se siente, lo oye responder: "Bien". Y decir "Nada" cuando le pregunta si quiere algo. Teotónio suele conversar con él, en las noches, tumbado a su lado en el cascajo, mirando las estrellas siempre abundantes en el cielo de Canudos. Así se ha enterado que el Teniente Pires Ferreira es veterano de esta guerra, uno de los pocos que ha servido en las cuatro expediciones enviadas por la República a combatir a los yagunzos; así ha sabido que para este infortunado oficial esta tragedia es el remate de una serie de humillaciones y derrotas. Ha comprendido, entonces, el porqué de la amargura que rumia, por qué resiste con estoicismo esas penalidades que destruyen la moral y la dignidad de otros. En él las peores heridas no son físicas.

—¿Teotónio? —repite Pires Ferreira. Las vendas le cubren media cara, pero no la boca ni el mentón.

—Sí —dice el estudiante, sentándose a su lado. Indica a los dos enfermeros con el botiquín y los zurrones que descansen; ellos se retiran unos pasos y se dejan caer sobre el cascajo—. Voy a acompañarte un rato, Manuel da Silva. ¿Necesitas algo?

—¿Nos están oyendo? —dice el vendado, en voz baja—. Es confidencial, Teotónio.

En ese momento suenan las campanas, al otro lado de los cerros. El joven Leal Cavalcanti mira al cielo: sí, oscurece, es la hora de las campanas y el rosario de Canudos. Repican todos los días, con una puntualidad mágica, e infaliblemente, poco después, si no hay tiroteo y cañonazos, hasta los campamentos de la Favela y el Monte Mario llegan las avemarías de los fanáticos. Una inmovilidad respetuosa se instala a esta hora en el Hospital de Sangre; muchos heridos y enfermos se persignan al oír las campanas y mueven los labios, rezando al mismo tiempo que sus enemigos. El mismo Teotónio, pese a que ha sido un católico apático, no puede dejar de sentir, cada tarde, con estos rezos y campanadas, una sensación curiosa, indefinible, algo que, si no es la fe, es nostalgia de fe.

—O sea que el campanero sigue vivo —murmura, sin responder al Teniente Pires Ferreira—. No pueden bajarlo todavía.

El Capitán Alfredo Gama hablaba mucho del campanero. Lo había visto un par de veces trepando al campanario del Templo de las torres, y, otra, en el pequeño campanario de la capilla. Decía que era un viejecito insignificante e imperturbable, que se columpiaba del badajo, indiferente a la fusilería con que respondían a las campanas los soldados. El Doctor Gama le refirió que tumbar esos campanarios desafiantes y acallar al viejecillo provocador es ambición obsesiva allá, en el Alto do Mario, entre los artilleros, y que todos alistan sus fusiles para apuntarlo, a la hora del Angelus. ¿No han podido matarlo aún o éste es un nuevo campanero?

—Lo que voy a pedirte no es producto de la desesperación —dice el Teniente Pires Ferreira—. No es el pedido de alguien que ha perdido el juicio.

Tiene la voz serena y firme. Está totalmente inmóvil sobre la manta que lo separa del cascajo, con la cabeza apoyada en una almohadilla de paja, y los muñones vendados sobre su vientre.

—No debes desesperar —dice Teotónio—. Serás de los primeros evacuados. Apenas lleguen los refuerzos y regrese el convoy, te llevarán en ambulancia a Monte Santo, a Queimadas, a tu casa. El General Oscar lo prometió el día que vino al Hospital de Sangre. No desesperes, Manuel da Silva.

—Te lo pido por lo que más respetes en el mundo —dice, suave y firme, la boca de Pires Ferreira—. Por Dios, por tu padre, por tu vocación. Por esa novia a la que escribes versos, Teotónio.

—¿Qué quieres, Manuel da Silva? —murmura el joven paulista, apartando la vista del herido, disgustado, absolutamente seguro de lo que va a oír.

—Un tiro en la sien —dice la voz suave, firme—. Te lo suplico desde el fondo de mi alma.

No es el primero que le pide semejante cosa y sabe que no será el último. Pero es el primero que se lo pide con tanta tranquilidad, con tan poco dramatismo.

—No puedo hacerlo sin manos —explica el hombre vendado—. Hazlo tú por mí.

—Un poco de valor, Manuel da Silva —dice Teotónio, advirtiendo que es él quien tiene la voz alterada por la emoción—. No me pidas algo que va contra mis principios, contra mi profesión.

—Entonces, uno de tus ayudantes —dice el Teniente Pires Ferreira—. Ofrécele mi cartera. Debe haber unos cincuenta mil reis. Y mis botas, que están sin huecos.

—La muerte puede ser peor que lo que te ha ocurrido —dice Teotónio—. Serás evacuado. Sanarás, recobrarás el amor a la vida.

—¿Sin ojos y sin manos? —pregunta, suavemente, Pires Ferreira. Teotónio se siente avergonzado. El Teniente tiene la boca entreabierta: —Eso no es lo peor, Teotónio. Son las moscas. Siempre las odié, siempre sentí mucho asco de ellas. Ahora, estoy a su merced. Se pasean por mi cara, se meten a mi boca, se cuelan por las vendas hasta las llagas.

Calla. Teotónio lo ve pasarse la lengua por los labios. Se siente tan conmovido de oír hablar así a ese herido ejemplar, que no atina siquiera a pedir el zurrón de agua a los enfermeros, para aliviarle la sed.

—Se ha vuelto algo personal entre los bandidos y yo —dice Pires Ferreira—. No quiero que se salgan con la suya. No permitiré que me dejen convertido en esto, Teotónio. No seré un monstruo inútil. Desde Uauá, supe que algo trágico se había cruzado en mi camino. Una maldición, un hechizo.

—¿Quieres agua? —susurra Teotónio.

—No es fácil matarse cuando no tienes manos ni ojos —prosigue Pires Ferreira—. He intentado los golpes contra la roca. No sirve. Tampoco lamer el suelo, pues no hay piedras capaces de ser tragadas y...

—Calla, Manuel da Silva —dice Teotónio, poniéndole la mano en el hombro. Pero le resulta falso calmar a un hombre que parece el más tranquilo del planeta, que no sube ni apresura la voz, que habla de sí como de otra persona.

—¿Me vas a ayudar? Te lo pido en nombre de nuestra amistad. Una amistad nacida aquí es algo sagrado. ¿Me vas a ayudar?

—Sí —susurra Teotónio Leal Cavalcanti—. Te voy a ayudar, Manuel da Silva.

IV

—¿Su cabeza? —repitió el Barón de Cañabrava. Estaba ante la ventana de la huerta; se había acercado con el pretexto de abrirla, por el calor creciente, pero, en realidad, para localizar al camaleón, cuya ausencia lo angustiaba. Sus ojos recorrieron la huerta en todas direcciones, buscándolo. Se había hecho invisible, otra vez, como si jugara con él—. La noticia de que lo decapitaron salió en *The Times*, en Londres. La leí allí.

—Decapitaron su cadáver —lo corrigió el periodista miope.

El Barón regresó a su sillón. Se sentía apesadumbrado, pero, sin embargo, acababa de interesarse de nuevo en lo que decía el visitante. ¿Era un masoquista? Todo eso le traía recuerdos, escarbaba y reabría la herida. Pero quería oírlo.

—¿Lo vio alguna vez a solas? —preguntó, buscando los ojos del periodista—. ¿Llegó a hacerse una idea de la clase de hombre que era?

Habían encontrado la tumba sólo dos días después de caer el último reducto. Consiguieron que el Beatito les indicara el lugar donde estaba enterrado. Bajo tortura, se entiende. Pero no cualquier tortura. El Beatito era un mártir nato y no hubiera hablado por simples brutalidades como ser pateado, quemado, castrado o porque le cortaran la lengua o le reventaran los ojos. Pues a veces devolvían así a los yagunzos prisioneros, sin ojos, sin lengua, sin sexo, creyendo que ese espectáculo destruiría la moral de los que aún resistían. Conseguían lo contrario, claro está. Para el Beatito encontraron la única tortura que no podía resistir: los perros.

—Creía conocer a todos los jefes facinerosos —dijo el Barón—. Pajeú, João Abade, João Grande, Taramela, Pedrão, Macambira. Pero ¿el Beatito?

Lo de los perros era una historia aparte. Tanta carne humana, tanto banquete de cadáver, los meses del cerco, los volvieron feroces, igual a lobos y hienas. Surgieron manadas de perros carniceros que entraban a Canudos, y, sin duda, al campamento de los sitiadores, en busca de alimento humano.

—¿No eran esas manadas el cumplimiento de las profecías, los seres infernales del Apocalipsis? —masculló el periodista miope, cogiéndose el estómago—. Alguien debió decirles que el Beatito tenía un horror especial a los perros, mejor dicho al Perro, el Mal encarnado. Lo pondrían frente a una jauría rabiosa, sin duda, y, ante la amenaza de ser llevado en pedazos al infierno por los mensajeros del Can, los guió al lugar donde lo habían enterrado.

El Barón olvidó al camaleón y a la Baronesa Estela. En su cabeza, rugientes manadas de perros enloquecidos hurgaban amontonamientos de cadáveres, hundían los hocicos en vientres agusanados, daban dentelladas a flacas pantorrillas, se disputaban, entre ladridos, tibias, cartílagos, cráneos. Sobrepuestas a los despanzurramientos, otras jaurías invadían aldeas desprevenidas, abalanzándose sobre vaqueros, pastores, lavanderas, en busca de carne y huesos frescos.

Hubiera podido ocurrírseles que estaba enterrado en el Santuario. ¿En qué otro sitio hubieran podido enterrarlo? Excavaron donde el Beatito les indicó y a los tres metros de profundidad —así de hondo— lo encontraron, vestido con su túnica azul, sus alpargatas de cuero crudo y envuelto en una estera. Tenía los cabellos crecidos y ondulados: así lo consignó el acta notarial de exhumación. Estaban allí todos los jefes, empezando por el General Artur Oscar, quien ordenó al artista-fotógrafo de la Primera Columna, Señor Flavio de Barros, que fotografiara el cadáver. La operación tomó media hora, en la que todos continuaron allí a pesar de la pestilencia.

—¿Se imagina qué sentirían esos generales y coroneles viendo, por fin, el cadáver del enemigo de la República, del masacrador de tres expediciones militares, del desordenador del Estado, del aliado de Inglaterra y la casa de Braganza?

—Yo lo conocí —murmuró el Barón y su interlocutor quedó callado, interrogándolo con su mirada acuosa—: Pero me pasa con él algo parecido a lo que le pasó en Canudos, por culpa de los anteojos. No lo identifico, se me esfuma. Fue hace quince o veinte años. Estuvo en Calumbí, con un pequeño séquito y parece que les dimos de comer y les regalamos ropas viejas, pues limpiaron las tumbas y la capilla. Recuerdo una colección de harapos más que un conjunto de hombres. Pasaban demasiados santones por Calumbí. ¿Cómo hubiera podido adivinar que ése era, entre tantos, el importante, el que relegaría a los demás, el que atraería a millares de sertaneros?

—También estaba llena de iluminados, de heréticos, la tierra de la Biblia —dijo el periodista miope—. Por eso tanta gente se confundió con Cristo. No entendió, no lo percibió...

—¿Habla en serio? —adelantó la cabeza el Barón—. ¿Cree que el Consejero fue realmente enviado por Dios?

Pero el periodista miope proseguía, con voz correosa, su historia. Habían levantado un acta notarial frente al cadáver, tan descompuesto que tuvieron que taparse las narices con manos y pañuelos pues se sentían mareados. Los cuatro facultativos lo midieron, comprobaron que tenía un metro setenta y ocho de longitud, que había perdido todos los dientes y que no murió de bala pues la única herida, en su cuerpo esquelético, era una equimosis en la pierna izquierda, causada por el roce de una esquirla o piedra. Luego de breve conciliábulo, se decidió decapitarlo, a fin de que la ciencia estudiara su cráneo. Lo traerían a la Facultad de Medicina de Bahía, para que lo examinara el Doctor Nina Rodríguez. Pero, antes de comenzar a serruchar, degollaron al Beatito. Lo hicieron allí mismo, en el Santuario, mientras el artista-fotógrafo Flavio de Barros tomaba la foto, y lo arrojaron a la fosa donde devolvieron el cadáver sin cabeza del Consejero. Buena cosa para el Beatito, sin duda. Ser enterrado junto a quien tanto veneró y sirvió. Pero algo lo debió espantar, en el último instante: saber que iba a ser enterrado como un animal, sin ceremonia alguna, sin rezos, sin envoltura de madera. Porque ésas eran las cosas que preocupaban allá.

Un nuevo ataque de estornudos lo interrumpió. Pero se repuso y siguió hablando, con una excitación progresiva, que, por momentos, le trababa la lengua. Sus ojos revoloteaban, azogados, detrás de los cristales.

Había habido un cambio de opiniones a ver cuál de los cuatro médicos lo hacía. Fue el Mayor Miranda Curio, jefe del Servicio Sanitario en campaña, el que cogió el serrucho, mientras los otros sujetaban el cuerpo. Pretendían sumergir la cabeza en un recipiente de alcohol, pero como los restos de pellejo y carne comenzaban a desintegrarse, la metieron en un saco de cal. Así fue traída a Salvador. Se confió la delicada misión de transportarla al Teniente Pinto Souza, héroe del Tercer Batallón de Infantería, uno de los contados oficiales sobrevivientes de ese cuerpo diezmado por Pajeú en el primer combate. El Teniente Pinto Souza la entregó a la Facultad de Medicina y el Doctor Nina Rodríguez presidió la Comisión de científicos que la observó, midió y pesó. No había informes fidedignos sobre lo que se dijo, durante el examen, en el anfiteatro. El comunicado oficial era de una parquedad irritante, y el responsable de ello, al parecer, nadie menos que el propio Doctor Nina Rodríguez. Fue él quien redactó esas parcas líneas que desencantaron a la opinión pública diciendo, secamente, que la ciencia no había comprobado ninguna anormalidad constitutiva manifiesta en el cráneo de Antonio Consejero.

—Todo eso me recuerda a Galileo Gall —dijo el Barón, echando una ojeada esperanzada a la huerta—. También él tenía una fe loca en los cráneos, como indicadores del carácter.

Pero el fallo del Doctor Nina Rodríguez no era compartido por todos sus colegas de Salvador. Así, el Doctor Honorato Nepomuceno de Alburquerque preparaba un estudio discrepante del informe de la Comisión de científicos. Él sostenía que ese cráneo era típicamente braquicéfalo, según la clasificación del naturalista sueco Retzius, con tendencias a la estrechez y linearidad mentales (por ejemplo, el fanatismo). Y que, de otro lado, la curvatura craneal correspondía exactamente a la señalada por el sabio Benedikt para aquellos epilépticos que, según escribió el científico Samt, tienen el libro de misa en la mano, el nombre de Dios en los labios y los estigmas del crimen y del bandidismo en el corazón.

—¿Se da cuenta? —dijo el periodista miope, respirando como si acabara de realizar un esfuerzo enorme—. Canudos no es una historia, sino un árbol de historias.

—¿Se siente mal? —preguntó el Barón, sin efusividad—. Veo que tampoco a usted le hace bien hablar de estas cosas. ¿Ha estado visitando a todos esos médicos?

El periodista miope estaba replegado como una oruga, hundido en sí mismo y parecía muerto de frío. Terminado el examen médico, había surgido un problema. ¿Qué hacer con esos huesos? Alguien propuso que la calavera fuera enviada al Museo Nacional, como curiosidad histórica. Hubo una oposición cerrada. ¿De quién? De los masones. Bastaba ya con Nosso Senhor de Bonfim, dijeron, bastaba ya con un lugar de peregrinación ortodoxo. Esa calavera expuesta en una vitrina convertiría al Museo Nacional en una segunda Iglesia de Bonfim, en un Santuario heterodoxo. El Ejército estuvo de acuerdo: era preciso evitar que la calavera se volviera reliquia, germen de futuras revueltas. Había que desaparecerla. ¿Cómo? ¿Cómo?

—Evidentemente, no enterrándola —murmuró el Barón.

Evidentemente, pues el pueblo fanatizado descubriría tarde o temprano el lugar del entierro. ¿Qué lugar más seguro y remoto que el fondo del mar? La calavera fue metida en un costal repleto de piedras, cosido y llevado de noche, en un bote, por un oficial, a un lugar del Atlántico equidistante del Fuerte San Marcelo y la isla de Itaparica, y lanzada al cieno marino, a servir de asiento a las madréporas. El oficial encargado de la secreta operación fue el mismo Teniente Pinto Souza: fin de la historia.

Sudaba tanto y se había puesto tan pálido que el Barón pensó: "Se va a desmayar". ¿Qué sentía este fantoche por el Consejero? ¿Admiración? ¿Fascinación morbosa? ¿Simple curiosidad de chismoso? ¿Había llegado de veras a creerlo mensajero del cielo? ¿Por qué sufría y se atormentaba con Canudos? ¿Por qué no hacía como todo el mundo, tratar de olvidar?

—¿Dijo usted Galileo Gall? —lo 'oyó decir.

—Sí —asintió el Barón, viendo los ojos enloquecidos, la cabeza rapada, oyendo los discursos apocalípticos—. Esa historia, Gall la habría entendido. Creía que el secreto de las personas estaba en los huesos de la cabeza. ¿Llegaría finalmente a Canudos? Si llegó, sería terrible para él comprobar que ésa no era la revolución con la que soñaba.

—No lo era y sin embargo lo era —dijo el periodista miope—. Era el reino del oscurantismo y, a la vez, un mundo fraterno, de una libertad muy particular. Tal vez no se hubiera sentido tan decepcionado.

—¿Supo qué fue de él?

—Murió en alguna parte, no muy lejos de Canudos —dijo el periodista—. Yo lo veía mucho, antes de todo esto. En "El Fuerte", una taberna de la ciudad baja. Era hablador, pintoresco, alocado; palpaba cabezas, profetizaba tumultos. Lo creía un embustero. Nadie hubiera adivinado que se convertiría en un personaje trágico.

—Tengo unos papeles de él —dijo el Barón—. Una especie de memoria, o testamento, que escribió en mi casa, en Calumbí. Debí entregarlos a unos correligionarios suyos. Pero no pude. No por mala voluntad, pues fui hasta Lyon para cumplir el encargo.

¿Por qué había hecho ese viaje a Lyon, desde Londres, para entregar personalmente el texto de Gall a los redactores de *l'Étincelle de la révolte*? No por afecto al frenólogo, en todo caso; lo que había llegado a sentir por él era curiosidad, interés científico por esa variante insospechada de la especie humana. Se había dado el trabajo de ir a Lyon para ver la cara y oír a esos compañeros del revolucionario, comprobar si se parecían a él, si creían y decían las cosas que él. Pero había sido un viaje inútil. Todo lo que consiguió averiguar fue que *l'Étincelle de la révolte*, hoja esporádica, había dejado de salir tiempo atrás, y que la editaba una pequeña imprenta cuyo propietario había sido encarcelado, bajo la acusación de imprimir billetes falsos, hacía ya tres o cuatro años. Congeniaba muy bien con el destino de Gall haber estado, acaso, enviando artículos a unos fantasmas y haber muerto sin que nadie que lo hubiera conocido, en su vida europea, supiera dónde, cómo y por qué murió.

—Historia de locos —dijo, entre dientes—. El Consejero, Moreira César, Gall. Canudos enloqueció a medio mundo. A usted también, por supuesto.

Pero un pensamiento le tapó la boca: "No, ellos estaban locos desde antes. Canudos hizo perder la razón sólo a Estela". Tuvo que hacer un esfuerzo para evitar las lágrimas. No recordaba haber llorado de niño, de joven. Pero, desde lo ocurrido a la Baronesa, lo había hecho muchas veces, en su despacho, en las noches de desvelo.

—Más que de locos es una historia de malentendidos —volvió a corregirlo el periodista miope—. Quiero saber una cosa, Barón. Le suplico que me diga la verdad.

—Desde que me aparté de la política, casi siempre la digo —susurró el Barón—. ¿Qué quiere saber?

—Si hubo contactos entre el Consejero y los monárquicos —le repuso, espiando su reacción, el periodista miope—. No hablo del grupito de nostálgicos del Imperio que tenían la ingenuidad de proclamarse que lo eran, como Gentil de Castro. Sino de gentes como ustedes, los Autonomistas, los monárquicos de corazón, que, sin embargo, lo ocultaban. ¿Tuvieron contactos con el Consejero? ¿Lo azuzaron?

El Barón, que lo había escuchado con burla, se echó a reír.

—¿No lo averiguó en esos meses en Canudos? ¿Vio políticos bahianos, paulistas, cariocas entre los yagunzos?

—Ya le dije que no vi gran cosa —repuso la voz antipática—. Pero supe que usted había enviado desde Calumbí maíz, azúcar, rebaños.

—Entonces, sabrá también que no fue por mi voluntad, sino forzado —dijo el Barón—. Tuvimos que hacerlo todos los hacendados de la región, para que no nos quemaran las haciendas. ¿No es ésa la manera de tratar con los bandidos en el sertón? Si no se les puede matar, se les alquila. Si yo hubiera tenido la menor influencia sobre ellos no habrían destruido Calumbí y mi mujer estaría sana. Los fanáticos no eran monárquicos ni sabían lo que era el Imperio. Es fantástico que no lo haya comprendido, a pesar de...

El periodista miope tampoco lo dejó continuar esta vez:

—No lo sabían, pero sí eran monárquicos, aunque de una manera que ningún monárquico hubiera entendido —dijo, de prisa y pestañeando—: Sabían que la monarquía había abolido la esclavitud. El Consejero elogiaba a la Princesa Isabel por haber dado la libertad a los esclavos. Parecía convencido de que la monarquía cayó por haber abolido la esclavitud. Todos en Canudos creían que la República era esclavista, que quería restaurar la esclavitud.

—¿Piensa que yo y mis amigos inculcamos al Consejero semejante cosa? —volvió a sonreír el Barón—. Si alguien nos lo hubiera propuesto lo hubiéramos creído un imbécil.

—Sin embargo, eso explica muchas cosas —elevó la voz el periodista—. Como el odio al censo. Me devanaba los sesos, tratando de entenderlo, y ahí está la explicación. Raza, color, religión. ¿Para qué podía querer averiguar la República la raza y color de la gente, sino para convertir otra vez en esclavos a los negros? ¿Y para qué la religión sino para identificar a los creyentes antes de la matanza?

—¿Ése es el malentendido que explica Canudos? —dijo el Barón.

—Uno de ellos —acezó el periodista miope—. Yo sabía que los yagunzos no habían sido equivocados así por ningún politicastro. Pero quería oírselo decir.

—Pues ya lo ha oído —dijo el Barón. ¿Qué hubieran dicho sus amigos si hubieran podido anticipar una maravilla así? ¡Los hombres y mujeres humildes del sertón levantándose en armas para atacar a la República, con el nombre de la Infanta Doña Isabel en los labios! No, era demasiado irreal para que a ningún monárquico brasileño se le hubiera ocurrido ni en sueños.

EL MENSAJERO de João Abade alcanza a Antonio Vilanova en las afueras de Jueté, donde el ex-comerciante está emboscado con catorce yagunzos, al acecho de un convoy de reses y cabras. La noticia es tan grave que Antonio decide regresar a Canudos sin terminar lo que lo ha traído hasta allí: conseguir comida. Es un trabajo que ha hecho ya tres veces, desde que llegaron los soldados, las tres con éxito: veinticinco reses y varias docenas de chivos la primera; ocho reses la segunda, y la tercera una docena, además de un carromato de farinha, café, azúcar y sal. Él ha insistido en dirigir estas correrías destinadas a procurar alimento a los yagunzos, alegando que João Abade, Pajeú, Pedrão y João Grande son indispensables en Belo Monte. Desde hace tres semanas asalta los convoyes que parten de Queimadas y Monte Santo, por la ruta de Rosario, llevando comida a la Favela.

Es una operación relativamente fácil, que el ex-comerciante, con sus maneras metódicas y escrupulosas y su talento organizador, ha perfeccionado a extremos científicos. El éxito se debe, sobre todo, a los informes que recibe, a la colaboración de los pisteros y cargadores de los soldados, que son, la mayoría, yagunzos que se han hecho contratar o levar en localidades diversas, de Tucano a Itapicurú. Ellos lo mantienen al tanto del movimiento de los convoyes y lo ayudan a decidir el lugar para la estampida, remate de la operación. En el sitio convenido —generalmente el fondo de una cañada o una zona frondosa de monte, siempre de noche— Antonio y sus hombres irrumpen súbitamente entre el rebaño, provocando un estruendo con sus trabucos, reventando cartuchos de dinamita y soplando pitos, a fin de que los animales, asustados, se desboquen por la caatinga. En tanto que Antonio y su grupo distraen a la tropa, tiroteándola, los pisteros y cargadores rescatan a los animales que pueden y los azuzan por atajos acordados —la ruta que viene de Calumbí, la más corta y segura, sigue desconocida de los soldados— a Canudos. Antonio y los otros les dan alcance después.

Es lo que hubiera ocurrido, ahora también, si no hubiera llegado esa noticia: que los perros van a asaltar Canudos en cualquier momento. Los dientes apretados, apresurando el paso, las frentes arrugadas, Antonio y sus catorce compañeros tienen una idea fija que los espolea: estar en Belo Monte con los demás, rodeando al Consejero, cuando los ateos ataquen. ¿Cómo se ha enterado el Comandante de la Calle del plan de asalto? El mensajero, un viejo baqueano que camina a su lado, le dice a Vilanova que trajeron la noticia dos yagunzos vestidos de soldados, que merodeaban por la Favela. Lo dice con naturalidad, como si fuera normal que los hijos del Buen Jesús anduvieran entre diablos disfrazados de diablos.

"Ya se acostumbraron, ya no les llama la atención", piensa Antonio Vilanova. Pero la primera vez que João Abade trató de convencer a los yagunzos que usaran uniformes de soldados había habido casi una rebelión. El propio Antonio sintió gusto a ceniza con la propuesta. Ponerse encima aquello que simbolizaba lo malvado, insensible y hostil que hay en el mundo, le repelía visceralmente y entendía muy bien que los hombres de Canudos se resistieran a morir ataviados de perros. "Y, sin embargo, nos equivocamos, piensa. Y, como siempre, João Abade tuvo razón." Porque la información que traían los valerosos "párvulos" que se introducían a los campamentos, a soltar hormigas, cobras, escorpiones, a echar veneno a los odres de la tropa, no podía jamás ser tan precisa como la de los hombres hechos y derechos, sobre todo los licenciados o desertores del Ejército. Había sido Pajeú quien zanjó el problema, al presentarse, luego de una discusión, en las trincheras de Rancho do Vigario, vestido de cabo, anunciando que se deslizaría a través de las líneas. Todos sabían que él no pasaría desapercibido. João Abade preguntó a los yagunzos si les parecía bien que Pajeú fuera al sacrificio para darles el ejemplo y quitarles el miedo a unos trapos con botones. Varios hombres del antiguo cangaço del caboclo se ofrecieron entonces a uniformarse. Desde ese día, el Comandante de la Calle no ha tenido dificultad en filtrar yagunzos en los campamentos.

Se detienen a descansar y comer, después de varias horas. Comienza a oscurecer y, bajo el cielo plomizo, se distinguen el Cambaio y la entrecortada Sierra de Cañabrava. Sentados en círculo, con las piernas cruzadas, los yagunzos abren sus bolsones de cuerdas trenzadas y sacan puñados de bolacha y carne reseca. Comen en silencio. Antonio Vilanova siente el cansancio en las piernas, acalambradas e hinchadas. ¿Está envejeciendo? Es una sensación de los últimos meses. ¿O es la tensión, la actividad frenética provocada por la guerra? Ha bajado tanto de peso que ha abierto nuevos agujeros a su cinturón y Antonia Sardelinha ha tenido que arreglarle sus dos camisas que le bailaban como camisolas. Pero ¿no les ocurre eso mismo a los hombres y mujeres de Belo Monte? ¿No han enflaquecido también João Grande y Pedrão, que eran unos gigantes? ¿No está Honorio encorvado y encanecido? ¿Y João Abade y Pajeú no están también más viejos?

Escucha el bramido del cañón, hacia el Norte. Una pequeña pausa y, luego, varios cañonazos seguidos. Antonio y los yagunzos saltan del sitio y reanudan la marcha, a tranco largo.

Se acercan a la ciudad por el Tabolerinho, al amanecer, después de cinco horas en las que los cañonazos se suceden casi sin interrupción. En las aguadas, donde comienzan las casas, hay un mensajero esperándolos para conducirlos adonde João Abade. Lo encuentran en las trincheras de Fazenda Velha, reforzadas ahora con el doble de hombres, todos con los dedos en los gatillos de fusiles y espingardas, oteando, en las sombras de la madrugada, las faldas de la Favela, por donde esperan ver derramarse a los masones. "Alabado sea el Buen Jesús Consejero", murmura Antonio y João Abade, sin contestarle, la pregunta si vio soldados por la ruta. No, ni una patrulla.

—No sabemos por dónde van a atacar —dice João Abade y el ex-comerciante advierte su enorme preocupación—. Sabemos todo, menos lo principal.

Calcula que atacarán por aquí, el camino más corto, y por eso ha venido el Comandante de la Calle a reforzar con trescientos yagunzos a Pajeú, en esta trinchera que se curva, un cuarto de legua, desde los pies del Monte Mario hasta el Tabolerinho.

João Abade le explica que Pedrão cubre el Oriente de Belo Monte, la zona de los corrales y sembríos, y los montes por donde serpentean las trochas a Trabubú, Macambira, Cocorobó y Geremoabo. La ciudad, defendida por la Guardia Católica de João Grande tiene nuevos parapetos de piedra y arena en callejuelas y encrucijadas y se ha reforzado el cuadrilátero de las Iglesias y el Santuario, ese centro al que convergirán los batallones de asalto, como convergen hacia allí los obuses de sus cañones.

Aunque está ávido por hacer preguntas, Vilanova comprende que no hay tiempo. ¿Qué debe hacer? João Abade le dice que a él y a Honorio les corresponde el territorio paralelo a los barrancos del Vassa Barris, al Este del Alto do Mario y la salida a Geremoabo. Sin más explicaciones, le pide que avise en el acto si aparecen soldados, pues lo importante es descubrir a tiempo por dónde tratarán de entrar. Vilanova y los catorce hombres echan a correr.

La fatiga se ha evaporado como por ensalmo. Debe ser otro indicio de la presencia divina, otra manifestación de lo sobrenatural en su persona. ¿Cómo explicarlo, si no es a través del Padre, del Divino o del Buen Jesús? Desde que supo la noticia del asalto no ha hecho otra cosa que andar y correr. Hace un rato, cruzando la Laguna de Cipó, las piernas le flaquearon y el corazón le latía con tanta furia que temió caer desvanecido. Y ahí está ahora, corriendo sobre ese terreno pedregoso, de subidas y bajadas, en ese final de la noche que las bombardas fulminantes de la tropa iluminan y atruenan. Se siente descansado, lleno de energía, capaz de desplegar cualquier esfuerzo, y sabe que así se sienten los catorce hombres que corren a su lado. ¿Quién sino el Padre puede operar semejante cambio, rejuvenecerlos así, cuando las circunstancias lo requieren? No es la primera vez que le ocurre. Muchas veces, en estas semanas, cuando creía que iba a desplomarse, ha sentido de pronto una nueva fuerza que parece alzarlo, renovarlo, inyectarle un ventarrón de vida.

En la media hora que les toma llegar a las trincheras del Vassa Barris —corriendo, andando, corriendo— Antonio Vilanova percibe, en Canudos, llamaradas de incendios. No piensa si alguno de esos fuegos consume su hogar, sino: ¿estará funcionando el sistema que ha ideado para que los incendios no se propaguen? Hay, para eso, en las esquinas

438

y las calles, cientos de barriles y cajas de arena. Los que permanecen en la ciudad saben que apenas estalla una explosión deben correr a sofocar las llamas con baldazos de tierra. El propio Antonio ha organizado, en cada manzana de viviendas, grupos de mujeres, niños y ancianos encargados de esa tarea.

En las trincheras, encuentra a su hermano Honorio y también a su mujer y a su cuñada. Las Sardelinhas están instaladas con otras mujeres bajo un cobertizo, entre cosas de comer y de beber, remedios y vendas. "Bienvenido, compadre", lo abraza Honorio. Antonio se demora un momento con él mientras come con apetito los cazos que las Sardelinhas sirven a los recién llegados. Apenas termina su breve refrigerio, el ex-comerciante distribuye a sus catorce compañeros por los alrededores, les aconseja dormir algo y va con Honorio a recorrer la zona.

¿Por qué les ha encargado João Abade esta frontera a ellos, los menos guerreros de los guerreros? Sin duda porque es la más alejada de la Favela: no atacarán por aquí. Tendrían tres o cuatro veces más de camino que si descienden las laderas y atacan la Fazenda Velha; tendrían, además, antes de llegar al río, que atravesar un territorio abrupto y crispado de espinos que obligaría a los batallones a quebrarse y disgregarse. No es así como pelean los ateos. Lo hacen en bloques compactos, formando esos cuadros que resultan tan buen blanco para los yagunzos atrincherados.

—Nosotros hicimos estas trincheras —dice Honorio—. ¿Se acuerda, compadre?

—Claro que me acuerdo. Hasta ahora siguen vírgenes.

Sí, ellos dirigieron las cuadrillas que han diseminado esa zona sinuosa, entre el río y el cementerio, sin árbol ni matorral, de pequeños pozos para dos o tres tiradores. Cavaron los primeros abrigos hace un año, después del combate de Uauá. Luego de cada expedición han abierto nuevos agujeros, y, últimamente, pequeñas ranuras entre pozo y pozo que permiten a los hombres arrastrarse de uno a otro sin ser vistos. Siguen vírgenes, en efecto: ni una vez se ha combatido en este sector.

Una luz azulada, con tintes amarillos en los bordes, avanza desde el horizonte. Se escucha el cocorocó de los gallos. "Han pasado los cañonazos", dice Honorio, adivinando su pensamiento. Antonio termina la frase: "Quiere decir que ya están en camino, compadre". Las trincheras se esparcen cada quince, veinte pasos, en medio kilómetro de frente y un centenar de metros de fondo. Los yagunzos, embutidos en los abrigos de a dos y de a tres, se hallan tan ocultos que los Vilanova sólo los divisan cuando se inclinan a cambiar unas palabras con ellos. Muchos tienen tubos de metal, cañas de ancho diámetro y troncos horadados que les permiten observar afuera sin asomarse. La mayoría duermen o dormitan, hechos un ovillo, con sus Mánnlichers, Máuseres y trabucos, y la bolsa de proyectiles y el cuerno de pólvora al alcance de la mano. Honorio ha colocado centinelas a lo largo del Vassa Barris; varios han descendido los barrancos y explorado el cauce —allí totalmente seco— y la otra banda, sin encontrar patrullas.

Regresan hacia el cobertizo, conversando. Resulta extraño ese silencio con canto de gallos, después de tantas horas de bombardeo. Antonio comenta que el asalto a Canudos le pareció inevitable desde que esa columna de refuerzos —más de quinientos soldados, al parecer— llegó a la Favela, intacta, pese a los desesperados esfuerzos de Pajeú, que los estuvo hostigando desde Caldeirão y sólo consiguió arrebatarles unas reses. Honorio pregunta si es verdad que las tropas han dejado compañías en Jueté y Rosario, por donde antes se contentaban con pasar. Sí, es verdad.

Antonio se desabrocha el cinturón y utilizando su brazo como almohada y tapándose la cara con el sombrero, se acurruca en la trinchera que comparte con su hermano. Su cuerpo se relaja, agradecido de la inmovilidad, pero sus oídos siguen alertas, tratando de percibir en el día que comienza alguna señal de los soldados. Al poco rato se olvida de ellos y, después de flotar sobre imágenes diversas, disueltas, se concentra de pronto en ese hombre cuyo cuerpo roza el suyo. Dos años menor que él, de claros cabellos ensortijados, calmo, discreto, Honorio es más que su hermano y concuñado: su compañero, su compadre, su confidente, su mejor amigo. No se han separado nunca, no han tenido jamás una disputa seria. ¿Está Honorio en Belo Monte, como él, por adhesión al Consejero y a todo lo que representa, la religión, la verdad, la salvación del alma, la justicia? ¿O sólo por fidelidad hacia su hermano? En los años que llevan en Canudos jamás se le había pasado por la cabeza. Cuando lo rozó el ángel y abandonó sus asuntos para ocuparse de los de Canudos, le pareció natural que su hermano y su cuñada, al igual que su mujer, aceptaran de buen ánimo el cambio de vida, como lo habían hecho cada vez que las desgracias les fijaron nuevos rumbos. Así ha ocurrido: Honorio y Asunción se plegaron a su voluntad sin la menor queja. Había sido cuando Moreira César asaltó Canudos, en ese día interminable, mientras peleaba en las calles, que por primera vez comenzó a carcomerlo la sospecha de que tal vez Honorio iba a morir allí, no por algo en lo que creía, sino por respeto a su hermano mayor. Cuando intenta hablar con Honorio sobre este tema, su hermano se burla: "¿Cree que me jugaría el pellejo sólo por estar a su lado? ¡Qué vanidoso se ha vuelto, compadre!" Pero esas bromas, en vez de aplacar sus dudas, las han activado. Se lo había dicho al Consejero: "Por mi egoísmo, he dispuesto de Honorio y de su familia sin jamás averiguar lo que ellos querían; como si fueran muebles o chivos". El Consejero encontró un bálsamo para esa herida: "Si fuera así, los has ayudado a hacer méritos para ganar el cielo".

Siente que lo remecen, pero demora en abrir los ojos. El sol brilla en el cielo y Honorio le está haciendo silencio con un dedo en los labios:

—Ahí están, compadre —murmura, con voz queda—. Nos ha tocado recibirlos.

—Qué honor, compadre —responde, con voz pastosa.

Se arrodilla en la trinchera. De las barrancas de la otra banda del Vassa Barris un mar de uniformes azules, plomos, rojos, con brillos de abotonaduras y de espadas y bayonetas, viene hacia ellos en la resplandeciente mañana. Eso es lo que sus oídos están oyendo, hace rato: repique de tambores, clarín de cornetas. "Parece que vinieran derechito hacia nosotros", piensa. El aire está limpio y, pese a la distancia, ve con suma nitidez a las tropas, desplegadas en tres cuerpos, uno de los cuales, el del centro, parece enfilar rectilíneamente hacia estas trincheras. Algo pegajoso en la boca le atranca las palabras. Honorio le dice que ha despachado ya dos "párvulos", a Fazenda Velha y a la salida a Trabubú, a avisar a João Abade y a Pedrão que vienen por este lado.

—Tenemos que aguantarlos —se oye decir—. Aguantarlos como sea hasta que João Abade y Pedrão se replieguen a Belo Monte.

—Siempre y cuando no estén atacando a la vez por la Favela —gruñe Honorio.

Antonio no lo cree. Al frente, bajando las barrancas del río seco, hay varios miles de soldados, más de tres mil, tal vez cuatro mil, lo que tiene que ser toda la fuerza útil de los perros. Los yagunzos saben, por los "párvulos" y espías, que en el hospital de la quebrada entre la Favela y el Alto do Mario hay cerca de mil heridos y enfermos. Una parte de la tropa debe haber quedado allí, protegiendo el hospital, la artillería e instalaciones. Esa tropa tiene que ser toda la del asalto. Se lo dice a Honorio, sin mirarlo, la vista clavada en las barrancas, mientras verifica con los dedos si el tambor del revólver está lleno de cartuchos. Aunque tiene un Männlicher, prefiere ese revólver, con el que se ha batido desde que está en Canudos. Honorio, en cambio, tiene el fusil apoyado en el reborde, con el alza levantada y el dedo en el gatillo. Así deben estar todos los otros yagunzos, en sus cuevas, recordando la instrucción: no disparar sino cuando el enemigo esté muy cerca, para ahorrar munición y aprovechar la sorpresa. Es lo único que los favorece, lo único que puede atenuar la desproporción de número y de equipo.

Llega arrastrándose y se deja caer en la poza, un chiquillo que les trae un zurrón de café caliente y unas tortas de maíz. Antonio reconoce sus ojos vivos y risueños, su cuerpo torcido. Se llama Sebastián y es veterano en estas lides, pues ha servido de mensajero a Pajeú y a João Grande. Mientras bebe el café, que le compone el cuerpo, Antonio ve desaparecer al chiquillo, reptando con sus zurrones y alforjas, silente y veloz como una lagartija.

"Si se acercaran unidos, formando una masa compacta", piensa. Qué fácil sería entonces derribarlos con granizadas a quemarropa, en ese territorio sin árboles, matorrales ni rocas. Las depresiones del suelo no les sirven de mucho pues las trincheras de los yagunzos están en alto-·zanos desde los cuales pueden dominarlas. Pero no vienen unidos. El cuerpo del centro avanza más rápido, como una proa; es el primero en cruzar el cauce y en escalar las barrancas. Unas figurillas azulinas, con listas rojas en los pantalones y puntos destellantes, asoman a menos de doscientos pasos de Antonio. Es una compañía de exploradores, un centenar de hombres, todos a pie, que se reagrupan en dos bloques de tres en fondo y progresan rápidamente, sin la menor precaución. Los ve estirar los pescuezos, avizorar las torres de Belo Monte, totalmente inconsciente de esos tiradores rastreros que los apuntan.

"¿Qué espera, compadre?", dice Honorio. "¿Que nos vean?" Antonio dispara y, al instante, como un eco multiplicado, estalla a su alrededor un estruendo que borra a los tambores y clarines. El humo, el polvo, la confusión se apoderan de los exploradores. Antonio dispara, despacio, todos sus tiros, apuntando con un ojo cerrado a los soldados que han dado media vuelta y huyen a la carrera. Alcanza a ver que otros cuerpos han salvado ya las barrancas y se acercan por tres, cuatro direcciones distintas. La fusilería cesa.

—No nos han visto —le dice su hermano.

—Tienen el sol en contra —le responde—. Dentro de una hora estarán ciegos.

Ambos cargan sus armas. Se escuchan tiros aislados, de yagunzos que quieren rematar a esos heridos que Antonio ve arrastrándose sobre el cascajo, tratando de alcanzar las barrancas. Por éstas siguen apareciendo cabezas, brazos, cuerpos de soldados. Las formaciones se desmoronan, fragmentan, tuercen, al avanzar por el terreno quebradizo, danzante. Los soldados han comenzado a disparar, pero Antonio tiene la impresión de que aún no localizan las trincheras, que disparan por encima de ellos, hacia Canudos, creyendo que las ráfagas que segaron a su punta de lanza provenían del Templo del Buen Jesús. El tiroteo adensa la polvareda y remolinos parduzcos envuelven y desaparecen por instantes a los ateos que, agazapados, apretados unos contra otros, los fusiles enhiestos y la bayoneta calada, se adelantan al compás de toques de corneta y tambor y gritos de: "¡Infantería! ¡Avanzar!".

El ex-comerciante vacía dos veces su revólver. El arma se recalienta y le quema la mano, así que la enfunda y empieza a usar el Männlicher. Apunta y dispara, buscando siempre, entre los cuerpos enemigos, aquellos que por el sable, los entorchados o las actitudes parecen los que mandan. De pronto, viendo a esos heréticos y fariseos de caras asustadas, descompuestas, que caen de a uno, de a dos, de a diez, por balas que ignoran de dónde vienen, siente compasión. ¿Cómo es posible que le inspiren piedad quienes quieren destruir Belo Monte? Sí, en este momento, mientras los ve desplomarse, los oye gemir y los apunta y los mata, no los odia: presiente su miseria espiritual, su humanidad pecadora, los sabe víctimas, instrumentos ciegos y estúpidos, atrapados en las artes del Maligno. ¿No les hubiera podido ocurrir a todos? ¿A él mismo, si, gracias a ese encuentro con el Consejero, no lo hubiera rozado el ángel?

—A la izquierda, compadre —le da un codazo Honorio.

Mira y ve: jinetes con lanzas. Unos doscientos, quizá más. Han cruzado el Vassa Barris a medio kilómetro a su diestra y están agrupándose en pelotones para atacar ese flanco, bajo la algarabía frenética de un cornetín. Están fuera de la línea de trincheras. En un segundo, ve lo que va a ocurrir. Los lanceros cortarán de través, por el lomerío encrespado, hasta el cementerio, y como no hay en ese ángulo trinchera que les obstruya el paso alcanzarán en pocos minutos Belo Monte. Al ver la vía libre, por esa ruta seguirá la tropa de a pie. Ni Pedrão, ni João Grande ni Pajeú han tenido tiempo de refluir hacia la ciudad a reforzar a los yagunzos parapetados en los techos y torres de las Iglesias y el Santuario. Entonces, sin saber qué va a hacer, guiado por la locura del instante, coge la bolsa de municiones y salta del pozo, gritando a Honorio: "Hay que pararlos, que me sigan, que me sigan". Echa a correr, inclinado, el Männlicher en la derecha, el revólver en la izquierda, la bolsa en el hombro, en un estado que se parece al sueño, a la embriaguez. En ese momento, el miedo a la muerte —que a veces lo despierta empapado en sudor o le hiela la sangre en medio de una conversación trivial— desaparece y se adueña de él un soberbio desprecio a la idea de ser herido o de desaparecer de entre los vivos. Mientras corre derecho hacia los jinetes que, formados en pelotones, comienzan a trotar, zigzagueando, alzando polvo, a los que ve y deja de ver, según las ondulaciones de la tierra, ideas, recuerdos, imágenes, chisporrotean en la fragua que es su cabeza. Sabe que esos jinetes son parte del batallón de lanceros del Sur, los gauchos, a los que ha avistado merodeando detrás de la Favela en procura de reses. Piensa que ninguno de esos jinetes hollará Canudos, que João Grande y la Guardia Católica, los negros del Mocambo o los kariris flecheros matarán a sus animales, blancos tan magníficos. Y piensa en su mujer y en su cuñada y en si ellas y las otras habrán regresado a Belo Monte. Entre esas caras, esperanzas, fantasías, aparece Assaré, allá en los confines del Ceará, adonde no ha vuelto desde que salió huyendo de la peste. Su pueblo suele presentarse en momentos como éste, cuando siente que toca un límite, que pisa un extremo más allá del cual sólo quedan el milagro o la muerte.

Cuando las piernas ya no responden se deja caer y estirándose, sin buscar abrigo, se acomoda el fusil al hombro y comienza a disparar. No tendrá tiempo de recargar el arma, así que apunta cuidadosamente, cada vez. Ha cubierto la mitad de la distancia que lo separaba de los jinetes. Éstos cruzan frente a él, entre la polvareda, y se pregunta cómo no lo han visto, pese a haber venido corriendo a campo traviesa, pese a estarlos tiroteando. Ninguno de los lanceros mira hacia aquí. Pero, como si su pensamiento los hubiera alertado, el pelotón que va a la cabeza gira súbitamente hacia la izquierda. Ve que un jinete hace un movimiento circular con el espadín, como llamándolo, como saludándolo, y que la docena de lanceros galopa en su dirección. El fusil está sin balas. Coge el revólver con las dos manos, los codos apoyados en tierra, decidido a guardar esos cartuchos hasta tener encima a los caballos. Ahí están las caras de los diablos, deformadas por la rabia, ahí la ferocidad con que taconean los ijares, las largas varillas que tiemblan, los bombachos que el viento infla. Dispara al del sable, una, dos, tres balas, sin darle, pensando que nada lo librará de que esas lanzas lo ensarten y lo machaquen esos cascos que martillean el cascajo. Pero algo ocurre y otra vez tiene el pálpito de lo sobrenatural. De detrás suyo surgen muchas figuras disparando, blandiendo machetes, facas, martillos, hachas, que se avientan contra los animales y sus cabalgaduras, baleándolos, acuchillándolos, cortándolos, en un remolino vertiginoso. Ve yagunzos prendidos de las lanzas y de las piernas de los jinetes y cortando las riendas; ve rodar a caballos y oye rugidos, relinchos, injurias, disparos. Por lo menos dos lanceros pasan encima suyo, sin pisotearlo, antes de que consiga ponerse de pie y lanzarse a la pelea. Dispara los dos últimos tiros de su revólver y, empuñando el Männlicher como garrote, corre hacia los ateos y yagunzos más próximos, entreverados en el suelo. Descarga un culatazo contra un soldado encaramado sobre un yagunzo y lo golpea hasta dejarlo inerte. Ayuda al yagunzo a levantarse y ambos corren a socorrer a Honorio, a quien persigue un jinete con la lanza estirada. Al ver que van hacia él, el gaucho azuza al animal y se pierde a galope en dirección a Belo Monte. Durante un buen rato, en medio del terral, Antonio corre de un sitio a otro, ayuda a levantarse a los caídos, carga y vacía su revólver. Hay compañeros malheridos y otros muertos, con lanzas atravesadas. Uno sangra profusamente por una herida abierta a sablazos. Se ve, como en sueños, rematando a culatazos —otros lo hacen con el machete— a los gauchos desmontados. Cuando el entrevero termina por falta de enemigos y los yagunzos se reúnen, Antonio dice que deben regresar a las trincheras, pero a medio hablar advierte, entre nubarrones de polvo rojizo, que por allá donde estaban antes emboscados pasan ahora las compañías de masones, hasta perderse de vista.

No lo rodean más de cincuenta hombres. ¿Y los otros? Los que podían moverse, volvieron a Belo Monte. "Pero no eran muchos", gruñe un yagunzo sin dientes, el hojalatero Zósimo. A Antonio le asombra encontrarlo de combatiente, cuando su decrepitud y sus años deberían tenerlo apagando incendios y acarreando heridos a las Casas de Salud. No tiene sentido seguir allí; una nueva carga de jinetes acabaría con ellos.

—Vamos a ayudar a João Grande —les dice.

Se escinden en grupos de tres o cuatro y, dando el brazo a los que cojean, protegiéndose en las arrugas del terreno, emprenden el regreso. Antonio va rezagado, junto a Honorio y a Zósimo. Acaso los nubarrones de polvo, acaso los rayos de sol, acaso la premura que tienen por invadir Canudos expliquen que ni las tropas que progresan a su izquierda ni los lanceros que divisan a la derecha, vengan a rematarlos. Porque los ven, es imposible que no los vean como ellos los están viendo. Pregunta a Honorio por las Sardelinhas. Le responde que a todas las mujeres les mandó decir que se fueran, antes de abandonar las trincheras. Todavía hay un millar de pasos hasta las viviendas. Será difícil, yendo tan despacio, llegar hasta allí sanos y salvos. Pero el temblor de sus piernas y el tumulto de su sangre le dicen que ni él ni ninguno de los sobrevivientes están en condiciones de ir más de prisa. El viejo Zósimo se tambalea, presa de un pasajero desvanecimiento. Le da una palmada, alentándolo, y lo ayuda a caminar. ¿Será cierto que este anciano estuvo alguna vez a punto de quemar vivo al León de Natuba, antes de ser rozado por el ángel?

—Mire por el lado de la casa de Antonio el Fogueteiro, compadre.

Una intensa, ruidosa fusilería viene de ese macizo de viviendas que se elevan delante del antiguo cementerio y cuyas callejuelas, enrevesadas como jeroglíficos, son las únicas de Canudos que no llevan nombres de santos, sino de cuentos de troveros: Reina Magalona, Roberto el Diablo, Silvaninha, Carlomagno, Fierabrás, Pares de Francia. Allí están concentrados los nuevos peregrinos. ¿Son ellos quienes tirotean de ese modo a los ateos? Techos, puertas, bocacalles del barrio vomitan fuego contra los soldados. De pronto, entre las siluetas de yagunzos tumbados, de pie o acuclillados, descubre la inconfundible silueta de Pedrão, saltando de aquí a allá con su mosquetón, y está seguro de distinguir, entre el ruido atronador de los disparos, el estruendo del arma del mulato gigantón. Pedrão ha rechazado siempre cambiar esa vieja arma, de sus épocas de bandido, por los fusiles de repetición Mánnlicher y Máuser, pese a que éstos disparan cinco tiros y se cargan de prisa, en tanto que él, cada vez que usa el mosquete, tiene que limpiar el cañón y cebarlo de pólvora y taponarlo, antes de disparar los absurdos proyectiles: pedazos de fierro, de limonita, de vidrio, de plomo, de cera y hasta de piedra. Pero Pedrão tiene una destreza asombrosa y hace esa operación a una velocidad que parece cosa de brujo, como su extraordinaria puntería.

Lo alegra verlo allí. Si Pedrão y sus hombres han tenido tiempo de regresar, también lo habrán hecho João Abade y Pajeú y, entonces,

Belo Monte está bien defendido. Les falta ya menos de doscientos pasos para la primera línea de trincheras y los yagunzos que van delante agitan los brazos y se identifican a gritos para que los defensores no les disparen. Algunos corren; él y Honorio los imitan, pero se detienen pues el viejo Zósimo no puede seguirlos. Lo toman de los brazos y lo llevan a rastras, inclinados, tropezando, bajo una granizada de explosiones que a Antonio le parece dirigida contra ellos tres. Llega hasta lo que era una bocacalle y es ahora una tapia de piedras y latas de arena, tablas, tejas, ladrillos y toda clase de objetos sobre los que divisa una compacta hilera de tiradores. Muchas manos se estiran para ayudarlos a trepar. Antonio se siente levantado en peso, bajado, depositado al otro lado de la trinchera. Se sienta a descansar. Alguien le alcanza un zurrón lleno de agua, que bebe a sorbos, con los ojos cerrados, sintiendo una sensación dolorosa y dichosa cuando el líquido moja su lengua, su paladar, su garganta, que parecen de lija. Sus oídos zumbantes se destapan de rato en rato y puede oír la fusilería y los mueras a la República y a los ateos y los vítores al Consejero y al Buen Jesús. Pero en una de ésas —la gran fatiga va cediendo, pronto se levantará— se da cuenta que los yagunzos no pueden aullar "¡Viva la República!", "¡Viva el Mariscal Floriano!", "¡Mueran los traidores!", "¡Mueran los ingleses!". ¿Es posible que estén tan cerca que oiga sus voces? Los toques de corneta vibran en sus mismos oídos. Siempre sentado, coloca cinco balas en el tambor del revólver. Al cargar el Männlicher, ve que es la última cacerina. Haciendo un esfuerzo que resiente todos sus huesos, se pone de pie y trepa, ayudándose con codos y rodillas, hasta lo alto de la barricada. Le abren un hueco. A menos de veinte metros carga una maraña de soldados, en filas apretadas. Sin apuntar, sin buscar oficiales, descarga al bulto todas las balas del revólver y luego las del Männlicher, sintiendo, en cada rebote de la culata, un aguijazo en el hombro. Mientras recarga apresurado el revólver mira el contorno. Los masones atacan por todos lados, y en el sector de Pedrão están aún más cerca que aquí; algunas bayonetas han llegado al borde mismo de las barricadas y hay yagunzos que se alzan de pronto armados de garrotes y fierros, golpeando con furia. No ve a Pedrão. Hacia su derecha, en una polvareda descomunal, las oleadas de uniformes avanzan hacia Espíritu Santo, Santa Ana, San José, Santo Tomás, Santa Rita, San Joaquim. Por cualquiera de esas calles llegarán en segundos hasta San Pedro o Campo Grande, el corazón de Belo Monte, y podrán asaltar las Iglesias y el Santuario. Lo tironean de un pie. Un jovencito le dice a gritos que el Comandante de la Calle quiere verlo, en San Pedro. El jovencito ocupa su puesto en el parapeto.

Mientras sube, trotando, la cuesta de San Crispín, ve a ambos lados de la calle mujeres llenando baldes y cajas de arena, que cargan al hombro. Todo a su alrededor es polvo, carreras, desbarajuste, entre casas con techos desfondados, fachadas acribilladas y ennegrecidas por el humo y otras desmoronadas o removidas. El movimiento frenético tiene un sentido, que descubre al llegar a San Pedro, la paralela a Campo Grande que taja Belo Monte del Vassa Barris al cementerio. El Comandante de la Calle está allí, con dos carabinas cruzadas, clausurando el lugar con barricadas en todas las esquinas que miran al río. Le estira la mano y sin preámbulos —pero, piensa Antonio, sin precipitación, con la calma debida para que el ex-comerciante lo comprenda exactamente— le pide que se encargue él de cerrar esas callejuelas transversales de San Pedro, utilizando toda la gente disponible.

—¿No es mejor reforzar la trinchera de abajo? —dice Antonio Vilanova, señalando el lugar de donde viene.

—Ahí no podremos aguantarlos mucho, es abierto —dice el Comandante de la Calle—. Aquí se enredarán y estorbarán. Tiene que ser una verdadera muralla, ancha, alta.

—No te preocupes, João Abade. Anda, yo me encargo. —Pero cuando el otro da media vuelta, añade: —¿Y Pajeú?

—Vivo —dice João Abade, sin volverse—. En la Fazenda Velha.

"Defendiendo las aguadas", piensa Vilanova. Si los sacan de allí, se quedarían sin gota de agua. Después de las Iglesias y el Santuario, es lo más importante para seguir viviendo: las aguadas. El ex-cangaceiro se pierde en la polvareda, por la cuesta que baja al río. Antonio se vuelve hacia las torres del Templo del Buen Jesús. Por el terror supersticioso de que no las iba a ver en su sitio, no las ha mirado desde que volvió a Belo Monte. Ahí están, desportilladas pero intactas, con su espesa osatura de piedra resistiendo las balas, los obuses, la dinamita de los perros. Los yagunzos encaramados en el campanario, en los techos, en los andamios, disparan sin tregua, y, otros, acuclillados o sentados, lo hacen desde el techo y el campanario de San Antonio. Entre los racimos de tiradores de la Guardia Católica que hacen fuego desde las barricadas del Santuario, divisa a João Grande. Todo eso lo embarga de fe, evapora el pánico que le ha subido desde la planta de los pies al oír a João Abade que los soldados an a trasponer inevitablemente las trincheras de abajo, que allí no ha esperanza de atajarlos. Sin perder más tiempo, ordena a gritos a los e ijambres de mujeres, niños y viejos que comiencen a derribar todas las viviendas de las esquinas de San Crispín, de San Joaquim, de Santa Rita, de Santo Tomás, de Espíritu Santo, de Santa Ana, de San José, para convertir en una selva inextricable esa parte de Belo Monte. Les da el ejemplo, utilizando su fusil como ariete. Hacer trincheras, parapetos, es construir, organizar, y ésas son cosas que Antonio Vilanova hace mejor que la guerra.

COMO se habían llevado todos los fusiles, cajas de municiones y explosivos, el almacén se había triplicado de tamaño. El gran vacío aumentaba el desamparo del periodista miope. El cañoneo anulaba el tiempo. ¿Cuánto hacía que estaba encerrado en el depósito con la Madre de los Hombres y el León de Natuba? Había escuchado a éste leer el papel de las disposiciones del asalto a la ciudad con un rechinar de dientes que todavía le duraba. Desde entonces, debía haber transcurrido ya la noche, estar amaneciendo. No era posible que aquello durase ya menos de ocho, diez horas. Pero el miedo alargaba los segundos, volvía inmóviles los minutos. Acaso no había pasado una hora desde que João Abade, Pedrão, Pajeú, Honorio Vilanova y João Grande partieron a la carrera, al escuchar las primeras explosiones de eso que el papel llamaba "el ablandamiento". Recordó su partida precipitada, la discusión entre ellos y la mujer que quería regresar al Santuario, cómo la habían obligado a permanecer allí.

Esto, pese a todo, resultaba alentador. Si habían dejado en el almacén a esos dos íntimos del Consejero, allí estaban más protegidos que en otras partes. Pero ¿no era ridículo pensar en sitios seguros, en este momento? El "ablandamiento" no era un tiroteo de blancos específicos; eran cañonazos ciegos, para prender incendios, destruir casas, sembrar las calles de cadáveres y ruinas que desmoralizaran a los pobladores de manera que no tuvieran ánimos para enfrentarse a los soldados cuando irrumpieran en Canudos.

"La filosofía del Coronel Moreira César", pensó. Qué estúpidos, qué estúpidos, qué estúpidos. No entendían palabra de lo que ocurría acá, no sospechaban cómo eran estas gentes. El cañoneo interminable, sobre la ciudad en tinieblas, sólo lo ablandaba a él. Pensó: "Debe haber desaparecido medio Canudos, tres cuartas partes de Canudos". Pero hasta ahora ningún obús había hecho impacto en el almacén. Decenas de veces, cerrando los ojos, apretando los dientes, pensó: "Éste es, éste es". Su cuerpo rebotaba al estremecerse las tejas, calaminas, maderas, al elevarse ese polvo en el que todo parecía quebrarse, rasgarse, despedazarse sobre, encima, bajo, en torno suyo. Pero el almacén seguía en pie, resistiendo los ramalazos de las explosiones.

La mujer y el León de Natuba hablaban. Entendía un rumor, no lo que decían. Aguzó el oído. Habían permanecido mudos desde el comienzo del bombardeo y en algún momento imaginó que habían sido alcanzados por las balas y que velaba sus cadáveres. El cañoneo lo había ensordecido; sentía un burbujeo zumbante, pequeñas explosiones internas. ¿Y Jurema? ¿Y el Enano? Habían ido en vano a la Fazenda Velha a llevar comida a Pajeú, pues se cruzaron con él, que vino a la reunión del almacén. ¿Estarían vivos? Una correntada impetuosa, afectuosa, apasionada, dolorida, lo recorrió, mientras los adivinaba en la trinchera de Pajeú, encogidos bajo las bombas, seguramente extrañándolo, como él a ellos. Eran parte de él y él parte de ellos. ¿Cómo era posible que sintiera por esos seres con los que no tenía nada en común y sí, en cambio, grandes diferencias de extracción social, de educación, de sensibilidad, de experiencia, de cultura, una afinidad tan grande, un amor tan desbordante? Lo que compartían desde hacía meses había creado entre ellos ese vínculo, el haberse visto, sin soñarlo, sin quererlo, sin saber cómo, por esos extraños, fantásticos encadenamientos de causas y efectos, de azares, accidentes y de coincidencias que era la historia, catapultados juntos en estos sucesos extraordinarios, en esta vida al borde de la muerte. Eso los había unido así. "No volveré a separarme de ellos", pensó. "Los acompañaré a llevar la comida a Pajeú, iré con ellos a..."

Pero tuvo una sensación de ridículo. ¿Acaso iba a continuar la rutina de los días pasados después de esta noche? Si salían indemnes del cañoneo ¿sobrevivirían a la segunda parte del programa leído por el León de Natuba? Presintió las filas cerradas, macizas, de miles y miles de soldados, bajando de los cerros con las bayonetas caladas, entrando a Canudos por todas las esquinas y sintió un fierro frío en las carnes flacas de su espalda. Les gritaría quién era y no oirían, les gritaría soy uno de ustedes, un civilizado, un intelectual, un periodista y no le creerían ni entenderían, les gritaría no tengo nada que ver con estos locos, con estos bárbaros, pero sería inútil. No le darían tiempo para abrir la boca. Morir como yagunzo, entre la masa anónima de yagunzos: ¿no era el colmo del absurdo, prueba flagrante de la estupidez innata del mundo? Con todas sus fuerzas echó de menos a Jurema y al Enano, sintió urgencia de tenerlos cerca, de hablarles y de oírlos. Como si se le destaparan ambos oídos, oyó, muy clara, a la Madre de los Hombres: había faltas que no se podían expiar, pecados que no podían ser redimidos. En la voz convencida, resignada, callosa, atormentada, un sufrimiento parecía venir del fondo de los años.

—Hay un sitio en el fuego, esperándome —la oyó repetir—. No puedo cegarme, hijito.

—No hay crimen que el Padre no pueda perdonar —respondió el León de Natuba con presteza—. La Señora ha intercedido por ti y el Padre te ha perdonado. No sufras, Madre.

Era una voz bien timbrada, segura, fluida, con la música del interior. El periodista pensó que esa voz normal, cadenciosa, sugería a un hombre erecto, entero, apuesto, jamás a quien hablaba.

—Era pequeñito, indefenso, tierno, recién nacido, un corderito —salmodió la mujer—. Su madre tenía los pechos secos y era malvada y vendida al Diablo. Entonces, con el pretexto de no verlo sufrir, le metió una madeja de lana en la boca. No es un pecado como los otros, hijito. Es el pecado que no tiene perdón. Me verás quemándome por los siglos de los siglos.

—¿No crees en el Consejero? —la consoló el escriba de Canudos—. ¿No habla con el Padre? ¿No ha dicho que...?

El estruendo ahogó sus palabras. El periodista miope endureció el cuerpo y cerró los ojos y tembló con el remezón, pero siguió escuchando a la mujer, asociando lo que había oído con un remoto recuerdo que, al conjuro de sus palabras, ascendía a su conciencia desde las profundidades donde estaba enterrado. ¿Era ella? Oyó de nuevo la voz que había oído ante el Tribunal, veinte años atrás: suave, afligida, desasida, impersonal.

—Usted es la filicida de Salvador —dijo.

No tuvo tiempo de asustarse de haberlo dicho, pues se sucedieron dos explosiones y el almacén crujió salvajemente, como si fuera a derrumbarse. Lo invadió un terral que pareció concentrarse todo en sus narices. Comenzó a estornudar, en accesos crecientes, potentes, acelerados, desesperados, que lo hacían torcerse en el suelo. Su pecho iba a estallar por falta de aire y se lo golpeó con ambas manos mientras estornudaba y, a la vez, entreveía como en sueños, por las rendijas azules, que, en efecto, había amanecido. Con la sienes estiradas hasta rasgarse pensó que esto sí era el fin, moriría asfixiado, a estornudos, una manera estúpida pero preferible a las bayonetas de los soldados. Se desplomó de espaldas, siempre estornudando. Un segundo después su cabeza reposaba sobre un regazo cálido, femenino, acariciante, protector. La mujer lo acomodó sobre sus rodillas, le secó la frente, lo acunó como las madres a sus hijos para que duerman. Aturdido, agradecido, murmuró: "Madre de los Hombres".

Los estornudos, el malestar, el ahogo, la debilidad, tuvieron la virtud de librarlo del miedo. Sentía el cañoneo como algo ajeno y extraordinaria indiferencia ante la idea de morir. Las manos, el susurro, el aliento de la mujer, el repaso de sus dedos en su cráneo, frente, ojos, lo llenaban de paz, lo regresaban a una infancia borrosa. Había dejado de estornudar pero el cosquilleo en sus narices —dos llagas vivas— le decían que el acceso podía repetirse en cualquier instante. En esa borrachera difusa, rememoraba otros accesos, en que también había tenido la certeza del fin, esas noches de bohemia bahiana que los estornudos interrumpían brutalmente, como una conciencia censora, provocando la hilaridad de sus amigos, esos poetas, músicos, pintores, periodistas, vagos, actores y las luciérnagas noctámbulas de Salvador entre quienes había malgastado su vida. Recordó cómo había comenzado a aspirar éter porque el éter le traía el sosiego después de esos ataques en que quedaba exhausto, humillado y con los nervios erizados, y cómo, luego, el opio lo salvaba de los estornudos con una muerte transitoria y lúcida. Los cariños, el arrullo, el consuelo, el olor de esa mujer que había matado a su hijo cuando él, adolescente, comenzaba a trabajar en un diario y que era ahora sacerdotisa de Canudos, se parecían al opio y al éter, eran algo suave y letárgico, una grata ausencia, y se preguntó si alguna vez, de niño, esa madre a la que él no había conocido lo acarició así y le hizo sentir invulnerabilidad e indiferencia ante los peligros del mundo. Por su mente desfilaron las aulas y patios del Colegio de los Padres Salesianos donde, gracias a sus estornudos, había sido, como sin duda el Enano, como sin duda el monstruo lector que estaba allí, hazmerreír y víctima, blanco de burlas. Por los accesos de estornudos y por su escasa vista había sido apartado de los deportes, juegos fuertes, excursiones, tratado como inválido. Por eso se había vuelto tímido, por esa maldita nariz ingobernable había tenido que usar pañuelos grandes como sábanas, y por culpa de ella y de sus ojos obtusos no había tenido enamorada, novia ni esposa y había vivido con esa permanente sensación de ridículo que no le permitió declarar su amor a las muchachas a las que amó, ni enviarles los versos que les escribía y que luego cobardemente rompía. Por culpa de esa nariz y esa miopía sólo había tenido entre los brazos a las putas de Bahía, conocido esos amores mercantiles, rápidos, sucios, que dos veces pagó con purgaciones y curas con sondas que lo hacían aullar. Él también era monstruo, tullido, inválido, anormal. No era accidente que estuviese donde habían venido a congregarse los tullidos, los desgraciados, los anormales, los sufridos del mundo. Era inevitable pues era uno de ellos.

Lloraba a gritos, encogido, prendido con las dos manos de la Madre de los Hombres, balbuceando, quejándose de su mala suerte y sus desgracias, volcando a borbotones, entre babas y sollozos, su amargura y su desesperación, actuales y pasadas, las de su juventud extinta, su frustración vital e intelectual, hablándole con una sinceridad que no había tenido antes ni consigo mismo, diciéndole cuán miserable y desdichado se sentía por no haber compartido un gran amor, por no haber sido el exitoso dramaturgo, el poeta inspirado que hubiera querido ser, y por saber que iba a morir aún más estúpidamente de lo que había vivido. Se oyó decir, entre jadeos: "No es justo, no es justo, no es justo". Se dio cuenta que ella lo besaba en la frente, en las mejillas, en los párpados, a la vez que le susurraba palabras tiernas, dulces, incoherentes, como las que se dicen a los recién nacidos para que el ruido los hechice y haga felices.. Sentía, en efecto, un gran alivio, una maravillosa gratitud hacia esas palabras mágicas: "Hijito, hijito, niñito, palomita, corderito..."

Pero súbitamente lo devolvieron al presente, a la brutalidad, a la guerra. El trueno de la explosión que arrancó el techo puso de pronto, encima suyo, el cielo, el sol destellante, nubes, la mañana luciente. Volaban astillas, ladrillos, tejas rotas, alambres retorcidos, y el periodista miope sentía impactos de guijarros, granos de tierra, piedras, en mil lugares de su cuerpo, cara, manos. Pero ni él ni la mujer ni el León de Natuba fueron arrollados por el derrumbe. Estaban de pie, apretados, abrazados, y él buscaba afanosamente en sus bolsillos su anteojo de añicos, pensando que se había deshecho, que en adelante ni siquiera contaría con esa ayuda. Pero ahí estaba, intacto, y, siempre aferrado a la Superiora del Coro Sagrado y al León de Natuba, fue reconociendo, en imágenes distorsionadas, los estragos de la explosión. Además del techo, había caído la pared del frente y, salvo el rincón que ocupaban, el almacén era un montón de escombros. Vio por la tapia caída otros escombros, humo, siluetas que corrían.

Y en eso el local se repletó de hombres armados, con brazaletes y pañuelos azules, entre los que adivinó la maciza figura semidesnuda de João Grande. Mientras los veía abrazar a María Quadrado, al León de Natuba, el periodista miope, la pupila aplastada contra el anteojo, tembló: se los iban a llevar, se quedaría abandonado en estas ruinas. Se prendió de la mujer y del escriba y, perdida toda vergüenza, todo escrúpulo, se puso a gimotear que no lo dejaran, a implorarles, y la Madre de los Hombres lo arrastró de la mano, tras ellos, cuando el negro grande ordenó salir de allí.

Se encontró trotando en un mundo revuelto por el desorden, las humaredas, el ruido, las pilas de escombros. Había dejado de llorar, sus sentidos estaban centrados en la arriesgadísima tarea de sortear obstáculos, no tropezar, resbalar, caer, soltar a la mujer. Había recorrido decenas de veces Campo Grande, rumbo a la Plaza de las Iglesias, y sin embargo no reconocía nada: paredes caídas, huecos, piedras, objetos regados aquí y allá, gente que iba y venía, que parecía disparar, huir, rugir. En vez de cañonazos, oía tiros de fusil y llanto de niños. No supo en qué momento se soltó de la mujer, pero, de repente, advirtió que no estaba cogido de ella sino de una forma disímil, trotadora, cuyo ansioso jadeo se confundía con el suyo. Lo tenía asido de unas crenchas espesas, abundantes. Se rezagaban, los dejaban atrás. Empuñó con fuerza la cabellera del León de Natuba, si la soltaba habría perdido todo. Y, mientras corría, saltaba, esquivaba, se oía pidiéndole que no se adelantara, que tuviera compasión de alguien que no podía valerse por sí mismo.

Se dio de bruces contra algo que creyó una pared y eran hombres. Se sintió atajado, rechazado, cuando oyó a la mujer pidiendo que lo dejaran entrar. La muralla se abrió, percibió barriles y costales y hombres que disparaban y hablaban a gritos, e ingresó, entre la Madre de los Hombres y el León de Natuba, a un recinto sombreado, por una puertecita de estacas. La mujer, tocándole la cara, le dijo: "Quédate aquí. No tengas miedo. Reza". Alcanzó a ver que por una segunda puertecita desaparecían ella y el León de Natuba.

Se desmoronó al suelo. Estaba rendido, sentía hambre, sed, sueño, urgencia de olvidar la pesadilla. Pensó: "Estoy en el Santuario". Pensó: "Ahí está el Consejero". Sintió asombro de haber llegado hasta aquí, pensó en el privilegiado que era, vería y oiría de cerca al eje de la tempestad que vivía el Brasil, al hombre más conocido y odiado del país. ¿De qué le serviría? ¿Acaso tendría ocasión de contarlo? Trató de escuchar lo que decían en el interior del Santuario, pero el barullo exterior no le permitió escuchar nada. La luz que se filtraba entre los carrizos era blanca y viva y el calor muy fuerte. Los soldados debían estar aquí, habría combates en las calles. Pese a ello, lo embargaba una profunda tranquilidad en ese sombreado reducto solitario.

Crujió la puerta de estacas y entrevió una sombra de mujer con un pañuelo en la cabeza. Le puso en las manos una escudilla con comida y una lata con un líquido que, al beber, descubrió que era leche.

—La Madre María Quadrado está rezando por usted —oyó—. Alabado sea el Buen Jesús Consejero.

"Alabado", dijo, sin dejar de masticar, de tragar. Siempre que comía en Canudos le dolían las mandíbulas, como anquilosadas por falta de práctica: era un dolor placentero, que su cuerpo festejaba. Apenas hubo terminado, se recostó en la tierra, apoyó su cabeza en el brazo, y se quedó dormido. Comer, dormir: era ahora la única felicidad posible. Las descargas de fusilería se acercaban, alejaban, parecían girar alrededor suyo y había carreras precipitadas. Ahí estaba la cara ascética, menuda, nerviosa, del Coronel Moreira César, como la había visto tantas veces, cabalgando a su lado, o, en las noches del campamento, conversando después del rancho. Reconocía su voz sin pizca de vacilación, su tonito perentorio, acerado: el ablandamiento debía ejecutarse antes de la carga final para ahorrar vidas a la República, una pústula debía ser reventada de inmediato y sin sentimentalismos so pena de que la infección pudriera el organismo todo. Al mismo tiempo, sabía que el tiroteo arreciaba, las muertes, las heridas, los derrumbes, y tenía la sospecha de que gentes armadas pasaban encima suyo, evitando pisarlo, con noticias de la guerra que prefería no entender porque eran malas.

Estuvo seguro que ya no soñaba, cuando comprobó que esos balidos eran de un carnerito blanco que le lamía la mano. Acarició la cabeza lanosa y el animal lo dejó hacer, sin espantarse. El rumor era una conversación de dos personas, al lado suyo. Se llevó a la cara el anteojo que había mantenido empuñado mientras dormía. En la incierta luz, reconoció la forma del Padre Joaquim y la de una mujer descalza, con túnica blanca y un pañuelo azul en la cabeza. El cura de Cumbe tenía un fusil entre las piernas y una sarta de balas en el cuello. Hasta donde alcanzaba a percibir, su aspecto era el de un hombre que había combatido: los ralos mechones revueltos y apelmazados por la tierra, la sotana en jirones, una sandalia sujeta con un cordel en vez de pasador de cuero. Mostraba agotamiento. Hablaba de alguien llamado Joaquincito.

—Salió con Antonio Vilanova, a conseguir comida —lo oyó decir, con desánimo—. Sé por João Abade que todo el grupo regresó salvo y que fueron a las trincheras del Vassa Barris. —Se atoró y carraspeó—: Las que aguantaron la embestida.

—¿Y Joaquincito? —repitió la mujer.

Era Alejandrinha Correa, de la que se contaban tantos cuentos: que descubría cacimbas subterráneas, que había sido concubina del Padre Joaquim. No alcanzaba a distinguirle la cara. Ella y el cura estaban sentados por tierra. La puerta del interior del Santuario se hallaba abierta y adentro no parecía haber nadie.

—No regresó —musitó el cura—. Antonio sí, y Honorio y muchos otros que estaban en el Vassa Barris. Él no. Nadie ha podido darme cuenta, nadie lo ha visto.

—Al menos, quisiera poder enterrarlo —dijo la mujer—. Que no se quede tirado en el campo, como animal sin dueño.

—Puede ser que no haya muerto —murmuró el cura de Cumbe—. Si los Vilanova y otros volvieron, por qué no Joaquincito. A lo mejor está ahora en las torres, o en la barricada de San Pedro, o con su hermano en la Fazenda Velha. Los soldados tampoco han podido tomar esas trincheras.

El periodista miope sintió alegría y deseos de preguntarle por Jurema y el Enano, pero se contuvo: sintió que no debía inmiscuirse en esa intimidad. Las voces del cura y la beata eran de un fatalismo tranquilo, nada dramáticas. El carnerito le mordisqueaba la mano. Se incorporó y se sentó, pero ni el Padre Joaquim ni la mujer dieron importancia a que estuviera despierto, escuchándolos.

—Si Joaquincito ha muerto, es mejor que Atanasio muera también —dijo la mujer—. Para que se acompañen en la muerte.

Se le escarapeló la piel del cuello, detrás, junto a la nuca. ¿Era lo que había dicho la mujer o el tañido de las campanas? Las oía tañir, muy próximas, y oía Avemarías coreadas por innumerables gargantas. Era el atardecer, pues. La batalla llevaba casi un día. Escuchó. No había cesado, a las campanas y rezos se mezclaban cargas de fusilería. Algunas, rompían encima de sus cabezas. Daban más importancia a la muerte que a la vida. Habían vivido en el desamparo más total y toda su ambición era un buen entierro. ¿Cómo entenderlos? Aunque, tal vez, si uno vivía la vida que él estaba viviendo en este momento, la muerte era la única esperanza de compensación, una "fiesta", como decía el Consejero. El cura de Cumbe lo miraba:

—Es triste que los niños tengan que matar y que morir peleando —lo oyó murmurar—. Atanasio tiene catorce años, Joaquincito no ha cumplido trece. Llevan un año matando, haciéndose matar. ¿No es triste?

—Sí —balbuceó el periodista miope—. Lo es, lo es. Me quedé dormido. ¿Qué ocurre con la guerra, Padre?

—Han sido detenidos en San Pedro —dijo el cura de Cumbe—. En la barricada que construyó esta mañana Antonio Vilanova.

—¿Quiere decir aquí, dentro de la ciudad? —preguntó el miope.

—A treinta pasos de aquí.

San Pedro. Esa calle que cortaba Canudos del río al cementerio, la paralela a Campo Grande, una de las pocas que merecía el nombre de calle. Ahora era una barricada y ahí estaban los soldados. A treinta pasos. Sintió frío. El rumor de los rezos ascendía, bajaba, desaparecía, volvía, y el periodista miope pensó que en las pausas se escuchaba, allá afuera, la ronca voz del Consejero o la vocecita aflautada del Beatito, y que respondían en coro los Avemarías las mujeres, los heridos, los ancianos, los agonizantes, los yagunzos que estaban disparando. ¿Qué pensarían los soldados de esos rezos?

—También es triste que un cura tenga que coger el fusil —dijo el Padre Joaquim, tocando el arma que tenía puesta en las rodillas a la manera de los yagunzos—. Yo no sabía disparar. Tampoco el Padre Martínez lo había hecho, ni para matar a un venado.

¿Era éste el viejecillo al que el periodista miope había visto lloriquear, muerto de pánico, ante el Coronel Moreira César?

—¿El Padre Martínez? —preguntó.

Adivinó la desconfianza del Padre Joaquim. Había más curas en Canudos, entonces. Los imaginó cebando el arma, apuntando, disparando. ¿Acaso la Iglesia no estaba con la República? ¿No había sido excomulgado el Consejero por el Arzobispo? ¿No se habían leído condenaciones del fanático herético y demente de Canudos en todas las parroquias? ¿Cómo podía haber curas matando por el Consejero?

—¿Los oye? Escuche, escuche: ¡Fanáticos! ¡Sebastianistas! ¡Caníbales! ¡Ingleses! ¡Asesinos! ¿Quién vino hasta aquí a matar niños y mujeres, a degollar a la gente? ¿Quién obligó a niños de trece y catorce años a volverse guerreros? Usted está aquí vivo ¿no es cierto?

El terror lo anegó de pies a cabeza. El Padre Joaquim lo iba a entregar a la venganza y el odio de los yagunzos.

—Porque, usted venía con el Cortapescuezos, ¿no es verdad? —añadió el cura—. Y sin embargo le han dado techo, comida, hospitalidad. ¿Se portarían así los soldados con un hombre de Pedrão, de Pajeú, de João Abade?

Con voz estrangulada, balbuceó:

—Sí, sí, tiene usted razón. Yo le estoy muy agradecido por haberme ayudado tanto, Padre Joaquim. Se lo juro, se lo juro.

—Mueren por decenas, por centenas —señaló el cura de Cumbe hacia la calle—. ¿Por qué? Por creer en Dios, por ajustar sus vidas a la ley de Dios. La matanza de los Inocentes, de nuevo.

¿Se pondría a llorar, a patalear, se revolcaría de desesperación? Pero el periodista miope vio que el cura se calmaba, haciendo un gran esfuerzo, y que permanecía cabizbajo, escuchando los tiros, los rezos, las campanas. Creyó oír, también, toques de corneta. Tímidamente, aún no repuesto del susto, preguntó al párroco si no había visto a Jurema y al Enano. El cura dijo que no con la cabeza. En ese momento oyó a su lado una voz bien timbrada, de barítono:

—Han estado en San Pedro, ayudando a levantar la barricada.

El anteojo astillado le dibujó, borrosamente, junto a la puertecita abierta del Santuario, al León de Natuba, sentado o arrodillado, en todo caso encogido dentro de su túnica terrosa, mirándolo con sus ojos grandes y brillantes. ¿Había estado allí hacía rato o acababa de asomarse? El extraño ser, medio hombre medio animal, lo turbaba tanto que no atinó a agradecerle ni a pronunciar palabra. Lo veía apenas, pues la luz había bajado, aunque, por las rendijas de las estacas, entraba un rayo de luz menguante que moría en la espesa melena de crenchas revueltas del escriba de Canudos.

—Yo escribía todas las palabras del Consejero —lo oyó decir, con su voz bella y cadenciosa. Se dirigía a él, tratando de ser amable—. Sus pensamientos, sus consejos, sus rezos, sus profecías, sus sueños. Para la posteridad. Para añadir otro Evangelio a la Biblia.

—Sí —murmuró, confuso, el periodista miope.

—Pero ya no hay papel ni tinta en Belo Monte y la última pluma se rompió. Ya no se puede eternizar lo que dice —prosiguió el León de Natuba, sin amargura, con esa aquiescencia tranquila que el periodista miope había visto a las gentes de aquí enfrentar al mundo, como si las desgracias fueran, igual que las lluvias, los crepúsculos, las mareas, fenómenos naturales contra los que sería estúpido rebelarse.

—El León de Natuba es una persona muy inteligente —murmuró el cura de Cumbe—. Lo que Dios le quitó en las piernas, en la espalda, en los hombros, se lo dio en inteligencia. ¿No es verdad, León?

—Sí —asintió, moviendo la cabeza, el escriba de Canudos. Y el periodista miope, del que los grandes ojos no se apartaban un instante, estuvo seguro que era cierto—. He leído el Misal Abreviado y las Horas Marianas muchas veces. Y todas las revistas y papeles que la gente me traía de regalo, antes. Muchas veces. ¿El señor ha leído mucho, también?

El periodista miope sentía una incomodidad tan grande que hubiera querido salir de allí corriendo, aunque fuera a encontrarse con la guerra.

—He leído algunos libros —repuso, avergonzado. Y pensó: "No me ha servido de nada". Era una cosa que había descubierto en estos meses: la cultura, el conocimiento, mentiras, lastres, vendas. Tantas lecturas y no le habían valido de nada para escapar, para librarse de esta trampa.

—Sé qué es la electricidad —dijo el León de Natuba, con orgullo—.

Si el señor quiere, se lo puedo enseñar. Y el señor, a cambio, me puede enseñar cosas que yo no sepa. Sé qué es el principio o ley de Arquímedes. Cómo se momifican los cuerpos. Las distancias que hay entre los astros.

Pero hubo una violenta sucesión de ráfagas en direcciones simultáneas y el periodista miope se descubrió agradeciendo a la guerra que hiciera callar a ese ser cuya voz, cercanía, existencia, le causaban un malestar tan profundo. ¿Por qué lo desazonaba tanto alguien que sólo quería hablar, que desplegaba así sus cualidades, sus virtudes, para ganar su simpatía? "Porque me parezco a él —pensó—, porque estoy en la misma cadena de la que él es el eslabón más degradado".

El cura de Cumbe corrió hacia la puertita del exterior, la abrió y entró una bocanada de luz de atardecer que le reveló otros rasgos del León de Natuba: su piel oscura, las líneas afiladas de la cara, un mechón de pelusa en la barbilla, el acero de sus ojos. Pero era su postura la que le resultaba abrumadora: esa cara hundida entre dos rodillas huesudas, el bulto de la joroba por detrás de la cabeza, como un atado prendido a la espalda, y las extremidades largas y flacas como patas de araña abrazadas a sus piernas. ¿Cómo podía un esqueleto humano descomponerse, plegarse de ese modo? ¿Qué retorcimientos absurdos tenían esa columna, esas costillas, esos huesos? El Padre Joaquim hablaba a gritos con los de afuera: había un ataque, pedían gente en alguna parte. Volvió a la habitación y adivinó que recogía su fusil.

—Están asaltando la barricada por San Cipriano y San Crispín —lo oyó acezar—. Anda al Templo del Buen Jesús, estarás más protegida. Adiós, adiós, que la Señora nos salve.

Salió corriendo y el periodista miope vio que la beata atrapaba al carnerito que, asustado, se había puesto a balar. Alejadrinha Correa preguntó al León de Natuba si vendría con ella y la armoniosa voz repuso que se quedaría en el Santuario. ¿Y él? ¿Y él? ¿Se quedaría con el monstruo? ¿Correría tras la mujer? Pero ésta se había ido ya y otra vez reinaba la penumbra en el cuartito de estacas. El calor era sofocante. El tiroteo arreciaba. Imaginó a los soldados, perforando la barrera de piedras y arena, pisoteando cadáveres, acercándose como una torrentera a donde él estaba.

—No quiero morir —articuló, sintiendo que no alcanzaba siquiera a llorar.

—Si el señor quiere, hacemos pacto —dijo el León de Natuba, sin alterarse—. Lo hemos hecho con la Madre María Quadrado. Pero ella no tendrá tiempo de volver. ¿Quiere que hagamos pacto?

El periodista miope temblaba tanto que no pudo abrir la boca. Debajo del intenso tiroteo oía, como una música remansada, fugitiva, las campanas y el coro simétrico de Avemarías.

—Para no morir a fierro —le explicaba el León de Natuba—. El fierro, metido en la garganta, cortando al hombre como se corta al animal para desangrarlo, es una gran ofensa a la dignidad. Lacera el alma. ¿Quiere el señor que hagamos pacto?

Esperó un instante y como no hubo respuesta, precisó:

—Cuando los sintamos en la puerta del Santuario y sea seguro que van a entrar, nos mataremos. Cada uno apretará al otro la boca y la nariz, hasta que revienten los pulmones. O podemos estrangularnos, con las manos o los cordones de las sandalias. ¿Hacemos pacto?

La fusilería apagó la voz del León de Natuba. La cabeza del periodista miope era un vórtice y todas las ideas que chisporroteaban en él, contradictorias, amenazantes, lúgubres, espoleaban su angustia. Estuvieron en silencio, oyendo los tiros, las carreras, el gran caos. La luz decaía con rapidez y ya no veía los rasgos del escriba sino, apenas, su bulto agazapado. No haría ese pacto, sería incapaz de cumplirlo, apenas oyera a los soldados se pondría a gritar soy un prisionero de los yagunzos, socorro, ayuda, vitorearía a la República, al Mariscal Floriano, se lanzaría sobre el cuadrumano, lo dominaría y ofrecería a los soldados en prueba de que no era yagunzo.

—No entiendo, no entiendo, qué seres son ustedes —se oyó decir, cogiéndose la cabeza—. Qué hacen aquí, por qué no han huido antes de que los cercaran, qué locura esperar en una ratonera que vengan a matarlos.

—No hay dónde huir —dijo el León de Natuba—. Ya huimos antes. Para eso vinimos aquí. Éste era el sitio. Ya no hay dónde, ya vinieron también a Belo Monte.

El tiroteo se tragó su voz. Estaba casi oscuro y el periodista miope pensó que para él sería noche más pronto que para los demás. Preferible morir que pasar otra noche como la anterior. Tuvo una urgencia enorme, dolorosa, biológica, de estar cerca de sus dos compañeros. Insensatamente decidió buscarlos, y, mientras tropezaba hacia la salida, gritó:

—Voy a buscar a mis amigos, quiero morir con mis amigos.

Al empujar la puertecita, recibió fresco en la cara e intuyó, enrarecidas en la polvareda, a las figuras tumbadas en el parapeto de los que defendían el Santuario.

—¿Puedo salir? ¿Puedo salir? —imploró—. Quiero encontrar a mis amigos.

—Puedes —dijo alguien—. Ahora no hay tiros.

Dio unos pasos, apoyándose en la barricada y casi inmediatamente tropezó en algo blando. Al incorporarse se encontró abrazado a una forma femenina, delgada, que se estrechó a él. Por el olor, por la felicidad que lo colmó, antes de oírla supo quién era. Su terror se volvió júbilo mientras abrazaba a esa mujer que lo abrazaba con la misma desesperación. Unos labios se juntaron a los suyos, no se apartaron, respondieron a sus besos. "Te amo", balbuceó, "te amo, te amo. Ya no me importa morir." Y preguntó por el Enano mientras le repetía que la amaba.

—Te hemos buscado todo el día —dijo el Enano, abrazado a sus piernas—. Todo el día. Qué felicidad que estés vivo.

—A mí tampoco me importa morir —dijeron, bajo sus labios, los de Jurema.

—ÉSTA ES la casa del Fogueteiro —exclama de pronto el General Artur Oscar. Los oficiales que están dándole parte de los muertos y heridos en el asalto que él ha mandado interrumpir, lo miran desconcertados. El General señala unos cohetones a medio hacer, de cañas y tarugos sujetos con pitas, regados por la vivienda: —El que les prepara esas quemazones.

De las ocho manzanas —si se puede llamar "manzanas" a los amontonamientos indescifrables de escombros— que ha conquistado la tropa en casi doce horas de lucha, esa cabaña de una sola pieza, dividida por un tabique de estacas, es la única más o menos en pie. Por eso ha sido elegida para Cuartel General. Los ordenanzas y oficiales que lo rodean no comprenden que el Jefe del cuerpo expedicionario hable en estos momentos, cuando está haciéndose el balance de la dura jornada, de cohetes. No saben que los fuegos de artificio son una secreta debilidad del General Oscar, un poderoso resabio de infancia, y que en el Piauí aprovechaba cualquier celebración patriótica para ordenar quema de castillos en el patio del cuartel. En el mes y medio que lleva ya aquí, ha observado con envidia, desde lo alto de la Favela, ciertas noches de procesión, las cascadas de luces en el cielo de Canudos. El hombre que prepara tales castillos es un maestro, se podría ganar muy bien la vida en cualquier ciudad del Brasil. ¿Habrá muerto el Fogueteiro en el combate de hoy día? Al mismo tiempo que se lo pregunta, está atento a las cifras que enumeran los coroneles, mayores, capitanes que entran y salen o permanecen en la minúscula habitación invadida ya por las sombras. Encienden un mechero. Unos soldados apilan costales de arena ante la pared que mira al enemigo.

El General termina el cálculo.

—Es peor de lo que suponía, señores —dice al abanico de siluetas. Tiene el pecho oprimido, puede sentir la expectativa de los oficiales—. ¡Mil veintisiete bajas! ¡La tercera parte de las fuerzas! Veintitrés oficiales muertos, entre ellos los Coroneles Carlos Telles y Serra Martins. ¿Se dan cuenta?

Nadie responde, pero el General sabe que todos se dan perfecta cuenta de que un número semejante de bajas equivale a una derrota. Ve la frustración, la cólera, el asombro de sus subordinados; los ojos de algunos brillan.

—Continuar el asalto hubiera significado el aniquilamiento. ¿Lo comprenden ahora?

Porque cuando, alarmado por la resistencia de los yagunzos y la intuición de que las bajas de los patriotas eran ya muy altas —y el impacto que fue para él la muerte de Telles y Serra Martins— el General Oscar ordenó que las tropas se limitaran a defender las posiciones conquistadas, hubo en muchos de estos oficiales indignación, y hasta temió que algunos desobedecieran la orden. Su propio adjunto, el Teniente Pinto Souza, del Tercero de Infantería, protestó: "¡Pero si la victoria está al alcance de la mano, Excelencia!" No lo estaba. Un tercio fuera de combate. Es un porcentaje altísimo, catastrófico, pese a las ocho manzanas capturadas y al estrago causado a los fanáticos.

Olvida al Fogueteiro y se pone a trabajar con su Estado Mayor. Despide a los jefes, adjuntos o delegados de los cuerpos de asalto, repitiéndoles la orden de conservar, sin dar un paso atrás, las posiciones tomadas, y de apuntalar la barricada, opuesta a la que los contuvo, que se empezó a erigir hace unas horas, cuando se vio que la ciudad no caería. Decide que la Séptima Brigada, que ha quedado protegiendo a los heridos de la Favela, venga a reforzar la "línea negra", el nuevo frente de operaciones, ya incrustado en el corazón de la ciudad sediciosa. En el cono de luz del mechero, se inclina sobre el mapa trazado por el Capitán Teotónio Coriolano, cartógrafo de su Estado Mayor, guiándose por los partes y por sus propias observaciones, sobre la situación. Una quinta parte de Canudos ha sido tomada, un triángulo que se inicia en la trinchera de la Fazenda Velha, siempre en manos de los yagunzos, hasta el cementerio, capturado, y en donde las fuerzas patrióticas se hallan a menos de ochenta pasos de la Iglesia de San Antonio.

—El frente no cubre más de mil quinientos metros —dice el Capitán Guimarães, sin ocultar su decepción—. Estamos lejos de haberlos cercado. Ni la cuarta parte de la circunferencia. Pueden salir, entrar, recibir pertrechos.

—No podemos estirar el frente sin los refuerzos —se queja el Mayor Carreño—. ¿Por qué nos abandonan así, Excelencia?

El General Oscar se encoge de hombros. Desde el día de la emboscada, al llegar a Canudos, al ver la mortandad que sufrían sus hombres, ha mandado súplicas urgentes, fundamentadas, incluso exagerando la gravedad de la situación. ¿Por qué no envía refuerzos la superioridad?

—Si en vez de tres mil, hubiéramos sido cinco mil, Canudos estaría en nuestro poder —piensa en voz alta un oficial.

El General los obliga a cambiar de tema, comunicándoles que va a revisar el frente y el nuevo Hospital de Sangre instalado esa mañana, junto a las barrancas del Vassa Barris, una vez que fueron desalojados

460

de allí los yagunzos. Antes de abandonar la casa del Fogueteiro, bebe una taza de café, oyendo las campanas y Avemarías de los fanáticos tan cerca que le parece mentira.

A sus cincuenta y tres años es un hombre de gran energía, que raramente se fatiga. Ha seguido los pormenores del asalto, con sus prismáticos, desde las cinco de la mañana, en que los cuerpos comenzaron a abandonar la Favela, y ha marchado con ellos, inmediatamente detrás de los batallones de vanguardia, sin descansar y sin probar bocado, contentándose con tragos de su cantimplora. A comienzos de la tarde, una bala perdida hirió a un soldado que estaba al lado suyo. Sale de la cabaña. Es de noche; no hay una estrella. El rumor de los rezos lo invade todo, como un hechizo, y apaga los últimos tiros. Da instrucciones de que no se enciendan fogatas en la trinchera, pero, pese a ello, en el lento, intrincado recorrido que hace escoltado por cuatro oficiales, en muchos puntos de la serpenteante, jeroglífica, abrupta barricada levantada por las tropas con escombros, tierra, piedras, latas y toda clase de útiles y arterfactos, detrás de la cual se alinean, sentados de espaldas contra los ladrillos, durmiendo unos contra otros, algunos con ánimos todavía para cantar o para adelantar la cabeza sobre la muralla a insultar a los bandidos —que deben estar escuchando, agazapados detrás de su propia barrera, a cinco metros de distancia en algunos sectores, en otros a diez, en otros prácticamente tocándose—, el General Oscar encuentra braseros donde grupos de soldados hierven una sopa con residuos de viandas, recalientan pedazos de carne salada o dan calor a los heridos que tiemblan por la fiebre y que no han podido ser conducidos hasta el Hospital de Sangre por su estado calamitoso.

Cambia palabras con los jefes de compañía, de batallones. Están agotados, en todos descubre la misma desolación, mezclada de pasmo, que él también siente por las cosas incomprensibles de esta maldita guerra. Mientras felicita a un joven alférez por su comportamiento heroico en el asalto, se repite algo que se ha dicho muchas veces: "Maldita la hora en que acepté este Comando".

Mientras estaba en Queimadas, lidiando con los endemoniados problemas de falta de transportes, de animales de tiro, de carros para los víveres, que lo tendrían atascado allí tres meses de aburrimiento mortal, el General Oscar se enteró que, antes de que el Ejército y la Presidencia de la República le ofrecieran el mando de la Expedición, tres generales en activo habían rehusado aceptarlo. Ahora entiende por qué le habían hecho lo que él, en su ingenuidad, creyó una distinción, un regalo para cerrar con broche de oro su carrera. Mientras estrecha manos y cambia impresiones con oficiales y soldados cuyas caras le oculta la noche, piensa en lo imbécil que ha sido creyendo que la superioridad quiso premiarlo sacándolo de su jefatura militar del Piauí donde ha transcurrido, tan sosegadamente, su servicio de cerca de veinte años, para permitirle, antes del retiro, dirigir un glorioso hecho de armas: aplastar la rebelión monárquico-restauradora del interior bahiano. No, no ha sido para desagraviarlo por tantas postergaciones y reconocer al fin sus méritos —como él dijo a su esposa al anunciarle la nueva— sino porque los otros jefes del Ejército no querían embarrarse en semejante lodazal, que le encomendaron esta jefatura. Un presente griego. ¡Claro que los tres generales tenían razón! ¿Acaso había sido preparado él, un militar profesional, para esta guerra grotesca, absurda, totalmente al margen de las reglas y convenciones de la verdadera guerra?

En un extremo de la muralla están carneando una res. El General Oscar se sienta a comer unos bocados de carne frita en un corro de oficiales. Charla con ellos sobre las campanas de Canudos y esas oraciones que acaban de cesar. Las rarezas de esta guerra: esos rezos, esas procesiones, esos tañidos, esas iglesias que los bandidos defienden con tanto encarnizamiento. Otra vez es presa del malestar. Le incomoda que esos caníbales degenerados sean, pese a todo, brasileños, es decir, en un sentido esencial, semejantes a ellos. Pero lo que más le fastidia —a él, creyente devoto, cumplidor riguroso de los preceptos de la Iglesia, una de cuyas sospechas es que no ha sido más promocionado en su carrera por haberse negado obstinadamente a ser masón— es que los bandidos mientan que son católicos. Esas manifestaciones de fe —los rosarios, las procesiones, los vivas al Buen Jesús— lo confunden y apenan, a pesar de que el Padre Lizzardo, en todas las misas de campaña, truena contra los impíos, acusándolos de perjuros, heréticos y profanadores de la fe. Aun así, el General Oscar no puede librarse del malestar, ante ese enemigo que ha convertido esta guerra en algo tan diferente de lo que esperaba, en una especie de contienda religiosa. Pero que lo turbe no significa que deje de odiarlo, a ese adversario anormal, impredecible, que, además, lo ha humillado, no deshaciéndose al primer choque, como estaba convencido que ocurriría al aceptar esta misión.

A ese enemigo lo odia todavía más, en el curso de la noche, cuando luego de recorrer la barricada cruza el descampado hacia el Hospital de Sangre del Vassa Barris. A medio camino se hallan los cañones Krupp 7,5 que han acompañado el asalto, bombardeando sin descanso esas torres desde las que el enemigo causa tanto daño a la tropa. El General Oscar charla un momento con los artilleros, que, pese a lo avanzado de la hora, cavan un parapeto con picas, reforzando el emplazamiento.

La visita al Hospital de Sangre, a orillas del cauce seco, lo abruma; debe luchar para que médicos, enfermeros, agonizantes, no lo adviertan. Agradece que esto suceda en la semioscuridad, pues las linternas y fogatas revelan apenas una insignificante parte del espectáculo que tiene lugar a sus pies. Los heridos están más desamparados que en la Favela, sobre la arcilla y el cascajo, agrupados como han ido llegando, y los médicos le explican que, para colmo de males, toda la tarde y parte de la noche un ventarrón ha aventado contra esas heridas abiertas, que no hay con qué vendar ni desinfectar ni suturar, nubarrones de tierra rojiza. Por todas partes escucha alaridos, gemidos, llantos, desvarío de fiebre. La pestilencia es asfixiante y el Capitán Coriolano, que lo acompaña, tiene de pronto una arcada. Lo oye deshacerse en excusas. Cada cierto trecho, se detiene a decir palabras afectuosas, a palmear, estrechar la mano de un herido. Los felicita por su coraje, les agradece su sacrificio en nombre de la República. Pero queda mudo cuando hacen un alto frente a los cadáveres de los Coroneles Carlos Telles y Serra Martins, que serán enterrados mañana. El primero ha muerto de un tiro en el pecho, al comenzar el ataque, cruzando el río. El segundo, al atardecer, asaltando a la cabeza de sus hombres la barrera de los yagunzos, en un combate cuerpo a cuerpo. Le informan que su cadáver, cosido a heridas de puñal, lanza y machete, está castrado, desorejado y desnarigado. En momentos como éste, cuando oye que un destacado y bravo militar es vejado de ese modo, el General Oscar se dice que es justa la política de degollar a todos los Sebastianistas que caen prisioneros. La justificación de esa política, para su conciencia, es de dos órdenes: se trata de bandidos, no de soldados, a los que el honor mandaría respetar; y, de otro lado, la escasez de víveres no deja alternativa, pues sería más cruel matarlos de hambre y absurdo privar de raciones a los patriotas para alimentar a monstruos capaces de hacer lo que han hecho con ese jefe.

Cuando está terminando el recorrido, se detiene ante un pobre soldado al que dos enfermeros sujetan mientras le amputan un pie. El cirujano, acuclillado, serrucha, y el General lo oye pedir que le limpien el sudor de los ojos. No debe ver mucho, de todos modos, pues otra vez hay viento y la fogata bailotea. Cuando el cirujano se incorpora reconoce al joven paulista Teotónio Leal Cavalcanti. Cambian un saludo. Cuando el General Oscar emprende el regreso, la cara flaca y atormentada del estudiante, cuya abnegación encomian sus colegas y pacientes, lo acompaña. Hace unos días ese joven a quien no conocía se le presentó a decirle: "He matado a mi mejor amigo y quiero ser castigado". Asistía a la entrevista su adjunto, el Teniente Pinto Souza, y al enterarse de quién es el oficial al que Teotónio, por compasión, ha disparado un balazo en la sien, se puso lívido. La escena hizo vibrar al General. Teotónio Leal Cavalcanti, con la voz rota, explicó la condición del Teniente Pires Ferreira —ciego, sin manos, destrozado en el cuerpo y en el alma—, sus súplicas para que pusiera fin a su sufrimiento y los remordimientos que lo acosan por haberlo hecho. El General Oscar le ha ordenado guardar absoluta reserva y continuar en sus funciones como si nada hubiera sucedido. Una vez que acaben las operaciones, decidirá sobre su caso.

En casa del Fogueteiro, ya en la hamaca, recibe un informe del Teniente Pinto Souza, que acaba de regresar de la Favela. La Séptima Brigada estará aquí a primera hora, para reforzar la "línea negra".

Duerme cinco horas, y a la mañana siguiente se siente repuesto, lleno de ánimos, mientras toma su café y un puñado de esas galletas de maicena que son el tesoro de su despensa. Reina un extraño silencio en todo el frente. Los batallones de la Séptima Brigada están por llegar y, para cubrir su cruce del descampado, el General ordena que los Krupp bombardeen las torres. Desde los primeros días, ha pedido a la superioridad que, junto con los refuerzos, le manden esas granadas especiales, de setenta milímetros, con puntas de acero, que se fabricaron en la Casa de la Moneda de Río, para perforar los cascos de los barcos rebelados el 6 de septiembre. ¿Por qué no le hacen caso? Ha explicado a la jefatura que los *shrapnel* y obuses de gasolina no bastan para destruir esas malditas torres de roca viva. ¿Por qué se hacen los sordos?

El día transcurre en calma, con tiroteos ralos, y al General Oscar se le pasa dedicado a distribuir a los hombres frescos de la Séptima Brigada a lo largo de la "línea negra". En una reunión con su Estado Mayor se descarta terminantemente otro asalto, mientras no lleguen los refuerzos. Se mantendrá una guerra de posiciones, tratando de avanzar gradualmente por el flanco derecho —el más débil de Canudos, a simple vista—, en ataques parciales, sin exponer a toda la tropa. Se decide, también, que parta una expedición a Monte Santo llevándose a los heridos en condiciones de soportar el viaje.

A mediodía, cuando están enterrando a los Coroneles de Silva Telles y Serra Martins, junto al río, en una sola tumba con dos crucecillas de madera, le dan al General un mala noticia: acaba de ser herido en la cadera, por una bala perdida, el Coronel Neri, mientras hacía una necesidad biológica en una encrucijada de la "línea negra".

Esa noche lo despierta un fuerte tiroteo. Los yagunzos atacan los dos cañones Krupp 7,5 del descampado y el Batallón 32 de Infantería vuela a reforzar a los artilleros. Los yagunzos cruzaron la "línea negra" en la oscuridad, en las barbas de los centinelas. El combate es reñido, de dos horas, y la mortandad grande: perecen siete soldados y hay quince heridos, entre ellos un alférez. Pero los yagunzos tienen cincuenta muertos y diecisiete prisioneros. El General va a verlos.

Es el alba, una irisación azulada pespunta los cerros. El viento es tan frío que el General Oscar se cubre con una manta mientras recorre el descampado a trancos. Los Krupp, felizmente, están intactos. Pero la violencia de la lucha y los compañeros muertos y heridos han exasperado de tal modo a los artilleros e infantes que el General Oscar encuentra a los prisioneros medio muertos de los golpes que han recibido. Son muy jóvenes, algunos niños, y hay entre ellos dos mujeres, todos esqueléticos. El General Oscar confirma lo que confiesan todos los prisioneros: la gran escasez de alimentos entre los bandidos. Le explican que eran las mujeres y los jóvenes quienes disparaban, pues los yagunzos se dedicaron a tratar de destruir los cañones con picas, mazas, garrotes, martillos, o en atorarlos con arena. Buen síntoma: es la segunda vez que lo intentan, los Krupp 7,5 les están haciendo daño. Las mujeres, igual que los niños, tienen trapos azules. Los oficiales presentes están asqueados de esos extremos de barbarie: que envíen niños y mujeres les parece el colmo de la abyección humana, un escarnio del arte y la moral de la guerra. Cuando se retira, el General Oscar oye que los prisioneros, al darse cuenta que los van a ejecutar, vitorean al Buen Jesús. Sí, los tres generales que rehusaron venir sabían lo que hacían; adivinaban que esto de guerrear contra niños y mujeres que matan y a los que por tanto hay que matar, y que mueren dando vivas a Jesús, es algo que no puede producir alegría a ningún soldado. Tiene la boca amarga, como si hubiera masticado tabaco.

Ese día transcurre en la "línea negra" sin novedad, dentro de lo que —piensa el jefe de la Expedición— será la rutina hasta que lleguen los refuerzos: tiroteos esporádicos de una parte a otra de las dos barricadas que se desafían, ceñudas y enrevesadas; torneos de insultos que sobrevuelan las barreras sin que los insultados se vean las caras, y el cañoneo contra las Iglesias y el Santuario, ahora breve debido a la escasez de municiones. Se hallan prácticamente sin nada que comer; quedan apenas diez reses en el corral habilitado detrás de la Favela y unos cuantos sacos de café y de granos. Reduce a la mitad las raciones de la tropa, que ya eran exiguas.

Pero esa tarde el General Oscar recibe una noticia sorprendente: una familia de yagunzos, de catorce personas, se presenta espontáneamente como prisionera en el campamento de la Favela. Es la primera vez que ocurre algo así, desde el comienzo de la campaña. La noticia le levanta el ánimo de manera extraordinaria. La desmoralización y la hambruna deben estar socavando a los caníbales. En la Favela, él mismo interroga a los yagunzos. Son tres viejecillos en ruinas, una pareja adulta y niños raquíticos de vientres hinchados. Son de Ipueiras y según ellos —que responden a sus preguntas con los dientes rechinándoles de miedo— se hallan en Canudos sólo desde hace mes y medio; se refugiaron allí, no por devoción al Consejero, sino por temor al saber que se aproximaba un gran Ejército. Han huido haciendo creer a los bandidos que iban a cavar trincheras a la salida a Cocorobó, lo que en efecto han hecho hasta la víspera, en que, aprovechando un descuido de Pedrão, escaparon. Les ha tomado un día el rodeo hasta la Favela. Dan al General Oscar todos los informes sobre la situación del cubil y presentan un cuadro tétrico de lo que ocurre allí, peor aún de lo que éste suponía —hambruna, heridos y muertos por doquier, pánico generalizado— y aseguran que la gente se rendiría si no fuera por los cangaceiros como João Grande, João Abade, Pajeú y Pedrão, que han jurado matar a toda la parentela del que deserte. Sin embargo, el General no les cree al pie de la letra lo que dicen: están tan visiblemente aterrorizados que dirían cualquier embuste para despertar su simpatía. Ordena que los encierren en el corral del ganado. La vida de todos los que, siguiendo el ejemplo de éstos, se rindan, será preservada. Sus oficiales se muestran también optimistas; algunos pronostican que el cubil caerá por descomposición interna, antes de que lleguen los refuerzos.

Pero al día siguiente la tropa sufre un duro revés. Centenar y medio de reses, que venían de Monte Santo, caen en manos de los yagunzos de la manera más estúpida. Por exceso de precaución, para evitar ser víctimas de esos pisteros enrolados en el sertón que resultan casi siempre cómplices del enemigo en las emboscadas, la compañía de lanceros que escolta las reses se ha guiado sólo por los mapas trazados por los ingenieros del Ejército. La suerte no los acompaña. En vez de tomar el camino de Rosario y de las Umburanas, que desemboca en la Favela, se desvían por la ruta del Cambaio y el Tabolerinho, yendo a caer de pronto en medio de las trincheras de los yagunzos. Los lanceros dan un valeroso combate, librándose de ser exterminados, pero pierden todas las reses, que los fanáticos se apresuran a arrear a fuetazos a Canudos. Desde la Favela, el General Oscar ve con sus prismáticos ese inusitado espectáculo: la polvareda y el ruido que levanta la tropilla entrando a la carrera a Canudos entre la felicidad estentórea de los degenerados. En un ataque de furia, a los que no suele ser propenso, recrimina en público a los oficiales de la compañía que extravió las reses. ¡Este fracaso será un estigma en su carrera! Para castigar a los yagunzos por el golpe de buena suerte que les ha regalado ciento cincuenta reses, el tiroteo de hoy es el doble de intenso.

Como el problema de la alimentación asume caracteres críticos, el General Oscar y su Estado Mayor envían a los lanceros gauchos —que nunca han desmentido su fama de grandes vaqueros— y al Batallón 27 de Infantería, a conseguir comestibles "de donde sea y como sea", pues el hambre causa ya daño físico y moral en las filas. Los lanceros retornan al anochecer con veinte reses, sin que el General les pregunte la procedencia; son inmediatamente carneadas y distribuidas entre la Favela y la "línea negra". El General y sus adjuntos dan disposiciones para mejorar la comunicación entre los dos campamentos y el frente. Se establecen rutas de seguridad, se las jalona de puestos de vigilancia y se sigue reforzando la barricada. Con su energía de costumbre, el General prepara, también, la partida de los heridos. Se fabrican angarillas, muletas, se reparan las ambulancias y se hace una lista de los que partirán.

Duerme esa noche en su barraca de la Favela. A la mañana siguiente, cuando está desayunando su café con galletas de maicena, se da cuenta que llueve. Boquiabierto, observa el prodigio. Es una lluvia diluvial, acompañada de un viento silbante que lleva y trae las trombas de agua turbia. Cuando sale a empaparse, regocijado, ve que todo el campamento chapotea bajo la lluvia, en el barro, en un estado de fervor. Es la primera lluvia en muchos meses, una verdadera bendición después de estas semanas de calor endemoniado y de sed. Todos los cuerpos almacenan el precioso líquido en los recipientes de que disponen. Con sus prismáticos trata de ver lo que ocurre en Canudos, pero hay una neblina espesa y no distingue siquiera las torres. La lluvia no dura mucho, unos minutos después está allí, de nuevo, el viento cargado de polvo. Ha pensado muchas veces que cuando esto termine, su memoria conservará de manera indeleble esos ventarrones continuos, deprimentes, que presionan las sienes. Mientras se quita las botas para que su ordenanza les saque el barro, compara la tristeza de este paisaje sin verde, sin siquiera una mata floreada, con la exuberancia vegetal que lo rodeaba en el Piauí.

—Quién me iba a decir que echaría de menos mi jardín —le confiesa al Teniente Pinto Souza, que prepara la Orden del Día—. Nunca entendí la pasión de mi esposa por las flores. Las podaba y regaba todo el día. Me parecía una enfermedad encariñarse con un jardín. Ahora, frente a esta desolación, lo comprendo.

Todo el resto de la mañana, mientras despacha con distintos subordinados, piensa de manera recurrente en la polvareda que ciega y sofoca. Ni dentro de las barracas se escapa al suplicio. "Cuando uno no come polvo con asado, come asado con polvo. Y siempre aderezado de moscas", piensa.

Un tiroteo lo saca de esas filosofías, al atardecer. Una partida de yagunzos se lanza de pronto —emergiendo de la tierra como si hubieran cavado un túnel bajo la "línea negra"— contra un crucero de la barricada, con la intención de cortarla. El ataque toma de sorpresa a los soldados, que abandonan la posición, pero, una hora después, los yagunzos son desalojados con grandes pérdidas. El General Oscar y los oficiales llegan a la conclusión de que el ataque tenía por objeto proteger a las trincheras de la Fazenda Velha. Todos los oficiales sugieren por eso ocuparlas, a como dé lugar: eso precipitará la rendición del cubil. El General Oscar traslada tres ametralladoras de la Favela a la "línea negra".

Ese día, los lanceros gauchos vuelven al campamento con treinta reses. La tropa goza de un banquete, que mejora el humor de todo el mundo. El General Oscar inspecciona los dos Hospitales de Sangre, donde se realizan los últimos preparativos para la partida de los enfermos y heridos. Para evitar escenas desgarradoras anticipadas, ha decidido dar a conocer sólo en el momento de la partida los nombres de los que emprenderán viaje.

Esa tarde, los artilleros le muestran, alborozados, cuatro cajas repletas de obuses para los Krupp 7,5 que una patrulla ha encontrado en el camino de las Umburanas. Los proyectiles están en perfecto estado y el General Oscar autoriza lo que el Teniente Macedo Soares, responsable de los cañones de la Favela, llama "un fuego de artificio". Sentado junto a ellos y tapándose los oídos con algodones, como los servidores de las piezas, el General asiste al disparo de sesenta obuses, dirigidos todos contra el corazón de la resistencia de los traidores. Entre la polvareda que las explosiones levantan, observa con ansiedad las altas moles que sabe atestadas de fanáticos. Pese a estar desconchadas y con huecos, resisten. ¿Cómo sigue en pie el campanario de la Iglesia de San Antonio, que parece un colador y que está más ladeado que la famosa Torre de Pisa? Durante todo el bombardeo, espera ávidamente ver desmoronarse esa torrecilla en ruinas. Dios debería concederle esa dádiva, para inyectar un poco de entusiasmo a su espíritu. Pero la torre no cae.

A la mañana siguiente, está de pie al alba para despedir a los heridos. Van en la expedición sesenta oficiales y cuatrocientos ochenta soldados, todos los que los médicos creen en condiciones de llegar a Monte Santo. Entre ellos, se halla el jefe de la Segunda Columna, General Savaget, cuya herida en el vientre lo tiene inutilizado desde que llegó a la Favela. El General Oscar se alegra de verlo partir, pues, aunque sus relaciones son cordiales, siente incomodidad frente a ese General sin cuya ayuda, está seguro, la Primera Columna hubiera sido exterminada. Que los bandidos fueran capaces de llevarlo a esa especie de matadero, con tanta habilidad táctica, es algo que, pese a la falta de otras pruebas, todavía hace pensar al General Oscar que los yagunzos pueden estar asesorados por oficiales monárquicos y hasta por ingleses. Aunque esta posibilidad ha dejado de mencionarse en los consejos de oficiales.

La despedida de los heridos que parten y de los que se quedan no es desgarradora, con llantos y protestas, como temía, sino de grave solemnidad. Unos y otros se abrazan en silencio, cambian mensajes, y los que lloran procuran disimularlo. Había dispuesto que los que parten recibieran raciones para cuatro días, pero la falta de recursos lo obliga a reducir la ración a sólo un día. Parte con los heridos el Batallón de lanceros gauchos, que les procurará sustento en el recorrido. Además, los escolta el Batallón 33 de Infantería. Cuando los ve alejarse, en el día que despunta, lentos, miserables, famélicos, con los uniformes en ruinas, muchos de ellos descalzos, se dice que cuando lleguen a Monte Santo —los que no sucumban en el camino— estarán en un estado aún peor: tal vez la superioridad entienda entonces lo crítico de la situación y mande los refuerzos.

La partida de la expedición deja un clima de melancolía y tristeza en los campamentos de la Favela y la "línea negra". La moral de la tropa ha decaído por la falta de alimento. Los hombres comen las cobras y perros que capturan y hasta tuestan hormigas y se las tragan, para aplacar el hambre.

La guerra consiste en tiros aislados, de parte a parte de las barricadas. Los contendores se limitan a espiar, desde sus posiciones; cuando avizoran un perfil, una cabeza, un brazo, estalla un tiroteo. Dura apenas unos segundos. Luego se instala otra vez ese silencio que es, también, marasmo embrutecedor, hipnótico. Lo perturban las balas perdidas que salen de las torres y del Santuario, no dirigidas a un blanco preciso, sino a las viviendas en ruinas que ocupan los soldados: atraviesan los livianos tabiques de estacas y barro y muchas veces hieren o matan a soldados dormidos o vistiéndose.

Ese anochecer, en la casa del Fogueteiro, el General Oscar juega a las cartas con el Teniente Pinto Souza, el Coronel Neri (quien se repone de su herida) y dos capitanes de su Estado Mayor. Lo hacen sobre cajas, a la luz de un mechero. Se enfrascan de pronto en una discusión respecto a Antonio Consejero y los bandidos. Uno de los capitanes, que es de Río, dice que la explicación de Canudos es el mestizaje, esa mezcla de negros, indios y portugueses que ha ido paulatinamente degenerando la raza hasta producir una mentalidad inferior, propensa a la superstición y al fanatismo. Esta opinión es rebatida con ímpetu por el Coronel Neri. ¿Acaso no ha habido mezclas en otras partes del Brasil sin que se produzcan allí fenómenos similares? Él, como creía el Coronel Moreira César, a quien admira y casi deifica, piensa que Canudos es obra de los enemigos de la República, los restauradores monárquicos, los antiguos esclavócratas y privilegiados que han azuzado y confundido a estos pobres hombres sin cultura inculcándoles el odio al progreso. "No es la raza sino la ignorancia la explicación de Canudos", afirma.

El General Oscar, que ha seguido con interés el diálogo, queda perplejo cuando le preguntan su opinión. Vacila. Sí, dice al fin, la ignorancia ha permitido a los aristócratas fanatizar a esos miserables y lanzarlos contra lo que amenazaba sus intereses, pues la República garantiza la igualdad de los hombres, lo que está reñido con los privilegios congénitos a un régimen aristocrático. Pero se siente íntimamente escéptico sobre lo que dice. Cuando los otros parten, queda cavilando en su hamaca. ¿Cuál es la explicación de Canudos? ¿Taras sanguíneas de los caboclos? ¿Incultura? ¿Vocación de barbarie de gentes acostumbradas a la violencia y que se resisten por atavismo a la civilización? ¿Tiene algo que ver con la religión, con Dios? Nada lo deja satisfecho.

Al día siguiente está afeitándose, sin espejo ni jabón, con una navaja de barbero que él mismo afila en una piedra, cuando oye un galope. Ha ordenado que los desplazamientos entre la Favela y la "línea negra" se hagan a pie, pues los jinetes son blancos demasiado fáciles para las torres, de modo que sale a reprender a los infractores. Oye hurras y vítores. Los recién llegados, tres jinetes, franquean ilesos el descampado. El Teniente que desmonta a su lado y hace sonar los tacos, se presenta como jefe del pelotón de exploradores de la Brigada de refuerzos del General Girard, cuya vanguardia llegará dentro de un par de horas. El Teniente añade que los cuatro mil quinientos soldados y oficiales de los doce Batallones del General Girard están impacientes por ponerse a sus órdenes para derrotar a los enemigos de la República. Por fin, por fin, terminará para él y para el Brasil la pesadilla de Canudos.

—¿JUREMA? —dijo el Barón, sorprendiéndose—. ¿Jurema de Calumbí?

—Ocurrió en el terrible mes de agosto —se desvió el periodista miope—. En julio, los yagunzos habían contenido a los soldados dentro de la misma ciudad. Pero en agosto llegó la Brigada Girard. Cinco mil hombres más, doce batallones más, miles de armas más, decenas de cañones más. Y comida en abundancia. ¿Qué esperanza podían tener ya?

Pero el Barón no lo oía:

—¿Jurema? —repitió. Podía advertir el regocijo de su visitante, la felicidad con que esquivaba darle una respuesta. Y advertía, también, que ese regocijo y felicidad se debían a que él la nombraba, a que había conseguido interesarlo, a que el Barón sería ahora quien lo obligaría a hablar de ella—. ¿La mujer del pistero Rufino, el de Queimadas?

Tampoco esta vez el periodista miope le respondió:

—En agosto, además, el Ministro de Guerra, el propio Mariscal Carlos Machado Bittencourt vino en persona desde Río, a poner a punto la campaña —prosiguió, solazándose con su impaciencia—. Eso no lo supimos allá. Que el Mariscal Bittencourt se había instalado en Monte Santo, organizado el transporte, el abastecimiento, los hospitales. No sabíamos que llovían sobre Queimadas y Monte Santo los soldados voluntarios, los médicos voluntarios, las enfermeras voluntarias. Que el propio Mariscal había despachado a la Brigada Girard. Todo eso, en agosto. Fue como si el cielo se abriera para descargar contra Canudos un cataclismo.

—Y, en medio de ese cataclismo, usted era feliz —murmuró el Barón. Porque ésas eran las palabras que el miope había dicho—. ¿Se trata de la misma?

—Sí —El Barón notó que su felicidad ya no era secreta, ahora rebalsaba, atropellaba la voz del miope—. Es de justicia que la recuerde. Porque ella los recuerda mucho a usted y a su esposa. Con admiración, con cariño.

Así, era la misma, esa muchachita espigada y trigueña que había crecido en Calumbí, sirviendo a Estela, y a la que luego ambos habían casado con el trabajador honrado y tenaz que era el Rufino de entonces. No le cabía en la cabeza. Ese animalito del campo, ese ser rústico que sólo podía haber cambiado para peor desde que salió de los aposentos de Estela, había estado mezclado, también, al destino del hombre que tenía al frente. Porque el periodista había dicho, literalmente, esas inconcebibles palabras: "Pero, justamente, cuando empezó a deshacerse el mundo y fue el apogeo del horror, yo, aunque le parezca mentira, empecé a ser feliz". Otra vez se apoderó del Barón esa sensación de irrealidad, de sueño, de ficción, en que solía precipitarlo Canudos. Esas casualidades, coincidencias y asociaciones lo ponían sobre ascuas. ¿Sabía el periodista que Galileo Gall había violado a Jurema? No se lo preguntó, se quedó perplejo pensando en las extrañas geografías del azar, en ese orden clandestino, en esa inescrutable ley de la historia de los pueblos y de los individuos que acercaba, alejaba, enemistaba y aliaba caprichosamente a unos y a otros. Y se dijo que era imposible que esa pobre criaturita del sertón bahiano pudiera sospechar siquiera que había sido el instrumento de tantos transtornos en la vida de gentes tan disímiles: Rufino, Galileo Gall, este espantapájaros que ahora sonreía entregado con delectación a recordarla. Sintió deseos de volver a ver a Jurema; tal vez a la Baronesa le haría bien ver a esa muchacha a la que, antaño, había tratado con tanto cariño. Recordó que, por eso mismo, Sebastiana le tenía un sordo resentimiento y el alivio que fue para ella verla partir a Queimadas con el rastreador.

—La verdad, no esperaba oír hablar en este momento de amor, de felicidad —murmuró, moviéndose en el asiento—. Y menos todavía en relación a Jurema.

El periodista se había puesto a hablar de nuevo de la guerra.

—¿No es curioso que se llamara Brigada Girard? Porque, según me entero ahora, el General Girard nunca pisó Canudos. Una curiosidad más, de la más curiosa de las guerras. Agosto comenzó con la aparición de esos doce batallones frescos. Todavía llegaba gente nueva a Canudos, de prisa, porque sabían que ahora, con el nuevo Ejército, el cerco se cerraría definitivamente. ¡Y que ya no se podría entrar! —El Barón le oyó una de sus carcajadas absurdas, exóticas, forzadas; le oyó repetir—: No que no se podría salir, entiéndame. Que no se podría entrar. Ése era su problema. No les importaba morir, pero querían morir adentro.

—Y, usted, era feliz... —dijo. ¿No estaría aún más chiflado de lo que siempre pareció? ¿No sería todo aquello una sarta de embustes?

—Los vieron llegar, extenderse por los cerros, ocupar, uno tras otro, los lugares por donde hasta entonces podían entrar y salir. Los cañones comenzaron a bombardear las veinticuatro horas del día, del Norte, del Sur, del Este, del Oeste. Pero como estaban demasiado cerca y podían matarse entre ellos se limitaban a cañonear las torres. Porque no habían caído todavía.

—¿Jurema, Jurema? —exclamó el Barón—. ¿La muchachita de Calumbí le dio la felicidad, lo convirtió espiritualmente en yagunzo?

Detrás de los gruesos cristales, como peces en la pecera, los ojos miopes se agitaron, pestañearon. Era tarde, llevaba muchas horas allí, debería levantarse e ir a preguntar por Estela, desde la tragedia no había estado tanto rato separado de ella. Pero siguió esperando, con hormigueante impaciencia.

—La explicación es que yo me había resignado —le oyó susurrar en voz apenas audible.

—¿A morir? —dijo el Barón, sabiendo que no era la muerte en lo que pensaba el visitante.

—A no amar, a no ser amado por ninguna mujer —adivinó que decía, pues había bajado aún más la voz—. A ser feo, a ser tímido, a no tener nunca en mis brazos a una mujer que no cobrara por ello.

El Barón se sintió suspendido en el asiento de cuero. Como un relámpago, le pasó por la cabeza la idea de que en este despacho, en el que se habían revelado tantos secretos, tramado tantas conspiraciones, nadie había confesado jamás algo tan inesperado y sorprendente para sus oídos.

—Es algo que usted no puede comprender —dijo el periodista miope, como si lo estuviera acusando—. Porque usted, sin duda, conoció el amor desde muy joven. Muchas mujeres debieron amarlo, admirarlo, rendírsele. Usted, sin duda, pudo escoger a su bellísima esposa, entre otras muchas bellísimas mujeres que sólo esperaban su consentimiento para echarse en sus brazos. Usted no puede entender lo que nos ocurre a los que no somos atractivos, apuestos, favorecidos, ricos, como lo fue usted. Usted no puede entender lo que es saberse repulsivo y ridículo para las mujeres, excluido del amor y del placer. Condenado a las putas.

"El amor, el placer", pensó el Barón, desconcertado: dos palabras inquietantes, dos meteoritos en la noche de su vida. Le pareció sacrilegio que esas hermosas, olvidadas palabras aparecieran en la boca de ese ser risible, encogido como una garza en el asiento, con una pierna trenzada a la otra. ¿No era cómico, grotesco, que una perrita chusca del sertón hiciera hablar de amor y de placer a un hombre, pese a todo, cultivado? ¿Acaso esas palabras no evocaban el lujo, el refinamiento, la sensibilidad, la elegancia, los ritos y sabidurías de una imaginación adiestrada por las lecturas, los viajes, la educación? ¿No eran palabras incompatibles con Jurema de Calumbí? Pensó en la Baronesa y se le abrió una herida en el pecho. Hizo un esfuerzo para volver a lo que el periodista decía. En otra de sus bruscas transiciones, hablaba nuevamente de la guerra:

—Se acabó el agua —y, siempre, parecía riñéndolo—. Toda la que bebía Canudos era de las aguadas de la Fazenda Velha, unos pozos junto al Vassa Barris. Habían hecho allí trincheras y las defendieron con uñas y dientes. Pero con esos cinco mil soldados frescos ni siquiera Pajeú pudo impedir que cayeran. Entonces, se acabó el agua.

¿Pajeú? El Barón se estremeció. Ahí estaba el rostro aindiado, amarillento pálido, la cicatriz en lugar de nariz, ahí su voz anunciándole con calma que en nombre del Padre iba a quemar Calumbí. Pajeú, el individuo que encarnaba toda la maldad y estupidez de que había sido víctima Estela.

—Sí, Pajeú —dijo el miope—. Yo lo odiaba. Y le temía más que a las balas de los soldados. Porque estaba enamorado de Jurema y con sólo levantar un dedo podía arrebatármela y desaparecerme.

Rió otra vez, con una risa corta, estridente, nerviosa, que terminó en unos estornudos sibilantes. El Barón, distraído de él, estaba odiando, también, a ese bandido fanático. ¿Qué había sido del autor del inexpiable crimen? Sintió terror de preguntar, de oír que estaba salvo. El periodista repetía la palabra agua. Le costó trabajo salir de sí, entender. Sí, las aguadas del Vassa Barris. Sabía muy bien cómo eran esos pozos, paralelos al cauce, donde se empozaba el agua de las crecientes y que daban de beber a hombres, pájaros, chivos, vacas, en los largos meses (y a veces años) en que el Vassa Barris permanecía seco. ¿Y Pajeú? ¿Y Pajeú? ¿Había muerto en combate? ¿Había sido capturado? Tenía la pregunta en la punta de los labios y no la hizo.

—Esas cosas hay que entenderlas —decía ahora el periodista miope, con convicción, con energía, con cólera—. Yo apenas podía verlas, por supuesto. Pero tampoco podía entenderlas.

—¿De quién está hablando? —dijo el Barón—. Me distraje, me he perdido.

—De las mujeres y de los párvulos —respingó el periodista miope—. Los llamaban así. Párvulos. Cuando los soldados capturaron las aguadas, iban con las mujeres, en las noches, a tratar de robarse unas latas de agua, para que los yagunzos pudieran seguir peleando. Ellos, sólo ellos. Y así fue, también, con esas sobras inmundas que llamaban comida. ¿Me ha oído bien?

—¿Debo asombrarme? —dijo el Barón—. ¿Admirarme?

—Debe tratar de entender —murmuró el periodista miope—. ¿Quién daba esas disposiciones? ¿El Consejero? ¿João Abade? ¿Antonio Vilanova? ¿Quién decidió que fueran sólo mujeres y niños los que se arrastraran hasta la Fazenda Velha para robar agua, sabiendo que en las aguadas estaban los soldados esperándolos para hacer tiro al blanco, sabiendo que de cada diez sólo uno o dos volverían? ¿Quién decidió que los combatientes no debían intentar ese suicidio menor pues a ellos correspondía esa forma superior de suicidio que era morir peleando? —El Barón vio que otra vez buscaba sus ojos con angustia—. Sospecho que ni el Consejero ni los jefes. Eran decisiones espontáneas, simultáneas, anónimas. Si no, no las hubieran respetado, no hubieran ido al matadero con tanta convicción.

—Eran fanáticos —dijo el Barón, consciente del desprecio que había en su voz—. El fanatismo mueve a la gente a actuar así. No son razones elevadas, sublimes, las que explican siempre el heroísmo. También, el prejuicio, la estrechez mental, las ideas más estúpidas.

El periodista miope se quedó mirándolo; tenía la frente empapada de sudor y parecía buscar una respuesta dura. Pensó que le oiría alguna impertinencia. Pero lo vio asentir, como para sacárselo de encima.

—Ése fue, por supuesto, el gran deporte de los soldados, un entretenimiento en su vida aburrida —dijo—. Apostarse en la Fazenda Velha y esperar que la luz de la luna les mostrara a esas sombras que venían reptando a sacar agua. Oíamos los tiros, el sonido cuando una bala perforaba la lata, el recipiente, la olla. Las aguadas amanecían llenas de cadáveres, de malheridos. Pero, pero...

—Pero usted no veía nada de eso —lo cortó el Barón. La agitación que veía en su interlocutor lo irritaba profundamente.

—Las veían Jurema y el Enano —dijo el periodista miope—. Yo las oía. Oía a las mujeres y a los párvulos que partían a la Fazenda Velha, con sus latas, cantimploras, cántaros, botellas, despidiéndose de sus maridos o de sus padres, dándose la bendición, citándose en el cielo. Y oía lo que ocurría cuando conseguían regresar. La lata, el balde, el cántaro, no servían para dar de beber a los viejos moribundos, a las criaturas locas de sed. No. Iban a las trincheras, para que los que todavía podían sostener un fusil, pudieran sostenerlo unas horas o minutos más.

—¿Y usted? —dijo el Barón. El disgusto que le producía esa mezcla de reverencia y terror con que el periodista miope hablaba de los yagunzos era cada vez más grande—. ¿Cómo no murió de sed? Usted no era combatiente ¿no es verdad?

—Me lo pregunto —dijo el periodista—. Si hubiera lógica en esta historia, yo debería haber muerto allá varias veces.

—El amor no quita la sed —trató de herirlo el Barón.

—No la quita —asintió el otro—. Pero da fuerza para resistirla. Y, además, algo bebíamos. Lo que se pudiera chupar, succionar. Sangre de pájaros, aunque fuera urubús. Masticábamos hojas, tallos, raíces, todo lo que tuviera jugo. Y orines, por supuesto. —Buscó los ojos del Barón y éste pensó de nuevo: "Como acusándome"—. ¿Usted no lo sabía? Aún cuando uno no beba líquido, sigue orinando. Fue un descubrimiento importante, allá.

—Hábleme de Pajeú, por favor —dijo el Barón—. ¿Qué fue de él?

El periodista miope se deslizó sorpresivamente al suelo. Lo había hecho varias veces en el curso de la conversación y el Barón se preguntó si esos cambios de postura se debían a su desasosiego interno o a que se le dormían los músculos.

—¿Dice usted que se enamoró de Jurema? —insistió. Tenía, de pronto, la absurda sensación de que su antigua doméstica de Calumbí era la única mujer del sertón, una fatalidad femenina bajo cuyo inconsciente dominio caían tarde o temprano todos los hombres vinculados a Canudos—. ¿Por qué no se la llevó con él?

—Tal vez por la guerra —dijo el periodista miope—. Era uno de los jefes. A medida que se iba cerrando el cerco, tenía menos tiempo. Y menos ánimos, me imagino.

Se echó a reír de una manera tan desgarrada que el Barón dedujo que esta vez su risa no iba a degenerar en estornudos sino en llanto. No ocurrió ni una ni otra cosa.

—De manera que me encontré deseando, a ratos, que la guerra continuara, y aun empeorara, para que tuviera ocupado a Pajeú. —Aspiró una bocanada de aire—. Deseando que la guerra o algo lo matara.

—¿Qué fue de él? —insistió el Barón. El otro no le hizo caso.

—Pero, a pesar de la guerra, hubiera podido muy bien llevársela y hacerla su mujer —reflexionó, fantaseó, con la vista en el suelo—. ¿No lo hacían otros yagunzos? ¿No los oía, en medio de los tiroteos, de noche o de día, montando a sus mujeres en las hamacas, camastros y suelos de las casas?

El Barón sintió que se le inflamaba la cara. Nunca había tolerado ciertos temas, tan frecuentes entre hombres solos, ni siquiera con sus más íntimos amigos. Si seguía por este camino lo haría callar.

—De manera que la guerra no era la explicación. —Se volvió a mirarlo, como recordando que estaba allí—. Se había vuelto santo ¿ve? Así decían: se volvió santo, lo besó el ángel, lo rozó el ángel, lo tocó el ángel. —Asintió, varias veces—. Tal vez. No quería tomarla por la fuerza. Es la otra explicación. Más fantástica, sin duda, pero tal vez. Que todo se hiciera como Dios manda. Según la religión. Casarse con ella. Yo lo oí pedírselo. Tal vez.

—¿Qué fue de él? —repitió el Barón, despacio, subrayando las palabras.

El periodista miope lo miraba, fijamente. Y el Barón advirtió su extrañeza.

—Él quemó Calumbí —explicó, despacio—. Fue él quien... ¿Murió? ¿Cómo fue su muerte?

—Supongo que murió —dijo el periodista miope—. ¿Cómo no hubiera muerto? ¿Cómo no hubieran muerto él, João Abade, João Grande, todos ellos?

—Usted no murió, y, según me ha dicho, tampoco Vilanova. ¿Pudo escapar?

—No querían escapar —dijo el periodista, con pena—. Querían entrar, quedarse, morir allí. Lo de Vilanova fue excepcional. Él tampoco quería irse. Se lo ordenaron.

De modo que no le constaba que Pajeú hubiera muerto. El Barón lo imaginó, retomando su antigua vida, libre otra vez a la cabeza de un cangaço reconstituido con malhechores de aquí y de allá, añadiendo a su historial fechorías sin término, en el Ceará, en Pernambuco, en regiones más alejadas. Sintió vértigo.

"Antonio Vilanova", susurra el Consejero y hay como una descarga eléctrica en el Santuario. "Ha hablado, ha hablado", piensa el Beatito, todos los poros de su piel erizados por la impresión. "Alabado sea el Padre, alabado sea el Buen Jesús." Avanza hacia el camastro de varas al mismo tiempo que María Quadrado, el León de Natuba, el Padre Joaquim y las beatas del Coro Sagrado; en la luz taciturna del atardecer, todos los ojos se clavan en la cara oscura, alargada, inmóvil, que sigue con los párpados sellados. No es una alucinación: ha hablado.

El Beatito ve que esa boca amada, a la que la flacura ha dejado sin labios, se abre para repetir: "Antonio Vilanova". Reaccionan, dicen "sí, sí, padre", se atropellan hasta la puerta del Santuario a pedir a la Guardia Católica que llamen a Antonio Vilanova. Varios hombres echan a correr entre los sacos y piedras del parapeto. En este instante, no hay tiros. El Beatito regresa a la cabecera del Consejero: está otra vez callado, quieto, boca arriba, los ojos cerrados, las manos y los pies al aire, sus huesos sobresaliendo de la túnica morada cuyos pliegues denuncian aquí y allá su pavorosa delgadez. "Es espíritu más que carne ya", piensa el Beatito. La Superiora del Coro Sagrado, alentada al oírlo, le acerca un tazón con un poco de leche. La oye murmurar, llena de recogimiento y esperanza: "¿Quieres tomar algo, padre?". Le ha oído la misma pregunta muchas veces en estos días. Pero esta vez, a diferencia de las otras, en que el Consejero permanecía sin responder, la esquelética cabeza sobre la que caen, revueltos, largos cabellos grises, se mueve diciendo que no. Un vaho de felicidad asciende por el Beatito. Está vivo, va a vivir. Porque en estos días, aunque el Padre Joaquim, cada cierto tiempo, se acercaba a tomarle el pulso y a oírle el corazón y les decía que respiraba, y aunque había esa aguadija constante que fluía de él, el Beatito no podía evitar, ante su inmovilidad y su silencio, pensar que el alma del Consejero había subido al cielo.

Una mano lo tironea desde el suelo. Encuentra los ojos grandes, ansiosos, luminosos, del León de Natuba, mirándolo por entre una selva de greñas: "¿Va a vivir, Beatito?" Hay tanta angustia en el escriba de Belo Monte que el Beatito tiene ganas de llorar.

—Sí, sí, León, va a vivir para nosotros, va a vivir todavía mucho tiempo.

Pero sabe que no es así; algo, en sus entrañas, le dice que éstos son los últimos días, acaso horas, del hombre que cambió su vida y la de todos los que están en el Santuario, de todos los que allá afuera mueren, agonizan y pelean en las cuevas y trincheras en que ha quedado convertido Belo Monte. Sabe que es el final. Lo ha sabido desde que supo, simultáneamente, la caída de la Fazenda Velha y el desmayo en el Santuario. El Beatito sabe descifrar los símbolos, interpretar el mensaje secreto de esas coincidencias, accidentes, aparentes casualidades que pasan inadvertidas para los demás; tiene una intuición que le permite reconocer de inmediato, bajo lo inocente y lo trivial, la presencia profunda del más allá. Estaba ese día en la Iglesia de San Antonio, haciendo rezar el rosario a los heridos, enfermos, parturientas y huérfanos de ese lugar convertido en Casa de Salud desde el comienzo de la guerra, elevando la voz para que la doliente humanidad sangrante, purulenta y a medio morir oyera sus avemarías y padrenuestros entre el estrépito de la fusilería y los cañonazos. Y en eso vio entrar, a la vez, a la carrera, saltando sobre los cuerpos hacinados, a un "párvulo" y a Alejandrinha Correa. El niño habló primero:

—Los perros han entrado a la Fazenda Velha, Beatito. Dice João Abade que hay que parar un muro en la esquina de los Mártires, porque los ateos tienen ahora paso libre por ahí.

Y apenas había dado media vuelta el "párvulo" cuando la antigua hacedora de lluvia, en voz más descompuesta que su cara, le susurró al oído otra noticia que él presentía muchísimo más grave: "El Consejero se ha enfermado".

Le tiemblan las piernas, se le seca la boca y se le oprime el pecho, como esa mañana, hace ya ¿seis, siete, diez días? Tuvo que hacer un gran esfuerzo para que los pies le obedecieran y correr tras Alejandrinha Correa. Cuando llegó al Santuario, el Consejero había sido alzado al camastro y había reabierto los ojos y tranquilizado con la mirada a las aterradas beatas y al León de Natuba. Había ocurrido al incorporarse, después de rezar varias horas, como siempre lo hacía, tumbado con los brazos en cruz. Las beatas, el León de Natuba, la Madre María Quadrado notaron la dificultad con que ponía una rodilla en tierra, ayudándose con una mano, luego la otra, y que palidecía por el esfuerzo o el dolor al tenerse de pie. Repentinamente volvió al suelo como un costal de huesos. En ese momento —¿hace seis, siete, diez días?— el Beatito tuvo la revelación: ha llegado la hora nona.

¿Por qué era tan egoísta? ¿Cómo podía no alegrarse de que el Consejero descansara, subiera a recibir la recompensa por lo hecho en esta tierra? ¿No tendría, más bien, que cantar hosannas? Tendría. Pero no puede, su alma está traspasada. "Quedaremos huérfanos", piensa una vez más. En eso, lo distrae el ruidito que surte del camastro, que escapa de debajo del Consejero. Es un ruidito que no agita el cuerpo del santo, pero ya la Madre María Quadrado y las beatas corren a rodearlo, levantarle el hábito, limpiarlo, recoger humildemente eso que —piensa el Beatito— no es excremento, porque el excremento es sucio e impuro y nada que provenga de él puede serlo. ¿Cómo sería sucia, impura, esa aguadija que mana sin tregua desde hace ¿seis, siete, diez días? de ese cuerpo lacerado? ¿Acaso ha comido algo el Consejero en estos días para que su organismo tenga impurezas que evacuar? "Es su esencia lo que corre por ahí, es parte de su alma, algo que está dejándonos." Lo intuyó en el acto, desde el primer momento. Había algo misterioso y sagrado en esos cuescos súbitos, tamizados, prolongados, en esas acometidas que parecían no terminar nunca, acompañadas siempre de la emisión de esa aguadija. Lo adivinó: "Son óbolos, no excremento". Entendió clarísimo que el Padre, o el Divino Espíritu Santo, o el Buen Jesús, o la Señora, o el propio Consejero querían someterlos a una prueba. Con dichosa inspiración se adelantó, estiró la mano entre las beatas, mojó sus dedos en la aguadija y se los llevó a la boca, salmodiando: "¿Es así como quieres que comulgue tu siervo, Padre? ¿No es esto para mí rocío?". Todas las beatas del Coro Sagrado comulgaron también, como él.

¿Por qué lo sometía el Padre a una agonía así? ¿Por qué quería que pasara sus últimos momentos defecando, defecando, aunque fuera maná lo que escurría su cuerpo? El León de Natuba, la Madre María Quadrado y las beatas no lo entienden. El Beatito ha tratado de explicárselo y de prepararlos: "El Padre no quiere que caiga en manos de los perros. Si se lo lleva, es para que no sea humillado. Pero no quiere tampoco que creamos que lo libra de dolor, de penitencia. Por eso lo hace sufrir, antes del premio". El Padre Joaquim le ha dicho que hizo bien en prepararlos; él también teme que la muerte del Consejero los transtorne, les arranque protestas impías, reacciones dañinas para su alma. El Perro acecha y no perdería una oportunidad para hacerse de esas presas.

Se da cuenta que se ha reanudado el tiroteo —fuerte, nutrido, circular— cuando abren el Santuario. Ahí está Antonio Vilanova. Con él vienen João Abade, Pajeú, João Grande, extenuados, sudorosos, olientes a pólvora, pero con caras radiantes: saben que ha hablado, que está vivo.

—Aquí está Antonio Vilanova, Padre —dice el León de Natuba, empinándose en las patas traseras hasta el Consejero.

El Beatito deja de respirar. Los hombres y mujeres que repletan el aposento —están tan apretados que ninguno podría alzar los brazos sin golpear al vecino— escrutan suspensos la boca sin labios y sin dientes, la faz que parece máscara mortuoria. ¿Va a hablar, va a hablar? Pese al tiroteo ruidoso, tartamudo, de afuera, el Beatito escucha otra vez el ruidito inconfundible. Ni María Quadrado ni las beatas van a asearlo. Todos siguen inmóviles, inclinados sobre el camastro, esperando. La Superiora del Coro Sagrado acerca su boca a la oreja cubierta por hebras grisáceas y repite:

—Aquí está Antonio Vilanova, padre.

Hay un leve parpadeo en sus ojos y la boca del Consejero se entreabre. Comprende que está haciendo esfuerzos por hablar, que la debilidad y el sufrimiento no le permiten emitir sonido alguno y suplica al

Padre que le conceda esa gracia ofreciéndose, a cambio, a recibir cualquier tormento, cuando oye la voz amada, tan débil que todas las cabezas se adelantan para escuchar:

—¿Estás ahí, Antonio? ¿Me oyes?

El antiguo comerciante cae de rodillas, coge una de las manos del Consejero y la besa con unción: "Sí, padre, sí, padre". Transpira, abotagado, sofocado, trémulo. Siente envidia de su amigo. ¿Por qué ha sido el llamado? ¿Por qué él y no el Beatito? Se recrimina por ese pensamiento y teme que el Consejero los haga salir para hablarle a solas.

—Anda al mundo a dar testimonio, Antonio, y no vuelvas a cruzar el círculo. Aquí me quedo yo con el rebaño. Allá irás tú. Eres hombre del mundo, anda, enseña a sumar a los que olvidaron la enseñanza. Que el Divino te guíe y el Padre te bendiga.

El ex-comerciante se pone a sollozar, con pucheros que se vuelven morisquetas. "Es su testamento", piensa el Beatito. Tiene perfecta conciencia de la solemnidad y trascendencia de este instante. Lo que está viendo y oyendo se recordará por los años y los siglos, entre miles y millones de hombres de todas las lenguas, razas, geografías; se recordará por una inmensa humanidad aún no nacida. La voz destrozada de Vilanova ruega al Consejero que no lo mande partir, mientras besa con desesperación la huesuda mano morena de largas uñas. Debe intervenir, recordarle que en este momento no puede discutir un deseo del Consejero. Se acerca, pone una mano en el hombro de su amigo y la presión afectuosa basta para calmarlo. Vilanova lo mira con los ojos arrasados por el llanto, suplicándole ayuda, aclaración. El Consejero permanece silencioso. ¿Todavía va a oír su voz? Oye, por dos veces consecutivas, el ruidito. Muchas veces se ha preguntado si, cada vez que se produce, el Consejero tiene retortijones, punzadas, estirones, calambres, si el Can le muerde el vientre. Ahora sabe que es así. Le basta advertir esa mínima mueca en la cara macilenta, que acompaña a los cuescos, para saber que éstos vienen con llamas y cuchillos martirizantes.

—Lleva contigo a tu familia, para que no estés solo —susurra el Consejero—. Y llévate a los forasteros amigos del Padre Joaquim. Que cada cual gane la salvación con su esfuerzo. Así como tú, hijo.

Pese a la atención hipnótica con que sigue las palabras del Consejero, el Beatito capta la mueca que contrae la cara de Pajeú: la cicatriz parece hincharse, rajarse, y su boca se abre para preguntar o, acaso, protestar. Es la idea de que se marche de Belo Monte esa mujer con la que quiere casarse. Maravillado, el Beatito entiende por qué el Consejero, en ese instante supremo, se ha acordado de los forasteros que protege el Padre Joaquim. ¡Para salvar a un apóstol! ¡Para salvar el alma de Pajeú de la caída que podría significarle tal vez esa mujer! ¿O, simplemente, quiere poner a prueba al caboclo? ¿O hacerle ganar indulgencias con el sufrimiento? Pajeú está otra vez inexpresivo, verde oscuro, sereno, quieto, respetuoso, con el sombrero de cuero en la mano, mirando el camastro.

Ahora el Beatito tiene la seguridad de que esa boca no se abrirá más. "Sólo su otra boca habla", piensa. ¿Cuál es el mensaje de ese estómago que se desagua y se desvienta desde hace seis, siete, diez días? Lo angustia pensar que en esos cuescos y en esa aguadija hay un mensaje dirigido a él, que pudiera malinterpretar, no oír. Él sabe que nada es accidental, que la casualidad no existe, que todo tiene un sentido profundo, una raíz cuyas ramificaciones conducen siempre al Padre y que si uno es lo bastante santo puede vislumbrar ese orden milagroso y secreto que Dios ha instaurado en el mundo.

El Consejero está otra vez mudo, como si nunca hubiera hablado. El Padre Joaquim, en una esquina de la cabecera, mueve los labios, rezando en silencio. Los ojos de todos brillan. Nadie se ha movido, pese a que todos intuyen que el santo ha dicho lo que tenía que decir. La hora nona. El Beatito sospechó que se avecinaba desde la muerte del carnerito blanco por una bala perdida, cuando, tenido por Alejandrinha Correa, acompañaba al Consejero de vuelta al Santuario, después de los consejos. Ésa fue una de las últimas veces que el Consejero salió del Santuario. "Ya no se le oía la voz, ya estaba en el huerto de los olivos." Haciendo un esfuerzo sobrehumano, todavía abandonaba el Santuario cada tarde para trepar los andamios, rezar y dar consejos. Pero su voz era un susurro apenas comprensible para los que estaban a su lado. El propio Beatito, que permanecía dentro de la pared viva de la Guardia Católica, sólo escuchaba palabras sueltas. Cuando la Madre María Quadrado le preguntó si quería que enterraran en el Santuario a ese animalito santificado por sus caricias, el Consejero dijo que no y dispuso que sirviera de alimento a la Guardia Católica.

En ese momento la mano derecha del Consejero se mueve, buscando algo; sus dedos nudosos suben, caen sobre el colchón de paja, se encogen y estiran. ¿Qué busca, qué quiere? El Beatito ve en los ojos de María Quadrado, de João Grande, de Pajeú, de las beatas, su misma ansiedad.

—León, ¿estás ahí?

Siente una puñalada en el pecho. Hubiera dado cualquier cosa porque el Consejero pronunciara su nombre, porque su mano lo buscara a él. El León de Natuba se empina y avanza la gran cabeza greñuda hacia esa mano, para besarla. Pero la mano no le da tiempo, pues apenas siente la proximidad de esa cara, trepa por ella con rapidez y hunde los dedos en las greñas tupidas. Al Beatito las lágrimas le nublan lo que ocurre. Pero no necesita verlo, sabe que el Consejero está rascando, espulgando, acariciando con sus últimas fuerzas, como lo ha visto hacerlo a lo largo de los años, la cabeza del León de Natuba.

La furia del estruendo que remece el Santuario, lo obliga a cerrar los ojos, a encogerse, a alzar las manos ante lo que parece una avalancha de piedras. Ciego, oye el ruido, los gritos, las carreras, se pregunta si ha muerto y si es su alma la que tiembla. Por fin, oye a João Abade: "Cayó el campanario de San Antonio". Abre los ojos. El Santuario se ha llenado de polvo y todos han cambiado de lugar. Se abre camino hacia el camastro, sabiendo lo que le espera. Divisa entre la polvareda la mano quieta sobre la cabeza del León de Natuba, arrodillado en la misma postura. Y ve al Padre Joaquim, con la oreja pegada al pecho flaco. Luego de un momento, el párroco se incorpora, desencajado:

—Ha rendido su alma a Dios —balbucea y la frase es para los presentes más estruendosa que el estrépito de afuera.

Nadie llora a gritos, nadie cae de rodillas. Quedan convertidos en piedras. Evitan mirarse unos a otros, como si, al encontrarse, sus ojos fueran a revelar suciedades recíprocas, a rebalsar por ellos, en ese momento supremo, vergüenzas íntimas. Llueve polvo del techo, de las paredes, y los oídos del Beatito, como los de otra persona, siguen oyendo, afuera, cerca y lejísimos, alaridos, llantos, carreras, chirridos, desprendimientos, y los rugidos con que los soldados de las trincheras de las que eran las calles de San Pedro y San Cipriano y el viejo cementerio, celebran la caída de la torrecilla de la Iglesia a la que tanto han cañoneado. Y la mente del Beatito, como si fuera de otro, imagina a las decenas de hombres de la Guardia Católica que han caído con el campanario, y las decenas de heridos, enfermos, inválidos, parturientas, recién nacidos y viejos centenarios que estarán en estos momentos apachurrados, quebrados, triturados, bajo los adobes, las piedras y las vigas, muertos, ya salvados, ya cuerpos gloriosos subiendo la dorada escalera de los mártires hacia el trono del Padre, o, acaso, aún agonizando en medio de espantosos dolores entre escombros humeantes. Pero, en realidad, el Beatito no oye ni ve ni piensa: el mundo se ha vaciado, él ha quedado sin carne, sin huesos, es una pluma flotando desamparada en los remolinos de un precipicio. Ve, como si fueran los ojos de otro los que vieran, que el Padre Joaquim coge la mano del Consejero de las crenchas del León de Natuba y la deposita junto a la otra, sobre el cuerpo. Entonces, el Beatito se pone a hablar, con la entonación grave, honda, con que salmodia en la Iglesia y en las procesiones:

—Lo llevaremos al Templo que mandó construir y lo velaremos tres días y tres noches, para que todos los hombres y mujeres puedan adorarlo. Y lo llevaremos en procesión por todas las casas y calles de Belo Monte para que por última vez su cuerpo purifique a la ciudad de la ignominia del Can. Y lo enterraremos bajo el Altar Mayor del Templo del Buen Jesús y plantaremos sobre su sepultura la cruz de madera que él hizo con sus manos en el desierto.

Se persigna devotamente y todos se persignan, sin apartar la vista del camastro. Los primeros sollozos que el Beatito oye son los del León de Natuba; su cuerpecillo jiboso y asimétrico se contorsiona todo con el llanto. El Beatito se pone de rodillas y todos lo imitan; ahora puede oír otros sollozos. Pero es la voz del Padre Joaquim, rezando en latín, la que toma posesión del Santuario, y durante un buen rato borra los ruidos de afuera. Mientras reza, con las manos juntas, volviendo lentamente en sí, recuperando sus oídos, sus ojos, su cuerpo, esa vida terrenal que parecía haber perdido, el Beatito siente aquella infinita desesperación que no había sentido desde que, niño, oyó decir al Padre Moraes que no podía ser sacerdote porque era hijo espúreo. "¿Por qué nos abandonas en estos momentos, padre?" "¿Qué vamos a hacer sin ti, padre?" Recuerda el alambre que el Consejero puso en su cintura, en Pombal, y que él todavía lleva allí, herrumbroso y torcido, ya carne de su carne, y se dice que ahora ésa es reliquia preciosa, como todo lo que el santo tocó, vistió o dijo a su paso por la tierra.

—No se puede, Beatito —afirma João Abade.

El Comandante de la Calle está arrodillado a su lado y tiene los ojos inyectados y la voz alterada. Pero hay una seguridad rotunda en lo que dice:

—No podemos llevarlo al Templo del Buen Jesús ni enterrarlo como quieres. ¡No podemos hacer eso a la gente, Beatito! ¿Quieres clavarles una faca en la espalda? ¿Les vas a decir que se ha muerto por el que están peleando, a pesar de que ya no hay balas ni comida? ¿Vas a hacer una crueldad así? ¿No sería peor que las maldades de los masones?

—Tiene razón, Beatito —dice Pajeú—. No podemos decirles que se ha muerto. No ahora, no en estos momentos. Todo se vendría abajo, sería la estampida, la locura de la gente. Hay que ocultarlo, si queremos que sigan peleando.

—No sólo por eso —dice João Grande y ésta es la voz que más lo asombra, pues ¿desde cuándo abre la boca para opinar ese gigantón tímido al que siempre ha habido que sacarle las palabras a la fuerza?—. ¿Acaso no buscarán los perros sus restos con todo el odio del mundo para deshonrarlos? Nadie debe saber dónde está enterrado. ¿Quieres que los herejes encuentren su cuerpo, Beatito?

El Beatito siente sus dientes chocando, como si tuviera las fiebres. Cierto, cierto, en su afán de rendir homenaje al amado maestro, de darle un velatorio y un entierro a la altura de su majestad, ha olvidado que los perros están apenas a unos pasos y que, en efecto, se encarnizarían como lobos rapaces contra sus despojos. Ya está, ahora comprende —es como si el techo se abriera y una luz cegadora, con el Divino en el centro, lo iluminara— por qué el Padre se lo ha llevado precisamente ahora y cuál es la obligación de los apóstoles: preservar sus restos, impedir que el demonio los mancille.

—Cierto, cierto —exclama, vehemente, compungido—. Perdónenme, el dolor me ha turbado, tal vez el Maligno. Ahora entiendo, ahora sé. No diremos que ha muerto. Lo velaremos aquí, lo enterraremos aquí. Cavaremos su tumba y nadie, salvo nosotros, sabrá dónde. Ésa es la voluntad del Padre.

Hace un instante estaba resentido con João Abade, Pajeú y João Grande por oponerse a la ceremonia fúnebre y ahora, en cambio, se siente agradecido a ellos por haberle ayudado a descifrar el mensaje. Menudo, frágil, precario, lleno de energía, impaciente, se mueve entre las beatas y los apóstoles, empujándolos, urgiéndolos a dejar de llorar, a romper esa parálisis que es trampa del Demonio, implorándoles que se levanten, se muevan, traigan picos, azadas, para cavar. "No hay tiempo, no hay tiempo", los asusta.

Y así consigue contagiarlos: se levantan, se secan los ojos, se animan, se miran, asienten, se codean. Es João Abade, con el sentido práctico que nunca lo abandona, quien urde la piadosa mentira para los hombres de los parapetos que protegen el Santuario: van a abrir, como se ha hecho en tantas viviendas de Belo Monte, uno de esos túneles que comunican entre sí a las trincheras y las casas, por si los perros bloquean el Santuario. João Grande sale y vuelve con unas palas. De inmediato comienzan a excavar, junto al camastro. Así lo siguen haciendo, de cuatro en cuatro, turnándose una y otra vez, y volviendo, cuando dejan las palas, a arrodillarse y a rezar. Así lo seguirán haciendo varias horas, sin darse cuenta que afuera ha oscurecido, que la Madre de los Hombres prende una lamparilla de aceite, y que, afuera, el tiroteo, los gritos de odio o de victoria, se han reanudado, interrumpido y vuelto a reanudar. Cada vez que alguien, junto a la pirámide de tierra que se ha ido levantando a la vez que el pozo se hundía, pregunta, el Beatito dice: "Más hondo, más hondo".

Cuando la inspiración le dice que ya basta, todos, empezando por él, están rendidos, los pelos y las pieles embarrados de tierra. El Beatito tiene la sensación de vivir un sueño los momentos que siguen, cuando, cogiendo él la cabeza, la Madre María Quadrado una de las piernas, Pajeú la otra, João Grande uno de los brazos, el Padre Joaquim el otro, alzan el cuerpo del Consejero para que las beatas puedan colocar bajo él la esterilla de paja que será su sudario. Cuando ya está allí el cuerpo, María Quadrado le pone sobre el pecho el crucifijo de metal que era el único objeto que decoraba las paredes del Santuario y el rosario de cuentas oscuras que lo acompaña desde que todos ellos recuerdan. Vuelven a cargar los restos, envueltos por la esterilla, y João Abade y Pajeú los reciben en el fondo del foso. Mientras el Padre Joaquim ora en latín, otra vez trabajan por turnos, acompañando las paladas de tierra con los rezos. En esa extraña sensación de sueño a la que contribuye la rancia luz, el Beatito ve que hasta el León de Natuba, brincando entre las piernas de los demás, ayuda a rellenar la sepultura. Mientras trabaja, controla su tristeza. Se dice que este velatorio humilde y esta tumba pobre sobre la que no se pondrá inscripción ni cruz es algo que el hombre pobre y humilde que fue en vida el Consejero seguramente hubiera pedido para él. Pero cuando todo termina y el Santuario queda como antes —con el camastro vacío— el Beatito se echa a llorar. En medio de su llanto, siente que los otros lloran. Luego de un rato, se sobrepone. A media voz les pide jurar, por la salud de sus almas, que nunca revelarán, sea cual sea la tortura, el lugar donde reposa el Consejero. Les toma el juramento, uno por uno.

ABRIÓ los ojos y seguía sintiéndose feliz, como la noche pasada, la víspera y la antevíspera, sucesión de días que se confundían hasta la tarde en que, después de creerlo enterrado bajo los escombros del almacén, halló en la puerta del Santuario al periodista miope, se echó en sus brazos y le oyó decir que la amaba y dijo que ella también lo amaba. Era verdad, o, en todo caso, desde que lo dijo comenzó a serlo. Y a partir de ese momento, a pesar de la guerra que se cerraba alrededor suyo y de la hambruna y la sed que mataban más gente que las balas, Jurema era feliz. Más de lo que recordaba haber sido nunca, más que en su matrimonio con Rufino, más que en esa infancia confortable a la sombra de la Baronesa Estela, en Calumbí. Tenía ganas de echarse a los pies del santo para agradecerle lo que había acontecido a su vida.

Sonaban tiros cerca —los había oído reventar en el sueño, toda la noche— pero no advertía movimiento en la callecita del Niño Jesús, ni las carreras con gritos ni el frenético trajín de arrumbar piedras y sacos con arena, de abrir fosos y derribar techos y paredes para levantar parapetos que se habían hecho frecuentes, en estas últimas semanas, a medida que Canudos se encogía y retrocedía por todas partes, detrás de barricadas y trincheras sucesivas, concéntricas, y los soldados iban capturando casas, calles, esquinas, y el cerco se aproximaba a las Iglesias y el Santuario. Pero nada de eso le importaba: era feliz.

Fue el Enano quien descubrió que se había quedado sin dueño esa vivienda de estacas acuñada entre otras más amplias, en esa callejuela del Niño Jesús, que unía Campo Grande, donde había ahora una triple barricada repleta de yagunzos que dirigía el propio João Abade, y la quebradiza calle de la Madre Iglesia, convertida, en la apretada Canudos de estos días, en frontera Norte de la ciudad. Hacia ese sector se habían replegado los negros del Mocambo, ya capturado, y los pocos kariris de Mirandela y de Rodelas que no habían muerto. Indios y negros convivían ahora, en los fosos y parapetos de la Madre Iglesia, con los yagunzos de Pedrão, que, a su vez, habían venido retrocediendo hasta allí después de contener a los soldados en Cocorobó, Trabubú y en los corrales y establos de las afueras. Cuando Jurema, el Enano y el periodista miope vinieron a instalarse en esta casita, encontraron a un viejo despatarrado sobre su mosquetón, muerto, en el foso excavado en el único cuarto del lugar. Pero, además, hallaron una bolsa de farinha y un tarro de miel de abejas, que habían hecho durar avaramente. Salían apenas, para arrastrar cadáveres a unos pozos convertidos en osarios por Antonio Vilanova y para ayudar a hacer barreras y fosos, algo que ocupaba a todo el mundo más horas todavía que la misma guerra. Se habían cavado tantos fosos, dentro y fuera de las casas, que, prácticamente, era posible circular por todo lo que quedaba de Belo Monte —de vivienda a vivienda, de calle a calle— sin salir a la superficie, como las lagartijas y los topos.

El Enano se movió a su espalda. Le preguntó si estaba despierto. No respondió y un momento después lo oyó roncar. Dormían los tres uno contra otro, en el estrecho foso, en el que cabían apenas. Lo hacían no sólo por las balas que atravesaban sin dificultad las paredes de estacas y de barro, sino, también, porque en las noches bajaba la temperatura y sus organismos, debilitados por el forzado ayuno, temblaban de frío. Jurema escudriñó la cara del periodista miope, que dormía recostado contra su pecho. Tenía la boca entreabierta y un hilillo de saliva, transparente y delgado como telaraña, le colgaba del labio. Avanzó la boca y, con delicadeza para no despertarlo, sorbió el hilito de saliva. La expresión del periodista miope era serena ahora, una expresión que no tenía jamás despierto. Pensó: "Ahora no tiene miedo". Pensó: "Pobrecito, pobrecito, si pudiera quitarle el miedo, hacer algo para que no se asustara más". Porque él le había confesado que, aún en los momentos en que era feliz con ella, el miedo estaba siempre ahí, como un lodo en su corazón, atormentándolo. Pese a que ahora lo amaba como una mujer ama a un hombre, pese a que había sido suya como una mujer es de su marido o amante, Jurema seguía cuidándolo, mimándolo, jugando mentalmente con él como una madre con su hijo.

Una de las piernas del periodista miope se estiró y, después de presionar un poco, se deslizó entre las suyas. Inmóvil, sintiendo un ramalazo de calor en la cara, Jurema imaginó que en este mismo instante iba a tener deseo de ella y que, a plena luz, como lo hacía en la oscuridad, iba a desabotonarse el pantalón, alzarle las faldas y acomodarla para entrar en ella, gozar de ella y hacerla gozar. Una vibración la recorrió de los cabellos a los pies. Cerró los ojos y permaneció quieta, tratando de oír los tiros, de recordar la guerra tan próxima, pensando en las Sardelinhas y en Catarina y en las otras que gastaban sus últimas fuerzas en cuidar a los heridos y a los enfermos y a los recién nacidos en las dos últimas Casas de Salud y en los viejecillos que todo el día acarreaban muertos al osario. De este modo, consiguió que aquella sensación, tan nueva en su vida, se apagara. Había perdido la vergüenza. No sólo hacía cosas que eran pecado: pensaba en hacerlas, deseaba hacerlas. "¿Estoy loca?", pensó. "¿Poseída?". Ahora que iba a morir, cometía con el cuerpo y con el pensamiento pecados que nunca cometió. Porque, a pesar de haber sido antes de dos hombres, sólo ahora había descubierto que también el cuerpo podía ser feliz, en los brazos de este ser que el azar y la guerra (¿o el Perro?) habían puesto en su camino. Ahora sabía que el amor era también una exaltación de la piel, un encandilamiento de los sentidos, un vértigo que parecía completarla. Se estrechó contra el hombre que dormía junto a ella, pegó su cuerpo al de él lo más estrechamente que pudo. A su espalda, el Enano volvió a moverse. Lo sentía, menudo, encogido, buscando su calor.

Sí, había perdido la vergüenza. Si alguien le hubiera dicho alguna vez que un día dormiría así, apretada entre estos hombres, aunque uno de ellos fuera enano, se hubiera espantado. Si alguien le hubiera dicho que un hombre con el que no estaba casada le alzaría las faldas y la tomaría a la vista de otro que permanecía allí, a su lado, durmiendo o haciéndose el dormido, mientras ellos gozaban y se decían boca contra boca que se amaban, Jurema se hubiera aterrado, tapado los oídos. Y, sin embargo, ocurría cada noche, desde esa tarde, y en vez de avergonzarla y asustarla le parecía natural y la hacía feliz. La primera noche, al ver que se abrazaban y besaban como si estuvieran solos en el mundo, el Enano les preguntó si querían que se fuera. No, no, él era tan necesario y querido para ambos como antes. Y era cierto.

El tiroteo aumentó de pronto y, durante unos segundos, fue como si estuviera dentro de la vivienda, sobre sus cabezas. El foso se llenó de tierra y pólvora. Encogida, con los ojos cerrados, Jurema esperó, esperó el disparo, la descarga, el golpe, el derrumbe. Pero un momento después los disparos se habían alejado. Al reabrir los ojos, se encontró con la mirada blanca y acuosa que parecía resbalar sobre ella. El pobre se había despertado y estaba otra vez muerto de miedo.

"Creí que era pesadilla", dijo a su espalda el Enano. Incorporado, asomaba la cabeza por el filo del foso. Jurema también espió, arrodillada, mientras el periodista miope permanecía tendido. Mucha gente corría por Niño Jesús hacia Campo Grande.

—¿Qué pasa, qué pasa? —oyó, a sus pies—. ¿Qué están viendo?

—Muchos yagunzos —se le adelantó el Enano—. Vienen de donde Pedrão.

Y en eso la puerta se abrió y Jurema vio un racimo de hombres en la abertura. Uno de ellos era el yagunzo jovencito que había encontrado en las faldas de Cocorobó, el día que llegaron los soldados.

—Vengan, vengan —les gritó, con un vozarrón que sobresalía del tiroteo—: Vengan a ayudar.

Jurema y el Enano ayudaron al periodista miope a salir del foso y lo guiaron a la calle. Ella estaba acostumbrada, desde siempre, a hacer automáticamente las cosas que alguien, con autoridad o poder, le decía que hiciera, de modo que no le costaba nada, en casos como éste, salir de la pasividad y trabajar codo a codo con la gente, en lo que fuera, sin preguntar qué hacían y por qué. Pero, con este hombre junto al que corría por el callejón del Niño Jesús, eso había cambiado. Él quería saber qué ocurría, a derecha y a izquierda, adelante y atrás, por qué se hacían y decían las cosas, y era ella quien debía averiguarlo para satisfacer su curiosidad, devoradora como su miedo. El yagunzo jovencito de Cocorobó les explicó que los perros atacaban las trincheras del cementerio desde esta madrugada. Habían lanzado dos asaltos y, aunque sin llegar a ocuparlas, se habían apoderado de la esquina del Bautista, acercándose de este modo, por la espalda, al Templo del Buen Jesús. João Abade había decidido levantar una nueva barrera, entre las trincheras del cementerio y las Iglesias, por si Pajeú se veía obligado a replegarse una vez más. Para eso recolectaban gente, para eso venían ellos que estaban con Pedrão en las trincheras de la Madre Iglesia. El yagunzo jovencito se adelantó, apurando la carrera. Jurema sentía jadear al periodista miope y lo veía tropezar contra las piedras y huecos de Campo Grande y estaba segura que, como ella, pensaba en este momento en Pajeú. Ahora sí, se encontrarían con él. Sintió que el periodista miope apretaba su mano y le devolvió el apretón.

No había vuelto a ver a Pajeú desde la tarde en que descubrió la felicidad. Pero ella y el periodista miope habían hablado mucho del caboclo de la cara cortada al que ambos sabían una amenaza aún más grave para su amor que los propios soldados. Desde aquella tarde habían estado escondiéndose en los refugios del Norte de Canudos, la zona más alejada de la Fazenda Velha; el Enano hacía incursiones para saber de Pajeú. La mañana que el Enano —estaban bajo una techumbre de latas, en el callejón de San Eloy, detrás del Mocambo— vino a contarles que el Ejército asaltaba la Fazenda Velha, Jurema había dicho al periodista miope que el caboclo defendería sus trincheras hasta que lo mataran. Pero esa misma noche supieron que Pajeú y los sobrevivientes de la Fazenda Velha estaban en esas trincheras del cementerio que se hallaban ahora a punto de caer. Había llegado, pues, la hora de enfrentarse con Pajeú. Ni siquiera este pensamiento pudo privarla de esa felicidad que había pasado a ser, como los huesos y la piel, parte de su cuerpo.

La felicidad la salvaba a ella, como la miopía y el miedo al que llevaba de la mano, y como la fe, el fatalismo o la costumbre a quienes tenían todavía fuerzas y bajaban también, corriendo, cojeando, andando, a levantar esa barrera, de ver lo que sucedía a su alrededor, de reflexionar y sacar las conclusiones que el sentido común, la razón o el simple instinto hubieran podido sacar de ese espectáculo: esas callecitas antes de tierra y cascajo que eran ahora subibajas agujereados por los obuses, sembradas de desechos de las cosas fulminadas por las bombas o echadas abajo por los yagunzos para levantar parapetos, y esos seres tumbados que a duras penas podían ya ser llamados hombres o mujeres porque ya no quedaban rasgos en sus caras ni luz en sus ojos ni ánimo en sus músculos, pero que por alguna perversa absurdidad aún vivían. Jurema los veía y no se daba cuenta que estaban allí, confundibles ya con los cadáveres que los viejos no habían tenido tiempo de recoger y que sólo se diferenciaban de ellos por el número de moscas que los cubrían y el grado de pestilencia que expulsaban. Veía y no veía los buitres que revoloteaban sobre ellos y a veces también caían muertos por las balas, y a esos niños que con aire sonámbulo escarbaban las ruinas o masticaban tierra. Había sido una larga carrera y, cuando se detuvieron, tuvo que cerrar los ojos y apoyarse contra el periodista miope, hasta que el mundo dejara de girar.

El periodista le preguntó dónde estaban. A Jurema le costó descubrir que el irreconocible lugar era·el callejón de San Juan, pequeño paso entre las casitas apiñadas alrededor del cementerio y la espalda del Templo en construcción. Todo era escombros, fosos, y una muchedumbre se agitaba, cavando, llenando sacos, latas, cajas, barriles y toneles con tierra y arena y arrastrando maderas, tejas, ladrillos, piedras, adobes y hasta esqueletos de animales a la barrera que se iba alzando donde, antes, una cerca de estacas limitaba el cementerio. El tiroteo había cesado o los oídos de Jurema, ensordecidos, ya no lo distinguían de los otros ruidos. Le decía al periodista miope que Pajeú no estaba allí y sí, en cambio, Antonio y Honorio Vilanova, cuando un tuerto les rugió que qué esperaban. El periodista miope se dejó caer al suelo y comenzó a escarbar. Jurema le procuró un fierro para que pudiera hacerlo mejor. Y ella se hundió, entonces, una vez más, en la rutina de llenar costales, llevarlos adonde le decían, y picar paredes para reunir piedras, ladrillos, tejas y maderas, que reforzaran esa barrera ya ancha y alta de varios metros. De rato en rato, iba adonde el periodista miope amontonaba arena y cascajo a hacerle saber que estaba cerca. No se daba cuenta que, detrás de la espesa barrera, el tiroteo renacía, amenguaba, cesaba y resucitaba y que, de tanto en tanto, grupos de viejos pasaban con heridos hacia las Iglesias.

En un momento, unas mujeres entre las que reconoció a Catarina, la mujer de João Abade, le pusieron en la mano unos huesos de gallina con un poco de pellejo para roer y un cazo de agua. Fue a compartir ese regalo con el periodista y el Enano pero a ambos también les habían repartido raciones parecidas. Comieron y bebieron juntos, dichosos, desconcertados con ese manjar. Porque hacía ya muchos días que se había acabado el alimento y se sabía que los restos existentes se reservaban a esos hombres que se mantenían día y noche en las trincheras y en las torres con las manos quemadas por la pólvora y los dedos encallecidos de tanto disparar.

Reanudaba el trabajo, después de esa pausa, cuando miró la torre del Templo del Buen Jesús y algo la obligó a seguir mirando. Debajo de las cabezas de yagunzos y de los cañones de fusiles y escopetas que sobresalían de los parapetos del techo y de los andamios, una figurilla de gnomo, entre el niño y el adulto, había quedado colgada, en una postura absurda, en la escalerilla que subía al campanario. Lo reconoció: era el campanero, el viejecito que cuidaba las Iglesias, el llavero y mayordomo del culto, el que, se decía, azotaba al Beatito. Había seguido subiendo, puntualmente, al campanario, todas las tardes, a tocar las campanas del Ave María, después de las cuales, con guerra o sin guerra, todo Belo Monte rezaba el rosario. Lo habían matado la víspera, sin duda, después de repicar las campanas, pues Jurema estaba segura de haberlas oído. Lo alcanzaría una bala y se quedaría enredado en la escalerita y nadie había tenido tiempo siquiera de descolgarlo.

—Era de mi pueblo —le dijo una mujer que trabajaba a su lado, señalando la torre—. Chorrochó. Era carpintero allá, cuando el ángel lo rozó.

Volvió al trabajo, olvidándose del campanero y de sí misma, y así estuvo toda la tarde, yendo de rato en rato donde el periodista. Al ponerse el sol vio que los hermanos Vilanova se alejaban corriendo hacia el Santuario y oyó que también habían pasado hacia allí, de distintas direcciones, Pajeú, João Grande y João Abade. Algo iba a ocurrir.

Poco después, estaba inclinada, hablando al periodista miope, cuando una fuerza invisible la obligó a arrodillarse, a callarse, a apoyarse en él. "¿Qué pasa, qué pasa?", dijo éste, cogiéndola del hombro, palpándola. Y oyó que le gritaba: "¿Te han herido, estás herida?". No la había alcanzado ninguna bala. Simplemente, todas las fuerzas habían huido de su cuerpo. Se sentía vacía, sin ánimos para abrir la boca o levantar un dedo, y aunque veía sobre la suya la cara del hombre que le había enseñado la felicidad, sus ojos líquidos abriéndose y parpadeando para verla, y se daba cuenta que estaba asustado, y sentía que debía tranquilizarlo, no podía. Todo era lejano, ajeno, inventado, y el Enano estaba allí, tocándola, acariñándola, sobándole las manos, la frente, alisándole los cabellos, y hasta le pareció que también él, como el periodista miope, la besaba en las manos, en las mejillas. No iba a cerrar los ojos, porque si lo hacía moriría, pero llegó un momento en que ya no pudo tenerlos abiertos.

Cuando los abrió, ya no sentía tanto frío. Era de noche; el cielo estaba lleno de estrellas, había luna llena, y ella se apoyaba contra el cuerpo del periodista miope —cuyo olor, flacura, ruido, reconoció al instante— y allí estaba el Enano, todavía sobándole las manos. Aturdida, advirtió la alegría de los dos hombres al verla despierta y se sintió abrazada y besada por ellos de tal modo que los ojos se le aguaron. ¿Estaba herida, enferma? No, había sido la fatiga, haber trabajado tanto rato. Ya no se hallaba en el mismo sitio. Mientras permanecía desmayada había crecido de pronto el tiroteo y aparecieron los yagunzos de las trincheras del cementerio, corriendo. El Enano y el periodista tuvieron que traerla hasta esta esquina para que no la pisotearan. Pero los soldados no habían podido franquear la barrera construida en San Juan. Los escapados del cementerio y muchos yagunzos venidos de las Iglesias los habían contenido allí. Sintió que el miope le decía que la quería y en eso la tierra reventó en pedazos. Nariz y ojos se le llenaron de polvo y se sintió golpeada y aplastada, pues, por la fuerza del sacudón, el periodista y el Enano fueron aventados contra ella. Pero no tuvo miedo; se encogió bajo los cuerpos que la cubrían, haciendo esfuerzos porque salieran de su boca los ruidos necesarios a fin de saber si ellos estaban salvos. Sí, sólo magullados por la granizada de piedrecillas, residuos y astillas que la explosión diseminó. Un griterío confuso, enloquecido, multitudinario, disonante, incomprensible, encrespaba la oscuridad. El miope y el Enano se incorporaron, la ayudaron a sentarse, los tres se apretaron contra el único muro que seguía en pie en esa esquina. ¿Qué había sucedido, qué estaba sucediendo?

Corrían sombras en todas direcciones, alaridos espantosos rasgaban el aire, pero lo raro, para Jurema, que había replegado sobre sí las piernas y apoyaba la cabeza en el hombro del periodista miope, era que junto a los llantos, rugidos, quejidos, lamentos, estaba oyendo risas, carcajadas, vítores, cantos, y, ahora, un sólo canto, vibrante, marcial, entonado estruendosamente por centenares de gargantas.

—La Iglesia de San Antonio —dijo el Enano—. Le han dado, la han tumbado.

Miró y en la tenue luminosidad lunar, allá arriba, donde se estaba disipando, empujada por una brisa que venía del río, la humareda que la ocultaba, vio la silueta maciza, imponente, del Templo del Buen Jesús, pero no la del campanario y techo de San Antonio. Ese había sido el estruendo. Los alaridos y llantos eran de los que habían caído con la Iglesia, de los que la Iglesia había aplastado y pese a ello no habían muerto. El periodista miope, teniéndola siempre abrazada, preguntaba a voces qué sucedía, qué eran esas risas y cantos y el Enano dijo que eran los soldados, locos de alegría. ¡Los soldados! ¡Las voces, el canto de los soldados! ¿Cómo podían estar tan cerca? Las exclamaciones de triunfo se confundían en sus oídos con los ayes y parecían aun más próximos que éstos. Al otro lado de esa barrera que había ayudado a construir, se apiñaba una muchedumbre de soldados, cantando, lista para cruzar los pocos pasos que los separaban de ellos tres. "Padre, rezó, te pido que nos maten juntos."

Pero, curiosamente, la caída de San Antonio, en vez de atizar la guerra pareció interrumpirla. Poco a poco, sin moverse de ese rincón, escucharon disminuir los gritos de dolor y de triunfo, y, luego, una calma que no había reinado en varias noches. No se oían cañonazos ni balas, sino llantos y quejidos aislados, como si los combatientes hubieran acordado una tregua para descansar. A ratos, les parecía que se dormía y cuando despertaba no sabía si había pasado un segundo o una hora. Cada vez, seguía en el mismo lugar, abrigada entre el periodista miope y el Enano.

Y en una de esas veces vio a un yagunzo de la Guardia Católica, que se despedía de ellos. ¿Qué quería? El Padre Joaquim los mandaba llamar. "Le dije que no podías moverte", murmuró el miope. Un momento después, trotando en la oscuridad, apareció el cura de Cumbe. "¿Por qué no vinieron?", lo oyó decir, de una manera rara, y pensó: "Pajeú".

—Jurema está agotada —oyó decir al periodista miope—. Se ha desmayado varias veces.

—Tendrá que quedarse, entonces —repuso el Padre Joaquim, con la misma voz extraña, no furiosa, más bien rajada, desalentada, entristecida—. Ustedes dos vengan conmigo.

—¿Quedarse? —oyó murmurar al periodista miope, sintiéndolo que se ponía tenso y enderezaba.

—Silencio —ordenó el cura. Susurró: —¿No quería tanto marcharse? Tendrá su oportunidad. Pero, ni una palabra. Vengan.

El Padre Joaquim comenzó a alejarse. Fue ella la primera en ponerse de pie, sobreponiéndose y cortando de este modo el tartamudeo del periodista —"Jurema no puede, yo, yo..."— y demostrándole que sí podía, que ahí estaba, caminando tras la sombra del cura. Segundos después corría, de la mano del miope y del Enano, entre las ruinas y los muertos y malheridos de la Iglesia de San Antonio, aún sin creer lo que había oído.

Se dio cuenta que iban al Santuario, entre un rompecabezas de galerías y parapetos con hombres armados. Se abrió una puerta y vio, a la luz de una lamparilla, a Pajeú. Sin duda pronunció su nombre, alertando al periodista miope, pues éste, en el acto, estalló en estornudos que lo doblaron en dos. Pero no era por el caboclo que el Padre Joaquim los había traído aquí, pues Pajeú no les prestaba atención. Ni los miraba. Estaban en el cuartito de las beatas, la antesala del Consejero, y por las rendijas Jurema veía, arrodilladas, al Coro Sagrado y a la Madre María Quadrado y los perfiles del Beatito y del León de Natuba. En el estrecho recinto, además de Pajeú, estaban Antonio y Honorio Vilanova y las Sardelinhas y en las caras de todos ellos, como en la voz del Padre Joaquim, había algo inusitado, irremediable, fatídico, desesperado y salvaje. Como si no hubieran entrado, como si no estuvieran allí, Pajeú seguía hablando a Antonio Vilanova: oiría tiros, desorden, entrevero, pero aún no debían moverse. Hasta que sonaran los pitos. Entonces sí: ése era el momento de correr, de volar, de escabullirse como raposas. 'El caboclo hizo una pausa y Antonio Vilanova asintió, fúnebre. Pajeú habló de nuevo: "No dejen de correr por ningún motivo. Ni para recoger al que se cae ni para volver atrás. Depende de eso y del Padre. Si llegan al río antes de que se den cuenta, pasarán. Al menos, tienen una posibilidad".

—Pero tú no tienes ninguna de salir de ahí, ni tú ni nadie que se meta contigo al campamento de los perros —gimió Antonio Vilanova. Estaba llorando. Cogió de los brazos al caboclo y le imploró: —No quiero salir de Belo Monte y menos a costa de tu sacrificio. Tú haces más falta que yo. ¡Pajeú, Pajeú!

El caboclo se zafó de sus manos con una especie de disgusto.

—Tiene que ser antes de que claree —dijo, con sequedad—. Entonces no se podría.

Se volvió a Jurema, el miope y el Enano, que permanecían petrificados.

—Van a ir ustedes también, porque así lo quiere el Consejero —dijo, como si hablara a través de los tres, a alguien que no podían ver—. Primero hasta la Fazenda Velha, agachados, en fila. Y, donde digan los párvulos, esperarán los pitos. Cruzarán el campamento, correrán hasta el río. Pasarán, si el Padre lo permite.

Calló y observó al miope, quien, temblando como una hoja, abrazaba a Jurema.

—Estornude ahora —le dijo, sin cambiar de tono—. No después. No cuando estén esperando los pitos. Si estornuda ahí, le clavarán una faca en el corazón. No sería justo que por sús estornudos capturaran a todos. Alabado sea el Buen Jesús Consejero.

CUANDO los oye, el soldado Queluz está soñando con el ordenanza del Capitán Oliveira, un soldado pálido y jovencito al que ronda hace tiempo y al que esta mañana vio cagando, acuclillado detrás de un montículo de piedras, junto a las aguadas del Vassa Barris. Conserva, intacta, la imagen de esas piernas lampiñas y de esas nalgas blancas que entrevió, suspendidas en el aire de la madrugada, como una invitación. Es tan nítida, consistente, vívida, que la verga del soldado Queluz se endereza, hinchando su uniforme y despertándolo. El deseo es tan imperioso que, a pesar de que las voces siguen ahí y de que ya no tiene más remedio que admitir que son de traidores y no de patriotas, su primer movimiento no es coger el fusil sino llevarse las manos a la bragueta para acariciarse la verga inflamada por el recuerdo de las nalgas redondas del ordenanza del Capitán Oliveira. Súbitamente, comprende que está solo, en medio descampado, junto a enemigos, y se despierta del todo y permanece rígido, la sangre helada en sus venas. ¿Y Leopoldinho? ¿Han matado a Leopoldinho? Lo han matado: ha oído, clarito, que el centinela no alcanzó a dar un grito, ni a saber que lo mataban. Leopoldinho es el soldado con el que comparte el servicio, en ese terral que separa la Favela del Vassa Barris, donde se halla el Quinto Regimiento de Infantería, el buen compañero con el que se turnan para dormir, lo que hace más llevaderas las guardias.

—Mucho, mucho ruido, para que nos crean más —dice el que los manda—. Y, sobre todo, marearlos, que no les quede tiempo ni ganas de mirar el río.

—O sea, armar la gran feria, Pajeú —dice otro.

Queluz piensa: "Pajeú". Ahí está Pajeú. Tumbado en pleno campo, rodeado de yagunzos que acabarán con él en un dos por tres si lo descubren, al saber que en esas sombras, a su alcance, está uno de los más feroces bandidos de Canudos, esa presa mayor, Queluz tiene un impulso que por poco lo levanta en peso, de coger el fusil y fulminar al monstruo. Se ganaría la admiración del mundo, del Coronel Medeiros, del General Oscar. Le darían las insignias de cabo que le están debiendo. Porque, aunque por tiempo de servicios y comportamiento en acción, ha debido ser ascendido hace tiempo, siempre lo postergan con el estúpido pretexto de que ha sido azotado demasiadas veces por inducir a los reclutas a cometer con él lo que el Padre Lizzardo llama "pecado nefando". Vuelve la cabeza y, en la luminosidad clara de la noche, ve las siluetas: veinte, treinta. ¿Cómo no lo han pisado? ¿Por qué milagro no lo han visto? Moviendo sólo los ojos, trata de reconocer, entre las caras borrosas, la famosa cicatriz. Es Pajeú quien habla, está seguro, quien recuerda a los demás que antes de los fusiles usen los cartuchos pues la dinamita hace más ruido, y que nadie toque los pitos antes que él. Lo oye despedirse de una manera que da risa: Alabado sea el Buen Jesús Consejero. El grupo se pulveriza en sombras que desaparecen en dirección al Regimiento.

No duda más. Se incorpora, coge su fusil, lo rastrilla, apunta hacia donde se alejan los yagunzos y dispara. Pero el gatillo no se mueve, aunque aprieta con todas sus fuerzas. Maldice, escupe, tiembla de cólera por la muerte de su compañero, y a la vez que murmura "¿Leopoldinho, estás ahí?", vuelve a rastrillar el arma y trata otra vez de disparar un tiro que alerte al Regimiento. Está sacudiendo el fusil para hacerlo entrar en razón, para que entienda que no se puede encasquillar ahora, cuando oye varias explosiones. Ya está, ya se metieron al campamento. Es su culpa. Ya están reventando cartuchos de dinamita sobre los compañeros dormidos. Ya está, los hijos de puta, los malditos, están haciendo una gran carnicería con los compañeros. Y es su culpa.

Confuso, enfurecido, no sabe qué hacer. ¿Cómo han podido llegar hasta aquí sin ser descubiertos? Porque, no hay duda, estando Pajeú entre ellos, éstos han salido de Canudos y cruzado las trincheras de los patriotas para llegar hasta aquí a atacar el campamento por la espalda. ¿Qué lleva a Pajeú a meterse con veinte o treinta a un campamento de quinientos? Ahora, en todo el sector ocupado por el Quinto Regimiento de Infantería, hay bullicio, movimiento, tiros. Siente desesperación. ¿Qué va a ser de él? ¿Qué explicación va a dar cuando le pregunten por qué no dio la alerta, por qué no disparó, gritó o lo que fuera cuando mataron a Leopoldinho? ¿Quién lo libra de una nueva tanda de azotes?

Estruja el fusil, ciego de rabia, y se escapa el tiro. Le roza la nariz, le deja un relente cálido de pólvora. Que su arma funcione lo anima, le devuelve ese optimismo que, a diferencia de otros, él no ha perdido en estos meses, ni siquiera cuando moría tanta gente y pasaban tanta hambre. Sin saber qué va a hacer, corre a campo traviesa, en dirección a esa feria sangrienta que, en efecto, están armando los yagunzos, y dispara al aire los cuatro tiros que le quedan, diciéndose que una prueba de que no estaba dormido, de que ha peleado, es el caño de su fusil quemando. Tropieza y cae de bruces. "¿Leopoldinho?, dice, ¿Leopoldinho?" Palpa el suelo, adelante, atrás, a los costados.

Sí, es él. Lo toca, lo mueve. Los malditos. Escupe el mal gusto, contiene una arcada. Le han hundido el pescuezo, lo han degollado como a un carnero, su cabeza parece la de un pelele cuando lo alza, cogiéndolo de las axilas. "Malditos, malditos", dice, y, sin que ello lo distraiga del dolor y la ira por la muerte de su compañero se le ocurre que entrar al campamento con el cadáver convencerá al Capitán Oliveira de que no estaba durmiendo cuando llegaron los bandidos, que se les enfrentó. Avanza despacio, balanceándose con Leopoldinho a cuestas, y escucha, entre los tiros y el trajín del campamento, un ulular agudo, penetrante, de pájaro desconocido, al que siguen otros. Los pitos. ¿Qué quieren? ¿Por qué entran los fanáticos traidores al campamento tirando dinamita para ponerse a soplar pitos? Se tambalea con el peso y se pregunta si no es mejor pararse a descansar.

A medida que se acerca a las barracas se da cuenta del caos que allí reina; los soldados, arrancados del sueño por las explosiones, disparan a tontas y a locas, sin que los gritos y rugidos de los oficiales pongan orden. En ese instante, Leopoldinho se estremece. La sorpresa de Queluz es tan grande que lo suelta. Se deja caer a su lado. No, no está vivo. ¡Qué tonto! Ha sido el impacto de un proyectil lo que lo ha remecido. "Es la segunda vez que me salvas esta noche, Leopoldinho", piensa. Esa cuchillada se la pudieron dar a él, esa bala pudo ser para él. Piensa: "Gracias, Leopoldinho". Está contra el suelo, pensando que sería el colmo ser abaleado por los propios soldados del Regimiento, disgustado otra vez, confuso otra vez, sin saber si seguir allí hasta que amaine el tiroteo o intentar de todos modos llegar a las barracas.

Está comido por esa duda cuando, en las sombras que por el lado

de los cerros comienzan a deshacerse en irisación azulada, percibe dos siluetas, corriendo hacia él. Va a gritar "¡Socorro, ayuda!", cuando una
sospecha le hiela el grito. Hasta que le arden los ojos se esfuerza por saber si llevan uniforme, pero no hay suficiente claridad para saberlo. Se
ha sacado el fusil que llevaba en banderola, cogido una cacerina de su
bolsa y carga y rastrilla el arma cuando los hombres están ya muy
cerca: ninguno es soldado. Dispara a boca de jarro sobre el que ofrece
mejor blanco y, con el tiro, oye su resoplido animal y el golpe del
cuerpo en el suelo. Y su fusil se vuelve a encasquillar: está apretando un
gatillo que no retrocede un milímetro.

Maldice y se hace a un lado a la vez que, alzando el fusil con las
dos manos, golpea al otro yagunzo que, pasado un segundo de aturdimiento, se le ha echado encima. Queluz sabe pelear, ha destacado siempre en las pruebas de fuerza que organiza el Capitán Oliveira. El resuello ansioso del hombre le calienta la cara y siente sus cabezazos mientras
él atina a lo principal, buscarle los brazos, las manos, sabiendo que el
peligro no está en esos cabezazos por más que parezcan pedradas sino
en la faca que debe prolongar una de sus manos. Y, en efecto, a la vez
que encuentra y aferra sus muñecas siente el desgarro del pantalón y el
roce en su muslo de una punta con filo. A la vez que también él cabecea,
muerde e insulta, Queluz lucha con todas sus fuerzas para contener,
apartar, torcer esa mano donde está el peligro. No sabe cuántos segundos o minutos u horas le cuesta, pero de pronto se da cuenta que el traidor pierde fiereza, va desanimándose, que el brazo que empuña comienza a ablandarse bajo la presión del suyo. "Ya estás jodido, lo escupe Queluz, ya estás muerto, traidor." Sí, aunque todavía muerde, pa-
tea, cabecea, el yagunzo está apagándose, renunciando. Por fin, Queluz
siente las manos libres. Se incorpora de un brinco, coge su fusil, lo alza,
va a hundirle la bayoneta en el estómago, dejándose caer sobre él,
cuando —ya no es noche sino el amanecer— ve la cara tumefacta atrave-
sada por una horripilante cicatriz. Con el fusil en el aire, piensa: "Pajeú". Parpadeando, acezando, el pecho reventándole de excitación,
grita: "¿Pajeú? ¿Eres Pajeú?". No está muerto, tiene los ojos abiertos,
lo mira. "¿Pajeú?", grita, loco de alegría. "¿Quiere decir que yo te cap-
turé, Pajeú?" El yagunzo, aunque lo mira, no le hace caso. Está tratando de levantar la faca. "¿Todavía quieres pelear?", se burla Queluz,
pisándole el pecho. No, está desinteresado de él, tratando de... "O sea
que quieres matarte, Pajeú", se ríe Queluz, volándole de un patadón la
faca de la mano floja. "Eso no te toca a ti, traidor, sino a nosotros."

Capturar vivo a Pajeú es una proeza aún mayor que haberlo matado. Queluz contempla la cara del caboclo: hinchada, rasguñada, mor-
dida por él. Pero, además, tiene un balazo en la pierna, pues todo su
pantalón está embebido en sangre. Le parece mentira que se encuentre a
sus pies. Busca al otro yagunzo y, al tiempo que lo ve, despatarrado,

agarrándose el estómago, acaso no muerto aún, se da cuenta que vienen varios soldados. Les hace gestos, frenético: "¡Es Pajeú! ¡Pajeú! ¡Agarré a Pajeú!".

Cuando, luego de haberlo tocado, olido, escrutado y vuelto a tocar —y haberle descargado algunas patadas, pero no muchas pues todos convienen en que lo mejor es llevárselo vivo al Coronel Medeiros— los soldados arrastran a Pajeú al campamento, Queluz merece una bienvenida apoteósica. Se corre la voz que mató a uno de los bandidos que los atacaron y que ha capturado a Pajeú y todos salen a mirarlo, a felicitarlo, a palmearlo y abrazarlo. Le llueven amistosos coscorrones, le alcanzan cantimploras, le prende un cigarrillo un teniente. No puede contenerse y se le saltan las lágrimas. Masculla que está apenado por Leopoldinho pero es por estos momentos de gloria que está llorando.

El Coronel Medeiros quiere verlo. Mientras va hacia el puesto de mando, como en trance, Queluz no recuerda el furor en que ha estado la víspera el Coronel Medeiros —furor que se tradujo en castigos, amonestaciones y reprimendas de las que no se libraron mayores ni capitanes— por la frustración que le produjo que la Primera Brigada no participase en el asalto de ese amanecer y que, creían todos, sería el definitivo, el que permitiría ocupar a los patriotas todo lo que queda en poder de los traidores. Se ha dicho, incluso, que el Coronel Medeiros tuvo un incidente con el General Oscar por no haber accedido éste a que la Primera Brigada diera el asalto y que, al saberse que la Segunda Brigada del Coronel Gouveia había tomado las trincheras del cementerio de los fanáticos, el Coronel Medeiros había pulverizado en el suelo su taza de café. También se ha dicho que, al anochecer, cuando el Estado Mayor interrumpió el asalto, en vista de lo elevado de las pérdidas y de la resistencia feroz, el Coronel Medeiros bebió aguardiente, como si estuviera celebrando, como si hubiera algo que celebrar.

Pero, al entrar a la barraca del Coronel Medeiros, Queluz recuerda inmediatamente todo eso. La cara del jefe de la Primera Brigada está a punto de estallar de rabia. No lo espera en la puerta para felicitarlo, como él creía. Sentado en su banqueta de tijera, vomita sapos y culebras. ¿A quién grita de ese modo? A Pajeú. Entre las espaldas y perfiles de los oficiales que repletan la barraca, Queluz divisa en el suelo, a los pies del Coronel, la cara amarillenta partida por la cicatriz granate. No está muerto; tiene los ojos semiabiertos y Queluz, a quien nadie hace caso, que ya no sabe para qué lo han traído y tiene ganas de irse, se dice que la rabieta del Coronel se debe sin duda a la manera ausente, despectiva, con que lo mira Pajeú. Pero no es eso sino el ataque al campamento: ha habido dieciocho muertos.

—¡Dieciocho! ¡Dieciocho! —mastica, como si tuviera un freno, el Coronel Medeiros—. ¡Treinta y tantos heridos! A nosotros, que nos pasamos aquí todo el día, rascándonos las bolas mientras la Segunda

Brigada pelea, vienes tú con tus degenerados y nos haces más bajas que a ellos.

"Va a ponerse a llorar", piensa Queluz. Asustado, imagina que el Coronel averiguará de algún modo que se echó a dormir y dejó pasar a los bandidos sin dar la alarma. El jefe de la Primera Brigada salta del asiento y se pone a patear, a pisotear y zapatear. La espalda y los perfiles le ocultan lo que ocurre en el suelo. Pero segundos después lo vuelve a ver: la cicatriz bermeja ha crecido, cubre la cara del bandido, una masa de barro y sangre sin rasgos ni forma. Pero tiene aún los ojos abiertos y hay aún en ellos esa indiferencia tan ofensiva y tan extraña. Una baba sanguinolenta aflora de sus labios.

Queluz ve un sable en las manos del Coronel Medeiros y está seguro que va a rematar a Pajeú. Pero se limita a apoyarle la punta en el cuello. Reina silencio total en la barraca y Queluz se contagia de la gravedad hierática de todos los oficiales. Por fin, el Coronel Medeiros se calma. Vuelve a sentarse en la banqueta y arroja su sable al camastro.

—Matarte sería hacerte un favor —mascula, con amargura y rabia—. Has traicionado a tu país, asesinado a tus compatriotas, robado, saqueado, cometido todos los crímenes. No hay castigo a la altura de lo que has hecho.

"Se está riendo", se asombra Queluz. Sí, el caboclo se está riendo. Ha arrugado la frente y la pequeña cresta que le queda de nariz, entreabierto la boca y sus ojitos rasgados brillan al tiempo que emite un ruido que, no hay duda, es risa.

—¿Te hace gracia lo que digo? —silabea el Coronel Medeiros. Pero al instante cambia de tono, pues la cara de Pajeú ha quedado rígida—. Examínelo, Doctor...

El Capitán Bernardo da Ponte Sanhuesa se arrodilla, pega su oído al pecho del bandido, le observa los ojos, le toma el pulso.

—Está muerto, Excelencia —lo oye decir Queluz.

El Coronel Medeiros se demuda.

—Su cuerpo es un colador —añade el médico—. Es un milagro que haya durado tanto rato con el plomo que tiene adentro.

"Ahora, piensa Queluz, me toca a mí." Los ojitos pequeñitos, verdeazulados, perforantes del Coronel Medeiros van a buscarlo entre los oficiales, encontrarlo y oirá la temida pregunta: "¿Por qué no diste la alerta?". Mentira, jurará por Dios y por su madre que la dio, que disparó y gritó. Pero pasan los segundos y el Coronel Medeiros sigue sobre la banqueta, contemplando el cadáver del bandido que murió riéndose de él.

—Aquí está Queluz, Excelencia —oye decir al Capitán Oliveira.

Ahora, ahora. Los oficiales se apartan para que pueda acercarse al jefe de la Primera Brigada. Éste lo mira, se pone de pie. Ve —el corazón le salta en el pecho— que la expresión del Coronel Medeiros se ablanda, que se esfuerza por sonreírle. Él le sonríe también, agradecido.

—¿Así que tú lo cazaste? —dice el Coronel.

—Sí, Excelencia —responde Queluz, en posición de firmes.

—Termina el trabajo —le dice Medeiros, alcanzándole su sable con movimiento enérgico—. Reviéntale los ojos y córtale la lengua. Después, le arrancas la cabeza y la echas por encima de la barricada, para que los bandidos vivos sepan lo que les espera.

VI

Cuando el periodista miope partió por fin, el Barón de Cañabrava, que lo había guiado hasta la calle, descubrió que era noche avanzada. Tras cerrar, quedó apoyado de espaldas en el pesado portalón, con los ojos cerrados, tratando de alejar ese hervidero de confusas y violentas imágenes. Un criado acudió, presuroso, con una lamparilla: ¿quería que le calentaran la cena? Dijo que no, y, antes de mandarlo a acostarse, le preguntó si Estela había cenado. Sí, hacía rato, y se había retirado luego a descansar.

En vez de subir al dormitorio, el Barón volvió como sonámbulo, oyendo resonar sus pasos, al despacho. Olió, vio, en el aire espeso de la habitación, flotando como pelusas, las palabras de esa larga conversación que, le parecía ahora, había sido, más que un diálogo, un par de monólogos intocables. No volvería a ver al periodista miope, no volvería a hablar con él. No permitiría que volviera a resucitar esa monstruosa historia en la que habían naufragado sus bienes, su poder político, su mujer. "Sólo ella importa", murmuró. Sí, a todas las otras pérdidas hubiera podido resignarse. Para lo que le quedaba por vivir —¿diez, quince años?— tenía como mantener el régimen de vida a que estaba acostumbrado. No importaba que éste acabara con él: ¿acaso había herederos por cuya suerte inquietarse? Y en cuanto al poder político, en el fondo se alegraba de haberse sacado ese peso de encima. La política había sido una carga que se impuso por carencia de los demás, por la excesiva estupidez, negligencia o corrupción de los otros, no por vocación íntima: siempre le había fastidiado, aburrido, hecho el efecto de un quehacer insulso y deprimente, pues revelaba mejor que ningún otro las miserias humanas. Además, tenía un rencor secreto contra la política, quehacer absorbente al que había sacrificado esa disposición científica que había sentido desde niño, cuando coleccionaba mariposas y hacía herbarios. La tragedia a la que nunca se conformaría era Estela. Había sido Canudos, esa historia estúpida, incomprensible, de gentes obstinadas, ciegas, de fanatismos encontrados, el culpable de lo ocurrido con Estela. Había cortado con el mundo y no restablecería las amarras. Nada ni nadie le recordaría ese episodio. "Haré que le den trabajo en el periódico, pensó. Corrector de pruebas, cronista judicial, algo mediocre como corresponde a lo que es. Pero no lo recibiré ni escucharé más. Y si escribe ese libro sobre Canudos, que por supuesto no escribirá, tampoco lo leeré."

Fue hasta la licorera y se sirvió una copa de cognac. Mientras calentaba la bebida en la palma de su mano, sentado en el confortable de cuero, desde el que había orientado un cuarto de siglo de vida política de Bahía, el Barón de Cañabrava escuchó la armoniosa sinfonía de los grillos de la huerta, a la que hacía eco, a ratos, el desafinado coro de unas ranas. ¿Qué lo desasosegaba así? ¿Qué le producía esa impaciencia, ese cosquilleo en el cuerpo, como si estuviera olvidando algo urgentísimo, como si en estos segundos fuera a ocurrir algo irrevocable y decisivo en su vida? ¿Canudos, todavía?

No se lo había sacado de la cabeza: ahí estaba de nuevo. Pero la imagen que agresivamente se había armado e iluminado ante sus ojos, no era algo que hubiera oído de labios de su visitante. Había ocurrido cuando ni éste ni la criadita de Calumbí que ahora era su mujer, ni el Enano ni ninguno de los sobrevivientes de Canudos estaban ya allí. Se lo había referido el viejo coronel Murau, tomando un oporto, la última vez que se vieron aquí en Salvador, algo que, a su vez, se lo había contado a Murau el dueño de la hacienda Formosa, una de las tantas arrasadas por los yagunzos. El hombre se había quedado allí, pese a todo, por amor a su tierra o por no saber adónde ir. Y allí había continuado toda la guerra, manteniéndose gracias al comercio que hacía con los soldados. Cuando supo que todo había terminado, que Canudos había caído, se apresuró a ir allá con un grupo de peones a prestar ayuda. El Ejército ya no estaba allí, cuando avistaron los montes de la antigua ciudadela yagunza. Les había sorprendido, a la distancia —le contó el coronel Murau y ahí estaba el Barón, oyéndolo—, el extraño, indefinible, indetectable ruido, tan fuerte que estremecía el aire. Y ahí estaba, también, el poderosísimo olor que descomponía el estómago. Pero sólo al trasmontar la cuesta pedregosa, parduzca, del Poço Trabubú y encontrarse a sus pies, con lo que había dejado de ser Canudos y era lo que veían, comprendieron que ese ruido eran los aletazos y los picotazos de millares de urubús, de ese mar interminable, de olas grises, negruzcas, devorantes, ahítas, que todo lo cubría y que, a la vez que se saciaba, daba cuenta de lo que aún no había podido ser pulverizado ni por la dinamita ni por las balas ni por los incendios: esos miembros, extremidades, cabezas, vértebras, vísceras, pieles que el fuego respetó o carbonizó a medias y que esos animales ávidos ahora trituraban, despedazaban, tragaban, deglutían. "Miles y miles de buitres", había dicho el coronel Murau. Y, también, que, espantados ante lo que parecía la materialización de una pesadilla, el hacendado de Formosa y sus peones, comprendiendo que ya no había a nadie que enterrar, pues los pajarracos lo estaban haciendo, habían partido de allí a paso vivo, tapándose bocas y narices. La imagen intrusa, ofensiva, había arraigado en su mente y no conseguía sacarla de allí. "El final que Canudos merecía", había respondido al viejo Murau, antes de obligarlo a cambiar de tema.

¿Era eso lo que lo perturbaba, angustiaba y tenía sobre ascuas? ¿Ese enjambre de aves carniceras devorando la podredumbre humana que era todo lo que quedaba de Canudos? "Veinticinco años de sucia y sórdida política, para salvar a Bahía de los imbéciles y de los ineptos a los que tocó una responsabilidad que no eran capaces de asumir, para que todo termine en un festín de buitres", pensó. Y en ese instante, sobre la imagen de hecatombe, reapareció la cara tragicómica, el hazmerreír de ojos bizcos y acuosos, protuberancias impertinentes, mentón excesivo, orejas absurdamente caídas, hablándole afiebrado del amor y del placer: "Lo más grande que hay en el mundo, Barón, lo único a través de lo cual puede encontrar el hombre cierta felicidad, saber qué es lo que llaman felicidad". Eso era. Eso era lo que lo perturbaba, desasosegaba, angustiaba. Bebió un trago de cognac, retuvo un momento en la boca la ardiente bebida, la tragó y la sintió correr por su garganta, caldeándola.

Se puso de pie: no sabía aún lo que iba a hacer, lo que anhelaba hacer, pero sentía una crepitación en las entrañas, y le parecía hallarse en un instante crucial, en el que debía tomar una decisión de incalculables consecuencias. ¿Qué iba a hacer, qué quería hacer? Dejó la copa de cognac en la licorera, y, sintiendo palpitar su corazón, sus sienes, discurrir la sangre por la geografía de su cuerpo, atravesó el escritorio, el gran salón, el espacioso rellano —todo desierto ahora, y a oscuras, pero iluminado por el resplandor de los faroles de la calle— hasta la escalera. Una lamparilla iluminaba los peldaños. Los subió de prisa, pisando con las puntas de los pies, de manera que ni siquiera él oía sus pasos. Arriba, sin dudar, en vez de dirigirse a su aposento fue hacia el cuarto en que dormía la Baronesa y al que sólo un biombo separaba de la recámara donde se había acomodado Sebastiana, para estar cerca de Estela por si la necesitaba en la noche.

En el momento de alargar la mano hacia la falleba se le ocurrió que la puerta podía estar trancada. Nunca había entrado a esa recámara sin anunciarse. No, no estaba asegurada. Cerró la puerta a sus espaldas y buscó el picaporte y lo corrió. Desde el umbral divisó la luz amarilla de la veladora —un pabilo flotando en un recipiente de aceite— que alcanzaba a iluminar parte del lecho de la Baronesa, la colcha azul, el dosel y las cortinillas de gasa. Donde estaba, sin hacer el menor ruido, sin que le temblaran las manos, el Barón se fue quitando la ropa que llevaba puesta. Cuando estuvo desnudo, cruzó el cuarto de puntillas hacia la recámara de Sebastiana.

Llegó al borde de la cama sin despertarla. Había una leve claridad —el resplandor del farol de gas de la calle, que se volvía azul al cruzar las cortinas— y el Barón pudo ver las formas de la mujer que dormía, plegando y levantando las sábanas, de lado, su cabeza apoyada en una almohadilla redonda. Los cabellos libres, largos, negros, dispersos, caían sobre la cama y se derramaban por el costado y colgaban besando el suelo. Pensó que nunca había visto a Sebastiana con los cabellos sueltos, de pie, que sin duda debían llegarle hasta los talones y que, seguramente, alguna vez, ante un espejo o delante de Estela, se habría envuelto, jugando, en esa larguísima cabellera como en una sedosa manta, y esa imagen comenzó a despertar en él un dormido instinto. Se llevó la mano al vientre y se palpó el sexo: estaba fláccido pero, en su tibieza, en la suavidad, celeridad y como alegría con que se dejó descubrir y emergió el glande separándose del prepucio, sintió que había allí una vida profunda, anhelando ser convocada, reavivada, vertida. Las cosas que había estado temiendo mientras se acercaba —¿Cuál sería la reacción de la mucama? ¿Cuál la de Estela si aquélla se despertaba gritando?— desaparecieron al instante y —sorpresivo, alucinado— el rostro de Galileo Gall compareció en su mente y recordó el voto de castidad que, para concentrar energías en órdenes que creía más elevados —la acción, la ciencia— había hecho el revolucionario. "He sido tan estúpido como él", pensó. Sin haberlo hecho, había cumplido un voto semejante por muchísimo tiempo, renunciando al placer, a la felicidad, por ese quehacer vil que había traído desgracia al ser que más quería en el mundo.

Sin pensar, de manera automática, se inclinó hasta sentarse al borde de la cama, a la vez que movía las dos manos, una para retirar las sábanas que cubrían a Sebastiana, y la otra hacia su boca, para apagar el grito. La mujer se encogió y quedó rígida y abrió los ojos y llegó a sus narices un vaho de calor, la intimidad del cuerpo de Sebastiana, de quien nunca había estado tan cerca, y sintió que inmediatamente su sexo se animaba, y fue como si tomara conciencia de que sus testículos también existían, de que estaban allí, renaciendo entre sus piernas. Sebastiana no había llegado a gritar, a incorporarse: sólo a emitir una exclamación ahogada que llevó el aire cálido de su aliento contra la palma de la mano que el Barón retenía a un milímetro de su boca.

—No grites, es mejor que no grites —susurró, sintiendo que su voz no era firme, pero lo que la hacía temblar no era la duda sino el deseo—. Te ruego que no grites.

Con la mano que había retirado las sábanas, acariciaba ahora, por sobre el camisón que ella tenía abotonado hasta el cuello, los pechos de Sebastiana: eran grandes, bien modelados, extraordinariamente firmes para alguien que debería frisar los cuarenta años; los sentía erizándose bajo sus yemas, atacados de frío. El Barón le pasó los dedos por el filo de la nariz, por los labios, por las cejas, con toda la delicadeza de que era capaz, y por fin los hundió en la madeja de cabellos y los enredó en sus crenchas, suavemente. Entre tanto, procuraba conjurar sonriendo el miedo cerval que percibía en la mirada incrédula, atónita, de la mujer.

—Debí hacer esto hace mucho, Sebastiana —dijo, rozándole las mejillas con los labios—. Debí hacerlo el primer día que te deseé. Hubiera sido más feliz, Estela hubiera sido más feliz y acaso tú también.

Bajó la cara, buscando con sus labios los de la mujer, pero ella, haciendo un esfuerzo para romper la parálisis en que la tenían el miedo y la sorpresa, se apartó y el Barón, a la vez que leía la súplica de sus ojos, la oyó balbucear: "Le ruego, por lo que más quiera, le suplico... La señora, la señora".

—La señora está ahí y yo la quiero más que tú —se oyó decir, pero tenía la sensación de que era otro el que hablaba y trataba aún de pensar; él sólo era ese cuerpo caldeado, ese sexo ahora sí despierto del todo al que sentía erguido, duro, húmedo, botando contra su vientre—. Esto lo hago también por ella, aunque no puedas comprenderlo.

Acariciando sus pechos, había encontrado los botones del camisón y los estaba haciendo saltar de los ojales, uno tras otro, a la vez que con la otra mano tomó a Sebastiana por detrás de la nuca y la obligó a ladear la cabeza y a ofrecerle los labios. Los sintió fríos, cerrados con fuerza, y advirtió que los dientes de la mucama castañeteaban y que toda ella temblaba y que en un segundo se había empapado de sudor.

—Abre la boca —ordenó, en un tono que rara vez había usado en su vida con los sirvientes o con los esclavos, cuando los tenía—. Si tengo que obligarte a ser dócil, lo haré.

Sintió que, condicionada sin duda por una costumbre, temor o instinto de conservación que venía hasta ella de muy atrás, con una tradición de siglos que su tono había sabido recordarle, la mucama le obedecía, a la vez que su cara, en la penumbra azul de la recámara, se descomponía en una mueca a la que al miedo se añadía ahora un infinito disgusto. Pero eso no le importó, mientras su lengua entraba en la boca de ella, chocaba con la de ella, la empujaba a un lado y a otro, exploraba sus encías, su paladar, y se las ingeniaba para pasarle un poco de su saliva y luego recobrarla y tragarla. Mientras, había seguido desabotonando, arrancando los botones del camisón y tratando de sacárselo. Pero aunque el espíritu y la boca de Sebastiana se habían resignado a obedecer, todo su cuerpo seguía resistiendo, a pesar del miedo o tal vez porque un miedo aún más grande que aquel que le había enseñado a acatar la voluntad de quien tenía poder sobre ella, la hacía defender lo que querían arrebatarle. Su cuerpo seguía encogido, rígido, y el Barón, que se había echado en la cama y trataba de abrazarla, se sentía contenido por los brazos que Sebastiana había colocado como escudo ante su cuerpo. La oía implorando algo en un susurro apagado y estuvo seguro que había comenzado a llorar. Pero él sólo atendía ahora al esfuerzo de quitarle el camisón que seguía prendido de sus hombros. Había podido pasarle un brazo por la cintura y atraerla, obligándola a pegarse contra su cuerpo, mientras que con la otra mano le acababa de quitar el camisón. Después de un forjeceo que no supo cuánto duró y en el que, mientras empujaba y presionaba, su energía y su deseo crecían sin cesar, logró al fin subirse sobre Sebastiana. Mientras con una de las suyas la forzaba a abrir las piernas que ella tenía soldadas, la besó con avidez en el cuello, en los hombros, en el pecho y, largamente, en los senos. Sintió que iba a eyacular contra el vientre de ella —una forma amplia, cálida, blanda, contra la que se frotaba su verga— y cerró los ojos e hizo un gran esfuerzo para contenerse. Lo consiguió y entonces fue deslizándose por sobre el cuerpo de Sebastiana, acariciándole, oliéndole, besándole las caderas, las ingles, el vientre, los vellos del pubis que ahora descubría espesos y enrulados en su boca. Con las manos, con la barbilla presionó con todas sus fuerzas, sintiendo que ella sollozaba, hasta hacerle separar los muslos lo suficiente como para poder llegar hasta su sexo con la boca. Cuando lo estaba besando, succionando suavemente, hundiéndole la lengua y sorbiendo sus jugos, sumido en una ebriedad que, por fin, lo liberaba de todo lo que lo entristecía y amargaba, de esas imágenes que le roían la vida, sintió la presión suave de unos dedos en la espalda. Apartó la cabeza y miró, sabiendo lo que iba a ver: ahí estaba Estela, de pie, mirándolo.

—Estela, amor mío, amor mío —dijo, con ternura, sintiendo que la saliva y los jugos de Sebastiana se le escurrían por los labios, siempre arrodillado en el suelo, siempre separando con sus codos las piernas de la mucama—. Yo te amo, más que a nada en el mundo. Hago esto porque lo deseo hace mucho tiempo y por amor a ti. Para estar más cerca de ti, amor mío.

Sentía el cuerpo de Sebastiana sacudido por convulsiones y la oía sollozar con desesperación, la boca y los ojos tapados con sus manos, y veía a la Baronesa, inmóvil a su lado, observándolo. No parecía asustada, enfurecida, horrorizada, sino ligeramente intrigada. Tenía un camisón ligero, bajo el que, en la media luz, adivinaba, difuminados, los límites de su cuerpo, que el tiempo no había conseguido deformar —era una silueta aún armoniosa, perfilada— y sus cabellos claros, a los que la penumbra disimulaba todas las hebras grises, recogidos en una redecilla, de la que escapaban algunas puntas. Hasta donde podía ver, no se había formado en su frente ese pliegue profundo, solitario, que era signo inequívoco en ella de contrariedad, el único que Estela no había conseguido nunca controlar, como todas las otras manifestaciones de sentimiento. No tenía el ceño fruncido, aunque su boca estaba, sí, levemente entreabierta, subrayando el interés, la curiosidad, la tranquila sorpresa de sus ojos. Pero ya era nuevo en ella, por ínfimo que pareciera, ese volcarse hacia afuera, ese interesarse en algo ajeno, pues el Barón no había vuelto a ver en los ojos de la Baronesa, desde aquella noche de Calumbí, otra expresión que la de la indiferencia, el retraimiento, el encierro espiritual. Su palidez era ahora más acentuada, tal vez por la penumbra azul, tal vez por lo que estaba experimentando. El Barón sintió que la emoción lo sofocaba, que iba a ponerse a sollozar. Adivinó casi los pies lívidos, desnudos, de Estela, sobre la madera lustrosa del suelo, y obedeciendo un impulso se inclinó a besarlos. La Baronesa no se movió mientras él, arrodillado, cubría de besos sus empeines, sus dedos, sus uñas, sus talones, con infinito amor y reverencia y balbuceaba ardientemente contra ellos que los amaba, que siempre le habían parecido bellísimos, dignos de un culto intenso por haberle dado, a lo largo de la vida, tanto impagable placer. Luego de besarlos una y otra vez y de subir los labios hasta los frágiles tobillos, sintió en su esposa un movimiento y alzó rápidamente la cabeza, a tiempo para ver que la mano que lo había tocado antes en la espalda, de nuevo venía hacia él, sin premura ni violencia, con esa naturalidad, distinción, sabiduría, con que Estela se había movido, hablado, conducido siempre, y la sintió posarse sobre sus cabellos y permanecer allí, conciliadora, blanda, en un contacto que agradeció desde el fondo de su ser porque no había en él nada hostil, admonitivo, sino más bien amable, afectuoso, tolerante. El deseo, que se había evaporado totalmente, compareció entonces de nuevo y el Barón sintió que su sexo volvía a endurecerse. Cogió la mano que Estela le había puesto en la cabeza, se la llevó a la boca, la besó, y, sin soltarla, se volvió hacia la cama donde Sebastiana permanecía hundida dentro de sí misma, con la cara oculta, y alargando la mano libre la colocó sobre el pubis de la mujer tendida, cuya negrura contrastaba nítidamente con el color mate de su cuerpo.

—Siempre quise compartirla contigo, amor mío —balbuceó, la voz quebrada por sentimientos encontrados, de timidez, vergüenza, emoción y renaciente deseo—, pero nunca me atreví, porque temía ofenderte, lastimarte. ¿Me equivoqué, no es cierto? ¿No es verdad que no te hubiera herido ni ofendido? ¿Qué lo hubieras aceptado, celebrado? ¿No es cierto que hubiera sido otra manera de demostrarte cuánto te amo, Estela?

Su mujer seguía observándolo, no enojada, ya no sorprendida sino con esa apacible mirada que era la suya hacía unos meses. Y vio que, luego de un momento, se volvía a mirar a Sebastiana, que seguía sollozando, hecha un ovillo, y comprendió que aquella mirada, hasta entonces neutral, se interesaba y dulcificaba. Acatando la indicación que recibió de ella, soltó la mano de la Baronesa. Vio a Estela dar dos pasos hacia la cabecera, sentarse al borde, y alargar los brazos con esa gracia inimitable que él admiraba en todos sus movimientos para coger a Sebastiana de las mejillas, con gran cuidado y precaución, como si temiera trizarla. No quiso seguir viendo más. El deseo había vuelto con una especie de furia y el Barón volvió a inclinarse, a abrirse paso hacia el sexo de la mucama, separándole las piernas, obligándola a estirarse, a fin de poder de nuevo besarlo, respirarlo, sorberlo. Estuvo mucho rato allí, con los ojos cerrados, ebrio, gozando, y cuando sintió que ya no podía contener la excitación se enderezó y gateando se encaramó sobre Sebastiana. Separándole las piernas con las suyas, ayudándose con una mano atolondrada, buscó su sexo y consiguió penetrarla en un movimiento que añadió dolor y desgarramiento a su placer. La sintió gemir y alcanzó a ver, en el tumultuoso instante en el que la vida pareció estallar entre sus piernas, que la Baronesa tenía siempre las dos manos en la cara de Sebastiana, a la que miraba con ternura y piedad, mientras le soplaba despacito en la frente para despegarle unos cabellos de la piel.

Horas después, cuando todo aquello hubo pasado, el Barón abrió los ojos como si algo o alguien lo hubiera despertado. La luz del amanecer entraba al aposento, y se oían cantos de pájaros y el rumor murmurante del mar. Se incorporó de la cama de Sebastiana, donde había dormido solo; se puso de pie, cubriéndose con la sábana que recogió del suelo y dio unos pasos hacia el cuarto de la Baronesa. Ella y Sebastiana dormían, sin tocarse, en el amplio lecho, y el Barón estuvo un momento observándolas con un sentimiento indefinible a través de la gasa transparente del mosquitero. Sentía ternura, melancolía, agradecimiento y una vaga inquietud. Avanzaba hacia la puerta del pasillo, donde la víspera se había despojado de sus ropas, cuando al pasar junto al balcón lo detuvo la bahía encendida por el naciente sol. Era algo que había visto innumerables veces y que nunca lo cansaba: Salvador a la hora en que el sol aparecía o moría. Se asomó y estuvo contemplando, desde el balcón, el majestuoso espectáculo: el ávido verdor de la isla de Itaparica, la blancura y la gracia de los veleros que zarpaban, el azul claro del cielo y el gris verde del agua y, más cerca, a sus pies, el horizonte quebradizo, bermejo, de los tejados de las casas en las que podía presentir el despertar de la gente, el comienzo de la diaria rutina. Con agridulce nostalgia se entretuvo tratando de reconocer, por los tejados de los barrios del Destierro y de Nazareth, los solares de los que habían sido sus compañeros políticos, esos amigos que no veía más: el del Barón de Cotagipe, el del Barón de Macaúbar, el del Vizconde de San Lorenzo, el del Barón de San Francisco, el del Marqués de Barbacena, el del Barón de Maragogipe, el del Conde de Sergimiruin, el del Vizconde de Oliveira. Su vista corrió una y otra vez por distintos puntos de la ciudad, por los techos del Seminario, y las Ladeiras llenas de verdura, el antiguo colegio de los Jesuitas, el Elevador hidráulico, la Alfándega, y estuvo un rato apreciando la reverberación del sol en esas piedras doradas de la Iglesia de Nuestra Señora de la Concepción de la Playa que habían traído cortadas y labradas desde Portugal dos náufragos agradecidos a la Virgen, y, aunque no alcanzaba a verlo, adivinó el hormiguero multicolor que sería ya a esta hora el Mercado de pescados de la playa. Pero, de pronto, algo atrajo su atención y estuvo mirando muy serio, esforzando los ojos, adelantando la cabeza por sobre el bordillo. Luego de un momento, fue de prisa hasta la cómoda donde sabía que

Estela guardaba los pequeños prismáticos de carey, que usaba en el teatro.

Volvió al balcón y miró, con un sentimiento creciente de perplejidad y de incomodidad. Sí, las barcas estaban allí, equidistantes de la isla de Itaparica y del redondo fuerte de San Marcelo, y, en efecto, las gentes de las barcas no estaban pescando sino echando flores al mar, derramando pétalos, corolas, ramos sobre el agua, y persignándose, y, aunque no podía oírlo —el pecho le golpeaba con fuerza— estuvo seguro que esas gentes estaban también rezando y acaso cantando.

El León de Natuba oye decir que es el primer día de octubre, cumpleaños del Beatito, que los soldados atacan Canudos por tres lados tratando de franquear las barreras de la Madre Iglesia, la de San Pedro y la del Templo del Buen Jesús, pero es la otra cosa que oye la que queda resonando en su cabezota greñuda: que la cabeza de Pajeú, sin ojos ni lengua ni orejas, se balancea desde hace unas horas en una estaca plantada en las trincheras de los perros, por la Fazenda Velha. Lo han matado a Pajeú. También habrán matado a todos los que se metieron con él al campamento de los ateos para ayudar a salir de Canudos a los Vilanova y a los forasteros, y también habrán torturado y decapitado a estos últimos. ¿Cuánto falta para que les ocurra lo mismo a él, a la Madre de los Hombres y a todas las beatas que se han arrodillado a rezar por el martirio de Pajeú?

El griterío y la fusilería ensordecen al León de Natuba al abrirse la puertecita del Santuario empujada por João Abade:

—¡Salgan! ¡Salgan! ¡Váyanse de aquí! —ruge el Comandante de la Calle, urgiéndolos con las dos manos a darse prisa—. ¡Al Templo del Buen Jesús! ¡Corran!

Da media vuelta y desaparece en la polvareda que ha entrado con él al Santuario. El León de Natuba no tiene tiempo de asustarse, de pensar, de imaginar. Las palabras de João Abade levantan en peso a las beatas y, algunas chillando, otras persignándose, se precipitan a la salida, empujándolo, apartándolo, arrinconándolo contra la pared. ¿Dónde están sus guantes-sandalias, esas plantillas de cuero crudo sin las cuales no puede avanzar mucho pues las palmas se le llagan? Palmotea a un lado y a otro en la atmósfera ennegrecida de la habitación, sin encontrarlas, y, consciente de que todas se han ido, de que incluso la Madre María Quadrado se ha ido, trota apresuradamente hacia la puerta. Toda su energía, su viva inteligencia están concentradas en la decisión de llegar al Templo del Buen Jesús, como ha ordenado João Abade, y, mientras avanza golpeándose, rasguñándose, por el vericueto de defensas que rodean el Santuario, nota que ya no están allí los hombres de la Guardia Católica, no los vivos en todo caso, porque aquí y allá hay tirados sobre, entre, bajo los costales y cajones de arena seres humanos con cuyas piernas, brazos, cabezas chocan sus manos y pies. Cuando emerge del dédalo de barreras a la explanada y va a cruzarla, ese instinto de defensa que tiene más desarrollado que cualquiera, que desde niño le ha enseñado a detectar el peligro antes que nadie, mejor que nadie, y, también, a saber instantáneamente elegir entre varios peligros, lo hace contenerse, agazaparse entre una pila de barriles con agujeros por los que llueve arena. No llegaría nunca al Templo en construcción: sería arrollado, pisoteado, triturado por la muchedumbre que corre hacia allí, desbocada, frenética, y —los ojos grandes, vivos, penetrantes, del escriba lo saben a la primera ojeada— aun si llegara hasta esa puerta jamás conseguiría abrirse paso en ese enjambre de cuerpos que rebotan, se aplastan y se escurren en el cuello de botella que es la entrada del único refugio sólido, de paredes de piedra, que queda en Belo Monte. Mejor permanecer aquí, esperar la muerte aquí, en vez de ir a buscarla en ese apachurramiento para el que su esqueleto precario no está preparado, ese apachurramiento que es lo que más ha temido desde que está mezclado a la vida gregaria, colectiva, procesional, ceremoniosa de Canudos. Está pensando: "No te culpo por haberme abandonado, Madre de los Hombres. Tienes derecho a luchar por tu vida, a tratar de durar un día más, una hora más". Pero hay un gran dolor en su corazón: este instante no sería tan duro y amargo si ella, o cualquiera de las beatas, estuviera aquí.

Encogido entre barriles y costales, espiando a un lado y a otro, se va haciendo una idea de lo que ocurre en el cuadrilátero de las Iglesias y el Santuario. La barrera que levantaron hace apenas dos días detrás del cementerio, la que protegía a la Iglesia de San Antonio, ha cedido y los perros han entrado, están entrando a las viviendas de Santa Inés, que colinda con la Iglesia. Es de Santa Inés de donde viene la gente que trata de refugiarse en el Templo, viejos, viejas, mujeres con niños de teta en los brazos, en los hombros, apretados contra el pecho. Pero en la ciudad hay mucha gente que todavía resiste. Frente a él, desde las torres y andamios del Templo del Buen Jesús salen continuas ráfagas y el León de Natuba alcanza a ver las chispas con que los yagunzos encienden la pólvora de los mosquetones, los impactos que desportillan piedras, tejas, maderas, de todo lo que lo rodea. João Abade, a la vez que a advertirles que escaparan, vino sin duda a llevarse a los hombres de la Guardia Católica del Santuario y ahora todos ellos estarán peleando en Santa Inés, o levantando otra barrera, cerrando un poco más ese círculo del que hablaba —"y con tanta razón"— el Consejero. ¿Dónde están los soldados, por dónde va a ver llegar a los soldados? ¿Qué hora del día o de la tarde es? La tierra y el humo, cada vez más espesos, le irritan la garganta y los ojos y respira con dificultad, tosiendo.

—¿Y el Consejero, y el Consejero? —oye decir, casi en su oído—. ¿Cierto que subió al cielo, que se lo llevaron los ángeles?

La cara llena de arrugas de la viejecita tumbada en el suelo tiene un solo diente y las legañas le tapan los ojos. No parece herida sino extenuada.

—Subió —asiente el León de Natuba, con una clara percepción de que eso es lo mejor que puede hacer por ella en ese instante—. Se lo llevaron los ángeles.

—¿También vendrán a llevarse mi alma, León? —susurra la anciana.

El León vuelve a asentir, varias veces. La viejecita le sonríe antes de quedarse quieta y boquiabierta. La fusilería y el chillerío del lado de la caída Iglesia de San Antonio aumentan bruscamente y el León de Natuba tiene la sensación de que una granizada de tiros le roza la cabeza y que muchas balas se incrustan en los costales y barriles del parapeto tras el que se escuda. Permanece aplastado contra la tierra, los ojos cerrados, esperando.

Cuando amengua el ruido, alza la cabeza y espía el amontonamiento de escombros provocado hace dos noches por el derrumbe del campanario de San Antonio. Ahí están los soldados. Le quema el pecho: ahí están, ahí están, moviéndose entre las piedras, disparando al Templo del Buen Jesús, acribillando a la multitud que forcejea en la puerta, y que, en este momento, luego de unos segundos de indecisión, al verlos aparecer y sentirse tiroteada, sale corriendo en estampida a darles el encuentro, las manos alargadas, las caras congestionadas de ira, indignación, deseo de venganza. En segundos, la explanada se convierte en un campo de batalla cuerpo a cuerpo, y en el terral que enturbia todo el León de Natuba ve parejas y grupos forcejeando, rodando, ve sables, bayonetas, facas, machetes, oye rugidos, insultos, Vivas a la República, Mueras a la República, Vivas al Consejero, al Buen Jesús y al Mariscal Floriano. En la turbamulta, además de los viejos y las mujeres, hay ahora yagunzos, gentes de la Guardia Católica que siguen llegando por un costado de la explanada. Le parece reconocer a João Abade y, más allá, en una figura bruñida que avanza con un pistolón en una mano y un machete en la otra, a João Grande o, tal vez, a Pedrão. Los soldados están también en el techo de la desfondada San Antonio. Ahí están, donde estaban los yagunzos, tiroteando la explanada desde las paredes mochas, ahí están sus quepis, uniformes, correajes. Y al fin comprende qué es lo que hace uno de ellos, suspendido casi en el vacío, sobre el tejado trunco de la fachada. Coloca una bandera. Han izado una bandera de la República sobre Belo Monte.

Está imaginando lo que hubiera sentido, dicho, el Consejero si hubiera visto flamear esa bandera, ahora ya llena de huecos por las salvas de disparos que inmediatamente lanzan contra ella los yagunzos desde los techos, torres y andamios del Templo del Buen Jesús, cuando ve al soldado que lo está apuntando, que le está disparando.

No se agazapa, no huye, no se mueve y se le ocurre pensar que es uno de esos pajaritos que la cobra hipnotiza en el árbol antes de tragárselos. El soldado está apuntándole y el León de Natuba sabe que ha disparado por la contracción de su hombro cuando rebota la culata. Pese al terral, al humo, ve los ojitos del hombre que le apunta de nuevo, ese brillo que provoca en ellos tenerlo a su merced, la alegría salvaje de saber que esta vez le acertará. Pero alguien lo arranca de un jalón de donde se halla y lo obliga a saltar, a correr, medio descoyuntado por la mano de hierro que le aprieta el brazo. Es João Grande, semidesnudo, que le grita, señalándole Campo Grande:

—Por allá, por allá, a Niño Jesús, a San Eloy, a San Pedro. Esas barreras aguantan. Escapa, anda allá.

Lo suelta y se pierde en el entrevero de las Iglesias y el Santuario. El León de Natuba, sin la mano que lo tenía suspendido, se desbarata por el suelo. Pero permanece allí sólo un instante, mientras recompone esos huesos que parecen haberse descolocado en la carrera. Es como si el empujón que le ha dado el jefe de la Guardia Católica hubiera activado un secreto motor, pues el León de Natuba echa de nuevo a trotar, por entre los escombros y las basuras de lo que fue Campo Grande, la única que por su anchura y alineación merecía el nombre de calle y que es ahora, como las otras, un campo erupcionado de huecos, derrumbes y cadáveres. No ve nada de eso que deja atrás, que va sorteando, pegado al suelo, no siente las raspaduras, golpes, aguijones de los pedruscos y vidrios, pues todo en él está absorbido en el empeño de llegar adonde le han dicho, el callejón del Niño Jesús, el de San Eloy y San Pedro Mártir, esa viborilla que zigzaguea hasta la Madre Iglesia. Allá estará a salvo, allá durará, durará. Pero al doblar en la tercera esquina de Campo Grande, por lo que era Niño Jesús y es ahora un túnel atestado, oye ráfagas de fusilería y ve llamaradas rojizas, amarillentas, espirales grisáceas elevándose hacia el cielo. Queda acuclillado contra una carretilla volcada y una valla de estacas que es todo lo que sobrevive de esa vivienda, dudando. ¿Tiene sentido ir al encuentro de esas llamas, de esas balas? ¿No es preferible regresar? Calle arriba, donde se cruzan Niño Jesús y la Madre Iglesia, divisa siluetas, grupos, en un ir y venir sin prisas, parsimonioso. Ahí está, pues, la barrera. Mejor llegar allá, mejor morir donde haya otras personas.

Pero no está tan solo como cree, pues, a medida que trepa la cuesta del Niño Jesús, a brincos, su nombre sale de la tierra, voceado, gritado, a derecha y a izquierda: "¡León! ¡León! ¡Ven aquí! ¡Cúbrete, León! ¡Escóndete, León!". ¿Dónde, dónde? No ve a nadie y sigue avanzando sobre montones de tierra, ruinas, desechos y cadáveres, algunos desventrados, con las vísceras esparcidas y pedazos de carne arrancados por la metralla hace ya muchas horas, acaso días, a juzgar por esa pestilencia que lo rodea y que, junto con la humareda que le sale al encuentro, lo hace lagrimear y lo sofoca. Y, de pronto, ahí están los soldados. Seis, tres de ellos con antorchas que van mojando en una lata que lleva otro y que debe contener querosene, pues luego de mojarlas las encienden y las avientan a las viviendas, al mismo tiempo que los demás disparan a quemarropa sus fusiles contra esas mismas casas. Está a menos de diez pasos de ellos, en el lugar donde ha quedado paralizado al verlos, y los mira aturdido, medio cegado, cuando estalla el tiroteo en todo su rededor. Se aplasta contra el suelo, pero sin cerrar esos ojos que, fascinados, ven desmoronarse, torcerse, rugir, soltar los fusiles, a los soldados alcanzados por la balacera. ¿De dónde, de dónde? Uno de los ateos rueda cogiéndose la cara hasta él. Lo ve quedarse quieto con la lengua fuera de la boca.

¿De dónde los han tiroteado, dónde están los yagunzos? Permanece al acecho, atento a los caídos, sus ojos saltando de uno a otro, esperando que uno de los cadáveres se incorpore y venga a rematarlo.

Pero lo que ve es algo pegado a tierra, rampante, rápido, salido como una lombriz de una vivienda y cuando piensa "¡un párvulo!" ya el chiquillo no es uno sino tres, los otros llegados también reptando. Los tres escarban y tironean a los muertos. No los están desnudando, como el León de Natuba cree al principio: les arrebatan las bolsas de proyectiles y las cantimploras. Y uno de los "párvulos" se demora todavía en clavarle al soldado más próximo —que él creía cadáver y por lo visto es moribundo— una faca grande como su brazo, con la que lo ve izarse haciendo fuerza.

"León, León". Es otro "párvulo", haciéndole señas de que lo siga. El León de Natuba lo ve perderse por la puerta semiabierta de una de las viviendas, en tanto que los otros se alejan en direcciones contrarias, jalando su botín, y sólo entonces le obedece su cuerpecillo petrificado por el pánico y puede·arrastrarse hasta allí. Unas manos enérgicas lo reciben en el umbral. Se siente alzado, pasado a otras manos, bajado, y oye a una mujer: "Pásenle la cantimplora". Se la ponen en las manos sangrantes, y se la lleva a la boca. Bebe un largo trago, cerrando los ojos, agradecido, conmovido por esa sensación de milagro que es el líquido humedeciendo esas entrañas que parecen brasas.

Mientras responde a las seis o siete personas armadas que están en el pozo abierto en el interior de la vivienda —caras tiznadas, sudorosas, algunas vendadas, irreconocibles— y les cuenta, jadeando, lo que ha podido ver en la explanada de las Iglesias y mientras venía hacia aquí, se da cuenta que el pozo es un túnel. Entre sus piernas se materializa un "párvulo", diciendo: "Más perros con fuego, Salustiano". Quienes lo estaban escuchando se agitan, lo hacen a un lado, y en ese momento se da cuenta que dos de ellos son mujeres. También tienen fusiles, también apuntan con un ojo cerrado hacia la calle. A través de las estacas, como una imagen recurrente, el León de Natuba ve perfilarse otra vez siluetas de soldados con antorchas encendidas que arrojan a las casas. "¡Fuego!", grita un yagunzo y la habitación se llena de humo. El León oye la explosión, oye otras explosiones próximas. Cuando se despeja un poco el humo, dos "párvulos" saltan del pozo y reptan a la calle en busca de las municiones y cantimploras.

—Los dejamos acercarse y los fusilamos, así no escapan —dice uno de los yagunzos, mientras limpia su fusil.

—Prendieron tu casa, Salustiano —dice una mujer.

—Y la de João Abade —añade éste.

Son las del frente; se han inflamado juntas y, bajo el crujido de las llamas, se percibe agitación, voces, gritos que llegan hasta ellos con gruesas bocanadas de humo que apenas dejan respirar.

—Quieren achicharrarnos, León —dice tranquilamente otro de los yagunzos del pozo—. Todos los masones entran con antorchas.

El humo es tan denso que el León de Natuba comienza a toser, a la vez que esa mente activa, creativa, funcionante, recuerda algo que el Consejero dijo alguna vez, que él escribió y que debe de estar también carbonizándose en los cuadernos del Santuario: "Habrá tres fuegos. Los tres primeros los apagaré y el cuarto se lo ofreceré al Buen Jesús". Dice fuerte, ahogándose: "¿Es éste el cuarto fuego, es éste el último fuego?". Alguien pregunta, con timidez: "¿Y el Consejero, León?". Lo está esperando, desde que entró a la vivienda sabía que alguno se atrevería a preguntárselo. Ve, entre las lenguas humosas, siete, ocho caras graves y esperanzadas.

—Subió —tose el León de Natuba—. Se lo llevaron los ángeles.

Otro acceso le cierra los ojos y lo dobla en dos. En la desesperación que es la falta de aire, sentir que los pulmones se anchan, sufren, sin recibir lo que ansían, piensa que ahora sí es el final, que sin duda no subirá al cielo pues ni siquiera en este instante consigue creer en el cielo, y oye entre sueños que los yagunzos tosen, discuten y al final deciden que no pueden seguir aquí pues el fuego va a extenderse hasta esta casa. "León, nos vamos", oye, "Agáchate, León", y él, que no puede abrir los ojos, estira las manos y siente que lo cogen, tiran de él y lo arrastran. ¿Cuánto dura ese desplazamiento a ciegas, ahogándose, golpeándose contra paredes, palos, gentes que le obstruyen el paso y lo tienen rebotando, a un lado, a otro lado, hacia adelante, por el estrecho, curvo pasadizo de tierra en el que, de tanto en tanto, lo ayudan a encaramarse por un pozo excavado en el interior de una vivienda para luego volver a sepultarlo en la tierra y a arrastrarlo? Quizá minutos, quizá horas, pero a lo largo de todo el trayecto su inteligencia no deja un segundo de pasar revista a mil cosas, de resucitar mil imágenes, concentrada en sí misma, ordenando a su cuerpecillo que resista, que dure por lo menos hasta la salida del túnel y asombrándose de que su cuerpo le obedezca y no se deshaga en pedazos como le parece que va a ocurrir a cada instante.

De pronto, la mano que lo llevaba lo suelta y él se desploma, blandamente. Su cabeza va a estallar, su corazón va a estallar, la sangre de sus venas va a estallar y a diseminar por los aires su figurilla magullada. Pero nada de eso ocurre y poco a poco se va calmando, serenando, sintiendo que un aire menos viciado le devuelve gradualmente la vida. Oye voces, tiros, un intenso trajín. Se frota los ojos, se limpia los tiznes de los párpados, y advierte que está en una vivienda, no en el pozo sino en la superficie, rodeado de yagunzos, de mujeres con criaturas en las faldas, sentadas en el suelo, y reconoce al que prepara los castillos y fuegos artificiales: Antonio el Fogueteiro.

—Antonio, Antonio, ¿qué pasa en Canudos? —dice el León de Natuba. Pero no sale ruido de su boca. Aquí no hay llamas, sólo una polvareda que lo iguala todo. Los yagunzos no se hablan entre ellos, baquetean sus fusiles, cargan sus escopetas, y se alternan para espiar afuera. ¿Por qué no puede hablar, por qué no le sale la voz? Sobre los codos y las rodillas va hasta el Fogueteiro y se prende de sus piernas. Éste se acuclilla a su lado mientras ceba su arma.

—Aquí los hemos parado —le explica, con voz pastosa, no alterada en absoluto—. Pero se han metido por la Madre Iglesia, por el cementerio y Santa Inés. Están por todas partes. João Abade quiere levantar una barrera en Niño Jesús y otra en San Eloy, para que no nos caigan por la espalda.

El León de Natuba imagina sin dificultad este último círculo en que ha quedado convertido Belo Monte, entre las callecitas quebradas de San Pedro Mártir, de San Eloy y del Niño Jesús: ni la décima parte de lo que era.

—¿Quiere decir que tomaron ya el Templo del Buen Jesús? —dice y esta vez le sale la voz.

—Lo tumbaron mientras dormías —responde el Fogueteiro, con la misma calma, como si hablara del tiempo—. Cayó la torre y se bajó el techo. El ruido debió oírse en Trabubú, en Bendengó. Pero a ti ni te despertó, León.

—¿Es verdad que el Consejero subió al cielo? —lo interrumpe una mujer, que habla sin mover la boca ni los ojos.

El León de Natuba no le responde: está oyendo, viendo desplomarse la montaña de piedras, los hombres con brazaletes y trapos azules cayendo como una lluvia sólida sobre el enjambre de heridos, enfermos, viejos, parturientas, recién nacidos, está viendo a las beatas del Coro Sagrado trituradas, a María Quadrado convertida en un montón de carne y huesos deshechos.

—La Madre de los Hombres te busca por todas partes, León —dice alguien, como contestando a su pensamiento.

Es un "párvulo" esquelético, una ristra de huesecitos y una piel estirada, que viste un calzón en hilachas y está entrando. Los yagunzos lo descargan de las cantimploras y bolsas de municiones que trae a cuestas. El León de Natuba lo coge de un bracito:

—¿María Quadrado? ¿Tú la has visto?

—Está en San Eloy, en la barrera —afirma el "párvulo"—. Pregunta a todos por ti.

—Llévame donde ella —dice el León de Natuba y hay angustia y súplica en su voz.

—El Beatito se fue donde los perros con una bandera —le dice el "párvulo" al Fogueteiro, acordándose.

—Llévame donde María Quadrado, te ruego —chilla el León de Natuba, prendido de él, saltando. El chiquillo mira al Fogueteiro, indeciso.

—Llévalo —dice éste—. Dile a João Abade que aquí está tranquilo ahora. Y vuelve rápido, que te necesito. —Ha ido repartiendo cantimploras a la gente y le alcanza al León la que guarda para él: —Toma un trago antes de irte.

El León de Natuba bebe y murmura: "Alabado sea el Buen Jesús Consejero". Sale de la cabaña detrás del chiquillo. En el exterior, percibe incendios por doquier y hombres y mujeres que tratan de apagarlos con baldazos de tierra. San Pedro Mártir tiene menos escombros y en las casas hay racimos de gentes. Algunas lo llaman y le hacen gestos y varias veces le preguntan si vio a los ángeles, si estaba allí cuando el Consejero subió. No les responde, no se detiene. Le cuesta gran trabajo avanzar, todo el cuerpo le duele, apenas puede apoyar las manos en el suelo. Grita al "párvulo" que no vaya tan de prisa, que no puede seguirlo, y en una de esas el chiquillo —sin dar un grito, sin decir palabra— se echa por tierra. El León de Natuba se arrastra hacia él, pero no llega a tocarlo pues donde estaban sus ojos hay ahora sangre y asoma por allí algo blanco, tal vez un hueso, tal vez una sustancia. Sin averiguar de dónde ha venido el disparo, echa a trotar con nuevos bríos, pensando "Madre María Quadrado, quiero verte, quiero morir contigo". A medida que avanza, más humo y llamas le salen al encuentro y de pronto sabe que no podrá pasar: San Pedro Mártir se interrumpe en una pared crepitante de llamas que cierra la calle. Se detiene acezando, sintiendo el calor del incendio en la cara.

"León, León."

Se vuelve. Ve la sombra de una mujer, un fantasma de huesos salidos, pellejo arrugado, cuya mirada es tan triste como su voz. "Échalo tú al fuego, León", le pide. "Yo no puedo, pero tú sí. Que no se lo coman, como me van a comer a mí." El León de Natuba sigue la mirada de la agonizante y, casi a su lado, sobre un cadáver enrojecido por el resplandor, ve el festín: son muchas ratas, tal vez decenas y se pasean por la cara y el vientre del que ya no es posible saber si fue hombre o mujer, joven o viejo. "Salen de todas partes por los incendios, o porque el Diablo ya ganó la guerra", dice la mujer, contando las letras de sus palabras. "Que no se lo coman a él que todavía es ángel. Échalo al fuego, Leoncito. Por el Buen Jesús." El León de Natuba observa el festín: se han comido la cara, se afanan en el vientre, en los muslos.

—Sí, Madre —dice, acercándose en sus cuatro patas. Empinándose en las extremidades traseras, coge al pequeño bulto envuelto que tiene la mujer sobre las faldas y lo aprieta contra su pecho. Y alzado sobre las patas de atrás, curvo, ansioso, jadea: —Yo lo llevo, yo lo acompaño. Ese fuego me espera hace veinte años, Madre.

La mujer lo oye, mientras va hacia las llamas, salmodiar con las fuerzas que le quedan una oración que nunca ha oído, en la que se repite varias veces el nombre de una santa que tampoco conoce: Almudia.

—¿UNA TREGUA? —dijo Antonio Vilanova.

—Es lo que quiere decir —repuso el Fogueteiro—. Un trapo blanco en un palo quiere decir eso. No lo vi cuando partió, pero muchos lo vieron. Lo vi cuando regresó. Todavía llevaba el trapo blanco.

—¿Y por qué hizo eso el Beatito? —preguntó Honorio Vilanova.

—Se compadeció de los inocentes al verlos morir quemados —contestó el Fogueteiro—. Los niños, los viejos, las embarazadas. Fue a decirles a los ateos que los dejaran irse de Belo Monte. No consultó a João Abade, ni a Pedrão ni a João Grande, que estaban en San Eloy y en San Pedro Mártir. Hizo su bandera y se fue caminando por la Madre Iglesia. Los ateos lo dejaron pasar. Creíamos que lo habían matado y que lo iban a devolver como a Pajeú: sin ojos, lengua ni orejas. Pero volvió, con su trapo blanco. Ya habíamos cerrado San Eloy y Niño Jesús y la Madre Iglesia. Y apagado muchos incendios. Volvió a las dos o tres horas y en esas horas los ateos no atacaron. Eso es una tregua. Lo explicó el Padre Joaquim.

El Enano se acurrucó contra Jurema. Temblaba de frío. Estaban en una cueva, donde antaño pernoctaban los pastores de chivos, no lejos de lo que, antes que la devoraran las llamas, había sido la diminuta alquería de Caçabú, en un desvío de la trocha entre Mirandela y Quijingue. Llevaban allí escondidos doce días. Hacían rápidas excursiones al exterior para traer yerbas, raíces, cualquier cosa que masticar y agua de una aguada cercana. Como toda la región estaba infestada de tropas que, en secciones pequeñas o en grandes batallones, regresaban hacia Queimadas, habían decidido permanecer allí escondidos un tiempo. En las noches bajaba mucho la temperatura, y como los Vilanova no permitían que se encendiera una fogata por temor a que la luz atrajera a alguna patrulla, el Enano se moría de frío. De los tres, era el más friolento, porque era el más pequeño y el que había enflaquecido más. El miope y Jurema lo hacían dormir entre ellos, abrigándolo con sus cuerpos. Pero aun así, el Enano veía con temor la llegada de la noche pues, a pesar del calor de sus amigos, le castañeteaban los dientes y sentía los huesos helados. Estaba sentado entre ellos, escuchando al Fogueteiro, y, a cada momento, sus manitas regordetas indicaban a Jurema y al miope que se apretaran contra él.

—¿Qué pasó con el Padre Joaquim? —oyó preguntar al miope—. ¿A él también...?

—No lo quemaron ni lo degollaron —repuso en el acto, con dejo tranquilizador, como feliz de poder dar al fin una buena noticia, Antonio el Fogueteiro—. Murió de bala, en la barrera de San Eloy. Estaba cerca mío. También ayudó a dar muertes piadosas. Serafino el carpintero comentó que a lo mejor el Padre no veía con buenos ojos esa muerte. No era un yagunzo sino un sacerdote ¿no es verdad? Tal vez el Padre no vería bien que un hombre de sotana muriera con un fusil en la mano.

—El Consejero le habrá explicado por qué tenía un fusil en la mano —dijo una de las Sardelinhas—. Y el Padre lo habrá perdonado.

—Seguramente —dijo Antonio el Fogueteiro—. Él sabe lo que hace.

Pese a que no había una fogata y a que la boca de la cueva la habían disimulado con matorrales y cactos enteros arrancados de las cercanías, la claridad de la noche —el Enano imaginaba la luna amarilla y miríadas de estrellas lucientes observando con asombro el sertón— se filtraba hasta donde estaban y podía ver el perfil de Antonio el Fogueteiro, su nariz chata, su frente y mentón cortados a cuchillo. Era un yagunzo que el Enano recordaba muy bien, porque lo había visto, allá en Canudos, preparar esos fuegos artificiales que las noches de procesión encendían el cielo de rutilantes arabescos. Recordaba sus manos quemadas por la pólvora, las cicatrices de sus brazos y cómo, al comienzo de la guerra, se había dedicado a preparar esos cartuchos de dinamita que los yagunzos arrojaban a los soldados por sobre las barreras. El Enano había sido el primero en verlo asomar a la cueva esa tarde, había gritado que era el Fogueteiro, para que los Vilanova, que tenían las pistolas listas, no dispararan.

—¿Y para qué volvió el Beatito? —preguntó Antonio Vilanova, después de un momento. Era él quien casi exclusivamente hacía las preguntas, él quien había estado interrogando a Antonio el Fogueteiro toda la tarde y la noche, después que lo reconocieron y lo abrazaron—. ¿Se había iluminado?

—Seguramente —dijo Antonio el Fogueteiro.

El Enano trató de imaginar la escena, la figurilla menuda, pálida, los ojos ardientes del Beatito, retornando al pequeño reducto, con su bandera blanca, entre los muertos, los escombros, los heridos, los combatientes, entre las casas quemadas y las ratas que, según el Fogueteiro, habían aparecido de pronto por todas partes, para precipitarse vorazmente sobre los cadáveres.

—Han aceptado —dijo el Beatito—. Pueden rendirse.

—Que saliéramos en fila de a uno, sin ninguna arma, con las manos en la cabeza —explicó el Fogueteiro, con el tono que se emplea para contar la más descabellada fantasía o el desatino de un borracho—. Que nos considerarían prisioneros y que no nos matarían.

El Enano lo oyó suspirar. Oyó suspirar a uno de los Vilanova y le pareció que una de las Sardelinhas lloraba. Era curioso, las mujeres de los Vilanova, a quienes el Enano confundía con tanta facilidad, nunca lloraban al mismo tiempo: lo hacían una antes, otra después. Pero sólo lo habían hecho desde que Antonio el Fogueteiro comenzó esta tarde a responder a las preguntas de Antonio Vilanova; durante la fuga de Belo Monte y todo el tiempo que llevaban escondidos allí, no las había visto llorar. Temblaba de tal modo que Jurema le pasó el brazo por los hombros y le sobó el cuerpo con fuerza. ¿Temblaba por el frío de Caçabú, porque el hambre lo había enfermado, o era lo que contaba el Fogueteiro lo que le causaba ese temblor?

—Beatito, Beatito, ¿te das cuenta lo que dices? —gimió João Grande—. ¿Te das cuenta lo que pides? ¿Quieres de veras que botemos las armas, que vayamos con las manos en la cabeza a rendirnos a los masones? ¿Eso quieres, Beatito?

—Tú no —dijo la voz que parecía siempre rezando—. Los inocentes. Los párvulos, las que van a parir, los ancianos. Que tengan la vida salva, no puedes decidir por ellos. Si no los dejas salvarse, es como si los mataras. Vas a cargar con esa culpa, vas a echar sangre inocente sobre tu cabeza, João Grande. Es un crimen contra el cielo permitir que los inocentes mueran. Ellos no pueden defenderse, João Grande.

—Dijo que el Consejero hablaba por su boca —añadió Antonio el Fogueteiro—. Que lo había inspirado, que le mandó salvarlos.

—¿Y João Abade? —preguntó Antonio Vilanova.

—No estaba allí —explicó el Fogueteiro—. El Beatito volvió a Belo Monte por la barrera de la Madre Iglesia. Él estaba en San Eloy. Le avisaron, pero se demoró en venir. Estaba reforzando esa barrera, que era la más débil. Cuando vino, habían empezado a irse detrás del Beatito. Mujeres, niños, viejos, enfermos arrastrándose.

—¿Y nadie los contuvo? —preguntó Antonio Vilanova.

—Nadie se atrevió —dijo el Fogueteiro—. Era el Beatito, era el Beatito. No alguien como tú o como yo, sino alguien que había acompañado al Consejero desde el principio. Era el Beatito. ¿Tú le hubieras dicho que se había iluminado, que no sabía lo que hacía? Ni João

Grande se atrevió, ni yo ni nadie.

—Pero João Abade sí se atrevió —murmuró Antonio Vilanova.

—Seguramente —dijo Antonio el Fogueteiro—. João Abade sí se atrevió.

El Enano sentía los huesos helados y su frente ardiendo. Reprodujo la escena con facilidad: la figura elevada, flexible, firme, del ex-cangaceiro apareciendo allí, la faca y el machete a la cintura, el fusil en el hombro, las sartas de balas en el pecho, no cansado sino más allá del cansancio. Ahí estaba, viendo la incomprensible fila de embarazadas, niños, viejos, inválidos, esos resucitados que iban con las manos en la cabeza hacia los soldados. No lo imaginaba: lo veía, con la nitidez y el color de uno de los espectáculos del Circo del Gitano, los de la buena época, cuando era un circo numeroso y próspero. Estaba viendo a João Abade: su estupefacción, su confusión, su cólera.

—¡Alto! ¡Alto! —gritó, desorbitado, mirando a derecha y a izquierda, haciendo gestos a los que se rendían, tratando de atajarlos—. ¿Se han vuelto locos? ¡Alto! ¡Alto!

—Le explicamos —dijo el Fogueteiro—. Se lo explicó João Grande, que estaba llorando y se sentía responsable. Llegaron también Pedrão, el Padre Joaquim, otros. Bastaron dos palabras para que se diera cuenta de todo.

—No es que los vayan a matar —dijo João Abade, alzando la voz, cargando su fusil, tratando de apuntar a los que ya habían cruzado y se alejaban—. A todos nos van a matar. Los van a humillar, los van a ofender como a Pajeú. No se puede permitir, precisamente porque son inocentes. ¡No se puede permitir que les corten los pescuezos! ¡No se puede permitir que los deshonren!

—Ya estaba disparando —dijo Antonio el Fogueteiro—. Ya estábamos disparando todos. Pedrão, João Grande, el Padre Joaquim, yo. —El Enano notó que su voz, hasta entonces firme, dudaba—: ¿Hicimos mal? ¿Hice mal, Antonio Vilanova? ¿Hizo mal João Abade en hacernos disparar?

—Hizo bien —dijo en el acto Antonio Vilanova—. Eran muertes piadosas. Los hubieran matado a faca, hecho lo que a Pajeú. Yo hubiera disparado, también.

—No sé —dijo el Fogueteiro—. Me atormenta. ¿El Consejero lo aprueba? Voy a vivir haciéndome esa pregunta, tratando de saber si después de haber acompañado diez años al Consejero, me condenaré por una equivocación de último momento. A veces...

Se calló y el Enano se dio cuenta que, ahora, las Sardelinhas lloraban a la vez; una con sollozos fuertes y desvergonzados, la otra de manera apagada, hipando.

—¿A veces...? —dijo Antonio Vilanova.

—A veces pienso que el Padre, el Buen Jesús o la Señora hicieron el milagro de salvarme de entre los muertos para que me redima de esos tiros —dijo Antonio el Fogueteiro—. No sé. No sé nada, otra vez. En Belo Monte todo me parecía claro, el día era día y la noche noche. Hasta ese momento, hasta que empezamos a disparar contra los inocentes y el Beatito. Todo se volvió difícil, otra vez.

Suspiró y permaneció callado, escuchando, como el Enano y los otros, el llanto de las Sardelinhas por esos inocentes a los que los yagunzos habían dado muerte piadosa.

—Porque, tal vez, el Padre quería que subieran al cielo con martirio —añadió el Fogueteiro.

"Estoy sundado", pensó el Enano. ¿O estaba sangrando? Pensó: "Me estoy muriendo". Corrían gotas por su frente, se deslizaban por sus cejas y pestañas, le cerraban los ojos. Pero, aunque sudaba, el frío estaba allí, helándole las entrañas. Jurema, a ratos, le limpiaba la cara.

—¿Y qué pasó entonces? —oyó que decía el periodista miope—. Después de que João Abade, de que usted y los demás...

Se calló y las Sardelinhas, que habían suspendido el llanto, sorprendidas por la intromisión, lo reanudaron.

—No hubo después —dijo Antonio el Fogueteiro—. Los ateos creyeron que estábamos tirándoles a ellos. Rabiaron al ver que les quitábamos esas presas que ya creían suyas. —Se calló y su voz vibró—. "Traidores", gritaban. Que habíamos roto la tregua y que lo íbamos a pagar. Se nos echaron por todos lados. Miles de ateos. Fue una suerte.

—¿Una suerte? —dijo Antonio Vilanova.

El Enano había entendido. Una suerte tener otra vez que disparar contra ese torrente de uniformes que avanzaban con fusiles y antorchas, una suerte no tener que seguir matando inocentes para salvarlos de la deshonra. Lo entendía, y, en medio de la fiebre y el frío, lo veía. Veía cómo las yagunzos exhaustos, que habían estado dando muertes piadosas, se frotaban las manos ampolladas y requemadas, dichosos de tener otra vez al frente a un enemigo claro, definido, flagrante, inconfundible. Podía ver esa furia que avanzaba matando lo que no había sido aún matado, quemando lo que faltaba por quemar.

—Pero estoy segura que él ni siquiera en ese momento lloró —dijo una de las Sardelinhas, y el Enano no supo si era la mujer de Honorio o de Antonio—. Los imagino a João Grande, al Padre Joaquim, llorando por tener que hacer eso con los inocentes. ¿Pero él? ¿Acaso lloró?

—Seguramente —susurró Antonio el Fogueteiro—. Aunque yo no lo vi.

—Nadie vio llorar nunca a João Abade —dijo la misma Sardelinha.

—Nunca lo quisiste —murmuró, con decepción, Antonio Vilanova y el Enano supo entonces cuál de las hermanas hablaba: Antonia.

—Nunca —admitió ésta, sin ocultar su rencor—. Y menos después de ahora. Ahora que sé que acabó, no como João Abade sino como

João Satán. El que mataba por matar, robaba por robar y se complacía en hacer sufrir a la gente.

Hubo un silencio espeso y el Enano sintió que el miope se había asustado. Esperó, tenso.

—No quiero oírte decir eso nunca más —murmuró, despacio, Antonio Vilanova—. Eres mi mujer desde hace años, desde siempre. Hemos pasado todas las cosas juntos. Pero si te oigo repetir eso, todo se acabaría. Tú te acabarías también.

Temblando, sudando, contando los segundos, el Enano esperó.

—Juro por el Buen Jesús que no lo repetiré nunca más —balbuceó Antonia Sardelinha.

—Yo vi llorar a João Abade —dijo entonces el Enano. Le entrechocaban los dientes y las palabras le salían a espasmos, masticadas. Hablaba con la cara aplastada contra el pecho de Jurema—. ¿No se acuerdan, no se los dije? Cuando oyó la Terrible y Ejemplar Historia de Roberto el Diablo.

—Era hijo de un Rey y al nacer él su madre ya tenía los cabellos blancos —recordó João Abade—. Nació por un milagro, si se llaman también milagros los del Diablo. Ella había hecho pacto para que Roberto pudiera nacer. ¿No es ése el comienzo?

—No —dijo el Enano, con una seguridad que provenía de toda una vida contando esa historia que ya no se acordaba cuándo ni dónde había aprendido, y que él había llevado y traído por los pueblos, referido cientos, miles de veces, alargándola, acortándola, embelleciéndola, entristeciéndola, alegrándola, dramatizándola, de acuerdo al estado de ánimo del cambiante auditorio. Ni João Abade podía enseñarle a él el comienzo—. Su madre era estéril y vieja y tuvo que hacer pacto para que Roberto naciera, sí. Pero no era hijo de Rey sino de Duque.

—Del Duque de Normandía —admitió João Abade—. Cuéntala de una vez.

—¿Lloró? —oyó, como venida del otro mundo, la voz que tanto conocía, esa voz siempre asustada, y a la vez curiosa, chismosa, entrometida—. ¿Oyendo la historia de Roberto el Diablo?

Sí, había llorado. En algún momento, tal vez cuando las grandes matanzas e iniquidades, cuando, poseído, empujado, dominado por el espíritu de destrucción, fuerza invisible que no podía resistir, Roberto hundía la faca en los vientres de las mujeres embarazadas o degollaba a los recién nacidos ("Lo que quiere decir que era sureño, no nordestino", precisaba el Enano) y empalaba a los campesinos y prendía fuego a las cabañas donde dormían las familias, él había advertido que el Comandante de la Calle tenía brillo en los ojos, un espejeo en las mejillas, temblor en la barbilla y ese subir y bajar de su pecho. Desconcertado, atemorizado, el Enano se calló —¿cuál podía ser su error, su olvido?— y miró ansioso a Catarina, esa figurilla tan escuálida que parecía no ocupar espacio en el reducto de la calle del Niño Jesús, donde João Abade lo había llevado. Catarina le indicó con un gesto que siguiera. Pero João Abade no lo dejó:

—¿Era su culpa lo que hacía? —dijo, transformado—. ¿Era su culpa cometer tantas crueldades? ¿Podía hacer otra cosa? ¿No estaba pagando la deuda de su madre? ¿A quién debía cobrarle el Padre esas maldades? ¿A él o a la Duquesa? —Clavó los ojos en el Enano, con una angustia terrible—: Responde, responde.

—No sé, no sé —tembló el Enano—. No está en el cuento. No es mi culpa, no me hagas nada, sólo soy el que cuenta la historia.

—No te va a hacer nada —susurró la mujer que parecía espíritu—. Sigue contando, sigue.

Él había seguido contando, viendo cómo Catarina le secaba los ojos a João Abade con el ruedo de su falda, cómo se acuclillaba a sus pies y le pasaba las manos por las piernas y apoyaba su cabeza en sus rodillas, para hacerlo sentir acompañado. No había vuelto a llorar, ni a moverse, ni a interrumpirlo hasta ese final que, a veces, ocurría con la muerte de Roberto el Santo convertido en piadoso ermitaño, y, a veces, con Roberto calzándose la corona que mereció al descubrirse que era hijo de Ricardo de Normandía, uno de los Doce Pares de Francia. Recordaba que al terminar esa tarde —¿o esa noche?— João Abade le había agradecido la historia. Pero ¿cuándo, en qué momento fue aquello? ¿Antes de que llegaran los soldados, cuando la existencia era tranquila y Belo Monte parecía el sitio para pasar la vida? ¿O cuándo la vida se volvió muerte, hambre, ruina, miedo?

—¿Cuándo fue, Jurema? —preguntó, ansioso, sin saber por qué era tan impostergable situar aquello exactamente en el tiempo—. Miope, miope, ¿fue al principio o al final de la función?

—¿Qué tiene? —oyó que decía una de las Sardelinhas.

—Fiebre —contestó Jurema, abrazándolo.

—¿Cuándo fue? —dijo el Enano—. ¿Cuándo fue?

—Está delirando —oyó que decía el miope y sintió que le tocaba la frente, lo acariñaba en el pelo y en la espalda.

Lo oyó estornudar, dos, tres veces, como siempre que algo lo sorprendía, divertía o asustaba. Ahora sí podía estornudar. Pero no lo había hecho la noche que huían, esa noche en la que un estornudo le habría costado la vida. Lo imaginó en una función de pueblo, estornudando veinte, cincuenta, cien veces, como la Barbuda se tiraba los pedos en el número de los payasos, con registros y tonalidades altas, bajas, largas, cortas, y le dieron también ganas de reírse, como el público que asistía al espectáculo. Pero no tuvo fuerzas.

—Se ha dormido —oyó que decía Jurema, acomodándole la cabeza entre sus piernas—. Mañana estará bien.

No estaba dormido. Desde el fondo de esa ambigua realidad de fuego y hielo que era su cuerpo encogido en la oscuridad de la gruta, siguió oyendo todavía el relato de Antonio el Fogueteiro, reproduciendo, viendo ese fin del mundo que él ya había anticipado, conocido, sin necesidad de que ese resucitado de entre los carbones y los cadáveres se lo relatara. Y pese a lo mal que se sentía, a los escalofríos, a lo lejos que le parecía estar de quienes hablaban a su lado, en la noche del sertón bahiano, en ese mundo ya sin Canudos y sin yagunzos, y que pronto estaría también sin soldados cuando los que habían cumplido su misión acabaran de irse, y esas tierras volvieran a su orgullosa y miserable soledad de siempre, el Enano se había interesado, impresionado, asombrado con lo que Antonio el Fogueteiro refería.

—Se puede decir que resucitaste —oyó a Honorio, el Vilanova que hablaba tan rara vez que cuando lo hacía parecía su hermano.

—Se puede —repuso el Fogueteiro—. Pero no estaba muerto. Ni siquiera herido de bala. No sé, tampoco eso sé. No tenía sangre en el cuerpo. Quizá me cayó una piedra en la cabeza. Pero nada me dolía, tampoco.

—Te desmayaste —dijo Antonio Vilanova—. Como se desmayaba la gente, en Belo Monte. Te creyeron muerto y eso te salvó.

—Eso me salvó —repitió el Fogueteiro—. Pero no sólo eso. Porque cuando desperté y me vi en medio de los muertos, también vi que los ateos iban rematando a los tumbados con las bayonetas o a balazos si se movían. Pasaron a mi lado, muchos, y ninguno se agachó a comprobar si estaba muerto.

—O sea que estuviste todo un día haciéndote el muerto —dijo Antonio Vilanova.

—Sintiéndolos pasar, rematar a los vivos, acuchillar a los prisioneros, dinamitar las paredes —dijo el Fogueteiro—. Pero eso no era lo peor. Lo peor eran los perros, las ratas, los urubús. Se comían a los muertos. Los oía escarbar, morder, picotear. Los animales no se engañan. Saben quién está muerto y quién no está. Los urubús, las ratas, no se comen a los vivos. Mi miedo eran los perros. Ése fue el milagro: también me dejaron en paz.

—Tuviste suerte —dijo Antonio Vilanova—. ¿Y ahora, qué vas a hacer?

—Volver a Mirandela —dijo el Fogueteiro—. Allá nací, allá me crié, allá aprendí a hacer cohetes. No sé, tal vez. ¿Y ustedes?

—Iremos lejos de aquí —dijo el ex-comerciante—. A Assaré, tal vez. De allá vinimos, allá comenzamos esta vida, huyendo, como ahora, de la peste. De otra peste. Quizá volvamos a terminar todo donde comenzó. ¿Qué otra cosa podemos hacer?

—Seguramente —dijo Antonio el Fogueteiro.

Ni cuando le dicen que corra al puesto de mando del General Artur Oscar, si quiere echar un vistazo a la cabeza del Consejero antes que el Teniente Pinto Souza se la lleve a Bahía, deja el Coronel Geraldo Macedo, jefe del Batallón de Voluntarios de la Policía Bahiana, de pensar en aquello que lo obsesiona desde el fin de la guerra: ¿Quién lo ha visto? ¿Dónde está? Pero, como todos los jefes de Brigada, Regimiento y Batallón (a los oficiales de menos grado no se les concede ese privilegio) va a contemplar lo que queda de ese hombre que ha matado y hecho morir a tanta gente y al que, sin embargo, según todos los testimonios, nunca nadie vio coger personalmente un fusil ni una faca. No ve gran cosa, por lo demás, porque han metido la cabeza en una bolsa de yeso debido a su descomposición: sólo unas matas de pelo grisáceas. Apenas hace acto de presencia en la barraca del General Oscar, a diferencia de otros oficiales que se quedan allí, felicitándose por el fin de la guerra y haciendo planes para el futuro ahora que regresan a sus ciudades y a sus familias. El Coronel Macedo posa un instante sus ojos sobre esa maraña de pelos, se retira sin hacer el menor comentario, y vuelve a internarse en el humeante amontonamiento de ruinas y cadáveres.

Ya no piensa en el Consejero, ni en los oficiales exultantes que ha dejado en el puesto de mando, oficiales a los que nunca se ha sentido igual, por lo demás, y a los que, desde que llegó a los montes de Canudos con el Batallón de la Policía Bahiana siempre ha devuelto el desprecio que le manifiestan con un desprecio idéntico. Él sabe cuál es su apodo, cómo lo llaman cuando les da la espalda: Cazabandidos. No le importa. Está orgulloso de haberse pasado treinta años de su vida limpiando una y otra vez de partidas de cangaceiros las tierras de Bahía, de haberse ganado todos los galones que tiene y haber llegado a coronel, él, un modesto mestizo nacido en Mulungo do Morro, pueblecito que ninguno de estos oficiales podría localizar en el mapa, a base de arriesgar su piel enfrentándose a la ralea de esta tierra.

Pero a sus hombres sí les importa. A los policías bahianos que hace cuatro meses aceptaron venir a luchar contra el Consejero por lealtad personal a él —les dijo que el Gobernador de Bahía se lo había pedido, que era indispensable que el cuerpo policial se ofreciera a ir a Canudos para desarmar las pérfidas habladurías que en el resto del país acusaban a los bahianos de blandura, indiferencia y hasta simpatía y complicidad con los yagunzos, para demostrar al Gobierno Federal y a todo el Brasil que los bahianos estaban tan dispuestos como cualquiera a todos los sacrificios para defender a la República— sí los ofenden y hieren esos desaires y desplantes que han tenido que sufrir desde que se incorporaron a la Columna. Ellos no se contienen como él: responden a los insultos con insultos, a los apodos con apodos, y en estos cuatro meses han protagonizado incontables incidentes con los soldados de otros regimientos. Lo que más los exaspera es que el Comando también los discrimina. En todas las acciones, el Batallón de Voluntarios de la Policía Bahiana ha sido tenido al margen, en la retaguardia, como si el propio Estado Mayor diera crédito a la infamia de que los bahianos son restauradores de corazón, consejeristas vergonzantes.

La pestilencia es tan fuerte que tiene que sacar su pañuelo y taparse la nariz. Aunque muchos incendios se han apagado, el aire está lleno de virutas tiznadas, de chispas y cenizas y el Coronel tiene los ojos irritados, mientras explora, espía, aparta con los pies para verles las caras, a los yagunzos caídos. La mayoría están carbonizados, o tan desfigurados por las llamas que, aún si lo conociera, no podría identificarlo. Por lo demás, aunque se conserve intacto, ¿cómo lo va a reconocer? ¿Acaso lo ha visto alguna vez? Las descripciones que tiene de él no son suficientes. Es una estupidez, por supuesto. Piensa: "Por supuesto". Sin embargo, es más fuerte que su razón, es ese oscuro instinto que tanto le sirvió en el pasado, esos súbitos pálpitos que lo hacían precipitar a su volante en una inexplicable marcha forzada de dos o tres días para caer en una aldea en la que, en efecto, sorprendían a aquellos bandidos que habían buscado infructuosamente semanas o meses. Ahora es lo mismo. El Coronel Geraldo Macedo sigue escarbando entre los hediondos cadáveres, la nariz y la boca cubiertas con el pañuelo, la otra mano apartando los enjambres de moscas, desembarazándose a veces a patadas de las ratas que se le suben por las piernas, porque, contra toda lógica, algo le dice que cuando se encuentre con la cara, el cuerpo o los simples huesos de João Abade, sabrá que son los de él.

—Excelencia, Excelencia. —Es su adjunto, el Teniente Soares, que viene también tapándose la cara con un pañuelo.

—¿Lo encontraron? —se entusiasma el Coronel Macedo.

—Todavía, Excelencia. El General Oscar dice que salga de aquí porque los zapadores van a comenzar la demolición.

—¿La demolición? —El Coronel Macedo echa una ojeada en torno, deprimido—. ¿Queda algo que demoler?

—El General prometió que no quedaría piedra sobre piedra —dice el Teniente Soares—. Ha dado orden de que dinamiten las paredes que no se han desmoronado.

—Vaya desperdicio —murmura el Coronel. Tiene la boca entreabierta bajo el pañuelo y, como cada vez que reflexiona, está lamiéndose su diente de oro. Mira con pesadumbre la extensión de escombros, pestilencia y carroña. Termina por encogerse de hombros—. Bueno, nos iremos sin saber si murió o escapó.

Siempre tapándose las narices, él y su adjunto emprenden el regreso al campamento. Poco después, a sus espaldas, comienzan las explosiones.

—¿Puedo hacerle una pregunta, Excelencia? —dice el Teniente Soares, gangoso bajo el pañuelo. El Coronel Macedo asiente—. ¿Por qué le importa tanto el cadáver de João Abade?

—Es una vieja historia —gruñe el Coronel. También su voz suena gangosa. Sus ojitos oscuros buscan, aquí y allá. —Una historia que yo comencé, parece. Eso dicen, al menos. Porque yo maté al padre de João Abade, hace lo menos treinta años. Era un coitero de Antonio Silvino, en Custodia. Dicen que se hizo cangaceiro para vengar al padre. Y después, bueno... —Se vuelve a mirar a su adjunto y se siente, de pronto, viejo—. ¿Cuántos años tienes?

—Veintidós, Excelencia.

—Con razón no sabes quién era João Abade —gruñe el Coronel Macedo.

—El jefe militar de Canudos, un gran desalmado —replica el Teniente Soares.

—Un gran desalmado —asiente el Coronel Macedo—. El más feroz de Bahía. El que siempre se me escapó. Lo perseguí diez años. Varias veces estuve a punto de ponerle la mano encima. Siempre se me escurría. Decían que había hecho pacto. Lo llamaban Satán, en ese tiempo.

—Ahora entiendo por qué quiere encontrarlo —sonríe el Teniente Soares—. Para ver si esta vez no se le escapó.

—En realidad, no sé por qué —gruñe el Coronel Macedo, encogiéndose de hombros—. Porque me recuerda la juventud, tal vez. Cazar bandidos era mejor que este aburrimiento.

Hay un rosario de explosiones y el Coronel Macedo puede ver que, desde las faldas y cumbres de los cerros, millares de personas contemplan cómo vuelan por los aires las últimas paredes de Canudos. No es un espectáculo que le interese y no se molesta en mirar; sigue caminando hacia el acantonamiento del Batallón de Voluntarios Bahianos, al pie de la Favela, inmediatamente detrás de las trincheras del Vassa Barris.

—La verdad, hay cosas que no entran en la cabeza, aunque uno la tenga grande —dice, escupiendo el mal sabor que le ha dejado la frustrada exploración—. Primero, mandar contar casas que ya no son casas sino ruinas. Y ahora, mandar dinamitar piedras y adobes. ¿Tú entiendes para qué estuvo contando las casas esa Comisión del Coronel Dantas Barreto?

Se habían pasado toda la mañana, entre las miasmas humeantes, y establecido hubo cinco mil doscientas casas en Canudos.

—Se les ha armado un embrollo y no les sale la cuenta —se burla el Teniente Soares—. Calcularon cinco personas por casa. O sea, unos treinta mil yagunzos. Pero la Comisión del Coronel Dantas Barreto encontró apenas seiscientos cuarenta y siete cadáveres.

—Porque sólo contó cadáveres enteros —gruñe el Coronel Macedo—. Se olvidó de los pedazos, de los huesos, y así es como quedó la mayoría. Cada loco con su tema.

En el campamento, espera al Coronel Geraldo Macedo un drama, uno más de los que han jalonado la estancia de los policías bahianos en el cerco de Canudos. Los oficiales tratan de calmar a los hombres ordenándoles que se dispersen y que dejen de hablar del asunto. Han puesto guardias en todo el perímetro del acantonamiento, temiendo una estampida de los policías bahianos para ir a dar su merecido a quienes los han provocado. Por la cólera empozada en los ojos y los rictus de sus hombres, el Coronel Macedo comprende que el incidente ha sido de los graves. Pero, antes de escuchar ninguna explicación, recrimina a sus oficiales:

—¡O sea que mis órdenes no se obedecen! ¡O sea que, en lugar de buscar al bandido, permiten que la gente se ponga a pelear! ¿No he dicho que eviten las peleas?

Pero sus órdenes se han respetado a la letra. Patrullas de policías bahianos han estado recorriendo Canudos hasta que el comando las hizo retirar, para que entraran en acción los zapadores. El incidente ha surgido, justamente, con una de esas patrullas que buscaban el cadáver de João Abade, tres bahianos que, siguiendo la barrera del cementerio y las Iglesias, fueron hasta esa depresión que debió ser alguna vez un arroyo o brazo de río y que es uno de los puntos donde se hallan concentrados los prisioneros, esos pocos centenares de personas que son ahora casi exclusivamente niños y mujeres, porque los hombres que había entre ellos ya fueron pasados a faca por la cuadrilla del Alférez Maranhão, de quien se dice que se ha ofrecido como voluntario para esa misión porque los yagunzos emboscaron hace unos meses a su compañía, dejándolo con ocho hombres válidos de cincuenta que eran. Los policías bahianos se acercaron a preguntar a los prisioneros si sabían algo de João Abade y en eso uno de ellos reconoció, en una prisionera, a una pariente del pueblo de Mirangaba. Al verlo abrazar a una yagunza, el Alférez Maranhão comenzó a insultarlo y a decir, señalándolo, que ahí estaba la prueba de cómo los policías del Cazabandidos, pese a llevar uniforme republicano, eran traidores de alma. Y cuando el policía trató de protestar, el Alférez, en un arrebato de cólera, lo tumbó al suelo de un puñetazo. Él y sus dos compañeros fueron corridos por los gauchos de la cuadrilla, que desde lejos los llamaban "¡yagunzos!". Han vuelto al campamento temblando de cólera, y alborotado a sus compañeros que, desde hace una hora, murmuran y quieren ir a tomarse el desquite de esos insultos. Era lo que el Coronel Geraldo Macedo esperaba: un incidente, igual a veinte o treinta otros, ocurridos por lo mismo y casi con las mismas palabras.

Pero, esta vez, a diferencia de todas las otras veces, en que calma a sus hombres y, a lo más, presenta una queja al General Barboza, jefe de la Primera Columna a la que está adscrito el Batallón de Voluntarios de la Policía Bahiana, o al propio Comandante de las Fuerzas Expedicionarias, General Artur Oscar, si considera el asunto muy serio, Geraldo Macedo siente un burbujeo curioso, sintomático, uno de aquellos pálpitos a los que debe la vida y los galones.

—Ese Maranhão no es un tipo que merezca respeto —comenta, lamiéndose con rapidez el diente de oro—. Pasarse-las noches despescuezando prisioneros no se puede decir que sea oficio de soldado, sino más bien de carnicero. ¿No les parece?

Sus oficiales quedan quietos, se miran entre ellos y, mientras habla y se lame el diente dorado, el Coronel Macedo nota la sorpresa, la curiosidad, la satisfacción en las caras del Capitán Souza, del Capitán Jerónimo, del Capitán Tejada y del Teniente Soares.

—Así que no creo que un carnicero gaucho se pueda dar el lujo de maltratar a mis hombres, ni de llamarnos traidores a la República —añade—. Su obligación es respetarnos. ¿No es verdad?

Sus oficiales no se mueven. Sabe que hay en ellos sentimientos encontrados, alegría por lo que sus palabras dejan suponer y cierta inquietud.

—Espérenme aquí, nadie dé un paso fuera del campamento —dice, echándose a andar. Y como sus subordinados protestan al mismo tiempo y exigen acompañarlo, los contiene secamente: —Es una orden. Voy a arreglar este problema solo.

No sabe qué va a hacer, cuando sale del campamento, seguido, apoyado, admirado por los trescientos hombres, cuyas miradas siente a la espalda como una presión cálida; pero va a hacer algo, porque ha sentido rabia. No es un hombre rabioso, no lo fue ni siquiera de joven, a esa edad en que todos son rabiosos, y más bien ha tenido fama de no inmutarse sino en raras ocasiones. La frialdad le ha salvado la vida muchas veces. Pero ahora tiene rabia, un cosquilleo en el vientre que es como el chasquido de la mecha que antecede al estallido de una carga de pólvora. ¿Tiene rabia porque ese cortador de pescuezos lo llamó Cazabandidos y traidores a la República a los voluntarios bahianos, porque abusó de sus policías? Ésa es la gota que colma el vaso. Camina despacio, mirando los cascajos y la tierra agrietada, sordo a las explosiones que demuelen Canudos, ciego a las sombras de los urubús que trazan círculos sobre su cabeza y, entretanto, sus manos, en un movimiento autónomo, veloz y eficiente como en sus buenos tiempos, pues los años han ajado algo su piel y encorvado un poco su espalda, pero no embotado sus reflejos ni la agilidad de sus dedos, saca el revólver de la cartuchera, lo abre, verifica si hay seis proyectiles en los seis orificios del tambor, y lo vuelve a su funda. La gota que colma el vaso. Porque ésta, que iba a ser la mejor experiencia de su vida, la coronación de esa arriesgada carrera hacia la respetabilidad, ha resultado, más bien, una serie de desilusiones y disgustos. En vez de ser reconocido y bien tratado, como jefe de un Batallón que representa a Bahía en esta guerra, ha sido discriminado, humillado y ofendido, en su persona y en sus hombres y ni siquiera le han dado la oportunidad de mostrar lo que vale. Su única proeza ha sido hasta ahora demostrar paciencia. Un fracaso esta campaña, al menos para él. Ni se da cuenta de los soldados que se cruzan en su camino y lo saludan.

Cuando llega a la depresión del terreno donde están los prisioneros, divisa, fumando, mirándolo venir, al Alférez Maranhão, rodeado de un grupo de soldados con esos pantalones bombachos que usan los regimientos gauchos. El Alférez tiene un físico nada imponente, una cara que no delata ese instinto cuchillero al que da rienda suelta en las noches: bajito, delgado, de piel clara, pelos rubios, bigotitos bien recortados y unos ojos azulinos que, de entrada, parecen angelicales. Mientras va hacia él, sin apurarse, sin que una contracción o sombra indique en su cara de rasgos indios pronunciados qué pretende hacer —algo que ni siquiera él sabe— el Coronel Geraldo Macedo comprueba que los gauchos que rodean al Alférez son ocho, que ninguno carga fusil —los tienen alineados en dos pirámides, junto a una barraca— y sí, en cambio, cuchillos a la cintura, igual que Maranhão, quien, además, lleva cartuchera y pistola. El Coronel atraviesa la superficie apretada, aplastada, de espectros femeninos. En cuclillas, tumbadas, sentadas, reclinadas unas contra otras igual que los fusiles de los soldados, la vida parece refugiada únicamente en los ojos que lo miran pasar, de las mujeres prisioneras. Tienen niños en brazos, faldas, atados a la espalda o tendidos a su lado en el suelo. Cuando está a un par de metros, el Alférez Maranhão arroja el cigarrillo y se pone en posición de firmes.

—Dos cosas, Alférez —dice el Coronel Macedo, tan cerca de él que el aire de sus palabras debe soplarle al sureño en la cara como un vientecito tibio—. La primera: averigüe entre las prisioneras dónde murió João Abade, o, si no murió, qué ha sido de él.

—Ya han sido interrogadas, Excelencia —dice el Alférez Maranhão, con docilidad—. Por un teniente de su Batallón. Y luego por tres policías, a los que tuve que reprender por insolentes. Supongo que le han informado. Ninguna sabe nada de João Abade.

—Probemos de nuevo, a ver si tenemos más suerte —dice con el mismo tono Geraldo Macedo: neutro, impersonal, contenido, sin rastro de animosidad—. Quiero que las interrogue en persona.

Sus ojitos pequeños, oscuros, con patas de gallo en las esquinas, no se apartan de los ojos claros, sorprendidos, desconfiados, del joven oficial; no pestañean, no se mueven a derecha ni a izquierda. El Coronel Macedo sabe, porque se lo dicen sus oídos o su intuición, que los ocho soldados de su derecha, se han puesto rígidos y que los ojos de todas las mujeres están letárgicamente posados en él.

—Voy a interrogarlas, entonces —dice, después de un momento de vacilación, el oficial.

Mientras el Alférez, con una lentitud que traduce su desconcierto por la orden que no alcanza a saber si le ha sido dada porque el Coronel quiere hacer una última intentona para averiguar la suerte del bandido, o con la intención de hacerle sentir su autoridad, recorre el mar de harapos que se abre y se cierra a su paso, preguntando por João Abade, Geraldo Macedo no se vuelve ni una vez a mirar a los soldados gauchos. Ostensiblemente les da la espalda y, con las manos en la cintura, el quepis tirado para atrás, en una postura que es la suya pero también la típica de cualquier vaquero del sertón, sigue el recorrido del Alférez entre las prisioneras. A lo lejos, detrás de las elevaciones de terreno, todavía se escuchan explosiones. Ninguna voz responde a las preguntas del Alférez; cuando éste se detiene frente a una prisionera y, mirándola a los ojos, la interroga, ella se limita a mover la cabeza. Concentrado en lo que ha venido a hacer, toda su atención en los ruidos que vienen de donde están los ocho soldados, el Coronel Macedo tiene tiempo de pensar que es extraño que en una muchedumbre de mujeres reine semejante silencio, que es raro que tantos niños no lloren de sed, de hambre o de miedo, y se le ocurre que muchos de los diminutos esqueletos están ya muertos.

—Ya ve, es en vano —dice el Alférez Maranhão, deteniéndose frente a él—. Ninguna sabe nada, como le previne.

—Lástima —reflexiona el Coronel Macedo—. Me voy a ir de acá sin saber qué fue de João Abade.

Sigue en el mismo sitio, dando siempre la espalda a los ocho soldados, mirando fijamente los ojos claros y la cara blancuzca del Alférez, cuyo nerviosismo se va reflejando en su expresión.

—En qué otra cosa puedo servirlo —musita, por fin.

—¿Usted es de muy lejos de aquí, no es cierto? —dice el Coronel Macedo—. Entonces, seguramente no sabe cuál es para los sertaneros la peor ofensa.

El Alférez Maranhão está muy serio, con el ceño fruncido, y el Coronel se da cuenta que no puede esperar más, pues aquél terminará sacando su arma. Con un movimiento fulminante, imprevisible, fuertísimo, golpea esa cara blanca con la mano abierta. El golpe derriba al Alférez, quien no alcanza a ponerse de pie y permanece a cuatro patas mirando al Coronel Macedo, que ha dado un paso para ponerse junto a él, y le advierte:

—Si se levanta, está muerto. Y si trata de coger su revólver, por supuesto.

Lo mira fríamente a los ojos y tampoco ahora ha cambiado el tono de voz. Ve la duda en la cara enrojecida del Alférez, a sus pies, y ya sabe que el sureño no se levantará ni intentará sacar el revólver. Él no ha sacado el suyo, por lo demás, se ha limitado a llevar la mano derecha a la cintura, a ponerla a milímetros de la cartuchera. Pero, en realidad, está pendiente de lo que pasa a su espalda, adivinando lo que piensan, sienten, los ocho soldados al ver a su jefe en ese trance. Pero unos segundos después está seguro que tampoco harán nada, que también ellos han perdido la partida.

—Ponerle la mano a un hombre en la cara, así como se la he puesto —dice, mientras se abre la bragueta, velozmente se saca el sexo y ve salir el chorrito de orina transparente que salpica el fundillo del Alférez Maranhão—. Pero todavía peor que eso es mearle encima.

Mientras se guarda el sexo y se abotona la bragueta, los oídos siempre atentos a lo que ocurre a su espalda, ve que el Alférez se ha puesto a temblar, igual que un hombre con tercianas, ve que se le saltan las lágrimas y que no sabe qué hacer con su cuerpo, con su alma.

—A mí no me importa que me digan Cazabandidos, porque lo he sido —dice, por fin, viendo enderezarse al Alférez, viéndolo llorar, temblar, sabiendo cuánto lo odia y que tampoco ahora sacará la pistola—. Pero a mis hombres no les gusta que los llamen traidores a la República, pues es falso. Son tan republicanos y patriotas como el que más.

Acaricia con la lengua su diente de oro, muy de prisa.

—Le quedan tres cosas por hacer, Alférez —dice, por último—. Presentar una queja al Comando, acusándome de abuso de autoridad. Puede que me degraden y hasta echen del servicio. No me importaría tanto, pues mientras haya bandidos siempre podré ganarme la vida cazándolos. La segunda, es venir a pedirme explicaciones para que usted y yo arreglemos esto en privado, quitándonos los galones, a revólver o a faca o con el arma de su preferencia. Y, la tercera, tratar de matarme por la espalda. A ver por cuál se decide.

Se lleva la mano al quepis y hace un simulacro de saludo. Esa última ojeada, le hace saber que su víctima elegirá la primera, tal vez la segunda, pero no la tercera opción, por lo menos no en este momento. Se aleja, sin dignarse mirar a los ocho soldados gauchos, que aún no se han movido. Cuando está saliendo de entre los esqueletos andrajosos para enrumbar a su campamento, dos garfios flacos se prenden de su bota. Es una viejecita sin pelos, menuda como una niña, que lo mira a través de sus legañas:

—¿Quieres saber de João Abade? —balbucea su boca sin dientes.

—Quiero —asiente el Coronel Macedo—. ¿Lo viste morir?

La viejecita niega y hace chasquear la lengua, como si chupara algo.

—¿Se escapó entonces?

La viejecita vuelve a negar, cercada por los ojos de las prisioneras.

—Lo subieron al cielo unos arcángeles —dice, chasqueando la lengua—. Yo los vi.

ÍNDICE

ÍNDICE